DAVID DALGLISH

Der Tänzer der Schatten

Das Buch

Seit Jahrhunderten regieren drei adelige Familien die Stadt Veldaren. Ihr mächtiger Bund, genannt Trifect, dient dazu, die Diebesgilden von ihrem Reichtum fernzuhalten. Thren Felhorn, der gefürchtete Meister der Spinnen, hat die Gilden vereint und ist so mächtig wie nie. Doch Thren ahnt, dass im Kampf gegen den Trifect unter den Dieben bald Blut fließen wird. Nur wer die Schattenkriege überlebt, wird die Stadt erben. Dieses Schicksal hat Thren für Aaron auserkoren, seinen Sohn. Aber Aaron weigert sich, den Platz als Herr über die Spinnengilde einzunehmen. Als sein Vater ihn zwingen will, einen schrecklichen Mord zu begehen, entscheidet sich Aaron gegen die blutige Tat – und entdeckt eine Welt jenseits der Dolche, Gifte und der eisernen Kontrolle seines Vaters, die sein Leben für immer verändern wird.

»Eine beeindruckende Mischung aus *Game of Thrones*, klassischer Fantasy und purer Dynamik.« *Publishers Weekly*

Der Autor

David Dalglish lebt mit seiner Frau und den beiden Töchtern im ländlichen Missouri. Er hat an der Missouri Southern State University seinen Abschluss im Fach Mathematik gemacht. Derzeit verwendet er den größten Teil seiner Freizeit darauf, seine Kinder die zeitlose Kunst zu lehren, wie man Mario auf einen Schildkrötenpanzer springen lässt.

Weiteres zum Autor unter: http://ddalglish.com

David Dalglish

DER TÄNZER DER SCHATTEN

Roman

Aus dem Amerikanischen
von Wolfgang Thon

blanvalet

Die amerikanische Originalausgabe erschien 2013 unter dem Titel
»A Dance of Cloaks« bei Orbit, New York.

Verlagsgruppe Random House FSC® N001967
Das für dieses Buch verwendete
FSC®-zertifizierte Papier *Super Snowbright*
liefert Hellefoss AS, Hokksund, Norwegen.

1. Auflage
Deutsche Erstveröffentlichung August 2014 bei Blanvalet,
einem Unternehmen der Verlagsgruppe Random House GmbH, München.

Umschlaggestaltung und Illustration: © Isabelle Hirtz, Inkcraft
unter Verwendung einer Fotografie von Katrin Diesner
Redaktion: Waltraud Horbas
Herstellung: sam
Satz: Buch-Werkstatt GmbH, Bad Aibling
Karte: Tim Paul
Druck und Einband: GGP Media GmbH, Pößneck
Printed in Germany
ISBN: 978-3-442-38322-1

www.blanvalet.de

Prolog

In den letzten zwei Wochen hatte er dieses einfache Haus für einen sicheren Zufluchtsort gehalten, doch als Thren Felhorn jetzt durch die Tür humpelte, hatte er das Vertrauen in den Schlupfwinkel verloren. Er drückte seinen rechten Arm an den Körper, um das heftige Zittern zu unterbinden. Blut rann ihm von der Schulter und lief bis zum Ellbogen. Er war von einer vergifteten Klinge verletzt worden.

»Verdammt sollst du sein, Leon!« Er stolperte über die Holzdielen des sparsam möblierten Raumes und ging zu einer verputzten und halbhoch getäfelten Wand. Obwohl er alles nur verschwommen sah, konnte er die flache Mulde mit den Fingern ertasten. Er drückte zu und löste dadurch einen eisernen Riegel auf der anderen Seite der Wand. Eine kleine Tür schwang nach innen auf.

Der Meister der Spinnengilde trat durch die Öffnung, ließ sich auf einen Stuhl fallen und entledigte sich der grauen Kapuze und des ebenfalls grauen Umhangs. Der Raum, in dem er sich jetzt befand, war erheblich größer als der davor liegende, er war silberfarben gestrichen und mit Landschaftsgemälden geschmückt. Er zog sein Hemd aus und knirschte vor Schmerz mit den Zähnen, während er es vorsichtig über seinen verletzten Arm hob. Das Gift hatte ihn nur betäuben, nicht töten sollen, aber das war ein schwacher Trost. Leon Connington hatte ihn ziemlich sicher lebendig erwischen wollen, damit er es sich in aller Ruhe in seinem gepolsterten Stuhl bequem machen konnte, während er zusah, wie seine »Zarten Greifer« Thren verbluten ließen, Tropfen um Tropfen. Die verräterischen Worte, die der fette Mann ihm bei ihrem Treffen gesagt hatte, hatten ein Feuer in seinem Innersten entzündet, das nicht mehr erlöschen wollte.

»Wir werden uns nicht vor Ratten ducken, die von unserer Scheiße leben«, hatte Leon gesagt, während er sich über den dünnen Schnurrbart strich. »Glaubst du wirklich, du hättest eine Chance gegen den Reichtum der Trifect? Wir könnten den Göttern deine Seele abkaufen.«

Welche Arroganz! Welcher Hochmut. Als Thren diese höhnischen Worte gehört hatte, hatte er dem Impuls widerstehen müssen, dem fetten Mann sein Langmesser in den Hals zu rammen. Seit Jahrhunderten regierten die drei Familien der Trifect aus den Schatten; die Conningtons, die Keenans und die Gemcrofts. In dieser Zeit hatten sie zweifellos genug Priester und Könige gekauft, um tatsächlich dem Wahn zu verfallen, dass nicht einmal die Götter vor dem Griff ihrer vergoldeten Finger sicher wären.

Thren wusste, dass es ein Fehler gewesen war, nicht einfach diesem ersten Impuls nachzugeben. Er hätte Leon auf der Stelle ausbluten lassen sollen, und zur Hölle mit seinen Leibwächtern! Sie hatten sich in Leons luxuriösem Anwesen getroffen, ein weiterer schwerer Fehler! Thren schwor sich, in den kommenden Monaten diesen Leichtsinn zu korrigieren. Er hatte drei Jahre lang alles versucht, um zu verhindern, dass Krieg ausbrach, aber offenbar schienen alle hier in Veldaren nach Blut zu dürsten.

Wenn die Stadt unbedingt Blut sehen will, dann soll sie es bekommen, dachte Thren. *Aber es wird nicht meines sein.*

»Bist du das, Vater?«, fragte sein älterer Sohn aus dem angrenzenden Zimmer.

»Ich bin es«, erwiderte Thren und unterdrückte seinen Ärger. »Und wenn ich es nicht gewesen wäre, was würdest du dann jetzt tun, nachdem du deine Gegenwart verraten hast?«

Sein Sohn Randith kam aus dem anderen Zimmer zu ihm herüber. Er sah seinem Vater sehr ähnlich, hatte dieselben scharf geschnittenen Gesichtszüge, die dünne Nase und das grimmige Lächeln. Sein Haar jedoch war braun wie das seiner Mutter, und das alleine machte ihn Thren lieb und teuer. Auch Randith trug die graue Hose und den grauen Umhang ihrer Gilde. Ein langes Rapier hing an einer Seite seines Gürtels, ein Dolch an der anderen. Randith erwiderte den Blick seines Vaters mit den gleichen blauen Augen.

»Ich würde dich töten«, erwiderte Randith und grinste frech. »Als wenn ich dafür das Überraschungsmoment bräuchte.«

»Mach die verfluchte Tür zu!«, befahl Thren, ohne auf die Kühnheit seines Sohnes einzugehen. »Wo ist unser Magus? Conningtons Männer haben mich mit einer vergifteten Klinge verletzt, und die Wirkung des Giftes ist ... beunruhigend.«

Beunruhigend war zwar deutlich untertrieben, aber das wollte Thren seinem Sohn nicht verraten. Er konnte sich nur noch schemenhaft an seine Flucht aus dem Anwesen erinnern. Das Gift hatte seinen Arm betäubt, und mittlerweile schmerzte seine ganze Seite. Seine Halsmuskeln brannten und verkrampften sich willkürlich, und eines seiner Knie gab beim Laufen immer wieder nach. Er war wie ein Krüppel durch die Gassen von Veldaren geflüchtet, aber es ging auf Neumond zu und die Straßen waren verlassen gewesen. Niemand hatte sein klägliches Taumeln und Stolpern gesehen.

»Er ist nicht da.« Randith beugte sich vor und untersuchte die Wunde an der Schulter seines Vaters.

»Dann geh und such ihn«, befahl Thren. »Wie ist es auf dem Anwesen der Gemcrofts gelaufen?«

»Maynard Gemcrofts Männer haben uns mit Pfeilen beschossen, als wir uns dem Haus genähert haben«, antwortete Randith. Er kehrte seinem Vater den Rücken zu und wühlte in den Schränken, bis er eine kleine schwarze Flasche gefunden hatte. Er entkorkte sie, aber als er Anstalten machte, die Flüssigkeit auf die Wunde zu geben, riss Thren ihm die Flasche aus der Hand. Er träufelte die braune Flüssigkeit auf den Schnitt und zischte durch zusammengepresste Zähne. Es brannte wie Feuer, doch er spürte bereits, wie das Kribbeln des Giftes nachließ. Als er fertig war, ließ er zu, dass sein Sohn die Wunde mit ein paar Tuchfetzen fest verband.

»Wo ist Aaron?«, wollte Thren wissen, als der Schmerz nachließ. »Er wird mir den Magus holen, wenn du es schon nicht tun willst.«

»Er drückt sich irgendwo herum, wie immer«, erwiderte Randith. »Und ist in irgendein Buch versunken. Ich habe ihm gesagt, dass möglicherweise sehr bald Söldner auftauchen werden, mit dem Befehl, alle Gildemeister zu eliminieren. Er hat mich angesehen, als wäre ich ein gemeiner Fischhändler, der über das Wetter meckert.«

Thren verkniff sich eine Grimasse.

»Du bist zu ungeduldig mit ihm«, sagte er dann. »Aaron begreift mehr, als du ihm zubilligst.«

»Er ist verweichlicht und ein Feigling. Dieses Leben wird ihm niemals zusagen.«

Thren packte mit seiner guten Hand Randiths Hemdbrust und riss ihn zu sich, sodass sie sich direkt in die Augen blickten.

»Hör zu!«, zischte er. »Aaron ist mein Sohn, genau wie du. Auch wenn du ihn verachtest, wirst du dir das gefälligst nicht anmerken lassen. Selbst der wohlhabendste König ist Dreck in meinen Augen, verglichen mit meinem eigenen Fleisch und Blut. Ich erwarte denselben Respekt von dir.«

Er schob Randith weg und drehte sich zu dem versteckten Raum herum.

»Aaron! Deine Familie braucht dich, also komm schon her.«

Ein kleiner Junge von etwa acht Jahren betrat den Raum. Er drückte ein zerlesenes Buch an seine Brust. Seine Gesichtszüge waren weich und rund, und er würde zweifellos zu einem gut aussehenden Mann heranwachsen. Er hatte das weiche blonde Haar seines Vaters, das sich um die Ohren lockte und tief bis fast in seine dunkelblauen Augen hing. Er sank auf ein Knie und senkte den Kopf, ohne ein Wort zu sagen, während er die ganze Zeit über das Buch festhielt.

»Weißt du, wo Cregon steckt?«, erkundigte sich Thren. Cregon war der Magus, der für sie arbeitete. Aaron nickte. »Gut. Wo ist er?«

Aaron antwortete nicht. Thren war müde und verletzt und hatte keine Geduld mit den unsinnigen Launen seines jüngsten Sohnes. Andere Kinder in seinem Alter plapperten ohne Unterlass, aber wenn Aaron einen redseligen Tag hatte, dann sprach er vielleicht neun Worte. Und das nur höchst selten in einem Satz.

»Sag, wo er ist, oder du wirst dein eigenes Blut schmecken!«, mischte sich Randith ein, der die Gereiztheit seines Vaters spürte.

»Er ist weggegangen«, erwiderte Aaron. Seine Stimme war kaum mehr als ein Flüstern. »Er ist ein Narr.«

»Er mag ein Narr sein, aber er ist *mein* Narr, und er versteht es verdammt gut, uns am Leben zu halten«, erwiderte Thren. »Geh und hol ihn her. Wenn er sich weigert, gib ihm ein Zeichen und fahr mit einem Finger über deine Kehle. Das wird er verstehen.«

Aaron verbeugte sich und wandte sich um.

»Ich frage mich, ob er für irgendein Schweigegelübde übt, das er mal ablegen wird«, meinte Randith, während er seinem Bruder nachblickte, der ohne jede Eile davonging.

»Hat er die Geheimtür verschlossen?«, erkundigte sich Thren.

»Verschlossen und verriegelt«, antwortete Randith, nachdem er nachgesehen hatte.

»Dann ist er zumindest klüger als du.«

Randith verzog das Gesicht. »Wenn du das sagst. Aber im Moment haben wir ein größeres Problem, glaube ich. Die Gemcrofts, die auf meine Männer schießen. Leon, der dich in eine Falle lockt ... Das bedeutet Krieg, hab ich Recht?«

Thren schluckte schwer und nickte dann. »Die Trifect haben den Frieden mit Füßen getreten. Sie wollen Blut, unser Blut, und wenn wir nicht schnell reagieren, werden sie es auch bekommen.«

»Vielleicht sollten wir ihnen höhere Bestechungsgelder bieten?«, schlug Randith vor.

Thren schüttelte den Kopf. »Sie haben das Spiel satt. Wir berauben sie, bis sie rot anlaufen vor Wut, und dann bestechen wir sie mit ihrem eigenen Geld. Du hast selbst gesehen, wie viel Gold sie in den letzten Monaten in Söldner investiert haben. Sie haben sich entschieden. Sie wollen uns auslöschen.«

»Das ist lächerlich«, erklärte Randith. »Du hast fast sämtliche Gilden in der Stadt vereinigt. Wie kommen sie darauf, dass sie einen offenen Krieg gewinnen können, angesichts unserer Meuchelmörder, Spione und Diebe?«

Thren runzelte die Stirn, als Randith mit den Fingern auf dem Griff seines Rapiers trommelte.

»Gib mir ein paar unserer besten Männer«, sagte der Jüngling. »Wenn Leon Connington in seinem riesigen Bett verblutet, werden die anderen begreifen, dass es weit besser ist, unsere Bestechungsgelder zu akzeptieren, als auf unsere Gnade zu setzen.«

»Du bist noch sehr jung«, erwiderte Thren. »Du bist nicht bereit für das, was Leon da anzettelt.«

»Ich bin siebzehn«, gab Randith zurück. »Ich bin ein erwachsener Mann, und ich habe mehr Morde auf dem Gewissen, als ich an Jahren zähle.«

»Und ich habe mehr Morde begangen, als du Tage gesehen hast«, antwortete Thren scharf. »Aber selbst ich werde nicht mehr in dieses Anwesen zurückkehren. Sie warten förmlich darauf, verstehst du das nicht? Ganze Gilden werden in nur wenigen Tagen ausgelöscht werden. Und wer überlebt, wird diese Stadt erben. Ich werde nicht zulassen, dass mein Erbe herumläuft und sich umbringen lässt, noch bevor die Morgenröte diese neue Ära einläutet.«

Thren legte mit seiner unverletzten Hand eines seiner Langmesser auf den Tisch. Er hielt es fest und sah Randith an, forderte ihn heraus, um zu sehen, was für ein Mann sein Sohn wirklich war.

»Ich werde das Anwesen meiden, wenn du das willst«, erwiderte Randith. »Aber ich werde nicht den Kopf einziehen und mich verstecken. Du hast Recht, Vater, mit der Morgenröte bricht ein neues Zeitalter an. Unser heutiges Handeln wird entscheiden, wie die Kämpfe in den nächsten Monaten verlaufen. Mögen sich die Händler und die Adeligen ruhig verkriechen. *Wir* beherrschen die Nacht.«

Er zog sich die Kapuze des grauen Umhangs über den Kopf und drehte sich zu der Geheimtür um. Thren sah ihm nach. Seine Hände zitterten, aber nicht wegen des Giftes.

»Nimm dich in Acht.« Thren achtete sorgfältig darauf, seine ausdruckslose Miene zu bewahren. »Alles, was du tust, hat Konsequenzen.«

Randith verriet weder mit einem Wort noch mit einer Geste, ob er die Drohung überhaupt wahrgenommen hatte.

»Ich gehe und hole Senke«, sagte Randith. »Er wird auf dich aufpassen, bis Aaron mit dem Magus zurückkehrt.«

Dann war er verschwunden. Thren schlug mit der Handfläche auf den Tisch und fluchte. Er dachte an die zahllosen Stunden, die er in Randiths Ausbildung investiert hatte, in die Kampftechnik und die vielen anderen Lektionen, und all das in dem Versuch, einen würdigen Thronfolger für die Spinnengilde heranzuziehen.

Vergeudet, dachte Thren. *Alles vergeudet.*

Er hörte das Klicken des Riegels und das Knarren, als die Tür sich öffnete. Thren erwartete den Magus, oder vielleicht auch seinen Sohn, der zurückkehrte, um seinen brüsken Abgang ein wenig abzumildern. Stattdessen jedoch trat ein kleiner Mann mit einem schwarzen Tuch vor dem Gesicht in den Raum.

»Nicht weglaufen«, sagte der Eindringling. Thren packte das Langmesser und blockte die beiden ersten Dolchstöße des Mannes ab. Er versuchte zu kontern, aber die Umgebung verschwamm ihm immer noch vor den Augen, und seine Reaktionen waren ein armseliger Abklatsch seiner ansonsten so hervorragenden Reflexe. Ein wilder Schlag riss ihm die Klinge aus der Hand. Thren wich zurück und schleuderte seinem Widersacher einen Stuhl in den Weg, um den Mann ins Stolpern zu bringen. Aber er selbst konnte kaum mehr als humpeln, und als der andere ihn mit dem Absatz am Knie traf, stürzte er. Er wirbelte im Fallen herum; mit einem Dolch im Rücken wollte er nicht sterben.

»Leon lässt grüßen«, sagte der Mann und hob den Dolch zum letzten, tödlichen Stoß.

Plötzlich zuckte er zusammen, taumelte nach vorn und riss die Augen auf. Der Dolch fiel aus der schlaffen Hand des Möchtegernmeuchelmörders, und er sackte zusammen. Hinter ihm stand Aaron, ein blutiges Langmesser in der Hand. Thren sah seinen jüngsten Sohn erstaunt an, als dieser vor ihm niederkniete. Er hielt ihm die Waffe auf der Handfläche hin, mit dem Griff voraus. Das Blut lief ihm über das Handgelenk.

»Deine Waffe«, sagte Aaron schlicht.

»Wie … Warum bist du zurückgekommen?«, wollte Thren wissen.

»Der Mann hatte sich versteckt.« Die Stimme des Jungen klang ruhig und nicht im Geringsten aufgeregt. »Er hat darauf gewartet, dass wir gehen. Deshalb habe ich auf ihn gewartet.«

Threns Mundwinkel zuckten. Er nahm dem Jungen das Langmesser aus der Hand; einem Jungen, der tagsüber unter seinem Bett lag und las, in Schränken hockte und schmollte und von seinem älteren Bruder oft verspottet wurde, weil er so verzärtelt schien. Ein Junge, der nie zuschlug, nicht einmal, wenn er zu einem Kampf gezwungen wurde, und niemals vor Wut schrie.

Ein Junge, der mit acht Jahren einen Mann getötet hatte.

»Ich weiß, dass du klug bist«, sagte Thren. »Aber das Leben, das wir führen, ist gemein, und wir sind von Lügnern und Betrügern umgeben. Du musst deinen Instinkten vertrauen und lernen, nicht nur das zu hören, was gesagt wird, sondern auch das, was nicht gesagt wird. Kannst du das? Kannst du Frauen und Männer als Figuren in einem Spiel betrachten und begreifen, was getan werden muss, mein Sohn?«

Aaron sah zu ihm hoch. Er ließ sich nicht anmerken, ob das Blut an seiner Hand ihn störte. »Das kann ich.«

»Gut«, sagte Thren. »Warte hier mit mir. Randith wird bald zurückkehren.«

Zehn Minuten später wurde die Tür vorsichtig geöffnet.

»Vater?«, fragte Randith, als er eintrat. Senke, Threns rechte Hand, war bei ihm. Er wirkte ein bisschen älter als Randith, hatte einen kurz getrimmten blonden Bart und hielt einen schweren Morgenstern in der Hand. Sie beide zuckten zusammen, als sie die Leiche auf dem Boden sahen, in deren Rücken eine blutige Wunde klaffte.

»Er hat gewartet, bis du fort warst«, sagte Thren. Er saß auf seinem Stuhl, den er zur Tür herumgedreht hatte.

»Wo?«, fragte Randith und deutete auf Aaron. »Und warum ist er hier?«

Thren schüttelte den Kopf. »Du verstehst nicht, Randith. Du hast mir den Gehorsam verweigert, aber nicht aus Weisheit, sondern aus Hochmut und Stolz. Du behandelst unsere Feinde mit Verachtung statt mit dem Respekt, den sie aufgrund ihrer Gefährlichkeit verdienen. Und das Schlimmste ist, dass du mein Leben in Gefahr gebracht hast.«

Er warf einen kurzen Blick zu Aaron und sah dann wieder zu Randith zurück.

»Zu viele Fehler«, sagte er. »Viel zu viele Fehler.«

Dann wartete er. Und hoffte.

Aaron trat zu seinem älteren Bruder. Seine blauen Augen wirkten ruhig und unschuldig. Mit einer geschmeidigen Bewegung riss er Randiths Dolch aus dessen Gürtel, wirbelte ihn in der Luft herum, packte ihn und rammte ihn bis zum Heft in die Brust seines Bruders. Senke trat einen Schritt zurück, mit offenem Mund, aber er war klug genug, nichts zu sagen. Aaron zog den Dolch aus der Brust, wirbelte herum und reichte ihn mit dem Griff voran seinem Vater als Gabe.

Thren stand auf und legte eine Hand auf Aarons Schulter.

»Das hast du gut gemacht, mein Sohn«, sagte er. »Mein Erbe.«

»Ich danke dir«, flüsterte Aaron mit Tränen in den Augen. Dann verbeugte er sich tief, während hinter ihm der Leichnam seines Bruders auf dem Boden ausblutete.

Fünf Jahre später …

1. Kapitel

Aaron war allein. Die Wände des fensterlosen Raums bestanden aus blankem Holz. Auf dem Boden lagen keine Teppiche, und es gab nur eine einzige Tür, die von außen verschlossen und verbarrikadiert war. Das Schweigen lastete schwer und wurde nur von seinem gelegentlichen Husten unterbrochen. In einer Ecke stand ein Kübel mit seinen Exkrementen. Zum Glück hatte er sich bereits nach dem ersten Tag an den Gestank gewöhnt.

Sein neuer Lehrer hatte ihm nur eine einzige Anweisung erteilt: Warten. Er hatte einen Wasserschlauch bekommen, aber nichts zu essen, keinen Zeitplan und – das war das Schlimmste – nichts zu lesen. Die Langeweile war unerträglicher als die ständigen Prügel und das Gebrüll seines früheren Lehrers. »Gus der Grobian« hatte er sich selbst genannt. Die anderen Angehörigen der Gilde hatten gemunkelt, dass Thren Gus dreißig Peitschenhiebe verabreicht hatte, nachdem die Ausbildung seines Sohnes beendet war. Aaron hoffte sehr, dass sein neuer Lehrer ermordet würde. Von all seinen Lehrern, die er in den letzten fünf Jahren gehabt hatte, war Robert Haern vermutlich der grausamste.

Mehr wusste er nicht über ihn, nur seinen Namen. Haern war ein drahtiger alter Mann mit einem grauen Bart, der sich um seinen Hals kräuselte und den er hinter dem Kopf zusammengeknotet hatte. Als er Aaron in diesen Raum geführt hatte, war er an einem Krückstock gegangen. Aaron hatte nichts gegen Isolation einzuwenden gehabt, also war ihm die Vorstellung, ein paar Stunden im Dunkeln zu verbringen, zunächst fast erfreulich vorgekommen. Er hatte sich schon immer lieber in Ecken und im Schatten gehalten, und er hatte es bei Weitem vorgezogen, die Menschen zu beobachten, wie sie sich unterhielten, als selbst an ihrer Unterhaltung teilzunehmen.

Aber jetzt? Nachdem er unzählige Stunden, vielleicht sogar Tage eingesperrt in der Finsternis verbracht hatte? Selbst angesichts seiner Liebe für Einsamkeit und Ruhe war das hier …

Plötzlich jedoch überkam Aaron eine Eingebung; er wusste, um was es hier ging, jedenfalls glaubte er das. Er trat zur Tür, kniete sich davor auf den Boden und schob seine Finger in den Spalt zwischen Tür und Boden. Eine Weile war das Licht durch diesen Spalt hereingefallen, aber irgendjemand hatte dann ein Stück Lumpen hineingestopft, sodass die Dunkelheit vollkommen wurde. Aaron schob mit seinen schmalen Fingern den dunklen Fetzen zurück und ließ ein bisschen Licht herein. Er hatte das bis jetzt nicht getan, weil er Angst hatte, seinen neuen Meister zu verärgern. Jetzt war es ihm vollkommen gleichgültig. Sie wollten, dass er redete. Sie wollten, dass er sich nach einem Gespräch mit anderen sehnte. Wer auch immer dieser Robert Haern sein mochte, sein Vater hatte ihn ganz gewiss aus diesem Grund engagiert.

»Lass mich raus.«

Die Worte waren ein heiseres Flüstern, und das erschreckte ihn. Er hatte diesen Befehl in voller Lautstärke brüllen wollen. War er wirklich so zaghaft?

»Ich sagte, lass mich raus!« Seine Stimme klang jetzt erheblich lauter.

Die Tür ging auf. Das Licht schmerzte in seinen Augen, und während er sie geblendet schloss, trat sein Lehrer in den Raum und schloss die Tür. Er hatte eine Fackel in einer und ein Buch in der anderen Hand. Sein Lächeln wurde zum größten Teil von seinem Bart verborgen.

»Hervorragend«, sagte Robert. »Ich hatte nur zwei Schüler, die noch länger ausgehalten haben, aber beide hatten mehr Muskeln als Verstand.« Seine Stimme klang fest, aber rau, und sie dröhnte beinahe in dem kleinen, dunklen Raum.

»Ich weiß, was du da tust«, erklärte Aaron, der die Augen wieder geöffnet hatte.

»Was war das?«, erkundigte sich der alte Mann. »Die Jugendzeit meiner Ohren liegt schon dreißig Jahre zurück. Sprich lauter, Junge!«

»Ich sagte, ich weiß, was du da tust.«

Robert lachte.

»Tatsächlich? Nun, etwas zu wissen und es zu verhindern sind zwei verschiedene Dinge, oder nicht? Du weißt vielleicht, dass ein Schlag kommt, aber bedeutet es auch, dass du ihn aufhalten kannst? Dein Vater hat mir von deiner Ausbildung berichtet; vielleicht kannst du das tatsächlich, ja, vielleicht.«

Während Aarons Augen sich langsam an das Fackellicht gewöhnten, wich er in eine Ecke zurück. Jetzt, da die Dunkelheit vertrieben worden war, fühlte er sich plötzlich nackt. Sein Blick wanderte kurz zu dem Kübel in der Ecke hinüber, und plötzlich fühlte er sich peinlich berührt. Der alte Mann schien sich jedoch nicht an dem Gestank zu stören.

»Wer bist du?«, fragte Aaron, als sich das Schweigen länger als eine Minute ausdehnte.

»Mein Name ist Robert Haern. Das habe ich dir gesagt, als ich dich in diesen Raum gebracht habe.«

»Das sagt mir nichts. Wer bist du?«

Robert lächelte. Es war ein kurzes Aufblitzen von Belustigung in seinem runzligen Gesicht, aber Aaron bemerkte es und fragte sich, was es bedeuten mochte. »Sehr gut, Aaron. Ich war einmal der Lehrer von König Edwin Vaelor, aber er ist seitdem älter geworden und meines ... Tadels müde.«

»Tadel.« Roberts Worte bestätigten, was Aaron vermutet

hatte. »Ist das hier eine Bestrafung dafür, dass ich nicht genug geredet habe?«

Zu Aarons Überraschung schien Robert schockiert zu sein.

»Bestrafung? Gütiger Himmel, Junge, nein, aber nein! Man hat mir von deinem ruhigen Wesen berichtet, aber dafür bezahlt mich dein Vater nicht. Der dunkle Raum ist eine Lektion, die du hoffentlich bald begreifen wirst. Du hast gelernt, wie du ein Schwert führen musst und wie man durch die Schatten schleicht. Ich jedoch benutze beim Gehen einen Krückstock, und meine Knochen knacken vernehmlich. Also sag mir, was kann ich wohl mit dir vorhaben?«

Aaron schlang seine Arme fester um sich. Er hatte keine Ahnung, ob es Tag oder Nacht war, aber es war kalt in diesem Raum, und seine Kleidung war zu dünn, um ihn zu wärmen.

»Du sollst mich unterrichten«, erwiderte er schließlich.

»Das ist ja wohl mehr als offenkundig. Aber was werde ich dich lehren?«

Robert setzte sich mitten in den Raum und hielt die Fackel hoch. Er ächzte, und die Knochen in seinem Rücken knackten tatsächlich, als er sich ausstreckte.

»Ich weiß es nicht«, gab der Junge zu.

»Ein guter Anfang«, erwiderte Robert. »Wenn du eine Antwort nicht kennst, gib es einfach zu und erspare allen die Peinlichkeit. Wildes Spekulieren verzögert nur die Konversation. Aber trotzdem hättest du diese Antwort wissen müssen. Ich habe einen König unterrichtet, erinnerst du dich? Achte auf meine Worte. Du wirst immer die Antwort auf jede Frage kennen, die ich dir stelle.«

»Du bist ein Lehrer«, sagte Aaron. »Ich kann aber bereits lesen und schreiben. Was sonst könnte ein alter Mann mich noch lehren?«

Robert lächelte, und das Licht der flackernden Fackel zuckte über sein Gesicht.

»Es gibt Männer, die versuchen dich zu töten, Aaron. Wusstest du das?«

Aaron öffnete den Mund, um das abzustreiten, hielt dann jedoch inne. Der Blick seines Lehrers schien ihm zu raten, genau zu überlegen, was er sagte.

»Ja«, gab er schließlich zu. »Obwohl ich mir etwas anderes eingeredet habe. Die Trifect wollen alle Mörder- und Diebesgilden vernichten und ihre Mitglieder töten. Ich bin da keine Ausnahme.«

»Oho, und ob du anders bist«, widersprach Robert. Er legte das Buch auf den Boden und nahm die Fackel in die andere Hand. »Du bist der Erbe von Thren Felhorn, einem der gefürchtetsten Männer in ganz Veldaren. Einige sagen, man könnte auf ganz Dezrel keinen besseren Dieb als Thren finden.«

Diese Ehrfurcht vor seinem Vater war Aaron nicht fremd. Aber diesmal nahm er den Mut zusammen und stellte eine Frage, vor der er sich bisher immer gescheut hatte.

»Und stimmt das wirklich?«

»Ich weiß nicht genug über diese Dinge, als dass ich mir eine Meinung bilden könnte«, erwiderte Robert. »Ich weiß allerdings, dass Thren sehr lange gelebt hat und dass er in seinen jüngeren Jahren ein legendäres Vermögen angehäuft hat.«

Schweigen kehrte ein. Aaron sah sich in dem Raum um, aber er war kahl, und der größte Teil lag im Schatten. Er spürte, dass sein Lehrer erwartete, dass er etwas sagte, aber er wusste nicht, was er hätte erwidern sollen. Er starrte auf die Fackel, während Robert den Kopf abwandte und ausspuckte.

»Es gibt eine ganze Reihe von Fragen, die du stellen solltest, eine jedoch ist die naheliegendste und wichtigste. Denk nach, Junge.«

Aarons Blick zuckte von der Fackel zu dem alten Mann.

»Wer sind die Trifect?«

»Wie bitte? Sprich lauter. Ich bin nur einen Flohhüpfer von der Taubheit entfernt.«

»Die Trifect«, Aaron schrie beinahe. »Wer sind sie?«

»Das ist eine ausgezeichnete Frage«, gab Robert zurück. »Die Lords der Trifect haben ein Sprichwort: ›Nach den Göttern wir.‹ Als die Götterkriege endeten und Karak und Ashhur von der Göttin verbannt wurden, lag das Land in Trümmern. Staaten waren vernichtet, Völker im Aufstand begriffen, und Plünderer beherrschten die Küsten. Drei wohlhabende Männer bildeten eine Allianz, um ihre Besitztümer zu schützen. Vor fünfhundert Jahren schufen sie ein gemeinsames Siegel: Es ist ein Adler, der auf einem goldenen Ast hockt. Seither haben sie an diesem Pakt loyal festgehalten.«

Er hielt inne und rieb sich den Bart. Die Fackel wechselte wieder in die andere Hand.

»Ich habe eine Frage an dich, Junge. Warum wollen sie den Tod der Gildenhäupter?«

Die Frage war nicht schwer. Das Siegel selbst gab die Antwort.

»Sie trennen sich niemals von ihrem Gold«, erwiderte Aaron. »Und doch nehmen wir es ihnen.«

»Ganz genau«, bestätigte Robert. »Um Missverständnisse auszuschließen: Selbstverständlich geben sie ihr Gold aus, manchmal auch für höchst frivole Anliegen und ohne jeden Sinn und Verstand. Doch selbst wenn sie ihr Vermögen verprassen, sind sie immer noch die Herren ihres Goldes. Es sich einfach wegnehmen lassen? Das ist für sie inakzeptabel. Die Trifect haben die unterschiedlichen Diebesgilden viele Jahrhunderte lang toleriert, während sie sich darauf konzentriert haben, ihre Macht zu vergrößern. Und sie ist gewachsen. Jetzt befindet sich nahezu die gesamte Nation von Neldar auf die eine oder andere Art unter ihrer Kontrolle. Sie haben die Gilden lange Zeit nur als Ärgernis betrachtet, nicht mehr. Das hat sich nun geändert. Sag mir warum, Junge. Das ist die nächste Frage.«

Diese Frage war schwieriger. Aaron bedachte die Worte seines Meisters. Er hatte ein ausgezeichnetes Gedächtnis, und schließlich fiel ihm ein Kommentar ein, der angemessen erschien.

»Mein Vater hat ein legendäres Vermögen angehäuft«, antwortete er. Er lächelte, stolz darauf, dass er auf die Antwort gekommen war. »Er muss der Trifect zu viel gestohlen haben, deshalb betrachteten sie ihn nun nicht mehr nur als ein Ärgernis.«

»Jetzt war er eine Bedrohung«, stimmte Robert ihm zu. »Und er war reich. Schlimmer jedoch war, dass sein Prestige die anderen Gilden vereinigt hat. Meistens hat dein Vater die mächtigeren Mitglieder gelockt und sie unter seine Kuratel geholt. Vor etwa acht Jahren jedoch hat er damit begonnen, durch Versprechungen, Drohungen, Bestechungsgelder und sogar Meuchelmord die Anführer, die er brauchte, auf seine Seite zu ziehen. Er war der Meinung, dass selbst die Trifect zögern würden, sie herauszufordern, wenn sie eine starke Einheit bildeten.«

Der alte Mann öffnete das Buch, das gar kein Buch war. Es war ausgehöhlt, und in seinem Inneren befand sich ein Stück Hartkäse und Dörrfleisch. Aaron musste seine ganze Willenskraft aufbieten, um sich nicht auf das Essen zu stürzen. Obwohl er diesen Lehrer erst seit Kurzem hatte, wusste er, dass eine derartig überstürzte, unhöfliche Handlung zweifellos einen Tadel nach sich ziehen würde.

»Nimm es«, erklärte Robert. »Du hast mich mit deiner Aufmerksamkeit geehrt.«

Das brauchte er Aaron nicht zweimal zu sagen. Der alte Mann erhob sich und ging zur Tür.

»Ich komme zurück«, sagte er. Seine Finger strichen über eine Mulde in der Wand, so schnell, dass Aaron es nicht richtig erkennen konnte. Er hörte ein leises Klacken, und dann sprang ein winziges Stück Metall hervor. Robert schob die Fackel durch den Ring und befestigte sie damit an der Wand.

»Danke«, sagte Aaron. Er war froh, dass die Fackel im Raum bleiben würde.

»Denk über Folgendes nach«, sagte Robert. »Vor acht Jahren hat dein Vater die Gilden vereinigt. Vor fünf Jahren ist zwischen ihnen und der Trifect ein Krieg ausgebrochen. Was war die Ursache für das Scheitern deines Vaters?«

Die Tür ging auf, strahlendes Licht fiel in den Raum, dann war der alte Mann verschwunden.

Thren wartete nicht weit von der Tür entfernt auf Robert. Sie befanden sich in einem großen und geschmackvoll eingerichteten Haus. Thren lehnte an der Wand, und zwar so, dass er beide Eingänge zum Salon sehen konnte.

»Du sagtest mir, die erste Sitzung wäre die wichtigste.« Thren hatte die Arme vor der Brust verschränkt. »Wie hat sich mein Sohn gehalten?«

»Bewundernswert«, erwiderte Robert. »Und das sage ich nicht aus Angst. Ich habe Königen mitgeteilt, dass ihre Prinzen verwöhnte Bälger wären, mit mehr Rotze als Hirn im Schädel.«

»Ich kann dir mehr Schmerzen bereiten als jeder König«, erwiderte Thren, aber die Drohung klang nicht wirklich überzeugend.

»Du solltest dir bei Gelegenheit einmal Vaelors Kerker ansehen«, gab Robert zurück. »Doch, ja, dein Sohn war intelligent und aufmerksam, und vor allem fiel sämtlicher Ärger von ihm ab, in diesen dunklen Raum eingesperrt worden zu sein, als ich ihm sagte, dass es keine Bestrafung wäre. Noch ein paar Fackeln, dann gebe ich ihm einige Bücher zum Lesen.«

»Der Rauch wird ihn nicht umbringen?« Thren warf einen Blick auf die Tür.

»In der Decke sind winzige Abzugsschächte«, erwiderte Robert, während er zu einem Stuhl humpelte. »Ich habe das schon Hunderte Male gemacht, Gildemeister, also mach dir keine Sorgen. Aufgrund der Isolation wird sein Verstand schon bald nach Wissen gieren. Er wird lernen, diesen Verstand zu beherrschen, und ich werde ihn feiner schärfen als jeden deiner Dolche. Wenn seine Lehrzeit bei mir vorüber ist, wird er sich hoffentlich an diesen Grad der Konzentration erinnern und in einer unruhigeren Umgebung darauf zurückgreifen können.«

Thren zog sich die Kapuze tief in die Stirn und verbeugte sich.

»Du warst sehr teuer«, sagte er. »Wir sind ärmer geworden, so wie die Trifect.«

»Ob Münzen, Edelsteine oder Speisen, ein Dieb hat immer etwas zu stehlen.«

»Und du bist jede Münze wert«, meinte Thren. Dann wandte sich der Gildemeister um und verschwand in den dunklen Straßen von Veldaren. Robert warf den Gehstock weg und schritt, ohne zu humpeln, zur anderen Seite des Raumes. Nachdem er sich etwas zu trinken eingeschenkt hatte, setzte er sich auf den Stuhl und ächzte zufrieden.

Er hatte eigentlich erwartet, dass er etwas mehr Zeit haben würde, aber offenbar waren die Menschen ungeduldiger geworden, während Robert gealtert war. Er hatte sein Glas nicht einmal halb geleert, als er zwei Schläge gegen seine Haustür hörte. Das war die einzige Ankündigung, bevor der einfach gekleidete Mann den Salon betrat. Einige wenige graue Strähnen durchzogen sein Haar. Sein Gesicht war von einer Narbe entstellt, die von seinem linken Auge bis zu seinem Ohr reichte. Er versuchte sie mit der Kapuze seines Umhangs so gut wie möglich zu verbergen, aber Robert hatte sie schon viele Male gesehen. Der Name des Mannes war Gerand Crold. Er war derjenige, der Robert als vertrautesten Lehrer und Ratgeber beim König ersetzt hatte.

»War Thren zufrieden?«, fragte Gerand, als er sich Robert gegenüber auf einen Stuhl setzte.

»Allerdings.« Robert machte keine Anstalten, seine Gereiztheit zu verbergen. »Obwohl ich glaube, dass es mit seiner Zufriedenheit schnell vorüber gewesen wäre, wenn er gesehen hätte, wie sich der Ratgeber des Königs in mein Heim schleicht.«

»Man hat mich nicht gesehen«, erwiderte der Mann und stieß beleidigt die Luft durch die Nase aus. »Dessen bin ich sicher.«

»Bei Thren Felhorn kann man da nie sicher sein.« Robert winkte beiläufig mit der Hand. »Also, was führt dich hierher?«

Der Berater des Königs deutete mit einem Nicken auf eine Tür. Hinter ihr lag der Raum, in dem Aaron sich befand.

»Er kann uns doch nicht hören?«

»Selbstverständlich nicht. Und jetzt beantworte gefälligst meine Frage.«

Gerand wischte sich mit der Hand über sein glatt rasiertes Gesicht. »Für einen Mann, der nur durch die Gnade des Königs lebt«, sagte er mit harter Stimme, »behandelst du seine Diener recht grob. Sollte ich ihm vielleicht ins Ohr flüstern, wie wenig kooperativ du bei dieser Unternehmung bist?«

»Flüstere, so viel du willst«, antwortete Robert. »Ich habe keine Angst vor diesem Welpen. Er sieht in jedem Schatten ein Gespenst und zuckt bei jedem Donnerschlag zusammen.«

Gerand verengte die Augen zu schmalen Schlitzen. »Das sind gefährliche Worte, alter Mann. Mit deinem Leben könnte es schnell vorüber sein, wenn du weiterhin so leichtsinnig daherredest.«

»Mein Leben neigt sich dem Ende zu, ganz gleich, ob ich leichtsinnig bin oder nicht«, meinte Robert und leerte dann sein Glas. »Ich tuschele und schmiede Ränke hinter Thren Felhorns Rücken. Also kann ich mich genauso gut wie der tote Mann benehmen, der ich bin.«

Gerand lachte. »Du überschätzt die Fähigkeiten dieses Mannes. Er wird älter, und er ist alles andere als der Halbgott, über den die Ahnungslosen sich flüsternd Geschichten erzählen, wenn sie betrunken sind. Aber wenn meine Anwesenheit hier dir so viel Angst einflößt, dann werde ich mich beeilen. Außerdem wartet meine Frau auf mich. Sie hat mir eine junge Rothaarige versprochen, mit der wir uns zur Feier meines dreißigsten Geburtstags vergnügen werden.«

Robert verdrehte die Augen. Dieser primitive Ratgeber prahlte immer mit seinen Eroberungen, von denen vermutlich höchstens ein Drittel der Wahrheit entsprach. Es war Gerands Lieblingstaktik, Zeit zu schinden, wenn er seine Gefährten beobachten und ablenken wollte. Robert hatte jedoch nicht die geringste Ahnung, warum er auf Zeit spielte.

»Wir Haerns haben keinerlei fleischliche Gelüste«, erwiderte Robert und erhob sich aus seinem Stuhl. Dabei verzog er übertrieben schmerzerfüllt sein Gesicht. Gerand sah es und nahm sein Glas, um es für ihn zu füllen. »Wir springen direkt aus den Schlammfeldern heraus«, fuhr Robert fort. »Hast du jemals dieses Schmatzen gehört, wenn dein Stiefel im Schlamm versinkt und du ihn mit viel Kraft wieder herausziehen musst? Das sind wir, wenn wir einen neuen Haern auf die Welt bringen.«

»Sehr amüsant«, erwiderte Gerand, während er Robert das Glas reichte. »Also bist du aus dem Umhang eines Edelmanns gefallen oder vielleicht aus der schmutzigen Socke eines weisen Mannes gekrochen?«

»Weder noch«, entgegnete Robert. »Jemand hat in das Loch einer Zieselratte gepisst, und ich bin herausgekrochen, nass und wütend. Und jetzt sag mir, warum du hier bist, oder ich gehe selbst zu König Vaelor und lass ihn wissen, wie wenig zufrieden ich mit deiner Zusammenarbeit bei dieser Unternehmung bin.«

Gerand ließ sich nicht anmerken, ob diese Drohung ihn verärgerte.

»Ich liebe Rothaarige«, sagte er. »Weißt du, was man über sie sagt? Oh, natürlich weißt du das nicht, von wegen Schlammgeburt und dergleichen. Sie sind so … lebhaft. Aber du willst, dass ich mich beeile, also werde ich mich beeilen. Ich bin wegen des Jungen hier.«

»Aaron?«

Gerand schenkte sich ein Glas Wein ein und prostete dem alten Mann von der anderen Seite des Raumes aus zu.

»Der König hat es entschieden, und ich stimme ihm in seiner brillanten Weisheit zu. Wenn wir den Jungen in der Hand haben, können wir Thren zwingen, diesen lästigen kleinen Krieg zu beenden.«

»Hast du den Verstand verloren?«, erkundigte sich Robert. »Du willst Aaron als Geisel nehmen? Thren versucht diesen Krieg zu beenden, er will ihn nicht verlängern!«

Er dachte daran, wie Gerand auf Zeit spielte, wie er sich ständig in dem Zimmer umgesehen und in alle Nischen geblickt hatte. Sein Magen fühlte sich plötzlich an wie ein Stein.

»Du hast mein Haus mit Soldaten umstellt«, sagte Robert.

»Wir haben gesehen, wie Thren gegangen ist«, antwortete Gerand. Er leerte sein Glas und leckte sich die Lippen. »Du bist alleine, glaub mir. Natürlich kannst du deine kleinen Spielchen weiterspielen, Robert, aber du bist immer noch ein Haern, deshalb begreifst du all diese Dinge nicht. Du sagst, Thren will seinen kleinen Krieg beenden? Du irrst dich. Er will nicht verlieren, und das ist der Grund, weshalb er ihn nicht enden lassen wird. Aber die Trifect werden sich ihm nicht beugen, nicht jetzt und nicht später. Also wird die ganze Angelegenheit erst dann enden, wenn eine Seite tot ist. Veldaren kann ohne die Diebesgilden leben. Aber können wir auch ohne Essen, Wohlstand und die Vergnügungen der Trifect leben?«

»Ich lebe von Schlamm«, sagte Robert. »Kannst du das auch?« Er schleuderte seine Krücke. Das flache Ende durchschlug das Glas und traf Gerand mitten auf die Stirn. Der Mann sackte zu Boden, und Blut tropfte von seiner Hand. Robert rannte zur Tür, während vor seiner Haustür Schreie ertönten, denen ein lautes Krachen folgte, als die Tür eingetreten wurde.

Der alte Mann stürmte in Aarons Ausbildungsraum, und der Junge zuckte bei der plötzlichen Helligkeit zusammen. Er sprang auf, still und aufmerksam. Trauer durchfuhr den alten Mann, als ihm klar wurde, dass er niemals die Chance bekommen würde, diesen so begabten Schüler weiter auszubilden.

»Du musst fliehen«, sagte Robert. »Die Soldaten werden dich töten. Es gibt ein Fenster auf der Rückseite des Hauses, also los. Lauf!«

Kein Zögern. Keine Fragen. Aaron tat, was man ihm sagte.

Robert setzte sich auf den kalten Boden in die Mitte des Raumes. Er spielte kurz mit dem Gedanken, die blakende und fast schon heruntergebrannte Fackel als Waffe zu benutzen, aber gegen schwer bewaffnete Gardisten war das ein lächerliches Unterfangen. Ein stämmiger Mann betrat den Raum, während andere Wachsoldaten an der Tür vorbeistürmten, zweifellos auf der Suche nach Aaron. Der Mann hielt eine Handfessel in einer Hand und ein blankes Schwert in der anderen.

»Bedarf der König meiner Anleitung?« Robert lachte düster.

Gerand betrat ebenfalls den Raum. Er hatte ein Tuch um die Hand gewickelt, um die Blutung zu stillen. Und die Beule auf seiner Stirn schwoll sichtbar an.

»Dummer alter Mann«, murmelte der Ratgeber und nickte dem Soldaten zu.

Robert schloss die Augen, weil er den Schwertgriff nicht sehen wollte, der gegen seine Stirn schlug und ihm das Bewusstsein raubte.

2. Kapitel

Information bedeutete Reichtum, und Kayla liebte beides. Sie war nicht gerade der unauffälligste Dieb, und im Gegensatz zu vielen anderen in ihrem Geschäft bewegte sie sich im Schatten nicht wie ein Fisch im Wasser. Und ihren Fingern mangelte es auch an der Geschicklichkeit, Schlösser zu öffnen. Aber ihre Ohren hörten alles, und ihre Augen waren sehr scharf. Im Verlaufe ihres rauen Lebens hatte sie gelernt, dass der Handel mit Informationen ihr Geld und Sicherheit einbrachte. Allerdings konnte er ihr auch ebenso leicht den Tod bringen. Manche Geheimnisse waren zu gefährlich, als dass man sie hätte verkaufen dürfen.

Während Kayla beobachtete, wie die Soldaten das Haus umzingelten, überlegte sie, welchen Wert das hatte, was sie da sah. Ganz eindeutig mischte sich der König – oder zumindest einer seiner Handlanger – in den Schattenkrieg ein, der zwischen der Trifect und den Gilden herrschte. Sie verlagerte das Gewicht auf das andere Bein, um zu verhindern, dass eines der beiden einschlief. Sie lag auf dem Dach eines Hauses in der Nachbarschaft. Seit die Soldaten das Palastgelände verlassen hatten, war sie ihnen über die Dächer der Stadt gefolgt.

Sie konnte zwar die Haustür kaum erkennen, aber sie hatte schon vor langer Zeit gelernt, jede Eigenheit an einem Menschen genau zu analysieren. Was die Person trug, wie sie ging, all das konnte einen Menschen identifizieren, ganz gleich wie dunkel es war oder wie gut er sein Gesicht verbarg. Doch Kayla benötigte diese Fähigkeiten diesmal gar nicht, denn als der

Mann aus der Tür trat, wehte der Wind ihm die Kapuze vom Kopf. Darunter kam das vernarbte Gesicht von Gerand Crold zum Vorschein. Er hielt sich eine Hand an die Stirn, als wäre er verletzt worden. Plötzlich jedoch schien er das Missgeschick mit seiner Kapuze zu bemerken, sah sich besorgt um und zog sie sich rasch wieder tief in die Stirn.

Glück gehabt, dachte sie und lächelte. Diese Information hier würde sie zweifellos verkaufen können. Sie traf sich jede Woche mit einem vierschrötigen kleinen Mann namens Undry. Ihm gehörte ein Geschäft, das sich auf Parfüm spezialisiert hatte. Sie flüsterte ihm zu, was sie wusste, und dann gab er ihr eine hässliche Flasche, die wie ein übergroßer Parfümflakon aussah, stattdessen jedoch mit Gold- und Silbermünzen gefüllt war. Und von seinem Geschäft aus kroch diese Information immer weiter hinauf, bis sie schließlich Laurie Keenan erreichte, den wohlhabendsten der drei Lords der Trifect.

Kayla hörte Schreie. Sie verlagerte erneut ihr Gewicht und beobachtete, wie ein Junge durch ein Fenster sprang. Er rollte sich auf dem Boden ab und schoss davon. Ein Soldat war ebenfalls zu sehen; das Klirren des Glases und die schnelle Bewegung unmittelbar neben ihm hatten ihn erschreckt.

Bevor Kayla auch nur bewusst wurde, dass sie sich entschieden hatte, bewegte sie sich bereits. Ihre Hand wanderte zu ihrem Gürtel, in dem Dutzende von schlanken Messern steckten. Sie waren als Wurfmesser gedacht, nicht dafür, in einem Nahkampf benutzt zu werden. Den Schreien und der hektischen Suche der Soldaten nach zu urteilen, wollten sie den Jungen erwischen. Wer auch immer er war, er schien wertvoll zu sein, und Kayla hatte nicht vor, sich so leichtes Geld einfach durch die Lappen gehen zu lassen. Wenn Undry für Gerüchte über frisch angeheuerte Söldner und besonders große Schiffsladungen zahlte, wie viel würde er dann wohl für einen

Blutsverwandten eines Lords der Trifect oder vielleicht eines der vielen Gildemeister zahlen?

Sie warf ihren Dolch. Die Schatten mochten keine zweite Haut für sie sein und die Lautlosigkeit nur ein entfernter Bekannter, aber wenn es ums Messerwerfen ging, kannte sie niemanden, der besser war als sie. Bevor der Soldat sich auch nur an die Verfolgung machen konnte, durchbohrte eine extrem scharfe Klinge die Seite seines Halses und zerfetzte seine Luftröhre. Er brach zusammen, ohne die anderen mit einem Ruf warnen zu können. Kayla schob das zweite Wurfmesser wieder in den Gürtel, das sie für den Fall herausgezogen hatte, dass ihr erster Wurf danebenging. Dann hielt sie Ausschau nach dem Jungen.

Verdammt, ist der schnell, dachte sie und rannte hinter ihm her. Hätte der Junge nicht so viel Angst gehabt, hätte er sie zweifellos über die Dächer poltern hören. Er rannte durch Gassen, schlug Haken, als wollte er einen Verfolger abhängen. Dennoch flüchtete er stets in Richtung Osten. Sobald Kayla das bemerkte, verringerte sie die Distanz, indem sie eine direktere Route nahm.

Wohin führst du mich?, fragte sie sich. Um sie herum erhob sich lautes Gebrüll. Sie blieb stehen und duckte sich, und plötzlich überkam sie doch eine gewisse Beklemmung. Offenbar hatten sich die Soldaten an die Verfolgung gemacht, aber es handelte sich nicht nur um die wenigen, die das Haus umstellt hatten. Sondern Hunderte Uniformierte strömten in kleinen Gruppen durch die Straßen und Gassen.

»Der Junge!«, schrien sie. »Helft uns, den Jungen zu fangen!«

Sie stürmten in Häuser, durch Gassen und stießen dabei jeden zur Seite, der ihnen im Weg war. Langsam und systematisch sperrten sie den gesamten östlichen Bezirk ab.

»Scheiße«, murmelte sie.

Kayla war zwar nicht unbedingt die meistgesuchte Verbrecherin von Veldaren, aber sie war auch keine Freundin des Gesetzes. Ein schlecht gelaunter Gardist konnte ihr ohne Weiteres ihre Dolche wegnehmen, und falls jemand eine Verbindung zwischen ihr und dem Wachsoldaten herstellte, den sie gerade getötet hatte …

»Fick mich von oben, von unten und von hinten«, murmelte sie, während sie sich fragte, wieso sie sich in eine derartige Klemme gebracht hatte. Sie huschte hastig über das Dach, auf dem sie gerade stand, und kontrollierte die Positionen der Soldaten. Dann, als ihr klar wurde, dass sie den Jungen aus den Augen gelassen hatte, lief sie schnell wieder zum nördlichen Rand des Daches. Wenn er jetzt plötzlich einen Haken schlug oder durch ein Fenster in ein Haus sprang, dann würde nicht sie ihn finden, sondern die Soldaten.

Eines war ihr bereits jetzt klar: Es würde nicht Undry sein, der sie dafür bezahlte, wenn sie das Kind aufgriff. Jeder, der so wichtig war, dass die ganze Stadtwache ihn verfolgte, verdiente ein weit besseres Lösegeld. Ein königliches Lösegeld, genau genommen. Als sie den Jungen schließlich wieder erblickte, seufzte sie erleichtert auf. Er war ein wandelnder Sack Gold, und sie hätte es sich nie verziehen, wenn sie ihn hätte entkommen lassen.

Er humpelte jetzt, obwohl sie nicht genau wusste, warum. Außerdem verließ er die Straße, und Kayla durchströmten sehr gemischte Gefühle, als sie den Grund dafür erkannte. Vor ihm lag ein alter, verlassener Tempel von Ashhur. Er war vollkommen leer geräumt worden, nachdem der elegante weiße Marmortempel weiter im Norden fertiggestellt worden war. Man hatte zwar die Türen verrammelt, aber die Bretter waren schon lange zerbrochen. Kayla lächelte, als der Junge hineinschlüpfte, denn sie wusste, dass es keinen anderen Ausgang gab. Gleichzeitig hätte sie ihn am liebsten gewürgt. Wenn die Wachen den

Tempel durchsuchten … Nun, wie gesagt, es gab keinen anderen Ausgang.

Sie warf einen Blick auf die Straße, sah aber keine Patrouillen in der Nähe. Rasch kletterte sie an der Seite eines Hauses herunter, sprang auf den Boden, rannte über die Straße, trat die Tür des Tempels auf und stürmte hinein.

Die Lücken, in denen einst bemalte Glasscheiben gesessen hatten, waren jetzt mit dicken Brettern und noch dickeren Nägeln verbarrikadiert. Anstelle der Bankreihen waren nur noch Splitter und Furchen im Boden zu sehen. Das Innere des Tempels stank nach Fäkalien und Urin. Sie blieb unmittelbar hinter der Tür stehen und sah sich nach dem Jungen um. Im selben Moment schlug er zu.

Sie spürte die Faust an ihrer Schläfe und einen schnellen Tritt zwischen ihre Beine. Sie sank auf ein Knie, lächelte jedoch unwillkürlich, weil der Junge offenbar angenommen hatte, dass ein Mann ihn verfolgte. Ein weiterer Schlag traf ihre Nase, aber sie erwischte seine Faust, bevor er die Hand zurückziehen konnte. Auf sein nächstes Manöver war sie jedoch nicht vorbereitet. Er packte ihr Handgelenk mit seinen Fingern, verdrehte seinen Körper, und im nächsten Moment hockte Kayla auf beiden Knien am Boden und zuckte zusammen, als sie den Schmerz in ihrem Arm spürte.

Ihre Annahme, dass es sich bei dem Jungen um einen normalen Burschen handelte, verflog spätestens mit ihrem Schmerzensschrei. Sie grub ihre Fingernägel in seine Haut, aber das schien ihn nicht zu kümmern. Sie starrten sich unmittelbar in die Augen, und überrascht stellte sie fest, dass sich weder Furcht noch Verzweiflung in seiner Miene zeigte. Seine blauen Augen schienen zu funkeln, und als er ihr Handgelenk losließ und versuchte, ihr einen Tritt gegen die Brust zu versetzen, wurde ihr klar, dass er diesen Kampf genoss.

Sie duckte sich unter seinem Tritt weg, wirbelte herum und

rammte ihm den Ellbogen gegen den Hals. Als er zu Boden stürzte, rollte er sich herum und entging so ihren beiden nächsten Tritten. Als sie ein drittes Mal zutrat, erwischte er ihre Hacke und riss sie hoch. Sie nutzte den Schwung, schlug einen Salto rückwärts und trat dabei mit dem anderen Fuß gegen sein Kinn. Noch während er zurücktaumelte, landete sie leichtfüßig auf dem Boden, zog zwei Dolche aus ihrem Gürtel und schleuderte sie durch den Raum.

Sie bohrten sich kaum einen Zentimeter jeweils neben seinen beiden Füßen in den Boden.

»Die Soldaten verfolgen dich, Dummkopf!«, fauchte Kayla. »Willst du vielleicht, dass sie uns beide umbringen?«

Er öffnete den Mund und schloss ihn dann wieder. Kayla zückte zwei weitere Dolche und wirbelte sie zwischen ihren Fingern herum. Der Junge war klug, das konnte sie erkennen. Er musste begreifen, dass er geschlagen war und sie trotzdem den tödlichen Wurf zurückhielt. Damit würde sie sich ja wohl sein Vertrauen erkaufen, zumindest ein bisschen.

»Dein Name«, sagte sie. »Verrate ihn mir, dann verstecke ich dich vor ihnen.«

»Mein Name …« Er war weder von seiner Flucht noch von dem Kampf außer Atem, obwohl er leise sprach, als würde der Klang seiner eigenen Stimme ihn verlegen machen. »Mein Name ist Haern.«

»Die Haerns sind einfache Bauern«, erwiderte Kayla. »Lüg mich nicht an. Wir wissen beide, dass du weder auf den Feldern geschuftet noch dir deine Kleidung in einer Schweinegrube dreckig gemacht hast.«

»Haern ist mein Vorname«, sagte der Junge. Er schien beleidigt zu sein, weil sie seine Lüge so leicht durchschaut hatte. »Du hast nicht nach meinem Familiennamen gefragt.«

Sie sah zur Tür, weil sie erwartete, dass die Soldaten jeden Moment hereinstürmten.

»Und, wie lautet der?«, erkundigte sie sich.

Die Tür flog auf, und zwei Gardisten mit gezückten Schwertern standen im Eingang.

»Da!«, schrie der eine. Das war sein letztes Wort. Ein Wurfmesser durchbohrte sein linkes Auge. Der andere Gardist fluchte, und eine zweite Klinge flog in seinen aufgerissenen Mund. Ihre Spitze drang aus seinem Nacken.

»Mir nach!«, schrie Kayla und packte Haerns Hemd. Er bemühte sich, ihr zu folgen, aber sie merkte, dass er wieder humpelte.

»Zur Tür.« Er deutete mit einem Nicken dorthin, wo die toten Stadtwachen lagen.

»Keine Zeit«, entgegnete sie. »Sie werden sehr bald da sein.«

Gegenüber der Tür war ein verrammeltes Fenster in der Wand des Tempels. Kayla griff hoch und riss an den Brettern. Das Holz war alt und verwittert, aber sie war nicht sonderlich stark. Sie zog und zerrte, aber das Holz wollte einfach nicht nachgeben.

»Gib mir einen Dolch«, sagte Haern.

Erst wollte Kayla sich weigern, doch dann begriff sie, dass dies ihre Lage auch nicht verschlimmern konnte. Sie tat, worum er sie gebeten hatte.

»Aber halt das spitze Ende fern von mir«, sagte sie.

Drei weitere Gardisten stürmten durch die Tür und riefen ihnen zu, sie sollten sich ergeben.

»Verflucht!«, knurrte Kayla.

»Übernimm du sie«, meinte Haern. »Ich bringe uns hier raus.«

Ohne sich auch nur im Geringsten um die Gefahr zu kümmern, grub der Junge den Dolch in das Holz rund um die Nägel. Kayla hielt ihn zwar für verrückt, aber er bearbeitete das Holz wie ein Fachmann. Nach wenigen Sekunden fiel der erste Nagel in seine Handfläche.

Aber es waren noch viele Nägel und Bretter übrig. Kayla zückte zwei weitere Dolche und drehte sich zu den Soldaten um. In der Ecke neben Haern stehen zu bleiben und ihn zu verteidigen, entsprach nicht ihrer Kampftechnik. Also rannte sie auf die andere Seite des Raumes und schleuderte dabei einen Dolch nach dem anderen auf die Gardisten, um deren Aufmerksamkeit auf sich zu lenken. Zwei Klingen glitten von dem Kettenpanzer ab, den die Männer trugen, und eine weitere wurde von der flachen Seite eines Schwertes abgelenkt. Eine aber grub sich tief in den Schenkel eines der Soldaten. Der Mann fluchte und zog ihn heraus, während die beiden anderen sich auf sie stürzten.

Kayla wich ihnen geschickt aus, rollte sich mit ihrem zierlichen Körper über den Boden und entging den Schwertschlägen nur knapp. Sobald sie auf der anderen Seite des Tempels war, drehte sie sich herum, rannte los, rollte sich erneut an den beiden Soldaten dicht vor ihr vorbei und sprang auf den Verletzten zu. Er kniete am Boden und presste die Hände auf seine Wunde. Er hatte gerade noch Zeit, den Kopf zu heben und einen Fluch auszustoßen, als sie ihm einen Dolch ins Auge rammte. Als sie an ihm vorbeistürmte, riss sie die Waffe heraus und zuckte angewidert zusammen, weil sein Augapfel an der schlanken Klinge hängen blieb.

Als sie wieder bei Haern war, sprang sie hoch und wirbelte herum. Ihre Hände waren undeutliche Schemen, als sie weitere Dolche schleuderte. Die beiden Wachsoldaten verschränkten die Arme, um ihre Gesichter zu schützen, aber Kayla hatte diese primitive Verteidigung vorhergesehen. Die scharfen Spitzen gruben sich in ihre Beine, ihre Hände und Füße. Das Blut strömte über den schmutzigen Boden.

»Schnell!«, hörte sie Haerns Schrei. Sie drehte sich um und sah, wie er ihr den Dolch zuwarf, mit dem Griff zuerst. Vor seinen Füßen lagen drei Bretter. Er kletterte hoch und zog sich aus dem Fenster, ohne sich zu vergewissern, ob sie ihm folgte. Sie warf den verletzten Soldaten einen Handkuss zu und sprang hinter Haern her.

»Wie schnell kannst du laufen?«, fragte sie den Jungen, als sie draußen landete. Der Sprung aus dem Fenster war erheblich höher gewesen, als sie vermutet hatte, und ihre Knie schmerzten.

»Nicht schnell genug.«

»Humple, wenn es sein muss.« Kayla packte seinen Arm. »Aber wir werden weglaufen, selbst wenn du auf einem Bein rennen musst.«

Er zögerte nur einen Herzschlag lang, bevor er seinen Arm um ihren Hals schlang und neben ihr herlief. Schreie folgten ihnen, und Kaylas Herz schlug ihr bis zum Hals. Sie hatte einen zweiten Soldaten getötet und zwei weitere verletzt. Wenn man sie erwischte, wartete keine Gefängniszelle auf sie, sondern nur ein kurzer Sturz an einem festen Strick.

Sie humpelten über die Straße. Kayla versuchte, so viel Abstand wie möglich zwischen sich und die Gardisten zu bringen. Während sie rannten, stieß sie hastig Fragen hervor, in der Hoffnung, dass ihr die Idee zu einem Plan käme.

»Du sagtest, Haern wäre dein Vorname. Wie ist dein Familienname?«

Haern weigerte sich, ihr zu antworten. Sie gab ihm eine Kopfnuss.

»Ich versuche, dein Leben zu retten und meines auch, also spuck's schon aus!«

»Ich … Ich bin der Sohn eines Gildemeisters.«

Kayla verdrehte die Augen. Immerhin, damit bestätigte er eine ihrer ersten Theorien. »Ich nehme an, des Meisters einer Diebesgilde?« Erneut nickte er. »Dachte ich mir. Du hast sicherlich einen Schlupfwinkel, also, wo ist er?«

»Im westlichen Bezirk«, erwiderte Haern vage.

»Das ist zu weit weg.« Allerdings spielte das ohnehin keine Rolle. Kayla hätte Haern sowieso nicht dorthin schleppen können, bevor sie ihre Verfolger abgeschüttelt hätten. Wenn sie die halbe Besatzung der Stadtwache zu dem geheimen Schlupfwinkel einer Diebesgilde führte, war das ebenfalls eine sichere Methode, zu Tode zu kommen, ungeachtet ihrer mehr oder weniger edlen Absichten.

»Gibt es irgendwo noch andere Schlupfwinkel?«, wollte sie wissen.

»Keinen, den ich kenne.«

»Freunde, die uns verstecken können?«

»Freunde sind gefährlich.«

Kayla verdrehte die Augen. »Bist du eigentlich überhaupt in irgendeiner Weise nützlich?«

Haern schockierte sie, indem er errötete. »Noch nicht. Aber eines Tages werde ich genauso gut töten wie du.«

Sie lachte, doch im gleichen Moment stürmten zwei Soldaten in die Gasse hinter ihnen. Kayla begann zu bereuen, dass sie vorhin einen Gardisten getötet hatte; sonst hätte sie jetzt Haern ausliefern und damit vielleicht ihr eigenes Leben retten können. Sie ließ die Dolche durch die Luft wirbeln und akzeptierte die einzige andere Handlungsmöglichkeit, die ihr blieb. Haern ließ sie los, damit sie sich frei bewegen konnte.

»Halt die Augen auf und such nach einem Versteck«,. wies sie ihn an.

Zwei weitere Gardisten tauchten hinter ihnen auf und schrien ihnen zu, sie sollten sich ergeben. Haern zog einen Dolch aus Kaylas Gürtel und küsste die Klinge.

»Dein Name?«, fragte er.

»Kayla.«

»Falls wir getrennt werden, werde ich dich finden. Sollte ich am Leben bleiben, werde ich dafür sorgen, dass mein Vater dich gut belohnt.«

Sie stellten sich Rücken an Rücken und erwarteten die herankommenden Gardisten. Zuerst schien es so, als wollten sie auf Verstärkung warten, aber als Kayla etliche Dolche geworfen hatte, von denen einer sich in den Oberschenkel eines Mannes gegraben hatte, kamen die Männer wohl zu dem Schluss, dass es einfacher wäre, die ungepanzerte Frau und den hilflosen Jungen anzugreifen, als zu versuchen, diesem Sperrfeuer aus Stahl auszuweichen. Kayla war ein wenig besorgt, weil sie wusste, dass Haern es ebenfalls mit zwei Soldaten zu tun bekam, aber dann erinnerte sie sich wieder daran, wie gut er im Tempel gekämpft hatte. Vielleicht überlebte er lange genug, bis sie ihre Gegner erledigt hatte und ihm dann zu Hilfe kommen konnte …

Der erste Soldat führte einen Streich mit seinem Schwert gegen ihre Brust. Sie parierte den Hieb mit dem Dolch in ihrer Linken und zog ihm dann das Messer in ihrer Rechten über das Gesicht. Blut spritzte auf ihren Arm, und der Mann heulte auf, als die Spitze der Klinge die Haut unter seinem Auge aufschlitzte. Sein Kamerad griff an, trieb Kayla zurück und verhinderte so den tödlichen Stoß. Der Verletzte hielt sich mit einer Hand sein Gesicht und starrte sie mit seinem unversehrten Auge böse an. Der andere griff erneut an, ein schwacher Hieb, der nur verriet, wie unerfahren er war. Sie schlug das Schwert mühelos zur Seite, zog ihm die Klinge übers Handgelenk und schleuderte dann den Dolch. Kayla konnte einen Mann auf der Straße von einem Dach aus töten. Aus dieser kurzen Entfernung hatte der Gardist nicht die geringste Chance. Der Dolch grub sich unmittelbar über seiner Kehle in den Hals, und er stieß ein paar unverständliche Laute aus, als er zusammenbrach.

Kayla hörte laute Rufe hinter sich, gefolgt von einem Schmerzensschrei. Die Zeit wurde knapp. Sie griff den verletzten Soldaten an. Er parierte zwei ihrer Stöße, aber der Blutverlust hatte ihn geschwächt, und seine Bewegungen waren unbalanciert, weil er sich die freie Hand aufs Gesicht presste. Kayla umkreiste ihn, hielt sich immer auf der Seite, wo er verletzt war, bis eine seiner Paraden zu früh kam. Ihre Dolche gruben sich in seinen Hals und seinen Bauch. Er keuchte, stürzte zu Boden und starb.

Dann wirbelte sie herum, in der sicheren Überzeugung, dass der Junge mittlerweile tot war. Sie hob die Dolche, um sich selbst zu verteidigen. Zu ihrer Überraschung jedoch sah sie, wie Haern zwischen den beiden Soldaten hin und her tanzte. Seine Dolche wirbelten wie Schemen durch die Luft. Beide Soldaten bluteten, aber den einen hatte es besonders schlimm erwischt. Er war vollkommen blutüberströmt von einem langen Schnitt in seinem Arm. Sie sah zu, wie der Junge einem Seitenhieb auswich, auf dem Absatz herumwirbelte und dann vor einem anderen Schlag zurücksprang. Das Schwert zischte nur Zentimeter an seinem Gesicht vorbei, aber Haern schien es nicht zu kümmern, wie nah ihm der Tod kam. Er bohrte den Dolch unter die Brustplatte des Soldaten, riss die Klinge zur Seite, durchtrennte Haut und Knochen, und die Eingeweide des Mannes fielen in den kalten Schmutz der Gasse.

Der Junge zögerte keine Sekunde, nicht einmal nach diesem grausamen Angriff. Der Hieb des anderen Soldaten hätte ihm beim kleinsten Zaudern das Rückgrat zerschmettert. Stattdessen jedoch klirrte die Klinge gegen den Boden. Haern zog dem Soldaten den Dolch über das Handgelenk, tanzte um den Mann herum, durchbohrte seine Flanke, und als der Gardist sich umdrehte, tanzte der Junge weiter, während er immer wieder zustieß. Sein Dolch grub sich in das Fleisch, als er zwei weitere Lücken in der Rüstung fand. Der Soldat war vollkommen blutüberströmt, und als der Junge ihm in die Kniekehlen trat, fiel der Gardist zu Boden, vollkommen geschwächt.

Kayla schüttelte verblüfft den Kopf. Er wollte lernen, eines

Tages besser zu töten als sie? *Unsinn,* dachte sie. *Das tut er doch längst.*

Haern schob den Dolch in seinen Gürtel und trat zu ihr.

»Dein Humpeln«, sagte sie, als ihr auffiel, dass er während des Kampfes keinerlei Anzeichen einer Verletzung gezeigt hatte.

»Ich habe mein Bein noch stärker verletzt«, sagte er und hakte sich bei ihr ein. »Aber man hat mich gelehrt, wie man solche Dinge ignorieren kann. Es ist besser, verletzt und mit Schmerzen zu leben, als kerngesund zu sterben.«

Er sprach, als hätte er sich diese Worte eingeprägt. Das schmerzerfüllte Keuchen, das er bei jedem Schritt ausstieß, zeugte jedoch vom Gegenteil.

»Wir werden ihnen niemals entkommen«, erklärte Kayla, als sie in eine schmale Gasse zwischen einer Reihe von Häusern einbogen, die fast wie ein Abwasserkanal stank. »Nicht wenn wir unseren Fluchtweg mit Leichen pflastern.«

»Wir müssen einfach in Bewegung bleiben«, sagte er. »Es spielt keine Rolle, wohin wir gehen.«

»Warum nicht?«, wollte sie wissen.

»Weil mein Vater seine Augen überall hat. Sobald man uns gesichtet hat, wird er uns zu Hilfe kommen.«

Kayla verzog das Gesicht.

»Wer dein Vater auch sein mag, Haern, er ist nicht der Sensenmann. Die Nacht ist dunkel, überall wimmelt es von Soldaten, und wenn wir die Morgenröte noch erleben wollen, müssen wir uns verstecken.«

Haern schien die abwertende Art, wie sie von seinem Vater sprach, zu verstimmen, aber er widersprach ihr dennoch nicht.

Kayla betrachtete die Häuser, an denen sie vorbeikamen, in der Hoffnung, eines zu erkennen. Als sie bedachte, wie hoch sie normalerweise den Wert von Informationen einschätzte, wurde ihr schmerzlich klar, wie wenig sie ihre Umgebung kannte. Sie war zwar mit dem Abschaum auf den Straßen befreundet, aber der östliche Bezirk war das Terrain der Reichen und Einflussreichen. Gewiss, sie fand sich zurecht und kannte viele Namen, die sich ausgezeichnet für eine Erpressung eigneten, aber hier gab es niemanden, den sie zu ihren Freunden zählen konnte. Von allen Orten in Veldaren war dieser hier zweifellos am weitesten von ihrem Zuhause entfernt.

»Warte«, sagte Haern, als sie an einem weitläufigen Anwesen vorbeikamen, das von einer hohen Mauer mit einem großen, soliden Tor umgeben war. Die Stangen des Tores waren aus dunklem Eisen und mitsamt den scharfen Spitzen mehr als zwei Mann hoch. Das Gebäude dahinter war von wunderschönen Eichenbäumen mit dichtem Laubwerk und Zweigen umgeben, die das Haus vor neugierigen Blicken schützten.

Haern streckte die Hand aus. »Hier können wir uns verstecken.«

Kayla brauchte einen Moment, bis ihr klar wurde, wo sie waren. Dann riss sie die Augen auf. »Bist du verrückt geworden, Junge? Das ist Keenans Besitz.«

»Ganz genau«, gab Haern zurück und lächelte schwach. »Das ist der eine Ort, an dem uns ganz gewiss niemand suchen wird.«

Das Argument war durchaus vernünftig, aber als sie auf die Gitterstäbe blickte, hatte sie keine Ahnung, wie sie sie überwinden sollten.

»Folge mir«, sagte Haern. Er versuchte gar nicht erst, an den Gitterstäben hochzuklettern, sondern drehte sich um und stieg an der Mauer eines weit bescheideneren Gebäudes auf der gegenüberliegenden Straßenseite hinauf. Dabei schonte er ganz eindeutig sein rechtes Bein und verlagerte sein Gewicht auf das linke, so oft er konnte. Es sah aus, als gäbe es keinen Weg hinauf, aber er fand mit Händen und Füßen Winkel, Spalten,

Fensterbretter und Löcher im Putz. Es sah so leicht aus, als wäre dort ein Weg, der nur auf ihn gewartet hatte.

Kayla wusste, dass sie sehr gut klettern konnte, aber sie bezweifelte, dass sie in der Lage war, ihm zu folgen. Allerdings hatte sie kaum eine Wahl, da die Schreie der Gardisten, die sie verfolgten, näher kamen. Sie versuchte, nicht daran zu denken, und machte sich hastig daran, ebenfalls an dem Haus hinaufzuklettern. Sie hatte die Hälfte der Strecke geschafft, als sie mit dem Fuß abrutschte. Das Fensterbrett unter ihr zerbrach. Sie schlug wild mit den Händen um sich und hielt sich am Erstbesten fest, das sie zu fassen bekam: Haerns Bein. Der Junge hing nur mit den Händen am Dach, und obwohl sein Griff so fest wie ein Schraubstock zu sein schien, hörte sie sein schmerzerfülltes Keuchen. Sie schwang ihren Fuß zur Seite, dorthin, wo der Rest des Fensterbretts war. Als sie sein Bein losließ, hörte sie, wie er langsam ausatmete, als müsste er darum kämpfen, seinen Schmerz unter Kontrolle zu halten. Einen Augenblick später war er auf dem Dach und nicht mehr zu sehen.

Der Rest des Weges hinauf war ein Kinderspiel. Als sie oben ankam, lag Haern auf dem Rücken. Tränen liefen ihm über das Gesicht.

»Es tut mir leid«, sagte sie. »Wir können uns hier verstecken, denn die Gardisten werden uns ganz bestimmt nicht …«

»Sie werden uns entdecken«, fiel Haern ihr ins Wort. »Sie können uns von der Straße aus sehen. Und sie werden uns finden, selbst wenn sie die ganze Nacht nach uns suchen müssten.«

Kayla seufzte. Er hatte selbstverständlich Recht. Das Dach war nicht flach, sondern hatte einen starken Giebel, und zudem war es von spitzen Gauben überzogen, in denen sich Fenster befanden. Wenn sie sich duckten, würden sie vielleicht eine Weile unbemerkt bleiben, aber jeder, der hier oben nach ihnen suchte, würde sie schließlich erblicken. Langsam verlagerte

Haern sein ganzes Gewicht auf sein linkes Bein und versuchte aufzustehen. Kayla schob sanft ihre Hände unter seine Ellbogen und half ihm hoch.

»Ich werde schreien, wenn ich springe«, sagte er. »Achte nicht darauf. Es ist nicht so schlimm.«

Dann rannte er los, ohne auch nur das geringste Anzeichen einer Verletzung zu zeigen. Das Dach hatte zwar einen starken Winkel, aber es war sehr groß und bot viel Platz für einen Anlauf. Zwischen den Spitzen im gegenüberliegenden Tor befanden sich breite Streifen des dunklen Eisens, und genau auf die zielte er mit seinem Sprung. Er hielt sich mit beiden Händen daran fest, und als sein Körper nach unten schwang, stieß er sich bei der Landung mit seinem gesunden Bein ab. Mit den Füßen in der Luft schlug er einen Salto über die Dornen und landete auf dem weichen Rasen auf der anderen Seite.

Kayla spürte, wie ihr bei dem Anblick die Lippen zitterten. Es wäre vielleicht besser, einfach auf dem Dach zu bleiben und zu hoffen, dass die Gardisten sie übersahen. Immerhin suchten sie nicht nach ihr, sondern nur nach diesem seltsamen, so unglaublich gut ausgebildeten Jungen, der kämpfte wie ein Meuchelmörder. Sie konnte doch unmöglich nachmachen, was er ihr da gezeigt hatte, oder?

Sie traf eine Entscheidung. Sie hatte längere Beine, also gab es vielleicht einen anderen Weg …

Sie schnallte den Messergürtel ab, zählte bis drei und rannte dann das Dach hinunter. Sie sprang, und als der Zaun auf sie zuschoss, schlang sie rasch den Gürtel um eine der spitzen Dornen und unterdrückte so gut sie konnte einen Schmerzensschrei, als ihr Körper gegen die Gitter krachte. Sie rutschte langsam daran herunter, doch dann straffte sich der Gürtel. Mit einer ganz ähnlichen Technik wie der Junge stieß sie sich von den Stangen ab und schlug einen Salto. Sie hielt den Atem an, als sie über die unglaublich scharfen Spitzen hinwegflog.

Sie stellte sich vor, wie sie aufgespießt würde, wie ihr Leichnam kopfüber wie ein groteskes Ornament am Zaun hing, und schloss dann die Augen, um das Bild aus ihrem Kopf zu vertreiben.

Dann hatte sie den Zaun überwunden und landete mit den Füßen auf dem Boden. Sie rollte sich ab und krabbelte hastig zum nächstgelegenen Baum. Im Vergleich zu der Kletterpartie am Haus war es ein Kinderspiel, an dem Stamm mit seinen vielen Zweigen und Ästen hinaufzuklettern. Haern wartete bereits auf sie, verborgen in den Blättern.

»Sei leise«, flüsterte er. Die Tränen strömten ihm immer noch über die Wangen, aber es lag kein Schluchzen in seiner Stimme. Er deutete mit seiner schlanken Hand durch eine Lücke in den Blättern, durch die sie beide die Straße sehen konnten. Gardisten rannten mit Fackeln in den Händen vorüber. Sie durchsuchten die ganze Gegend, aber keiner von ihnen kam auch nur auf die Idee, einen Blick auf das Gelände hinter dem Tor zu werfen.

»Laurie Keenans Besitz könnte genauso gut ein fremdes Land sein«, flüsterte Kayla. »Kein Gardist der Stadtwache würde es wagen, einen Lord der Trifect zu belästigen, jedenfalls nicht mitten in der Nacht und nur wegen eines Jungen wie dir. Das war ein sehr kluger Schachzug, obwohl du wirklich den Mut eines Löwen haben musst, um einen solchen Sprung zu wagen. Hätte dein Knie nachgegeben …«

»Hat es aber nicht«, erwiderte Haern. »Jedenfalls nicht, bis ich gelandet bin.«

Sie zog sein Hosenbein hoch und betrachtete sein Knie. Es war bereits dunkelblau angelaufen und in der Mitte hässlich braun. Sie tastete es ab und spürte, dass es bereits übel angeschwollen war.

»Wir müssen es verbinden und mit Eis kühlen«, flüsterte sie. »Und du musst es unbedingt ausruhen.«

Haern nickte. »Wie lange können wir uns hier verstecken, was meinst du?«

Kayla zuckte mit den Schultern. »Wir strapazieren unser Glück ohnehin, aber solange wir uns vom Haus fernhalten, sollten wir einigermaßen sicher sein. Ich habe gehört, dass sich alle Fallen innerhalb des Hauses befinden.«

Haern lehnte seinen Kopf gegen einen Ast und schloss die Augen. »Lass mich nicht herunterfallen«, sagte er. »Bitte.«

»Schlaf ruhig, wenn du müde bist«, antwortete sie und legte ihren Gürtel wieder an. »Ich passe auf uns auf.«

3. Kapitel

Maynard Gemcroft schritt unruhig in der großen Halle auf und ab, und der dicke Teppich fühlte sich weich unter seinen nackten Füßen an. Er hielt sich wohlweislich von den Fenstern fern. Obwohl er fürstlich für das dicke Glas bezahlt hatte, traute er ihm nicht. Ein schwerer Stein, dem ein einzelner Pfeil folgte, würde genügen, dann lag er auf dem Teppich, und sein rotes Blut würde die blaue Schlingenware verfärben. Der dünne, drahtige Mann lebte inmitten eines ständigen Schutzes von über einhundert Leibwächtern. Er war einer der drei Lords der Trifect und kontrollierte das Imperium der Gemcroft von seinem festungsartigen Anwesen aus. Er heuerte Söldner an, plante die Routen von Gardisten und billigte mehr als ein Dutzend Geschäfte täglich. Nur der König war genauso gut bewacht.

Und doch wäre Maynard vor zwei Tagen beinahe gestorben.

Ein Leibwächter öffnete eine Tür und betrat den Raum. Er hatte schiefe Zähne, und als er sprach, widerte Maynard der Anblick an. Der Mann trug einen Kettenpanzer und eine dunkle Schärpe um die Taille, die seine Zugehörigkeit zur Gemcroft-Familie markierte.

»Eure Tochter will Euch sehen.«

»Schick sie herein«, sagte Maynard, der seine Kleidung ordnete und sein Haar glättete. Er war immer sehr stolz auf sein Äußeres, aber in letzter Zeit fand er immer weniger Zeit, sich herauszuputzen. Es kam ihm vor, als würde er jede zweite Nacht durch Alarmrufe und die Schmerzensschreie der Eindringlinge geweckt. Und jeden Morgen fand man irgendwo auf dem Gelände einen toten Leibwächter. Es war der reinste Albtraum, wenn man auch nur versuchte, ihre Zahl konstant zu halten.

Der Leibwächter verließ das Gemach, und seine Tochter kam herein.

»Alyssa«, sagte Maynard, als er sich ihr mit ausgebreiteten Armen näherte. »Du bist früh zurückgekehrt. Waren die Männer im Norden zu langweilig für dich?«

Seine Tochter war recht klein für eine Lady, aber ihr schlanker Körper war kräftig und wohlgeformt. Maynard hatte noch keinen Mann erlebt, der seine Alyssa an Fingerfertigkeit und Geschicklichkeit hätte schlagen können, und er wusste, dass sie viele Männer ohne Weiteres unter den Tisch trinken konnte. Er fühlte sich kurz an ihre Mutter erinnert, eine wilde Frau. Eine Schande, dass sie mit einem anderen Mann geschlafen hatte. Leon Conningtons »Zarte Greifer« hatten sich niemals einer vornehmeren Frau annehmen dürfen.

Alyssa fuhr sich mit der Hand über ihr rotes Haar, das ihr bis zum Hals reichte und mit dünnen, festen Zöpfen durchsetzt war. Sie strich sich die Zöpfe hinter ihr linkes Ohr, und ihre grünen Augen funkelten amüsiert.

»Langweilig trifft es nicht einmal annähernd.« Ihre Stimme klang ein wenig heiser. »Die Frauen dort sind eingebildet und schwätzen daher, als hätten sie noch nie von der Existenz eines Schwanzes gehört. Und die Männer gehorchen ihnen und holen ihre Schwänze niemals heraus, um sie eines Besseren zu belehren.«

Sie kicherte, als Maynard rot anlief. Ihm war klar, dass sie nur versuchte, ihn in Verlegenheit zu bringen. John Gandrem regierte die nördlichen Steppen von seinem Schloss Felholz aus. Und der Lord hatte ihn durch seine Briefe sehr genau darüber informiert, mit wem Alyssa geschlafen hatte. Wenn einer von ihnen einen möglichen Erben des Gemcroft-Imperiums zeugen konnte, mussten selbst die intimsten Einzelheiten über ihn in Erfahrung gebracht werden.

»Musst du unbedingt eine solche … eine so gewöhnliche Sprache benutzen?«, erkundigte sich Maynard.

»Du hast mich dorthin geschickt, um unter gewöhnlichen Frauen zu leben. Matronen und Glucken, deren gesamtes Vermögen nicht einmal reichen würde, um mir die … den Schmutz vom Hintern zu wischen.« Sie zwinkerte ihrem Vater zu.

»Das geschah nur zu deiner eigenen Sicherheit«, antwortete Maynard. Als sie sich dem Fenster näherte, trat er ihr in den Weg. Er öffnete den Mund, um sein Verhalten zu erklären, doch sie legte ihm einen Finger auf die Lippen und küsste seine Stirn.

Im selben Moment tauchte ein Lakai auf und informierte sie darüber, dass das Abendessen zubereitet wäre. Maynard nahm die Hand seiner Tochter und führte sie durch das Haus zu dem extravaganten Speisesaal. Rüstungen säumten die Wände, und an den Lanzen hingen seidene Fahnen von Königen, Adeligen und uralten Angehörigen der Familie. Über einhundert Stühle standen an der gigantischen Tafel, und das dunkle Holz war mit dunkelviolettem Stoff gepolstert. Auf dem Tisch standen in von Rubinen überzogenen Vasen jeweils zwölf Rosen.

Zwanzig Bedienstete standen bereit, obwohl nur die beiden Oberhäupter der Familie speisen würden. Maynard setzte sich an den Kopf der Tafel, und Alyssa nahm den Platz zu seiner Linken ein.

»Mach dir keine Sorgen wegen der Speisen«, sagte er zu ihr. »Ich lasse alles vorkosten.«

»Du bist derjenige, der sich Sorgen macht, nicht ich.«

Maynard vermutete, dass sie anders reagieren würde, wenn sie gewusst hätte, dass in den letzten fünf Jahren sieben Vorkoster gestorben waren. Der letzte erst vor zwei Tagen.

Der erste Gang bestand aus gedämpften Pilzen, die in Bratensoße schwammen. Diener tauchten auf und verschwanden wieder, immer geschäftig, immer eilig. Alyssa schloss die Augen und seufzte, als sie in einen der Pilze biss.

»Du hast zwar deine Marotten, aber wenigstens verstehst du dich auf ausgezeichnete Mahlzeiten«, sagte sie. »Die Lakaien auf Felholz schienen eine gehäutete Katze für eine Delikatesse zu halten. Ich habe nach jeder zweiten Mahlzeit den Abend damit verbracht, mir die Haare aus den Zähnen zu ziehen.«

Maynard schüttelte sich.

»Sie waren immer korrekt während ihrer Verhandlungen mit mir, also hatte ich das Gefühl, dort wärst du sicher. Vor allem, weil es so weit weg ist von Veldaren. Aber bitte, mach keine Scherze über so geschmacklose Dinge, während wir essen.«

»Du hast Recht«, antwortete Alyssa. »Wir sollten lieber über Geschäftliches sprechen.«

Der nächste Gang wurde aufgetragen. Es war ein ihr unbekanntes Fleisch, das unter so viel Soße und Gemüse begraben war, dass sie es kaum sehen konnte. Allein bei dem Duft lief ihr das Wasser im Mund zusammen.

»Die Geschäfte sind sehr anstrengend«, antwortete Maynard. »Und zwar in mehr als einer Hinsicht. Es wäre mir lieber, wenn wir nicht darüber diskutieren würden, während wir uns entspannen.«

»Es wäre dir lieber, wenn wir gar nicht darüber diskutierten. Ich bin als junges Mädchen weggegangen, aber ich hatte viel Zeit zu lernen. Genau genommen einige Jahre.« Sie machte keinen Hehl aus ihrem Unmut. »Wie viele Jahre dauert dieser peinliche Krieg mit den Diebesgilden jetzt eigentlich schon?«

»Fünf Jahre«, erwiderte Maynard und runzelte die Stirn. »Fünf lange Jahre. Aber du solltest mir nicht verübeln, dass ich dich weggeschickt habe. Ich wollte nur, dass du in Sicherheit bist.«

»In Sicherheit?« Alyssa legte ihre Gabel auf den Tisch und

schob den Teller zurück. »Das glaubst du? Du wolltest, dass ich dir nicht in die Quere komme, das war schon immer so. Es ist einfacher, Morde zu planen und Geld zu verwalten, wenn dein kleines Mädchen dich nicht stört.«

»Ich habe dich schrecklich vermisst«, behauptete Maynard.

»Dann hast du dir aber alle Mühe gegeben, es dir nicht anmerken zu lassen«, schoss sie zurück. Ihre Worte trafen ihn wie eine Nadel in der Brust. »Aber genug davon. Ich bin eine Gemcroft, so wie du, und dieser armselige Konflikt ist eine Schande für unseren Namen. Abschaum und gemeine Halsabschneider besiegen die so ungeheuer wohlhabende und mächtige Trifect? Das ist erbärmlich!«

»Ich würde nicht behaupten, dass wir besiegt worden sind.«

Sie lachte ihm ins Gesicht. »Wir kontrollieren sämtliche Goldminen und Edelsteinminen nördlich der Königsschneise. Sie lassen Karawanen und einfache Arbeiter von Missgeburten und Hurensöhnen ausrauben. Leon Connington hat Lord Sully und den Rest des Hügels in der Tasche. Sie haben nur Läuse und Flöhe in ihren. Und was ist mit Laurie Keenan? Die Hälfte aller Schiffe auf der Thulonsee gehört ihm, und doch mache ich mir Sorgen, dass seine Seebären allmählich zu der Ansicht gelangen, diese Boote wären in ihren Händen vielleicht sicherer als in seinen.«

»Du vergisst dich!«, wies Maynard sie zurecht. »Es ist richtig, dass wir erheblich mehr besitzen als sie, aber genau darin liegt die Gefahr. Wir geben ein Vermögen für Söldner und Leibwächter aus, während sie einfache Männer von der Straße ins Feld führen. Wir haben unsere Herrenhäuser und Anwesen und sie ihre Bruchbuden, und du willst mir sagen, was einfacher zu verstecken ist? Sie sind wie Würmer. Wir schlagen einen Kopf ab, und dann wachsen zwei neue aus den Teilen nach.«

»Sie haben keine Angst vor euch«, erklärte Alyssa. »Vor keinem von euch. Ihr seid rückgratlos und werdet alles verlieren, bis auf das, was ihr in den Händen haltet – Händen, die mit jedem Tag kleiner werden. Weißt du, wie viele deiner eigenen Söldner einen Teil ihres Solds den Gilden geben?«

»Ich weiß erheblich mehr, als du dir träumen lässt!«, fuhr Maynard sie an. Er lehnte sich auf seinem Stuhl zurück. Seine Schultern fühlten sich schwer an, und seine Arme schienen aus Stein zu bestehen. Er hatte dieses Argument schon so oft von leichtsinnigen Narren gehört. Es machte ihn traurig, jetzt hören zu müssen, dass seine eigene Tochter ebenfalls eine von ihnen war. Trotzdem, auch wenn Alyssa solche Gedanken hegte, bezweifelte er sehr, dass sie selbst darauf gekommen war. Sie war viel zu lange aus der Stadt weg gewesen, um all dies zu wissen. Wer also hatte ihr diese Informationen gegeben? Wer versuchte, seine Tochter zu seinem Vorteil zu manipulieren?

»Sag mir, meine ach so kluge Tochter«, fuhr Maynard fort, »verrate mir, woher du all diese kleinen Einzelheiten weißt.«

»Woher ich das weiß, spielt keine Rolle!«, erwiderte Alyssa ein klein wenig zu schnell.

»Im Gegenteil, nur das ist wichtig«, widersprach Maynard. Er stand auf und klatschte in die Hände, um seine Lakaien zu rufen. »Yoren Kull hat dir das eingeflüstert, habe ich Recht? Ich habe Lord Gandrem angewiesen, dass er jeglichen Kontakt zwischen euch beiden unterbindet, aber wo Mauern sind, gibt es auch Ratten, nicht wahr?«

»Er ist keine Ratte.« Jetzt klang sie nicht mehr ganz so selbstsicher. Wenn sie angriff, dann hielt sie sich gut. Jetzt jedoch, als er sie scharf anblickte, geriet sie ins Stocken. »Und was spielt das überhaupt für eine Rolle? Ich bin während der Wintermonate bei Lord Kull geblieben, na und? Seine Burg liegt näher am Ozean, es ist wärmer dort.«

»*Lord* Kull?« Maynard lachte und nahm sich vor, Lord Gandrem für sein mangelhaftes Urteilsvermögen zu tadeln. »Kull treibt die Steuern in Stromtal ein. Selbst meine Bediensteten leben in besseren Häusern. Sag mir, hat er dich mit den Einflüsterungen von Macht und einem Glas Wein verführt?«

»Du weichst meiner …«

»Nein.« Maynards Stimme wurde plötzlich streng. »Du bist mit Lügen verführt worden. Wir werden immer noch gefürchtet, aber die Angst vor den Gilden ist weit größer. Sie sind verzweifelt. Wie lang dir diese fünf Jahre auch immer vorgekommen sein mögen, ich kann dir versichern, dass sie hier in einem weit brutaleren Tempo verstrichen sind. Diese Banditen, dieses Ungeziefer, sie töten ohne jede Rücksicht. Und schlimmer noch ist, dass irgendjemand König Vaelor ins Ohr flüstert, wir wären für all diese Brutalität verantwortlich. Die Krone weigert sich, uns zu helfen und uns ihre Soldaten zur Verfügung zu stellen. Adlige, die sich öffentlich zu uns bekennen, ersticken an ihren Speisen, oder ihre Kinder verschwinden spurlos aus ihren Schlafzimmern.«

Er schlug mit der flachen Hand auf den Tisch und stützte sich mit zitternden Armen ab.

»Wir mögen unser ungeheures Vermögen haben«, sagte er, und seine leise Stimme durchdrang die plötzliche Stille. »Sie aber haben Thren Felhorn. Und im Augenblick bedeutet all unser Reichtum nichts im Vergleich zu ihm.«

Er klatschte erneut in die Hände, und im nächsten Augenblick waren sie von Bediensteten umgeben. Alyssa fühlte sich nicht sonderlich wohl in ihrer Gegenwart. Dann, plötzlich, tauchten die Leibwächter auf.

»Ergreift sie!«, befahl Maynard.

»Das kannst du nicht machen!«, schrie sie, als Hände sie grob an den Armen packten und sie trotz ihrer heftigen Gegenwehr vom Tisch zerrten.

Maynard zwang sich hinzusehen, als man sie wegschleppte. Aber er sagte nichts. Die Gefahr war zu groß, dass seine Stimme seinen Schmerz verriet.

»Was sollen wir mit ihr machen?« Der Anführer der Wache war ein einfacher Mann, der vor allem wegen seiner Körperkraft und seiner Ergebenheit nützlich war.

»Steckt sie in eine der Zellen des Verlieses«, befahl Maynard, während er sich wieder hinsetzte und seine Gabel aufnahm.

»Die ›Zarten Greifer‹ würden sie schneller zum Reden bringen«, erklärte der Mann.

Maynard hob entsetzt den Kopf. »Niemals«, sagte er. »Sie ist schließlich meine Tochter. Wir geben ihr Zeit, dort tief unten im Fels abzukühlen. Sobald sie bereit ist, die Augen zu öffnen und die Dinge so zu sehen, wie sie wirklich sind, kann ich ihr zeigen, wie verflucht blutig dieser Krieg geworden ist. Es war mein Fehler, sie so lange wegzuschicken. Das dumme Mädchen hat keine Ahnung, wie furchtbar sich die Dinge entwickelt haben. Sie sagt, sie wäre eine erwachsene Frau, und daran zweifle ich auch nicht. Hoffen wir, dass ihre Gerissenheit selbst meine übersteigt und sie Yoren als den Lügner erkennt, der er ist. Ich werde auf keinen Fall zulassen, dass mir ausgerechnet ein erbärmlicher *Steuereintreiber* mein Vermögen stiehlt!«

4. Kapitel

Etliche Stunden verstrichen. Hätte Kayla noch irgendwelche Zweifel an der Bedeutung des Jungen gehabt, so wären sie in Anbetracht der Hartnäckigkeit, mit der die Soldaten nach ihm suchten, verflogen. Er war niedlich für sein Alter, stand gerade an der Schwelle zum Mannsein. Mit seinen babyblauen Augen hatte er gewiss schon etliche Herzen gebrochen, und so geschickt wie er kämpfte, bestimmt auch einige Knochen. Aber wer war er? Sie vergaß nur selten ein Gesicht, und sie konnte sich kaum vorstellen, dass sie seins hätte vergessen können. Aber bis jetzt sagte es ihr nichts.

Als die Sonne über die Mauern der Stadt lugte, weckte Kayla ihn mit einem sanften Stoß in die Rippen. Er schlug die Augen auf und starrte sie wortlos an. Er wirkte in sich gekehrt und schüchtern, seit die unmittelbare Gefahr vorüber war. Sie überlegte, ob sie ihn nach seinem Vater fragen sollte, entschied sich dann jedoch dagegen. Wer er auch sein mochte, sie hatte immer darauf geachtet, sich keine Feinde unter den Gildenhäuptern zu machen.

»Sollen wir nach Westen gehen?«, erkundigte sie sich. Er nickte. »Dachte ich mir«, fuhr sie dann fort. »Allerdings haben wir da ein kleines Problem. Wie sollen wir über das Tor kommen?«

Er wusste es nicht. Solange ihm die Bluthunde auf den Fersen waren, schien er vor Ideen fast überzusprudeln, aber sobald sich die Lage entspannte, versiegte diese Quelle rasch. Sie hätte ihm fast erneut eine Kopfnuss verpasst und ihm gedroht, ihm die Kehle durchzuschneiden, wenn er nicht sofort einen Vorschlag äußerte. Der Gedanke war so absurd, dass sie unwillkürlich lachen musste.

»Dann müssen wir wohl einfach abwarten«, meinte Kayla schließlich. Ihr Magen knurrte, und Haerns geschwollenes Knie musste dringend versorgt werden. Als sie sich umsah, schwand ihr Vertrauen in die Deckung, die ihnen das Blätterdach bot. Spätestens wenn die Sonne ihren Höchststand erreichte, waren sie gut zu erkennen. Und hatte man sie erst einmal entdeckt, würden sie sich wahrscheinlich noch nach dem gnädigen Seil des Henkers sehnen. Denn auf diesem Besitz war nicht der König, sondern Laurie Keenan unumschränkter Herrscher.

»Wenn jemand anders das Tor öffnet?«, flüsterte Haern. »Vielleicht können wir dann schnell hindurchlaufen.«

»Vielleicht«, erwiderte sie zerstreut. Aber selbst das war ein großes Risiko. Zunächst einmal musste jemand das Tor öffnen, ohne sie in ihrem Versteck zu bemerken. Dann mussten sie den Wachen entkommen, wenn sie zur Straße rannten, und dabei mussten sie die ganze Zeit hoffen, dass keine Bogenschützen ihnen aus den Fenstern den gefiederten Tod hinterherschickten. Nur, falls sie etwas unternehmen wollten, mussten sie das tun, bevor die Angestellten auf dem Gelände mit ihren täglichen Pflichten begannen. Denn wenn man sie aufspürte, hatten sie nicht die geringste Chance, irgendjemanden von Keenans Leuten zu überzeugen, dass sie keine gedungenen Mörder der Diebesgilden waren, die hierhergeschickt worden waren, um ein führendes Mitglied der Trifect zu ermorden.

Kayla sah Haern an und unterdrückte ein Lächeln. Vielleicht schüttelte der Junge ja eine weitere verblüffende Fähigkeit aus dem Ärmel, falls man sie tatsächlich aufspürte. Das Kind konnte Nägel mit einem dünnen Messer aus dem Holz ziehen und wie das Äffchen eines Schaustellers über Zäune springen. Wozu war er wohl in der Lage, wenn er hinter einem verschlossenen Tor in der Falle saß?

Verschlossen?

»Haern, sieh mich an«, sagte sie. »Kannst du ein Schloss knacken? Ich meine damit nicht irgendwelche billigen Riegel, sondern wirklich solide Schmiedearbeit. Ich war noch nie sonderlich geschickt in solchen Dingen, aber wie sieht es mit dir aus?«

Er wandte den Kopf ab, damit die aufgehende Sonne, deren Strahlen durch die Blätter fielen, ihn nicht länger blendete. Offenbar steigerte der Schatten seine Zuversicht.

»Deine Klingen sind ziemlich dünn. Ich könnte es versuchen. Aber ich brauche dafür noch etwas anderes, etwas noch Dünneres.«

Sie gab ihm einen Dolch und zog dann ein kleines Fernrohr aus ihrem Gürtel. Sie benutzte es, wenn sie sich vergewissern musste, wer eine Person war, und sie sich mit Mutmaßungen aufgrund der Haltung und Kleidung der Person alleine keine Gewissheit verschaffen konnte. Oder aber wenn sie in Teufels Küche geraten und von allen Beteiligten mit dem Tod bedroht würde, wenn sie sich im Namen irrte. Jetzt jedoch war sie nicht an dem Fernrohr interessiert, sondern an dem Draht, den sie um die Mitte des Glases geschlungen hatte, um die zerbrechliche Konstruktion zu stärken. Als Haern den Draht sah, nickte er zufrieden. Er riss ihr das Fernrohr förmlich aus den Händen, wickelte den Draht ab und gab ihr das Glas zurück.

»Wie lange?«

»Meister Jyr war mein Lehrer«, erwiderte er. »Als er ging, sagte er, ich wäre der schnellste Schüler gewesen, den er je hatte.«

Kayla schüttelte den Kopf. »Das reicht nicht. Sag mir, wie schnell genau.«

Haern zuckte mit den Schultern. »Eine Minute? Zwei, wenn das Schloss ein Meisterwerk ist.«

»Ich gebe dir drei Minuten«, antwortete sie. Sie ließ den Blick ihrer blaugrünen Augen über das Gelände und das Haus gleiten. Es würde nicht mehr lange dauern, bis die ersten Lakaien das Haus verließen, um frische Eier und warmes Brot für das Frühmahl ihres Herrn zu holen. Die Sonne stand noch tief ... Vielleicht würde man sie nicht bemerken. Wachen hatte sie zwar noch nicht gesehen, aber das hatte nichts zu bedeuten. Nach fünf Jahren Krieg tauchten immer überall Wachen auf.

»Knack das Schloss so schnell du kannst«, sagte sie zu dem Jungen. »Wenn jemand versucht, uns aufzuhalten, töte ich ihn.«

Haern nickte. »Ich versuche mein Bestes.«

Der Boden war zwar nicht weit entfernt, aber Kayla machte sich Sorgen wegen Haerns Bein. Wenn sie erst einmal auf der Straße waren, konnten sie in dem Meer aus Händlern, Kaufleuten und gemeinem Volk untertauchen, das in den Morgenstunden immer anschwoll. Bis dahin jedoch waren sie eine leichte Beute für die Wachen.

»Ich helfe dir herunter«, sagte sie. »Beeil dich, aber achte darauf, dass du dein Bein nicht noch schlimmer verletzt. Ein offenes Tor nützt uns nichts, wenn du nicht hindurchgehen kannst.«

Sie ließ ihn vorsichtig auf das Gras unter dem Baum hinab. Haern humpelte wie ein alter Mann, als er sich dem verschlossenen und verriegelten Tor näherte. Kayla blieb in ihrem Versteck im Baum hocken. Sie war dicht genug an ihm dran, um jeden Wachposten abzufangen, der ihn erblickte, und sie hoffte, dass sie die ersten Männer überraschen konnte, die versuchten, den Jungen aufzuhalten.

Als Haern das Tor erreichte, sank er auf sein unverletztes Knie, nahm das Vorhängeschloss in die Hände und untersuchte es. Nach einem Augenblick warf er einen Blick zurück zum Baum und hob zwei Finger.

Zwei Minuten, dachte sie. *Die Götter sind uns gewogen.*

Sie fing an, im Kopf die Sekunden zu zählen. Bei siebzehn hörte sie einen Alarmruf. Bei neunundzwanzig sah sie, wie etliche Männer um die Seite des Anwesens rannten. Sie alle trugen blank polierte Kettenhemden und schwangen gebogene Langschwerter. Es waren insgesamt fünf, und Kayla warf einen finsteren Blick auf die Messer in ihrem Gürtel. Sie hatte nur noch drei Klingen übrig. Also hatte sie keine Chance, die Wachen zu erledigen, bevor sie sie erreicht hatten. Und sie wusste, dass in diesen Rüstungen erfahrene, blutrünstige Kämpfer steckten.

Das ist nicht gut, dachte sie.

»Von oben, von unten, von hinten und von mir aus auch auf jede andere Art ...«, murmelte sie. Haern hielt sich an Kaylas Anweisung, auch wenn er hörte, wie sich die Männer näherten. Er kehrte ihnen den Rücken zu und konzentrierte sich auf seine Aufgabe. Kayla sprang von dem Ast, landete weich auf dem Gras und wirbelte eines der Messer zwischen ihren Fingern. Ein guter Wurf, dann wären es nur noch vier gegen einen. Sie war schnell, also konnte sie vielleicht einen weiteren blenden oder zumindest ernstlich verwunden, bevor die Männer überhaupt wussten, wie ihnen geschah. Und danach würde sie sie vielleicht lange genug ablenken können, dass Haern das Tor öffnen konnte. Nur, konnte ihnen die Flucht überhaupt gelingen, wenn er mit seinem geschwollenen Knie humpeln musste und von wütenden Wachen verfolgt wurde?

»Ich hätte dich besser laufen lassen sollen«, flüsterte Kayla, während sie sich in Bewegung setzte. »Gold lässt sich einfach nie sonderlich leicht verdienen.«

Die ganze Zeit über hatte sie nicht aufgehört zu zählen.

... siebenunddreißig, achtunddreißig, neununddreißig ...

Sie entschloss sich, den dritten Dolch nicht zu werfen. Wenn sie ihr Ziel verfehlte, würden die Männer vielleicht auf sie aufmerksam, und das Überraschungsmoment war ihr einziger Vorteil. Ihr Herz schlug ihr bis zum Hals, als sie sich ihnen seitlich näherte. Wenn sie richtig kalkuliert hatte, würde sie knapp drei Meter von Haern entfernt auf die kleine Gruppe der Wachposten treffen.

... vierzig, einundvierzig, zweiundvierzig ...

Sie zerfetzte einem der Wachen die Augen, als er sie hörte und sich zu ihr umdrehte. Ein weiterer schrie und taumelte zurück, während das Blut aus seiner Achsel spritzte. *Besser als erwartet,* dachte Kayla, als sie versuchte, sich wegzudrehen. Eine Hand packte ihr kurzes rabenschwarzes Haar. Jetzt schrie sie, als jemand brutal an ihrer Kopfhaut riss. Sie bewegte sich zu schnell, um einfach ruckartig stehen zu bleiben. Der Söldner fluchte und warf eine Handvoll Haare auf den Boden.

... fünfundfünfzig, sechsundfünfzig, siebenundfünfzig ...

Der geblendete Mann taumelte in Richtung Anwesen und schrie dabei wie ein aufgespießtes Schwein. Zwei Wachposten verfolgten Kayla und schlugen mit ihren Krummsäbeln nach ihr. Die Spitzen zischten dicht vor ihrer Brust und an ihrer Taille vorbei. Der Mann, dem sie den Dolch in die Achselhöhle gerammt hatte, stürzte zu Boden. Er stöhnte nur noch leise, und seine Lippen waren blass und blutleer. Also war nur noch einer übrig, der sich um Haern kümmern konnte.

Ihr Leben hing davon ab, also schleuderte Kayla einen Dolch zwischen den beiden Wachsoldaten hindurch, die sie verfolgten. Er wirbelte durch die Luft, und als er sein Ziel traf, stieß Kayla einen triumphierenden Schrei aus. Der Mann, der sich auf Haern gestürzt hatte, brach zusammen. Eine Klinge steckte in seinem Hals.

... zweiundsechzig, dreiundsechzig, vierundsechzig ...

Da sie sich jetzt ausschließlich auf die beiden übrig gebliebenen Wachsoldaten konzentrieren konnte, verlegte sie sich auf die Verteidigung. Ihre Dolche konnten es zwar mit der Reichweite der Krummsäbel nicht aufnehmen, aber die beiden Männer hatten gesehen, wie sie ihre Waffen geschleudert hatte.

Kayla konnte ihre Angst ausnutzen. Während sie den Schlägen geschickt auswich, holte sie immer wieder mit einer Hand aus und schleuderte sie nach vorne, als wollte sie das Messer werfen. Jedes Mal wich einer der Wachposten zurück und duckte sich, um seine ungepanzerten Körperteile zu schützen. Aber sie warf das Messer nicht, und es war klar, dass die beiden nicht mehr lange auf diesen billigen Trick hereinfallen würden.

... siebzig, einundsiebzig ...

Schreie drangen vom Haus bis zu ihnen. Die ersten fünf Wachposten waren offenbar nur eine Vorhut gewesen. Die Männer waren davon ausgegangen, dass da einfach nur ein Junge versuchte, ein Schloss zu knacken. Aber jetzt hatten sie gesehen, wie ihre eigenen Leute starben. Die Türen des Hauses flogen auf, und eine Gruppe von mindestens zwanzig Soldaten stürmte heraus. Sie waren mit Schwertern, Panzern und Schilden nur so gespickt.

Kayla lachte. Der Lage war so düster, dass es irgendwie schon beinahe amüsant wirkte.

»Fick, siebenundsiebzig, mich, achtundsiebzig, von oben, neunundsiebzig, von unten, achtzig ...«

Ihre beiden Gegner wichen zurück. Ganz offenbar hatten sie begriffen, dass die Zeit auf ihrer Seite war und die Verstärkung sie gleich erreichen würde. Außerdem versperrten sie Kayla den Weg zu Haern. Die Furcht schnürte ihr die Kehle zusammen. Sie hatte den Sohn eines Gildemeisters auf Keenans Besitz begleitet. Genauso gut hätte sie dem Sensenmann ins Gesicht spucken können. Man würde sie foltern, töten und sie in etlichen, unterschiedlich großen Behältern in die Unterwelt schicken. Nach fünf Jahren Krieg dürstete es die Trifect selbst nach dem kleinsten Sieg.

... Fünfundachtzig, sechsundachtzig ...

Sie hörte, wie Haern ihren Namen schrie. Die Männer mussten ihre verblüffte Miene gesehen haben und warfen einen kurzen Blick zum Tor. Dort stand Haern mit dem Schloss in der Hand. Vom Anwesen aus stürmten Männer auf ihn zu, die ganz offenbar vorhatten, ihn umzubringen, aber der Junge lächelte nur und schleuderte die schwere Metallkette auf Kaylas Angreifer. Als die wieder zu ihr hinblickten, hatte sie ihre Dolche bereits geworfen.

Sie wartete nicht, bis sie sehen konnte, wie übel sie die Männer verletzt hatte. Sie rannte los, ließ sich dann fallen und rutschte zwischen den beiden Männern hindurch, rollte sich mit dem Schwung weiter und war im nächsten Moment wieder auf den Beinen. Ihr Herz hämmerte wie verrückt, und ihre Beine brannten. Haern hatte das Tor aufgestoßen, als sie dort ankam. Sie packte ihn am Arm, als sie vorbeirannte, ohne langsamer zu werden. Er schrie zwar vor Schmerz auf, aber er rannte mit seinem verletzten Bein, so schnell er konnte. Es war nicht schnell genug.

Wachsoldaten strömten aus dem Tor. Sie würden sie zweifellos erwischen.

Einen Augenblick lang überlegte sie, ob sie den Jungen einfach zurücklassen und ihre eigene Haut retten sollte. Am Ende jedoch tat sie diesen Gedanken mit einem finsteren Lachen ab. Sie waren so weit gekommen. Wenn sie jetzt einfach wie ein Feigling davonrannte, käme sie sich schlicht erbärmlich vor. Außerdem hatte sie mindestens schon dreimal geglaubt, sie wären verloren, und doch hatten sie überlebt. Warum sollte sie es nicht auf ein viertes Mal ankommen lassen? Kayla hatte gehofft, sie könnten in der Menge untertauchen. Leider teilte sich die Menge vor ihnen und bildete hastig eine Gasse, weil sie nicht in diese blutige Angelegenheit verwickelt werden wollte. Kayla fluchte und wirbelte herum, um sich den Wachen zu stellen. Sie war fest entschlossen, lieber in einem ehrlichen Kampf zu sterben, als in den Folterkammern von Laurie Keenans Anwesen zu krepieren.

Ein kleiner Bolzen schlug in den Hals des Wachsoldaten ein, der ihr am nächsten war. Etliche andere Männer wichen zurück, als weitere Armbrustbolzen durch die Luft zischten. Kayla packte Haern und riss ihn zu Boden. Sie drückte seinen Kopf an ihre Brust, während sie ihn festhielt. Eine weitere Bolzensalve prasselte auf die Wachsoldaten herab. Die einfachen Bürger schrien auf und flüchteten, selbst die wenigen, die offenbar Anstalten gemacht hatten, das Spektakel zu beobachten. Ein Fehlschuss, und aus einem Gaffer wurde ein Opfer.

Männer mit Armbrüsten und in zerfetzten grünen Umhängen umringten Kayla und Haern. Etliche andere hielten lange Dolche in den Händen und grinsten die übrig gebliebenen Wachen drohend an. Während die Söldner unentschlossen zauderten, gruben sich noch mehr Armbrustbolzen in die Lücken ihrer Rüstungen. Wer auch immer von den Überlebenden der Anführer sein mochte, hob den Arm und schrie einen Befehl. Die Wachen wandten sich um und flüchteten zu Keegans Haus zurück.

»Steh auf, Mädchen!«, befahl einer der Grünen.

Kayla blickte hoch. Ein bärtiger Dieb lächelte auf sie herab. Seine Augen waren grün und seine Wangen mit Schlangentätowierungen bedeckt; die eine rot, die andere smaragdgrün. Als sie versuchte, Haern hochzuziehen und wegzulaufen, schlossen sie die Reihen und versperrten ihr mit gezückten Waffen den Weg.

»Wir haben mit den Schlangen nichts zu schaffen«, sagte sie und bemühte sich, ihrer Stimme einen harten Anstrich zu geben. Es war die Stimme, die sie einsetzte, wenn jemand ihr weniger Geld bot, als ihre Information wert war, oder, noch schlimmer, sich rundweg weigerte, etwas zu bezahlen.

»Die Schlangengilde entscheidet, mit wem sie etwas zu schaffen hat. Und jetzt beweg deinen Arsch. Wir haben es eilig.«

Es waren acht Schlangen, und die Männer kontrollierten mit

ihren gespannten Armbrüsten die Straße. Die Bewohner gingen bereits wieder lautstark ihren normalen Geschäften nach. Kayla wollte fragen, wohin sie gingen, aber in dem Moment schlug der Bärtige sie mit der Faust. Grobe Hände packten ihre Handgelenke, und ein anderer Mann drehte Haern die Arme hinter den Rücken und stieß ihn vorwärts.

»Ich hoffe, er ist es wert«, sagte eine der anderen Schlangen.

»Jemand, hinter dem sowohl der König als auch Laurie Keenan her ist?«, fragte der Bärtige zurück. »Er ist es allemal wert.« Dann sah er seine beiden Gefangenen an. »Haltet den Mund und bewegt eure Füße, sonst erlebt ihr gleich, wie viel Gift eine Schlange spucken kann.«

Kayla war nicht in der Verfassung, sich zu streiten. Also marschierten sie durch die Straßen. Die Grünen hatten ihre Beute umzingelt und schirmten sie ab. Sie schlugen viele Haken, aber Kayla sah, dass sie sich ungefähr in westlicher Richtung hielten. Als ihr das auffiel, wurde sie wachsamer und betrachtete die Gesichter der Passanten, die an ihnen vorbeizuhuschen schienen. Haern hatte gesagt, das Versteck seiner Gilde läge im Westen. Vielleicht, wenn sie Glück hatten, würde einer dieser undeutlichen Schemen möglicherweise ihre derzeitige Position melden …

Der Bärtige führte sie unvermittelt nach links, zwischen zwei Verkaufsständen hindurch, in denen Äpfel und Birnen feilgeboten wurden. Die Schlangen spielten mit den Armbrüsten in ihren Händen und wirkten noch aufmerksamer. Sie gingen schneller und trieben Kayla mit Stößen in den Rücken an, während ein anderer Haern half, der stark humpelte. Kayla vermutete, dass sie sich durch feindliches Territorium bewegten. Wessen Territorium das war, wusste sie nicht, da sie mit keiner der Gilden etwas zu tun hatte. Sie hatte lieber auf ihre unauffällige Art und Weise Informationen verkauft und war so dem Todesurteil entkommen, das einen fast immer erwartete, wenn man sich einer Gilde anschloss. Niemand, der bei Sinnen war, konnte behaupten, dass die Trifect ihren kleinen Krieg gewannen, aber sie hatten ganz bestimmt einen großen Teil von Veldarens Unterwelt eliminiert. Die Diebe rekrutierten ihre Leute mit Versprechungen von Wohlstand und Blutvergießen, während die wohlhabenden Adeligen harte Währung austeilten. Kayla hatte keine Zweifel, was von beiden ihr lieber war.

Über ihnen ertönte ein schriller Pfiff. Auf beiden Seiten der Gasse standen riesige vier Stockwerke hohe Mietshäuser. Darin lebten Familien auf engstem Raum zusammengedrängt, die kaum ihren Lebensunterhalt zusammenkratzen konnten. Ein paar der Grünmäntel blickten hoch, konnten aber nichts erkennen.

Kaylas Augen jedoch waren erheblich schärfer als die der Männer, und deshalb sah sie den Zipfel eines grauen Umhangs, der über das Dach eines Gebäudes sprang. Ihr Herz hämmerte heftig. Auch wenn es riskant war, sie musste handeln. Die Männer wirkten sehr besorgt. Wenn es Rettung gab, dann jetzt.

»Geh weiter!«, befahl der Bärtige. Kayla wurde schlaff und tat, als wäre sie kurz vor einem Ohnmachtsanfall.

»Was zum …? Ach, Mist! Los, packt sie!«, sagte einer von ihnen. Es fiel ihr nicht schwer, einen Schwächeanfall vorzutäuschen. Sie hatte mit Wachposten gekämpft, war über Tore gesprungen, hatte Bäume erklommen und war um ihr Leben gelaufen. Sie hatte fast all ihre Energie verbraucht. Einer der Grünmäntel packte ihre Arme, ein anderer ihren Hals, aber sie verdrehte geschickt ihren Leib und wand sich aus ihrem Griff. Sie fiel wie ein toter Fisch zu Boden und biss sich bei der Landung hart auf die Zunge. Als sie hustete, waren ihre Lippen blutig.

»Hoch mit ihr!«, befahl der Bärtige. »Los, ich hab gesagt, ihr sollt sie aufheben!«

Wieder ertönte ein Pfiff von oben. Jetzt sahen alle Schlangen hoch. Ein paar von ihnen sahen die grauen Umhänge. Hände packten ihre Achselhöhlen und rissen sie vom Boden hoch. Sie überlegte, ob sie sich widersetzen sollte, aber zwei scharfe Pfiffe ließen die Grünmäntel innehalten.

»Lass sie los, Galren!«, ertönte eine Stimme ein Stück vor ihnen auf der Straße. Kayla keuchte unwillkürlich auf. Sie hatte diese Stimme zwar erst einmal gehört, aber diesen harten Ton hatte sie nie mehr vergessen.

»Das hier geht dich nichts an«, antwortete der Bärtige, bei dem es sich offenbar um Galren handelte.

Ein Mann trat aus einer Gasse. Sein Gesicht war unter der Kapuze seines grauen Umhangs verborgen.

»Und ob mich das etwas angeht«, erwiderte er. »Und du bist ein verdammter Narr, wenn du etwas anderes glaubst. Veldaren ist meine Stadt, Schlange, *meine Stadt,* und ich weiß mehr über deine Gilde als du. Glaubst du wirklich, du könntest meinen Sohn entführen und verschachern, ohne dass ich davon erfahre?«

»Deinen ... *Sohn?«* Galren hörte sich an, als würde er sich in die Hose machen.

Kayla konnte ihren Schock kaum besser verbergen. Der Junge, dieser merkwürdige Junge, den sie hatte fangen und verkaufen wollen ... Dieser Junge war Aaron Felhorn, Thren Felhorns Sohn? Sie schwankte zwischen Entsetzen und Hysterie. Hätte sie ein Lösegeld für ihn ausgesetzt, hätte Thren sie gejagt und umgebracht, und zwar so brutal wie möglich. Andererseits, sie hatte alles getan, um den Jungen am Leben zu erhalten. Das würde sie vielleicht beschützen. Galren und seine Schlangen jedoch waren tote Männer. So einfach war das.

Thren war gekommen, um sich zu holen, was ihm gehörte.

»Ja«, sagte Thren und trat näher. Er hielt die Hände unmittelbar über den Griffen seiner Langmesser. Die nächsten Worte waren ein heiseres Flüstern. »Mein Sohn.«

Graue Umhänge schienen von den Dächern herunterzuflattern. Pfeile flogen aus Fenstern. Der Tod kam schnell, und nach der plötzlichen Attacke stand nur noch Galren aufrecht. Man hatte ihm die Arme auf den Rücken gedreht, als Geschenk für Thren, der vor ihn trat. Ohne ein Wort zu sagen, schlitzte der Gildemeister dem Bärtigen die Kehle auf und trat rasch zur Seite, damit kein Blut auf seine Kleidung spritzte. Trotzdem traf etwas seine Hände, aber er wischte sie an einem sauberen Tuch ab, das ihm einer seiner Männer hinhielt.

Haern stand auf und verbeugte sich vor seinem Vater.

»Du hast mir wohl einiges zu erklären«, sagte Thren und forderte ihn mit einer Handbewegung auf, sich wieder aufzurichten. Dann deutete er auf Kayla. Sie kniete auf dem Boden und hatte den Blick respektvoll gesenkt. »Aber erst will ich wissen, welche Rolle sie bei alldem gespielt hat.«

Haern antwortete, ohne zu zögern, und zur Überraschung seines Vaters flüsterte er diesmal nicht. »Sie hat mir das Leben gerettet«, sagte er. »Nicht nur einmal, sondern mehrmals.«

Thren schob sein Langmesser in die Scheide und hielt Kayla eine Hand hin. Sie nahm sie und stellte fest, dass ihr der Mund offen stand.

»Ich kenne weder deinen Namen, noch weiß ich, wem du Loyalität geschworen hast«, sagte er. »Aber ich biete dir einen Platz an meiner Seite, auf dass ich dir eines Tages die Freundlichkeit vergelten kann, die du meinem Sohn gegenüber gezeigt hast.«

Sie dachte an die Münzen in den Parfümflaschen und daran, wie erbärmlich sie im Vergleich zu Threns Wohlstand waren. Sein Angebot zu akzeptieren mochte den Tod bedeuten, aber es war eine unglaubliche Ehre … Und außerdem möglicherweise so gewinnbringend, wie sie es sich normalerweise noch nicht einmal hätte erträumen können.

»Ich nehme an«, sagte sie und verbeugte sich. »Ich akzeptiere dein Angebot, demütig und unwürdig wie ich bin.«

Threns Versteck lag nicht weit entfernt, und obwohl sie Ruhe brauchte und obwohl Thren darauf bestand, dass sie sich bald unterhielten, musste sie sich zunächst um eine andere Angelegenheit kümmern. Sie hatte schon seit Jahren indirekt Informationen an Laurie Keenan verkauft. Wenn das jemand herausfand, vor allem, wenn Thren es erfuhr …

Sie ging zu Undrys Parfümgeschäft, öffnete kurz die Tür und ging weiter, ohne ihre Schritte auch nur sonderlich verlangsamt zu haben. Undry brach auf dem Tresen zusammen. Er fegte Parfümflaschen zu Boden und verbreitete einen entsetzlichen Gestank. In seiner fleischigen Brust steckte ein Dolch.

Als sie schließlich auf ihr Zimmer in Threns Versteck zurückkehrte, lag eine gelbe Rose auf ihren Kissen. Darunter bildeten zwölf Steine den Buchstaben H.

5. Kapitel

In den letzten Jahren schienen die Nächte dunkler und stiller geworden zu sein, nachdem der Krieg zwischen den Dieben und der Trifect eine Menge unschuldiger Todesopfer gekostet hatte. Träumereien im Mondlicht hatten ihren Reiz verloren, und die meisten tranken und hurten zu Hause. Niemand wollte aus Versehen für ein Mitglied der Diebesgilden oder für einen Spitzel der Trifect gehalten werden. Klingen und Gift beherrschten die Straße, sobald die Sonne untergegangen war, und nur jene, die bereit waren, sich dieser Gefahr zu stellen, wagten sich noch hinaus.

Yoren Kull verstand es, mit einem Schwert umzugehen. Aber nicht das war der Grund, warum er hoch erhobenen Hauptes durch die Nacht schritt. Es lag an dem Mann, der neben ihm ging. Er trug die schwarze Robe und die silberne Schärpe eines Priesters von Karak. Offiziell waren diese Priester aus der Stadt verbannt. Inoffiziell jedoch sorgten sie dafür, dass jeder König von ihrer Anwesenheit erfuhr und ebenso wusste, dass jedem Versuch, sie aus der Stadt zu entfernen, der unmittelbare Tod des Verantwortlichen folgen würde. Yoren war fest davon überzeugt, dass niemand ihn belästigen würde, solange er einen Priester an seiner Seite hatte.

»Wann erreichen wir den Tempel?«, erkundigte er sich.

Der Priester antwortete mit der leisen Stimme, die er sich durch jahrelange Selbstbeherrschung angeeignet hatte. »Ich bringe dich nicht zum Tempel. Wenn ich das täte, würdest du eine Augenbinde tragen.«

Yoren lachte leise und hielt sich etwas gerader, als würde ihn allein die Vorstellung beleidigen. Mit der Linken umklammerte er den Griff seines Schwertes, während er sich mit der Rechten ein paar Haare aus der Stirn strich. Er war ein gut aussehender Mann. Seine Haut war glatt und braun gebrannt und sein Haar dunkelrot. Wenn er lächelte, blinkten seine goldenen Zähne im Licht der Fackel, die der Priester in der Hand hielt.

»Verzeih mir meinen Irrtum«, erwiderte er in dem Versuch, die Stimmung aufzulockern. »Ich war davon ausgegangen, dass ein Treffen mit Jüngern von Karak in Karaks Tempel stattfinden würde.«

»Unsere gesegneten Mauern sind heilig«, erwiderte der Priester. »Als Jünger Karaks muss man ein Leben in der sündigen Welt führen. Diejenigen, die du zu treffen wünschst, sind nicht würdig, sich innerhalb des Tempels aufzuhalten. Trotz der ... Stärke ihres Glaubens. Du hast nach den widerspenstigsten Anhängern von Karak gefragt, und zu ihnen bringe ich dich. Wofür auch immer du sie brauchen magst, ich kann nur beten, dass du einen guten Grund hast. Lass dein Schwert in der Scheide. Meine Gegenwart sorgt für unsere Sicherheit, aber wenn du blankziehst, wirst du allein die Konsequenzen zu tragen haben.«

Yoren war noch nie in Veldaren gewesen, und bis jetzt war er nicht sonderlich beeindruckt. Die gewaltige Mauer, welche die Stadt umgab, hatte zwar recht bedrohlich gewirkt, und die Burg, die hoch über der Stadt thronte, erst recht. Angeblich hatte der Gott Karak selbst sie errichtet, und offenbar widersprachen dieser Ansicht nur sehr wenige. Das Innere der Stadt jedoch schien fast die gewaltigen Mauern und die Burg zu verhöhnen. Der größte Teil des südlichen Viertels war allmählich ausgestorben. König Vaelor hatte befohlen, dass alle Handelskarawanen durch das Westtor in die Stadt kamen. Dort gab es mehr Stadtwachen, und die Straße war leichter zu beaufsichtigen. Als Yoren die Stadt von Süden her betreten hatte, war er von Elendsquartieren und heruntergekommenen Häusern begrüßt worden.

Als er sich dem Zentrum genähert hatte, war es zwar etwas besser geworden, aber die Häuser waren alle aus Holz und Lehm errichtet. Bis auf die Größe der Stadt und der Bevölkerung von dreihunderttausend Menschen, die hier zusammengepfercht waren und förmlich darum zu betteln schienen, ausgebeutet zu werden, sah Yoren nur sehr wenig, das ihn hätte verlocken können, innerhalb dieser Mauern zu leben.

»Wo sind wir jetzt?«, erkundigte er sich.

»Besser, du weißt es nicht«, erwiderte der Priester. »Es wäre gefährlich für dich, wenn du dich ohne meine Begleitung hierherwagen würdest.«

Sie hatten sich in der Nähe des Zentrums neben einem uralten Brunnen mit dem Denkmal eines noch älteren Königs getroffen. Der Priester hatte Yoren anschließend durch ein Gewirr aus Straßen und Gassen der Stadt geführt. Yoren hatte schon lange jedes Gefühl dafür verloren, in welche Richtung sie gingen, obwohl er vermutete, dass sie sich wieder den Elendsquartieren im Süden näherten.

»Ich bin keineswegs ein verweichlichtes Baby, auch wenn du mich so behandelst«, sagte Yoren.

»Du bist jung. Junge Männer sind oft witzig, dumm und lassen sich mehr von ihren Lenden als von ihrem Gehirn leiten. Also verzeih mir, wenn ich dich genauso behandle wie alle anderen Männer auf Dezrel.«

Yoren spürte, wie er rot anlief, aber er biss sich auf die Zunge. Sein Vater Theo Kull hatte ihm eingeschärft, die Priester noch besser zu behandeln, als er den König behandelte. Wenn das bedeutete, dass er ein paar irrige Einschätzungen über seinen Charakter ertragen musste, dann war das eben so. Yoren hatte sehr viel durch den Plan seines Vaters zu gewinnen. Also konnte sein Stolz ein paar Schrammen ertragen.

»Hier.« Der Priester blieb vor einem Haus stehen, das genauso heruntergekommen aussah wie die anderen. »Betritt es durch das Fenster, nicht durch die Tür.«

Als Yoren seine Finger gegen das Glas des Fensters drückte, glitt seine Hand einfach hindurch. Eine Illusion. Er begriff, dass in dem Fenster keine Scheibe saß. Er kletterte ins Innere des Hauses. Dann drehte er sich um, weil er erwartete, dass der Priester ihm folgen würde. Aber sein Führer war bereits verschwunden.

»Wirklich ein Ausbund an Gastfreundschaft«, murmelte Yoren, bevor er sich erneut umdrehte und sich umsah. Die Wände und der Boden waren vollkommen kahl. Eine Treppe führte in das Obergeschoss, aber die Stufen waren verfault und zerbrochen. Durch die einzige andere Tür in dem Raum sah er Regale, die vollkommen von Schimmel überzogen waren. Auf dem Boden lagen große Haufen von Rattenkot.

Er trat einen Schritt vor, und schlagartig verdunkelte sich der Raum. Er hörte ein Flüstern in seinem Ohr, aber als er sich umdrehte, war niemand zu sehen. Die Worte veränderten sich unaufhörlich, und er war nicht imstande, eine Bedeutung herauszuhören. Yoren griff nach seinem Schwert, als ihm die Warnung des Priesters wieder einfiel. Schatten huschten um ihn herum, und der junge Mann ließ die Klinge wieder los und richtete sich gerade auf. Er würde sich nicht vor Illusionen und Geflüster fürchten.

»Du bist recht mutig für einen Feigling«, zischte eine schlangenartige Stimme nur wenige Zentimeter hinter seinem Kopf. Yoren zuckte zusammen, drehte sich diesmal aber nicht um.

»Das scheint mir ein Widerspruch zu sein«, brachte er schließlich heraus.

»Ebenso wie es dürre Schweine und kluge Hunde gibt, existieren auch mutige Feiglinge«, sagte eine andere Stimme. Sie war der ersten auf unheimliche Weise sehr ähnlich. Aber statt hinter seinem Kopf schien sie unter seinen Füßen zu erklingen.

»Ich habe getan, was von mir verlangt wurde«, erklärte Yoren, als die Schatten vor ihm dunkler wurden. »Mein Schwert steckt in der Scheide, und ich bin durch das Fenster gekommen statt durch die Tür.«

Die Schatten vor ihm verdichteten sich zu einer verhüllten Gestalt. Jeder Zentimeter ihres Körpers war von violettem und schwarzem Tuch umhüllt. Die Augen waren hinter einem Fetzen aus dünnem weißem Material verborgen, das ihre Gesichtszüge verbarg, ihr aber offenbar erlaubte, etwas zu sehen. Und trotz der Schleier und der veränderten Stimme erkannte Yoren an der Körperform und der Wölbung ihrer Brust, dass er es mit einer Frau zu tun hatte.

»Um Karaks Willen zu erfüllen, ist mehr erforderlich, als nur Befehlen zu gehorchen«, antwortete die Frau. Schattenfetzen umschwebten sie wie Rauch. »Du hast die Gesichtslosen um Hilfe gebeten. Wenn wir uns in die Streitigkeiten von niederen Männern einmischen, müssen wir sicher sein, was dein Herz angeht, und auch wissen, welches Opfer Karak für seinen Segen erhält.«

Ein Messer mit scharfen Sägezähnen legte sich an seinen Hals und drückte gegen seine Haut.

»Opfer«, flüsterte ein weiterer gesichtsloser Schatten hinter ihm.

»Ich komme mit dem Versprechen meines Vaters«, antwortete Yoren. Dieses Mal war er wirklich froh, dass er ein so unglaubliches Selbstbewusstsein hatte. Denn nur das verhinderte nun, dass er zu stammeln begann. »Wir haben keinen Tempel in Stromtal, obwohl die Priester von Ashhur angefangen haben, einen auf dem Land zu erbauen, das ihnen von Maynard Gemcroft verpachtet worden ist.«

»Tatsächlich?«, fragte die Frau vor ihm.

»Wenn ihr mir helft, dann wird dieses Land schon bald mir gehören«, sagte Yoren. »Ihr führt vielleicht keinen Krieg mehr, aber ich weiß, dass die Anhänger von Karak und Ashhur sich nicht gerade freundschaftlich gegenüberstehen. Wenn ihr mir meine Wünsche erfüllt, werde ich Ashhurs Priester vertreiben. Karak bekommt dann den Tempel und das Land, auf dem er erbaut wurde. Genügt das?«

Der Umhang der gesichtslosen Frau schleifte auf dem Boden und wirkte wie flüssige Dunkelheit, aber als sie zurücktrat, verfestigte sich der Stoff.

»Es ist zumindest ein Anfang«, erwiderte sie. »Aber wie gelangt das Land, das einem Gemcroft gehört, in die Hände eines Kull?«

»Alyssa ist meine Verlobte«, erwiderte Yoren. »Und alles, was ihr gehört, wird nach unserer Heirat mir gehören.«

Die Gesichtslosen schienen sich anzusehen, und Yoren spürte, wie eine lautlose Konversation zwischen ihnen stattfand.

»Und was verlangst du von Karaks kühnsten Dienerinnen?«, fragte eine schließlich.

Yoren leckte sich die Lippen. »Man sagt, dass ihr selbst die unmöglichsten Aufgaben bewältigen könnt«, meinte er. »Ich will sehen, wie gut ihr wirklich seid. Was ich verlange, ist einfach. Bevor die Tochter erben kann, muss der Vater gehen.« Er grinste sie an. »Ihr sollt Maynard Gemcroft töten.«

Wenigstens hatte sie eine Decke. Dafür war Alyssa dankbar. Die Zellen unter dem Besitz der Gemcroft waren alles andere als gemütlich, und es war schon Generationen her, seit Sonnenlicht den grauen Stein berührt hatte. Als sie aufwuchs, hatte sie oft gehört, wie einer der Männer ihres Vaters damit geprahlt hatte, dass die Steinmauern genauso zusammengefügt worden wären, dass in jeden Winkel der Zelle Durchzug herrschte. Viele Gefangene, die von der Feuchtigkeit, die von den Decken tropfte, durchnässt waren und diesem ständigen kalten Luftzug nicht hatten entkommen können, waren gebrochen worden, während sie verzweifelt nach Wärme geschrien hatten. Während die Kälte von Eis und Schnee irgendwann die Haut betäubte, fror man in den zugigen Zellen der Gemcroft ständig.

Der Vorsteher der Schließer hatte ihr wohl wegen dieser Zugluft die Decke gegeben. Doch ganz gleich, wie fest sie das Stück Tuch um sich schlug, sie spürte ständig einen Luftzug an den Beinen oder in ihrem Rücken. Sie zitterte und dachte an die Geschichten von Männern, die nackt hier eingesperrt worden waren. In ihrer Jugend hatte Alyssa immer geglaubt, dass diese Zugluft einfach nur ein bisschen unbehaglich sein müsste. Wie sollte ein bisschen kalte Luft den Willen eines Mannes brechen können? Aber nachdem sie jetzt einen kurzen Vorgeschmack bekommen hatte, begriff sie, welche Folter dieser ständige Windzug sein konnte, vor allem, wenn man ihm Monate, wenn nicht sogar Jahre ausgesetzt war.

Und dabei war noch nicht einmal die wirkliche Folter mit eingerechnet, die hier angewendet wurde und von der sie offenbar verschont blieb.

Alyssa war sich nicht sicher, wie lange sie schon in der Zelle saß. Den Mahlzeiten zufolge konnten es jedoch noch nicht einmal zwei Tage sein. Am ersten Tag hatte sie geschrien, gedroht und verlangt, freigelassen zu werden. Als sie sich schließlich, umhüllt von ihrer Decke, in eine Ecke gehockt hatte, war ihr Ärger fast gänzlich verflogen. Ein glühender Funke der Wut glomm noch in ihrer Brust, aber sie versuchte sie zu beherrschen, so gut es ging. Denn sie hatte Wichtigeres zu bedenken.

Es gab nur eines, was Maynard, ihren Vater, so aufgebracht haben konnte, und das war ihre Erwähnung der Kulls. Die Kulls waren an der Ostküste unter anderem dafür zuständig, die Steuern des Königs einzutreiben. Allein das hatte Streit zwischen ihnen und ihrem Vater ausgelöst, einen Zank, den Alyssa für kindisch hielt. Ihr Vater sprach oft davon, dass die Kulls mit Steuergeldern ihr eigenes Handelsimperium an der Küste aufgezogen hatten und Maynard allmählich aus dem Geschäft verdrängten. Nur dessen größere Zahl von Söldnern hinderte Theo Kull, den Ältesten und Patriarchen der Familie, daran, sich die Ländereien der Gemcrofts anzueignen. Aber das war Geschäft, reines Geschäft, und Alyssa hatte in ihrer Zeit mit Yoren keinerlei Beweise für diese Behauptungen zu Gesicht bekommen.

Sie zog jetzt die Decke fester um sich und presste die Knie an die Brust, um so gut wie möglich die Wärme zu speichern.

Er wird mich befreien, dachte sie. Ihr Vater musste einfach zu ihr kommen. Er hatte ihr nur zeigen wollen, wie ernst er ihre Worte nahm. Wenn sich die Tür öffnete und er mit einer Fackel in der einen und einer Decke in der anderen Hand auftauchte, würde sie ihm diese Strafe verzeihen. Sie würde ihn umarmen, ihn auf die Wange küssen und ihm bereitwillig alles erzählen. Theo und Yoren hegten keine bedrohlichen Pläne. Sie hatten keine Hintergedanken. Die Kull-Familie versuchte nur, ihre Interessen zu schützen. Denn wenn die Trifect fiel, würde der Abschaum der Unterwelt seine gierigen Klauen als Nächstes nach den Kulls ausstrecken.

»Weißt du, wie man einen wütenden Bullen aufhalten kann?«, hatte Yoren sie gefragt. »Du musst ihn töten, bevor er anfängt loszustürmen. Er hat bereits die Trifect niedergestreckt. Er muss sterben, bevor er uns ebenfalls auf die Hörner nimmt.«

Maynard kam an diesem zweiten Tag nicht.

Am dritten Morgen tauchte er in Begleitung von zwei Wachen auf. Der eine hatte eine Decke in der Hand und der andere ihr Frühmahl. Maynard stand mit verschränkten Armen zwischen ihnen. Er trug weder einen Umhang noch eine Weste, als würde die kalte Zugluft ihm nichts ausmachen.

»Glaub mir, meine Tochter, wenn ich dir sage, dass ich dir deine Dummheit nicht verüble«, sagte er. Alyssa unterdrückte den Drang, aufzuspringen und ihn zu umarmen. »Aber du musst mir verraten, was die Kulls planen. Sie sind Lügner, Mädchen, Lügner und Diebe und hinterhältige Männer, also sag mir, was sie wollen.«

Sie schüttelte den Kopf, und ihr Ärger flammte auf. Einen Augenblick lang konnte sie ihn nicht beherrschen. »Sie sind wütend wegen deiner Unfähigkeit, genauso wie ich!«, gab sie zurück. »Und wenn sie etwas gegen dich planen, hast du es selbst heraufbeschworen. Aber ich schwöre, dass ich nichts weiß.«

Maynard Gemcroft nickte, und seine Mundwinkel sanken ein wenig herab.

»Du besitzt die Weisheit deiner Mutter«, sagte er. »Aber manchmal bist du einfach nur ein dummes Mädchen.« Er wandte sich zu einem der Wächter um. »Nimm ihr die Decke weg.«

Panik stieg in ihr hoch, als man ihr die Decke aus den Armen riss. Sie umklammerte sie mit aller Kraft, schrie, dass sie ihr gehörte, dass man sie ihr nicht wegnehmen durfte. Aber es nützte nichts. Ihr war jetzt kalt, sehr kalt, und dabei war sie erst den dritten Tag hier und wusste doch gar nichts.

Am vierten Tag war ihr immer noch kalt, sie fühlte sich elend und war plötzlich nicht mehr allein.

»Hab keine Angst«, flüsterte eine Stimme in der Zelle. Alyssa fuhr zusammen wie ein erschrecktes Kaninchen. Ihre Lippen waren blau angelaufen und ihre Haut teigig und bleich, runzlig von der Feuchtigkeit, die in der Luft hing und an den steinernen Wänden hinablief. Sie fühlte sich nass an und widerlich, und ihr Geist beschwor die düstersten Gründe, warum jemand mitten in der Nacht bei ihr vorbeikommen sollte.

»Mein Vater wird das herausfinden«, sagte sie. Sie rückte so weit von den Zellengittern ab wie nur möglich. »Er wird dich bestrafen, wenn er …«

Ihre Stimme erstarb, denn es war niemand in ihrer Zelle. Wieder hörte sie die Stimme, die von den Steinen der Mauer hin und her geworfen wurde, als wäre es der Trick eines Zauberkünstlers. Diesmal jedoch erkannte sie, dass eine Frau flüsterte. Das hätte sie eigentlich beruhigen sollen, seltsamerweise tat es das aber nicht.

»Wir sind Karaks ausgestoßene Kinder«, flüsterte die Stimme. »Wir sind seine glühendsten und gläubigsten Anhänger, denn wir haben so viel zu sühnen. Bist du eine Sünderin, Mädchen? Wirst du deine Arme zu uns erheben und unsere Gnade akzeptieren?«

Schatten tanzten durch ihre Zelle, Schatten, die nicht von der Fackel geworfen wurden, die außerhalb der Stäbe flackerte. Alyssa legte ihre Hände auf den Kopf und vergrub ihr Gesicht zwischen den Knien.

»Ich will, dass mir warm wird«, sagte sie. »Bitte, mein Vater ist nicht schlecht, das ist er nicht. Ich will nur Wärme.«

Alyssa spähte verstohlen über die Knie und sah, wie die Schatten zusammenzufließen schienen, an Dichte und Umfang gewannen, an Farbe zunahmen und schließlich zu einer Frau wurden. Sie war in schwarze und violette Gewänder gehüllt, und ihr Gesicht war von einem dünnen weißen Tuch bedeckt.

»Im Schlund findest du Wärme«, sagte die Frau, als sie einen gezackten Dolch zückte. »Möchtest du, dass ich dich dorthin sende? Überleg dir aber gut, worum du bittest, kleines Mädchen. Stelle klare Forderungen, oder akzeptiere die grausamen Gaben, die Narren und egoistische Männer zu geben haben.«

Alyssa zwang sich aufzustehen. Vor dieser merkwürdigen Frau fühlte sie sich nackt und dürr, und sie musste all ihre Willenskraft zusammennehmen, um das Zittern ihrer Hände zu unterdrücken und sie an der Seite ihres Körpers hängen zu lassen.

»Ich will aus diesem Gefängnis heraus«, sagte sie. »Ich habe nichts getan, womit ich diese Kälte verdient hätte. Sag mir, wer hat dich geschickt?«

»Wer wohl?«, fragte die Frau zurück. »Stell keine Fragen, auf die du bereits die Antwort kennen solltest. Sei still. Wir sind nur wenige, und einige Dinge müssen lautlos erledigt werden.«

Sie schlug den Umhang um ihren Körper. Der Stoff schien aus flüssigem Schatten zu bestehen. Ein kurzes Zucken, und sie war verschwunden. Ihr Körper explodierte in dunkle Fragmente, die an die Wände spritzten und sich wie Rauch auflösten.

»Du hast die Hilfe der Gesichtslosen akzeptiert«, hallte das Flüstern durch ihre Zelle. »Vergiss nicht, der Preis, den du zahlst, scheint dir immer höher, sobald er deine Hand verlassen hat.«

Alyssa ließ sich wieder in die Ecke sinken, zog die Knie an ihr Kinn und begann zu weinen. Sie fragte sich, was Yoren sagen würde, wenn er sie so sah. Er war so wunderschön, und sie wusste, dass auch sie wunderschön sein konnte. Aber nicht hier, nicht in dieser Kälte, und besonders nicht, während sie wie ein erbärmliches Schmuddelkind weinte. Aber auch das brachte ihre Tränen nicht zum Versiegen, wie sie gehofft hatte. Stattdessen weinte sie noch mehr.

Dann hörte sie, wie sich in weiter Ferne eine Tür öffnete. Riegel klapperten metallisch. Sie hob den Blick, und mit gleichgültiger Neugier beobachtete sie abwartend, was passieren würde.

Ein korpulenter Mann watschelte heran. Er hatte die Daumen in den Gürtel geschoben. Seine Augen glänzten und standen dicht zusammen, und Fett tropfte von seinem langen Schnurrbart. Alyssa hatte ihn noch nie gesehen, bevor sie nach Veldaren zurückgekehrt war. Aber sie hatte seinen Namen rasch gelernt. Jorel Tule, der Herr der kalten Zellen.

»Die Hunde heulen gegen den Sturm an«, sagte Jorel. »Dachte mir, ich überzeuge mich mal, ob du es auch gemütlich und behaglich hast.«

»Eine Decke.« Ihre Zähne klapperten, und das war nicht gespielt.

»Maynard hat mir befohlen zu warten, bis du nicht mehr stehen kannst«, erwiderte der Mann und zog den Gürtel hoch. »Ich glaube, er meint damit, ich sollte warten, bis du kurz vorm Verrecken bist.«

Der Blick seiner Augen wurde härter. Alyssa erkannte in ihnen die perverse Freude eines Mannes, der mit ansehen durfte, wie jemand von vornehmer Geburt auf sein Niveau herabsank und ganz seiner Gnade ausgeliefert war. Als sich hinter ihm die Schatten zusammenzogen, lächelte sie ihn an.

»Und wie mir scheint, kannst du noch ein bisschen länger warten«, meinte Jorel.

»Eine Decke hätte vielleicht dein Leben gerettet«, antwortete Alyssa. Jorel warf ihr einen befremdeten Blick zu, antwortete jedoch nicht. Als er sich umdrehte, um wieder zu gehen, erwartete ihn der gezackte Dolch bereits. Die Klinge durchschnitt seine Kehle, und Blut spritzte auf den Boden. Es perlte von den Roben der gesichtslosen Frau ab wie Wasser.

»Er hätte dir niemals gedient«, meinte die Frau. »Aber es gibt andere, die dir dienen werden. Die müssen wir verschonen, falls wir das können. Sonst wird deine Herrschaft angefochten und nur so lange andauern wie eine flackernde Kerze im Sturm.«

»Meine Herrschaft?«

Alyssa wartete, bis die Gesichtslose ihre Zelle geöffnet hatte. Dann packte sie die Tür mit einer Hand und hielt sie fest.

»Sag mir deinen Namen«, bat sie.

»Ich habe keinen Namen«, gab die Frau zurück.

»Du sagtest, ihr seid gesichtslos, nicht namenlos. Also nenn ihn mir!«

Alyssa konnte die Augen der Frau durch das weiße Tuch nicht erkennen, aber sie hatte das Gefühl, als würde es ein amüsiertes Lächeln verbergen.

»Eine recht kräftige Kerze haben wir da«, meinte die Frau. »Eliora.«

»Hör gut zu, Eliora«, erklärte Alyssa. »Ich werde die Herrschaft über meinen Haushalt nicht akzeptieren, wenn das den Tod meines Vaters bedeutet. Was auch immer man dir bezahlt oder versprochen hat, ich biete dir mehr. Alles, worum ich bitte, ist, dass Maynard gefangen genommen wird, nicht getötet.«

»Du gehst von vielen Annahmen aus. Woher weißt du, dass man uns geschickt hat, um deinen Vater zu ermorden?«

»Warum sonst würdest du all dieses Zeug über Kerzen und meine Herrschaft reden?«

Eliora ließ die Zellentür los und trat zurück, sodass Alyssa herauskommen konnte.

»Du bist klug, Kind, und du hast Recht. Diese Welt ist ein Chaos, aber ich werde tun, was ich kann. Doch sei gewarnt: Dein Vater könnte bereits tot sein. In diesem Fall richte deinen Ärger gegen die Person, die uns engagiert hat. Gib nicht dem Schwert die Schuld für das Blut, das vergossen wurde, sondern der Hand, die es geführt hat.«

Die Gesichtslose führte sie die Wendeltreppe aus dem Verlies hoch. Sie begegneten keinen Wachen, weder toten noch lebenden. Als sie höher stiegen, hörte Alyssa das wilde, geifernde Kläffen der Hunde.

Eliora musste den Ausdruck auf ihrem Gesicht bemerkt haben, denn die Hunde klangen, als würden sie nach Blut gieren.

»Sie haben Angst und sind wütend«, erklärte sie. »Es ist ein einfacher Zauber, den wir an ihnen gewirkt haben, damit sie die Wachen auf das Gelände hinauslocken. Meine Schwestern sind alle im Haus, das versichere ich dir.«

Alyssa nickte, erwiderte jedoch nichts.

Die Treppe endete in einem engen Raum mit kahlen Wänden und einer einzigen Tür. Sie war normalerweise von außen verriegelt. Eliora stieß sie sanft auf. Jorel musste hinabgegangen sein, ohne jemanden zu alarmieren, sonst hätte man sie hinter ihm verriegelt.

»Wie viele seid ihr?«, wollte Alyssa wissen.

Eliora warf ihr einen strafenden Blick zu. »Wir sind zu dritt«, sagte sie. »Obwohl wir schon sehr bald weniger sein könnten, wenn du weiterhin herumschreist wie ein Maultier.«

Da Alyssa nach ihrer Ankunft und vor ihrer Gefangennahme kaum Zeit gehabt hatte, hatte sie sich nicht um die Verteidigungsmaßnahmen ihres Vaters gekümmert. Aber sie wusste, dass es nicht weniger geworden sein konnten. Auch wenn sie die Bedeutung der Diebesgilden herunterspielte, war sie keine Idiotin. Ohne angemessenen Schutz würden Männer mit Umhängen und gezückten Dolchen unter jedem Bett und in jedem Schrank lauern.

Aber wie es schien, hatten diese Abwehrmaßnahmen die Gesichtslosen nicht aufhalten können, und bei dieser Vorstellung überlief es Alyssa kalt. Zweifellos hatten die Kulls die Frauen engagiert, aber wenn nun stattdessen Thren Felhorn sie bezahlt hatte? Plötzlich kamen ihr die Schwierigkeiten ihres Vaters im Umgang mit den Gilden nicht mehr ganz so erbärmlich vor. Sicherlich wollten die Kulls, dass sie den Gemcroft-Besitz übernahm. Wenn sie erst in der Position war zu herrschen, würde sie all das bedenken, wenn sie eine Entscheidung traf, wie sie mit ihrem Vater verfahren wollte.

Sie hörte die Schreie von Männern, deren Stimmen durch die Mauern gedämpft wurden.

»Das muss Nava sein«, flüsterte Eliora. »Sie kontrolliert das Außengelände und tötet alle Wachen, die dumm genug sind, sich zu zeigen. Schnell jetzt. Wir müssen zu den Gemächern deines Vaters.«

Der dichte, weiche Teppich fühlte sich wundervoll unter ihren nackten Füßen an. Noch besser war die warme Luft, die über ihre Haut strich. Sie erinnerte sich daran, wie gut ihr Vater das Anwesen pflegte und wie sie sich früher vor den großen Kaminfeuern gerekelt hatte, die in den Hallen loderten. Der Winter stand erst vor der Tür, aber Maynard hatte bereits begonnen, gegen die Kälte anzukämpfen. Alyssa hätte sich fast von Eliora weggeschlichen, um solch ein Feuer zu genießen. Sie wollte nichts lieber, als sich davor zusammenzukauern und die Kälte aus ihren Knochen zu vertreiben. Aber die beißenden Worte, mit denen die Gesichtslose sie dann gemaßregelt hätte, hielten sie zurück.

Sie hasteten einen langen Flur entlang. Rechts von ihnen befanden sich über zwanzig Fenster, deren Glas von violetten Vorhängen bedeckt war. Zur Linken hingen Gemälde ehemaliger Herren des Besitzes der Gemcroft. Sie unterdrückte ein hysterisches Lachen, als sie sich überlegte, ob eines Tages auch ihr eigenes Gemälde an dieser Wand hängen würde. Dann schoss ihr der Gedanke durch den Kopf, ob sie wohl lange genug lebte, dass irgendjemand sie malen würde.

Ich bin gekommen, um meine Krone zu holen, dachte sie. *Was, beim verfluchten Schlund, ist mit mir passiert?*

Sie hatte nichts von alldem gewollt. Als sie nach Veldaren zurückgekehrt war, hatte sie ihren Vater ausschimpfen wollen, gewiss, hatte ihm seine Feigheit und sein Zögern vor Augen führen und ihn so zu einem härteren Kurs gegen die Gilden bringen wollen. Sobald das erledigt war, hatte sie gehofft, das Thema Yoren Kull anzusprechen, und dass sie viele Nächte gemeinsam verbracht hatten und dabei auch von Eheversprechen die Rede gewesen war. Aber ihren Vater vom Thron zu stoßen, noch bevor der Mond ganz vom Himmel verschwunden war? Dass seltsame Frauen die Leibwache abschlachteten, die nur ihrem eigenen Fleisch und Blut gegenüber loyal waren?

Nein, das hier war ein Traum, ein Albtraum. Sie versuchte sich einzureden, dass sie eine bessere Herrscherin des Besitzes der Gemcrofts wäre. Sie versuchte sich einzureden, dass sie dazu bereit wäre.

Sie glaubte kein einziges Wort davon.

Sie hatten das Ende des Gangs erreicht. Eliora glitt durch die offene Tür, lautlos wie ein Geist. Ein Leibwächter stand rechts davon und starb mit einem Dolch im Hals und einer Hand über seinem Mund. Während Alyssa beobachtete, wie das Blut über den Boden spritzte, erinnerte sie sich an die Fragen, die ihr Vater gestellt hatte. *Was hat das Haus Kull geplant? Nichts,* hatte sie hartnäckig wiederholt.

Nur deinen Tod, dachte sie jetzt. Unwillkürlich fragte sie sich, ob sie die ganze Zeit über wohl ebenfalls eine Binde vor den Augen gehabt hatte, so wie dieses dünne weiße Tuch, das Eliora trug.

Als die Gesichtslose sicher war, dass sich keine Wachen mehr in der Nähe befanden, winkte sie Alyssa weiter.

»Gibt es irgendjemanden, der hilft, den Besitz der Gemcrofts zu überwachen?«, erkundigte sich die Gesichtslose, als sie durch eine Flucht von Schlafzimmern gingen. »Einen Ratgeber oder vielleicht einen Weisen?«

»Mein Vater hat allerdings einen Ratgeber«, gab Alyssa zurück. Dann fiel ihr Elioras Warnung ein, und sie senkte die Stimme. »Aber ich kann mich nicht an seinen Namen erinnern.«

»Erinnerst du dich an sein Gesicht?«

Sie nickte.

»Beschreibe ihn.«

Ein Gesicht blitzte vor ihren Augen auf, das Gesicht eines älteren Mannes mit kurzem weißen Bart und einem kahl rasierten Schädel. Seine Augenbrauen waren ihr besonders im Gedächtnis geblieben. Er hatte sie regelmäßig rasiert, und als kleines Mädchen hatte es sie fasziniert, wie merkwürdig sein Gesicht damit aussah.

Eliora nickte. Sie wirkte wie eine Puppe, deren Kopf zu locker saß, während Alyssa den Mann beschrieb.

»Wirst du ihm etwas antun?«, erkundigte sich die Erbin der Gemcrofts.

»Nein«, sagte Eliora. »Jetzt, da ich ihn kenne, werde ich ihn am Leben lassen. Denn dieser ältere Mann ist der Schlüssel zu deiner Machtübernahme. Für den gemeinen Arbeiter oder Leibwächter macht es nur wenig Unterschied, wenn sich die Namen ganz oben an der Spitze ändern, solange ihr unmittelbarer Herr derselbe bleibt.«

Die gesichtslose Frau blieb an der Einmündung zu einem anderen Flur stehen und sah sich nach rechts und links um. »In welche Richtung liegt das Schlafgemach deines Vaters?«

Alyssa dachte einen Moment nach. »Nach links«, sagte sie dann. »Es ist nicht weit von meinem eigenen Gemach entfernt.«

»Warte hier und sei still«, befahl Eliora. »Dort werden Wachen sein.«

Der Schattenumhang wirbelte um ihren Körper, und ihre Gliedmaßen sowie der Kopf schienen zu einer formlosen Masse aus Schwarz und Grau zu verschwimmen. Nur der gezackte Dolch glänzte hell und real in ihrer violett behandschuhten Faust. Alyssa sah sich immer wieder um, überzeugt davon, dass im nächsten Augenblick ein Leibwächter sie aufspüren würde, während sie allein und hilflos da stand. Sie hatte zahllose Angebote ausgeschlagen, sich in der Kunst des Kampfes ausbilden zu lassen. Sie hatte nur die gröbsten Anfänge der Selbstverteidigung gelernt, als sie mit John Gandrem auf Schloss Felholz gelebt hatte. Als sie jetzt hier stand, wünschte sie sich, sie hätte die Angebote angenommen. Sie würde alles dafür geben, wenn sie ein Schwert halten könnte, ohne Furcht vor den Schreien zu empfinden, die sie auf dem ganzen Anwesen hörte.

Die Wut, deren Glut in ihrer Brust glomm, flammte plötzlich heiß auf. Sie war so überheblich wie ein Pfau in das Haus ihres Vaters marschiert. Hatte die Kälte der Zellen ihr diese Überheblichkeit genommen? Sie war die rechtmäßige Erbin, und nach der Peinlichkeit, einen fünf Jahre langen, heimlichen Krieg gegen einen so zweitklassigen Gegner führen zu müssen, würden die meisten Angehörigen ihres Hauses zweifellos einen stärkeren, klügeren Anführer willkommen heißen. Wenn irgendein Leibwächter auftauchte, würde sie seine Loyalität einfach verlangen!

Sie hörte ein Schlurfen, in das sich rasch ein einzelner, schmerzerfüllter Schrei mischte, der unvermittelt abbrach. Es machte sie zwar nervös, um die Ecke zu blicken, aber sie tat es trotzdem. Sie sah etliche Leichen in einer blutigen Reihe liegen, die an einer anderen Ecke endete. Sie wollte gerade losgehen, als sich ein Dolch an ihren Hals presste.

»Wo ist meine Schwester?«

»Bist du Nava?«, erkundigte sich Alyssa und bemühte sich, nicht allzu verängstigt zu klingen. Ihre Stimme war zwar schwach, aber auch gereizt. Angesichts der Umstände hielt sie das für durchaus akzeptabel. Der Dolch bewegte sich an ihrer Haut, und sie schloss aus der kurzen Pause, dass die Frau überrascht war.

»Ich bin nicht Nava«, flüsterte sie. »Ich bin Zusa. Also, wo ist meine Schwester?«

»Eliora ist vorausgegangen.« Alyssa verriet nicht mehr, als gefragt wurde. Sie klammerte sich an den Gedanken, dass dies hier schließlich ihr Heim war und dass sie diejenige sein sollte, die Fragen stellte. Ihre Logik war jedoch längst nicht so überzeugend wie die gezackte Klinge an ihrer weichen Haut.

»Ich hoffe für dich, dass du nicht lügst«, sagte Zusa. »Falsche Zungen werden oft gespalten.«

Der Dolch kratzte über Alyssas Hals, und sie war sicher,

dass ihr gleich Blut über den Rücken laufen würde. Aber ihre Haut war unversehrt.

»Ich lüge nicht«, sagte sie. »Und jetzt nimm das Messer weg. Ich bin Alyssa Gemcroft, und deine Aufgabe bestand darin, mich aus meinem Gefängnis zu befreien. Wenn du mich verletzt, riskierst du die Belohnung, die man dir für diese Aufgabe versprochen hat.«

Sie spürte, wie der Dolch von ihrem Hals genommen wurde. Sie war stolz darauf, wie sie die Lage gemeistert hatte. Als sie sich umdrehte, stellte sie überrascht fest, dass eine weitere Gesichtslose zu ihnen getreten war. Sie war vollkommen von den schwarzen und violetten Roben verborgen, und Alyssa konnte nicht erkennen, wer es sein mochte. Doch als die Frau flüsterte, erkannte sie ihre Stimme.

»Maynard ist nicht in seinen Gemächern«, sagte Eliora. »Da stimmt etwas nicht.«

»Such ihn«, befahl Zusa. »Die Zeit ist unser Feind.«

Die Hunde heulten lauter, als die beiden Gesichtslosen sich zu Alyssa umwandten. »Wo ist dein Vater?«

»Ich weiß es nicht«, antwortete sie bestürzt. »Es ist schon spät; er sollte eigentlich im Bett liegen. Vielleicht musste er sich um irgendetwas kümmern, oder er konnte nicht einschlafen und ist im Haus umhergelaufen …«

»Oder er hat auf uns gewartet«, unterbrach Eliora sie. »Möge Karak sie alle verdammen! Rasch, solange Nava uns draußen noch Zeit erkauft.«

Sie eilten durch den Flur, und Alyssas Gedanken überschlugen sich. Hatte ihr Vater vielleicht irgendwelche verborgenen Räume oder sicheren Orte in irgendwelchen Winkeln des Besitzes? Sie konnte sich an keine erinnern. Sie war ein Wildfang gewesen und ein neugieriges Mädchen obendrein. Wenn es irgendwelche Geheimzimmer gegeben hätte, hätte sie davon gewusst.

Es sei denn natürlich, Vater hat sie erst kürzlich eingerichtet, dachte sie.

Da dieser Krieg bereits fünf Jahre andauerte, hatte er genug Zeit gehabt, solche Räume zu schaffen oder das geräumige Anwesen umzubauen.

Sie erreichten den Speisesaal, der mit den leeren Stühlen, dem abgedeckten Tisch und den nicht brennenden Kerzenleuchtern nackt aussah. Die Schreie der Leibwächter wurden lauter. Die gesichtslosen Frauen steckten die Köpfe zusammen, als würden sie Gedanken austauschen. Es war unverkennbar, dass Wachsoldaten in das Haus strömten.

»Sie sind alarmiert worden«, erklärte Zusa. »Aber wie?«

Im nächsten Augenblick schien die kahle Wand links von Alyssa nach innen zu explodieren. Was solider Stein hätte sein sollen, zerbröselte, und roter Rauch waberte von dem Gestein empor. Dahinter befand sich ein Raum, an den sie sich nicht erinnern konnte. Die Mauern waren grau verputzt und schmucklos und führten tiefer in das Anwesen hinein. In diesem Raum hielten sich mehr als zwanzig Söldner auf, gepanzert und mit Schwertern bewaffnet. Auf ihren Wappenröcken prangte das Siegel der Gemcroft.

»Schwester, zu mir!«, schrie Zusa, zückte ihren Dolch und griff die Männer an. Eliora war unmittelbar hinter ihr. Die Söldner versuchten, in den Speisesaal zu stürmen, aber die schmale Öffnung behinderte sie. Die ersten kämpften mit den Gesichtslosen, aber ihre Bewegungen wirkten im Gegensatz zu der fließenden Eleganz ihrer Widersacherinnen fast träge. Alyssa hätte erwartet, dass die beiden Frauen Schwierigkeiten haben würden, mit ihren gezackten Dolchen die schwere Panzerung der Wachen zu durchdringen, aber die Klingen der Gesichtslosen durchschnitten die Kettenpanzer wie Butter. Das Metall schien zu schmelzen, und violetter Rauch stieg nach jedem Stoß auf. Eisen war machtlos gegen diese mächtige Magie.

Trotzdem wurden die Frauen durch den Strom von Leibern und Schwertern allmählich zurückgedrängt. Fünf Söldner lagen bereits tot zu ihren Füßen, die anderen jedoch drängten weiter vor und schoben ihre sterbenden Kameraden einfach zur Seite. Als die Männer sich verteilten, um sie zu umzingeln, sprangen die beiden Meuchelmörderinnen rasch zurück und verschwanden. Ihre Körper schienen sich um die Schwertschläge herumzuwinden, als wären ihre Knochen aus Wasser.

»Lauf, Mädchen!«, schrie Eliora. Alyssa reagierte sofort. Sie rannte durch den Saal in einen langen Korridor. Als sie dabei einen Blick aus den Fenstern warf, setzte ihr Herz für einen Schlag aus. Durch die Eingangstore strömte eine Furcht einflößende Zahl von Söldnern, die allesamt das Wappen der Gemcrofts auf ihren Tuniken trugen. Alyssa war klar, dass die Strafe für ihre Flucht und den Versuch, ihren Vater als Oberhaupt der Familie abzusetzen, zehnmal so schlimm werden würde wie ihr Aufenthalt in der Zelle.

Die Schreie folgten ihr durch den Korridor. Jetzt war nur noch eines wichtig: eine erfolgreiche Flucht. Sie konnte keinen weiteren Gedanken darauf verschwenden, nach der Macht zu greifen oder irgendwelche Leute zu verschonen, um herrschen zu können. Der Gedanke, wieder in dieser kalten, zugigen Zelle eingesperrt zu werden, trieb sie an. Als sie eine Tür erreichte, sah sie sich um. Keine der Gesichtslosen war hinter ihr.

Glas splitterte, und Alyssa schrie auf, als die Scherben ihr ins Gesicht schnitten. Eine Gestalt war durch das Fenster gesprungen. Im nächsten Moment spürte sie, wie zwei kräftige Arme sie umschlangen.

»Mach dir keine Sorgen um meine Schwestern«, sagte eine tiefe Frauenstimme. Sie konnte nur Nava gehören. »Dein Leben ist zu kostbar. Folge mir.«

Alyssa keuchte furchtsam und abgehackt. Ihr Puls hämmerte wie eine Kriegstrommel in ihren Ohren. Sie packte Navas Hand mit zitternden Fingern. Dann sprang sie durch das zerbrochene Fenster und landete auf dem kühlen Rasen.

»Keinen Mucks!«, befahl Nava und drückte Alyssa einen behandschuhten Finger auf die Lippen. »Kein Wort, bis wir das Tor passiert haben. Verstanden?«

Alyssa nickte.

»Gut, dann komm.«

Sie befanden sich auf der westlichen Seite des Anwesens. Das Haupttor lag im Süden, aber anstatt dorthin zu gehen, zog Nava sie nach Norden. Wolken verbargen die Sterne, und Alyssa stolperte in der Dunkelheit, als sie rannte. Nur der kräftige Griff an ihrem Handgelenk zog sie weiter. Immer mehr Söldner umringten das Haus, und sie konnte die Schreie der Männer hinter sich hören. Noch waren sie nicht entdeckt worden, aber wie lange konnte es noch dauern?

Das große Tor tauchte links von ihr auf. Sie spürte den Zug an ihrem Handgelenk, als sie sich ihm immer weiter näherten. Bis sich plötzlich eine Hand über ihren Mund legte und ihren erschreckten Schrei erstickte, als sie unvermittelt stehen blieben.

»Shhh«, zischte Nava Alyssa ins Ohr.

Die gesichtslose Frau streifte den Umhang ab, dessen Stoff ein leises Zischen von sich gab, als er durch ihre Finger glitt. Dann sprach sie ein magisches Wort, und der Stoff wurde fest. Nava schleuderte ihn gegen das Gitter, wo er sich wie Honig um die Stangen schmiegte. Dann rollte sich die Frau durch den Umhang hindurch, als würden die Stangen nicht mehr existieren, wirbelte auf dem Absatz herum und streckte die Hand aus. Sie durchdrang den Umhang, als wäre er einfach nur körperlose pechschwarze Dunkelheit. Alyssa unterdrückte ihre Furcht und nahm ihre Hand. Die Frau zog einmal kräftig, dann war das junge Mädchen auf der anderen Seite.

Nava schnippte mit den Fingern. Der Umhang wurde wieder zu Tuch und schimmerte, als wären tausend Sterne in den Stoff eingewebt worden. Sie schlang ihn sich wieder um die

Schultern und nahm Alyssas Hand. Zusammen flüchteten sie vor den Schreien der Soldaten und Söldner.

Alyssa warf einen letzten Blick zurück auf das Haus. Sie fürchtete insgeheim, dass es ihr niemals gehören würde.

Tief unten in seinem Anwesen trat Maynard aus einem der grauen Tunnel, die sich unter seinem Besitz erstreckten. Sein Ratgeber, der blaubärtige Mann mit den rasierten Augenbrauen und dem kahlen Schädel, stand neben ihm. Sein Name war Bertram Sully.

»Ich wusste, dass die Kulls verzweifelt sind«, erklärte Bertram, der mit gerunzelter Stirn die Spur der Verheerung beobachtete, die die Söldner hinterließen, als sie durch das Haus stampften. »Aber die Gesichtslosen zu engagieren? Sind sie völlig verrückt geworden?«

»Möglich«, erwiderte Maynard. »Ich frage mich, was sie diesen Frauen als Bezahlung angeboten haben können. Aber das ist jetzt nicht wichtig, nicht im Augenblick. Die Priester von Karak haben geschworen, dass sie sich aus unserem Krieg heraushalten würden. Wie es aussieht, wurde dieses Versprechen letzten Endes gebrochen.«

Bertram strich sich über den Bart.

»Vielleicht nicht. Die linke Hand weiß nicht immer, was die rechte tut. Wenn das stimmt, bietet sich uns hier möglicherweise eine Gelegenheit.«

»Und was für eine?« Maynard trat gegen einen Stuhl, der polternd umfiel. Er hatte gewusst, dass die Kulls versuchen würden, Alyssa zu retten, und er hatte gehofft, dass er ein paar von ihnen dabei gefangen nehmen konnte. Wie gerne er diesem aufgeblasenen Yoren den Kopf geschoren und ihn dann an seinen eigenen goldenen Locken aufgehängt hätte. Stattdessen war seine Tochter entkommen, und mehr als zwanzig seiner Leibwächter waren tot. Und soweit er gesehen hatte, hatten seine eigenen Leute ihren Gegnern nicht einmal die Haut geritzt.

»Denk darüber nach«, sagte Bertram. »Sollten wir die Priester wegen der Handlungen der Gesichtslosen zur Rede stellen, haben sie nur wenige Möglichkeiten. Sie können die Gesichtslosen wegen Ungehorsams bestrafen und so die einzige Waffe stumpf machen, die die Kulls gegen uns in der Hand haben. Außerdem könnten die Priester auch versuchen, dieses gebrochene Versprechen zu sühnen, indem sie sich mit uns vereinigen und uns vielleicht sogar die Dienste der Gesichtslosen zur Verfügung stellen. Dann können wir die Kulls mit ihren eigenen Waffen schlagen.«

»Du vergisst eine dritte Möglichkeit«, gab Maynard zurück. »Die Priester können jede Beteiligung an diesen Vorfällen abstreiten, während sie insgeheim die Bestechungsgelder akzeptieren, die die Kulls ihnen bieten. Dann ändert sich gar nichts.«

»Die Priester sind nicht so verrückt, die Trifect zu hintergehen«, behauptete Bertram.

»Dieser Krieg hat so ziemlich jeden zum Narren gemacht«, entgegnete Maynard. »Aber ich werde mich nicht noch einmal an der Nase herumführen lassen. Vereinbare ein Treffen mit dem Hohepriester Pelarak für morgen Nacht. Wir werden die Diener von Karak zwingen, ihre Neutralität zu brechen, so oder so.«

»Und wenn sie sich weigern?«

Maynard Gemcrofts Augen funkelten bedrohlich.

»Dann werden wir ihre Existenz verraten und gleichzeitig die Stadt mit Gerüchten überschwemmen, dass sie Menschenopfer bringen und Kinder ermorden. Soll der Pöbel ihre Tempel verbrennen und sie in Stücke reißen. Wir werden sehen, ob sie immer noch neutral bleiben, wenn ich ihnen ein solches Schicksal in Aussicht stelle.«

6. Kapitel

Kayla wusste nicht genau, was sie erwartet hatte, als sie in Threns Schlupfwinkel eintraf, aber ganz gewiss nicht dieses elegante Anwesen, das von einem schmiedeeisernen Zaun geschützt wurde. Sie verbrachte den ganzen Tag damit, den Platz zu untersuchen, ihre neuen Kameraden kennenzulernen und sich die Gesichter einzuprägen. Die ganze Zeit über versuchte Haern unter irgendwelchen Vorwänden, sie zu sehen. Nicht dass sie das gestört hätte. In Begleitung von Threns Sohn schien sie jeder respektvoller zu behandeln.

Als die Besichtigungstour zu Ende war, kehrte sie zu ihrem Zimmer zurück. Haern trottete wie ein liebeskrankes Hündchen hinter ihr her.

»Ich hätte kein schöneres Zimmer verlangen können«, sagte sie und ließ sich auf das Bett fallen. Haern blieb an der Tür stehen, als wäre es ihm peinlich, ihren Raum zu betreten. »Wie ist dein Vater an ein so … beeindruckendes Gebäude als Schlupfwinkel gekommen?«

»Irgendein reicher Kaufmann ist mit seiner Familie aus der Stadt geflüchtet«, antwortete Haern. Er sprach erheblich leiser als zuvor während ihrer Flucht vor den Soldaten. »Ich glaube, sie hießen Kanee. Seine Angestellten sind geblieben, um auf das Haus aufzupassen und es sauber zu halten. Mein Vater ist kurz danach eingezogen. Ich habe gehört, dass er sogar Geschäfte mit verschiedenen Händlern in der Stadt abwickelt, während er tut, als wäre er ein Freund des echten Besitzers.«

»Was passiert, wenn der Kaufmann in sein Haus zurückkehrt?«

»Er wird erst zurückkommen, wenn dieser Krieg zu Ende ist«, meinte Haern. »Und dann brauchen wir das Haus nicht mehr.«

Das war zwar logisch, aber Kayla fragte sich unwillkürlich, was passieren würde, wenn der Kaufmann trotzdem mit all seiner Habe, seinen Dienern und dem Rest seiner Leibwache überraschend auftauchte. Sie bezweifelte, dass Thren derjenige sein würde, der sich eine neue Bleibe suchen musste.

»Warte«, sagte sie, als der Junge gehen wollte. Kayla saß auf dem Bett in ihrem luxuriösen Zimmer, einem von Dutzenden von Räumen in dem Anwesen.

»Dein Name«, meinte sie, als er in der Tür stehen blieb. »Ich nehme an, ich sollte jetzt wohl anfangen, dich Aaron zu nennen?«

Er sah weg und lief rot an.

»Wahrscheinlich«, gab er zurück, »aber ...«

»Aber was?«, drängte sie ihn, als er verstummte.

»Es gefällt mir nicht, der zu sein, der ich bin.« Er konnte ihr immer noch nicht in die Augen blicken. Stattdessen zupfte er an irgendwelchen Splittern am Türrahmen. »Es hat mir gefallen, dass du nicht wusstest, wer ich bin. Das bedeutete, ich konnte jeder sein. Du kannst mich also gerne Haern nennen, wenn du möchtest. Nur nicht ... nicht, wenn mein Vater dabei ist. Ich glaube nicht, dass es ihm gefallen würde.«

Dann war er verschwunden. Kayla schüttelte den Kopf. Sie war jetzt noch ratloser als zuvor, bevor sie die Frage gestellt hatte.

»Kayla?«

Sie blickte hoch und sah eines der jüngeren Mitglieder der Spinnengilde in der Tür stehen.

»Ja?«

»Thren will dich sehen.«

Sie seufzte und winkte den jungen Mann weg. Endlich würde sie erfahren, was der Mann von ihr wollte. Es machte sie allmählich verrückt, tatenlos in ihrem Zimmer herumzusitzen und nichts zu tun zu haben.

Als sie durch den Besitz ging und die Gemälde aus fernen Ländern bewunderte, von Omn, Ker und Mordan, grübelte sie über ihre eigene Lage nach. Bis jetzt hatte sie die Gilden gemieden und sich stattdessen auf ihre eigenen Kontakte und Informationen verlassen, um sich ihren Lebensunterhalt zu verdienen. Jetzt hatte sie sich dem gefährlichsten Mann in Veldaren angeschlossen, und wofür? Für ein vages Versprechen von Wohlstand, dasselbe vage Versprechen, dem Hunderte andere, für die sie bislang nur Hohn und Spott übrig gehabt hatte, gefolgt waren.

Nein, es war nicht der Reichtum. Es war die Macht, das wurde ihr klar. Er hatte ihr eine Rolle an seiner Seite angeboten, die höchste Belohnung, die er vergeben konnte. Wenn die ganze Stadt vor Furcht bei dem Namen Felhorn erzitterte, konnte dann nicht eines Tages dasselbe passieren, wenn Kaylas Name fiel? Das mochten alberne Fantasien sein, aber sie konnte sie einfach nicht abschütteln. Die Vorstellungen saugten wie Blutegel alle Weisheit aus ihrem Herzen. Und sie hoffte schwach, dass ihre Dummheit nicht zu hart bestraft werden würde.

Die Gemäldegalerie endete vor Threns Zimmer. Sie klopfte zweimal und wartete ungeduldig. Einen Herzschlag später öffnete sich langsam die Tür, und eine Hand in einem Kettenhandschuh winkte sie hinein. Sie trat ein, vorbei an zwei Wachen mit gezückten Dolchen. Der Raum war luxuriös mit rotem Samt und gelber Seide eingerichtet. Das Holz des gewaltigen Bettes war mit Silber beschlagen und die Pfosten von Schwingen gekrönt. Es hatte offenbar einmal in der Mitte des Raumes gestanden, war jetzt jedoch in eine Ecke verbannt worden. An seiner Stelle stand ein einfacher Tisch mit acht Stühlen. Es wirkte wie ein grotesker Scherz, dass dieses einfache, schmucklose Möbelstück inmitten dieses Überflusses stand.

Thren saß in der Mitte des Tischs, der Tür gegenüber. Er winkte sie zu sich. Neben ihm saßen zwei andere Männer. Kayla kannte keinen von ihnen.

»Kayla, ich möchte dich zweien meiner vertrauenswürdigsten Freunde vorstellen«, erklärte Thren. Der Mann links von ihm stand auf und reichte ihr die Hand. Sie nahm sie und akzeptierte es, dass er ihren Handrücken küsste.

»Mein Name ist Senke«, sagte er. »Die Gegenwart von so viel Schönheit ehrt mich.«

Er war ein gut aussehender Mann, obwohl die zahllosen Narben auf seinen Wangen und seinem Hals den Eindruck ein wenig schmälerten. Sie wirkten wie blasse, fleischige Kreuze auf seiner Haut.

»Senke ist einer meiner Vollstrecker, um das Kind beim Namen zu nennen«, meinte Thren. »Er sorgt dafür, dass meine Befehle ausgeführt werden, und zwar ohne irgendwelche störenden Abweichungen.«

Während Senke sich setzte, stand der andere Mann auf. Er hatte dunkle Haut, und seine Augen waren noch dunkler. Seine Lippen waren dünn und seine Augen groß, und seine Kleidung schien seit mindestens zwanzig Jahren aus der Mode zu sein. Neben seiner gewaltigen Gestalt wirkte selbst der Tisch winzig.

»Will«, sagte er. Er bot ihr nicht die Hand.

»Will vertraut niemandem«, erklärte Thren, nachdem sich der Hüne wieder gesetzt hatte. »Und möglicherweise trage ich daran eine Mitschuld. Er ist von Anfang an bei mir, und jeder Wendehals oder gedungene Mörder weiß, dass Will an seine Tür klopfen wird, wenn er mich zu betrügen versucht.«

»Ich mag eben keine Lügner«, meinte Will, als würde das alles erklären.

»Keiner der beiden ist unbedingt der klügste Ratgeber«, fuhr Thren fort und lächelte, als Senke beleidigt tat, »aber sie sind ehrlich. Zu viele zittern bei der Vorstellung, das Wörtchen ›Nein‹ in meiner Gegenwart äußern zu müssen. Aber du bist mutiger. Ich habe Erkundigungen über dich eingezogen, Kayla. Du hast zweimal Versuche meiner Werber abgelehnt, die dich für meine Gilde rekrutieren wollten.«

Kayla verlagerte ihr Gewicht von einem Fuß auf den anderen und versuchte, ihr Unbehagen zu verbergen. »Gilden sind nichts für mich«, antwortete sie. »Jedenfalls habe ich das damals so gesehen.«

»Du bist sehr geschickt«, fuhr Thren fort. »Ich habe die Vorfälle mehrmals mit meinem Sohn durchgesprochen und habe gehört, was du getan hast. Und du lebst davon, Informationen zu verkaufen. Nein, sag mir nicht an wen, denn das kümmert mich nicht. Aber du hast in meinem Territorium gearbeitet und dich geweigert, dich meiner Gilde anzuschließen. Trotzdem hast du nicht nur überlebt; dein Geschäft blühte sogar. Vor vier Jahren hast du den ersten Werber weggeschickt. Vor vier Jahren! Und doch hast du meinem Sohn geholfen. Warum?«

Kayla wünschte sich sehr, sie hätte eine bessere Antwort geben können, aber sie hielt sich an die Wahrheit. »Ich wusste nicht, wer er war, und glaubte, ich könnte Profit aus ihm herausschlagen«, erwiderte sie.

Sie erwartete, dass er wütend würde, doch stattdessen begann er zu lachen.

»Genau wie ich gehofft habe«, sagte er. »Du lügst nicht, du verbirgst nichts, und du verschwendest meine Zeit nicht. Deine Fähigkeiten sind unbestreitbar, Kayla, und deine Motive sind so klar, wie ich gehofft habe. Wenn du Geld willst, kann ich es dir geben. Falls du nach Macht strebst, darüber verfüge ich ebenfalls. Ich stehe bereits tief in deiner Schuld, weil du das

Leben meines Sohnes gerettet hast, und wenn du willst, gebe ich dir eine Chance, von der andere nur träumen können.«

Kayla warf einen Blick auf Will und Senke und wünschte sich, dass wenigstens einer von ihnen ihr die kleinste Andeutung geben würde, was genau ihr angeboten wurde.

»Und was wäre das?«, fragte sie schließlich, als nichts passierte.

»Werde Mitglied meines Rates«, sagte Thren.

»Schwimm oder ersaufe, um es einfach auszudrücken«, mischte sich Senke ein. »Du hast Potenzial, und in Anbetracht des Kampfes gegen die Trifect schätzen wir es nicht sonderlich, unsere Zeit zu verschwenden. Du bist gut. Aber bist du gut genug?«

»Ich möchte, dass du Will und Senke heute Nacht bei einem Auftrag begleitest«, erklärte Thren.

Kayla setzte sich den drei Männern gegenüber an den Tisch und schlug ihre Beine übereinander. »Und was wäre das für ein Auftrag?«

»Wer mich hintergeht, muss bestraft werden«, erklärte Thren. »Loyalität bis zum Tod. Tod dem Verräter. Ich habe mein ganzes Leben auf diesen beiden Grundsätzen errichtet und werde sie jetzt nicht brechen. Der König hat Aarons ehemaligen Lehrer in den Kerker geworfen, einen alten Mann namens Robert Haern.«

Kaylas Wangenmuskel zuckte bei der Erwähnung des Namens. Thren schien jedoch irrtümlicherweise anzunehmen, dass sie Robert kannte.

»Allerdings, der ehemalige Lehrer des Königs war auch der Lehrer meines Sohnes. Als die Soldaten sein Haus stürmten, hat Robert Aaron zur Flucht verholfen. Das behauptet mein Sohn jedenfalls. Ich muss wissen, ob das stimmt. Ich muss herausfinden, welche Rolle Robert Haern bei diesem Fiasko gespielt hat. Sollte er meinem Sohn das Leben gerettet haben, stehe ich ebenso tief in seiner wie in deiner Schuld. War er jedoch ein williger Komplize bei diesem Entführungsversuch …«

Will ließ seine Knöchel knacken.

»Du willst, dass wir ihn aus dem Gefängnis befreien«, erklärte Kayla. »Ich habe noch nie gehört, dass du so etwas für einen deiner Leute getan hättest. Warum riskierst du all das für einen alten Mann?«

Senke stieß Thren sichtlich amüsiert an, aber der Gildemeister war offenkundig nicht belustigt.

»Jemand steckt hinter diesem Entführungsversuch an meinem Sohn«, sagte er. »Jemand, der von der Macht der Krone unterstützt wird. Ich muss wissen, wer das ist. Ich werde nicht den Tod eines Königs befehlen, bevor ich nicht absolut von seiner Schuld überzeugt bin.«

Sein Tonfall machte vollkommen klar, dass seine Drohung keineswegs ein Scherz war. Kayla saß plötzlich ein Kloß im Hals, und sie schluckte ihn herunter.

»Und was soll ich tun?«

»Ich werde dieses Unternehmen leiten«, erklärte Senke. »Will kommt ebenfalls mit. Wir benötigen noch eine dritte Person, aber es ist durchaus möglich, dass der Angriff auf Aaron mit der Hilfe eines Mitglieds unserer eigenen Organisation durchgeführt wurde. Also brauchen wir jemanden von außen. Was sagst du? Willst du uns helfen, in die finsteren Verliese von König Edwins Palast einzubrechen?«

Das ist Wahnsinn, dachte Kayla. *Absolut schwachsinnig. Man wird uns erwischen, wir werden ermordet, und das alles für einen alten Mann, der vielleicht nichts weiß, nicht das Geringste …*

Thren beobachtete sie, ebenso die beiden anderen Männer. Sie wusste, was ein Nein bedeutete. Sie würde niemals wieder in diesen inneren Rat gerufen werden. Es würde keinen Platz für sie in Threns Konzil geben, nicht wenn ihre Feigheit größer war als ihre Loyalität. Alle Hoffnungen auf Reichtum und Macht wären für immer verloren.

»Ich komme mit«, erklärte sie. »Ich werde wahrscheinlich dabei draufgehen, aber ich komme mit.«

»Das ist mein Mädchen«, meinte Senke und zwinkerte ihr zu.

Will grunzte nur.

Da sie wussten, dass das Leben des alten Mannes im Kerker des Königs an einem seidenen Faden hing, planten sie ihre Aktion noch für dieselbe Nacht. Etliche Stunden später traf Kayla, die eine neue Kollektion von Wurfmessern an ihrem Gürtel befestigt hatte, die anderen in einem Raum in diesem Schlupfwinkel.

»Thren hat Tunnel gebaut, die zu unterschiedlichen Häusern und Gassen führen«, erklärte Senke, während er seinen grauen Mantel zurechtzupfte. Dann zog er ihn dichter um seinen Körper. Kaylas Blick fiel auf einen langen Dolch in seinem Gürtel, dessen Seiten rot lackiert waren. Die Klinge hatte einen wellenförmigen Schliff, und es lief ihr kalt über den Rücken, als sie sich vorstellte, wie er damit jemanden durchbohrte.

»Es gibt Zeiten, zu denen niemand, nicht einmal die Angehörigen unserer Gilde, uns sehen dürfen«, übernahm Will das Wort. »Sie dürfen uns nicht gehen und sie dürfen uns nicht zurückkommen sehen. Das hier ist einer dieser Momente, verstanden?«

»Ich bin kein Kind mehr«, gab Kayla zurück. Will hatte sein Gesicht grau angemalt, sodass es der Farbe seines Umhangs entsprach. Als er jetzt lächelte, sah er aus, als wäre ein Gespenst vom Friedhof zum Leben erwacht und wollte sie fressen.

»Mag sein«, räumte Will ein. »Aber wenn Blut fließt, werden wir schnell feststellen, ob du wie eines flennst.«

»Du bist ein wahrhaft beeindruckender Schmeichler, mein Freund.« Senke schlug Will anerkennend auf den Rücken. »Es ist wirklich ein Wunder, dass du den Damen Geld anbieten musst, damit sie bei dir bleiben. Eigentlich müssten sie dich bezahlen.«

»Wenn sie erst einmal gesehen haben, was ich ihnen zu bieten habe, tun sie das auch«, konterte Will. Er warf Kayla einen Seitenblick zu, als wartete er darauf, dass sie errötete. Sie jedoch verdrehte nur die Augen und machte eine abfällige Handbewegung.

»Die Tunnel warten«, meinte sie.

»Du kannst gern ernst sein, wenn du unbedingt willst«, meinte Senke. »Aber vergiss nicht zu lächeln. Dein Gesicht leuchtet so wunderschön, wenn du das tust.«

Diesmal errötete sie tatsächlich, und sie grinste, als sie bemerkte, wie Will verärgert das Gesicht verzog.

Senke hob ein paar Bodendielen unter dem Gemälde einer zerstörten Burg hoch. In den festgetretenen Lehm war ein Loch gegraben, das tiefer unter das Haus führte, wie ein übergroßes Kaninchenloch.

»Wir haben kein Licht«, meinte Senke. »Ich gehe zuerst. Versuche, langsam und gleichmäßig zu kriechen, und gerate unter keinen Umständen in Panik. Wenn du zu dicht an mich herankommst, könnte es sein, dass ich dir ins Gesicht trete. Dann würde ich mich schrecklich fühlen. Es wird dir manchmal ein bisschen eng vorkommen, aber kriech einfach weiter und denk daran, dass du ganz gewiss durch ein Loch passt, durch das auch Will kriechen kann.«

»Ich hatte noch nie ein Problem mit engen Orten«, erwiderte Kayla.

»Und mit der Dunkelheit?«, wollte Will wissen.

»Ich sagte ja, ich schaffe das schon.«

Senke blinzelte ihr zu. »Das hoffe ich. Zähl bis fünf, dann folge mir.«

Der Dieb kroch mit dem Kopf voran in das Loch und war

verschwunden. Kayla folgte ihm, nachdem sie bis fünf gezählt hatte. Zuerst konnte sie noch etwas sehen, aber als der Tunnel immer tiefer hinabführte, wurde das Licht aus dem Haus immer schwächer. Sie hatte den Eindruck, dass sie in den Schlund eines gewaltigen Monsters starrte. Ihr Herz hämmerte, aber sie stellte sich vor, wie sich Senke über sie lustig machen würde, wenn sie aufgab. Vor allem jedoch trieb sie die Vorstellung weiter, was passieren würde, wenn Will von hinten auf sie prallte. Wahrscheinlich würde er sie einfach vor sich herschieben. Also kroch sie Hand um Hand ins Dunkle hinein.

Allmählich wurde der Tunnel immer schmaler. Statt auf Händen und Knien zu kriechen, musste sie sich auf den Bauch hinablassen und zog sich weiter. *So viel Arbeit, um diese Mission geheim zu halten,* dachte sie leicht verärgert.

»Wie lange hat es gedauert?« Sie schrak zusammen, als sie hörte, wie laut ihre Stimme klang. Irgendwie hatte sie angenommen, dass die Dunkelheit ihre Worte verschlucken würde.

»Wie lange hat was gedauert?«, fragte Will hinter ihr. Seine tiefe Stimme rumpelte durch die Dunkelheit, und sie unterdrückte einen Fluch, als sie mit dem Kopf gegen die Decke des Tunnels stieß. Sie kam sich vor wie ein nervöses Kaninchen.

»Das hier zu graben.« Sie hoffte, dass man ihr die Nervosität nicht anhörte.

»Zwei Wochen«, antwortete Will. »Tag und Nacht. Allein in diesem Tunnel sind zwei gestorben.«

Kayla fröstelte. Sie verzichtete darauf zu fragen, wie viele bei den Grabungen der anderen Tunnel gestorben waren, die zweifellos in allen möglichen Richtungen von dem Haus wegführten. Gelegentlich streiften ihre Finger hölzerne Stützpfeiler, wofür sie jedes Mal von Herzen dankbar war. Jedes Anzeichen von Menschlichkeit war in dieser Dunkelheit ein Segen, wie schwach auch immer es sein mochte.

Plötzlich bog der Tunnel scharf nach oben ab. Kayla wusste nicht genau, wie lange sie gekrochen war, aber den Schmerzen in ihrem Rücken nach zu urteilen mindestens eine halbe Stunde. Ihr Verstand schätzte die Zeit eher sachlich auf zehn Minuten. Kurz darauf füllte dämmriges Licht den Gang, für ihre Augen jedoch war es wie ein Leuchtfeuer. Sie lächelte, als sie es sah. Schließlich tauchte ihr Kopf mitten in einem spärlich möblierten Haus auf. Senke half ihr aus dem Gang. Seine Hände schmiegten sich dabei ein bisschen zu freundlich um ihre Taille. Aber sie war so froh, dass sie aus dem Tunnel herausgekommen war, dass sie es ihm durchgehen ließ.

Will war nicht weit hinter ihr. Ein bisschen Lehm hatte sich zu der grauen Farbe auf seinem Gesicht und seinen Händen hinzugesellt, was nur den Eindruck eines Friedhofsgespensts verstärkte, wie Kayla fand.

»Wo sind wir?« Vor dem einsamen Fenster in dem Zimmer war es stockdunkel, sodass sie keinerlei Anhaltspunkte hatte außer ihrem vagen Orientierungssinn, wohin sie gekrochen waren.

»In einem Haus, das Thren gekauft und leergeräumt hat«, erklärte Senke. »Wir kommen gelegentlich vorbei und überzeugen uns, dass sich hier keine Landstreicher eingenistet haben. Außerdem habe ich ein paar Freunde, die alle paar Tage die schrecklich schwierige Pflicht haben, so zu tun, als würden sie hier leben, damit die Nachbarn nicht neugierig werden.«

»Die Nacht wartet nicht«, mischte sich Will ein. »Halt keine Reden, sondern beweg dich, Senke.«

Senke lachte. »Zu Befehl, Mylord.«

Sie verließen das Haus und gingen hastig in Richtung Norden. Das Gefängnis war nachträglich an den Palast angebaut, ein riesiger Würfel aus gewaltigen Steinquadern. Nur das oberste Stockwerk erhob sich halb über dem Boden, der Rest reichte tief in die Erde hinab. Vergitterte Fenster säumten die Seiten des Gebäudes. Hier lagen die Zellen der weniger gefährlichen Gefangenen. Kayla bezweifelte jedoch sehr, dass sie Robert Haern so einfach finden würden. Und sie hegte genauso große Zweifel an dem allgemeinen Erfolg ihres Plans.

Besorgt ging sie ihn noch einmal im Kopf durch. Da sie nur zu dritt waren, würde ihnen brutale Gewalt nicht weiterhelfen, jedenfalls nicht, wenn so viele Wachen im Kerker postiert waren. Außerdem würde es möglicherweise noch viel schwerere Vergeltungsmaßnahmen auslösen, wenn sie zu viele Tote zurückließen. Sie mussten sich auf Verstohlenheit verlassen, auf Stille … Und sie brauchten ein bisschen Magie.

»Ich dachte, der Palast wäre vor Magie geschützt«, hatte sie eingewendet, als man ihr den Plan erklärt hatte.

»Der Palast schon«, hatte Thren erwidert, »aber das Gefängnis ist nicht der Palast.«

Kayla wunderte sich, wie man so dumm sein konnte. Zweifellos hatte es etwas mit Geld zu tun. Aber was auch immer der Grund sein mochte, diese Schwäche war ihr Vorteil. Sie hatten eine einfache Bannrolle hergestellt, die Senke in seinem Umhang versteckt hatte. Sobald sie das Gefängnis erreicht hatten, würden sie sich auf die Rückseite schleichen, an den Wachen vorbei, und dann mithilfe dieser Bannrolle das Gefängnis betreten. Wenn sie erst drinnen waren, hatten sie etwa zehn Minuten Zeit, bevor ihr Fluchtweg sich in den Äther verflüchtigte. Die drei hatten ein paar Strategien ausgearbeitet, wie sie alle Wachen ablenken, unschädlich machen oder bewusstlos schlagen konnten, denen sie begegneten. Roberts Schloss zu knacken war für jemanden wie Senke ein Kinderspiel. Und danach mussten sie das Gefängnis rasch verlassen und wieder zurück zum Schlupfwinkel eilen.

»Warum nehmen wir eigentlich Will mit?«, hatte Kayla Senke gefragt, als sie ihn einmal zur Seite hatte ziehen können. »Bei seiner Größe kann er doch unmöglich ein Experte in Lautlosigkeit und Unauffälligkeit sein.«

»Dieser Klotz?« Senke hatte gelacht und dann den Hünen angegrinst. »Er kommt für den Fall mit, dass Verstohlenheit allein nicht ausreicht.«

Als sie sich jetzt dem Gefängnis näherten, hoffte sie inständig, dass sie Will nicht brauchen würden. Allerdings bezweifelte sie es eher. Bevor die Nacht zu Ende war, würde Will zweifellos ein paar Schädel zertrümmert haben. Daran hegte sie wiederum keinen Zweifel.

»Ich zähle sechs«, flüsterte Senke, als er mit Kayla geduckt an einer Hausecke stand und um die Ecke blickte. Sie beobachteten, wie die Wachen ihre Runden drehten. Will hielt sich zurück; entweder wollte er sie nicht bedrängen, oder es interessierte ihn nicht, mit wie vielen Gegnern sie es zu tun hatten.

»Drei an den Toren«, meinte Kayla, während sie die Soldaten beobachtete. »Zwei weitere drehen ihre Runde. Und ein Dritter hält Wache an der südwestlichen Ecke. Wir sollten davon ausgehen, dass auch an der nordwestlichen Ecke eine Wache steht, die wir nur nicht sehen können.«

»Also sieben. Trotzdem, weit weniger, als ich befürchtet habe.«

»Die Soldaten warten drinnen«, erklärte Will. Als er sprach, spannte sich Kayla unwillkürlich an, weil sie erwartet hatte, dass seine dröhnende Stimme die Wachen bis hoch zum Palast alarmieren würde. Stattdessen jedoch flüsterte der riesige Mann, tief und leise. Sie tadelte sich für ihre Naivität. Will war zweifellos nicht deshalb in der Spinnengilde aufgestiegen, weil er dumm oder ungeschickt war. Und sie fragte sich unwillkürlich, ob er trotz seiner Größe möglicherweise sogar leiser und verstohlener sein konnte als sie selbst. Ihr Stolz leugnete das, aber eine leise Stimme in ihrem Kopf beharrte auf das Gegenteil.

»In dem Gefängnis sind erheblich mehr Soldaten«, pflichtete Senke ihm bei. »Die meisten sind an den Eingängen zu den drei Untergeschossen stationiert. Sie haben weit mehr Angst davor, dass Leute ausbrechen, als dass sie einbrechen. Das müssen wir zu unserem Vorteil nutzen, aber denkt daran, dass unsere Flucht dadurch auch erheblich schwieriger sein wird.«

Sie warteten ein paar Minuten und maßen die Zeit, die die Wache brauchte, um eine Runde zu beenden.

»Uns bleiben vielleicht dreißig Sekunden«, sagte Kayla. »Es sei denn, ihr wollt die beiden Soldaten, die Patrouille gehen, auslöschen.«

Senke nickte. Wenn sie sich hereinschleichen konnten, würde niemand ihr Eindringen bemerken. Tote oder auch nur bewusstlose Wächter jedoch erregten für gewöhnlich Aufmerksamkeit.

»Was ist mit dem Wachposten an der nordwestlichen Ecke?«, wollte Kayla wissen.

»Wir wissen ja nicht einmal mit Sicherheit, ob er überhaupt da ist«, wandte Senke ein.

»Dann sollten wir es herausfinden.«

Sie kletterten auf das Dach des Hauses, neben dem sie sich versteckt hatten. Als sie sich bereit machten, nach Westen über die Dächer zu laufen, um besser sehen zu können, fragte sich Kayla, wie behände Will wohl sein mochte. Aber er kletterte genauso gut wie sie, und obwohl er erheblich mehr wog, gaben weder die Balken noch der Putz unter seinen Füßen lautere Geräusche von sich als bei ihr.

Das Glück war nicht auf ihrer Seite. Der unbekannte Soldat lehnte an der Ecke und pfiff vor sich hin.

»Verdammt!«, flüsterte Senke, der auf dem Bauch lag und über den Rand des Daches spähte. »Das kompliziert die Lage erheblich.«

»Wir müssen ihn ablenken«, erklärte Kayla. »Aber das könnte bedeuten, dass nur zwei von uns in das Gefängnis gehen.«

»Wir gehen zu dritt oder gar nicht«, antwortete Will.

Sie fuhr herum und starrte ihn finster an. »Dann spuck eine Idee aus, du Ochse!«

Will nickte, ohne auf ihre Beleidigung einzugehen, und verschränkte die Arme. »Also schön. Wartet auf mich.«

Will kletterte vom Dach herunter. Es sah fast komisch aus, wie sein riesiger Körper von den kleinen Sprossen herunterhing. Sobald er den Boden erreicht hatte, näherte er sich dem Wachsoldaten, ohne auch nur den Versuch zu machen, sich zu verstecken.

»Was macht er da?«, erkundigte sich Kayla.

»Ganz ruhig«, riet ihr Senke. Er legte ihr eine Hand auf die Schulter, und diesmal schüttelte sie sie ab. Er ließ sich nicht anmerken, ob er beleidigt war. »Will weiß, was er tut. Und wenn er es nicht weiß … Nun, wir sind hier oben, und er ist da unten, richtig?«

Sie antwortete nicht, sondern beobachtete schweigend, wie Will dem Wachsoldaten zuwinkte. Er schwankte plötzlich, als wäre er betrunken. Er sagte etwas, aber sie konnte ihn nicht hören. Der Soldat streckte die Hand aus, als wollte er einen Köter verscheuchen. Will drehte sich weg, als würde er nachdenken. Dann jedoch fuhr er wieder zu dem Soldaten herum, und seine riesige Faust traf den Mann an der Schläfe. Anschließend fing er ihn auf, schlang seine gewaltigen Arme um den Hals des Soldaten, drückte zu und drehte einmal kurz den Kopf des Mannes. Der rührte sich nicht mehr.

Kayla rechnete im Stillen, wie lange es dauern würde, bis die Patrouille die beiden fand. Will blieben dreißig Sekunden, höchstens vierzig.

Ihm war jedoch nicht anzumerken, ob er sich Sorgen machte. Ruhig hob er den Körper des Wachpostens vom Boden auf und lehnte ihn an die Mauer. Dann verschränkte er die Arme des Soldaten und schob seine Beine ein wenig hin und her. Anschließend rückte er den Helm ein bisschen zur Seite. Jetzt sah es aus, als wäre der Soldat eingeschlafen. Zu guter Letzt trat er ein paarmal gegen die Beine des Mannes, bis sie sich verschränkten.

Einen Augenblick später kletterte Will wieder auf das Haus hinauf und kroch zu ihnen aufs Dach.

»Sie werden ihren Freund ganz sicher aufwecken«, meinte Kayla. Die List beeindruckte sie nicht sonderlich. »Und sobald er wach geworden ist, werden sie nach uns suchen.«

»Du kennst diese Soldaten nicht«, erwiderte Will und lächelte böse. »Warum schiebt der Kerl hier hinten alleine Wache? Weil ihn keiner mag. Du wirst schon sehen, aber jetzt beeil dich. Unsere Chance kommt gleich.«

Sie schlugen einen Bogen um die Lichtkegel der Fackeln, die in den großen eisernen Ringen an der Mauer des Gefängnisdaches steckten. Sie näherten sich der gigantischen Stadtmauer, und deshalb gab es hier keine Häuser, über deren Dächer sie hätten klettern und die sie hätten benutzen können, um ihre Gegenwart zu verbergen. Nur ihre Umhänge und die Schatten boten ihnen Schutz, aber sie nutzten sie mit der ruhigen Geschicklichkeit von erfahrenen Dieben.

Als die beiden Wachsoldaten auf Patrouille um die Ecke bogen, empfand Kayla ein wenig Genugtuung, als sie sah, wie rasch die Männer bemerkten, dass ihr Kamerad schlief. Der eine riss ihm den Helm vom Kopf, während der andere ihm den Griff seines Schwertes in den Bauch rammte. Als er noch immer nicht aufwachte, schlug ihm der Erste ins Gesicht. Jetzt endlich kam der Mann zu sich. Kayla hörte zu, als die Kameraden den Soldaten verspotteten, seine Arme packten und ihn zum Haupteingang schleppten.

»Sie bringen ihn weg, damit er bestraft wird«, flüsterte Kayla, die sich plötzlich ziemlich dumm vorkam.

»Jetzt«, befahl Will.

Die drei rannten hinter den Soldaten vorbei auf die Rückseite des jetzt unbewachten Gefängnisses. Dabei machten sie keinerlei Geräusche. Senke kniete sich bei der Mitte der Mauer hin und zog die Bannrolle aus der Tasche in seinem Umhang. Er entrollte sie und drückte sie gegen den Stein. Dann flüsterte er das Machtwort, das den Bann wirkte. Die Rolle versank im Stein, löste sich auf und verschwand mit einem hörbaren Ploppen, bei dem sie alle zusammenzuckten.

Senke drückte langsam seine Hände gegen den blanken Stein, und ein Grinsen überzog sein Gesicht, als sie hindurchglitten wie durch eine Fata Morgana. Sein Arm sank ebenfalls ein, und nachdem er den beiden anderen zugezwinkert hatte, verschwand er kopfüber in der Öffnung.

Kayla holte tief Luft, nahm all ihren Mut zusammen und folgte ihm.

7. Kapitel

Robert Haern erinnerte sich an seine Bemerkung Thren Felhorn gegenüber, was die Grausamkeit in König Vaelors Verliesen anging. Er verzog seine spröden, blutenden Lippen zu einem Lächeln. Wie prophetisch ihm diese Worte jetzt vorkamen. Man hatte ihm die Arme über dem Kopf angekettet und die Schultern ausgerenkt. Seine Zehenspitzen berührten gerade noch den Boden. Alle paar Stunden kam ein Wächter herein und zog ihn ein Stück höher, sodass er sich trotz seiner ausgerenkten Gliedmaßen und der Dehnung seines Körpers niemals auch nur mit den Zehen, geschweige denn den Füßen abstützen konnte.

Er hatte angefangen, über seine Zehen zu fantasieren. Er wollte das Gewicht seines Körpers darauf spüren, sie in weiches Gras graben und sie strecken, während sein Rücken entspannt auf festem Boden lag. Mittags bekam Robert Suppe, die ihm ein kleiner Junge mit einem Löffel einflößte. Er ging mit einem kleinen hölzernen Hocker von Zelle zu Zelle.

Wie verrückt muss jemand sein, dass er ein Kind in einem derartigen Loch arbeiten lässt?, hatte sich Robert gefragt, als sich die Zellentür zum ersten Mal geöffnet und man den kleinen Jungen mit den von Dreck strotzenden Haaren hereingelassen hatte. Inzwischen war er über solche Fragen hinaus. Stattdessen legte er den Kopf in den Nacken, öffnete den Mund und wartete auf die wärmende Flüssigkeit.

Träume kamen und gingen. Das taten sie bei alten Männern ohnehin leicht, und diese entsetzliche Langeweile verstärkte nur ihre Lebhaftigkeit und Häufigkeit. Manchmal glaubte er, er stünde am Bett des Königs und erzählte ihm amüsante Geschichten, um die Albträume zu vertreiben, die ihn quälten. Dann wiederum war er mit seiner Frau Darla zusammen, die vor knapp einem Jahrzehnt an der Ruhr gestorben war. Sie schwebte erstaunlich strahlend vor ihm und sah aus wie damals, als sie sich zum ersten Mal begegnet waren. Das Licht schien durch ihr blondes Haar, und wenn sie sein Gesicht berührte, drückte er seines dagegen. Mit dem Effekt, dass Suppe über seine Wange lief.

»Hör damit auf und halt still«, befahl der Junge. Es war das einzige Mal, dass er jemals etwas sagte.

Robert schluckte die Suppe, während Tränen über sein runzliges Gesicht liefen.

Jetzt war wieder Nacht. Das Einzige jedoch, woran er es merkte, war die Wachablösung. Überall um ihn herum waren Gitter, und es gab nirgendwo ein Fenster. Er erinnerte sich an Männer, die Edwin zu zehn, zwanzig oder sogar dreißig Jahren Kerker verurteilt hatte. Oft hatten die Bestrafungen wenig mit dem Verbrechen zu tun und mehr mit dem Aussehen des Mannes oder seiner Fähigkeit, überzeugend zu buckeln und zu schmeicheln. Erneut fragte Robert sich, wie seine eigene Bestrafung wohl aussehen mochte. Ganz gleich wie sehr er das Gegenteil hoffte, er wusste, dass er bis zu seinem Tod im Gefängnis bleiben würde. Wenigstens war er alt; es würde also nicht lange dauern.

Die Gitterstäbe klapperten, und er hörte das leise Schlagen einer Tür. Beinahe unwillkürlich legte er den Kopf in den Nacken. Er dachte zwar, dass es zu früh war für die Suppe, aber vielleicht hatte er geträumt, oder er war einfach zu hungrig und durstig, um die Tageszeit richtig zu schätzen.

Aber bitte, bitte keine weitere Streckung, flehte er insgeheim. *Nicht noch einmal, bitte, bitte nicht …*

Starke Arme umschlangen seine Taille. Als er den Mund aufriss, um zu schreien, legte sich eine Hand über seine Lippen und erstickte jedes Geräusch.

»Still, alter Mann«, brummte eine tiefe Stimme in seinem Ohr. Robert öffnete die Augen, aber sie waren verschleiert von Tränen. Verschwommen erkannte er drei Fremde. Sie trugen Umhänge und waren in der Dunkelheit fast unsichtbar.

»Das wird jetzt wehtun.« Es war eine weibliche Stimme. Dann schien jedes Gelenk in seinem Körper Feuer zu fangen, und seine Schultern wurden zum Zentrum dieses Infernos. Er schrie vielleicht wieder, aber wenn, merkte er es nicht. Er nahm nur diese riesige Hand wahr, die sich fester auf seinen Mund presste. Die Ketten klapperten über seinem Kopf. Es klickte, dann gab es einen Ruck, und obwohl sein ganzer Körper schmerzte, fühlte er sich plötzlich wundervoll. Es war eine köstliche Genugtuung zu spüren, dass sein Gewicht nicht mehr an seinen ausgerenkten Armen hing, sondern stattdessen auf der Brust eines anderen lag und von ihm getragen wurde.

»Wir haben nicht viel Zeit.« Wieder eine andere Stimme, auch männlich, aber nicht so tief wie die erste. »Wir müssen verschwinden, und zwar rasch.«

»Wir haben zu viele getötet«, erwiderte die tiefe Stimme. »Thren wird nicht erfreut sein.«

»Solange wir ihm Robert bringen, wird sich sein Missmut in Grenzen halten. Und jetzt los!«

Der Schmerz in Roberts Schultern klang langsam ab, und als sich der Nebel in seinem Kopf auflöste, begriff er, dass sie nicht mehr ausgerenkt waren. Dieses Wissen konnte ihn jedoch nur wenig trösten, als er fühlte, wie er über die Schulter eines Hünen geworfen wurde. Bei dieser plötzlichen Bewegung brannte sein Magen, und er erbrach sich über den Rücken des Mannes.

»Entzückend«, knurrte sein Retter.

Robert biss die Zähne zusammen, als sein Körper bei jedem

eiligen Schritt durchgeschüttelt wurde. Jemand rettete ihn, also war es nicht gut zu schreien; Schreien war gefährlich. Schweigen war Gold. Seine Muskeln brannten, seine Gelenke pochten vor Schmerz, aber das Einzige, was er von sich gab, war ein leises Schluchzen.

Um sich nicht länger mit dem Schmerz zu beschäftigen, versuchte er, sich den Grundriss des Gefängnisses vorzustellen. Er war häufig hier gewesen, gewöhnlich, um Edwin auf dessen morbiden Spaziergängen an den Zellen vorbei zu begleiten. Der König war immer misstrauisch, ob seine Befehle auch wirklich ausgeführt wurden; deshalb zauberte es ein Lächeln auf sein Gesicht, wenn er Männer im Kerker sah, die er verurteilt hatte. Diese Runden hatten Robert mehr als genug Gelegenheit gegeben, sich den Grundriss des Gefängnisses einzuprägen.

Soweit er sich erinnerte, befand er sich im dritten Geschoss des Gefängnisses. Unter ihm gab es noch zwei weitere Stockwerke, an deren Insassen brutalere, drakonischere Strafen vollzogen wurden. Um hinauszukommen, mussten sie zwei Etagen bis zum Eingang hinaufsteigen. Jede Treppe war von einer Tür verschlossen und wurde bewacht. Aber wenn er gerettet wurde, hatten seine Retter die Wachposten vielleicht getötet oder sie zumindest außer Gefecht gesetzt …

Er stöhnte, als der Mann, der ihn trug, unvermittelt stehen blieb. Die Frau fluchte. Als Robert die Augen öffnete, war er einen Augenblick aufgrund seiner absonderlichen Lage desorientiert. Er schloss die Augen rasch wieder, um sich nicht erneut übergeben zu müssen. Der Gestank von Erbrochenem war immer noch sehr stark, obwohl er im Vergleich zu dem bestialischen Geruch in seiner Zelle leicht zu ertragen war. Er hörte, wie jemand sein Eisen aus der Scheide zog.

»Wer?«, fragte er. Seine Stimme wirkte dünn im Vergleich zu den Geräuschen um ihn herum. »Wer hat euch geschickt?«

»Thren«, erwiderte der große Mann. »Und jetzt halt den Mund.«

Robert war nicht sicher, ob er überhaupt hätte sprechen können, selbst wenn er es gewollt hätte. Stahl klirrte gegen Stahl. Er hörte einen Mann schreien. Dann rannten sie weiter, und sein Kopf schlug bei jedem Schritt gegen den Rücken des Mannes. Stufen. Sie rannten eine Treppe hinauf.

Wieder ertönten Kampfgeräusche. Es war seltsam, den Kampf zu hören, ohne ihn sehen zu können. Das Geräusch, mit dem ein Schwert gegen eine Rüstung prallte, konnte Gutes oder Schlechtes bedeuten. Jeder Todesschrei konnte der seines Retters sein oder der eines Mannes, der seinen Weg nach draußen versperrte. Robert war jedoch zu erschöpft, um auch nur das eine oder das andere zu hoffen. Insgeheim wünschte er sich tatsächlich fast, der Fluchtversuch möge scheitern und er zusammen mit den anderen getötet werden. Denn wenn Thren Felhorn ihn haben wollte, dann war der einzige Ort, der sicherer war als die Goldene Ewigkeit seine Zelle.

Trompetenstöße gellten durch das Gefängnis. Der große Mann, der ihn trug, fluchte lange und laut. Robert wurde sanft zu Boden gelassen, auf einen Boden, der sich wundervoll fest unter seinen Knien anfühlte. Der Stein war zwar kalt, aber das störte ihn nicht. Er zitterte, und ihm schoss der Gedanke durch den Kopf, dass er vielleicht Fieber hatte. Da er jetzt nicht mehr kopfüber über der Schulter des Hünen hing, öffnete Robert langsam die Augen und beobachtete den Kampf um sein Leben, der um ihn herum tobte.

Eine wunderschöne Frau mit rabenschwarzem Haar wirbelte an einer Tür vorbei, die tiefer in das Gefängnis führte. Dolche flogen aus ihren Händen. Sie konnten zwar die dicke Panzerung der Wachposten nicht durchbohren, aber sie hielten sie dennoch auf. Robert blickte in die andere Richtung. Hinter einer Reihe von Zellen mit schweren hölzernen Türen lag die letzte Treppe. Zehn Wachsoldaten drängten sich hinab, aber nur vier hatten die letzte Stufe erreicht. Zwei Männer hielten sie zurück. Sie schwangen ihre langen Dolche mit einer Präzision, die Robert sofort zeigte, dass es sich um Felhorns Männer handeln musste. Der eine war dünn, drahtig und blond, während der andere aussah wie ein dunkelhäutiger Gigant. Alle drei Retter trugen die grauen Umhänge der Spinnengilde.

Robert schloss die Augen, als ein Wachposten nach dem anderen starb. Nach dem Trompetensignal würde ihr Strom endlos weiterfließen. Drei gegen einen Ozean. Robert brauchte nicht einmal seinen Verstand zu bemühen, um sich ihre Chancen auf Flucht ausrechnen zu können. Er wartete darauf, dass grobe Hände seine schmutzige Kleidung packten oder eine Klinge seine Brust durchbohrte. Er hörte einen Todesschrei nach dem anderen, die sich zu einem Chor aus Blut und Wut vermischten. Dann packten ihn wieder grobe Hände, doch statt ihn zurück in seine Zelle zu zerren, hievten sie ihn erneut über die Schulter des Hünen.

»Los!«, schrie der Mann.

Sie stürmten die Treppe hinauf. Als sie den oberen Absatz erreicht hatten, wagte es Robert, die Augen zu öffnen. Der große Mann hatte sich kurz herumgedreht, um sich zu überzeugen, dass ihnen niemand folgte. In dem Moment sah Robert zehn weitere Soldaten, die ihnen den Weg versperrten. Sie hatten es nicht besonders eilig, und sie wirkten auch nicht sonderlich besorgt. Sie waren in einer Raute aufgestellt; die hinteren Wächter schwangen lange Spieße, während die vorderen Schilde trugen und mit Morgensternen bewaffnet waren.

»Gebt auf!«, schrie einer der Morgensternträger.

»Wo ist das Tor?«, erkundigte sich die Frau.

»Folgt mir«, sagte der kleinere Mann. »Solange sie es nicht wissen …«

Die drei stürmten durch den Flur auf die Wachposten zu,

bogen dann jedoch plötzlich scharf nach rechts ab. Robert war verblüfft. Sie rannten geradewegs in eine Sackgasse. Die Schatten an der Wand waren besonders dunkel. Der kleinere Mann sprang gegen die Wand, und gerade als Robert sich fragte, was für einen gymnastischen Trick er wohl vorführen wollte, verschwand er in der Wand, als wäre sie aus Luft. Das Mädchen folgte ihm. Hoffnung glomm in der Brust des alten Mannes auf.

Während die Wachen hinter ihnen wütend brüllten, sprang der Hüne mit Robert auf seinen Schultern ebenfalls durch die Schatten an der Wand. Kühle, frische Luft wehte im nächsten Augenblick über Roberts Haut, und er keuchte auf, als er sie fühlte.

»Und … erledigt.« Der kleinere der beiden Männer klatschte unmittelbar vor der Gefängnismauer zweimal in die Hände. Etwas Schwarzes, Wässriges floss zu Boden und hinterließ einen widerlichen Fleck im Staub.

»Schaffen wir ihn nach Hause«, sagte die Frau. Robert versuchte, sie anzulächeln, aber das Gefühl, saubere Luft zu atmen, übermannte ihn.

Er schlief ein, immer noch über der Schulter des Hünen liegend.

Als sie sich den Stadtwachen näherten, schlug Nava ihren Umhang zurück und richtete sich zu ihrer ganzen Größe auf. Mit ihrer dunklen Kleidung und dem weißen Tuch über dem Gesicht konnte kein Zweifel daran bestehen, was sie war.

»Wir sehen nichts«, sagte eine der Stadtwachen. Er wiederholte den Satz, den man ihm eingehämmert hatte und den er sagen sollte, sobald eine der Gesichtslosen die Stadt verlassen oder betreten wollte.

Alyssa folgte ihr und umklammerte immer noch Navas Hand. Sie hatte keine Ahnung, warum sie die sicheren Stadtmauern verließen, und die gesichtslose Frau hatte ihr auch keine Erklärung dafür gegeben. Sie hatten einen Tag in einer heruntergekommenen Herberge verbracht, nur sie und Nava. Die Gesichtslose hatte Alyssa bezahlen lassen und war selbst heimlich durch das Fenster eingestiegen. Doch bei Einbruch der Nacht hatte Nava behauptet, es wäre nicht sicher dort, und sie waren wieder hinaus auf die Straße, trotz ihrer Erschöpfung und ihrer zerrissenen Kleidung. Alyssa konnte über den Grund nur spekulieren. Obwohl ihr Vater sie zweifellos jagte, musste es doch sichere Orte in der Stadt geben, an denen sie sich hätten verstecken können! Plätze wie diese Herberge, zum Beispiel.

Und warum verstecken wir uns überhaupt?, schoss es ihr durch den Kopf. Ihre Bande zur Gemcroft-Familie waren mit größter Wahrscheinlichkeit auf immer durchtrennt. Vielleicht konnte sie bei einer der Pflegefamilien Unterschlupf finden, bei denen sie die letzten Jahre verbracht hatte. John Gandrem würde sie zweifellos willkommen heißen, obwohl er andererseits auch vermutlich Maynard ihren Aufenthaltsort verraten würde. Und dann waren da natürlich noch die Kulls …

Sie verließen die Stadt durch das Westtor. Die Straße nach Südwesten war von den Karren der Kaufleute und Handelskarawanen verstopft. Neben dem Weg war das Gras kniehoch und saftig grün. Nava hielt ihr Handgelenk fest gepackt und ließ Alyssa keine andere Wahl, als mit ihr zu gehen; sie folgte der Gesichtslosen in die Felder hinaus. Sie hielten sich in Richtung Norden, gingen um die Mauern herum auf den Kronforst zu. Je näher sie dem Wald kamen, desto kürzer wurde das Gras, und als sie schließlich zwischen den dicken Baumstämmen einhergingen, wich das Grün einem Teppich aus Laub.

»Was wollen wir hier?«, erkundigte sich Alyssa. Sie rieb sich die Schulter mit der freien Hand, als wäre ihr kalt. Sie hatte in zahllosen Nächten Geistergeschichten aus dem Kronforst gelauscht, die ihre Kammerzofen erzählten. Sie handelten von treulosen Jungfrauen, die auf ewig durch den Wald irrten. Von edlen Rittern, die Schande über ihren Namen gebracht hatten, und von Heerscharen böser Räuber und Halunken, die begierig auf ahnungslose Reisende warteten, die einfältig genug waren, sich alleine in den Wald zu wagen. Natürlich hatten all diese Geschichten vor allem den Zweck, die Kinder von dem Wald fernzuhalten. Denn Wilderei war ein schweres Vergehen, auf das die Todesstrafe stand. Doch obwohl Alyssa all das wusste, konnte sie die gespenstische Kälte nicht unterdrücken, die in ihr aufstieg. Auf ihren Armen bildete sich eine Gänsehaut.

»Stell keine Fragen, auf die du die Antwort kennen solltest«, meinte Nava. »Warum sollten wir wohl den Wald betreten?«

Schlagartig begriff Alyssa, dass diese gesichtslosen Frauen sie töten würden. Sie würden ihr die Kehle durchschneiden und ihre Leiche verstecken. Wenn Yoren dann von ihnen wissen wollte, was geschehen war, würden sie ihm sagen, dass Alyssa bereits tot gewesen war, als sie sie fanden. Ihr Blut wäre längst auf den Boden der Zelle gesickert, Ratten hätten an ihren Eingeweiden geknabbert …

Alyssa wartete, bis Nava erneut an ihrem Handgelenk zog, und stolperte nach vorn. Im nächsten Moment riss sie ihren Arm zur Seite. Dieser plötzliche Ruck überraschte die Gesichtslose, und Alyssa konnte ihre schlanke Hand befreien. Sie rannte in die entgegengesetzte Richtung davon und betete darum, dass sie im Wald keinen Bogen geschlagen hatten. Zweige peitschten ihr ins Gesicht, und Büsche, um die sie zuvor einfach herumgegangen war, schienen plötzlich aufzuspringen und zerrten an ihren Knöcheln und Beinen. Sie trug nur ein dünnes Seidenkleid, das einen armseligen Schutz gegen die Krallen und Dornen des Waldes bot.

Sie hörte keinen Schrei hinter sich, wusste jedoch, dass die Frau sie jagen würde. Sie stellte sich vor, dass Nava einen gezackten Dolch in der Linken hielt und die Rechte bereits nach ihrem Haar oder dem Kragen ihres Kleides griff. Ein Zug, ein einziger Ruck, dann würde sie stolpern und stürzen.

Dann sah sie den Waldrand und fasste neuen Mut. Die Abstände zwischen den Bäumen wurden immer größer, und sie kam schneller voran. Als sie schließlich einen Blick zurück riskierte, war von der gesichtslosen Frau nichts zu sehen. Sie drehte den Kopf wieder herum, und im selben Moment trat eine große, ihrer Silhouette nach männliche Gestalt unmittelbar in ihren Weg.

Alyssa schrie auf, als grobe Hände ihre Arme packten. Ihre Beine gaben fast unter ihr nach, als sie sich vorstellte, dass sie von einem gemeinen Strauchdieb vergewaltigt werden würde.

»Alyssa?«, stieß der Mann hervor. Einen Augenblick hörte sie auf, sich zu wehren. Sie öffnete die Augen – sie merkte erst jetzt, dass sie sie zugekniffen hatte – und sah, wer sie festhielt: Yoren Kull. Sein Gesicht trug frische Kratzspuren, offenkundig von ihren Fingernägeln.

Alle Anspannung fiel von ihr ab. Sie schlang erleichtert die Arme um seinen Hals und drückte schluchzend den Kopf gegen seine Brust, während sie unzusammenhängend von Räubern, Geistern und gesichtslosen Frauen plapperte.

»Sie wird mich töten!«, schrie Alyssa, nachdem sie ein wenig ihre Fassung wiedererlangt hatte. Sie drehte sich herum und deutete auf Nava, die aus dem Wald auf sie zukam. Die Gesichtslose rannte nicht mehr, sondern schien stattdessen um Büsche und Bäume herumzufließen, als wären ihre Muskeln flüssig.

»Dich töten? Warum?« Yoren sah zu der Gesichtslosen hinüber, und seine rechte Hand glitt zum Griff seines Schwertes.

»Sei kein Narr!« Nava deutete auf Alyssa. »Ich habe sie zu deinem Lager geführt, aber sie ist weggerannt wie ein kleines Kind.«

»Dein Lager?« Alyssas Wangen röteten sich.

»Ja, mein Lager.« Yoren lächelte sie an, und sie spürte, wie die Röte auf ihren Wangen sich vertiefte. Behutsam fuhr sie mit den Fingerspitzen über die Kratzer, die sie auf seinem Gesicht hinterlassen hatte, und als sie kein Blut fühlte, küsste sie sie.

»Verzeih mir«, sagte sie. Sie löste sich aus seinen Armen und knickste in ihrem schmutzigen, zerrissenen Kleid vor ihm. Ihr Haar war vollkommen zerzaust. Auch dadurch, dass sie sich mit dem Handrücken über das Gesicht fuhr, konnte sie ihre Tränen nicht verstecken.

»Es gibt nichts zu verzeihen«, sagte Yoren. Er zog sie an sich und küsste ihre Stirn. »Jetzt ist alles gut. Du bist in Sicherheit.«

Erneut begann sie zu schluchzen. Nach ihrer tagelangen Gefangenschaft in den Zellen, nach der schrecklichen Kälte und ihrer verzweifelten Sehnsucht nach einem Gespräch konnte sie den Trost und die Sorge in seiner Stimme einfach nicht ertragen. Yoren ließ sich nicht anmerken, ob ihm dieser Gefühlsausbruch peinlich war. Stattdessen zog er sie fester an sich. Da sie ihr Gesicht an seinem Hals vergrub, sah sie den kalten Blick nicht, den er Nava zuwarf. Die schob einfach nur ihren Dolch in die Scheide und verschwand im Wald.

»Ich habe euch bereits gestern Nacht erwartet«, erklärte Yoren, nachdem sie tiefer in den Wald gegangen waren. Alyssa saß neben ihm. Die Wärme des Feuers fühlte sich himmlisch auf ihrer kalten Haut an. Nava saß ihnen gegenüber. Sie hielt Abstand von den Flammen.

»Es gab Komplikationen«, erklärte Nava.

»Da Alyssa sich hier mit mir verstecken muss, liegt das wohl auf der Hand«, erwiderte Yoren giftig. »Sie sollte das neue Oberhaupt der Gemcroft-Familie sein, keine flüchtige Ausgestoßene. Wie konntet ihr so spektakulär versagen?«

»Man hat uns erwartet«, erwiderte Nava. »Wenn Eliora und Zusa zurückkehren, werden sie dir dasselbe berichten. Hunderte von Söldnern hatten sich innerhalb der Mauern versteckt. Du hast niemanden täuschen können; ihnen war klar, dass du Alyssa benutzen wolltest. Du hast sie nur durch die Wahl der Leute überrascht, von denen du dir helfen ließest. Wir alle sollten eigentlich tot sein.«

»Man sagte mir, dass ihr nie versagt«, entgegnete Yoren. Er hatte sich das blonde Haar zu einem Zopf im Nacken zusammengebunden, was sein Gesicht schmaler machte und ihm einen gefährlichen Ausdruck verlieh. »Man sagte mir, dass sogar Thren Felhorn zittern würde, wenn er wüsste, dass ihr hinter ihm her wärt. Also wie konnte euch ein einfältiger Kaufmann so leicht besiegen?«

»Wärst du mitgekommen«, Navas Stimme klang so kalt, dass sie Wasser zu Eis gefrieren hätte lassen können, »hättest du es selbst sehen können. Du wärst zwar gestorben, aber wenigstens hättest du deine Antwort bekommen.«

Alyssa erwartete fast, dass Yoren nach seinem Schwert griff, aber bevor es dazu kam, tauchten die anderen Gesichtslosen auf. Nava begrüßte die beiden Frauen mit einem kurzen Nicken. Sie setzten sich nebeneinander in die Nähe des Feuers, Yoren und Alyssa gegenüber.

»Warum bist du alleine hier?«, erkundigte sich Eliora. »Solltest du nicht Bedienstete und Lakaien bei dir haben? Das hier sind wohl kaum die angemessenen Umstände für jemanden von Alyssas edler Herkunft.«

»Ist dir vielleicht der Gedanke gekommen, dass ich mich hier verstecke?«, erwiderte Yoren schneidend. »Ich kann sehr gut alleine überleben. Bisher hat nur ein Jäger mein Feuer gesehen, und ich habe ihm genug Geld gegeben, damit er uns in Ruhe lässt.«

»Dann wird er zweifellos umso reicher werden, wenn er dein

Geheimnis für die doppelte Summe weiterverkauft«, entgegnete Eliora. »Sei kein Narr. Du musst sofort dein Lager abbrechen und umziehen.«

Erneut erwartete Alyssa eine wütende Reaktion, und wiederum überraschte es sie, wie friedfertig ihr Geliebter reagierte.

»Wenn du das für klug hältst.« Er schlang seine Arme fester um sie und seufzte zufrieden. Sie erlaubte ihm, ihren Kopf unter sein Kinn zu ziehen. Ihr Atem wehte über seinen Hals.

»Es ist vielleicht noch nicht zu spät«, schlug Nava vor. »Wenn wir Lord Gemcroft töten, bevor er einen neuen Nachfolger benennen kann, wird Alyssa nach dem Gesetz sein ganzes Vermögen und seine Geschäfte erben.«

»Nein!« Alyssa befreite sich aus Yorens Armen. »Ich will nicht, dass er getötet wird. Was auch immer er mir angetan hat, das hat er nicht verdient. Mir ist meine Familie wichtig, und das schließt auch meinen Vater mit ein. Diese Diebesgilden zerstören alles, wofür meine Familie gearbeitet hat. Das kann ich nicht zulassen. Aus diesem Grund muss ich den Vorsitz der Familie übernehmen.«

»Sie ist die Letzte«, fuhr Eliora ungerührt fort. »Maynard wird sie vielleicht nicht aus seinem Testament streichen, denn wenn er das tut, löscht er mit einem Federstrich die Blutlinie der Gemcrofts aus.«

»Hört auf!«, rief Alyssa. »Ihr alle. Ich werde nicht zulassen, dass ihr ihn tötet. Er wird mich nicht verbannen, nicht für immer jedenfalls. Ich kenne meinen Vater. Im Laufe der Zeit wird er mich wieder bei sich aufnehmen.«

»Du redest von Zeit, über die du möglicherweise nicht verfügst«, wandte Eliora finster ein.

»Ich glaube, meine Liebste sollte sich jetzt ausruhen«, erklärte Yoren. »Würdet ihr uns ein wenig allein lassen? Vielleicht können wir morgen früh einen vernünftigen Plan schmieden.

Jetzt jedoch scheinen wir alle ein wenig zu aufgewühlt zu sein, weil die Situation so aus dem Ruder gelaufen ist.«

Die Gesichtslosen glitten zwischen den Bäumen davon, und nur Eliora warf einen Blick zurück. Sie sagte nichts, aber Alyssa spürte, wie sich der Blick ihrer Augen durch das dünne weiße Tuch auf sie richtete.

»Es tut mir leid«, sagte Alyssa, als sie sich wieder an das Feuer setzten. Sie wusste nicht genau, wofür sie sich entschuldigte, aber die Schuld lag wie ein Mühlstein auf ihren Schultern. Ob nun durch ihre Mitschuld oder nicht, sie hatte so viele Menschen enttäuscht. Yoren legte seine Hand auf ihre Schulter, und sie war dankbar für seine Freundlichkeit.

»Jeder macht Fehler«, erklärte er. Er trat hinter sie, und das Schweigen zwischen ihnen dehnte sich aus, obwohl sie hoffte, dass er es beenden würde.

»Ich könnte es nicht ertragen, wenn er getötet würde«, sagte sie schließlich. Es machte sie nervös, dass Yoren unablässig hinter ihr auf und ab ging. Was bekümmerte ihn so?

»Manchmal müssen auch gute Männer einer wichtigen Sache wegen sterben«, sagte Yoren schließlich.

»Gewiss, aber ich …«

Yoren packte ihre Arme, riss sie vom Boden hoch und drehte sie zu sich herum. Als sie in seine Augen blickte, sah sie dasselbe Feuer, das immer ihre Lust geweckt und sie in sein Bett gelockt hatte. Diesmal jedoch mischte sich Ärger in diese Lust, zusammen mit einem Hauch von Verachtung. Sie hatte das Gefühl, in die Augen eines Fremden zu blicken.

»Hör mir zu.« Yoren versuchte sichtlich, ruhig zu bleiben, aber es gelang ihm nur mit Mühe. »Wir haben alles auf deinen Erfolg gesetzt. Darauf, dass du die Führung der Familie übernimmst. Verstehst du das? Du wurdest enterbt und verstoßen und bist außerdem eine ausgemachte Närrin, wenn du wirklich glaubst, dass dein Vater dich nicht noch heute Nacht aus seinem Testament streichen wird. Du bist für ihn gestorben. Also kann er genauso gut für dich gestorben sein.«

Er machte eine Pause, als wartete er darauf, dass sie antwortete. Sie nickte, weil sie nicht wusste, was sie glauben sollte. Würde Maynard sie wirklich verstoßen? Würde er glauben, dass sie hinter diesem Angriff der Gesichtslosen steckte? Yoren stand über sie gebeugt, und zum ersten Mal fühlte sie sich in seiner Gegenwart verletzlich.

»Wir haben alles getan, um dich an die Macht zu bringen«, fuhr der Mann fort. »Und wir werden auch weiterhin alles tun, um das zu ermöglichen. Lass dich in dieser Angelegenheit nicht von deinen Gefühlen leiten, Alyssa. Alles liegt vor uns, wir brauchen nichts weiter zu tun, als noch ein kleines bisschen mehr Blut zu vergießen. Eines Tages werden unsere Kinder das Vermögen der Gemcrofts erben, und unsere Enkelkinder werden in den Minen tanzen, die dein Vater mit Sklaven und Äxten ausgebeutet hat.«

Sie sind Lügner, Mädchen, hallte die Stimme ihres Vaters in ihrem Ohr. *Lügner und Diebe und hinterhältige Männer …*

»Der Name Gemcroft ist dem Untergang geweiht«, fuhr Yoren fort. »Das wusstest du, als wir hierhergekommen sind. Dein Vater ist schwach. Wir brauchen einen starken Führer.« Er strich ihr über das Haar. »Einen Führer wie mich.«

Darum also ging es. Alyssa blickte zu dem Mann hoch und sah plötzlich nicht mehr ihren Geliebten, diesen hinreißenden Mann mit dem verführerischen Lächeln. Sondern sie sah die angriffslustige Viper, sah in seinem Lächeln eine kriechende Bestie, die ihr alle Macht aussaugen und sie dann ausgesaugt, als leere Hülle zurücklassen würde. Sie würden nicht gleichberechtigt sein, sie wären keine Partner. Nicht nachdem die Hochzeitsglocken geläutet hatten.

Und im Augenblick lag ihr Leben in seinen Händen.

Er fuhr mit seinen Lippen über ihren Hals und zog sie fester an sich. Jetzt erregte er sie nicht mehr. Stattdessen musste sie gegen ihren Ekel kämpfen und tat, als stöhnte sie, als seine Zunge über ihre Haut wanderte. Er umfasste ihre Brüste und drückte sie. Alyssa schluckte ihren Ärger und ihre Scham herunter. Sie ließ zu, dass diese Empfindungen den Schleier ihrer Selbsttäuschung hinwegfegten. Er zog sie auf den Boden neben das Feuer, und sie machte die Beine für ihn breit, als er seine Hose herunterzog. Sie ließ ihn in dem Glauben, dass er sie überzeugt hätte, ließ ihn glauben, dass er immer noch die Kontrolle hatte. Sie war eine Gemcroft; sie konnte die Berührungen des Mannes noch eine Weile ertragen. Aber sie schwor sich: Sollte sie jemals die Kontrolle über den Besitz und den Namen, die ihr beide rechtmäßig zustanden, erringen, so würde sie niemals zulassen, dass ein räudiger Köter wie Yoren von dieser Macht auch nur kostete.

Vater hatte Recht, dachte sie, während Yoren lauter stöhnte. *Ich bin ein dummes Mädchen. Aber dieses dumme Mädchen in mir stirbt heute Nacht.*

Und Yoren würde als Nächstes sterben. Doch im Gegensatz zu ihr würde er nicht klüger wiedergeboren werden oder stärker. Er würde einfach tot bleiben.

8. Kapitel

Bei all den Schränken, den geheimen Gängen, dem Garten und dem geräumigen Dachboden hätte Aaron über sein neues Heim gar nicht glücklicher sein können. Er hatte die letzten Tage damit zugebracht, ziellos überall herumzuschleichen. Seit der versuchten Entführung und dem Mordversuch gegen ihn hatte sein Vater keinen neuen Lehrer verpflichtet, der ihn in Waffenkunde, Verstohlenheit oder Politik unterweisen sollte. Da Aaron nichts anderes zu tun hatte, hatte er sich wahllos irgendwelche Arbeiter ausgesucht und versuchte, sie unbemerkt zu beobachten. Er hatte zugesehen, wie die fette Olivia nahezu vier Stunden an den Herden gearbeitet hatte, bevor sie ihn schließlich bemerkte. Aaron kam zu dem Schluss, dass es keinen besonderen Spaß machte, eine so beschäftigte und unfähige Person zu bespitzeln, also hatte er den Schwierigkeitsgrad erhöht. Senke hatte ihn nach kaum vier Minuten erwischt. Will in weniger als zwei.

Aber Senke und Will waren unterwegs, ebenso wie Kayla, die zu verfolgen er noch nicht gewagt hatte. Er hatte mit Senke viel über sie geredet und war schließlich damit herausgeplatzt, wie schön und geschickt sie war. Senke, der Frauenheld, hatte mehr als mitfühlend reagiert. Dann jedoch hatte er die vier schlimmsten Worte ausgesprochen, die Aaron kannte: Du bist zu jung.

Da der König Soldaten ausschickte, die ihn töten sollten, glaubte Aaron nicht, dass es eine Garantie gab, dass er viel älter werden würde. Die letzten zwei Stunden hatte er damit zugebracht, sich auf einem alten Schrank zu verstecken. In der Nähe befand sich unter den Bodenbrettern der Eingang zu einem der vielen Tunnel, die aus und in das Haus führten. Aaron hatte beobachtet, wie die Leute kamen und gingen, hatte ihre Reaktionen gesehen, wenn sie in das Licht traten. Bei einigen hatte er sogar mit den Fingern am Holz gekratzt oder kurz gehustet. Niemand hatte ihn bemerkt. Aaron stellte fest, dass er Senke noch mehr vermisste.

Und eigentlich sollte er schon längst im Bett sein, aber die Spinnengilde war in der Nacht weit aktiver als tagsüber. Und aktiver bedeutete interessanter. Er schlenderte durch den Flur und lauschte, ob er irgendjemanden verfolgen konnte. An einem guten Tag erwischte er etliche Mitglieder der Gilde dabei, wie sie würfelten, und beobachtete, wie ihre Gesichter zuckten und sie die Hände nervös bewegten. Aaron war ziemlich geschickt darin geworden zu erraten, wer gewinnen würde, und das nur anhand dieser verräterischen Anzeichen.

Während er jetzt umherschlenderte, verschlechterte sich seine Laune. Er war nur an zwei Männern vorbeigekommen, die alleine gewesen waren und über seine Gegenwart fast verärgert schienen. Als er die Haustür erreichte, verschränkte Aaron die Arme und lehnte sich mit dem Rücken dagegen. *Es ist so langweilig,* dachte er und seufzte.

Plötzlich spürte er, wie die Tür hinter ihm erzitterte, als hätte jemand den eisernen Handgriff gepackt, ohne daran zu ziehen. Stimmen drangen durch das Holz. Aaron verschwendete keine Zeit. Noch bevor die Tür sich knarrend öffnete, hatte er sich bereits in einer dunklen Ecke versteckt.

Senke trat zuerst herein, und Aarons Freude, ihn zu sehen, wurde von der finsteren Miene des Mannes gedämpft. Kayla folgte ihm. Ihre Kleidung war blutbefleckt, und sie wies zahlreiche kleine Wunden auf. Aaron duckte sich noch tiefer in die

Schatten und beobachtete sie mit einer Mischung aus Neugier und Furcht.

Als Letzter betrat Will das Haus. Er hielt einen alten Mann in den Armen. Aaron brauchte einen Moment, bis er den Mann erkannte: Robert Haern, der freundliche Lehrer, der sein Leben riskiert hatte, um ihm zu helfen, vor den Soldaten zu flüchten. Sein Gesicht war angeschwollen und von Prellungen übersät, sein Haar war schmutzig, aber trotzdem war noch genug von dem Mann zu erkennen, um ihn eindeutig identifizieren zu können. Aaron hätte beinahe seine Gegenwart verraten, bekämpfte den Impuls jedoch. Sie waren durch die Eingangstür gekommen. Niemand durfte durch die Haustür das Haus betreten.

»Ist er noch bei uns?« Kayla betastete vorsichtig eine Schnittwunde auf ihrer Stirn.

»Er lebt noch«, antwortete Will. »Aber er schläft sehr tief.«

»Thren soll ihn aufwecken«, entschied Senke, während er den Kopf hinausstreckte, sich umsah und die Tür dann hinter sich schloss. »Vielleicht wird er bei seinem Verhör vergessen, dass wir durch die Haustür hereingekommen sind, unter den Augen der ganzen Welt.«

»Die ganze Welt schläft.« Kaylas Stimme klang müde.

»Oh nein, das tut sie nicht«, widersprach Will. »Jedenfalls nicht der Teil der Welt, der für uns von Bedeutung ist. Aber der alte Mann hätte den Weg durch den Tunnel nicht geschafft. Bleibt die Frage, welchen Befehl wir missachten wollen: das Verbot, die Haustür zu benutzen, oder den Befehl, Robert bis zum Morgen hierherzuschaffen.«

Ihre Stimmen wurden leiser, während sie weitergingen. Als sie schließlich weit genug von ihm entfernt waren, machte sich Aaron an die Verfolgung.

Er blieb nur einen kurzen Moment am Arbeitszimmer seines Vaters stehen und blickte um die Ecke eines Ganges. Es würde nicht einfach sein, sich durch die Tür hineinzuschleichen. Er wollte unbedingt wissen, was da vorging, aber was es auch sein mochte, wahrscheinlich würde er den so gefürchteten Satz »Du bist zu jung« hören und dann auf sein Zimmer geschickt werden.

Aaron traf eine Entscheidung. Er wartete, bis sich die Tür schloss, und schlich dann rasch hinüber. Er legte sein Ohr an den Spalt unter den Angeln und lauschte.

In seinen Träumen war er noch jung und stand voll im Saft. Darla war bei ihm, hatte ihre dünnen Arme um seinen Leib geschlungen. Er liebkoste ihren Nacken und atmete tief ihren Duft ein. Statt ihres üblichen Rosenparfüms jedoch roch er Blut. Etwas klatschte hart in sein Gesicht, und er öffnete die Augen.

Darla verschwand, und auch ihre Arme lösten sich von ihm. Er kniete auf dem Boden, vollkommen mit Blut und Schmutz bedeckt. Vor ihm stand Thren Felhorn. Sein Gesicht war eine undurchdringliche steinerne Maske.

»Willkommen in meinem Haus«, sagte Thren. Seine eisige Stimme nahm dieser Begrüßung jegliche Wärme. »Ich gehe davon aus, dass du es gemütlicher findest als deine letzte Behausung.«

»Ich nehme jede Bequemlichkeit an, die man mir bietet«, erwiderte Robert verärgert. Er wünschte sich wieder in seinen Traum zurück, wollte Darla, seine geliebte Frau Darla, keine herzlose Befragung. Wenn er die Augen schloss, dann wartete sie vielleicht auf ihn, und ihr Gesicht würde in Licht gebadet sein, wie im Gefängnis …

Ein weiterer Schlag traf ihn ins Gesicht. Der Hüne von Mann stand vor ihm, die Knöchel rot von Blut. Robert lachte leise. Verglichen mit dem Schmerz in seinen Schultern war dieser Schlag nichts weiter als ein kleines Ärgernis.

»Ich weiß, dass du müde sein musst«, sagte Thren, der hinter seinem Tisch hervorkam. Er stützte eine Hand auf ein Knie und ging vor Robert in die Hocke. »Müde und gepeinigt von Schmerz. Ich möchte keins von beidem verschlimmern, alter Mann, aber ich werde es tun, wenn ich muss. Sag mir, welche Rolle du bei dieser Angelegenheit gespielt hast.«

»Meine Rolle?«, erkundigte sich Robert. »Meine Rolle bestand darin, an Ketten von der Decke zu hängen. Wovon redest du?«

Thren zog die Augen zu Schlitzen zusammen, erhob jedoch nicht seine Hand.

»Der König hat es gewagt, eine Grenze zu überschreiten, die er nicht hätte überqueren sollen.« Seine Stimme wurde leiser. »Mein Sohn … Hast du bei der Entführung meines Sohnes deine Hand im Spiel gehabt?«

»Entführung? Er ist also nicht entkommen?« Robert seufzte. »Das tut mir leid, Thren. Ich habe es versucht, aber er war nur ein Junge, er war vielleicht ausgebildet, gewiss, aber … Weißt du, ob er noch lebt oder schon tot ist?«

Thren schüttelte den Kopf. »Wie du immer so gern sagst, Robert, stell keine Fragen, deren Antwort du kennst.«

Der alte Mann rieb sich das Kinn und bemühte sich, die Spinnweben in seinem alten, langsamen Verstand zu vertreiben. »Er ist gestorben«, sagte er dann. »Wenn er noch lebte, würdest du keine Zeit damit verschwenden, mich zu retten oder mich zu fragen, welche Rolle ich gespielt habe. Als die Soldaten kamen, habe ich ihm geholfen, durch ein Fenster zu entkommen. Aber offenbar haben sie mein Haus zu sorgfältig umzingelt. Hör mir zu, Thren. Ich hatte nichts mit seinem Tod zu tun, aber ich kenne deinen Ruf. Wenn dein Sohn tatsächlich tot ist, ist mein Leben verwirkt. Ich bitte dich nur um einen schnellen Tod. Ich bin ein alter Mann und habe bereits lange genug auf das Mysterium des Jenseits gewartet.«

Thren stand auf und zückte eines seiner Langmesser. Das Geräusch, mit dem es aus der Scheide fuhr, ließ Robert erzittern. Die drei, die ihn gerettet hatten, traten zur Seite und überließen die Angelegenheit ihrem Gildemeister.

»Schwöre es!« Thren presste die Spitze der Klinge gegen Roberts Hals. »Schwöre, dass du nicht mit dem König gemeinsame Sache gemacht hast. Sag die Wahrheit, alter Mann, und geh dann ohne die Last der Lügen auf deinem Haupt ins Jenseits.«

Robert richtete sich zu seiner vollen Größe auf. »Wahrheit oder Lüge, ich sterbe trotzdem«, erwiderte er. »Und ich habe keine Angst vor dem Schicksal, das dein Schwert mir verheißt.«

Ein Ausdruck von Wut blitzte in Threns Augen auf. Seine Mundwinkel sanken herab, während seine Miene sich verfinsterte. Es wurde still im Raum, und selbst die Luft schien von der Sicherheit eines bevorstehenden Todes geschwängert zu sein. Dann flog die Tür auf, und Aarons wütender Schrei durchbrach das Schweigen.

»Er hat nichts Schlechtes getan!«, schrie Aaron. »Gar nichts! Du darfst ihn nicht umbringen, das darfst du einfach nicht …!«

Der Hüne packte den Jungen am Kragen und riss ihn von Robert weg. Thren beobachtete seinen Sohn, ohne dass sich seine Miene verändert hätte. Die Spitze seiner Waffe bohrte sich immer noch in Roberts Hals, trotzdem lächelte der alte Mann.

»Wie ich sehe, lebt der Junge.« Die Bewegung seines Kiefers rieb die Spitze des Langmessers an seiner Haut, und ein Blutstropfen quoll hervor. »Da frage ich mich denn doch, auf wessen Haupt wohl die Last der Lüge liegt, Thren.«

»Verspotte mich nicht, Alter!« Threns Stimme schien aus einer tiefen Höhle zu kommen. Sie klang schleppend und schwer. »Kayla hat mir erzählt, dass Gerand aus deinem Haus gekommen ist. Du hast vor dem Mordversuch an meinem Sohn mit ihm geredet. Ich will die Wahrheit wissen, die ganze Wahrheit.

Noch eine Lüge, und ich werde den Himmel zwingen, auf deine Ankunft zu warten, während du in einer Zelle verfaulst!«

Robert warf einen Blick zu Aaron hinüber, der immer noch dastand, in den Armen des Hünen, der ihn festhielt. Seine Unterlippe zitterte, aber er weinte nicht. Robert durchströmte ein merkwürdiges Gefühl von Stolz. Dieser Junge war es wert, von ihm ausgebildet zu werden, das war klar. Er war ein Jüngling, der sich dem Willen seines eigenen Vaters widersetzte und ihm in unangebrachter Weise nachspioniert hatte, und das alles nur, um ein Leben zu retten, das er für unschuldig hielt.

»Also gut«, sagte Robert. »Ich werde dir antworten, aber nicht, um mein Leben zu retten, sondern wegen des Vertrauens, das dieser Junge in mich setzt. Als du mich gefragt hast, ob ich Aaron ausbilden wollte, hatte ich vor abzulehnen. Doch Gerands Spione haben von dem Angebot erfahren und sind zum König gegangen. Im Palast hat man entschieden, dass ich die Gelegenheit nutzen sollte, um mehr über dich in Erfahrung zu bringen. Wir haben immer nur Getuschel gehört, Gerüchte und übertriebene Darstellungen von deinen herausragenden Leistungen. Die Chance, auch nur einen Fetzen Wahrheit über den Krieg in Erfahrung bringen zu können, der vor den Mauern des Palastes tobt, erwies sich als zu verführerisch. Ich hatte meine Befehle, und sie lauteten, den Jungen auszubilden, wie du es wünschtest, und dabei Augen und Ohren offen zu halten. Gerand jedoch schien seine eigenen Pläne zu haben. Nachdem du gegangen warst, haben Soldaten mein Haus umstellt. Als ich seinen Plan durchschaute, habe ich ihn mit meiner Krücke geschlagen und Aaron freigelassen. Danach wurde ich verprügelt und in das Gefängnis geschafft, wo deine Leute mich gefunden haben. Das ist die Wahrheit. Ich bin ein alter Ratgeber und Lehrer, der sich dem Willen seines Königs beugt. Du könntest behaupten, ich hätte dich verraten; aber ich wurde genauso hintergangen. Und nun mach mit mir, was dir beliebt.«

Robert und Thren starrten sich an, und keiner von beiden zuckte mit einer Wimper. Mittlerweile war Robert zu erschöpft, als dass es ihn noch gekümmert hätte, was mit ihm geschah. Als seine Aufgabe als Ratgeber des Königs geendet hatte, hatte er gedacht, er wäre endlich dieser Spielchen ledig, dieser ständigen Listen und Intrigen. Er wollte einfach nur unterrichten. War das denn ein so schrecklicher Wunsch?

»Du hast Informationen über mich und meinen Sohn weitergegeben, obwohl du in meinen Diensten standest«, sagte Thren schließlich. »Ich habe Männer schon für weniger getötet.«

Die Worte hingen drohend in der Luft. Robert kniff die Augen zusammen. Etwas an der Art, wie Thren dastand, ohne jeden Ärger oder Wut, ließ auf etwas anderes schließen. Nein, der Gildemeister wirkte viel zu selbstzufrieden.

»Aber«, fuhr Thren fort, »du hast auch das Leben meines Sohnes gerettet, obwohl du die Strafe kanntest, die dich erwartete. Also befinde ich mich jetzt in einem Dilemma. Denn jeder, der das Leben meines Erben rettet, wird von mir großzügig belohnt. Wie also belohne ich einen Mann, dessen Leben verwirkt ist?«

Robert spürte das Schlupfloch, das man ihm gewährte, und griff zu. »Lass mich dir Treue schwören, so wenig Leben auch noch in mir stecken mag. Ich werde dein Sklave sein und jede Aufgabe erfüllen, die du mir stellst, ganz gleich, wie schwierig oder bedeutungslos sie auch sein mag.«

»Ein ehrenwerter Vorschlag«, antwortete Thren. »Um meines Sohnes willen gewähre ich dir deine Bitte. Du bekommst Essen und Unterkunft in meinen Besitztümern und wirst meinen Sohn ausbilden, wenn du nicht bei den verschiedenen Aufgaben hilfst, die Senke für dich haben wird.«

Robert verbeugte sich tief. »Danke.«

»Hoch mit dir«, mischte sich Senke ein. »Ich habe ein Zimmer für dich neben dem von Aaron. Das sollte gut passen. Mit der Kleidung wird es vielleicht ein paar Schwierigkeiten geben, aber die früheren Bewohner haben ein paar Kleidungsstücke zurückgelassen, die sie nicht auf ihre Karren stopfen konnten. Also werden wir schon etwas finden. Ah, und wir holen jemanden, der dich untersucht. Du bist in diesem Gefängnis ziemlich verprügelt worden …«

»Warte.« Thren wandte sich um, verschränkte die Arme und sah seinen Sohn an. Aaron senkte den Kopf, hob ihn dann jedoch rasch wieder, als hätte er erfolgreich seine anfängliche Furcht bekämpft.

»Ja, Vater?« Seine Stimme war nur einen Hauch lauter als ein Flüstern.

»Du hast uns bespitzelt.«

»Dafür bildest du mich aus.«

»Diese Antwort soll mich wohl in die Irre führen«, gab Thren zurück. Er kniff die Augen zusammen. »Ausgebildet oder nicht, das erklärt dein Handeln nicht. Warum hast du uns belauscht? Wegen Robert? Du warst nur einen Tag bei ihm. Er kann dir nicht genug bedeuten, um dafür meinen Zorn zu riskieren.«

Robert beobachtete den Wortwechsel. Es erregte seine Neugier, dass Thren etwas so Privates besprach, während andere zusahen. Wollte er Aaron auf die Probe stellen? Oder wollte er verdeutlichen, dass niemand von einer Strafe ausgenommen war, nicht einmal sein eigener Sohn?

»Ich wollte es wissen!«, platzte Aaron heraus. Jetzt flüsterte er nicht mehr. Er sprach weiter, immer schneller, als wollte er seinem eigenen Zweifel entkommen. »Ich wollte wissen, was wir tun, was wir sind. Ich lerne und lerne, aber ich werde immer noch wie ein Kind behandelt. Ich weiß so wenig von der Stadt, und wäre Kayla nicht gewesen, säße ich jetzt in einem Kerker. Oder wäre tot.«

»Das gibt dir immer noch nicht das Recht, mir nachzuspionieren!«

Robert erwartete, dass der Junge sich duckte. Threns Wut war wie ein lebendiges Monster, und vor dieser lauten Stimme spürte selbst Robert einen kurzen Anflug von Panik. Stattdessen jedoch neigte Aaron nur den Kopf und antwortete umso leiser.

»Dadurch, dass ich dir nachspioniert habe, habe ich dir das Leben gerettet.«

Der hartgesottene Gildemeister wurde von diesem ruhig vorgetragenen Argument überrumpelt. Er sah den jungen Mann vor sich an, und es schien, als wäre er in einer Vergangenheit verloren, von der Robert nichts wusste. Der alte Mann wandte rasch den Blick ab, weil er aus irgendeinem Grund die Sorge hatte, dass Thren brutal reagieren könnte, wenn er merkte, dass man ihn beobachtete.

»Du hast Recht.« Threns Wut war verflogen. »Du warst noch ein Kind, und doch hast du ohne Zögern getötet.« Thren sah Robert an. »Er hat seinen eigenen Bruder getötet. So groß ist seine Loyalität, dass er diesen unbedachten, leichtsinnigen Narren eliminierte, damit er selbst mein würdigerer Nachfolger würde. Also gut, ich will nicht, dass er weiter verwöhnt wird. Nicht mehr. Wenn du ihn unterrichtest, lehre ihn die Wahrheit, ganz gleich, wie schmerzhaft sie auch sein mag.«

Thren legte seinem Sohn eine Hand auf die Schulter. »Auch wenn du mich mit diesem Vergehen enttäuscht hast, trage ich eine Mitschuld daran. Von jetzt an wirst du immer an meiner Seite sein. Mein Leben ist ziemlich gefährlich, Aaron, wie du sehr bald feststellen wirst. Aber du musst wissen, dass ich dich trotz dieses Risikos von jetzt an immer mitnehmen werde.«

»Ich habe keine Angst«, erwiderte Aaron.

»Selbst ich empfinde manchmal Furcht, und dir wird es nicht anders ergehen.«

Der Junge schüttelte den Kopf. »Auch wenn ich Angst habe, werde ich sie niemals zeigen.«

Das war eine dumme Prahlerei, wie Robert sie schon tausendmal gehört hatte. Aber als er jetzt diesen Jüngling ansah und seine Entschlossenheit und seinen Mut wahrnahm, wurde Robert klar, dass er ihm seine Worte ohne jeden Zweifel glaubte.

9. Kapitel

Schon wieder war die Aufforderung gekommen, und diesmal war James Beren versucht, die Antwort seiner Aschegilde laut hinauszuschreien. Damit würde er wenigstens Thren endlich abschütteln können. Oder er starb durch einen Dolchstoß in den Rücken. Im Augenblick wäre ihm das vielleicht sogar lieber gewesen als diese widerliche zuckersüße Diplomatie, zu der Thren in letzter Zeit neigte.

»Sollen wir unsere übliche Antwort geben?«, wollte Veliana wissen, sein zweiter Mann. Sie war zwar eine Frau, aber es amüsierte James, ihr diesen Titel zu geben. Sie war hübsch, hatte cremefarbene Haut, ihr rotes Haar zu einem Pferdeschwanz zurückgebunden und schimmernde violette Augen. In ihrem Gürtel steckten mehrere Dolche, und die Geschicklichkeit, mit der sie die Wurfmesser handhabte, war trotz ihrer jungen Jahre beinahe schon legendär. Angeblich hatte sie auch ein bisschen Magie in sich. Einige seiner Leute hatten gemunkelt, dass sich das kleine Mädchen von achtzehn Jahren ihren Weg an James' Seite erschlafen hätte, aber das war dummes Gerede. Ihr Verstand war ebenso scharf wie ihre Dolche und furchterregend in seiner tödlichen Präzision.

»Sein Plan ist selbstmörderisch«, erklärte James, der in dem behaglich beleuchteten Arbeitszimmer auf und ab ging. Sie hatten sich in einem Schlupfwinkel mitten in den Elendsquartieren von Veldaren verschanzt. Hunderte von Familien boten eine mehr als ausreichende Deckung für ihr Kommen und Gehen, und einige gut eingesetzte Münzen und ein gelegentlicher

Brotlaib taten wahre Wunder, was ihre Diskretion anging. Und ein paar aufgeknüpfte Leichen hatten natürlich ebenfalls dazu beigetragen.

»Vielleicht muss man ein solches Risiko eingehen, um den Krieg zu beenden«, sagte Veliana. »Er schreibt, dass wir die Letzten sind, die sich weigern; alle anderen Gildenhäupter haben unterschrieben.«

»Das liegt daran, dass er jeden umbringt, der anderer Meinung ist«, gab James verbittert zurück. »Und den Rest hat er mit ein paar subtilen Drohungen eingeschüchtert, aus denen das Gift nur so trieft. Er ist verzweifelt und wahnhaft geworden. In dem Punkt stimmst du mir doch sicher zu?«

Veliana lächelte ihn an. Es war ein einstudiertes Lächeln, das ihre wahren Gefühle für James verbarg. Er spürte, wie sie ihn beobachtete, während er unruhig auf und ab ging. Und er fühlte auch jeden einzelnen Tag seiner vierzig Jahre, die seine Haare hatten ergrauen lassen und sein Gesicht in Falten gelegt hatten. Die Aschegilde war die kleinste der Diebesgilden, aber sie war ganz gewiss nicht die schwächste. Denn dank ihrer geringen Größe konnten sie leichter im Verborgenen arbeiten. Sie brauchten ihre Reihen nicht mit unwürdigem Abschaum und Trunkenbolden aufzufüllen, die nicht einmal einem Säugling eine Windel hätten stehlen können. Doch trotz dieser Stärke in ihrem harten Kern konnten sie die Spinnengilde nicht herausfordern. Noch nicht.

»Ich weiß nicht, ob ich dem zustimmen kann«, erwiderte sie. Sie ging nicht näher darauf ein, ob sie Thren oder James meinte. »Aber wir befinden uns jetzt im fünften Kriegsjahr. Wir haben versucht, die Trifect an ihrer empfindlichsten Stelle zu treffen, ihrem Geldbeutel. Wahrhaftig, das können die Götter bezeugen. Aber es ist, als würde man mit einem Sieb Wasser aus einem Fluss schöpfen. Es fließt alles einfach nur wieder zurück. Wir bestehlen die Trifect, und unsere Leute geben das ganze Gold für Wein, Nahrung, Kleidung und billigen Tand aus. Und wer, glaubst du, beschafft all diese Dinge?«

»Aber wir alle?«, fragte James. »Dieser Plan, dieser Angriff während des Kensgolds der Trifect, wird zweifellos mit Blutvergießen enden. Aber ich fürchte, die größte Menge Blut wird unseres sein, nicht das unserer Feinde. Glaubt Thren denn wirklich, dass niemand den Plan an die Trifect verrät, wenn er alle Diebesgilden vereinigt? Dieser Plan erfordert einen nahezu unmöglichen Grad von Verschwiegenheit. Ein unbedachtes Wort, und wir hängen alle am Galgen ... wenn wir Glück haben.«

»Wenn er nur die Gildenhäupter ins Vertrauen gezogen hat«, erwiderte Veliana, »ist es möglich, Schweigen zu bewahren, jedenfalls so lange wie nötig.«

»Diese Gildemeister werden es ihren Ratgebern oder engen Freunden verraten, so wie ich es dir gerade erzählt habe. Die werden es wiederum ihren engsten Freunden verraten, und dann wird einer von ihnen irgendwann einem Verräter oder Spitzel von Connington oder Keenan etwas sagen, und dann sind wir am Arsch.«

Veliana lachte. »Dann lehne seine Aufforderung ab«, riet sie ihm. »Und hör auf, um Aufschub zu betteln.«

»Wenn ich das mache, bin ich eine weitere Leiche, die Thren auf sein Gewissen lädt«, gab James zurück. Er klang müde. »Ich habe nicht so lange gelebt und mich an Freund und Feind vorbei nach oben gearbeitet, nur um jetzt zuzusehen, wie sich alles in Rauch und Asche auflöst.«

»Aber Asche sind wir«, gab Veliana zurück und warf die Nachricht von Thren Felhorn in das Feuer im Kamin. Sie sah zu, wie sie verbrannte. »Und auch Veldaren wird bald Asche sein. Tu, was du für das Beste hältst, ganz gleich, ob ich deiner Meinung bin oder nicht. Aber sorge wenigstens dafür, dass du irgendetwas tust. Wenn du nur darauf wartest, dass Thren oder die Trifect etwas unternehmen, werden wir sterben.«

»Du hast recht«, meinte James nach einer Pause. »Entweder, wir helfen ihm, oder wir halten ihn auf. Er ist entweder Freund oder Feind. Die Frage ist: Können wir es uns leisten, dass Thren etwas anderes ist als unser Freund?«

»Das«, meinte Veliana, »ist eine sehr gefährliche Frage. Und die Antwort ist noch gefährlicher. Thren hat keine Freunde, James. Er kennt nur Männer, die er noch nicht geopfert hat.«

Ihr Gildemeister seufzte. »Dann werden wir uns weigern, auch wenn wir damit Threns Zorn auf uns herabbeschwören«, sagte er. »Ich kann nur hoffen, dass ihm sein Plan um die Ohren fliegt und Veldaren endlich von der Gegenwart dieses Mistkerls befreit. Aber was machen wir bis Kensgold?«

Veliana lächelte ihn an. »Was wir immer getan haben. Wir tun, was nötig ist, um zu überleben.«

Gerand fand mit einer Leichtigkeit seinen Weg durch die Flure und Korridore des Palastes, die er sich im Laufe der fünfzehn Jahre angeeignet hatte, die er jetzt dem Geschlecht der Vaelor diente. Bedienstete schlurften an ihm vorbei, und er sagte lautlos ihre Namen auf. Jedes neue Küchenmädchen oder jeder neue Laufbursche musste von Gerand persönlich geprüft werden. Wenn er auch nur den kleinsten Anstoß nahm, schickte er sie weg. Seit der Krieg mit den Dieben begonnen hatte, hatte sich König Edwin Vaelors Angst vor Gift drastisch gesteigert. Es war ein Tod, der einen selbst aus den jüngsten Händen ereilen konnte. Gerand selbst fand die ganze Geschichte ausgesprochen anstrengend. Edwin zuckte vor jedem Schatten zusammen, und es war Gerands Pflicht, diese Schatten zu jagen. Es spielte keine Rolle, dass er immer nur Staub und leere Ecken fand. Die Monster kamen immer wieder, Säure tropfte von ihrem Kinn, und getrocknetes Blut klebte an ihren dolchartigen Krallen.

Die Prellung auf Gerands Stirn pulsierte bei jedem Herzschlag. Er berührte sie vorsichtig und wünschte sich, Edwin hätte auf seinen Rat gehört und Robert Haern einfach auf der Stelle getötet, statt ihn einzukerkern. Immerhin war der kleine Felhorn wegen dieses vorwitzigen alten Mannes entkommen. Aber Edwins Rückgrat schien eher aus Tran als aus Knochen zu bestehen. Er war nicht in der Lage gewesen, seinen ehemaligen Lehrer hinrichten zu lassen. Ganz gleich, wie sehr die beiden Männer sich auch entfremdet hatten. Trotzdem würde Gerand einen Weg finden, Robert für den Schlag mit dem Gehstock zu bestrafen. Er würde es zwar niemals laut sagen, aber er hatte das Gefühl, der Palast würde ihm gehören, nicht Edwin. Er fühlte sich, als würde er die Arbeiter und Soldaten direkt unter der Nase des Königs herumkommandieren können, wenn es sein musste.

Er stieg die Wendeltreppe des Südwestturms hinauf, wobei er das Knacken seiner Knie ignorierte. Es war mitten in der Nacht, und obwohl in den unteren Stockwerken des Palastes geschäftiges Treiben herrschte, Männer Fleisch hackten und Frauen Mehl auf Teig stäubten und ihn rollten, waren die oberen Stockwerke dankenswerterweise verlassen. Auf dem obersten Treppenabsatz musste Gerand stehen bleiben und Atem schöpfen. Er lehnte sich an eine dicke hölzerne Tür, die von außen verriegelt war. Er zog den Riegel zurück und riss die Tür auf. Der Raum dahinter war einmal ein Spionageturm gewesen, aber die merkwürdige Apparatur aus Spiegeln und Glas war schon lange zerbrochen und entfernt worden. Danach hatte man den Raum als Gefängniszelle benutzt, doch vor über zehn Jahren war er aufgegeben worden.

Ein drahtiger kleiner Mann in einem braunen Umhang wartete auf ihn.

»Du kommst spät«, sagte der Mann. Er sprach immer, wenn er einatmete statt beim Ausatmen, was sonderbar krank und atemlos klang.

Gerand schüttelte den Kopf. Es wunderte ihn immer wieder, wie sein Kontaktmann es schaffte, den großen Turm hinaufzukommen, ohne entdeckt zu werden. Wenn er nicht die Hände einer Spinne hatte, konnte er jedenfalls nicht an der Außenwand hinaufsteigen. Aber ganz gleich wie er es machte, jeden vierten Tag eine Stunde vor Sonnenaufgang wartete Gileas, der Wurm, in diesem winzigen Raum auf Gerand. Immer lächelnd, immer unbewaffnet.

»Die Angelegenheit hat sich verschlimmert.« Gerand rieb sich die Prellung auf seiner Stirn, ohne dass es ihm bewusst war. »Seit unserem Versuch, Aaron Felhorn zu töten, hat König Vaelor noch mehr Angst vor seinen Speisen und Getränken entwickelt. Er hat vorgeschlagen, die Köche ständig abzulösen und sie unaufhörlich zu beobachten. Ich habe ihm gesagt, dass ein Vorkoster eine weit einfachere Lösung wäre, aber obwohl er ein feiger Hundesohn ist, kann er so verflucht stur sein …«

Dem Ratgeber des Königs wurde bewusst, wie deplatziert seine Rede war, und er unterbrach sich. Er starrte Gileas finster an, und die Warnung war unmissverständlich. Aber der Wurm lachte nur. Selbst sein Lachen klang krank und unecht.

»So amüsant es auch wäre, dem König deine freimütigen Worte zu hinterbringen, ich hätte nichts davon. Meine Mühe würde mir ja doch nur durch den Strick entlohnt«, erklärte Gileas.

»Du würdest zweifellos genauso gut hängen wie jeder andere Mann«, meinte Gerand. »Würmer teilen sich in zwei Hälften, wenn man sie durchtrennt. Ich frage mich, ob das bei dir genauso wäre.«

»Beten wir, dass wir das nie herausfinden«, meinte Gileas. »Und nach dem, was ich dir zu sagen habe, kannst du meine Gegenwart vielleicht leichter ertragen.«

Das bezweifelte Gerand. Der Name Wurm war durchaus zutreffend, denn der Kopf des Mannes wirkte irgendwie konisch. Nase und Augen waren nach innen gedrückt, in Richtung seines Mundes. Sein Haar war erdbraun, was den Namen noch passender erscheinen ließ. Gerand wusste nicht, ob Gileas selbst sich den Namen zugelegt hatte oder ob es jemand anders vor vielen Jahren gewesen war. Allerdings interessierte ihn das auch nicht sonderlich. Er wollte nur Informationen, die sein Geld und den mühsamen Aufstieg in den Turm wert waren. Meistens waren sie es nicht, aber ab und zu …

Das Funkeln in Gileas' Augen deutete darauf hin, dass dies vielleicht eine dieser Gelegenheiten war.

»Sag mir, was du weißt, und zwar rasch, sonst wird Edwin noch glauben, ich wäre selbst eins seiner herumschleichenden Phantome.«

Der Wurm legte die Finger aneinander, und Gerand unterdrückte einen Schauder, so gut er konnte. Aus irgendeinem widerlichen Grund hatte dieser Mann keine Fingernägel.

»Meine Ohren sind oft voll Schlamm«, begann der hässliche Mann, »aber manchmal höre ich so gut, dass ich mich fast für einen Elfen halte.«

»Kein Elf könnte so abgrundtief hässlich sein«, gab Gerand zurück.

Gileas lachte, aber es klang gefährlich. Der Ratgeber des Königs begriff, dass er seine Worte besser wählen sollte. In diesem engen Raum und ohne jede Waffe oder Wachen konnte selbst der Wurm seinem Leben ein Ende setzen.

»Gewiss, kein Elf wäre so hässlich, aber wenigstens bin ich nicht so hässlich wie ein Ork, richtig? Es gibt immer einen Hoffnungsschimmer, wenn man weiß, wohin man blicken muss. Und ich bin stolz darauf, dass ich das sehr genau weiß. Ich sehe mich immer um. Ich höre immer zu, und nach allem, was ich höre, hat Thren Felhorn einen feinen Plan ausgeheckt, der seinen Krieg mit der Trifect beenden könnte.«

»Ich bin sicher, dass er das nicht zum erster Mal plant. Warum sollte ich also diesen Ideen irgendeinen Wert beimessen?«

»Weil er mit diesem Plan zu den anderen Gildenhäuptern gegangen ist, und alle Gilden bis auf eine haben eingewilligt.«

Gerand hob eine Braue. Wenn er so viele Gildenhäupter hinter sich gebracht hatte, konnte dieser Plan keine an den Haaren herbeigezogene Fantasie von Thren sein, sondern musste mehr Substanz haben.

»Erzähl mir davon!«, befahl er.

Der Wurm blinzelte und rieb die Finger aneinander. »Erst das Gold.«

Der Berater des Königs nahm einen Beutel von seinem Gürtel und warf ihn dem Wurm zu. »Da. Und jetzt sprich!«

»Du redest mit mir, als wäre ich ein Hund«, antwortete Gileas. »Aber ich bin ein Wurm, kein Hund, schon vergessen? Ich werde nicht sprechen. Ich werde es dir erzählen.«

Und das tat er. Als er fertig war, hatte Gerand das Gefühl, eine Klammer hätte sich um seine Brust gelegt. Seine Gedanken überschlugen sich. Der Plan war täuschend einfach und brutaler, als es Thren eigentlich schätzte, aber er hatte Potenzial ... ein Potenzial, das beide Seiten ausnutzen konnten.

Vorausgesetzt, der Wurm sagt die Wahrheit, dachte er. *Aber wenn er es tut, dann könnten wir diese Angelegenheit an Kensgold tatsächlich ein für alle Mal beenden ...*

»Wenn das, was du da erzählst, wirklich passiert«, sagte er, »werde ich dich hundertfach entlohnen. Sag es niemandem sonst.«

»Meine Ohren und mein Mund gehören alleine dir«, versicherte ihm Gileas. Gerand glaubte es keine Sekunde. Er verließ den Raum und schloss die Tür hinter sich, denn Gileas wollte nicht dabei beobachtet werden, wie er verschwand. Dieselbe Heimlichkeit legte er bei seiner Ankunft an den Tag. Gerand lehnte den Kopf gegen das grobe Holz der Tür und lächelte.

»Endlich hast du einen Fehler gemacht«, sagte er, und sein Lächeln vertiefte sich. »Verdammt, das wurde auch Zeit, Thren. Dein Krieg ist vorbei. Er ist schon Geschichte.«

Er eilte hastig die Treppe hinab, während sich bereits ein Plan in seinem Kopf herauskristallisierte.

Veliana wartete in einer Ecke der Taverne. Es war eine kleine Schenke, die von mehr Soldaten als Halunken der Unterstadt besucht wurde. Ihre Schönheit genügte, dass sie dort gern gesehen war, und ihre Münzen glätteten die Wogen bei denen, die trotzdem hartnäckig nachfragten. Wenn sie etwas tun wollte, ohne dass die Bewohner der Nacht es erfuhren, dann fand es in dieser Taverne statt.

Die Tür öffnete sich, und Gileas der Wurm kam herein. Er sah sie an ihrem üblichen Platz sitzen und schenkte ihr sein hässliches Lächeln.

»Du bist so schön, wie du klug bist«, sagte er, als er sich setzte.

»Dann musst du mich für schrecklich hässlich halten«, erwiderte sie.

Gileas lachte keuchend.

»Schon gut«, meinte sie. »Sag, hat er dir geglaubt?«

Der Wurm lächelte und zeigte seine schwarzen, verfaulten Zähne.

»Jedes einzelne Wort.«

10. Kapitel

Der Tempel von Karak war ein höchst beeindruckendes Bauwerk, das aus schwarzem Marmor errichtet worden war und von Pfeilern gesäumt wurde. Der Schädel eines brüllenden Löwen hing über dem Eingang. Die Priester im Tempel waren schweigsame, ruhige Männer in schwarzen Roben, die ihr langes Haar zu festen Zöpfen nach hinten gebunden hatten. Sie wirkten mächtige religiöse Magie und taten alles in ihrer Macht Stehende, die Sache ihres Dunklen Gottes voranzutreiben. Sie spielten keine Rolle in der Politik des Königs, nicht offiziell jedenfalls. Aber Maynard Gemcroft wusste, dass die Priester die Krone eindringlich davor gewarnt hatten, ihre Gegenwart allgemein in der Stadt bekannt zu machen. Sollte es jemals zu einem Krieg zwischen den Priestern von Ashhur und Karak kommen, würden schon bald Leichen die Straßen der Stadt säumen.

Maynard Gemcroft erreichte verkleidet und von zweien seiner vertrauenswürdigsten Leibwächter begleitet das Gebäude, das überhaupt nicht wie ein Tempel aussah. Stattdessen wirkte es wie ein großes, aber einfaches Anwesen, das kaum erleuchtet war.

»Ich erkenne in Euch die Wahrheit, die Ihr seid«, sagte Maynard und legte seine Hand auf das Tor. Das Bild veränderte sich, und unvermittelt war der Tempel in all seiner düsteren Pracht zu erkennen. Als er die Hand hob, öffnete sich das Tor, und sie gingen hinein.

»Pelarak wird dich in Kürze empfangen, Maynard«, begrüßte einer der jüngeren Priester ihn, während er die Doppeltüren öffnete, die in den Tempel führten. Maynard antwortete nicht. Es ärgerte ihn ein wenig, dass er nicht als Lord bezeichnet wurde, aber Pelarak hatte ihm vor langer Zeit bereits erklärt, dass die Priester niemand anderen Lord nannten als Karak.

Es war zwar schon spät, aber im Tempel herrschte ein Treiben, als wäre es Mittag. Jüngere Männer, fast noch Jünglinge, schritten von einer Ecke zur anderen und entzündeten Kerzen mit langen, dünnen Zündhölzern. Violette Vorhänge hingen vor versteckten Fenstern. Sie folgten ihrem Führer und traten in den großen Versammlungsraum. Maynard hatte sich nie für einen religiösen Mann gehalten, aber beim Anblick der Statue von Karak schoss ihm jedes Mal der Gedanke durch den Kopf, ob er sich in diesem Punkt vielleicht nicht doch irrte.

Die Statue war aus uraltem Stein gemeißelt und erhob sich hoch über jenen, die sich vor ihr verbeugten. Sie stellte einen wunderschönen Mann dar mit langem Haar, einer zerschrammten Rüstung und blutverschmierten Armschienen. Das Standbild hielt ein gezacktes Schwert in einer Hand; die andere hatte der Gott zur Faust geballt, die er drohend gegen den Himmel schüttelte. In zwei Altarschalen vor seinen Füßen loderten violette Flammen, aber sie produzierten keinen Rauch.

Neben den Schalen am Fuß der Statue knieten viele Männer und baten in lauten, tief empfundenen Gebeten um Vergebung und Sühne. Zu jeder anderen Zeit hätte Maynard den Lärm als lästig und die Klagenden als irgendwie peinlich empfunden, aber vor dieser Statue wirkte es vollkommen natürlich. Er war froh, als Pelarak auftauchte und ihn aus seiner Ehrfurcht riss. Der Hohepriester trat aus dem Mittelgang zu ihm und schüttelte ihm die Hand. Jetzt, wo seine Aufmerksamkeit abgelenkt war, schien die Statue ein wenig von ihrer Macht zu verlieren.

»Willkommen, Freund«, sagte Pelarak und öffnete die Tür zu einem Nebenraum.

»Nach der letzten Nacht tut es sehr gut zu hören, dass du mich Freund nennst«, antwortete Maynard, den Pelaraks sichtliche Verwirrung über seine Worte verblüffte. Die Irritation des Hohepriesters mochte vorgetäuscht sein, aber er bezweifelte es. Vielleicht war also doch alles wahr, was er sich erhofft hatte. Die Handlungen der Gesichtslosen waren dem Hohepriester nicht bekannt.

Ich habe das Überraschungsmoment auf meiner Seite, dachte Maynard. *Ich sollte es klug einsetzen.*

»Ich wüsste nicht, was du sonst sein solltest«, meinte Pelarak, als er ihn in seine Privatgemächer führte. »Sollte sich jemand über den Verlust unserer Freundschaft Sorgen machen, dann dürften wir das sein. Das Herz eines Mannes und sein Gold schlafen im selben Bett, und die Familie Gemcroft war in den letzten Jahren sehr … herzlos.«

Der Seitenhieb hatte gesessen, aber Maynard hütete seine Zunge. Sollte Pelarak ruhig glauben, dass er die Kontrolle hatte. Wenn erst die Wahrheit über seine Untergebenen ans Licht kam, würden diese Sticheleien vergessen sein.

»Es sind schwere Zeiten«, gab er zurück. »Glaub mir, wenn die Halunken erst besiegt sind, werden sich deine Truhen mit dem Gold füllen, das wir nicht mehr brauchen, um die Taschen von Söldnern und Gedungenen Klingen zu füllen.«

Pelarak schloss die Tür. Maynards Leibwächter blieben draußen. Das Zimmer war klein und nur sparsam möbliert. Maynard setzte sich auf einen kleinen gepolsterten Stuhl, während Pelarak die Arme verschränkte und neben seinem Bett stehen blieb.

»Du sprichst wahr, Maynard, aber du bist nicht mit dieser albernen Perücke und dem falschen Bart verkleidet hergekommen, um mit mir über den Zehnt zu plaudern. Was ist der wahre Grund deines Besuchs, und warum machst du dir Sorgen wegen Karaks Freundschaft?«

Also dann. Kein weiteres Herumschleichen um den heißen Brei und Schluss mit dem Zögern. Maynard berichtete wahrheitsgemäß, was geschehen war, und beobachtete dabei sorgfältig die Reaktion des Priesters.

»Letzte Nacht haben drei deiner gesichtslosen Frauen mein Anwesen angegriffen und meine Tochter entführt.«

Maynard war nicht auf die kalte Wut vorbereitet, die in Pelaraks Augen aufschimmerte.

»Ich würde dich fragen, ob du dir da wirklich sicher bist, aber selbstverständlich bist du das«, erwiderte der Priester. »Du wärst nicht hier, wenn du es nicht wärst. Frauen aus Dunkelheit und Schatten, deren Körper in Schwarz und Violett gehüllt sind? Wer sonst sollten sie sein, wenn nicht die Gesichtslosen?«

Maynard spürte, wie ihm die Angst die Kehle zuschnürte, als er sah, wie fest der Priester die Fäuste ballte. So viel also zu seinem Glauben, er hätte die Kontrolle und wäre der, der die Überraschung auf seiner Seite hatte. In Wahrheit wusste er nur sehr wenig über die gesichtslosen Frauen, außer dass sie existierten und dass sie tödlich waren. Er hatte noch nie direkt ihre Hilfe gesucht und kannte auch niemanden, der es jemals getan hätte.

»Wusstest du, dass sie etwas damit zu tun haben?«, erkundigte sich Maynard.

»Ob ich es wusste? Natürlich nicht!« Pelaraks normalerweise ruhige und glatte Stimme klang jetzt scharf und abgehackt. »Sie sind Huren und Ehebrecher, Sklaven ihrer Triebe, die Karaks Gebote missachten. Sie leben ihr Leben außerhalb des Tempels, um für ihre Sünden zu sühnen. Ich hatte geglaubt, dass mein Befehl, sich in deinem Krieg neutral zu verhalten, genügen würde. Aber vielleicht hätte ich es ihnen auf die Haut tätowieren sollen, statt sie nur dazu aufzufordern.«

»Ich habe etliche Leibwächter verloren«, sagte Maynard. »Und meine Tochter, Pelarak. Meine Tochter!«

Pelarak ließ sich auf sein Bett sinken und rieb sich das Kinn. Seine Augen schienen sich zu klären, als hätten sich die Wolken in seinem Verstand aufgelöst.

»Du weißt, wer dahintersteckt«, stellte der Priester fest.

»Ich glaube es jedenfalls.«

»Wer?«

»Die Kulls«, antwortete Maynard. »Ich habe allen Grund zu der Annahme, dass es die Kulls waren.«

»Verzeih mir, aber ich kenne diesen Namen nicht«, meinte Pelarak. »Ist es eine gewöhnlichere Familie aus Veldaren?«

»Sie leben nicht hier in der Stadt«, erklärte Maynard. »Und gewöhnlich beschreibt nicht einmal annähernd, was sie sind. Theo Kull ist der oberste Steuereintreiber in Stromtal. Man kann sagen, dass er die Schiffe förmlich bestiehlt, die den Queln hinab zur Verlorenen Küste segeln. Ich kontrolliere einen großen Teil der Ländereien dort, und es ist immer schon ein Streitpunkt zwischen uns gewesen, wem ich Steuern zu zahlen habe. Dadurch, dass ich hier in Veldaren meiner Verpflichtung nachkomme, umgehe ich die dreifache Summe, die er in Stromtal von mir erheben würde. Er weiß, dass die Gerichte ihm nicht freundlich gesonnen sind, jedenfalls nicht die, die in diesem Punkt zu entscheiden haben.«

»Und wie kommt deine Tochter da ins Spiel?«, wollte Pelarak wissen.

»Vor ein paar Monaten hat Theo einige seiner Söldner losgeschickt, um alle meine Liegenschaften in Stromtal zu beschlagnahmen, damit ich meine angeblichen Steuerschulden dort begleichen sollte. Ich habe jedoch meine eigenen Söldner; es sind erheblich mehr, und sie sind weit besser ausgebildet. Die Kulls sind scharf auf große Teile meines fruchtbaren Landes rund um die Stadt und außerdem auf meine Lagerhäuser. Aber sie kommen nicht an sie heran, jedenfalls nicht, solange meine Söldner dort wachen. Wenn diese Kämpfer aber jetzt plötzlich meiner Tochter Alyssa gegenüber loyal sein sollten, statt mir …«

Der Priester verstand. »Sie wollen Alyssa an deiner Stelle an die Spitze der Familie hieven, und wenn das geschieht, bekommen sie in Stromtal, was sie wollen, sei es durch Schulden oder durch Loyalität.«

»Genau das denke ich«, bestätigte Maynard. »Und nicht nur in Stromtal. Wenn sie alles wollten, was ich jemals geschaffen habe, jede Münze, die ich in meinem Leben verdient habe? Ich habe sie bisher zweimal zurückschlagen können, aber wenn ihnen jetzt die Gesichtslosen helfen, weiß ich nicht, wie lange ich das noch kann.«

Pelarak ging weiter auf und ab und tippte mit den Fingern gegen seine dünnen Lippen.

»Ich weiß nicht, warum die Gesichtslosen sich entschlossen haben, Theo Kull in dieser Angelegenheit zu helfen, aber ich vermute, dass das Land in der Nähe von Stromtal der Grund dafür sein könnte. Dennoch werde ich sie angemessen bestrafen. Hab keine Angst; die Hand von Karak wendet sich nicht gegen dich und die Trifect.«

»Das genügt nicht«, sagte Maynard, der sich erhob und zu seiner vollen Größe aufrichtete. Er war einen Kopf größer als der Priester. Finster starrte er ihn an, in einer Demonstration von Stärke, die er trotz seiner verzweifelten Versuche innerlich kaum aufbrachte. »Du warst viel zu lange neutral. Und ich habe nicht einmal eine vernünftige Erklärung dafür gehört. Diese Diebe sind eine Gefahr für die Stadt, und sie repräsentieren das totale Gegenteil der Ordnung, die Karak angeblich so liebt.«

»Du sprichst von Karak, als würdest du seine Wünsche sehr genau kennen«, gab Pelarak zurück. »Du verlangst von uns, dass wir uns in deinem Krieg auf deine Seite stellen. Aber was hätten wir zu gewinnen, Maynard? Willst du uns einen Zehnt anbieten und uns damit auf die Stufe deiner Söldnerhunde herabziehen?«

»Wenn du keine Vernunft annehmen willst«, sagte Maynard, »dann genügt vielleicht der Selbsterhaltungstrieb.«

Er zog einen Brief aus der Tasche und reichte ihn dem Hohepriester. Maynard schlug das Herz bis in den Hals, aber er ließ sich nicht anmerken, wie viel Angst er hatte. So! Er hatte eine Brücke überquert, und dieser Brief war die Fackel, die sie hinter ihm in Brand setzte.

»Dieser Brief wird nach meinem Tod den Bewohnern von Veldaren sieben Mal am Tag laut vorgelesen«, erklärte Maynard. »Und es wird keine Rolle spielen, wie ich sterbe, ob durch Gift oder Klinge, durch Kull oder Karak.«

»Du würdest damit unsere Existenz allen Bewohnern dieser Stadt enthüllen«, erklärte Pelarak, der die wenigen Worte rasch überflogen hatte. »Du willst ihre derzeitigen Schwierigkeiten uns anlasten? Um unseren Gehorsam zu erzwingen, drohst du mir damit, dass du den Bewohnern der Stadt Lügen und Halbwahrheiten erzählen wirst? Wir haben keine Angst vor dem Pöbel!«

»Das solltet ihr aber«, gab Maynard zurück. »Denn meine Leute werden sich dann unter diesen Pöbel gemischt haben. Ich versichere dir, dass sie sich ganz hervorragend darauf verstehen, Gewalt zu säen. Wenn erst einmal Menschen gestorben sind, wird der König gezwungen sein, seine Soldaten zu schicken. Sag mir, wie will jemand eine Stadt für sich gewinnen, nachdem er ihre Bewohner und ihre Stadtwachen getötet hat? Und noch besser, wie will man vor einer Stadt predigen, wenn man tot ist?«

Pelarak war stehen geblieben und betrachtete Maynards Gesicht mit einer Furcht einflößenden Intensität. Seine alte Stimme klang tief und so unerschütterlich wie ein Felsbrocken.

»Jede Tat hat ihren Preis«, erklärte der Priester. »Bist du bereit, ihn zu zahlen?«

»Wenn man am Ende seiner Geduld angekommen ist«, erklärte Maynard, während er die Tür öffnete, um das Zimmer zu verlassen, »ist jedermann bereit, sogar ein bisschen mehr zu zahlen. Meine Geduld war schon vor Jahren erschöpft. Dieser Krieg muss aufhören. Karak wird uns helfen, ihn zu beenden. Ich erwarte deine Antwort innerhalb einer Woche von heute an. Ich bete darum, dass du die richtige Entscheidung triffst.«

»Vielleicht hast du Recht«, hörte Maynard den Priester sagen, kurz bevor er die Tür schloss. »Vielleicht sind wir wirklich viel zu lange neutral geblieben.«

Dann fiel die Tür ins Schloss, und Maynard wurde aus dem Tempel geführt, ohne dass jemand ihn auch nur eines Wortes würdigte. Er verließ das Gelände und kehrte in sein Haus zurück. Er konnte nur Spekulationen darüber anstellen, was der gerissene Priester jetzt plante.

11. Kapitel

Die beiden Männer zuckten zusammen, als Veliana die Tür zu dem kleinen Zimmer auftrat. Sie ließen die Würfelbecher fallen und griffen nach ihren Waffen, aber Kadish Vel schlug mit der flachen Hand gebieterisch auf den Tisch.

»Kein Blutvergießen!«, befahl der Mann. »Legt eure Schwerter wieder weg. Veliana ist nicht hergekommen, um euch die Kehlen aufzuschlitzen.«

Er sah die Wut, die in den Augen der Frau brannte, und fürchtete, er hätte sich geirrt. Was er natürlich niemals offen zugeben würde. Die Männer setzten sich wieder, aber sie hielten ihre Hände dicht an den Griffen ihrer Waffen. Veliana blieb stehen, aber wenigstens schloss sie die Tür hinter sich, bevor sie das Wort ergriff. Denn im Schankraum tranken und aßen die Gäste, und etliche starrten bereits durch die offene Tür in den kleinen Raum.

»Was für ein Spiel spielst du, Falke?«, fragte sie.

Kadish Vel, der Meister der Falkengilde, lächelte bei dieser Frage. Es war kein Geheimnis, dass er das Spiel liebte. Er würde diese Marionette der Aschegilde weiterreden lassen, damit er nicht mehr verriet, als sie bereits wusste. Als er lächelte, schimmerten seine Zähne rot in dem gedämpften Licht. Seine Untergebenen behaupteten, es käme vom Blut der Frauen, von denen er sich in den frühen Morgenstunden ernährte, ein Gerücht, das er selbst in die Welt gesetzt hatte. In Wahrheit jedoch ließen sich seine roten Zähne auf seine Vorliebe zurückführen, Rotblatt zu kauen. Es war eine recht kostspielige

Gewohnheit, der nur sehr wenige so zügellos nachgeben konnten, wie er es tat.

»Ich spiele viele Spiele«, meinte Kadish und zwinkerte. Veliana schlug mit der Faust auf den Tisch, sodass die Würfel zu Boden fielen. Er ignorierte ihren Ausbruch. »Du scheinst ein bisschen durcheinander zu sein. Hast du vielleicht dieses geheimnisvolle Spiel verloren, von dem du redest? Ich kann mich wirklich nicht erinnern, mit dir gespielt zu haben, und ich möchte behaupten, dass ich das ganz sicher nicht vergessen hätte.«

Veliana warf ihm einen finsteren Blick zu, woraufhin sich Kadishs Lächeln noch verstärkte. Er zupfte an der Augenklappe, die er über seinem rechten Auge trug. In Wirklichkeit fehlte seinem Auge nicht das Geringste, aber es gefiel ihm, wie verwegen er mit der Klappe wirkte. Sollten die anderen Gildenhäupter doch verstohlen und heimlich tun. Kadish zog es vor, allgemein bekannt und beliebt zu sein. Das erhöhte die Überlebenschancen.

»Das reicht!«, schrie Veliana. »Warum drängen deine Leute in unser Territorium? Du weißt verdammt gut, dass alles südlich der Eisenstraße uns gehört, aber seit letzter Woche finde ich immer häufiger unsere territorialen Markierungen von deinem Vogelauge übertüncht.«

»Du kennst die Regeln der Gilden.« Kadish machte eine abfällige Handbewegung. »Die Starken nehmen von den Schwachen. Wenn es euch so stört, dass ihr Häuser und Basare verliert, dann macht gefälligst eure Arbeit. Verteidigt sie. Aber nicht hier«, setzte er hinzu, als sie nach ihren Dolchen griff.

»Ihr seid nicht stärker als wir«, erklärte Veliana. »Wenn zwischen uns eine Fehde ausbricht, werden wir euch in nur wenigen Tagen vernichten. Also, zieht euch zurück, und zwar sofort, oder du bekommst unseren Zorn zu spüren, du rückgratloses Stück Scheiße!«

Veliana hatte sich geirrt, wenn sie glaubte, dass ihn diese Beleidigung aufstacheln würde. Kadish lachte einfach nur, sichtlich amüsiert.

»Hältst du mich wirklich für so blind?«, erkundigte er sich. »Sicherlich, eine offene Fehde zwischen unseren Gilden würde uns vernichten. James ist ja so gut darin, neue Leute zu rekrutieren. Ich meine, er hat immerhin sogar dich bekommen, stimmt's? Vielleicht hat er dich sogar in sein Bett geholt. Aber es wird Zeit, dass du und der Rest deiner armseligen Aschegilde begreift, in was für einer Welt wir leben. Anstatt mir mit Drohungen und Forderungen zu kommen, würde ich dir gern ein paar Fragen stellen. Ein einfaches Ja oder Nein genügt als Antwort. Haben sich die Schlangen bereits einen Teil eures Territoriums geholt? Und ist es nicht so, dass an der östlichen Mauer eures Territoriums das Symbol des Wolfs das eurer Asche immer häufiger überdeckt?«

»Das alles ist nur eine Farce«, erwiderte Veliana ruhiger als zuvor. Ihr Zorn war einer tödlichen Ernsthaftigkeit gewichen. »Nehmt euch unser Territorium, ihr alle, es spielt keine Rolle. Schon bald werden alle Gildensymbole von dem Zeichen der Spinne übertüncht sein. Das weißt du doch wohl hoffentlich?«

»Du weißt gar nichts.« Kadish kratzte sich die trockene Haut unter seiner Augenklappe. »Und du kannst auch die Zukunft nicht erkennen. Ich dagegen bin wenigstens so klug, dass ich die Gegenwart wahrnehme. Solange ihr Thren und seine Spinnengilde hinhaltet, seid ihr verloren. Wir haben seinen Plan akzeptiert, und wir werden reagieren, sobald Kensgold anbricht.«

Veliana hätte am liebsten geschrien. Kensgold war eine Versammlung, die früher alle vier und jetzt alle zwei Jahre von der Trifect einberufen wurde; es war eine Zusammenkunft von Händlern, Dienern, Familienmitgliedern und allen gemeinen Idioten, die ein paar Münzen übrig hatten und unbedingt an dieser prunkvollen und eitlen Zurschaustellung von Macht und Wohlstand teilnehmen wollten. Es gab Essen, Bier und genug Söldner, um ein Königreich zu erobern.

»Wir dürfen die Trifect während des Kensgolds auf keinen Fall angreifen!«, erwiderte Veliana. »Wieso begreift ihr das nur nicht? Wir sind keine Armee, und auch wenn Thren tut, als wären wir es, ändert das nichts!«

»Du bist wahrlich nicht in der Position, irgendjemanden zu belehren«, erwiderte Kadish. »Wenn du nicht auf unserer Seite stehst, na gut, dann bist du eben nur eine Leiche, die darauf wartet, dass ihre Knochen von den Aasgeiern sauber genagt werden. Wir werden euch einfach eure Mitglieder, eure Straßen und, wenn es sein muss, auch eure Leben nehmen. Wir alle wollen ein Ende dieses Kriegs. Aber sag James, dass wir nicht leiden werden, nur weil er und seine Gilde uns davon abhalten, für dieses Ende zu sorgen. Sag ihm, dass er seine Männer Thren Felhorn unterstellen sollte, wenn er nächsten Monat noch eine Gilde haben möchte.«

»Weißt du«, sagte einer der Männer neben Kadish, ein hässlicher, brutaler Schläger mit vernarbten Lippen und einem verstümmelten Ohr, »vielleicht ist James ja gefügiger, wenn wir seine hübsche Lady hier gegen ein Lösegeld festhalten.«

Diesmal zückte Veliana ihre Dolche, aber Kadish stand auf und sah seine Männer böse an.

»Die Unterhaltung ist beendet«, sagte er zu ihnen. »Und wir werden uns mit einem solchen Gerede nicht erniedrigen. Die Aschegilde wird auf jeden Fall Vernunft annehmen, davon bin ich überzeugt. Schönen Tag noch, Veliana.«

Die Frau wirbelte herum und verschwand, nicht ohne die Tür wütend hinter sich zuzuschlagen. Als sie weg war, rieb sich Kadish das Kinn, während seine Handlanger kicherten und anzügliche Kommentare von sich gaben. Kadish jedoch dachte über seine Möglichkeiten nach. Wenn Veliana so aufgebracht war, dass sie in eine seiner Tavernen stürmte, um leere

Drohungen auszustoßen, dann verbreitete sich offenbar Panik in den oberen Rängen der Aschegilde. Vielleicht sogar bei James selbst.

»Sie sind angreifbar«, sagte er. »Rasta, nimm dir ein paar von unseren Jungs und streife mit ihnen durch die Straßen der Aschegilde. Ihr sollt nur herausfinden, wie groß der Druck ist, unter dem sie stehen, und welche Gilden sich was von ihnen nehmen.«

»Planen wir etwas Großes?«, erkundigte sich der Mann ohne Ohr.

»Wahrt noch Stillschweigen über die Sache«, gab Kadish zurück. »Aber wenn James mehr verloren hat, als wir vermutet haben, ist es vielleicht besser, die Gilde vollkommen zu vernichten, statt darauf zu warten, bis sie schließlich doch vor Thren in die Knie gehen. Nimm nur wenige Leute mit und beeilt euch. James ist ein gefährlicher Gegner, auch wenn er geschlagen und in der Unterzahl ist. Wenn wir schon mit unserem Leben spielen, dann ist es mir lieber, wenn die Chancen eindeutig für uns sprechen.«

Rasta stand auf und verließ den Raum, während der ohrlose Schläger die Würfel vom Boden aufhob, sie in seinen Händen schüttelte und über den Tisch rollen ließ.

Aaron lehnte sich an die Wand des offenen Trainingssaals und unterdrückte den Schmerz. Seine Schulter pochte, wo Senke ihn getroffen hatte. Seit dieser Besprechung vor einer Woche und Threns Versprechen, ihn an allen Dingen zu beteiligen, hatte sein Vater ihm befohlen, jeden Tag mehrere Stunden lang zu trainieren. Senke war sein Trainer. Der drahtige Schurke war nur Thren im Umgang mit einer Klinge unterlegen.

»Wenn du aufhören würdest, Fehler zu machen, müsstest du weniger Schmerzen ertragen«, meinte Senke und ging vor ihm auf und ab. »Auf die Füße. Es ist Zeit zu tanzen.«

Aaron stieß sich von der Wand ab. Er wusste, dass Senke weitermachen würde, ganz gleich, ob er fertig war oder nicht. Sie hatten schon seit Stunden miteinander »getanzt«, und die stumpfen Übungsschwerter wirbelten und klirrten, als sie parierten, konterten und blockten. Von allen Lehrern, die ihn in Kampftechnik unterwiesen, war Senke bei Weitem der beste. Außerdem machte es auch am meisten Spaß, mit ihm zu arbeiten. Er lachte, er scherzte und sagte Dinge über Frauen, bei denen Aaron errötete. Aber wenn es um den Schwertkampf ging, nahm er den Tanz sehr ernst. Dann verschwand aller Übermut aus seinen Augen, als hätte man ein Feuer mit Erde erstickt. Nach jedem Fehler erklärte er Aaron, was der Junge falsch gemacht hatte. Ebenso verbesserte er Aaron, wenn er zu langsam oder ungeschickt reagierte. Manchmal erklärte er ausführlich, was zu tun war und wann. Meistens jedoch schlug er Aaron nur mit seinem Schwert und ließ den Schmerz für sich sprechen.

Ihre neueste Übung war besonders brutal. Senke wollte Aarons Fähigkeit, einer Klinge auszuweichen, verbessern. Und er hatte ihm verboten, sein Langmesser zur Verteidigung zu benutzen oder zurückzuschlagen. Stattdessen schlug Senke mit unglaublicher Geschwindigkeit zu. Das Problem war, dass Aarons erste Reaktion immer darin bestand, den Schlag zu blockieren oder zu parieren, nicht aber, ihm auszuweichen. Andere Lehrer hätten ihm die Waffe weggenommen, Senke jedoch wollte nichts davon wissen.

»Du musst lernen, deine Instinkte zu beherrschen, sonst werden sie dich kontrollieren«, sagte er. Immer und immer wieder landete Senkes Übungsschwert auf Aarons Schulter, seinem Kopf und auf seinen Händen. Wann immer er sein Langmesser hob, benutzte Senke seine zweite, kürzere Klinge, schlug Aarons Waffe zur Seite und versetzte ihm dann einen Schlag ins Gesicht.

Als sie schließlich beide erschöpft und vollkommen verschwitzt waren, erklärte Senke die Trainingsstunde für beendet.

»Du wirst besser«, erklärte der Mann. »Ich weiß, wie verlockend es ist, damit anzugeben, wie gut man seine Klingen handhaben kann, aber manchmal, vor allem bei stärkeren Gegnern, ist es klüger, ihnen einfach auszuweichen. Sobald du schneller reagierst, werden wir daran arbeiten, diese Ausweichmanöver in dein gewohntes Verteidigungsmuster einzuarbeiten.«

Damit war Aaron entlassen. Als sein Lehrer verschwunden war, rieb sich Aaron die Schulter. Er hätte gern einen Lakaien gerufen, damit er ihn massierte. Aber Massage bedeutete Schmerz, und Schmerz bedeutete Scheitern, jedenfalls wenn es um das Training mit Senke ging. Schließlich hätte er nicht einen einzigen blauen Flecken davongetragen, wenn er so ausgewichen wäre, wie er es hatte tun sollen. Also versuchte er einfach, nicht mehr daran zu denken, wischte sich mit dem Ärmel den Schweiß vom Gesicht und ging zügig durch den Flur des Anwesens. Er schlich weder herum noch versuchte er, sich zu verbergen. Denn er hatte ein bestimmtes Ziel, und ohne sich damit aufzuhalten, lange anzuklopfen, betrat er das Zimmer von Robert Haern.

Es standen nur wenige, aber sehr teure Möbel in dem Raum. Die Stühle waren gepolstert und gemütlich, die Wände in einem gedämpften Rot bemalt, und der Teppich leuchtete in einem tiefen Grün. Robert saß auf dem Bett, eingerahmt von Bücherstapeln. Aaron fragte sich, wie der Mann so schlafen konnte. Dann überlegte er, ob er überhaupt jemals schlief.

»Da bist du ja«, begrüßte ihn Robert und lächelte, als er hochblickte. »Ich habe schon angefangen mir Sorgen zu machen, dass Senke dir möglicherweise sämtliche Vernunft und Weisheit herausprügelt.«

»Meine Ohren sind verstopft«, gab Aaron zurück. »Deshalb bleibt die Weisheit drin.«

Der alte Mann lachte. »Gut für dich. Setz dich. Wir haben noch einige alte Angelegenheiten zu klären.«

Aaron setzte sich und fragte sich, was er damit wohl meinen konnte. In der letzten Woche hatte Robert ausführlich mit ihm die verschiedenen Gilden und die Gildenhäupter durchgesprochen. Und zwar nicht nur die aus der Gegenwart, sondern auch die der Vergangenheit. Robert hatte Aaron eingebläut, warum die Gilden bestimmte Farben hatten, aus welchen Gründen sie ihre Symbole ausgewählt hatten, wie sie aussahen, wie man sie zeichnete, und er hatte auch andere Tatsachen aufgeführt, die unwichtig zu sein schienen. Ganz gleich wie unverständlich eine Sache auch sein mochte, Robert runzelte finster die Stirn und tadelte Aaron, wann immer er eine Antwort nicht wusste.

»In der Dunkelheit meines Übungszimmers hätte ich dir vielleicht eine Fackel weggenommen«, hatte Robert am ersten Tag gesagt, an dem sie ihre Unterrichtsstunden wieder aufnahmen. »Hier jedoch habe ich nichts, was ich dir wegnehmen könnte. Also machen wir stattdessen etwas anderes. Für jeden Fehler, den du begehst, werde ich dich wie ein Kind behandeln. Ich werde dir Geschichten erzählen, statt der Wahrheit. Ich werde deine Fragen als kindliche Neugier abtun und stattdessen Angelegenheiten mit dir besprechen, an denen wirklich nur ein *Jüngelchen* Interesse haben könnte.«

Die Drohung hatte gewirkt.

»Welche alten Angelegenheiten?«, erkundigte sich Aaron jetzt, als er sich mit gekreuzten Beinen auf den Teppich hockte.

»Erinnerst du dich an jenen ersten Tag in meinem Haus? Ich wollte eine Antwort von dir haben, habe den Vorfall jedoch wegen meines kurzen … Aufenthalts in den Verliesen vergessen. Ich habe dich gefragt, warum die Trifect deinem Vater den Krieg erklären sollten, nachdem er innerhalb von drei Jahren eine Allianz der Gilden geschmiedet hatte. Weißt du mittlerweile eine Antwort darauf?«

Aaron hatte über diese Angelegenheit nicht viel nachgedacht. Also griff er wieder zu seiner ursprünglichen Vermutung, in der Hoffnung, dass sie richtig wäre. Robert hatte immer darauf bestanden, dass er die Antwort auf alle Fragen kannte, die er stellte, aber in diesem Fall wollte ihm einfach keine Antwort einfallen.

»Thren wurde zu mächtig«, sagte Aaron jetzt. »Er hat zu viel Gold gestohlen, sodass die Trifect ihm und den Gilden diesen Krieg aufgezwungen haben.«

Robert kicherte. »Die Antwort eines Kindes«, sagte er. »Im Verein mit kindlichem Vertrauen in deinen Vater. Du könntest dich nicht mehr irren, Junge. Vielleicht sollten wir wirklich besser die Geschichte von Parson und dem Löwen lesen, statt Dinge zu diskutieren, die nur Erwachsene begreifen können.«

»Warte.« Aarons Stimme wurde lauter, er flüsterte nicht mehr. Robert schien das zu bemerken und wirkte erfreut.

»Hast du eine bessere Antwort?«, erkundigte er sich. »Denn deine erste war so peinlich falsch!«

Aarons Gedanken überschlugen sich. Er musste einfach dahinterkommen. Alles war besser als Märchen.

»Thren ist nicht zu stark geworden«, meinte er dann. Jedes Wort kam aus seinem Mund, als würde er einen Fuß auf Eis setzen und mit jedem Schritt dessen Tragfestigkeit prüfen. »Denn wenn er es gewesen wäre, hätte die Trifect sich ihm nicht öffentlich widersetzt. Die Trifect wägt alle Möglichkeiten ab, und dieser Krieg kommt sie sehr teuer zu stehen. Thren hätte ihnen selbst in zwanzig Jahren nicht so viel stehlen können, wie sie in den letzten fünf Jahren für den Krieg ausgegeben haben.«

»Jetzt endlich klingst du logisch«, erwiderte Robert. »Die Trifect legt sich nicht offen mit starken Gegnern an. Sie schwächen sie, vergiften sie von innen und korrumpieren ihre Herzen. Erst wenn ihr Ziel verzweifelt und verängstigt ist, schlagen sie zu.«

»Aber die Trifect hat diesen Krieg erzwungen«, erwiderte Aaron. Er hatte die Hände verschränkt und rieb seine Daumen aneinander, als wollte er durch diese Geste die Wahrheit beschwören. »Mein Vater ist nicht schwach. Er war es damals nicht, und er ist es jetzt auch nicht. Also hat die Trifect sich untypisch verhalten.«

»Wirklich? Du behauptest, Thren war nicht schwach. Woher weißt du das?«

Aaron schwieg und zog den Kopf ein wenig zurück, als hätte er einen üblen Geruch in die Nase bekommen.

»Wie hätte er schwach sein sollen?«, wollte er wissen. »Wir haben uns gut gegen die Trifect gehalten. Wir haben viele von ihnen getötet und jeden ihrer Versuche vereitelt, uns zu besiegen.«

»Nicht jeden Versuch«, widersprach Robert. »Muss ich doch die Kinderverse herausholen? Dein Vater hat viele Verluste erlitten, und seine Schatztruhen sind nahezu leer. Dieser Krieg fordert Opfer auf beiden Seiten. Glaub nicht, du wärst unbesiegbar und dein Gegner nur ein Prügelknabe. Die Dinge entwickeln sich nur selten so einfach.«

»Trotzdem war mein Vater nicht schwach.«

»Du irrst dich«, widersprach Robert erneut. »Selbst ein schwacher Thren Felhorn kann sich der Trifect viele Jahre widersetzen. Dieser Punkt ist bedeutungslos. Hast du jemals gehört, dass manchmal auch der Anschein von Schwäche genauso gefährlich oder eben auch wirksam sein kann wie echte Schwäche?«

Aaron nickte. Er hatte von diesem Prinzip bereits gehört.

»Dann denk über Folgendes nach: Vor fünf Jahren hat dein Vater seine Macht ausgebaut, aber dann haben sich andere Gilden von ihm abgewandt. Zu viele Gildenhäupter wollten die Kontrolle, und Threns Ruf hatte sich noch nicht gefestigt. Obwohl er ihn schon damals zielstrebig aufbaute, Stein um Stein, besudelt mit dem Blut seiner Möchtegernmeuchelmörder.«

Er verstummte, und Aaron spürte die unausgesprochene Frage. Mit den Informationen, die sein Lehrer ihm gegeben hatte, sollte er sich eigentlich den Rest selbst zusammensetzen können. Er dachte nach und drückte einen Finger gegen seine Lippen. Er überlegte, und Robert drängte ihn nicht.

»Die Trifect hat begriffen, wie gefährlich er war«, sagte Aaron schließlich. »Sie wussten, dass es ihm am Ende gelingen würde, die Gilden gegen sie zusammenzuschmieden. Als sie also die internen Kämpfe zwischen den Gilden bemerkten, versuchten sie, ihn zu töten.«

»Ganz genau.« Ein Lächeln huschte über Roberts Gesicht. »Sie glaubten, Threns Macht wäre spröde, und versuchten, sie mit einem Hammer zu zertrümmern. Sie taten das, was sie immer getan haben, Aaron. Sie haben zugeschlagen, als ihr Widersacher am schwächsten war. Nur haben sie sich geirrt, denn auch dein Vater hatte sich geirrt, eines der wenigen Male in seinem Leben. Aber es war auch sein bisher größter Irrtum. Kurz bevor der Krieg zwischen den Trifect und der Unterwelt begann, versuchte eine schwächere Gilde, die Gilde der Gottesanbeterin, aus der Allianz auszubrechen. Statt die Rebellion im Keim zu ersticken, ließ dein Vater sie etliche Monate lang andauern.«

»Warum hätte er das tun sollen?«, wollte Aaron wissen.

»Das wollte ich dich fragen«, erwiderte Robert. »Du solltest die Antwort kennen.«

Wieder dachte Aaron nach. Er dachte an Senke und an all die Male, als sein Lehrer zugelassen hatte, dass er ihn fast getroffen hätte, oder an denen er eine Lücke in seiner Verteidigung offen ließ, nur um Aarons Stoß dann unmittelbar vor seiner Rüstung noch abzufangen.

»Vater wollte den Gilden eine Lektion erteilen«, meinte er.

»Eine kluge Vermutung«, antwortete Robert. »Aber trotzdem falsch. Versuche es noch einmal, und erinnere dich an meine Worte.«

Aaron ging ihr Gespräch immer und immer wieder durch, bis ihm schließlich die Worte aufgingen, auf die es ankam.

Manchmal ist der Anschein von Schwäche genauso gefährlich oder wirksam wie echte Schwäche.

»Er hat der Trifect eine Falle gestellt«, meinte Aaron. Sein Gesicht rötete sich vor Stolz, dass er den Grund herausgefunden hatte. »Die Trifect hat nicht vermutet, dass mein Vater irgendetwas Drastisches unternehmen würde, bis die Rebellion zu Ende war.«

»Ganz genau«, bestätigte Robert.

»Also hat die Trifect genau in dem Moment zugeschlagen«, fuhr Aaron fort. »Sie haben ihn für schwach gehalten, dachten, seine Allianz würde zerbrechen, und haben ihre Söldner losgeschickt.«

»Dein Vater wollte seine Macht in aller Stille festigen«, erklärte Robert. »Also hat er diese Rebellion benutzt, um seine wahre Stärke zu verschleiern, hat so getan, als wäre er schwach, und das nur, damit er die Trifect überraschen konnte, wenn er seine gesamte Macht gegen sie ins Feld führte. Jedes Mal zuvor, wenn jemand rebelliert hatte, hatte Thren seine Gegner mit brutaler Effizienz unterworfen. Nicht aber bei der Gilde der Gottesanbeterin. Diese scheinbare Schwäche brachte all seine Pläne zum Tragen. Hätte die Trifect seine wahre Stärke richtig eingeschätzt, hätten sie mit ihm einen Frieden ausgehandelt und gewartet, bis Thren zu alt geworden war, um die anderen Gilden bei der Stange zu halten. Stattdessen aber haben sie ihre Söldner auf die Straßen geschickt und die Diebe in ihren Gildenhäusern getötet. Als dein Vater versuchte, Frieden zu stiften, war es zu spät. Die Trifect hatte bereits Blut und Sieg gekostet. Leon Connington hätte deinen Vater beinahe erstochen, als Thren ihn in dessen Anwesen aufgesucht hatte. Und Maynard Gemcroft hat Bogenschützen von seinen Fenstern aus auf Männer der Spinnengilde feuern lassen, als sie kamen, um Friedensverhandlungen anzubieten. Dieser Verrat brachte deinen Vater in eine hoffnungslose Situation. Entweder er starb, oder die drei Anführer der Trifect mussten sterben.«

Robert deutete auf ein paar Bücher, die sich außerhalb seiner Reichweite befanden, und Aaron brachte sie ihm. Der alte Mann schlug sie auf, aber er warf nicht einen Blick auf die Seiten. Als würde allein der Akt des Aufschlagens ihm Trost spenden.

»Es ist wichtig für die Stadt, dass diese Kämpfe aufhören. Die wenigen, die neutral geblieben sind, wie der König und die Priester von Karak und Ashhur, werden irgendwann Partei ergreifen, um dem Blutvergießen Einhalt zu gebieten. Dein Vater ist zu stark, Aaron. Er hätte schon vor Jahren verlieren sollen. Dann wären die Gilden zerbrochen, etliche große Männer hätten ihr Leben verloren, und dann wären die erbärmlichen Diebstähle und der Handel mit Drogen und Fleisch fortgesetzt worden wie immer. Das geht jetzt nicht mehr. Jede Seite hat bereits zu viel verloren. Sie sind wie zwei Hirsche, die sich gegenseitig in die Augen starren. Wer zuerst blinzelt, verliert …«

»Ist das dein Rat an meinen Sohn?« Thren stand in der Tür. Keiner der beiden hatte gehört, wie er sich genähert oder die Tür geöffnet hatte. Er hatte die Arme vor der Brust verschränkt, und sein Gesicht war eine undurchdringliche Maske. »Meine Stärke ist eine Schwäche und mein Krieg ein Fehler?«

Aaron unterdrückte den Impuls zurückzuweichen, als wäre er dabei ertappt worden, wie er etwas Verbotenes tat. Stattdessen neigte er respektvoll den Kopf vor seinem Vater und seinem Lehrer.

»Robert sagt die Wahrheit, wie er sie sieht«, antwortete Aaron. »Ich brauche seine Ehrlichkeit, keine Geschichten, die die Unwahrheit über die Macht der Trifect erzählen und die Schuld dorthin schieben, wo sie nicht hingehört.«

Thren nickte, sichtlich erfreut.

»Lehre ihn die Wahrheit«, sagte er zu Robert. »Belüge meinen Sohn niemals. Er ist alt genug für jede Wahrheit, ganz gleich wie hart sie auch sein mag. Und er hatte Recht, Aaron. Ich war ein Narr. Ich habe die Gilde der Gottesanbeterin überleben lassen. Ich habe meinen Feind am Leben gelassen, obwohl ich sie hätte ausmerzen sollen. Manchmal kann sich auch der klügste Mann selbst überlisten. Man errichtet kein kunstvolles Labyrinth, um eine Kakerlake zu töten. Sondern man zertritt sie unter seinem Absatz. Und jetzt pack deine Sachen zusammen. Ich suche einen Mann auf, der mich belogen hat, und ich möchte, dass du bei mir bist. Es gibt Lektionen, die man weder aus Büchern noch durch sein Studium erlernen kann.«

Aaron fragte nicht, wohin sie gingen, obwohl er das gerne getan hätte. Der Junge wusste, dass sein Vater es ihm sagen würde, wenn er bereit dazu war, nicht früher und nicht später. Sie trugen beide die grauen Umhänge ihrer Gilde. Der größte Teil von Aarons Kleidung war neu, angefangen von den weichen schwarzen Lederstiefeln, über die verblichene Hose bis zu dem dicken grauen Wams. Am stolzesten war er auf das Schwert, das an seiner Hüfte hing. Es war ein dünnes Rapier, das ein wenig gekürzt war, um es an seine Körpergröße anzugleichen.

»Sag nichts, nicht einmal, wenn man dich direkt anspricht«, sagte Thren zu ihm, als er ihn durch die dunklen Straßen führte. Der Morgen würde bald grauen, aber bis dahin war die Stadt leer und still. Die wenigen Männer, denen sie begegneten, gingen ihren eigenen Geschäften nach, oder versuchten sie zu verbergen, also konnten Vater und Sohn alleine durch die Straßen wandern.

»Und wenn du von mir verlangst, etwas zu sagen?«, fragte Aaron.

Thren sah ihn verblüfft an. »Warum sollte ich das tun?«
Aaron nickte und wurde rot vor Verlegenheit.

Sie gingen weiter durch die Straßen, und Thren benannte jede Querstraße, an der sie vorbeikamen, und nannte auch den Namen der Gilde, zu deren Territorium sie gehörte.

»Unser Territorium sollten wir niemals leichtfertig aufgeben«, sagte Thren zu Aaron. »Jedes Haus, selbst das kleinste Geschäft bringt uns Profit. Diese Geschäfte zahlen uns Schutzgeld, damit wir sie nicht ausrauben. Die Menschen kaufen unsere Drogen, versorgen uns mit neuen Rekruten und bieten auch einfach nur Beute für unsere jüngeren Mitglieder, die noch in der Ausbildung sind. Jede Diebesgilde in Veldaren versucht, sich ein Imperium aufzubauen, und was ein Imperium vor allem braucht, mehr als alles andere, ist Territorium.«

»Du redest, als würden wir mit den anderen Gilden Krieg führen. Ich dachte, die Trifect wäre unser Feind?«

Thren verschränkte die Arme, und seine Miene wurde hart. »Schon bald werden wir die Anführer der Trifect vernichten. Wir werden ihren Wohlstand in alle Winde zerstreuen, und ein Dutzend anderer Adeliger werden wie Hyänen durch die Straßen streunen, um die Brocken aufzulesen. In diesem Chaos wird viel für uns zu gewinnen sein, wird sehr viel Profit gemacht werden können. Und wer, glaubst du, wird mit uns um diesen Reichtum kämpfen?«

Aaron senkte verlegen den Blick. »Die anderen Gilden.«

»Das stimmt, mein Sohn. Sie sind nicht unsere Freunde. Keine Diebesgilde, weder die Falken noch die Asche noch die Schlangen oder die Wölfe ... Keiner Gilde kann man trauen. Sie sind jetzt zwar unsere Verbündeten, aber nur weil wir gegen einen gemeinsamen Feind ziehen. Ist dieser Feind besiegt, wird unser Waffenstillstand aufgekündigt. Dann steht uns ein neuer Krieg bevor, und auch diesen Krieg müssen wir gewinnen, ebenso wie den, den wir im Moment führen. Höre nie auf, in die Zukunft vorauszublicken, und vergiss niemals die Vergangenheit. Die anderen Gilden waren unsere Feinde. Und sie werden es bald auch wieder sein.«

Sie gingen weiter, während der Mond allmählich verblasste und die Morgensonne rasch emporstieg. Vor einem großen Gebäude mit einem roten Zeichen blieb Thren stehen und legte Aaron eine Hand auf die Schulter.

»Wir gehen in ein Bordell. Du weißt, was man dort macht?«

Als Aaron nickte, verzog Thren unmerklich den Mund.

»Ich nehme an, das ist Senke zu verdanken. Denk daran, Frauen schwächen dich. Ich will, dass du rein bleibst, Aaron. Ich will, dass du perfekt bist. Deine Lippen sollen niemals mit berauschenden Getränken in Berührung kommen. Du wirst keinen weiblichen Körper mit deiner Hand liebkosen. Kein Priester soll dein Herz gewinnen. Macht ist alles, was zählt, Macht und die Fähigkeit, sie zu behalten. Du hast noch so viel zu lernen, aber wenn du erst älter bist, wirst du es direkt von mir lernen. Die Menschen fürchten meinen Namen, Aaron, doch den deinen werden sie hundertmal mehr fürchten.«

In diesen frühen Morgenstunden war das Bordell fast leer. Die Frauen hatten bequemere Kleidung angelegt, und in den inneren Salons hielten sich keine Männer mehr auf. Die Kunden, die geblieben waren, schliefen fest. Wenn die Sonne über die Mauern der Stadt stieg, würden die Damen der Nacht sie wecken und sie nach Hause schicken, zu ihren Frauen, Kindern oder ihrer Arbeit.

»Willkommen, Thren«, begrüßte eine Frau mittleren Alters mit leuchtend rotem Haar und passendem Lippenstift die beiden. »Du hast uns schon viel zu lange nicht mehr mit deiner Gegenwart beehrt.« Als sie Aaron bemerkte, lächelte sie. »Ist das der junge Felhorn? Er sieht seinem Vater wirklich sehr ähnlich. Du hast ihn zum richtigen Ort gebracht, Thren. Ich habe ein paar jüngere Mädchen, die sich darauf verstehen, behutsam vorzugehen, damit …«

»Genug!«

Das Wort traf sie wie ein Schlag. Sie schloss den Mund, und alle Freude wich aus ihren Augen. Stattdessen lag jetzt ein kühler, berechnender Blick darin.

»Gut. Warum bist du hier?«

Thren ignorierte sie. Er sah seinen Sohn an, um sich zu vergewissern, dass er aufmerksam zuhörte, und begann dann seine Lektion.

»Das hier ist die Rote. Sie ist für die Frauen hier verantwortlich. Es ist sehr hilfreich, wenn eine Frau sich mit den jüngeren Mädchen beschäftigt, außerdem sorgt sie mit ihrer Erfahrung dafür, dass die Frauen lernen, ihre Arbeit ordentlich zu erledigen. Jedes Bordell hat jemanden wie sie. Diese Frauen sind nie dumm, und sie sind immer gefährlich. Sie hören mehr als jeder andere in dieser Stadt. Männer sind dumm, sobald sie im Bett liegen.«

»Manchmal auch außerhalb des Bettes«, warf die Rote spöttisch ein.

Thren schenkte ihr ein hartes Lächeln. »Wo ist Billie Preisse?«

Die Rote deutete auf eine Treppe, die zu einer geschlossenen Empore führte. »Ihr könnt eure Schwerter hierlassen«, sagte sie. »Ihr braucht sie nicht, wenn ihr aus geschäftlichen Gründen hier seid.«

Das Lächeln auf Threns Gesicht veränderte sich nicht. »Es steht dir nicht zu, mir Befehle zu geben«, sagte er. »Und der Tod durch das Schwert ist mein Geschäft.«

Es überraschte Aaron, wie gelassen die Rote unter diesem scharfen Blick blieb. Offenbar wurde sie häufig bedroht, wenn sie so ruhig bleiben konnte. Entweder das, oder aber ihr lag nicht viel an ihrem Leben.

»Dann geht hoch«, sagte sie. »Und nehmt eure Eisen mit, wenn ihr unbedingt wollt. Ich wiederhole nur, was Billie mir aufgetragen hat. Das solltest du wissen.«

Thren kehrte der Roten den Rücken zu, achtlos, als wäre sie eine Bedienstete oder eine Sklavin. Dann ging er die Treppe hinauf. Aaron folgte ihm.

Billie war ein fetter Mann. Er war sogar erstaunlich fett angesichts seiner eher kleinen Statur. Als die Felhorns eintraten, stand der Mann auf. Sein Wanst wabbelte hin und her, als bestünde er aus geronnener Milch. Sein Haar war über den Ohren kurz geschnitten und hellbraun gefärbt. Als er lächelte, wirkte er mit seinen beiden fehlenden Zähnen wie ein Schulkind. Es erstaunte Aaron, dass ein solcher Mann ein Bordell führen konnte. Hätte sein Vater ihm nicht verboten zu sprechen, hätte er nach dem Grund gefragt.

»Willkommen, immer herein«, sagte Billie und klatschte in die Hände, als wäre er hocherfreut. Er hatte auf einem Stuhl gesessen, der im Vergleich zu seinem Körper schrecklich klein zu sein schien. Hinter ihm befand sich ein dickes geschnitztes Geländer an einem Balkon mit einem spektakulären Blick über die Stadt. »Wie schön, dass Ihr mich in meinem bescheidenen Etablissement besucht. Die *Nachteule* bekommt nur selten Besuch von Gästen Eures Ranges, mein großer und mächtiger Gildemeister.«

Die Komplimente strömten wie Honig von seiner Zunge, und sie klangen so natürlich wie fließendes Wasser. Aaron hatte das Gefühl, als wäre ein Teil seiner Frage damit bereits beantwortet worden.

»Wir sind geschäftlich hier.« Thren legte seine Hände auf die Griffe seiner Langmesser. Und er beugte sich gerade so weit vor, dass sein Umhang die Bewegungen seiner Hände verbarg.

»Ja, gewiss, warum sonst sollte ein so vornehmer Mann wie Ihr Euch mit Abschaum wie mir abgeben? Warum sonst solltet Ihr Eure Hände an dem Türknauf meines elenden Quartiers beschmutzen? Setzt Euch, bitte. Ich möchte nicht, dass Ihr steht. Und Euer Sohn ebenfalls.«

Thren blieb stehen, nickte jedoch Aaron zu, der sich gehorsam setzte.

»Ich habe mir deine Bücher angesehen«, sagte Thren. Sein Gesicht war eine kalte Maske. »Etwas daran ist seltsam, Billie. Vielleicht weißt du ja, was ich meine?«

»Seltsam?« Billie lächelte strahlend, und er schwitzte kein bisschen, eine beeindruckende Leistung für einen so korpulenten Mann. Aaron beobachtete ihn scharf und hielt Ausschau nach Anzeichen von Schuld, wie man es ihn gelehrt hatte. Bis jetzt jedoch sah er keine.

»Selbstverständlich sollten die Dinge ein bisschen seltsam sein«, fuhr der fette Mann fort. »Ich leite einen seltsamen Platz, wo Männer nach seltsamen Dingen fragen, nach anstößigen Dingen, die ich vor Eurem Jungen nicht erwähnen möchte. Aber meine Bücher sind in Ordnung. Ich wage es nicht zu betrügen, nicht wenn ich mit einem Mann zu tun habe, der so Furcht einflößend ist wie Ihr.«

»Es sind genau diese Zahlungen, die mich faszinieren«, antwortete Thren. »Genauer gesagt, wie viel du an uns gezahlt hast.«

»Was soll daran sonderbar sein?«, wollte Billie wissen. »Selbst auf die Gefahr hin, stolz zu klingen, möchte ich sagen, dass ich Euch mehr zahle als jedes andere Bordell in dieser Stadt! Ich weiß es, denn ich höre das Gejammer der anderen Bordellbesitzer. Ich aber lächle und glaube, dass ich mein Geld in Threns Schutz sehr gut investiert habe.«

»Genau darum geht es.«

Aaron sah, wie ein kleiner Muskel an Billies Mundwinkel zuckte. Offenbar hatte sein Vater einen Treffer gelandet.

»Wieso ist das ein Problem?«, fragte Billie.

»Ich habe deine Zahlungen an mich mit denen der anderen Bordelle verglichen, die unter meinem Schutz stehen. Außerdem habe ich auch mit den jammernden Bordellbesitzern geredet, die ihre Zahlungen an die Falken oder die Aschegilde leisten. Also, Billie, sag mir eins: Wie schafft es ein erbärmliches kleines Bordell wie die *Nachteule,* die Einnahmen weit vornehmerer und größerer Bordelle wie *Das Seidenhaus* oder *Das Schmusekissen* zu übertreffen? Deine Frauen sind nicht hübscher und deine Betten ganz gewiss nicht sauberer. Also, hast du darauf eine Antwort?«

Ein Schweißtropfen. Aaron grinste. Billie hatte keine Antwort auf diese Frage. Noch bevor er anfangen konnte zu katzbuckeln und zu schmeicheln, hob Thren eine Hand und redete weiter.

»Ich habe die letzte Woche über dein Bordell beobachten lassen. Bei den meisten Etablissements ist es so, dass die Männer dorthin kommen. Du aber schickst kleine Mädchen an andere Orte, an finstere Orte, die von Männern geführt werden, die nichtswürdig sind. Aber die Männer, die diese Orte eigentlich besitzen oder ihnen dafür Geld geliehen haben …«

Aaron versuchte herauszuhören, worauf sein Vater hinauswollte. Er hatte bereits eine Ahnung, aber etwas fehlte noch, ein Puzzlestück. Billie jedoch wusste ganz eindeutig, worum es hier ging. Aaron sah, wie er nach einem Dolch griff, der in seinem Gürtel steckte, und dann plötzlich innehielt. Er hatte sich wohl entschlossen, nicht zu kämpfen, wenn das Gespräch unangenehm wurde. Eine kluge Entscheidung. Denn er sah nicht aus wie ein Mann, der in einem Kampf lange standhalten würde.

»Ich habe strikt verboten, Huren an die Trifect zu verkaufen.« Threns Stimme klang eisig. »Alle anderen Gilden haben dem zugestimmt, und auch du hast nichts anderes gesagt. Während die anderen jedoch unter diesem Verbot leiden, gelingt es dir irgendwie zu gedeihen …«

»Ich habe jedem Angehörigen der Trifect den dreifachen Preis berechnet!«, stieß Billie hervor. Jede Schmeichelei und Speichelleckerei war plötzlich verschwunden. Jetzt flehte er um sein Leben. »Ich habe sie praktisch ausgenommen. Und ich habe das ganze Gold dir geschickt, um dir zu helfen. Gold, das sie für meine Mädchen ausgeben, können sie nicht in gedungene Schwerter investieren!«

Nicht einmal Aaron sah die nächste Bewegung kommen. Thren hatte Billie plötzlich an seinem fetten Hals gepackt und schleuderte ihn zurück. Der kleine, dicke Mann prallte gegen das Geländer, das protestierend ächzte. Ein Tritt schickte ihn auf ein Knie. Bevor er auch nur schreien konnte, drückte sich die Spitze eines Langmessers gegen seine Brust.

»Wenn ich einen Befehl gebe, erwarte ich, dass man gehorcht«, sagte Thren. »Du hast dein Wort mir gegenüber gebrochen. Du bist der Verlockung des Goldes erlegen.«

»Ich habe alles dir gegeben!«, schrie Billie. »Bitte, die Mädchen brauchten Arbeit, und die Trifect war verzweifelt! Ich habe dir alles gegeben, ich würde dich niemals betrügen, ich habe dich niemals …«

Thren packte Billies Hand, drückte sie auf das Geländer und ließ seine Klinge hinabsausen. Das Geräusch, als die Schneide durch den Knochen fuhr, erinnerte Aaron an eine Schlachterei. Billie schrie, und Thren warf die Hand vom Balkon hinab.

»Ich habe deine Bücher kontrolliert«, sagte Thren. »Und ich habe sie mit dem Kommen und Gehen verglichen, das meine Männer beobachtet haben. Du hast mir tatsächlich fast alles gegeben, und den Rest den Mädchen. Aus diesem Grund lebst du noch, Billie. Und jetzt hör genau zu. Hörst du mir zu?«

Billie nickte. Er saß auf seinem gewaltigen Hintern und hatte den Arm mit dem Stumpf fest gegen seine Fettfalten gepresst, um die Blutung zu stillen.

»Ich will die Trifect aushungern. Ich will, dass sie nichts zu trinken haben, keine Drogen und keine Huren bekommen. Sie haben mir das Leben zur Hölle gemacht, und jetzt mache ich dasselbe mit ihnen. Gold bringt mir nichts. Ich will nur, dass sie leiden. Wirst du daran das nächste Mal denken, wenn sie nach deinen Mädchen schicken?«

»Ja, Herr!« Billies fleischige Wangen wabbelten, als er nickte. »Ich werde es der Roten sagen. Ich werde daran denken.«

»Gut.« Thren reinigte seine Klinge an Billies Schulter und wandte sich zum Gehen.

»Danke!«, rief Billie ihnen nach, während Aaron seinem Vater folgte. »Ich danke Euch!«

Sie gingen zur Treppe, und Aaron warf nur einmal einen Blick zurück.

»Denk immer daran«, sagte Thren, als sie hinabgingen. »Ich habe ihm die Hand abgehackt, und doch dankt er mir dafür, dass ich nichts Schlimmeres mit ihm gemacht habe. Das ist die Macht, über die du eines Tages verfügen musst. Sie müssen denken, dass jeder ihrer Atemzüge ein Geschenk ist, ein Geschenk, das nicht von den Göttern kommt, sondern von dir. Wenn du das erreichst, wirst du ein Gott unter ihnen werden!«

Wegen des Befehls, den sein Vater ihm gegeben hatte, konnte Aaron nicht antworten. Hätte er es gekonnt, dann hätte er das Aufblitzen von kalter Wut in Billies Augen erwähnt, das er sah, als sein Vater sich zum Gehen wandte. Er hätte von der zähen Entschlossenheit geredet, die das schmerzverzerrte Gesicht des fetten Mannes überzogen hatte, und darauf hingewiesen, dass Thren sich soeben einen erbitterten Feind gemacht hatte. Aber das durfte Aaron nicht, also ließ er das Thema auf sich beruhen.

Macht bedeutete, dass man einen Mann verletzen konnte, ohne Furcht vor Vergeltung zu haben. Diese Lektion hatte Aaron wohl gelernt.

Als sie das Bordell verließen, sah Aaron überrascht den hässlichen Mann an, der an der Tür wartete. Seine Kleidung war zerfetzt und sein Gesicht seltsam entstellt. Seiner Reaktion nach zu urteilen, schien er auf sie gewartet zu haben.

»Meister Thren«, sagte der Mann, senkte den Kopf und rieb Finger aneinander, die keine Fingernägel hatten. Dort wo sie hätten sitzen müssen, waren nur fleischige rote Stellen zu sehen. »Wenn du mir dein Ohr leihen würdest … Es gibt Dinge, die ich dir erzählen könnte … viele Dinge, wenn du nur bereit wärst, den Preis zu zahlen …«

12. Kapitel

Es war ruhig auf der Straße. Auf der einen Seite lag eine kleine Bäckerei und auf der anderen Seite eine Schmiede, dessen Inhaber eher für seine ausgezeichneten Lehrfähigkeiten denn für seine gute Arbeit bekannt war. Sechs Männer näherten sich aus östlicher Richtung. Sie schienen nicht bewaffnet zu sein, aber ihre rostroten Umhänge verbargen einen großen Teil ihrer Körper. Sie teilten sich, drei rechts und drei links, und gingen dann eilig über die Straße. In jeder Gruppe gab es einen, der einen kleinen Eimer mit Farbe trug.

Auf die Seiten beider Gebäude, etwas versteckt, sodass man sie im Vorbeigehen nur flüchtig sah, war ein Kreis aus grauer Asche geschmiert. Die Männer mit dem Eimer wischten mit ihren Mänteln darüber und tunkten dann die Pinsel in die dunkelrote Farbe. Als sie begannen, ihr Symbol zu zeichnen, sah es aus wie Blut. Sie malten den Umriss einer Falkenkralle und drei Tropfen, die von der vordersten Kralle herunterträufelten. Die anderen hielten Wache und achteten sowohl auf Stadtwachen als auch auf Besucher der eher zwielichtigen Art.

Aber sie sahen niemanden, denn sie blickten nicht nach oben. Auf dem Dach der Bäckerei wartete Veliana mit zweien ihrer Leute.

»So weit in der Wardensstraße?«, murmelte Veliana, während sie zusah, wie die Männer ihre Symbole malten. »Sind sie wirklich so unverschämt geworden?«

»Bisher hat sie ja auch keiner zur Rede gestellt«, meinte Walt, der neben ihr hockte. Sein Gesicht war gebräunt und hager, und ihm fehlten viele Zähne, was man sah, wenn er lächelte. Sie war zwar nicht mit ihm befreundet, aber er war ein guter Kämpfer und verlässlich, wenn es um Geheimhaltung ging. Aus diesen Gründen hatte sie ihn häufig bei sich. Als sie Schulter an Schulter auf dem Dach hockten, wünschte sie sich, dass er wenigstens seine Zähne besser pflegen würde. Sie war sicher, dass sein Atem sie eines Tages verraten würde.

»Zur Rede gestellt?« Velianas Stimme klang bitter. »Es überrascht mich, dass sie nicht auf die anderen Gilden gestoßen sind, die sich unser Territorium unter den Nagel reißen. Sie sind wie Wölfe, die sich um einen toten Hirsch streiten.«

»Das ändert sich heute«, erwiderte Walt. »Heute Nacht zeigt der Hirsch, dass er noch nicht ganz tot ist.«

»Sie ziehen weiter«, meinte Vick, der andere Mann, der mit ihnen auf dem Dach hockte. Er war jung, hatte kurzes blondes Haar und einen zotteligen Schnurrbart, der einfach nicht dichter werden wollte, ganz gleich, wie oft er ihn sich rasierte.

Veliana sah zu, wie die sechs Männer um die Seiten der Gebäude huschten. Sie zückte die Dolche, während Walt neben ihr seine Armbrust spannte.

»Sechs gegen drei«, sagte er. »Ich kann zwei erwischen, bevor sie sich umdrehen. Das bedeutet, Vick und du, ihr habt es noch mit vieren zu tun, sobald ihr unten seid. Schafft ihr das?«

»Willst du mich beleidigen?«, erwiderte Veliana und sprang vom Dach. Sie landete lautlos und unbemerkt. Hoch über ihr zischte ein Armbrustbolzen durch die Luft. Er traf einen der Falken mitten in den Rücken, und der Mann stürzte wie ein Sack zu Boden. Die fünf anderen fuhren herum. Ein zweiter starb, als sich ein Bolzen in seine Kehle bohrte. Die anderen griffen an und liefen im Zickzack, um den Armbrustschützen zu irritieren.

Vick hätte eigentlich neben ihr sein sollen, und vom Dach

hätten weitere Bolzen herunterzischen müssen. Als weder das eine noch das andere passierte, riskierte Veliana einen Blick zurück. Sie sah gerade noch, wie Walts Leiche auf dem Boden landete. Ihr Mut sank, als sie das widerliche Klatschen des Aufpralls hörte. Im nächsten Moment blickte sie auf und sah, wie Vick sie höhnisch betrachtete, bevor er sie mit seinem Dolch angriff. Sie wehrte ihn ab, aber jetzt hieß es vier gegen einen, und ihre Chancen standen schlecht.

Die Falken verteilten sich noch weiter und umzingelten sie in einer Raute. Verzweifelt griff sie einen der Männer an, in der Hoffnung, dass sie vielleicht entkommen könnte, wenn sie ihn schnell tötete. Sie war eine ausgezeichnete Kämpferin, und der Mann hätte keine Chance gegen sie gehabt. Doch plötzlich spürte sie, wie ein schweres Gewicht gegen sie prallte. Wie betäubt starrte sie auf den blutigen Bolzen, der aus ihrer Schulter herausragte. Blut tränkte ihre Kleidung.

Die Dolche in ihren Händen wurden schwer, und ihre Verteidigung wurde wie die eines Kindes zur Seite geschlagen. Dann krachte etwas Hartes gegen ihren Hinterkopf. Sie hatte gerade noch Zeit, um Vick zu verfluchen, bevor sie das Bewusstsein verlor.

Als Veliana aufwachte, hatte man ihr eine Binde um die Augen gelegt und sie an eine Mauer gekettet. Es war unbehaglich warm, was eigentlich unlogisch war, denn wie sie bemerkte, war sie nackt. Als sie allmählich wieder zur Besinnung kam, hörte sie das Knistern und Knacken eines Feuers. Das erklärte wenigstens, warum sie so schwitzte. Aber wo war sie?

»Weck sie auf«, sagte eine Stimme. Sie hoffte, dass sie etwas hörte, was ihr nützlich sein würde, und rührte sich nicht. Sie tat, als wäre sie noch bewusstlos. Dann hörte sie links neben sich ein Rascheln, und im nächsten Moment presste sich etwas schrecklich Heißes gegen ihre Seite. Sie schrie auf. Im nächsten

Augenblick traf sie eine Faust. Blut lief ihr über die Lippen; sie hatte sich auf die Zunge gebissen.

Jemand riss ihr das Tuch von den Augen, und sie sah ihren Häscher mit verschwommenem Blick. Sie bemerkte den grauen Umhang und die Langmesser, die an seinem Gürtel hingen. Die Art und Weise, wie er vor ihr stand, als wäre sie ein Bauer in der Gegenwart eines Mannes, dem die Welt gehörte, sagte ihr, wer dieser Mann war, noch bevor sie sein Gesicht gesehen hatte.

»Ich habe durchsickern lassen, dass ich dich sehen wollte«, sagte Thren Felhorn. »Betrachte dich als ein Geschenk von Kadish Vel und seinen Falken.«

»Ich hoffe, dir gefällt dein Geschenk«, erwiderte sie. Sie versuchte, den Kopf zu drehen und ihn anzuspucken, aber die Fesseln um ihren Kopf und ihren Hals hinderten sie daran. Ihr war schlecht, und sie spuckte das Blut aus. Ihr drehte sich der Magen um, als es ihr an Kinn und Hals hinab- und zwischen ihren Brüsten herunterlief.

»Das hängt von deinen Antworten ab«, antwortete Thren. Ein großer, muskulöser Mann stand neben ihm. Sie waren außerhalb der Stadt, irgendwo auf der Nordseite, den Bäumen nach zu urteilen, die fast unmittelbar an der Mauer wuchsen … an der Mauer, an die sie hilflos mit Riemen und Ketten gefesselt war.

»Will, mach sie sauber!«, befahl Thren dem Hünen. Will gehorchte und wischte mit einem sauberen Lappen das Blut von ihrer Brust und ihrem Hals. Sie erwartete, dass er ihre Brüste betatschte oder seine Finger auf ihrem Hals liegen ließ, aber der Mann tat nichts dergleichen.

»Danke«, sagte sie. Allmählich klärte sich der Nebel in ihrem Kopf. Neben ihr steckten zwei Fackeln im Boden, und ihr Licht behinderte ihre Augen bei dem Versuch, sich an die Dunkelheit zu gewöhnen. Sie glaubte, noch eine Gestalt neben Thren zu sehen. Aber das war unlogisch. Oder war das tatsächlich ein Jüngling, zwölf oder höchstens dreizehn Jahre alt?

»Ich bin sehr geduldig gewesen«, sagte Thren. Er verschränkte die Arme und stellte sich unmittelbar vor ihr auf. »Ich habe James Beren viele Chancen gegeben, sich auf meine Seite zu stellen. Deine Aschegilde ist stark, und ich respektiere sie mehr als jede andere. Und dennoch haben du und James etwas sehr Dummes gemacht, Mädchen. Ihr habt euch gegen mich verschworen.«

»Nein«, widersprach sie.

Thren schlug ihr mit der Faust ins Gesicht. Sofort war Will mit dem Lappen da und wischte das Blut weg, das sie ausspie. Die Wut des einen und die Freundlichkeit des anderen verwirrten sie nur noch mehr.

»Lüg mich nicht an«, sagte Thren. »Gestern Morgen ist der Wurm zu mir gekommen und hat mir alles erzählt, was du ihm zu tun aufgetragen hast … natürlich gegen einen entsprechenden Preis.«

Gileas, dachte Veliana, während ihr der Magen in die Kniekehlen rutschte. *Du Drecksack.*

»Bin ich deshalb hier?«, fragte sie. »Denkst du, dass es dir weiterhilft, mich ein bisschen zu foltern, um deine Meinung bei den anderen Gilden durchzusetzen?«

»Was ich will«, erwiderte Thren und beugte sich vor, »bist du.«

Sie öffnete den Mund und schloss ihn wieder. »Ich … Ich verstehe nicht«, sagte sie schließlich.

»Ich brauche die Männer der Aschegilde«, meinte Thren, der vor ihr auf und ab ging. »Alle Gilden müssen sich vereinen, wenn wir es schaffen wollen, die Trifect am nächsten Kensgold zu zerschmettern. Deshalb ist es wichtig, dass die anderen Gildenhäupter mir vertrauen. Und damit sie mir vertrauen, müssen sie alle freiwillig dem Plan zustimmen. In der Sekunde, in der ich von irgendjemandem Loyalität erzwinge, werden die anderen Gilden sich abwenden, aus Angst, dass sie von mir ausgesaugt oder aufgelöst werden. Dein teurer James war ausgesprochen dickköpfig. So befriedigend es auch wäre, ihn zu töten, ich kann es nicht tun. Es gibt ohnehin schon viel zu viel Gerede, dass ich solche Dinge täte. Ich darf solche verrückten Gerüchte nicht auch noch mit einem Körnchen Wahrheit bestätigen.«

»Deshalb willst du, dass ich ihn töte«, meinte Veliana, die ahnte, worauf er hinauswollte. »Dann übernehme ich die Gilde, unterwerfe mich dir, und plötzlich hast du die Aschegilde als Spielzeug in deiner Tasche, um sie zu benutzen, wann immer es nötig ist.«

»Du bist klug, stark und schön«, antwortete Thren, ohne ihre Beschuldigung zu entkräften. »Es würde dir nicht schwerfallen, die Macht zu festigen, sollte James durch deine Hand sterben. Einen Grund dafür hast du bereits. James hat dich beauftragt, Kontakt mit Gileas aufzunehmen. Er hofft, dass er ihn benutzen könnte, um Informationen über unseren Plan an den König zu verkaufen. Eine Handlungsweise, die uns alle in Gefahr bringt. Töte ihn. Mit einem Wort kann ich die Aschegilde zu meinen Freunden erklären, und der Rest des Ungeziefers wird aufhören, euch euer Territorium zu stehlen, euch eine Straße nach der anderen wegzunehmen. Du kannst führen, Veliana. Bist du stark genug, das zu tun?«

Veliana malte sich aus, wie sie ihren Gildemeister verriet, und allein die Vorstellung bereitete ihr Übelkeit. Er war ein guter Mann. Ein besserer Mann, um Welten besser, als Thren jemals sein würde. Und wofür all das? Damit Thren sich auf die Hilfe der Aschegilde verlassen konnte, wenn er seinen selbstmörderischen Plan in die Tat umsetzte?

»Das ist Wahnsinn, Thren«, meinte Veliana fast flehentlich.

»Wir sind Diebe, Schläger, Räuber. Wir sind keine Armee, und doch willst du, dass wir einen gemeinsamen Angriff gegen alle drei Führer der Trifect während ihres Kensgold führen, ausgerechnet in der einen Nacht, in der sie am stärksten sind? Man wird uns abschlachten und vernichten.«

Thren fuhr mit der Hand durch ihr langes rotes Haar. »Lass nicht zu, dass deine Loyalität dich um alles bringt«, flüsterte er ihr ins Ohr. »Entweder du akzeptierst meinen Vorschlag, oder du musst dich den Konsequenzen stellen. Also, wie entscheidest du dich?«

Jede andere Straßenratte hätte sich gegen ihren Anführer gewendet. Aber Veliana war anders als alle anderen.

»James hat mich hundertmal gerettet«, sagte sie. »Bring mich um, oder lass mich gehen. Ich werde nicht zur Verräterin, und ich werde ihm nicht im Dunkeln ein Messer in den Rücken rammen.«

Thren seufzte.

»Eine Schande. Ich werde dich nicht töten, Veliana. Das war nicht Teil der Abmachung. Gileas hat dich als Preis dafür gefordert, dass er mir von deiner Verschwörung mit Gerand erzählt. Ich hatte nicht vor, ihm diesen Preis zu zahlen, allerdings habe ich auch nicht erwartet, dass du meinen Vorschlag ablehnen würdest.«

Ein Schauer des Ekels lief ihr über den Rücken. Jetzt begriff sie, warum man sie nackt ausgezogen hatte. Sie hatten sogar die Wunde an ihrer Schulter verbunden, wo der Pfeil sie durchbohrt hatte. Sie schloss die Augen und versuchte, nicht an die schwarzen Zähne des hässlichen Mannes zu denken, an sein entstelltes Gesicht und seine stummeligen, nagellosen Finger. Fast hätte sie ihre Meinung geändert. Thren wartete, als rechnete er damit, dass sie zusammenbrach. Als sie es nicht tat, kehrte er ihr den Rücken zu.

»Denk immer daran, Aaron«, hörte sie ihn sagen. »Die Dinge laufen nie genau so, wie du es planst. Bereite dich auf alles vor, und sei bereit, alles zu opfern, sogar die Schönheit.«

Jetzt sah Veliana den Jungen, der neben Thren stand. Er starrte sie mit seinen blauen Augen an. Sie konnte seine Miene nicht deuten, denn sein Gesicht war bemerkenswert beherrscht. Und dann sprach er die Worte aus, die sein Schicksal in ihren Augen besiegelte.

»Ja, Vater.«

Wenn Gileas sie nicht töten würde, dann, so schwor sich Veliana, würde sie sich rächen. Nicht an Thren, nicht direkt. Gegen jemanden, der so geschickt und gut kämpfte, hatte sie keine Chance. Aber den Jungen, den behüteten Thronprinzen, ihn konnte sie töten. Er würde leiden. Und vielleicht, vielleicht kam er sich dann ebenso hilflos vor, wie sie sich im Augenblick fühlte.

Aaron nahm eine Fackel und Will die andere. Sie verließen den Wald und gingen zum Westtor. Das Licht der Fackeln wurde schwächer, bis es schließlich ganz erstarb. Im Licht der Sterne sah Veliana, wie sie an einer gekrümmten Gestalt vorübergingen, die ihnen entgegenkam. Sie ging in ihre Richtung. Sie wollte sich nicht vorstellen, was sie jetzt James antun würden. Sie, Veliana, war ihre einzige echte Hoffnung gewesen, die Aschegilde leicht manipulieren zu können. Was würden sie jetzt tun, nachdem das nicht funktioniert hatte? Vielleicht würden sie sie vollständig zerschmettern. Vielleicht würden sie auch gar nichts tun. Denn der Rest der Gilden war ohnehin gerade dabei, die Aschegilde in Stücke zu reißen.

Veliana kämpfte gegen ihre Ketten an. Der ursprüngliche Zweck dieser Ketten hatte darin bestanden, Verbrecher außerhalb der Stadt zu exekutieren, indem man sie als Futter für Wölfe und Kojoten dort ließ. Die Bestrafung war zwar sehr grausam, aber das Spektakel wurde nur selten beobachtet, denn es war nie genau vorherzusagen, wie lange es dauern würde.

Daher war das Geschlecht der Vaelor vor fünfzig Jahren stattdessen dazu übergegangen, Verbrecher auf den Stufen des Palastes enthaupten zu lassen. Es war schneller, blutiger und ein weit besseres Spektakel. Da die Ketten bereits so alt waren, betete Veliana, dass eine von ihnen brechen möge.

Was sie nicht taten. Sie konnte aus den Augenwinkeln eine der Handschellen um ihr Gelenk erkennen. Sie bestand aus schwarzem Stahl, sauber und poliert. Thren hatte seine eigenen Ketten mitgebracht. Natürlich. Er war nicht so dumm, sie entkommen zu lassen, weil irgendein rostiger Verschluss brach.

Gileas kam näher. Sein fetter Schatten glitt über die Mauer, und er sah schlimmer aus als irgendein Monster aus ihren kindlichen Fantasien.

»Bitte, ihr Götter«, flüsterte sie. »Irgendein Gott, egal welcher. Holt mich hier raus. Ich werde alles für euch tun, aber schafft mich hier weg.«

Sie zerrte so hart an ihren Ketten, dass ihre Handgelenke bluteten. *Weine nicht!*, sagte sie sich. *Nicht weinen! Weine nicht!*

»Hallo, Mädchen«, hauchte Gileas in ihr Ohr.

Tränen rannen über ihre Wangen.

»Aber nein, nein, nein«, flüsterte er. »Doch nicht weinen.«

»Fick dich«, erwiderte sie ebenso leise.

Er lachte, kein bisschen beeindruckt. Sie war angekettet und hilflos. Er hatte die ganze Nacht Zeit.

»Es ist nichts Persönliches«, sagte Gileas, als er die Spitze seines Dolches gegen ihre rechte Augenbraue drückte. »Ich werde Gerand und die Krone ausnehmen, so gut ich kann, dann werde ich genauso viel Gold von Thren und seinesgleichen nehmen. Ich werde die Ratten aufeinanderhetzen und dabei sehr wohlhabend werden.«

Er drückte den Dolch tiefer in ihre Haut. Blut tropfte in ihre Augen. Sie blinzelte, als es brannte.

»Die ganze Nacht«, sagte er, als er den Dolch langsam hinunterzog. »Ich habe die ganze Nacht.«

Er durchtrennte ihre Augenbraue, ihr Augenlid und dann ihr Auge. Sie kreischte.

Gileas presste seinen Mund auf ihren und trank ihren Schrei, als wäre es ein erlesener Wein. Sie nahm als Erstes seinen Gestank wahr, dem seine Zunge folgte. Sie war schleimig, nass und warm. Sie erbrach sich, aber es schien ihn nicht weiter zu beeindrucken.

Er wich nur zurück und lächelte sie an. Im nächsten Moment flog er zur Seite, als jemand ihn brutal gegen den Kopf trat. Er rollte über den harten Boden und kam erst zum Stillstand, als er gegen die Mauer prallte.

Vor Veliana stand eine Frau in einer schwarzen und violetten Robe. Sie hielt einen gezackten Dolch in der Hand und legte ihre freie Hand auf die tiefe Wunde auf Velianas Gesicht. Ihre Finger strichen sanft über die Haut. Das Blut bildete Tropfen auf dem Stoff ihrer Handschuhe, aber seltsamerweise sickerte es nicht ein. Veliana sah in das weiße Tuch über dem Gesicht ihrer Retterin und konnte nur einen Hauch von grünen Augen erkennen.

»Du hast den Göttern ein Angebot gemacht«, sagte die Frau zu ihr. »Wirst du zu deinem Wort stehen? Weihe dein Leben Karak, dann werde ich dem da seins nehmen.«

Veliana konnte Gileas nur aus den Augenwinkeln sehen. Er hockte auf dem Boden und übergab sich, stützte einen Arm an die Mauer und rappelte sich auf. Das Blut strömte ihr übers Gesicht, über ihren Hals und ihren schlanken Körper. Das Auge war nutzlos, vollkommen nutzlos. Welche Rolle spielte es noch, wenn sie ihr Leben einem nicht existierenden Gott weihte? Sie wollte Vergeltung. Sie wollte leben.

»Ich gelobe es«, sagte sie.

»Gut«, sagte die Gesichtslose. Ihre Hände huschten wie

Schemen über Velianas Körper. Die Schlösser öffneten sich eins nach dem anderen mit einem Klicken. Dann brach Veliana in den Armen der anderen Frau zusammen, unfähig, sich auf den Beinen zu halten.

»Wie heißt du?«, fragte sie, während sie sich an den Schultern der Frau festhielt. Aus dem einen Auge strömten Tränen, aus dem anderen Blut.

»Zusa.«

Sanft ließ sie Veliana auf die Knie herab und wandte sich zu Gileas um. Der Wurm war aufgestanden und lehnte mit dem Rücken an der Mauer. Er hatte immer noch den Dolch in seiner Hand. Veliana umklammerte vorsichtig ihre Seiten, kniete sich hin und sah zu, was geschah.

»Wie unangebracht«, hörte sie den Wurm sagen, als sich die gesichtslose Frau ihm näherte. »Sie gehört mir. Sie wurde …«

Er wirbelte herum und zielte mit dem Dolch auf Zusas Brust. Aber die Waffe kam ihr nicht einmal nahe. Zusa schlug sie mit der Handfläche zur Seite und trat ihm in die Lenden. Dann rammte sie ihm ihren Ellbogen gegen die Stirn. Gileas brach zusammen und stöhnte vor Schmerz. Als Zusa sein Haar packte, um seinen Kopf zurückzuziehen, lachte er.

»Du kannst einen Wurm nicht erstechen«, sagte er. »Wir winden uns einfach heraus.«

Sie stach trotzdem zu. Aber der Dolch durchbohrte nur Luft. Gileas' Kleidung war nur ein Haufen Stoff auf dem Gras. Zusa trat sie zur Seite, doch darunter verbarg sich nichts. Sie wirkte ebenso verblüfft wie Veliana.

»Ein Wurm«, sagte Veliana. »Er kann doch unmöglich …«

Aber da war nichts. Er war verschwunden.

»Komm«, sagte Zusa und nahm Veliana bei der Hand. »Folge mir in mein Lager. Du musst meine Schwestern kennenlernen.«

Das Feuer in der Mitte des Lagers war fast vollkommen heruntergebrannt. Zusa warf ein paar Zweige ins Feuer, während die nackte Veliana sich frierend an einen Baum kauerte. Der Winter nahte, und die kalte Luft schmerzte auf ihrer Haut. Zusa zog zwei kleine rote Steine aus ihrem Umhang und schlug sie über dem Feuer zusammen. Funken regneten auf das Holz hinab und fachten die Flammen augenblicklich an.

Veliana kniete sich dicht daneben, froh über die Wärme.

»Wo sind deine Schwestern?« Sie schauderte am ganzen Körper. Der Ekel über Gileas' Berührung war immer noch stark, aber es fühlte sich an, als würde das Feuer ihren Körper langsam davon reinigen.

»Sie kommen am Morgen zurück«, sagte Zusa. »Ich bin hiergeblieben, um ein anderes Mündel von uns im Auge zu behalten. Ich hatte erwartet, dass seine Dummheit ihn und auch seine Gespielin umbringen würde; stattdessen habe ich dich an die Mauer gekettet gefunden.«

»Ich war so überrascht wie du«, erwiderte Veliana. Sie kehrte dem Feuer den Rücken und verschränkte die Arme über ihren nackten Brüsten.

»Ich weiß nicht, ob ich passende Kleidung für dich habe«, meinte die Gesichtslose. »Ich könnte zurückgehen und die Kleidung dieses seltsamen Mannes …«

»Nein!« Veliana unterdrückte ein Beben. »Lieber bleibe ich nackt.«

Zusa legte den Kopf schräg. Veliana hätte schwören können, dass sie sah, wie die grünen Augen der Frau sie durch den weißen Schleier vor ihrem Gesicht musterten. Plötzlich hob Zusa das weiße Tuch und machte sich daran, die Tuchbahnen um ihren Kopf abzuwickeln.

Veliana staunte, als die Frau unter den Tüchern zum Vorschein kam. Sie war hinreißend schön, hatte volle Lippen, glatte Wangen und lebhaft funkelnde Augen. Das tiefe Grün erinnerte Veliana an Kiefernadeln. Dann fuhr sich die Frau mit einer Hand durch das kurze dunkle Haar und versuchte, die verfilzten Strähnen zu lösen. Das war nicht leicht, da es unter den Tüchern zusammengepresst worden war und sie sehr stark geschwitzt hatte.

»Du bist ...« Veliana unterbrach sich, als ihr klar wurde, wie lächerlich ein solches Kompliment klang.

»Ich weiß«, antwortete Zusa. »Glaub mir, das weiß ich.«

Sie gab Veliana die Tuchbahnen. »Es ist nicht viel, aber du solltest damit zumindest notdürftig deine Blößen bedecken können.«

Veliana schlang sich die schwarzen und violetten Bahnen fest über die Brust, damit sie so viel wie möglich bedecken konnte. Während sie das tat, löste Zusa noch mehr Bahnen von ihrer Brust und ihrer Taille. Darunter trug sie ein Hemd, dessen Farbe so dunkel war, dass sie nur sehr wenig zusätzliche Tücher brauchte, um sich einigermaßen sittsam zu bekleiden. Veliana nahm die Tücher gerne an und schlang sie weiter um ihren Körper. Wenn sie jetzt am helllichten Tag durch die Straßen ging, würde sie zweifellos einige empörte Blicke ernten, aber wenigstens war sie nicht mehr nackt.

»Danke«, sagte sie und setzte sich wieder neben das Feuer.

Zusa antwortete nicht. Sie machte sich daran, ein Zelt aufzubauen, das halb fertig zurückgelassen worden war. Dann nahm sie ein Stück Dörrfleisch aus einem Beutel und reichte es Veliana. Die war zwar nicht hungrig, aß es aber trotzdem. Der salzige Geschmack des Fleisches auf ihrer Zunge war erheblich angenehmer als der von Erbrochenem und von Gileas.

»Warum hast du mich gerettet?«, erkundigte sich Veliana dann.

Zusa sah sie an, als wäre das eine dumme Frage. »Weil ich es wollte.«

Veliana verzog amüsiert das Gesicht. Eine solche Antwort

hätte auch von ihr kommen können. »Mag sein, aber ich habe deinem Gott mein Leben geweiht. Ich wüsste schon gern, was ich da eigentlich gelobt habe.«

Die gesichtslose Frau rammte mit dem Knauf ihres Dolches den letzten Hering des Zeltes in die Erde und stand auf. Ohne die eng anliegenden Tücher wirkte ihr Körper erheblich entspannter und weiblicher. Und jetzt hatten ihre Brüste auch Platz zum Atmen. Veliana empfand unwillkürlich Eifersucht und gleichzeitig auch Ärger. Wieso verbarg diese Frau ihre Schönheit? Welchen Sinn hatte das?

Der Gedanke daran traf sie bis ins Mark. Unwillkürlich fuhr sie mit dem Finger über die blutige Wunde, die von ihrer Braue durch ihr Auge über ihre Wange lief. Jetzt würde sie niemand mehr für schön halten. Sie war entstellt, eine Abnormität. Das Auge, jedenfalls das, was davon übrig war, schmerzte bei jedem Atemzug.

Zusa beobachtete, wie sie mit dem Finger über die Schnittwunde fuhr, und verzog missbilligend den Mund. »Wir sind die Gesichtslosen.« Sie richtete ihren Blick in den Wald. Das schwarze Haar fiel ihr ins Gesicht und verbarg ihren schmerzlichen Ausdruck. »Wir sind nur zu dritt. Alles Priesterinnen von Karak, und wir alle wurden verstoßen. Man hält uns für Sklaven unseres Geschlechtstriebs, so schwach und verdorben, dass wir mit dem Rest der sündigen Welt außerhalb des Tempels leben müssen.«

»Was hast du getan?« Veliana nahm ihre Hand von der Wunde in ihrem Gesicht, was sie einige Überwindung kostete. Es brachte auch nichts, wenn sie jetzt besessen war von ihrer Verletzung.

»Ich habe mit einem Priesterschüler geschlafen«, antwortete Zusa. »Einem Mann namens Daverik. Wir waren jung und unbedacht. Als wir erwischt wurden, hat man ihn ausgepeitscht und zu einer zehnjährigen Strafe verurteilt. Ich wurde gezwungen, zu den Gesichtslosen zu gehen.«

Veliana rückte näher zum warmen Feuer und ließ die Worte auf sich wirken. Eine wunderschöne Frau, die mit einem Priester im Bett erwischt wurde. Statt sich mit diesem Thema wirklich auseinanderzusetzen, hatte man sie einfach ausgestoßen, ihre Schönheit verborgen und sie als verderbt gebrandmarkt. Ärger brannte heiß in ihrem Bauch. Wie hatte man sie dazu bringen können zu geloben, eine von ihnen zu werden? Warum waren die Götter so grausam, sie in eine solche Lage zu bringen? Erneut schwor sie Rache an Thren und seinem Sohn.

»Deine Schwestern sind auch alle wunderschön, hab ich recht?«, erkundigte sich Veliana.

Zusa nickte. »Das sind wir alle. Verstehst du jetzt, warum ich dich gerettet habe? Ich konnte es nicht ertragen, mit ansehen zu müssen, wie eine Frau geschändet, gedemütigt und von einem Mann ihrer Schönheit beraubt wurde. Da war es besser, wenn du eine von uns wurdest.«

»Eine der Gesichtslosen.«

»Mein Glaube an Karak ist nicht schwächer geworden«, erwiderte Zusa und setzte sich neben Veliana. Sie fuhr sanft mit den Fingern über die Schnittwunde an ihrem Auge. »Ich werde Pelarak fragen, ob er sich um deine Verletzung kümmern kann. Er ist unser höchster Priester und stärkster Heiler. Außerdem brauche ich seine Erlaubnis, wenn ich dich ganz in unseren Orden einführen will.«

Es war verrückt. Thren hielt sie vielleicht für tot, falls er nicht von Gileas' Scheitern hörte. Sie konnte James unmöglich im Stich lassen, jetzt, wo er so angreifbar war. Die Gilde brauchte sie. James brauchte sie. Karak bedeutete nichts. Die Aschegilde war ihre Familie.

»Das kann ich nicht«, antwortete Veliana. »Bitte. Ich gehöre zu einer Gilde, der Aschegilde. Wenn ich mich nicht beeile und dorthin zurückkehre, könnte Thren möglicherweise alles vernichten, was ich kenne und liebe.«

Zusa tippte mit dem Finger gegen ihre Lippe und starrte einen Augenblick blicklos ins Nichts. »Nein«, sagte sie dann schließlich. »Noch nicht. Du musst erst den Hohepriester treffen. Ich muss hören, was er zu sagen hat. Aber danach werde ich dir eine Chance geben, deine Freunde zu retten, das verspreche ich dir. Kannst du das akzeptieren, Veliana?«

Ihr Magen brannte bei dieser Vorstellung, aber trotzdem nickte Veliana. »Also gut«, lenkte sie ein. »Gehen wir zum Tempel.«

13. Kapitel

Potts hasste diesen Teil seiner Arbeit. Er nahm Leons Schlampigkeit hin, seine Ungeduld, was Rückschläge anging, und sogar seine jähzornigen, gefährlichen Stimmungsschwankungen. Aber Leon von wichtigen Ereignissen in Kenntnis zu setzen, während der in seinem Holzzuber badete, war mehr, als der alte Mann ertragen konnte. Obwohl seine Fettrollen ihn ausreichend bedeckten, schien das alles nur schlimmer zu machen. Zwei hübsche Dienstmädchen bearbeiteten ihn mit Bürsten und schrubbten wie wild seine Haut, während das heiße Wasser nur so spritzte. Leon lachte dabei die ganze Zeit über, als würde es kitzeln.

Der Herr des Connington Vermögens, einer der drei Lords der Trifect, dachte der Ratgeber, *und dennoch nicht mehr als ein fettes Kind in einer Badewanne. Sollte es tatsächlich irgendwelche Götter in dieser Welt geben, haben sie wahrlich einen grausamen Sinn für Humor.*

»Ich habe Nachricht von der Grünen Burg erhalten«, sagte Potts, nachdem er sich zweimal geräuspert hatte, um die Aufmerksamkeit seines Meisters zu erregen. »Sie haben einen weiteren Karren mit Wein aus ihrem Lager geschickt, aber sie bestehen darauf, dass wir mehr bezahlen, da wir bereits die Hälfte ihres Jahrgangs aufgekauft hätten.«

»Sag ihnen, ich würde ihnen mehr bezahlen, wenn dieser verfluchte Wein tatsächlich bei mir ankommt.« Leons Kichern wich einem verärgerten Jammern. »Diese Mistkerle wollen mich aushungern und austrocknen. Früher haben sie ja nur in der Stadt ihr Unwesen getrieben, aber jetzt tummeln sich die Diebe und Briganten auch auf dem Land. Vielleicht sollten wir eine ganze Armee von Söldnern über den westlichen Handelsweg schicken. Dann bekomme ich wenigstens meinen verdammten Wein.«

»Da wir gerade von Wein reden«, meinte Potts. »Unsere eigenen Vorräte sind beängstigend knapp geworden. Nahezu jeder Verkäufer in Veldaren weigert sich, mit uns Handel zu treiben. Sie wollen nicht eine einzige Flasche an uns verkaufen. Und zwar um keinen Preis, ganz gleich wie hoch wir auch bieten.«

»Ich sagte dir ja, sie versuchen, mich auszuhungern!«, heulte Leon. Er bewegte seinen fetten Körper in der Wanne und spritzte die beiden Dienstmädchen voll. Sie zuckten zusammen, sagten jedoch nichts. Potts schwieg ebenfalls. Er wagte nicht anzumerken, dass Leon seiner Meinung nach eine Woche Fasten gar nicht geschadet hätte.

»Wie es scheint, wendet Thren eine neue Taktik an«, sagte Potts stattdessen. »Statt zu versuchen, uns bankrott zu machen, bemüht er sich jetzt, alles in seiner Macht Stehende zu tun, um uns das Leben zu vermiesen. Er fängt auch die Karawanen der Gemcrofts ab.«

»Uns das Leben zu vermiesen?« Leon schäumte vor Wut. »Sie leben im Abfall und fressen aus der Gosse, und doch versuchen sie, mir das Leben zu vermiesen? Nun, er hat Erfolg damit! Erinnerst du dich an meine Wagenladung Pfirsiche, die Thren auf der Königsschneise abgefangen hat? Seine Männer haben darauf gepisst, bevor sie die Früchte an eine Schweineherde verfüttert haben. Ich würde zu gerne diesem Mistkerl auf den Kopf pissen! Ich sage dir, Potts, wir müssen zurückschlagen. Dieser Unsinn dauert schon viel zu lange.«

»Wenn Ihr einen Plan habt, könntet Ihr ihn ja vielleicht den anderen an Kensgold vortragen?«

»Ach.« Leon ließ sich tiefer in die Wanne sinken. Erneut

schwappte Wasser über die Seiten. Die beiden Dienstmädchen waren jetzt vollkommen durchnässt, aber wenn der Kontakt zu Leon und seinem schmutzigen Wasser sie anwiderte, verbargen sie das gut. »Ich habe dieses Kensgold so satt. War das früher nicht nur alle vier Jahre, statt alle zwei Jahre?«

»Allerdings«, gab Potts zurück. »Aber als die Trifect den Gilden den Krieg erklärt haben, wurde beschlossen, dass ein häufigeres Treffen besser wäre. Damit Ihr Eure Bemühungen koordinieren könnt, die Gilden zu zerstören.« Der Ratgeber hüstelte. »Es war Eure Idee, Herr.«

»Pah! Dann war ich eben ein Idiot!«

Das bist du immer noch, dachte Potts. »Eines noch«, fuhr der Ratgeber dann fort. Er wollte unbedingt zum Ende kommen. Denn wenn er nicht bald hier herauskam, würde er den grotesken Anblick ertragen müssen, wie Leon aus der Wanne stieg und das Wasser in einem großen Kreis von seinem fetten Leib auf den Boden plätscherte. Die Mädchen schafften es nie rechtzeitig, die Handtücher um ihn zu wickeln, um dieses widerwärtige Spektakel zu verhindern.

»Und das wäre?«, erkundigte sich Leon.

»Wie es scheint, haben sich die anderen Diebesgilden gegen die Aschegilde gewendet. Sie haben fast das ganze Territorium dieser Gilde erobert, bis auf ein paar Straßen.«

»Tatsächlich?«, meinte Leon. »Ist ihr Gildemeister gestorben?«

»Nein. James Beren lebt noch. Ehrlich gesagt, es scheint keinen wirklich guten Grund für diese Art von … Kannibalismus zu geben. Jedenfalls habe ich keinen gehört.«

»Hm.« Leon kratzte sich nachdenklich das Kinn. »Wenn so viele Gilden diese eine Gilde angreifen, bedeutet das, dass sie wirklich geschwächt ist. Offenbar hat sich Thren gegen sie gewendet. Das ist die einzig logische Erklärung. Versuche, jemanden von der Aschegilde gefangen zu nehmen, bevor alle

Mitglieder tot sind. Vielleicht finden wir da ja einen Verbündeten.«

»Wie Ihr wünscht.« Potts verbeugte sich und sah dann, wie Leon den Rand des Badezubers mit beiden Händen packte. Offenbar wollte er aufstehen. Potts zog sich in aller Eile zurück.

Kayla saß allein in ihrem Zimmer. Sie war unruhig. Aus irgendeinem Grund hatte Thren Senke und sie nicht mitgenommen, sondern nur Will und seinen Sohn. Senke hatte ihr gesagt, es hätte etwas mit der Aschegilde zu tun, wollte ihr aber nichts Genaueres erklären. Dann war er losgegangen, um herumzuhuren. Sie blieb alleine, gelangweilt und ruhelos zurück. Seit sie Robert Haern aus dem Gefängnis gerettet hatten, waren ihre Pflichten immer weniger geworden. Vermutlich würde sie in einem oder höchstens zwei Tagen darum betteln, wenigstens einen Überfall auf eine Karawane anführen zu dürfen, damit sie überhaupt etwas zu tun hatte.

Um sich die Zeit zu vertreiben, übte sie mit ihren Dolchen. Sie hatte vor vielen Jahren die Handhabung dieser Waffen von einem alten Mann gelernt, der ihr viele Tricks und Techniken gezeigt hatte. Sie ging eine nach der anderen durch. Wenn sie Thren dienen wollte, dann musste sie in Höchstform sein. Und ihre Fingerfertigkeit, was die Dolche anbelangte, war weit davon entfernt. Sollte Threns Leben jemals von ihr abhängen, würde sie mit Mittelmäßigkeit nicht weit kommen.

Sie wusste nicht genau, wie viele Stunden sie geübt hatte, aber als sie schließlich aufhörte, war sie schweißgebadet, und ihre Arme schmerzten. Sie ließ sich auf das Bett fallen und rang nach Luft. Als jemand an die Tür klopfte, war sie zu erschöpft, um aufzustehen.

»Komm rein!«, rief sie. »Die Tür ist nicht verschlossen.«

Sie öffnete sie vorsichtig. Kayla hatte Senke oder Will erwartet, vielleicht sogar Thren, stattdessen jedoch schlich Aaron herein und schloss die Tür lautlos hinter sich.

»Das ist ja eine Überraschung.« Sie setzte sich auf. Dann sah sie, wie er hastig den Blick abwandte und bemerkte, dass ihre Bluse nicht zugeknöpft war und über ihrer Brust weit aufklaffte. Sie versuchte zu verhindern, dass sie rot anlief, und schloss hastig ein paar Knöpfe. Dabei fühlte sie sich albern. Sie hatte schon weit mehr gezeigt, um Männer für sich einzunehmen. Aber Aaron war jung, und ihr war klar, dass er in sie verliebt war.

»Ich habe etwas für dich«, sagte er.

»Ach, tatsächlich? Lass sehen.«

Kayla streckte ihre Hand aus. Er starrte auf ihre Finger, und sie sah, wie seine Lippen zitterten, als wäre er unentschlossen. Sie erinnerte sich daran, wie sehr sie es gehasst hatte, in seinem Alter zu sein, und wie unbehaglich ihr alles vorgekommen war, als sie dreizehn Jahre alt gewesen war. Sie versuchte, ihn aufzumuntern.

»Lass mich nicht warten«, neckte sie ihn liebevoll. »Du hast gesagt, du bringst ein Geschenk, also gib es mir. Ich mag vielleicht stehlen und spionieren, aber ich liebe Geschenke, so wie jedes andere Mädchen auch.«

Er errötete ein wenig, am Hals, in der Nähe seines Kragens, aber dann streckte er seine Hand aus und legte zwei Ohrringe in ihre offene Handfläche. Das Weißgold und die blauen Saphire funkelten. Kayla schnappte nach Luft. Sie hatte irgendeinen billigen Tand erwartet, vielleicht eine Blume oder irgendein unbeholfenes Gedicht. Dieses Geschenk in ihrer Hand schien ihr eher zu einer Adligen oder gar einem Mitglied der Königsfamilie zu passen.

»Woher hast du sie?«, erkundigte sie sich.

»Vater hat angefangen, mich für meine Hilfe zu bezahlen«, erwiderte er. »Er meint, ich müsste wie die anderen Männer behandelt werden, wenn ich mir ihren Respekt verdienen wollte.«

»Dann muss er dich aber sehr gut bezahlen.« Kayla hielt sich die Ohrringe dicht vor die Augen, damit sie ihr Funkeln besser bewundern konnte. Sie waren poliert und offenbar sehr gut gepflegt. Sie fühlte sich fast zu billig und zu schmutzig, um sie anzulegen.

»Du bist wunderschön.« Aarons Stimme, seine Augen, sein ganzes Verhalten, alles an ihm, was normalerweise so ruhig und verstohlen war, machte nicht den geringsten Versuch, die Wahrheit seiner Worte zu verbergen. Er hielt sie für wunderschön, und seine Überzeugung brachte Kayla dazu, die Ohrringe in ihre Ohren zu stecken. Sie drückte sie durch die vernarbten Löcher, in denen sie einst als Mädchen Ohrringe getragen hatte. Ein bisschen Blut lief über ihre Finger, aber sie achtete darauf, dass nichts davon auf das Weißgold tropfte.

»Danke.« Sie küsste ihn auf die Stirn und sah belustigt, wie seine Ohren rot wurden.

»Senke hat gesagt, dass ich die nächsten fünf Jahre in seiner Schuld stehe.« Aaron plapperte, weil er ganz offensichtlich nicht wusste, wie er auf den Kuss reagieren sollte. »Aber ich werde ihn bezahlen, und das sollte auch kein Problem sein, es sei denn, ich sterbe, aber dann brauche ich mir auch keine Sorgen darüber zu machen, dass ich es ihm zurückzahlen muss, hab ich Recht? Es sei denn natürlich, dass er meinen Geist aufspürt und …«

»Still, Aaron«, sagte Kayla. Als sie seinen Namen nannte, schien sein ganzer Körper zu schrumpfen, und es war, als bildete sich eine Schutzmaske vor seinem Gesicht.

»Haern«, sagte er. »Aaron darf sich nicht mit einer Frau anfreunden. Nenn mich Haern.«

»Entschuldige«, erwiderte Kayla. »Dann ist dieser Kuss für Haern.« Sie küsste ihn auf die Braue über seinem rechten

Auge. »Du bist ein süßer Junge«, fuhr sie dann fort. »Und jetzt lauf los und mach etwas, was deinem Alter angemessen ist.«

Er nickte. Die Röte von seinen Ohren und seinem Hals war mittlerweile in seinen Wangen angekommen. Seine Verliebtheit, so kindlich und ehrlich sie auch sein mochte, hob trotzdem Kaylas Laune. Sie scheuchte ihn aus dem Zimmer und ließ sich dann auf ihr Bett fallen. Während sie die Arme unter ihren Decken ausbreitete, ließ sie ihre Gedanken schweifen. Aaron war süß, und vor allem war er Threns Erbe. Wenn er älter geworden war, vielleicht sechzehn, konnte sie möglicherweise eine Hochzeit mit ihm einfädeln. Dann war ihre Position in der Gilde so gefestigt, dass sie sie führen würde, sobald Thren gestorben war.

Vorausgesetzt, dass Thren jemals starb. Dieser zähe Brocken schien noch weitere vierzig Jahre leben zu wollen. Sie fragte sich unwillkürlich, ob die Spinnengilde wohl weiter existieren würde, wenn er erst einmal gegangen war.

Was denke ich da?, fragte sie sich. *Natürlich wird die Gilde überleben. Thren wird nicht sein ganzes Leben darauf verschwenden, sich ein Kartenhaus zu bauen. Er will ein Vermächtnis hinterlassen.*

Allerdings würde sie Haern nicht dazu benutzen können, ihre Position zu festigen, wenn das, was Aaron gesagt hatte, zutraf. Sein Vater verbot ihm die Freundschaft mit Frauen? Warum? Ihre zynische Seite gab ihr den Gedanken ein, ob er damit genau das verhindern wollte, woran sie gerade gedacht hatte. Aber Threns Fokus, seine Entschlossenheit, sein Verlangen nach einem Vermächtnis …

Was genau wollte er aus Aaron machen?

Schließlich kam sie zu dem Schluss, dass ihr Leben vermutlich leichter zu ertragen wäre, wenn sie aufhörte zu grübeln, oder noch schlimmer, sich in so etwas hineinziehen zu lassen. Sie schloss die Augen und versuchte sich zu entspannen. Nach einer Weile schlief sie ein. Ihr leichter Schlaf wurde von einem lauten Klopfen an ihrer Tür gestört. Ein leichtes Kribbeln in ihren Schläfen riet ihr, die Tür selbst zu öffnen. Die Warnung war angebracht; Thren stand mit verschränkten Armen vor der Tür. Seine Langmesser hingen an seinen Hüften.

»Du solltest wachsamer sein, wenn ich unterwegs bin«, meinte er, als er an ihr vorbei ins Zimmer trat. »Wenn mir etwas zustößt, würde unsere Gilde sofort angegriffen werden.«

»Eine alberne Sorge«, meinte Kayla, als sie die Tür schloss. »Wie könnte dir etwas zustoßen?«

Thren sah sie an, als wüsste er nicht genau, ob er geschmeichelt oder verärgert sein sollte. Er zuckte mit den Schultern.

»Selbst das Unmögliche neigt dazu, einen Weg in unseren Alltag zu finden. Ich habe eine Aufgabe für dich, Kayla, die deinen Talenten besser entspricht. Ein lästiger Mann namens Delius stachelt das gemeine Volk gegen uns auf, und eine solche …«

Er brach ab. Kayla wurde von einem kurzen Moment der Unsicherheit heimgesucht. War ihre Bluse schon wieder offen? Oder war ihr Haar durcheinandergeraten? Sie folgte seinem Blick und begriff dann, dass er auf ihre Ohrringe starrte. Natürlich waren sie ihm aufgefallen. Abgesehen davon, dass sie neu waren, funkelten sie wie Sterne und schrien förmlich nach Aufmerksamkeit.

»Dein Sohn hat sie mir geschenkt.« Sie wagte nicht zu lügen.

Die Wut, die in seinen Augen aufflammte, hatte sie nicht erwartet. Ebenso wenig seine Reaktion. Thren knurrte wütend, packte ihre Hände und schleuderte sie gegen die Wand. Dort hielt er sie fest. Bevor sie überhaupt begriffen hatte, dass sie in Gefahr schwebte, war sie bereits wehrlos.

»Hör mir genau zu.« Irgendwie schaffte er es, dass seine Wut in seiner Stimme nicht zu hören war. »Aaron muss unberührt bleiben. Er hat die Chance, etwas Unglaubliches zu werden. Ich werde meinen Erben bekommen, und ich werde nicht zulassen, dass er durch die Zärtlichkeiten einer Frau, durch Schnaps oder den Wahn von Göttern und Göttinnen zerstört wird. Hast du mich verstanden?«

»Ich gebe sie zurück«, sagte Kayla. Sie hätte fast genickt, dann jedoch wurde ihr klar, dass dadurch die Ohrringe gebaumelt hätten, und sie fürchtete, dass Thren dann endgültig die Beherrschung verlor.

»Nicht nur das«, sagte Thren. »Ich will, dass du ihm das Herz brichst. Schlag ihm eine Wunde, die niemals heilen wird. Wenn du fertig bist, komm zu mir und Senke in mein Zimmer. Da wartet immer noch die andere Aufgabe auf dich.«

»Wie du wünschst.«

Er ließ ihre Hände los, sah sich kurz in dem Zimmer um und verschwand.

Kayla zitterten die Knie, und als er die Tür hinter sich schloss, ließ sie ihre Furcht in einem einzigen schnaubenden Schluchzen heraus. Aber die Angst hielt nicht lange an. Dann stieg der Ärger in ihr hoch. Aarons Bewunderung für sie war so kindlich, so rein. Und Thren wollte, dass sie das zerstörte, wollte, dass das Herz seines Sohnes gebrochen wurde, und das alles nur, damit er sein verfluchtes Vermächtnis bekam?

Sie nahm die Ohrringe ab, schob sie in die Tasche und machte sich dann auf den Weg zu Aarons Zimmer. Obwohl Aaron gesagt hatte, dass sein Vater ihn wie jeden anderen seiner Männer behandelte, war sein Zimmer weit weg von denen der anderen, isoliert und privat. Sie klopfte an die Tür.

Der Knoten in ihrem Magen löste sich nicht gerade auf, als sie die Mischung aus Aufregung und Zaghaftigkeit auf Aarons Gesicht sah.

»Darf ich hereinkommen?« Unwillkürlich fragte sie sich, wie viele seiner jugendlichen Fantasien sie mit genau diesen Worten wohl angefeuert hatte. Er antwortete nicht, sondern nickte nur.

Sie betrat das Zimmer. Es war geräumig, hatte eine hohe

Decke und etliche Fenster, war jedoch nur spärlich möbliert. Er hatte ein Bett, eine Truhe für seine Kleidung, und der Rest der Einrichtung bestand aus Waffen, Ausrüstung zum Training und Büchern. Auf den ersten Blick erschien es ihr, als würde alles gleich viel Aufmerksamkeit bekommen.

»Deine Ohrringe.« Aaron bemerkte ihr Fehlen sofort.

»Hier.« Sie hatte sie aus der Tasche geholt, nahm jetzt seine Hand und legte sie auf seine Handfläche. »Nimm sie wieder zurück.« Sie sah, wie etwas in seinen blauen Augen erstarb.

»Warum?«

Kayla öffnete den Mund, um mit der Lüge zu antworten, die ihr auf der Zunge lag. Sie konnte es tun, und noch wichtiger war, sie wusste, dass sie es tun sollte. Normalerweise dachte sie nicht unbedingt darüber nach, ob sie das Richtige tat. Aber im tiefsten Innern wusste sie, dass sie die erste Frau war, für die Aaron sich je interessiert hatte. Wenn sie ihn jetzt verletzte, wenn sie ihm in einem so empfindsamen Augenblick seines Lebens den Mut nahm …

Andererseits, das hier war Aaron Felhorn, Sohn von Thren Felhorn. Sie kannte die Geschichten, die die anderen Mitglieder der Spinnengilde über ihn erzählten. Die Geschichten über Randith Felhorn.

»Erst musst du mir eine Frage beantworten. Hast du wirklich deinen Bruder ermordet, als du acht Jahre alt warst?«

Er biss sich auf die Unterlippe. Er starrte auf ihre Ohren, auf die Stelle, wo die Ohrringe gewesen waren. Sie fuhr sich mit den Fingern darüber und spürte, dass die Stellen immer noch bluteten.

»Ja.«

Ihr Herz erzitterte ein wenig, aber das war nicht von Bedeutung. Die zweite Frage war die entscheidende. »Warum?«

Aaron antwortete ohne das geringste Zögern. »Weil mein Vater es von mir verlangt hat.«

Kayla nickte. Natürlich. Was sonst spielte in Aarons Leben eine Rolle? Er wurde erschaffen, immer wieder, er war ein Kunstwerk, das nur Thren Felhorn wunderschön finden konnte. Mit ansehen zu müssen, wie elterliche Liebe so pervertiert und in Mord und Brudermord verwandelt wurde.

»Hör mir zu.« Sie senkte die Stimme. »Ich darf dich nicht lieben, Aaron. Ich darf dich nicht einmal besonders freundlich behandeln, und der Grund dafür ist derselbe wie der, aus dem du deinen Bruder ermordet hast. Nimm die Ohrringe zurück. Verbirg deinen Schmerz nicht. Schäm dich nicht deiner Tränen.« Sie legte sanft die Finger um sein Kinn und hob seinen Kopf etwas an. »Aber du hattest Recht«, sagte sie. »Ich kann Haern lieben. Ich bin nicht sicher, was aus Aaron werden wird. Vielleicht flößt er mir Angst ein, oder er fügt mir irgendwann sogar auf Verlangen seines Vaters etwas Schlimmeres zu. Deshalb musst du Haern tief in dir verstecken und beschützen. Halte ihn am Leben. Wirst du das für mich tun?«

Die Tränen rollten ihm über die Wangen, aber er nickte. Sie sah, wie stark er war, und war unglaublich stolz auf ihn. Mehr als das.

»Aaron darf mich niemals lieben«, sagte sie, als sie sich zur Tür umwandte. »Nicht, solange er im Schatten seines Vaters steht.« Sie öffnete die Tür und blieb dann unter dem Sturz stehen. »Haern schon.«

»Ich werde daran denken«, sagte Aaron, als sie sein Zimmer verließ.

Kayla ging durch den Flur direkt zu Threns Zimmer, wo er bereits auf sie wartete. Dann kniete sie sich vor seinen Tisch.

»Meine Aufgabe?«

»Hattest du Erfolg?«, fragte Thren zurück. Kayla wusste, dass ihr Leben auf dem Spiel stand, deshalb verbarg sie das Lächeln in ihrer Brust.

»Weit mehr als erwartet«, gab sie zurück.

Nachdem Kayla hinausgegangen war, nahm Aaron eines seiner vielen Schwerter und prügelte auf seine Übungspuppe ein. Er hatte soeben eine weitere Lektion gelernt. Darüber, was es bedeutete, Macht zu besitzen. Es bedeutete, den Willen eines anderen zerbrechen zu können, um den eigenen durchzusetzen. Aber diese Lektion zu erlernen, war hart gewesen, und dann noch zu wissen, dass sein eigener Vater sie ihn gelehrt hatte …

Zum ersten Mal spürte Aaron, wie der Widerstand in seinem Herzen allein bei der Vorstellung wuchs, eine solche Macht auszuüben. Sie erstickte ihn. Solche Gedanken passten nicht zu Aaron. Sie entsprachen nicht dem, was er war, und er durfte sie niemals denken. Nicht, wenn sein Vater es bemerken konnte.

Er durchschnitt eines seiner Laken, schnitt ein paar Löcher für die Augen hinein und wickelte sie dann um sein Gesicht. Schließlich verlor er sich in seinen Übungen, schwang sein Schwert durch die Luft und wechselte von einer Kampfstellung zur anderen. Er fühlte sich irgendwie befreit, als hätte er seine Ketten verloren, und ließ seiner Wut freien Lauf. Er ließ seinen Widerstand wachsen, denn jetzt war er Haern, und diese Gedanken gehörten ihm.

14. Kapitel

Maynard kehrte in derselben Verkleidung wie beim ersten Mal zum Tempel des Priesters zurück, allerdings erst eine Woche später als angekündigt. Er befahl seiner Leibwache, vor dem Tor zu warten, überzeugt davon, dass seine Drohungen genügten, um seine Sicherheit zu garantieren. Es waren eher die Räuber und Halsabschneider auf den Straßen, die ihm Kopfzerbrechen bereiteten. Er wollte sich lieber gar nicht erst vorstellen, wie die Unterwelt feiern würde, wenn man ihn ermordet auf der Straße auffände.

Es überraschte ihn nicht, dass er deutlich kühler als beim ersten Mal empfangen wurde. Man führte ihn sofort in Pelaraks Studierzimmer und ließ ihn dort warten. Der Hohepriester tauchte kurz darauf auf.

»Du hast uns in eine höchst unangenehme Lage gebracht«, kam Pelarak sofort zur Sache, während er die Tür hinter sich schloss.

»Willkommen im Kreis der Bewohner von Veldaren«, gab Maynard zurück. »Niemand hier fühlt sich wohl, nicht, solange dieser Abschaum der Straße sich benimmt, als wären sie Könige.«

»Genauso verwerflich ist es, wenn Menschen sich zu Göttern erklären«, konterte Pelarak.

Maynard ignorierte die kaum verhüllte Beleidigung. »Ich bin gekommen, um mir deine Antwort anzuhören. Wirst du uns helfen, die Diebesgilden zu vernichten, oder wirst du dich an deine wertlose Neutralität klammern?«

Pelarak ging um ihn herum und setzte sich an seinen Schreibtisch. Er legte die Finger zusammen und drückte dann die Zeigefinger an seine Lippen. »Dir muss klar sein, dass ich nur das tue, was Karak von mir verlangt«, erwiderte der Hohepriester. »Es ist nicht meine Entscheidung, sondern seine.«

Unter normalen Umständen hätte Maynard irgendein hohles Lippenbekenntnis zu Pelaraks Glauben von sich gegeben. Da jedoch seine Tochter verschwunden war und damit der Erbe seines Imperiums, mangelte es ihm an Zeit und Geduld. Er verdrehte die Augen.

»Erspare mir diesen Unsinn. Du hast hier das Zepter in der Hand, du bist der Hohepriester, und nicht irgendeine Stimme in deinem Kopf.«

»Du zweifelst an Karaks Macht?«

»Zweifeln?«, gab Maynard zurück. »Würde ich so hartnäckig auf deine Hilfe bestehen, wenn ich sie bezweifelte? Ich habe es nur satt, mir irgendwelchen Unsinn über Gebete, geheimnisvolle Versprechungen oder Prophezeiungen anzuhören. Ich will eine Antwort. Und zwar die richtige Antwort.«

Pelarak lächelte, was eher einem Zähnefletschen gleichkam. »Du wirst keine bekommen. Jedenfalls nicht die, die du haben möchtest.«

»Ich werde meine Drohungen wahr machen!«, gab Maynard zurück.

»Das glauben wir dir«, meinte Pelarak. »Hör dir erst an, was ich zu sagen habe.«

Er deutete auf den Stuhl vor seinem Schreibtisch. Maynard setzte sich gereizt. Er wusste, dass er sich zusammenreißen sollte. Er benahm sich hitzig und unbedacht, etwas, was er an anderen stets verabscheut hatte. Aber die Priester nervten ihn schon seit Jahren. Wenn er mit Diplomatie und Bestechungsgeldern nichts bei ihnen erreichte, musste er eben zu Drohungen und brutaler Gewalt greifen.

»Betrachte die Angelegenheit einen Moment aus meiner Perspektive«, forderte Pelarak ihn auf. »Nehmen wir einmal an, ich würde mit dir übereinstimmen; die Verbrecher müssen zur Rechenschaft gezogen werden, und dieser unsinnige Krieg muss ein Ende haben. Aber wenn ich dir jetzt helfe, nachdem du uns das Schwert auf die Brust gesetzt hast, sind wir nur Marionetten der Trifect, nicht mehr Diener unseres Gottes. Wir würden Könige wegen dieser Drohungen, die du gegen uns ausgestoßen hast, töten und haben es auch schon getan.«

Maynards Zorn legte sich ein wenig. Er spürte, dass sich etwas sehr Gefährliches zusammenbraute. Pelarak stieß nie leichtsinnige Drohungen aus, und Maynards Annahme, dass er hier absolut sicher wäre, kam ihm plötzlich ein wenig überheblich vor. Die Priester konnten ihn mit einer bloßen Handbewegung töten. All seine Macht und sein Gold bedeuteten nichts, wenn sie zu der Überzeugung kamen, dass Karak seinen Tod wollte.

»Das ist zwar ein bisschen schlicht ausgedrückt, aber in deinen Worten liegt durchaus eine gewisse Wahrheit«, antwortete Maynard, der sich jetzt auf den gewieften Politiker in sich besann. »Wir brauchen deine Hilfe, Pelarak. Denn wenn du uns nicht hilfst, fürchte ich, dass du dich durch die Aktionen deiner weiblichen Meuchelmörder gegen uns stellst.«

»Um die werde ich mich schon bald kümmern«, versprach ihm Pelarak. »Ich sagte dir ja, dass sie uns nicht repräsentieren. Karak ist unser Herr, und ich bin sein erster Diener. Er wünscht ein Ende dieses Krieges. Nur wie das geschehen soll, darüber sind wir beide uns nicht einig.«

»Was du nicht sagst«, meinte Maynard. »Und inwiefern wären wir da unterschiedlicher Meinung?«

Pelarak stand auf und strich glättend über seine schwarze Robe. Mit der freien Hand rieb er sich den kahlen Schädel.

Maynard gefiel das alles nicht. Der Hohepriester zögerte eigentlich nie. Diese ganze Angelegenheit war mies, sehr mies.

»Wir werden dir helfen, aber nur unter der Bedingung, dass du uns jemanden als Unterpfand übergibst, jemanden, der in unseren Orden eintritt. Jemand, an den du denken wirst, bevor du uns das nächste Mal ein Schwert auf die Brust setzt.«

Maynard spürte, wie ihm kalt wurde. »Wen willst du?« Er stellte die Frage, obwohl er die Antwort bereits kannte.

Ein anderer Mann als Pelarak hätte vielleicht gelächelt oder seinen Triumph ausgekostet. Nicht jedoch der Hohepriester.

»Zwei der gesichtslosen Schwestern sind gestern Nacht zu mir gekommen und haben mich über ihre Handlungen informiert. Ich habe sie dafür nicht zur Rechenschaft gezogen, noch nicht. Sie haben deine Tochter Alyssa in ihrer Obhut. Sie muss in unseren Orden eintreten.«

Maynard hatte das Gefühl, als würde sich seine Welt, die Welt, wie er sie immer gesehen hatte, in seinem Kopf vollkommen verkehren. Alyssa, eine Priesterin Karaks? Sie wäre vielleicht sicher vor den Kulls, und ganz gewiss wäre sie keine Bedrohung für seinen Besitz. Aber würde er sie jemals wiedersehen? Und wenn ja, wäre sie dann immer noch dieses unabhängige Mädchen, das er so liebte? Konnte ihr Freigeist in diesen engen Mauern überleben, wo er täglich mit Karaks Lehren von Befehl und Gehorsam bombardiert wurde?

Dann sah er die Gefahr direkt vor seiner Nase. Wenn die gesichtslosen Frauen Alyssa in ihrer Gewalt hatten, konnten sie mit ihr machen, was sie wollten. Falls er also ihr Angebot ablehnte …

»Ich muss wohl akzeptieren«, sagte er.

»Gut.« Ein Lächeln breitete sich auf Pelaraks Gesicht aus. »Ich bin froh, dass wir uns in diesem Punkt einig werden konnten. Wir helfen einander als Freunde, nicht als Herr und Diener.«

»Selbstverständlich. Deine Worte sind sehr weise.« Die Lüge schmeckte bitter auf Maynards Zunge. Als er sich umwandte, um zu gehen, hielt Pelarak ihn auf.

»Maynard«, sagte der Hohepriester. »Sorge dafür, dass sie trotzdem Erbin des Gemcroft-Imperiums bleibt. Solltest du sie als wertlos erachten, werden wir dasselbe tun.«

Maynard hatte das Gefühl, dass ein Eiszapfen sein Herz durchbohrte. »Ich würde nicht einmal im Traum daran denken«, sagte er.

»Gut«, meinte Pelarak. »Dann geh mit Karaks Segen.«

Das tat er, aber wenn er gekonnt hätte, hätte er den Segen von Karak in die stinkendste Gosse geworfen und ihn dort verrotten lassen. Und nur zu gerne hätte er Pelarak dasselbe Schicksal bereitet.

»Vergib mir, Alyssa«, sagte er, als er den Tempel verließ. Er warf einen letzten Blick auf die Priester und Priesterinnen, die sich vor der riesigen Statue von Karak verbeugten. Ihre tief empfundenen Klagen hallten bis zur Decke hinauf. Der Gedanke, dass Alyssa neben ihnen knien sollte, verhärtete das Eis in seinem Herzen noch.

Alyssa war bereits angekleidet und saß am Feuer, als Yoren aufwachte. Die Flammen loderten, als sie noch ein paar Zweige hineinwarf und zusah, wie sie verbrannten.

»Guten Morgen, Liebes«, begrüßte Yoren sie.

»Morgen.« Alyssas Stimme klang tonlos. Sie hätte genauso gut zu einem Felsen reden können.

Yoren schien es nicht zu bemerken. Er stand auf, ging hinter einen Baum und pisste. Als er fertig war, kam er wieder zurück und bemerkte erst jetzt Alyssas unbewegten Blick.

»Stimmt etwas nicht?«

»Nichts«, erwiderte sie und sah wieder auf das Feuer. »Gar nichts.«

Er grunzte, ging jedoch nicht weiter auf ihre rätselhaften Kommentare ein.

»Bleib hier und halt das Feuer in Gang«, sagte er zu ihr. Er holte seinen Jagdbogen und ein paar Pfeile aus seinem Zelt und schlang sich die Waffe und den Köcher über den Rücken. »Ich versuche uns ein Kaninchen oder ein paar Eichhörnchen zum Frühstück zu besorgen. Stell keine Dummheiten an, solange ich weg bin. Und wenn die Gesichtslosen zurückkehren, sag ihnen, dass sie auf mich warten sollen.«

Mit diesen Worten ging er davon, tiefer in den Kronforst hinein. Alyssa wusste, dass er nicht lange wegbleiben würde. Yoren hatte sie auf Schloss Felholz häufig besucht und sich dort als fähiger Jäger erwiesen. Um sich die Zeit zu vertreiben, warf sie noch mehr Holz ins Feuer und tröstete sich mit dem Anblick der Flammen. Als Yoren zurückkehrte, hielt er ein totes graues Kaninchen an den Hinterläufen. Er ließ es neben dem Feuer in den Sand fallen. Alyssa nahm es, ohne zu fragen.

»Ich brauche ein Messer, um es auszunehmen und zu häuten«, sagte sie.

Nach einem kurzen Moment des Zögerns zuckte Yoren mit den Schultern und warf ihr einen dünnen Dolch zu, den er aus einer Scheide an seinem Gürtel zog. Sie fing den Griff in der Luft auf und ließ sich nicht anmerken, wie wütend sie darüber war, dass dieser Idiot ihr die Waffe so achtlos zugeworfen hatte.

Zu einem anderen Zeitpunkt hätten das Blut und die Eingeweide sie vielleicht ein wenig angewidert. Bei ihren Pflegefamilien hatte sie den Wildfang sehr überzeugend gespielt, ebenso, wenn sie ihren Vater hatte ärgern wollen. Aber es war meist eben nur gespielt gewesen. Auch wenn sie es niemals zugeben würde, hatte sie doch bereits vor langer Zeit gelernt, dass junge Männer sie zuvorkommender und respektvoller behandelten, wenn sie glaubten, dass sie mit einem Messer umgehen konnte und nicht gleich kreischte, wenn sie irgendetwas Totes sah.

Aber so zu tun, dass man mit Blut klarkam, und tatsächlich damit klarzukommen, waren zwei verschiedene Dinge.

Sie behalf sich, indem sie so tat, als wäre das Kaninchen Yorens Kopf. Diese Vorstellung beruhigte ihren empfindlichen Magen verblüffend schnell.

Als das Kaninchen schließlich gar war, gab Yoren ihr den größten Teil des Fleisches. Offenbar wollte er jetzt wieder den hinreißenden Freier spielen, als wäre der wütende, verächtliche Grobian von letzter Nacht nur eine Illusion gewesen. Sie lächelte über seine Scherze, so gut es ihr gelang. Und die Lügen kamen ihr erheblich leichter über die Lippen, als ihr lieb war.

»Komm«, sagte er, als sie fertig gegessen hatten. »Sieht so aus, als müssten wir darauf vertrauen, dass diese gesichtslosen Weibsbilder uns schon finden werden. Und mach dich sauber; du hast Fett im Gesicht.«

»Wohin gehen wir?« Sie wischte sich das Kinn und die Lippen mit der Innenseite ihres Kleides ab.

»Wir treffen uns mit meinem Vater.« Er betrachtete sie von Kopf bis Fuß und runzelte die Stirn.

Sie trug das einfache Gewand, das man ihr gegeben hatte, als man sie in das unterirdische Verlies ihres Vaters gesteckt hatte. Obwohl sie ihr Haar mit den Fingern einigermaßen gekämmt hatte, gelang es ihr weder den Schmutz noch den Filz zu entfernen. Sie sah einer schäbigen Bediensteten weit ähnlicher als der Erbin eines Minenimperiums.

»So geht das nicht«, erklärte Yoren. »Du musst wie meine Königin aussehen, nicht wie meine Dienerin. Wo bleiben diese verfluchten Frauen? Sie wissen doch sicher, wie sich eine Frau hübsch macht.«

»Ja, gewiss, man kann ihre Schönheit ja auch ganz offen bewundern.« Sie klang sarkastischer, als sie beabsichtigt hatte, und bei ihrer Bemerkung verengte Yoren die Augen zu Schlitzen, als würde er sich fragen, ob sie wirklich so friedfertig war, wie sie tat.

»Mittlerweile dürfte Maynard jeden Halsabschneider, über den er gebietet, in der Stadt nach dir suchen lassen«, sagte er. »Sonst würde ich dich in ein Badehaus schicken, damit du einigermaßen respektabel aussiehst. Aber offenbar muss ich mit dir, so wie du bist, vor meinen Vater treten.« Er trat das Feuer aus und nahm ihre Hand. »Ach übrigens, Liebes.« Er lächelte sie an. »Hüte deine Zunge in Gegenwart meines Vaters. Es wäre schade, wenn du dich vor ihm zum Narren machen würdest.«

Ihre Mundwinkel zuckten, aber ihre Augen blieben ausdruckslos. »Jawohl, Mylord.«

Er hatte den Dolch vollkommen vergessen, der in seinem Gürtel gesteckt hatte. Die Waffe, mit der sie das Kaninchen ausgenommen und die sie jetzt unter ihrem Rock verborgen hatte.

Sie gingen etwa eine Stunde nach Süden, bevor Theo Kulls Lager endlich vor ihnen auftauchte.

»Ein warmes Feuer, weiche Decken und Gott sei Dank Pferde«, erklärte Yoren.

»Wirklich ein sehr angenehmes Quartier«, erwiderte Alyssa und überließ ihm ihre Hand, die er fest packte. Theos Lager befand sich so weit von den Mauern der Stadt entfernt, dass es vor neugierigen Blicken sicher war. Es hatte einen Durchmesser von mehreren Hundert Metern. Den äußersten Ring bildeten Wagen und Karren, von denen einige mit Planen überdeckt waren. Innerhalb dieses Kreises brannten etliche große Feuer. Auf einer Seite befanden sich etwa zwanzig kleinere Zelte, das Quartier für die Söldner. Auf der anderen Seite stand ein einzelnes großes Pavillonzelt aus verblichenem Grün.

Alyssa spürte, wie Yorens Griff sich verstärkte, und es überraschte sie nicht, dass er dann mit seiner Hand plötzlich ihre Taille umfasste.

»Deinen spitzen Worten nach zu urteilen, scheinst du nicht sonderlich zu schätzen, was wir für dich getan haben«, stellte er fest.

»Verzeih«, erwiderte Alyssa. »Das liegt nur an der Erschöpfung. Ich fühle mich bestimmt besser, wenn ich erst gebadet habe, das verspreche ich dir.«

Yoren küsste sie auf die Wange und betrachtete sie erneut von Kopf bis Fuß. »Das hoffe ich«, sagte er. »Und du brauchst wirklich dringend ein Bad.«

Als sie sich dem Lager näherten, zückten zwei Söldner ihre Schwerter und winkten sie zu sich. »Dein Name?«, fragte der eine.

»Yoren Kull. Bring mich zu meinem Vater.«

Der Mann spie aus. »Folge mir.«

Er führte sie durch das Lager. Alyssa versuchte, sich so viel wie möglich von ihrer Umgebung einzuprägen. So wie die Männer herumlungerten, machte es nicht den Eindruck, als würden sie bald aufbrechen. Die meisten der Bewaffneten waren damit beschäftigt zu essen, sich Geschichten zu erzählen oder mit hölzernen Würfeln zu spielen. Einige warfen ihr höhnische Blicke zu, und angesichts des Zustands ihrer Kleidung und ihres Haares konnte sie ihnen das auch nicht verübeln. Sie hasste die Männer zwar dafür, aber sie konnte es ihnen nicht wirklich vorwerfen.

Theo saß auf einem geschnitzten Stuhl in der Mitte des Pavillons. Er stand nicht auf, als sie durch die Zeltklappe hereinkamen. Alyssa war ihm erst einmal begegnet – und wie ihr schien, vor einem ganzen Zeitalter. Theo Kull war ein großer Mann, mit großen Händen und einem langen Bart. Er hatte ein gieriges Lächeln und glänzende braune Augen, die alles begehrlich zu mustern schienen, worauf ihr Blick fiel. Er deutete auf zwei Stühle an dem Tisch vor ihm. Dann schnippte er mit den Fingern, und zwei Bedienstete tauchten auf. Sie brachten

Becher, Teller und Schalen. Ein dritter Bediensteter füllte die Becher mit Wein, während ein vierter Fleisch und Brot auf die Teller lud.

»Willkommen, mein Sohn«, sagte Theo. »Anscheinend hast du deine Geliebte aus dem Schlund zurückgeholt. Jedenfalls sieht sie so aus!«

Er lachte schallend, und Yoren stimmte ein. Alyssa sah die beiden nur starr an.

»Komm schon, das war nur ein gutmütiger Scherz«, meinte Theo. »Es belustigt mich nicht wirklich, eine Frau in einem derartigen Zustand zu sehen. Sollen ein paar meiner Mädchen dich baden und ankleiden, bevor du uns Gesellschaft leistest? Nichts würde mir mehr Unbehagen bereiten, als wenn du dich unwohl fühltest.«

»Sie fühlt sich nur mit mir im Schlafgemach unwohl«, meinte Yoren, während er sich zur Rechten seines Vaters setzte. »Allerdings fürchte ich, dass ich diesen wundervollen Fehler von dir geerbt habe.«

Theo brüllte erneut vor Lachen. Alyssa wurde innerlich kalt. Yoren mochte es vielleicht hinter seiner gewählten Sprache verbergen können, aber Theo war ein Vieh von einem Mann. Wenn Yoren sie hier und jetzt zu Boden werfen und vergewaltigen würde, würde Theo nicht einmal mit der Wimper zucken. Wahrscheinlich würde er sogar eher versuchen, sich ebenfalls zu befriedigen.

Alyssa schauderte es, was nicht unbemerkt blieb.

»Vergib meinem Sohn«, sagte Theo. »Er beleidigt, wenn er doch nur zu scherzen wünscht. Mal sehen, Mari? Mari! Da bist du ja, Mädchen. Mach sie sauber, ja? Wenn ich mich recht an unsere letzte Begegnung entsinne, war sie hinreißend, also sorgen wir dafür, dass sie wieder meiner Erinnerung entspricht.«

Mari war eine ältliche Frau mit grauem Haar, das sie zu einem Dutt geflochten hatte. Sie hatte die anderen Bediensteten angewiesen, wie sie das Essen und das Geschirr anzurichten hatten.

»Komm mit«, sagte Mari und packte Alyssas Hand. Ihre Stimme klang fest, aber irgendwie tröstlich. Und der Blick in ihren Augen verriet vorsichtiges Mitgefühl.

Neben dem Pavillon stand ein kleines Zelt für die Bediensteten. Sie schliefen auf Decken auf dem Boden, etwa fünfzig von ihnen, obwohl das Zelt höchstens für zwanzig Personen gedacht gewesen war. Und neben dem Dienstbotenzelt stand ein riesiger Holzzuber. Mari wies einige jüngere Mädchen an, mit Eimern heißes Wasser von den Feuern zu holen.

»Das Wasser wird noch eine Weile kalt sein«, erklärte Mari, während sie Alyssa half, sich auszuziehen. »Wenn es erst aufgewärmt ist, wirst du dich besser fühlen. Vielleicht können wir ja ein paar heiße Kohlen hineingeben.«

Alyssa warf einen Blick in den Zuber. Das Wasser war schmutzig, aber bei ihren Pflegefamilien hatte sie in schlimmeren Wannen gebadet. Sie ließ zu, dass Mari sie auszog. Glücklicherweise standen die beiden Zelte so, dass die Söldner, die durch das Lager schlenderten, sie nicht sehen konnten.

»Während du badest, werden wir deine Kleidung waschen«, meinte Mari. »Obwohl du zweifellos Besseres verdient hast. Ich werde nachsehen, was wir im …«

Sie verstummte, als Yorens Dolch aus dem Kleiderbündel in ihren Händen fiel. Alyssa erstarrte. Sie hatte in dem Durcheinander von Zofen, die das Bad vorbereitet hatten und an ihrem Kleid zerrten, die Waffe vollkommen vergessen. Mit offenem Mund starrte sie jetzt Mari an. Als sie deren Blick begegnete, sah sie dort ein hartes, wortloses Verstehen.

»Ein gefährliches Lustspielzeug für das Schlafgemach«, stellte Mari fest.

»Nicht, wenn man Ruhe im Schlafzimmer will«, gab Alyssa zurück.

Mari führte die nackte Alyssa zum Zuber. Das Wasser war kalt, wie sie es angekündigt hatte. Als das erste Dienstmädchen mit einem Eimer kochenden Wassers ankam, nahm Mari ihr den Eimer aus der Hand und goss den Inhalt selbst in den Zuber. Als der Dampf aufstieg, beugte sich die ältere Frau vor, damit niemand ihre Worte hören konnte.

»Wenn du ihn hier ermordest, werden diese Bestien dich in Stücke reißen«, sagte die Bedienstete. »Versteck die Waffe so, dass niemand sie findet. Und dann warte, bis du wirklich alleine bist.«

Dann verschwand sie, um nach besserer Kleidung zu suchen. Weitere Eimer heißen Wassers wurden in den Zuber gegossen und vertrieben die Kälte. Alyssa genoss diesen Moment des Luxus, wusch sich das Haar und ließ sich von den Zofen schrubben, bis ihre Haut gerötet war.

Kurz darauf kehrte Mari zurück. Sie hatte ein blaues Kleid aus feinem Stoff über dem Arm. »Es gehörte Theos jüngerer Schwester«, erklärte die Frau. »Ich habe ihn bereits gefragt, also mach dir keine Sorgen.«

Sie halfen ihr aus dem Zuber, trockneten sie ab und zogen ihr dann das Kleid über den Kopf. Die Schnüre und Spitzen am Rücken wirkten ein bisschen altmodisch und übermäßig kompliziert, aber Mari kam ohne Probleme damit zurecht.

»Atme ein und halt ein bisschen die Luft an«, befahl Mari. Alyssa gehorchte. Die Frau zog die Schnüre fester, und Alyssas Busen hob sich, bis er fast doppelt so groß aussah, wie er war. Als sie an sich hinabblickte, kam ihr das Dekolleté beinahe obszön prall vor.

»Ertrag es einfach«, sagte Mari, die ihren Blick offenbar zu deuten wusste. »Ein Mann denkt mit seinen unteren Regionen. Der Anblick wird ihn erregen, und solange ein Mann erregt ist, ist er dumm.«

»Und wenn er schon vorher dumm war?«

Mari legte einen schwieligen Finger unter Alyssas Kinn und zog ihr Gesicht dicht zu ihrem. »Pass auf, was du sagst, Mädchen«, sagte die Bedienstete. »Männer mögen dumm sein, aber Frauen reden, und überall um dich herum sind Ohren.«

Die Mädchen betupften sie mit Parfüm, kämmten ihr Haar und legten ihr zahlreiche Halsketten um. Als sie fertig waren, warf Alyssa einen Blick in einen Spiegel, den man ihr hinhielt. Sie hätte die Frau, die ihr entgegensah, kaum erkannt. Sie wusste zwar, dass der Name Gemcroft ihr den Luxus erlaubte, den sie trug, aber sie hatte sich noch nie gezwungen gefühlt, sich selbst so übertrieben zu schmücken.

Mari schickte die anderen Dienstmädchen weg.

»Um deiner selbst willen sei geduldig«, riet sie Alyssa. »Du gewinnst nichts außer vielleicht ein paar blauen Flecken, wenn du dich wirkungslos widersetzt. Die Kulls sind in ihrem tiefsten Inneren Tiere, gefährliche Tiere. Tu alles, was notwendig ist, um sie friedlich zu halten.«

Alyssa schüttelte den Kopf und fragte sich, wie ihre Zukunft so plötzlich hatte so düster werden können.

In dieser Nacht kam Yoren zu ihr, so wie in der nächsten auch und in der folgenden. Ihr Wunsch, ihn abzuweisen, sich seiner Berührung zu entziehen, wurde immer stärker, aber Maris Rat war unmissverständlich gewesen. Widerstand bedeutete Prügel oder noch Schlimmeres. Und so grausam es auch klang, sie wusste, dass sie ihre Zwangslage verdient hatte. Von dem Augenblick an, an dem sie auf die Lügen gehört hatte, die Yoren ihr ins Ohr flüsterte, als sie gemeinsam in ihrem Bett lagen, hatte sie sich das hier selbst eingebrockt. Sie hatte seinen Schmeicheleien geglaubt und sich gegen ihren Vater gestellt. Aus diesem Grund war sie hinausgeworfen worden, und jetzt war sie an Yoren gekettet und seiner wahren Natur ausgeliefert.

Der Rock, den sie jetzt trug, hatte etliche Stoffschichten.

Mari teilte sie und achtete darauf, dass Alyssa zusah. Die unterste Stoffschicht war dünn, weiß und seidig. An der Innenseite des Oberschenkels befand sich eine Tasche. Mari ließ den Dolch hineingleiten.

»Sorg dafür, dass er ihn niemals findet«, sagte die ältere Frau.

Alyssa nickte. »Danke.«

»Jetzt komm.« Mari reichte ihr die Hand. »Du musst an einem Mahl teilnehmen.«

Diesmal stand Theo auf, als sie hereinkam. Ein dümmliches Grinsen überzog Yorens Gesicht. Alyssa wusste, dass sie dieses Grinsen einmal für charmant gehalten hatte, was nur ihre Überzeugung verstärkte, dass sie ein vollkommen idiotisches Mädchen gewesen war. Blind, dumm und leichtsinnig … Ihr gingen die Beleidigungen für das Mädchen aus, das sie noch vor wenigen Tagen gewesen war.

»Du siehst umwerfend aus«, erklärte Theo. »Habe ich nicht Recht, Sohn?«

»Atemberaubend«, antwortete Yoren.

Ohne aufgefordert werden zu müssen, setzte sich Alyssa neben Yoren. Sie registrierte, dass er über diese Zurschaustellung von Gehorsam erfreut war. Das war gut, denn dadurch würde er weiter arglos bleiben. Und wichtiger war, dass ihr unterwürfiges Verhalten hoffentlich dazu führte, dass sie nicht weggeschickt würde, wenn sie anfingen, ihre Pläne zu schmieden. Denn trotz ihrer Rückschläge wusste Alyssa, dass die beiden Kulls immer noch scharf auf den Besitz der Gemcroft waren. Und je mehr sie über das in Erfahrung brachte, was sie vorhatten, desto höher war die Chance, dass sie den Schaden begrenzen konnte.

»Wir haben gerade darüber geredet, wie wir dich auf deine rechtmäßige Position innerhalb der Gemcroft-Familie zurückbringen können«, erklärte Theo und trank einen Schluck Wein aus einem funkelnden goldenen Kelch. »Offenbar waren wir ziemlich dumm, als wir darauf vertrauten, dass diese Karak-Weiber irgendetwas bewerkstelligen könnten.«

»Es war nicht ihr Fehler«, sagte Alyssa. Sie hoffte, dass die Männer wütend wurden und so unfreiwillig Informationen preisgaben. »Mein Vater war auf uns vorbereitet.«

»Offenbar ist er immer gut vorbereitet.« Theos Worte klangen bitter. »Ich weiß noch, dass ich meine Männer losgeschickt habe, um mir zu holen, was mir rechtmäßig zustand. Aber obwohl er so viele Meilen von Stromtal entfernt ist, war er vorbereitet. Und es ging nicht nur um das Gold, Alyssa; es waren Anwesen, Titel und Informationen. Alles östlich des Queln sollte mir gehören! Diese Ländereien verdienen einen richtigen Herrn! Lord Gandrem hat keinerlei rechtmäßigen Anspruch darauf. Er kann gern die Steppen haben. Dann ist er wenigstens bei seinen Grasfressern!«

Ihre Absicht, die Männer zu verärgern, war überaus gut aufgegangen. Sie wusste zwar von Theos Fehde mit Lord Gandrem, dem derzeitigen Herrscher über den größten Teil der Ländereien nördlich von Veldaren, aber sie hatte noch nicht gehört, dass die Kulls einen Angriff auf die Lagerhäuser ihres Vaters in Stromtal durchgeführt hatten. Hätte sie das gewusst, hätte sie Yorens Werbung zweifellos in einem anderen Licht gesehen.

»Herr, ein Besucher verlangt eine Audienz.« Ein Wachsoldat steckte seinen Kopf durch die Zeltklappe hinein.

»Sein Name?«, erkundigte sich Theo.

»Es ist eine Frau«, erwiderte der Wachsoldat ein wenig verlegen. »Und sie sagt, sie hätte keinen Namen.«

Theo lachte humorlos auf. »Führ sie rein.«

Hoffnung keimte in Alyssa auf, als eine der Gesichtslosen das Zelt betrat. Sie hatte ihre schwarzen und violetten Stoffbahnen umgelegt und trug die Maske aus weißem Tuch vor dem Gesicht. Aber Alyssa erkannte sie an ihrer Statur. Es war Eliora.

»Ich bin gekommen, um zu hören«, sagte die Frau.

»Um zu hören?«, fragte Theo. »Was zu hören?«

»Sie meint, sie will Befehle«, übersetzte Yoren. Die drei beobachteten, wie die Schatten von ihrem Körper abzufallen und sich wie Rauch aufzulösen schienen.

»Wir hätten neue Befehle für dich, wenn wir nicht ständig von irgendwelchen lästigen Frauen unterbrochen würden«, erklärte Theo. »Erst Alyssa und jetzt du. Na gut, da wir jetzt alle hier sind, können wir auch zum Geschäft kommen. Maynard muss verschwinden. Aber bevor er ausgelöscht wird, müssen wir eine Möglichkeit finden, Alyssa wieder als rechtmäßige Erbin des Gemcroft-Besitzes einzusetzen.«

»Ein Testament, das mit Blut besudelt ist, wird selten befolgt«, wandte Eliora ein.

»Das weiß ich selbst«, erwiderte Theo. »Ich bin ein Kull, kein Idiot.«

Für Alyssa war das letztlich ein und dasselbe, und sie verbarg ihr Lachen unter einem Hüsteln.

»Es gibt eine andere Möglichkeit«, meinte Yoren. »Die restlichen Mitglieder der Trifect können das Risiko nicht eingehen, dass eines ihrer Mitglieder zu lange schwach wirkt. Wenn wir Maynard töten und sein Anwesen erstürmen, werden die anderen dafür sorgen, dass die ganze Angelegenheit schnell und lautlos geregelt wird. Wen wird es dann noch interessieren, ob er sie aus seinem Testament gestrichen hat? Sie ist immerhin seine Tochter, die Letzte von seinem eigenen Fleisch und Blut. Es gibt tausend Möglichkeiten, wie wir seinen letzten Wunsch anfechten können.«

»Ein guter Plan, obwohl er in seiner Schlichtheit fast beleidigend ist«, meinte Theo. »Ich habe nur hundert Schwerter hier zur Verfügung. Wann sollten wir den Besitz erfolgreich erstürmen können? Wir sind allein seinen Leibwächtern eins zu fünf unterlegen. Ich will mir nicht einmal vorstellen, wie viele Söldner er auf seiner Liste hat.«

»Wenn der Kopf abgehackt ist, kann der Körper nur eine begrenzte Zeit um sich schlagen«, erklärte Eliora.

»Sieh an, wir haben ja eine richtige Philosophin unter uns«, meinte Yoren spöttisch.

»Ist das ein Angebot?«, wollte Theo wissen.

Eliora zuckte mit den Schultern. »Wir haben einmal versprochen, es zu tun, wir können es noch einmal machen.«

»Du hast auch schon einmal versagt«, entgegnete Theo. »Kannst du das auch noch einmal tun?«

Die Schatten um ihren Körper schienen sich zu verstärken. Alyssa hatte das starke Bedürfnis, von den beiden Männern abzurücken. Die Gesichtslosen waren sehr gefährlich, und ihren beruflichen Stolz zu beleidigen und ihre Fähigkeiten infrage zu stellen war mehr als nur unbedacht.

»Wir werden nicht versagen«, erwiderte Eliora. »Teile mir mit, wann du zuschlagen willst, dann richte ich es meinen Schwestern aus.«

Theo kratzte sich am Kinn. »Es gibt nur einen einzigen Zeitpunkt, an dem wir diesen alten Ziegenbock meiner Meinung nach überrumpeln können.«

»Wann?« Alyssa konnte sich die Frage nicht verkneifen.

Theos Grinsen hätte einem Bären besser angestanden als einem Menschen. »An Kensgold«, sagte er.

15. Kapitel

Der König wartete bereits auf ihn, als Gerand den Saal betrat.

»Wie sehen die Pläne für heute aus, Crold?«, fragte Edwin Vaelor, während er zum fünften Mal versuchte, die komplizierte Schärpe richtig anzulegen. Gerand runzelte bei seinen ungeschickten Versuchen die Stirn, und als endgültig klar war, dass der König auch beim sechsten Versuch keinen Erfolg haben würde, trat der Ratgeber hinzu und band die Schärpe richtig.

»Ein paar Streitigkeiten unter Bauern und einigen niederen Adeligen aus den nördlichen Steppen«, antwortete Gerand. »Die Schwierigkeiten in Engelhavn jedoch dürften ein bisschen komplizierter sein.«

»Engelhavn? Was bekümmert Lord Murband denn jetzt noch? Er hat in ganz Ramere keine Rivalen mehr, kein einziger verfluchter Graf oder niederer Adeliger macht ihm sein Territorium streitig.«

»Aber er hat die Elfen«, antwortete Gerand. »Und Ihr wisst ja, wie gern er ihre Drohungen übertreibt.«

Der König seufzte, während er sich eine prachtvolle goldene, mit Rubinen besetzte Halskette über den Kopf streifte. Ramere war eine ferne Provinz im Südosten von Dezrel. Sie lag zwischen dem Erzeholz, dem Quelnwald und dem Gebirgsmassiv des Klippspitz. Lord Ingram Murband gehörte die gesamte Region, angefangen von der Thulonsee bis hin zur Königsschneise, und doch beschwerte er sich mehr als alle anderen Lords. Und es ging immer um diese verfluchten Elfen.

»Versichern sie uns nicht ständig, sie wären unsere Verbündeten? Zugegeben, ich habe wenig Vertrauen in ihre Beteuerungen. Niemand lügt so wie ein Elf, richtig?«

»Nur zu wahr, Hoheit«, erwiderte Gerand trocken. »Jetzt jedoch behauptet Ingram, dass die Elfen von Queln angefangen hätten, seine Holzfäller mit Pfeilen zu beschießen.«

»Wagt er sich schon wieder zu weit in den Wald hinein?« Der König kicherte. Gerand dagegen war nicht amüsiert.

»Er bittet um Erlaubnis, ihnen den Krieg erklären zu dürfen.«

König Vaelor lachte schallend. »Und da sagst du mir, Engelhavn wäre heute die anstrengende Aufgabe? Führe den alten Bock herein. Ich werde ihn auslachen und ihm sagen, dass er von mir aus gerne den ganzen Quelnwald abholzen kann, aber dafür soll er gefälligst seine eigenen Soldaten als Zielscheiben benutzen, und nicht meine.«

»Eine Provokation im Süden könnte dazu führen, dass die Elfen von Dezren mit den gleichen Mitteln zurückschlagen«, warnte ihn Gerand. »Nördlich des Erzeholz liegen sehr viele unserer Bauerndörfer. Es könnten Tausende von Morgen Getreide brennen.«

Edwin zog seine dicke rote Robe an, die mit weißen Taubenfedern gesäumt war. »Dazu wird es nicht kommen«, sagte er. »Wenn Ingram Truppen in den Wald schickt, dürften die Soldaten innerhalb von wenigen Stunden tot sein. Und dann ist sein eigenes kostbares Ackerland ungeschützt. Er wird keinen Konflikt riskieren, wenn er weiß, dass ich seinen idiotischen Hals nicht aus der Schlinge ziehen werde.«

»Eure Weisheit steht außer Frage«, sagte Gerand. Er schnalzte mit der Zunge und ärgerte sich im selben Moment über sich selbst, weil er damit verraten hatte, wie nervös er war. Bis jetzt war das Gespräch genau so gelaufen, wie er es erwartet hatte. Jetzt jedoch kam das, was wirklich wichtig war. Murband und seine Elfen konnten seinetwegen in die Knochengrube fahren.

»Eine letzte Angelegenheit gibt es noch«, fuhr Gerand fort.

»Ich habe Nachricht erhalten, dass Thren Felhorn vorhat, die Trifect an Kensgold zu ermorden.«

»Was ist dieses verdammte Kensgold?«

Gerand unterdrückte einen Fluch. Das letzte Kensgold hatte die Trifect vor zwei Jahren abgehalten. Damals war der König erst vierzehn Jahre alt gewesen.

»Ein Kensgold ist das Treffen der drei Häuser der Trifect«, erklärte der Ratgeber. »Sie versammeln sich auf einem ihrer Besitztümer. Dann prahlen sie mit ihrem Reichtum, vergleichen Handelsverträge, diskutieren den Untergang irgendwelcher Mitbewerber und geben vor allem einen gewaltigen Haufen Gold aus. Es ist eine reine Zurschaustellung von Wohlstand, Macht und Solidarität.«

»Und welches Mitglied der Trifect wollen sie töten?« Edwin betrachtete sich im Spiegel und drehte sich hin und her, um zu überprüfen, ob auch ja alles richtig saß.

»Alle, Euer Majestät«, erwiderte der Ratgeber. »Die Führer aller drei Familien sollen innerhalb weniger Minuten sterben. Angeblich will er die Mitglieder aller Gilden zu einer Armee zusammenziehen und angreifen, wenn die Feier gerade auf ihrem Höhepunkt ist.«

Der König stieß einen anerkennenden Pfiff aus. »Dieser Halunke hat zumindest Eier, auch wenn ihm sein Gehirn möglicherweise abhandengekommen ist. Wir können ihn unmöglich damit durchkommen lassen. Benachrichtige einen von ihnen, vielleicht Leon Connington. Informiere ihn über den Plan. Sie sollen irgendeine teuflische Lösung finden, um ihn zu ihrem Vorteil zu nutzen.«

»Ich weiß nicht, ob das die beste Vorgehensweise wäre«, sagte Gerand. Er musste das Thema sehr vorsichtig ansprechen, weil er wusste, wie paranoid der König war. Er hatte vor, diese Paranoia zu seinem Vorteil zu nutzen.

»Und warum nicht?«, erkundigte sich Edwin und nahm sein

goldenes Schwert von einem Stuhl. Gerand drehte sich um und hüstelte, damit der König nicht sah, wie er die Augen verdrehte. Es war eine seiner ersten Handlungen als Herrscher gewesen, dieses Schwert in Auftrag zu geben, damals, als er mit zwölf Jahren den Thron bestiegen hatte. Das Langschwert war nicht mit Gold gefärbt oder mit Gold am Griff verziert. Das ganze verdammte Ding bestand aus solidem Gold. Es war schwer, unhandlich und vollkommen unpraktisch. Aber es glänzte wundervoll im Sonnenlicht, und das war alles, was Edwin interessierte.

»Söldner aus ganz Dezrel werden in die Stadt strömen, um etwas von dem Gold der Trifect abzubekommen, das die Familien während des Kensgold ausgeben. Hunderte und Aberhunderte von ihnen werden erwartet, selbst aus so entlegenen Gegenden wie Ker und Mordan. Bei ihrem letzten Kensgold haben sie über zehntausend Mann von ihren Lohnlisten hier versammelt, ihre Leibwachen nicht mitgezählt.«

König Vaelor sah Gerand an, als hätte er den Verstand verloren. »Das bedeutet, Tausende von Männern, die auf eine einzige Fahne eingeschworen sind, tummeln sich innerhalb meiner Mauern!«

»Und nur einen Katzensprung von Euren Palasttoren entfernt, ja.« Gerand konnte sich die Bemerkung nicht verkneifen.

»Scheiße! Wie lange dauert dieses verfluchte Kensgold?«

»Es findet nur in einer einzigen Nacht statt«, antwortete Gerand. Er sah bereits die Angst in Edwins Augen. Eine Nacht genügte vollkommen, um einen König zu ermorden. Eine Nacht reichte, um die angestammte Hierarchie durch die Herrschaft von Gold und Handel zu ersetzen.

»Wir müssen sie aufhalten«, sagte Edwin. Er umklammerte sein goldenes Schwert, als wollte er es zücken und irgendeinen unsichtbaren Feind niederstrecken.

»Das ist unmöglich.« Gerand tat, als wäre er machtlos.

»Natürlich ist es möglich. Wir verbannen die Söldner aus unserer Stadt. Wir werden sie los. Sie kommen nicht in die Stadt, wenn wir das nicht zulassen.«

Gerand hätte sich fast verschluckt. Er hatte gehofft, dass Edwin befahl, die Macht der Trifect drastisch zu beschneiden. Eine starke Erhöhung der Steuer zum Beispiel sowie ein scharfes Vorgehen gegen eine ihrer illegalen Aktivitäten hätten mehr als genügt, um die selbstgefällige Zurschaustellung der Macht der Trifect zu dämpfen. Wenn er jedoch alle Söldner aus der Stadt verbannte, war das so weit von dem entfernt, was Gerand wollte, wie der Schlund von der Goldenen Ewigkeit entfernt war.

»Das könnt Ihr nicht, Euer Majestät«, sagte Gerand. Als sich die Miene des Königs verfinsterte, verbesserte sich der Ratgeber rasch. »Ich meine, das solltet Ihr nicht, es sei denn, Ihr wollt, dass die Diebesgilden die Trifect vollkommen vernichten. Ohne ihre Söldner sind sie hilflos. Ihre Leibwachen genügen zwar, um ihren Besitz zu schützen, aber alles andere, angefangen von ihren Lagerhäusern bis zu ihren Handelskarawanen, wird von gedungenen Schwertern beschützt.«

»Warum sollte ich auch nur einen Pfifferling um ihr Gold geben?«, schrie Edwin. Er drehte sich um und schlug sein Schwert in den Spiegel. Er war sichtlich erfreut, als das Glas splitterte. »Ich könnte ihnen selbst den letzten Rest von Wohlstand durch Steuern wegnehmen, wenn ich wollte. Wenn sie so viel Angst vor dem Ungeziefer unserer Stadt haben, dann sollen sie doch zu einem ihrer hundert Schlupflöcher fliehen, die sie in ganz Dezrel haben.«

Jetzt hatte Gerand nur noch eine Karte übrig, eine Trumpfkarte, die ihn teuer zu stehen kommen konnte. »Wenn Ihr das tut, mein König, dann unterzeichnet Ihr Euer eigenes Todesurteil«, sagte Gerand.

Der König verstummte. Er steckte sein Schwert in die Scheide und starrte seinen Ratgeber über seine verschränkten Arme hinweg an.

»Wieso?« Seine Stimme war kaum lauter als ein Flüstern.

»Weil Thren Felhorn glaubt, dass Ihr versucht, seinen Sohn zu ermorden. Er wird das weder vergeben noch vergessen. Und sobald er mit der Trifect fertig ist, wird er sich auf Euch stürzen.«

»Er wird es nicht wagen, einen König anzugreifen«, widersprach Edwin.

»Er wird«, meinte Gerand. »Er hat es schon einmal getan.«

Der König riss die Augen auf, als er begriff.

»Mein Vater …«

»Es gibt einen Grund, warum Ihr in so jungen Jahren König geworden seid, Euer Majestät. Thren brauchte Instabilität im Palast, um seinen Krieg gegen die Trifect vom Zaun zu brechen. Ihr wart bereits alt genug, um die Herrschaft anzutreten, aber noch jung genug, um etliche Jahre lang nicht die ganze Macht auszuüben. Eure Mutter ist an Gift gestorben, und Eurem Vater hat man die Kehle durchgeschnitten.«

Edwins Hände zitterten. »Warum hast du mir das bisher nicht gesagt?«, fragte er.

»Weil ich nicht wollte, dass Ihr etwas tut, das Euch das Leben kosten könnte, Euer Majestät.«

Der König deutete mit zitterndem Finger auf Gerand. Die Fingerspitze bebte unmittelbar vor seiner Nase. »Du verfluchter, intriganter Narr!« Er schrie fast. »Du hast mir gesagt, dass Robert den Jungen einfach nur unterrichten und uns informieren würde, wenn er etwas belauschen konnte. Wie, beim verfluchten Schlund, konnte sich das zu einem Mordversuch an diesem Jungen entwickeln?«

Gerand blieb stumm. Ein falsches Wort konnte ihn jetzt das Leben kosten. Zweifellos hatten die Wachsoldaten auf der anderen Seite der Schlafzimmertüren bereits ihre Eisen gezogen.

»Antworte mir!«, befahl Edwin.

»Ja, Euer Majestät«, sagte Gerand. Er wusste, dass sein Schicksal besiegelt war. »Ich habe befohlen, seinen Sohn Aaron gefangen zu nehmen. Das ist misslungen. Ich dachte, mit ihm als Geisel könnten wir den Streitigkeiten zwischen der Trifect und den Gilden ein Ende bereiten.«

Der König schlug ihm mit dem Handrücken ins Gesicht. Gerand fiel auf ein Knie. Sein Kopf pochte vor Schmerz, und die vielen Ringe an den Fingern des Königs hatten tiefe Gruben auf seiner Haut hinterlassen. Die Narbe in seinem Gesicht schmerzte, und als er sie berührte, spürte er warmes Blut auf seinen Fingern.

»Diese Angelegenheit muss sofort geregelt werden, unverzüglich!«, befahl König Vaelor. »Ich kann die Trifect ertragen mit ihrem Wohlstand und ihrer Arroganz. Die Mauern des Palastes und die Wachen beschützen mich vor ihren Söldnern. Aber ich werde nicht zulassen, dass mich irgendein Ungeziefer aus der Gosse wegen deines Fehlers ermordet, und schon gar nicht dieser herzlose Mistkerl Felhorn. Wir kennen ihre Pläne für Kensgold. Nutze sie gegen sie.«

»Ja, Euer Majestät«, sagte Gerand.

»Oh, und falls du versagen solltest …«

Gerand blieb stehen und drehte sich um, seine Hand immer noch auf dem Türgriff. »Sollte ich versagen, werde ich freiwillig zu Thren gehen, mich vor ihm niederknien und ihm meine Schuld an der Entführung und dem Mordversuch an seinem Sohn eingestehen.«

Der König strahlte vor Freude über das ganze Gesicht. »Siehst du, deshalb bist du so ein großartiger Ratgeber«, sagte er. Ganz offensichtlich meinte er es ernst.

Idiot, dachte Gerand, als er das Schlafgemach des Königs verließ.

Aaron entwickelte langsam Routine darin, seine Neugier zu unterdrücken. Jedes Mal wenn er mit seinem Vater irgendwo hinging, wurde ihm verschwiegen, wohin oder warum sie dorthin gingen. Jedenfalls so lange, bis sie fast angekommen waren. Aber diese Aufgabe, die er jetzt mit seinem Vater erledigte, unterschied sich von Anfang an von den anderen, was seine Neugier nur anstachelte. Sie gingen am helllichten Tag statt im Schutz der Nacht.

»Wenn wir jetzt erkannt werden?«, fragte Aaron, als sie sich den belebteren Vierteln der Stadt näherten. Immer mehr Kaufleute und Geschäfte säumten die Straßen.

»Wir sind nur zwei unter vielen«, erwiderte Thren. »Gib niemandem einen Grund, etwas anderes zu argwöhnen.«

Thren trug den einfachen grauen Umhang der Spinnengilde. Wegen Aarons Alter wäre es sonderbar, wenn er einen höheren Rang hätte als ein einfacher Taschendieb, also trug er keinen Umhang, sondern hatte eine dünne Bahn aus grauem Tuch um seinen linken Arm gewickelt. Thren hatte Aaron die Haare kurz geschnitten, nur für den Fall, dass irgendein Stadtwächter sich daran erinnerte, wie er aussah. Das Kopfgeld auf seinen Sohn war nur eine einzige Nacht ausgesetzt gewesen, und laut den Informanten des Palastes war es gar nicht offiziell ausgesetzt worden. Trotzdem war Thren nicht gerade für seinen Leichtsinn bekannt. Er hatte die Kapuze tief in die Stirn gezogen und sich mit Holzkohle das Gesicht geschwärzt.

Er hatte Aaron eingehämmert, wie wichtig es war, weder verängstigt noch überhastet zu reagieren. Sie gingen einfach ihres Weges, weder besonders eilig, noch trödelten sie herum. Sie hatten etwas zu erledigen, und es gab nur sehr wenige Leute, die dumm genug gewesen wären, sich einzumischen.

»Ich habe unsere Opfer nie persönlich gesehen«, erklärte Thren. Er sprach so beiläufig, als würden sie sich über das Wetter unterhalten. »Halte Ausschau nach einem großen Mann mit rotem Haar und einem roten Bart und weißer Roben. Er hat höchstwahrscheinlich eine Schar von Zuhörern um sich versammelt.«

Aaron tat wie geheißen, war jedoch nicht überzeugt, dass er sich besonders nützlich machen würde. Schließlich war er ein ganzes Stück kleiner als sein Vater und die anderen Passanten, und Karren versperrten ihm die Sicht. Aber er musste es versuchen. Selbst wenn es hoffnungslos war, musste er seine ganze Konzentration auf die Aufgabe verwenden.

Dann sah er, wie Kayla ihn aus der Entfernung anstarrte. Sie warf ihm einen Handkuss zu. Er blickte schnell zur Seite und hoffte, dass niemand sein Erröten bemerkte. Kayla verfolgte sie, obwohl er nicht wusste, warum. War es nur ein Schutz? Normalerweise nahm sein Vater Senke und Will mit, wenn er sich um seine Sicherheit Sorgen machte. Was war sonst der Grund?

»Da.« Thren nickte unmerklich nach Osten. Aaron folgte seinem Blick. In der Nähe einer Lücke zwischen den Händlerbuden hatte sich eine kleine Menschenmenge gesammelt. Einige am Rand lachten höhnisch, aber die meisten lauschten verzückt. Und die am weitesten in der Mitte standen, klatschten und jubelten. Es war zu willkürlich, als dass es hätte gespielt sein können.

In der Mitte der Gruppe stand ihr Ziel; ein Mann von mittleren Jahren mit dunkelrotem Haar und einem ebensolchen Bart. Seine Robe war weiß und trotz der Farbe sauber. Er sah durchaus gut aus. Er redete eindringlich, aber er lächelte dabei.

»Wie ist sein Name?«, fragte Aaron, als er merkte, dass sein Vater stehen geblieben war und zuhörte.

»Delius Eschaton«, erwiderte Thren. »Und jetzt sei still.«

Aaron lauschte, wie Delius predigte. Erst aus reiner Neugier, dann jedoch immer faszinierter von der rhetorischen Geschicklichkeit des Sprechers.

»Tag und Nacht beklagen wir das Schicksal, das uns auferlegt wurde!«, rief Delius. »Wie viele von euch fürchten sich davor, in der Nacht durch unsere Straßen zu wandeln? Wie viele beißen sich vor Angst auf die Zunge, um sich ja kein Gift im Wein oder einen Tod im Brot einzuhandeln?«

Delius deutete auf ein kleines Mädchen hinter sich. Es schien kaum älter als elf Jahre zu sein und errötete, als es plötzlich im Mittelpunkt der Aufmerksamkeit stand.

»Ich habe Angst um meine Tochter. Ich habe Angst, dass sie möglicherweise nicht das Leben führen kann, das sie verdient. Wie viele von euch haben Töchter und Söhne, die sich in die Lügen der Diebesgilden verstrickt haben? Wie viele tauschen Anstand und Gewissen für ein bisschen Essen und einen Tropfen Blut ein? Trauert ihr um sie, Mütter? Betet ihr für sie, Väter? Und wisst ihr, was diese Gebete bewirken?«

Jemand hatte einen kleinen Kübel vor ihn hingestellt, und während seiner Rede warfen Frauen und Männer kleine Kupfermünzen hinein, als Anerkennung für seine Worte. Plötzlich trat Delius gegen den Kübel, der umfiel und die Münzen unter die Menge verteilte. Nur wenige bückten sich, um sie aufzuheben. Der Rest der Leute stand fasziniert da. Sie alle erwarteten nun wütendes Gebrüll, aber stattdessen sank Delius' Stimme zu einem scharfen Flüstern herab.

»Nichts, denn wir tun nichts. Wir haben Angst.«

Ein Murmeln lief durch die Zuhörer. Delius wartete ab, während es sich ausbreitete, drehte sich um und ließ sich von seiner Tochter etwas zu trinken geben. Dann gab er ihr den Becher zurück, wischte sich die Lippen ab und wandte sich wieder der Menge zu. Erneut hob er die Stimme.

»Angst? Natürlich haben wir Angst! Wer will schon sterben? Ihr haltet mich vielleicht für verrückt, aber ich liebe diese erbärmliche Existenz, die wir Leben nennen. Die Gilden und die Trifect können unsere Straßen nur aus einem einzigen Grund mit Blut tränken, nämlich weil wir das zulassen. Wir schließen die Augen vor heimlichen Geschäften. Wir nennen niemals die Namen von Stadtwachen, von denen wir wissen, dass sie bestechlich sind. Wir füllen unsere eigenen Taschen mit sündigem Gold und blutigem Silber, aber harte Münzen sind ein schlechtes Ruhekissen. Könnt ihr in der Nacht schlafen? Hört ihr Ashhurs Stimme, die flüsternd nach etwas Besserem verlangt, nach mehr? Wir verleugnen die Rechtschaffenheit aus Angst um unsere eigene Sicherheit, und dadurch verderben wir die Zukunft unserer Kinder. Wir verurteilen sie, in einem toten Morgen zu leben, weil wir Angst davor haben, heute dafür zu bluten. Ashhur hat euch gerufen! Er möchte euch gerne vergeben! Werdet ihr es akzeptieren? Werdet ihr ihm helfen, die Dunkelheit aus unserer Stadt zu vertreiben und sie in das Licht des Gesegneten zu tauchen?«

Als die Frauen und Männer plötzlich nach vorne wogten, nach Heilung und nach Gebeten riefen, schüttelte Thren den Kopf.

»Er ist einfach zu gefährlich, um ihn am Leben zu lassen«, sagte er und blickte auf seinen Sohn hinunter. »Diese Stadt braucht eine Warnung, damit sie weiß, was dieser überhebliche Schwätzer sie kosten kann. Der Glaube hat seinen Platz, und dieser Platz ist weit von uns entfernt. Ich habe schon viel zu lange mit seiner Ermordung gewartet, daher muss die Botschaft ziemlich deutlich sein. Betrachte es als deine erste echte Prüfung, Aaron. Kein Spiel. Keine Ausbildung. Jetzt vergießen wir echtes Blut.«

Er legte den Kopf auf die Seite und kratzte sich an der Nase. Kayla sah es und näherte sich ihnen. Statt sie anzusprechen, glitt sie jedoch an ihnen vorbei, ohne ein Wort zu sagen. Sie drängte sich durch die versammelte Menge bis nach vorne.

Thren kniete sich hin, damit Aaron ihn über die lauter werdenden Gebete und Rufe verstehen konnte.

»Kayla wird sich um Delius kümmern«, sagte er. »Töte du dieses Mädchen, und kehre dann nach deiner Flucht in den Schlupfwinkel zurück.«

Thren mischte sich zwischen die vorderen Zuhörer, jedoch auf die Kayla gegenüberliegende Seite. Delius kniete auf dem Boden etwa in der Mitte der Gruppe und hatte einer älteren Frau die Hände auf die Seiten gelegt. Beide weinten. Diese Szene wirkte sonderbar und fremdartig auf Aaron. Er war noch nie bei einer religiösen Zeremonie dabei gewesen, ganz zu schweigen von einer spontanen religiösen Versammlung, die mitten auf der Straße stattfand. Die Inbrunst, mit der die Menschen beteten, schockierte ihn.

Das Mädchen stand hinter seinem Vater. Sein Magen verkrampfte sich. Er strich mit den Fingern über den Dolch, den Thren ihm gegeben hatte, und ging langsam auf die Rückseite der Menschentraube. Hier waren am wenigsten Leute; sie standen in einer Reihe mit dem Rücken zu einer Mauer. Aaron verschränkte die Arme und beobachtete, was passierte. Er sah, wie Kayla langsam zu Delius ging, der mit den anderen betete. Thren blieb, wo er war, in der zweiten Reihe auf der gegenüberliegenden Seite.

Aaron wusste nicht genau, auf welches Zeichen er warten sollte, also beschloss er abzuwarten. Er wusste, dass der beste Zeitpunkt für seinen Mord der Moment des Chaos wäre, nachdem Thren und Kayla zugeschlagen hatten. Das war der professionelle Teil in ihm. Aber der Haern-Teil in ihm konnte das junge Mädchen nur entsetzt betrachten. Delius' Tochter war so hübsch, und ihr rotes Haar leuchtete genauso wie das ihres Vaters. Und wenn sie lächelte, bildeten sich große Grübchen auf ihren Wangen.

Aaron erinnerte sich daran, wie Kayla mit den Ohrringen in

ihrer Hand in sein Zimmer zurückgekommen war. Sie hatte ihn zurückgewiesen, und warum? Weil sein Vater wollte, dass er sich nicht mit Frauen einließ. Als er jetzt das Mädchen anstarrte, dämmerte ihm, was der Grund dafür war.

»Vater!« Das war Kaylas Stimme. »Vater, bitte bete mit mir!«

Sie stand jetzt direkt neben Delius. Der Mann lächelte und nahm ihre Hände. Er kniete sich neben sie, und Kayla senkte den Kopf, als würde sie in einem Gebet versinken. Sie schienen sich aneinanderzulehnen, was sehr intim und vertraulich wirkte, obwohl so viele Menschen um sie herum standen. Dann erzitterte Delius plötzlich, und sein Kopf ruckte zurück. Kayla rannte bereits davon, stürmte durch die Menschenmenge, bevor überhaupt jemand begriffen hatte, was da passiert war. Dann sank Delius auf die Seite; der Griff eines Dolches ragte aus seiner Brust.

Die entsetzten Schreie von zwei Frauen, die direkt danebenstanden, alarmierten die anderen. Im nächsten Moment tobte die Menge. Männer sahen sich hastig um, schrien nach dem Schuldigen, fragten die anderen, ob jemand etwas gesehen hatte. Es herrschte das reine Chaos, und selbst wenn ein paar Leute gesehen haben sollten, was Kayla getan hatte, konnten sie sich in dem Lärm nicht verständlich machen.

Thren nutzte genau diesen Moment, um nach vorn zu springen; er stellte sich auf den kleinen Hocker, auf dem Delius gesessen hatte, wenn er predigte. Thren war ohnehin ein großer Mann, und mithilfe des Hockers überragte der Gildemeister alle anderen Anwesenden deutlich. Dann steckte er seine Finger in den Mund und stieß einen scharfen Pfiff aus. Die Leute schrien entsetzt oder rangen nach Luft, als sie begriffen, wer er war.

Aaron jedoch hatte keinen Blick für ihn übrig. Er starrte immer noch das Mädchen an und sah den entsetzten Ausdruck auf seinem Gesicht. Tränen liefen ihm über die Wangen. Als seine Unterlippe anfing zu zittern, hatte Aaron das Gefühl, der kalte Stein in seinem Bauch würde sich in eine Klinge verwandeln. Obwohl er nichts getan, sondern nur zugesehen hatte, empfand Aaron Schuldgefühle, die sich wie eine Last auf seine Schultern legten, sich um seinen Hals zu schlingen schienen.

»Dieses Schicksal!«, schrie Thren und deutete auf die Leiche des Predigers, »erwartet jeden, der es wagt, sich gegen die rechtmäßigen Herren dieser Stadt aufzulehnen. Haltet eure Rechtschaffenheit aus unseren Schatten heraus. Sie hat dort keinen Platz.«

Dann drehte er sich um und sprang hoch, packte mit den Händen den Rand einer Mauer und zog sich hinüber. Danach verschwand er im Geschäftsviertel von Veldaren.

Die Menge explodierte. Wütende Schreie vermischten sich mit verzweifelten Klagen. Einige Männer machten sich an die Verfolgung. Aaron stand vollkommen geschockt da und umklammerte den Dolch so fest, dass ihm die Knöchel wehtaten. Dann wandte sich das Mädchen um und rannte weg. Er hätte es fast nicht bemerkt. Als er es doch sah, schrie er ihm nach.

»Warte!«

Er konnte nicht glauben, dass er so dumm war, einfach zu schreien. Er versuchte, seine Gefühle unter Kontrolle zu bringen, und machte sich an ihre Verfolgung. Er wusste nicht, wohin sie wollte oder was sie damit bezweckte. Vielleicht ahnte sie, dass sie in Gefahr war. Oder aber sie wollte einfach nur von der großen Menge von Fremden weg und wieder zu dem zurück, was von ihrer Familie noch übrig war.

Sie lief in eine schmale Gasse zwischen zwei Bäckereien. Es roch nach Hefe und Mehl. Dann verschwand das Mädchen hinter einem großen Müllcontainer und tauchte nicht mehr auf. In dem Moment begriff Aaron, dass sie keineswegs wusste, dass sie verfolgt wurde. Sie wollte einfach nur allein sein.

Aarons Dolch steckte immer noch in der Scheide, als er um den Container trat und Delius' Tochter sah.

Sie saß mit dem Rücken an der Mauer, hatte den Kopf zwischen die Knie gesteckt und die Arme um die Beine geschlungen. Ihre Tränen benetzten ihr Gesicht und ihr Kleid. Sie hatte die Augen geschlossen. Aaron konnte nicht glauben, was er da sah und hörte. Sie betete.

»Bitte, Ashhur«, hörte er sie flüstern. »Bitte, bitte, oh Gott, bitte ...«

Er zog den Dolch, ohne auch nur das leiseste Geräusch zu machen. Die Waffe zitterte in seiner Hand. Natürlich war sie nicht der erste Mensch, den er tötete. Seine Opfer zogen vor seinem inneren Auge vorbei, angefangen von Meuchelmördern über Stadtwachen bis hin zu seinem eigenen Bruder. Sie alle waren bewaffnet gewesen. Sie alle hatten ein brutales Leben geführt. Wenn man sich den Umhang eines Diebes überwarf oder den Helm eines Soldaten aufsetzte, akzeptierte man damit die Möglichkeit eines gewaltsamen Todes. Aber was hatte dieses Mädchen getan? Warum sollte es sterben? Wegen nichts.

Nein, nicht wegen nichts. Das Mädchen sollte sterben, weil sein Vater es verlangte. Aaron wurde allmählich zu nichts weiter als dem verlängerten Arm seines Vaters. Er betrachtete das Mädchen, das fast so alt war wie er, so verletzlich, so allein. Die Götter mochten verdammt sein, aber wie sollte er dieses Mädchen töten, während es betete? Es betete! Es hatte die Augen immer noch nicht geöffnet. Er hatte eine Chance. Er konnte eine Entscheidung treffen. Kaylas Worte schossen ihm durch den Kopf.

... Deshalb musst du Haern tief in dir verstecken und beschützen. Halte ihn am Leben. Wirst du das für mich tun?

Wenn er das Mädchen tötete, würde er auch dem Teil in sich den Garaus machen, der immer noch frei war. Der Teil, der Kayla lieben konnte. Der Teil von ihm, der nicht vollkommen von seinem Vater beherrscht wurde. Wenn er dieses Mädchen tötete, bedeutete das, dass er auch Haern umbrachte.

Aaron schob den Dolch wieder in die Scheide und trat zurück, weg von dem Mädchen. Dann lehnte er sich an die Mauer gegenüber dem Müllcontainer. Er seufzte leise, was jedoch von dem Schluchzen des Kindes übertönt wurde. Er hob den Blick zum Himmel und sah … Kayla, die ihn vom Dach aus beobachtete.

Sein Herz schlug heftig in seiner Brust, und seine Beine schienen sich unter ihm in Wasser zu verwandeln. Wie lange hatte sie ihn schon beobachtet? Hatte sie vielleicht sogar von seiner Aufgabe in dieser blutigen Angelegenheit gewusst?

Als wollte sie ihm eine Antwort geben, sah sie auf das Mädchen, dann wieder auf ihn und lächelte. Einen Herzschlag später war sie verschwunden, sprang über die Dächer davon.

»Bitte, Ashhur, bitte gib ihn mir zurück«, hörte Aaron das Mädchen schluchzen. »Ashhur, bitte, ich kann nicht, ich schaffe es nicht …«

Er lief weg, unfähig, ihr Flehen länger zu ertragen.

16. Kapitel

Veliana fragte sich, was James wohl denken würde, wenn er sie so sah. Zusa hatte ihr mit einem Tuch die Augen verbunden, auf dem sie einen schwachen Schweißgeruch wahrnahm. Die Hände ließ sie an den Seiten herunterhängen, dankbar, dass man sie nicht gefesselt hatte. Zusa schien nicht zu fürchten, dass sie davonlaufen würde, hatte es ihr aber nachdrücklich untersagt. Veliana hatte ihr Leben den Gesichtslosen geweiht. Wenn sie versuchte wegzulaufen, war ihr Leben verwirkt, denn es gehörte ihr nicht mehr. Jetzt gehörte es Karak.

Was ihr auch durchaus passend vorkam. Also dankte sie Karak, dass die Straßen so leer waren. Jedenfalls fühlten sie sich leer an. Zusa führte sie unglaublich schnell durch die Stadt. Veliana wusste nicht, ob die anderen gesichtslosen Frauen in ihrer Nähe waren.

Aber sie kannte sich hervorragend in der Stadt aus. Nach jeder Biegung wusste sie genau, wo sie sich befanden. Ein paar Mal musste sie allerdings raten und die Geschwindigkeit, mit der sie sich durch die Stadt bewegten, war auch nicht gerade hilfreich. Aber ganz gleich wie viele Haken sie schlugen und wie viele Schleifen sie gingen, Veliana war davon überzeugt, dass sie sich in Richtung des nordöstlichen Bezirks bewegten.

Dann blieben sie stehen. Ein Tor klapperte. Zusa nahm Veliana die Binde von den Augen, damit sie etwas sehen konnte. Vor ihr erhob sich der Tempel von Karak. Das Bauwerk wirkte beeindruckend mit seinem schwarzen Marmor und den vielen Säulen. Und sie hätte schwören können, dass der Löwenschädel, der über der Tür hing, sich umdrehte und die Zähne fletschte. Natürlich spielten ihr da ihre Augen einen Streich.

»Willkommen zu Hause«, sagte Zusa.

Die Türen öffneten sich. Ein junger Mann mit einem pockennarbigen Gesicht winkte sie herein. Er führte sie ins Hauptfoyer, wo der Priester sie an den Bankreihen stehen ließ, die vor der gewaltigen Statue von Karak aufgebaut waren. Veliana sah sich so unauffällig um, wie sie konnte, und bemühte sich, unbeeindruckt zu wirken. In Wahrheit jedoch beunruhigten die Betenden sie. Ihre Anrufungen waren zu laut und schienen nicht enden zu wollen. Die Luft knisterte förmlich vor Energie, und es fühlte sich an wie Magie.

»Mit wem wollen wir hier noch mal sprechen?«, erkundigte sich Veliana.

»Bei Angelegenheiten von solcher Bedeutung müssen wir mit dem Hohepriester sprechen. Er heißt Pelarak. Dieser Name ist eine große Ehre, denn er wurde ihm von Karak selbst verliehen, als er in diese Position berufen wurde.« Zusa machte eine ausholende Handbewegung. »Jeder Mann hier würde sich bereitwillig in ein Schwert stürzen, um Pelaraks Leben zu schützen. Kämpfe nicht gegen ihn, und widersprich ihm nicht, nicht einmal, wenn er mich tötet.«

»Dich tötet?«

»Still!«, befahl Zusa. »Er kommt.«

Ein älterer Mann näherte sich ihnen aus dem vorderen Teil des Tempels. Er hatte dort mit einem jungen, übergewichtigen Akolyten gebetet. Er wischte sich ein paar Tränen aus den Augen und lächelte Zusa an. Aufgrund der Ketten, die er trug, und wegen der Art und Weise, wie die anderen Priester den Kopf in seine Richtung drehten und ehrfürchtig nickten, wenn er an ihnen vorbeiging, schloss Veliana, dass es sich um Pelarak handeln musste.

»Willkommen«, begrüßte er sie.

»Danke, dass du uns empfängst, mein erhabener Hohepriester.« Zusa verbeugte sich kurz.

»Schön, deine Stimme zu hören, Zusa«, erwiderte Pelarak.

Veliana fand diese Bemerkung irgendwie unbeabsichtigt bissig.

»Wir müssen unter vier Augen reden«, erklärte Zusa. »Wir haben nicht viel Zeit, und die Angelegenheit drängt.«

»Das kann ich mir vorstellen.« Pelaraks Freundlichkeit löste sich plötzlich auf, als wäre sie nur eine Fata Morgana gewesen. »Wen hast du da mitgebracht?«

»Sie gehört ebenfalls zu dem, was ich mit dir besprechen möchte.«

Pelarak warf Veliana einen Blick zu, bei dem ihr fast das Blut in den Adern gefror. Er sezierte sie förmlich mit seinen Augen. »Nun gut, dann folgt mir.«

Er führte sie in seine bescheidene Zelle und hielt ihnen mit vollendeter Höflichkeit die Tür auf. Sobald sie eingetreten waren, schloss er die Tür und verschränkte die Arme vor der Brust.

»Du hast sehr viel ohne meine Zustimmung getan«, erklärte Pelarak. »Welcher Wahnsinn hat dich in letzter Zeit befallen?«

»Wie meinst du das?« Zusa führte Veliana zu einem Stuhl, aber keiner der drei setzte sich.

»Du hast das Anwesen der Gemcrofts angegriffen? Meine Befehle lauteten, neutral zu bleiben und sich aus dem Schattenkrieg herauszuhalten. Was daran hast du nicht verstanden?«

Zusa zuckte mit den Schultern. »Die Kulls haben mir Land für einen Tempel in Stromtal angeboten. Und sie haben weder eine Verbindung zu den Gilden noch zu der Trifect.«

»Glaubst du, dass Maynard das kümmert?« Pelarak schüttelte den Kopf. »Karak hat vollkommen unmissverständlich verkündet, dass wir uns raushalten sollen. Du hast mit deinem Leichtsinn unseren gesamten Tempel in Gefahr gebracht.«

Veliana hätte alles darum gegeben, hinter dem weißen Tuch Zusas Gesicht sehen zu können.

»Was hast du ihm geantwortet?«, wollte Zusa wissen.

»Angesichts seiner Drohung, uns die hungernden Massen auf den Hals zu hetzen? Ich habe ihm Hilfe angeboten, aber nur wenn wir seine Tochter als Priesterin bei uns aufnehmen können, um dafür zu sorgen, dass er solche Drohungen nicht noch einmal ausstößt.«

»Alyssa Gemcroft steht unter unserem Schutz.« Zusas Stimme war hart wie Stahl.

»Du bist mir Rechenschaft schuldig, Gesichtslose!«, erwiderte Pelarak. Seine Stimme klang genauso hart wie die der Frau. »Es interessiert mich nicht, was du mit ihr gemacht hast. Es interessiert mich nicht, wem du sie versprochen hast. Und es interessiert mich nicht, was du dafür tun musst. Schaff sie her!«

»Wie du wünschst.« Zusa schien den Hohepriester anzustarren, obwohl er ihre Augen nicht sehen konnte.

Schließlich unterbrach Pelarak den Blickkontakt mit ihr und setzte sich hinter seinen Schreibtisch. Veliana setzte sich ihm gegenüber und verschränkte die Arme. Sie hoffte sehr, dass dieses Gespräch nicht noch viel länger dauerte. Je früher sie den Tempel verließ, desto besser. Bei Zusa und ihren gesichtslosen Schwestern fühlte sie sich seltsam wohl. Im Tempel jedoch hatte sie das Gefühl, sie wäre ein Eindringling, der nur darauf wartete, dass man ihn schnappte.

»Ich bin hier, um darum zu bitten, dass Veliana in unseren Orden aufgenommen wird«, sagte Zusa.

Pelarak hob eine Braue. »Frauen werden nicht bei den Gesichtslosen ›aufgenommen‹, Zusa. Es ist eine Strafe und eine Demütigung. Was hat diese Frau getan, um eine solche Behandlung zu verdienen?«

»Sie hat mir und Karak Treue gelobt.«

»Dann soll sie in den Tempel eintreten, wenn sie ihr Leben

Karak geweiht hat. Du bist nicht in der Position, einen Treueschwur akzeptieren zu können.«

Zusa trat einen Schritt vor. »Mein Hohepriester, angesichts ihrer Talente denke ich wirklich, sie wäre am besten …

»Ich entscheide, was das Beste ist.« Pelaraks Stimme zitterte vor kalter Wut. »Du und deine Schwestern, ihr handelt bereits viel zu lange ohne Aufsicht. Wenn ihr euch noch einmal meinen Befehlen widersetzt, löse ich die Gesichtslosen auf und schicke euch ins Exil. Eure Rolle besteht darin zu büßen, nicht zu befehlen, Zusa. Wenn du deinen Glauben an Karak wirklich wertschätzt, dann solltest du das endlich lernen.«

Zusa schwieg lange. Dann setzte sie sich unvermittelt in Bewegung.

»Komm!« Sie packte Velianas Arm und riss sie hoch.

»Wohin gehen wir?«

»Ich sagte: Komm!«

Pelarak ließ sich nicht anmerken, ob es ihn verärgerte, dass sie ging, statt dazubleiben und eine Priesterin zu werden. Er blieb sitzen, als sie seine Zelle verließen, und machte keine Anstalten, sie hinauszuführen. Veliana wusste nicht, ob es absichtlich geschah oder nicht, aber Zusa legte ihr keine Augenbinde an, als sie den Tempel verließen. Als sie nach Süden marschierten, brach Veliana schließlich das Schweigen zwischen ihnen.

»Ist es wirklich so schrecklich, ihm zu gehorchen?«, erkundigte sie sich.

Die Schatten schienen von Zusas Körper aufzusteigen wie Nebel von einem Weiher. Als würde ihr Ärger sie anstacheln.

»Wenn wir tun, was er sagt, werden die Kull außer sich sein vor Wut.« Zusas Stimme zitterte vor Zorn. »Wie kann er es wagen, mir eine Schülerin zu verweigern? Wie kann er es wagen!«

Als sie sich der Mauer näherten, sah Veliana die andere Frau an, und ihr kam eine Idee. »Wem dienst du?«

»Karak!«

»Hilf mir, Zusa. Geht es bei dieser Angelegenheit um Alyssa oder um die Kulls?«

»Die Kulls haben Land für einen Tempel in Stromtal angeboten, eine aufblühende Stadt, die uns seit langer Zeit nicht die Gelegenheit gegeben hat, dort Fuß zu fassen.«

»Das Land, das sie dir angeboten haben, gehört den Gemcrofts, richtig?«

Zusa hielt inne und betrachtete Veliana. Jedenfalls vermutete Letztere das, so wie die Gesichtslose den Kopf neigte. Aber es war schwer zu erkennen wegen dieses verdammten Schleiers über ihrem Gesicht. »Was willst du damit sagen?«

Veliana zuckte mit den Schultern. »Ich habe nur den Eindruck, dass die Kulls unwichtig sind, wenn du das alles nur wegen dieses Landes tust. Denn dafür brauchen wir lediglich eine Zusicherung von Alyssa.«

Zusa verschränkte die Arme. »Worauf genau willst du hinaus?«

»Gib mir zwei Tage.« Veliana zwinkerte mit ihrem gesunden Auge. »Ich muss herausfinden, was mit meiner Gilde passiert ist. Kannst du Alyssa solange vor Pelarak schützen?«

Die gesichtslose Frau dachte lange nach. Die Schatten, die um ihren Körper waberten, schienen sich langsam zu beruhigen. »Also gut«, meinte Zusa dann. »Komm anschließend zu mir zurück. Ich werde dich nicht von deinem Gelübde entbinden.«

Veliana zückte ihre beiden Dolche und lachte. »Ich würde niemals riskieren, dass ihr entzückenden Ladys euch im Schlaf an mich heranschleicht«, erwiderte sie. »Aber ich will mich an Thren rächen, und danach werde ich mich schon … einigermaßen benehmen.«

Zusa sah ihr nach, als sie wieder in die Innenstadt zurückging. Sie verschränkte ihre Arme. Ihr Plan war ohnehin schon ziemlich gewagt. Wenn sie nun die Kull-Familie ausbooteten, würde das ihre Lage noch weiter gefährden. Alles schien von den Ereignissen an Kensgold abzuhängen.

»Verzeih mir, wenn ich mich gegen deine Wünsche stelle, Karak«, flüsterte Zusa, als sie sich umdrehte und in den dunklen Gassen verschwand. »Aber Pelarak ist ein Mensch. Er ist nicht du. Wir werden deinen Willen so gut erfüllen, wie wir es vermögen.«

Die Schenke war leer bis auf einen einzigen besinnungslosen Mann, der mit dem Kopf auf einer Tischplatte schlief, einer Kellnerin, die mit einem Lappen um ihn herum wischte, und einem Liebespaar in einer Ecke, das sich befummelte. Es wäre Gileas lieber gewesen, wenn sie alle gegangen wären, aber er konnte nicht allzu wählerisch sein. Solange Veliana noch am Leben war, war er so gut wie tot. Nach dem, was er ihr angetan hatte, würde sie sich auf jeden Fall an ihm rächen wollen. Er saß dem Liebespaar gegenüber und betrachtete sie lüstern, genoss den Anblick der bloßen Schenkel der Frau. Als sie schließlich zu ihm hinübersah und ihn bemerkte, zeigte sie ihm einen bösen Finger und widmete sich anschließend wieder ihrem Geliebten.

Gileas tat, als würde er nicht bemerken, wie der Mann von der Spinnengilde die Schenke betrat. Er hielt den Kopf gesenkt und starrte auf die Tischplatte, als wäre er ebenfalls betrunken.

»Ein seltsamer Ort für einen Wurm.« Er setzte sich auf den Stuhl ihm gegenüber.

»Unter dem Holz liegt Erde«, knurrte Gileas. »Du bist spät, Senke. Ich fordere auch so schon mein Glück heraus.«

Senke lachte leise und sah sich in dem Schankraum um. Die Kellnerin schien ihn nicht bemerken zu wollen, also entschied er sich dagegen, etwas zu trinken.

»Das ist jetzt schon das zweite Mal, dass du angeblich wertvolle Informationen für uns hast«, meinte Senke. Er klang, als würde ihn diese Vorstellung irgendwie amüsieren. »Ich bin mir nicht sicher, ob du diesmal tatsächlich etwas zu berichten hast, aber offenbar ist mein Meister geneigt, dir zuzuhören.«

Gileas reichte ihm ein gelbes Stück Papier. Senke faltete es auf, las den Text und hob dann eine Braue.

»Dort also hält sie sich auf?«, erkundigte er sich. »Bist du sicher?«

»Würde ich die große und mächtige Spinnengilde belügen?«, fragte Gileas zurück. »Spinnen töten Würmer, jedenfalls würden sie das tun, wenn Letztere kämpften.«

»Sicher, aber Würmer fressen Spinnen, wenn sie gestorben sind.«

Gileas lachte, als hätte er noch nie etwas Komischeres gehört. Senke rutschte unbehaglich auf seinem Stuhl hin und her.

»Ein herzliches Lachen ist unbezahlbar, meine Informationen jedoch nicht«, sagte Gileas. »Wo ist mein Lohn?«

Senke griff in die Tasche seines langen grauen Umhangs und zog einen kleinen Beutel mit Münzen heraus. Er warf ihn auf den Tisch. »Die zweite Hälfte bekommst du, wenn die Information zutrifft«, erklärte er.

Gileas schnaubte verächtlich. »Die zweite Hälfte kannst du behalten oder sie irgendwelchen Waisenkindern spenden. Was ich habe, genügt, damit ich mich in einer, sagen wir, freundlicheren Umgebung verkriechen kann. Sobald ein paar Leute tot sind, komme ich bestimmt zurück und werde dir den Rest meiner kleinen Geheimnisse verkaufen.«

Senke zuckte mit den Schultern. »Es ist dein Geld. Ich würde mir ein Waisenhaus suchen, das entsprechend heruntergekommen ist, damit es deiner charmanten Persönlichkeit entspricht.«

Gileas lachte. »Ich weiß gar nicht, wie ich ohne deine geistreichen Bemerkungen auskommen werde.«

»Und ich weiß nicht, wie ich ohne deine Lügen auskommen werde.«

Senke zupfte in einem spöttischen Gruß an seiner Kapuze und verließ die Schenke. Gileas knabberte an seinen Fingerspitzen und wartete eine Minute, um sicherzugehen, dass Senke nicht sah, wie er die Schenke verließ. Dann hörte er, wie die Tür knarrte. Er blickte hoch. Es war niemand zu sehen.

Er räusperte sich.

Im selben Moment bohrte sich ein Dolch in seinen Rücken. Er kreischte. Das Liebespaar in der Ecke sprang auf, wobei der Mann versuchte, sich die Hose hochzuziehen. Er sah ziemlich dämlich dabei aus. Die Kellnerin schrie irgendetwas von wegen »Keine Klingen!«, aber Gileas hörte es nicht. Er drehte sich zur Seite, um zu verhindern, dass sich die Klinge noch tiefer in seinen Körper bohrte. Eine Hand packte seinen Kopf und hämmerte ihn auf die Tischplatte. Sterne funkelten vor seinen Augen.

Der Dolch wurde herausgerissen. Gileas presste seine Arme vor die Brust und wiegte sich vor und zurück, während der Schmerz durch seinen Körper raste. Warmes Blut rann ihm über den Rücken.

»Hallo, Vel«, keuchte er, als sich Veliana ihm gegenüber hinsetzte. Sie ließ den blutigen Dolch mit der linken Hand durch die Luft wirbeln. Blutstropfen spritzten auf den Tisch. Der Besitzer der Schenke kam näher und wollte etwas sagen, aber ein Blick von Veliana ließ ihn verstummen.

»Das hier ist eine Gildensache«, sagte sie. Mehr musste der Wirt nicht erfahren.

»Ich habe gerade gesehen, wie ein Offizier der Spinnengilde die Schenke verlassen hat«, sagte sie, als der Wirt wieder verschwunden war. »Was hast du ihm verkauft, Wurm?«

»Nichts. Nur Lügen, Versprechungen und leere Luft.«

Sie packte seine Hand und bohrte den Dolch durch seine Handfläche. Immerhin schrie er nicht.

»Versuch es noch einmal«, forderte sie ihn auf.

»Du bist eine verfluchte Närrin«, sagte er. »Ich hätte dich nicht getötet. Das hätte ich nie getan. Du bist so wütend …«

»Sieh mich an!« Sie deutete mit einem Finger auf ihr vernarbtes Auge. »Sieh es dir an!«, schrie sie.

Die Pupille war milchig weiß und am Rand blutunterlaufen. Die brennende rote Narbe, die von ihrer Stirn bis zu ihrer Wange reichte, hatte ihre ganze Schönheit zerstört.

»Glaubst du, es interessiert mich auch nur einen Dreck, ob du mich umbringen wolltest oder nicht?«, fragte sie.

Gileas hustete. Sein Rücken fühlte sich an, als stünde er in Flammen. Und dem rasselnden Husten nach zu urteilen, hatte sie seine Lungen durchbohrt. Die Verletzung war nicht tödlich, noch nicht …

»Ich kann dir Geld geben, genug für einen Heiler. Sie können vielleicht die Narben nicht entfernen, aber sie können das Auge heilen, genug, damit du …«

Veliana riss den Dolch aus seiner Handfläche und rammte ihn wieder nach unten, durchbohrte diesmal sein Handgelenk. Jetzt schrie er.

»Was hast du ihm verkauft?«, fragte sie. »Du hast mich schon an Thren verschachert. Wen hast du noch dem Untergang geweiht? Alle, die von meiner Aschegilde noch übrig waren?«

Gileas lachte trotz des Schmerzes, den ihm das bereitete. »Sie verstecken sich, Vel. Sie verstecken sich. Aber Würmer kriechen überallhin. Thren weiß jetzt, wo sie sind. Er weiß es, und ihr alle werdet sterben. Und dann wird er seinen Plan in die Tat umsetzen, seinen dummen, zum Scheitern verurteilten Plan. Ich kann kaum erwarten, bis Kensgold endlich kommt, sein Plan sich offenbart und ich das Chaos sehe, das er hinterlassen wird.«

Plötzlich begriff Veliana, und ihr wurde kalt. »Du hast Gerand die Wahrheit verraten«, sagte sie. »Du hast ihm nicht gesagt, dass sich alle Gildenhäupter morgen in Threns Versteck einfinden würden, sondern du hast dem Berater des Königs die verfluchte Wahrheit erzählt!«

Gileas' widerliches Lächeln war Antwort genug.

»Du Hurensohn!« Ihre Stimme bebte vor Wut. »Die Soldaten des Königs sollten uns von diesem überheblichen Dreckskerl und seinem Krieg befreien!«

»Wer weiß schon, wem Gerand das erzählt hat?«, erwiderte Gileas. Er hustete, und Blut quoll über seine Lippen. »Wer weiß schon, welche Pläne sie selbst geschmiedet haben? Das Kensgold wird eine sehr lustige Nacht werden. Ich werde so viel Spaß haben …«

»Das wirst du nicht!«, gab Veliana zurück. »Sondern du wirst Dezrel einen großen Gefallen erweisen und verflucht noch mal sterben!«

Sie riss ihren Dolch aus seinem Handgelenk und rammte ihn in seine Brust. Der Dolch durchbohrte die Kleidung, traf jedoch nicht auf Fleisch. Die Kleidung war leer und flatterte herab, als wäre sie von der Decke gefallen. Sie bildete einen Haufen auf dem Stuhl und sah aus, als hätte sich jemand einen seltsamen Scherz erlaubt. Veliana sah sie an, den Mund vor Schreck weit geöffnet. Sie hatte beim ersten Mal geglaubt, sie hätte Wahnvorstellungen wegen der Schmerzen und der Verletzung. Diesmal jedoch wusste sie, dass Magie am Werke war.

Sie hob sein Hemd hoch und schüttelte es aus. Nichts. Sie schob mit der Spitze ihres Dolches seine Hose von rechts nach links. Immer noch nichts. Sie fluchte und drehte sich um, um zu gehen, als ihr etwas ins Auge fiel.

Auf dem Boden kroch ein zwanzig Zentimeter langer schwarzer Wurm auf einen Spalt im Boden zu. Als er sich zusammenkrümmte, sah sie einen dünnen Schnitt an seiner Seite.

»Unmöglich«, flüsterte sie. Kein Wunder, dass man ihn den Wurm nannte. Wahrscheinlich hatte er sich selbst diesen Spitznamen gegeben, um all diejenigen zu verspotten, mit denen er sich abgab. Seine Witze darüber, dass er im Schlamm leben würde, sich durch Mauern grub, mit Ohren lauschte, die mit Lehm verstopft waren ... All das stimmte, es war gar kein Witz.

Der Wurm hatte den Spalt fast erreicht. Veliana schleuderte ihren Dolch. Um nichts in der Welt hätte sie sich dieser seltsamen Kreatur genähert. Der Dolch durchbohrte den Wurm fast in der Mitte. Er wand und drehte sich, als sein Körper in zwei Teile getrennt wurde. Er kroch weiter auf den Spalt zu und ließ seine hintere Hälfte zurück.

Veliana zertrat die Hälfte mit ihrem Absatz. Das klebrige Innere verteilte sich auf dem Boden. Es gelang ihr nur mit Mühe, sich nicht zu übergeben. Sie erinnerte sich an seinen widerlichen Kuss. Dann zog sie den Dolch aus dem Boden, wischte ihn an ihrem Hosenbein sauber und steckte ihn in die Scheide. Sie musste ein paar Mal zutreten, um den Wurm durch den Spalt zu befördern. Der Leichnam war überraschend schwer, dafür, dass es nur ein Wurm war.

Als sie das erledigt hatte, drehte sie sich um und sah, wie der Wirt sie mit großen Augen beobachtete.

»Verbrenn die Kleidung!« Veliana warf ihm den Beutel mit den Münzen zu, die Gileas bekommen hatte. »Betrachte das als Gegenleistung dafür, dass du den Mund hältst.«

Sie stürmte hinaus, denn nun hieß es schnell handeln. Die ganze Sache war vollkommen verfahren. Wenn der König von Threns Plänen für Kensgold wusste, dann wusste die Trifect es höchstwahrscheinlich ebenfalls. Und das veränderte die Sachlage.

Doch bevor sie sich darum kümmern konnte, musste sie mit der unmittelbaren Gefahr klarkommen. Thren wusste, wo sich die Aschegilde versteckt hatte. Vermutlich hatte er bereits Vorbereitungen für einen Angriff getroffen. Thren hatte schon vor langer Zeit erkannt, dass er einen Feind keine Sekunde länger als unbedingt notwendig überleben lassen durfte. Sie ging im Geiste die Liste der Schlupfwinkel durch und versuchte zu entscheiden, zu welchem James als Erstes fliehen würde.

Sie rannte immer schneller und hoffte, dass kein Mitglied einer Gilde sah, wie verzweifelt sie lief. Ihre Gilde war im Begriff, vernichtet zu werden, und schon der Geruch von Blut würde sämtliche Halsabschneider anziehen.

17. Kapitel

Als Aaron in das Zimmer seines Vaters trat, wartete Kayla dort bereits.

»Wie ich gerade zu Kayla sagte, das war ein perfekter Mord«, begrüßte Thren seinen Sohn. »Delius ist tot, er wurde am helllichten Tag mitten in einer Schar von Gläubigen ermordet. Niemand hat den Mörder gesehen. Wir haben verschiedene sich widersprechende Berichte gehört, in denen bereits behauptet wird, es wäre ein Mann, keine Frau. Kein Gericht wird unserer Gilde die Schuld geben können, und doch weiß die ganze Stadt, dass wir dafür verantwortlich sind. So schickt man den Menschen eine Botschaft, mein Sohn. So flößt man der Bevölkerung Angst ein: indem man ihnen zeigt, dass ihre Gerichtsbarkeit uns nicht treffen kann, obwohl jeder weiß, dass wir schuldig sind.«

»Ja, Vater.« Aarons Stimme war nicht mehr als ein Flüstern. Thren bemerkte, wie niedergeschlagen sein Sohn war, und rieb sich das Kinn. Er starrte ihm in die Augen und versuchte, den Grund dafür herauszufinden.

»Das Mädchen«, sagte er dann. »Hast du es getötet?«

Aaron schüttelte den Kopf. Er hätte fast gelogen. Er wollte behaupten, dass sie gestorben wäre und dass es ihn krankgemacht hätte, ein junges Mädchen kaltblütig umzubringen. Aber er konnte es nicht. Ihm wurde innerlich vollkommen kalt bei der Vorstellung, dass sein Vater ihn bei einer Lüge erwischte.

»Nein«, erwiderte er und warf Kayla einen verstohlenen Seitenblick zu. »Sie ist weggelaufen, als sich die Menschenmenge versammelte. Ich habe versagt.«

Thren bemerkte den Seitenblick und richtete seine Aufmerksamkeit auf Kayla. Sie zuckte nur mit den Schultern, als würde sie nicht verstehen, was Aaron meinte.

»In Ordnung«, sagte Thren. »Kayla, geh und hol mir einen unserer Taschendiebe. Welchen, ist mir egal.«

Aaron wartete mit gesenktem Blick. Sein Vater sagte kein Wort.

»Du hast nach mir gerufen?« Der Mann war glatt rasiert und hatte dunkle Ringe unter den Augen. Sein schwarzes Haar war auf dem Kopf kurz geschoren und hinten zu einem Pferdeschwanz zusammengebunden.

»Das habe ich. Aaron, das ist Dustin. Hast du ihn schon einmal gesehen?«

Aaron schüttelte den Kopf. »Ich glaube nicht.«

»Sieh ihn dir an«, befahl Thren seinem Sohn. »Und hör genau zu. Statt weiter zu stehlen, Karawanen zu überfallen oder die Straßen unsicher zu machen, wird er seine Zeit jetzt damit zubringen müssen, dass er ein Opfer verfolgt, das du nicht töten konntest. Er wird unser Geld ausgeben, um Männer und Frauen zu bestechen, damit er den Namen des Mädchens und seinen Aufenthaltsort herausfindet. Er wird dabei sein Leben riskieren, und zwar sowohl wegen der Bedrohung durch Machenschaften anderer Gilden als auch wegen der Männer der Trifect. Geld, Zeit und Männer, all das wird verschwendet, weil du eine einfache Aufgabe nicht erledigen konntest.«

Aaron akzeptierte den Tadel seines Vaters mit gesenktem Blick. »Ich verstehe.«

»Gut.« Thren drehte sich zu Dustin herum. »Ihr Familienname lautet Eschaton. Sie ist die Tochter eines Priesters, der heute Morgen getötet wurde. Spür sie auf, und töte sie.«

»Darf ich vorher ein bisschen Spaß mit ihr haben?«, erkundigte sich Dustin.

»Ich will, dass meine Nachricht unmissverständlich ankommt«, erwiderte Thren. »Mach mit ihr, was du willst. Aber sorg dafür, dass sie hinterher tot ist.«

Dustin grinste breit. »Es wird mir ein Vergnügen sein. Ich werde ihren Kadaver vor Ashhurs Tempeltüren ablegen.«

Aaron spürte, wie ihm die Röte ins Gesicht stieg. Er hoffte inständig, dass sein Vater es nicht bemerkte. Aber selbstverständlich sah der Gildemeister es.

»Du musst dringend erwachsen werden«, erklärte Thren. »Du wolltest an meiner Seite sein, und das bist du jetzt. Also fang an, den Erwartungen gerecht zu werden.«

»Jawohl, Vater.«

»Verschwinde.« Thren winkte ihn hinaus.

Aaron ging nicht in sein Zimmer, sondern stattdessen in das Zimmer von Robert Haern.

»Herein«, sagte der alte Mann, nachdem Aaron angeklopft hatte. Der Junge öffnete vorsichtig die Tür, schob sich durch den Spalt und schloss sie sofort wieder hinter sich. Als er sich umdrehte, starrte Robert ihn an. »Was bekümmert dich?«

Aaron biss sich auf die Unterlippe. Er wollte unbedingt eine Frage stellen, wusste jedoch, wie gefährlich das sein konnte. Sein Vater würde nicht billigen, wonach er fragte. Aber er musste es wissen. Es würde ihn monatelang beschäftigen, wenn er es nicht herausfand.

»Ich habe heute einen Priester gesehen«, begann er. »Er trug ein Symbol wie dies hier um den Hals.« Aaron zog eine Linie mit seinem Finger in der Luft. Sie sah aus wie der Buchstabe M, dessen eine Seite höher und spitzer war als die andere.

Robert nahm seinen Gehstock und humpelte zum Schreibtisch. »Hat es etwa so ausgesehen?« Er öffnete eine Schublade und nahm ein goldenes Medaillon heraus, das an einer silbernen Kette hing. Es wies ebenfalls diese merkwürdige Linie auf. Aaron nickte.

»Diese Linie symbolisiert den Goldenen Berg«, erklärte Robert. »Er hat zwei Gipfel. Der niedrigere repräsentiert Dezrel und die Höhe, die wir in unserem Leben erreichen können. Die höhere Spitze repräsentiert die Goldene Ewigkeit. Wie du siehst, kann nichts in der Welt jemanden so hoch aufsteigen lassen wie das Nachleben.«

»Wer ist Ashhur? Und aus welchem Grund beten die Menschen zu ihm?«

Robert hob eine Braue. »Wo hast du Leute zu Ashhur beten hören?«

Eine Erinnerung zuckte durch Aarons Kopf, die Erinnerung an ein schluchzendes rothaariges Mädchen, das Ashhur anflehte. »Nirgendwo«, sagte er.

Robert stieß ein missbilligendes Brummen aus. »Ashhur ist der Bruder von Karak, von dem du, da bin ich mir sicher, etwas mehr weißt. Angesichts der Tatsache, wer deine Freunde und Geschäftspartner sind. Ashhur repräsentiert Gerechtigkeit, Gnade, Erbarmen … Dinge, welche die meisten Menschen als die besseren Errungenschaften der Menschheit ansehen würden. Deshalb beten einige ihn an. Sie suchen seinen Trost oder aber Vergebung oder seinen Schutz.«

Robert legte den Anhänger wieder in die Schublade, hielt jedoch inne. Er sah, wie Aaron ihn betrachtete, und biss sich auf die Lippen. »Was ist los, Junge? Warum bist du hierhergekommen und fragst nach den Göttern?«

Aaron wollte eigentlich nicht antworten, aber Robert war sein Lehrer. Wenn er sich weigerte, bekam er vielleicht beim nächsten Mal, wenn er kam und eine Frage stellte, nur Schweigen als Antwort.

»Kayla hat heute einen Priester von Ashhur getötet. Mir

wurde befohlen, seine Tochter umzubringen, aber ich habe versagt.«

»Hast du versagt?« Robert schien ihn einfach durchschauen zu können. »Oder hast du dich geweigert?«

Aaron spürte, wie seine Wangen sich röteten. Wenn sein Vater ihn ebenso leicht durchschaut hätte, dann hätte ihr Gespräch eine ganz andere Wendung nehmen können, als er ihn wegen seines Versagens getadelt hatte.

»Sie hat geweint«, flüsterte er. »Sie schien nicht einmal bemerkt zu haben, dass ich da war. Ihr Vater ist direkt vor ihren Augen ermordet worden. Ich habe schon vorher getötet, gewiss, aber sie ist nicht wie wir, sie ist nicht so, nicht so …«

Tränen traten in seine Augen. Aaron konnte es nicht glauben. Er wischte sie ab, und seine Wangen brannten. Er fühlte sich so dumm, so schrecklich jung. »Ich bin nur peinlich«, sagte er.

»Oh nein.« Robert legte Aaron die Hände auf die Schultern. Er hatte seinen Bart nicht wie üblich hinter dem Kopf zusammengebunden, und so offen reichte er bis hinab zu seiner Taille. Er wirkte älter, weniger kontrolliert, mehr wie ein Vater. Sein ganzes Gesicht schien etwas weicher geworden zu sein, als hätte er eine Rüstung unter seiner Haut abgelegt.

»Hör mir zu, Aaron«, sagte Robert. »Dein Vater hat vor, dich zu etwas Schrecklichem zu erziehen. Er verweigert dir alles, selbst seine Liebe, um dich in eine Kreatur nach seinen eigenen Vorstellungen zu verwandeln. Und weißt du, was das ist, Junge?«

Aaron hätte es fast abgestritten, aber dann fiel ihm ein, was Robert immer sagte. Auf jede Frage, die er stellte, sollte Aaron die Antwort eigentlich bereits kennen. Und auch jetzt wusste Aaron die Antwort. Und das flößte ihm mehr Angst ein als alles andere.

»Ein Mörder.« Er flüsterte wieder.

»Der perfekte Mörder«, verbesserte Robert ihn freundlich.

»Er verweigert dir Liebe, Zuneigung, Freunde, Glauben ... Alles, bis auf die Klinge und die Schatten.«

Aaron zog geräuschvoll die Luft durch die Nase und rieb sie sich am Ärmel. »Was soll ich tun?«

Robert gab ihm das Amulett. Der Junge nahm es so vorsichtig an, als würde es ihn verbrennen. Er betrachtete es mit großen Augen und strich mit den Fingern über das Gold.

»Bitte, Aaron. Ich bete für alles und nichts. Wir leben in einer sehr harten Welt. Eines Tages wird dein Vater dich an den Rand einer Klippe stellen. Ich habe Geschichten über dich gehört. Ich weiß, dass du deinen Bruder ermordet hast, als du noch ein Knabe warst. Also, du kannst von der Klippe in die Schlucht hinabspringen, oder aber du kannst dich weigern und dich ihm widersetzen.«

»Ich weiß, was mit all den Menschen geschieht, die sich meinem Vater widersetzen«, gab Aaron zurück. »Sie sterben.«

Robert lächelte. »Wir alle sterben, mein Sohn. Darum geht es nicht. Die Frage ist, wer wir sind, wenn es so weit ist.«

Aaron hielt sich das Amulett vor die Augen. »Gibt es irgendetwas Gutes an der Menschheit?«, wollte er wissen.

»Alles, was wir gerne wären und meistens bedauerlicherweise nicht sind, Aaron«, antwortete Robert.

Aber er war nicht mehr Aaron. Von diesem Moment an nicht mehr.

Er schob das Amulett in seine Tasche, wo sein Vater es niemals sehen würde. Als er sich umdrehte, um das Zimmer zu verlassen, blieb er an der Tür stehen und sah noch einmal zu seinem Lehrer zurück. »Betest du zu Ashhur?«, wollte er wissen.

Robert seufzte. »Mir ist klar, dass ich darauf nicht antworten sollte«, sagte er. »Aber das, was ich bis jetzt gesagt habe, würde ohnehin ausreichen, damit dein Vater mich tötet. Ja, ich bete zu ihm, Aaron, wenn auch nicht so viel und so oft, wie ich sollte. Und auch nicht so, wie ich zu ihm gebetet habe, als ich noch jung war. Die Welt ist hart, Aaron. Manchmal scheint es so, als würde Ashhur nicht einmal zuhören.«

Aaron dachte an das Mädchen, das zu Ashhur gebetet hatte, damit er ihm seinem Vater wiedergab. Der Schmerz in Roberts Augen war so offensichtlich, dass sich Aaron unwillkürlich fragte, wen er von Ashhur durch seine Gebete hatte zurückholen wollen.

Wie grausam ist diese Welt, dachte der Junge, als er Roberts Zimmer verließ. Ein Plan nahm in seinem Kopf Gestalt an. *Aber ich werde nicht an dieser Grausamkeit teilhaben.*

Nicht mehr.

Er suchte das ganze Haus und Grundstück nach Dustin ab, aber er konnte den Mann nirgendwo finden. Aaron unterdrückte einen Fluch und ging zu Kayla. Er fand sie im Speisesaal, wo sie mit einigen anderen Männern saß und aß. Seine Gedanken überschlugen sich, als er nach einer Möglichkeit suchte, mit ihr zu reden, ohne dabei sein Anliegen zu deutlich zu verraten. Wenn jemand ihm helfen konnte, das Mädchen zu beschützen, dann war das Kayla.

Er sammelte seinen Mut und ging direkt zu ihr. Wenn es keine subtile Möglichkeit gab, dann musste er eben direkt vorgehen, was möglicherweise weit weniger Aufmerksamkeit erregte, als wenn er unsicher und verstohlen versuchte, ein heimliches Gespräch mit ihr zu führen.

»Kayla.« Er spürte, wie die anderen ihn ansahen. Ganz gleich, wohin er ging, er war Threns Sohn, und die Diebe benahmen sich, als würde ein Wort von ihm genügen, um sie zu töten. Das mochte stimmen, aber es bereitete ihm dennoch Unbehagen. Andererseits war ihm immer unwohl, wenn er Aufmerksamkeit erregte. Er bevorzugte die dunklen Ecken und den Schatten, nicht den vorderen Rand oder gar die Mitte der Bühne.

»Ja, Aaron?«

Jetzt, als Kayla ihn ansah, fühlte er sich noch unbehaglicher.

Er konnte nicht anders, er musste einfach daran denken, wie hübsch sie war. Und dass sie sich jetzt zu ihm beugte und er in ihr Hemd blicken konnte, war auch nicht gerade besonders hilfreich.

»Ich muss jemanden finden«, sagte er. Kayla zuckte mit den Schultern und stand auf. Sie war bereits mit dem Essen fertig. Zwei der Männer verspotteten sie, weil sie ihr Bierglas einfach stehen ließ, aber ein anderer erklärte sich fröhlich bereit, es für sie zu leeren. Als sie weit genug von den anderen entfernt waren, platzte Aaron mit seinem Anliegen heraus.

»Ich muss Dustin finden«, sagte er. »Den Mann, den du für meinen Vater geholt hast.«

»Darf ich fragen, warum?«

»Ich werde ihn töten.«

Kayla hatte sich ausgezeichnet in der Gewalt. »Ich wiederhole … Darf ich fragen, warum?«

Sie standen an der Tür zum Speisesaal. Aaron wartete, bis sie die Tür öffnete, dann sprach er, während sie knarrte.

»Weil er sie sonst töten wird«, antwortete er.

Kayla öffnete schon den Mund, um erneut eine Frage zu stellen, schloss ihn dann wieder, als sie selbst auf die Antwort kam.

»Scheiße!«, stieß sie hervor. »Du hast den Verstand verloren, Aaron. Dustin ist ein erfahrener Mörder.«

Sie führte ihn in den Flur. Hier war es still; ihre Stimmen klangen noch geheimnisvoller, und ihr Flüstern schien sehr weit zu reichen. Kayla führte sie so rasch wie möglich in ihren Raum.

»Das kannst du nicht machen«, erklärte sie, nachdem sie die Tür geschlossen hatte. »Du kennst doch nicht einmal ihren Namen! Du wirfst dein Leben einfach so weg, ist dir das nicht klar?«

Aaron umklammerte das Medaillon durch den Stoff seiner

Hose. *Alles Gute an der Menschheit,* dachte er. *Alles Gute an mir.* »Ich muss es versuchen«, antwortete er dann laut. »Bitte, sag mir, wohin er gegangen ist.«

Kayla biss sich auf die Lippen und sah ihn scharf an. »Scheiß drauf!«, meinte sie schließlich. »Ich bin in diese Gilde eingetreten wegen ihres Furcht einflößenden Rufs und wegen der Aussicht auf einen Haufen Gold. Bis jetzt habe ich einen alten Mann aus dem Gefängnis befreit und einen hilflosen Priester ermordet. Es ist unwahrscheinlich, dass ich etwas noch Verwerflicheres tun kann. Aber ich riskiere mein Leben, wenn ich es dir sage, das weißt du doch?«

Aaron errötete. Ihm wurde plötzlich klar, wie dumm es gewesen war, dass er die ganze Angelegenheit nicht vorher gründlich durchdacht hatte. »Das kann ich nicht zulassen«, sagte er und kehrte ihr dann den Rücken zu. »Ich darf dein Leben nicht in Gefahr bringen, nicht meinetwegen und auch nicht ihretwegen.«

»Aaron.« Sie hielt ihn an der Schulter fest und drehte ihn wieder zu sich herum. Sie lächelte ihn an, auch wenn ihre Lippe vor Furcht zitterte. »Ich habe trotz der kurzen Zeit, die ich hatte, über die Eschatons Erkundigungen eingezogen. Delius war ein Adliger, der erst vor ein paar Jahren zum Priester konvertiert ist. Er hat ein Anwesen im westlichen Bezirk. Es ist nur sehr spärlich möbliert und hat kaum Angestellte. Er hat den größten Teil seines Vermögens dem Tempel gespendet. Das Mädchen könnte dort sein, oder aber es ist im Tempel. Wenn die Kleine im Tempel ist, hast du nicht einmal den Hauch einer Chance, an sie heranzukommen. Auf jeden Fall ist dieses Haus der erste Ort, an dem Dustin nach ihr suchen wird.«

»Danke«, sagte Aaron.

Kayla beschrieb ihm, wie er das Haus finden konnte, und gab ihm auch eine kurze Beschreibung, wie das Gebäude von außen aussah.

»Dustin hat einen ziemlich großen Vorsprung«, fuhr Kayla dann fort. »Aber er muss sich erst umhören, wenn er herausfinden will, wo sie leben. Möglicherweise kannst du vor ihm dort sein. Beeil dich und versuch, vor Sonnenaufgang wieder hier zu sein.«

Aaron ging eilig zur Tür, als Kayla ihm noch etwas nachrief.

»Und bei allem, was heilig ist, lass dich von niemandem erwischen!«

18. Kapitel

Aaron fühlte sich seltsam aufgewühlt. Er war nachts noch nie alleine unterwegs gewesen. Thren hatte immer darauf bestanden, dass jemand ihn bei seinen seltenen Ausflügen außerhalb des Schlupfwinkels begleitete. Angeblich aus Gründen der Sicherheit, wegen der Trifect und weil rivalisierende Gilden eine Million alter Fehden begleichen wollten. Mehr und mehr jedoch stieg in Aaron der Verdacht auf, dass sein Vater ihm einfach nur den Geschmack von Freiheit vorenthalten wollte.

Er lief über die Dächer. Es gab sehr viele Holzfällersiedlungen in der Nähe, vor allem am nördlichen Rand des Kronforsts, deshalb waren die Häuser alle sehr stabil und hoch gebaut und hatten zumeist Flachdächer. Sein geringes Gewicht würde das Holz und der Putz mit Leichtigkeit halten. Er trat so vorsichtig auf, wie er konnte, aber er lief schnell. Graue Bänder wehten hinter ihm her, die Schnüre der Maske, die sein Gesicht bedeckte. Nur seine blauen Augen waren zu sehen.

Als er sich dem westlichen Bezirk näherte, kam er langsamer voran. Der Westen war nicht gerade ein wohlhabender Bezirk, andererseits jedoch hatte jedes Viertel der Stadt bereits bessere Zeiten gesehen. Sie ballten sich immer mehr zusammen. Als die Gebäude eleganter wurden, fanden sich auch häufiger Satteldächer; die Häuser wiesen oft mehrere Stockwerke auf, hatten seltsame Dekorationen und steinerne Kreaturen sowie die spitzen dreieckigen Dächer, die irgendwann einmal sehr modern gewesen waren. Statt darüber hinwegzulaufen, musste er jetzt springen und klettern. Er war verschwitzt, die Luft war eiskalt, aber dennoch lächelte Aaron.

Ich bin jetzt Haern, dachte er. *Ich bin frei. Haern ist mächtig. Haern kann rebellieren.*

Es war merkwürdig, so etwas zu denken, aber irgendwie war es auch logisch. Sollte Aaron doch schüchtern sein, sollte er sich vor seinem Vater ducken und für ihn stehlen, wie man es ihm befahl. Haern würde sich verbergen, und er würde überleben. Und heute Nacht würde Haern töten, aber anders als bei Aaron würde es endgültig sein. Er wusste gerade genug über Sex, um sich die schrecklichen Qualen ausmalen zu können, die Dustin dem Mädchen bereiten wollte, bevor er es endgültig tötete. Er konnte nicht zulassen, dass der Kleinen so etwas widerfuhr, vor allem deshalb nicht, weil er letztlich die Schuld daran trug. Durch seine Feigheit, seine Unfähigkeit, seinen Vater zu belügen, um das Mädchen dadurch zu beschützen.

Schließlich fand er das Haus. Er stand auf einem noch größeren Anwesen auf der gegenüberliegenden Straßenseite und hatte die Arme um eine Steinstatue geschlungen, die aussah wie eine Kreuzung aus Hirsch und Mensch. Er trommelte mit den Fingern gegen das Geweih. Trotz der späten Stunde konnte er sehr gut sehen. Der Mond schien hell, und die Wolken waren nur winzige, dünne Finger, die sich über den Himmel zogen.

Nichts deutete darauf hin, dass etwas nicht stimmte. Keine Fenster waren zerbrochen, die Tür war fest verschlossen, und er sah auch keine Schatten um das Haus schleichen. Natürlich musste er nach dem, was Kayla gesagt hatte, davon ausgehen, dass Dustin ein wenig subtiler sein würde, als einfach zur Haustür zu marschieren und sie einzutreten.

Wenn das Mädchen dort war, war es höchstwahrscheinlich nicht allein. Oder aber es befand sich doch im Tempel von Ashhur. Aaron hockte auf der anderen Straßenseite, und es gab eine Million Dinge, die er nicht wusste. Und er würde rein gar nichts herausfinden, wenn er weiter dort oben hocken blieb. Er tippte mit den Fingern auf seinen Dolch, um sich Mut zu machen, kletterte herunter und näherte sich dem Anwesen.

Dem Haus mangelte es an dem Schutz, den alleine Reichtum einem geben konnte. Keine ausgetretenen Pfade einer Wachpatrouille waren zu sehen. Kein Zaun schützte es, und es liefen auch keine Hunde auf dem Grundstück herum. Senke hatte ihn häufig mit zu verschiedenen Besitzungen genommen, um ihm dort die Schwachpunkte der Anwesen zu zeigen. Er hatte früh am Abend dort hineinschleichen müssen. Er hatte niemals etwas Wertvolles gestohlen, sondern nur irgendeinen Tand, um zu beweisen, dass er wirklich das ganze Haus durchstreift hatte. Nach dem, was er von dem Anwesen der Eschatons sah, vermutete Aaron, dass Senke ihm niemals ein so leichtes Ziel gegeben hätte, außer vielleicht als Fingerübung.

Aaron schlich auf die Rückseite des Hauses und überprüfte alle Fenster. Das entlegenste war unverschlossen. Ihm blieb fast das Herz stehen, als er begriff, dass möglicherweise Dustin das Fenster aufgebrochen hatte. Er trat zurück und musterte das Gelände, sah jedoch keine Fußspuren. Außen auf dem Fensterbrett lag Dreck, der nicht verwischt war. Also war der Grund für das offene Fenster nur der Leichtsinn der Bewohner. Aaron dankte den Göttern dafür.

Er schob das Fenster hoch, schneller, als er es normalerweise getan hätte. Er hatte keine Zeit, vorsichtiger zu sein. Wenn Dustin ihn überraschte, würde er wissen wollen, was hier los war. Aaron konnte ihn vielleicht überraschen, wenn er sich beeilte. Als das Fenster halb offen war, kletterte Aaron hinein und ließ sich auf den Holzboden dahinter sinken. Bei seiner Landung machte er erheblich mehr Lärm, als ihm recht war. Wenn einer seiner ehemaligen Lehrer das gesehen hätte, hätte er ihm eine feste, wenn auch lautlose Kopfnuss verpasst.

Er überlegte einen Moment, was er wegen des Fensters anfangen sollte. Er hätte es gern aufgelassen, falls er schnell entkommen musste. Dann jedoch wurde ihm klar, dass er schrecklich versagt hätte, falls er tatsächlich rasch fliehen musste. Es war besser, dafür zu sorgen, dass Dustin keinen Wind davon bekam, dass er hier war. Er schloss das Fenster und zog die Vorhänge wieder davor.

Aaron konnte nur Vermutungen anstellen, was das Innere des Hauses anging. Die Fenster waren von dichten Vorhängen verdeckt, sodass die Räume im Haus noch dunkler waren als die Welt draußen. Er wartete eine Minute, bis seine Augen sich an die Dunkelheit gewöhnt hatten, dann ging er weiter in das Haus hinein. Als er einen Teppich unter den Füßen spürte, lächelte er. Wenn er nicht mehr auf dem harten, lauten Boden laufen musste, kam er schneller voran.

Er hatte einen langen Korridor betreten, in dem sich drei Außenfenster befanden. Er führte ihn zu einer kleinen Küche, klein jedenfalls an den Maßstäben eines reichen Menschen gemessen, die aber gut ausgestattet zu sein schien. Aaron ging rasch hindurch und zückte seinen Dolch, als er in einen kleinen Flur trat, an dessen Ende sich eine Tür befand. Er öffnete sie vorsichtig und verzog das Gesicht, als die Angeln quietschten. Ein aufmerksamer Leibwächter hätte ihn vielleicht gehört, aber in dem Raum sah er nur ein einzelnes, großes Bett. Auf der ihm zugewandten Seite schlief eine ältere Frau. Sie hatte den Mund weit geöffnet und sabberte. Ihr Haar war vollkommen grau. Neben ihr lag Delius' Tochter.

Aaron konnte es nicht fassen. Ihr Vater war erst am Morgen ermordet worden, und zu allem Überfluss von einem Mitglied der Spinnengilde, und niemand hatte daran gedacht, sie zu bewachen? Es war nicht einmal ein Mann im Haus? Stattdessen war sie mit ihrer Tante oder einer Großmutter zusammen. Vollkommen hilflos.

Dafür bin ich da, dachte Aaron, während er sich umsah. Der

Raum hatte nur einen Zugang, nämlich die Tür. Falls Dustin sie benutzen wollte, musste er durch die Küche kommen und durch den kurzen Flur dahinter. Aaron wusste, dass er nicht viel Zeit hatte, und plante seinen Hinterhalt. Wenn Dustin eintraf, wollte er unbedingt das Überraschungsmoment auf seiner Seite haben.

»Du bist sicher, dass sie dort ist?« Dustin ließ eine Kupfermünze über seine Knöchel tanzen.

»Klar«, sagte der Betrunkene ihm gegenüber. »Delysia ist nicht alt genug, als dass sie ganz alleine bleiben könnte, jedenfalls nicht, solange ihr Bruder weg ist, um als Magus oder was auch immer ausgebildet zu werden. Ihre Großmutter ist bei ihr. Sie ist ein dummes altes Weib. Ich hätte sie ein Dutzend Mal verprügeln können, wenn sie nicht immer so schnell ihren Sohn gerufen hätte, damit er sie rettete.«

»Die Alte interessiert mich nicht«, antwortete Dustin. »Warum haben sie Delysia nicht irgendwo anders hingebracht?«

Der andere zuckte mit den Schultern. Er schien kurz davor zu sein, das Bewusstsein zu verlieren. Als Dustin angefangen hatte, sich in den Schenken nach den Eschatons zu erkundigen, hatte er nur verständnislose Blicke geerntet, bis ihm in der fünften Taverne jemand den Mann in einer Ecke gezeigt hatte.

»Frag Barney«, hatte man ihm gesagt. »Der Kerl hat für ihn gearbeitet, als Wache oder so etwas.«

Barney war eigentlich der Gärtner gewesen, obwohl er sich häufig als Wachmann ausgegeben hatte, wenn man ihn nach seinem Beruf fragte. Dustin hatte sich Sorgen gemacht, dass er möglicherweise seinem Arbeitgeber gegenüber loyal sein könnte. Diese Sorgen zerstreuten sich jedoch rasch, als er herausfand, dass Barney am Morgen gefeuert worden war.

»Die Alte glaubt, dass sie mich nicht mehr bezahlen können«, knurrte Barney. »Aber ich werde es ihr schon zeigen. Ich wette, dass dieser Mistkerl Delius eine Tonne Gold versteckt hat. Keiner gibt den Armen freiwillig sein ganzes Geld. Das behaupten zwar alle, aber sie tun es nicht.«

Dustin hatte dem Mann bereits drei Krüge Bier spendiert. Er warf ihm das Kupferstück zu, ohne darauf zu achten, dass es vom Tisch auf den Boden rollte. Einen Moment lang sah es so aus, als hätte Barney es nicht einmal bemerkt.

»Was willst du eigentlich von ihnen?«, fragte er nach einem ausführlichen Rülpser.

»Ich habe noch etwas mit ihnen zu erledigen«, erwiderte Dustin und verließ die Schenke.

Der Besitz der Eschatons lag nicht weit entfernt. Offenbar trank Barney gerne in der Nähe seines Wohnortes. Dustin hielt sich im Schatten, als er sich dem Haus näherte. Dabei lag seine Hand beiläufig auf dem Griff seines Morgensterns. Eigentlich war es mehr eine Keule, denn die Waffe hatte einen festen Kopf aus Eisen. Mit einem kräftigen Schlag konnte er einem Menschen damit den Schädel zertrümmern, als wäre es ein Kürbis. Dustin fand es immer aufregender, jemandem die Knochen zu brechen, als Blut zu vergießen. Die Menschen bluteten die ganze Zeit. Schnittwunden waren immer äußerlich. Knochen aber waren im Körper, und wie die Leute wimmerten, wenn er ihnen die Finger oder die Kniescheiben zermalmte … Ihm lief ein Schauer über den Körper, wenn er nur daran dachte.

Außerdem hatte eine Keule noch einen großen Vorteil gegenüber einem Schwert. Er glitt zur Rückseite des Hauses und suchte das erste Fenster auf der Ostseite, das abseits der Straße lag. Er zerschmetterte es mit seiner Keule. Barney hatte klargemacht, dass nur Delysia und ihre Großmutter im Haus waren. Es gab keine Wachen. Selbst wenn sie durch das Geräusch des zerbrechenden Glases aufwachten, was sollten sie schon groß tun? Sich wehren?

Dustin lachte leise. Das konnte er nur hoffen. Er hatte nicht viel für alte Frauen übrig, aber Delysia war angeblich ungefähr zehn Jahre alt. Wenn er sie betteln hörte oder sie sich wehren würde, würde es verdammt aufregend werden.

Im Haus lehnte sich Dustin mit dem Rücken an die Wand neben der Haustür. Wenn jemand wegen des Lärms kam, um nachzusehen, würde er ihm mit Leichtigkeit einen Schlag auf den Hinterkopf geben können. Aber es kam niemand. Er schüttelte den Kopf. Wer auch immer diese Eschatons waren, sie waren ziemlich dumm. Leise ging er in die bescheidene Küche und achtete darauf, dass er dort nichts berührte. Er war leichtsinnig gewesen, was das Fenster anging, das wusste er, aber wenn er jetzt zu viel Lärm machte, während er nach dem Mädchen suchte, würde er damit vielleicht sein Glück herausfordern. Außerdem wollte er sie hören, falls sie zu flüchten versuchten.

Mit dem Anblick, der sich ihm bot, als er die andere Seite der Küche erreichte, hatte er nicht gerechnet. Ein Junge im Grau der Spinnengilde kniete neben einer Tür am Ende eines kurzen Ganges. Dustin blieb stehen, mitten im Türrahmen, ohne sich zu verstecken. Hatte er aus irgendeinem Grund das falsche Haus erwischt?

Der Junge kehrte ihm bis jetzt den Rücken zu. Dustin sah sich um. Sein Blick fiel auf eine trockene Brotrinde. Er nahm sie und warf sie auf den Jungen. Sie traf ihn am Ohr. Die kleine Gestalt fuhr hoch, und Dustin zuckte bei dem Lärm zusammen, den der Junge machte. Er war zwar nicht laut, aber er vermutete, dass sich auf der anderen Seite der Tür ein Schlafzimmer befand.

»Was, beim verdammten Schlund, hast du hier zu schaffen?«, zischte Dustin, als der Junge bei ihm in der Küche war. Er erwiderte seinen Blick. Die Maske über seinem Gesicht ließ nur die Augen frei. Dustin vermutete stark, dass es sich um einen ihrer jüngeren Diebe handelte, aber er hatte keine Ahnung, wer es sein könnte. »Und was soll diese Maske?«

»Ich korrigiere einen Fehler«, flüsterte der Junge.

Dustin deutete auf die Tür und machte mit dem Finger einen Kreis an seiner Schläfe, um dem Jungen zu zeigen, was er von diesem Plan hielt. »Du bist noch ein Kind, also geh nach Hause!«, befahl Dustin. »Ich habe hier was zu erledigen.«

Als er versuchte, den Jungen beiseitezuschieben, packte der sein Handgelenk und hielt ihn fest.

»Ich habe als Erster den Auftrag bekommen, sie zu töten«, zischte er laut. Dustin sträubten sich die Nackenhaare. Irgendetwas stimmte hier nicht. Diese Augen kamen ihm so bekannt vor …

»Aaron?« Er riss seinen Arm los.

»Nein«, widersprach der Junge. »Mein Name ist Haern.«

Plötzlich spürte Dustin einen brennenden Schmerz in der Seite. Er wirbelte herum und registrierte nur vage, dass der Junge ihn verletzt hatte. Seine Drehung riss den Dolch aus der Wunde, und Blut spritzte über die unteren Schubladen der Küchenschränke. Er schwang seine Keule und knurrte wütend, als sie den Türrahmen zertrümmerte. Aaron rollte sich unter dem Schlag weg, trat den Tisch zur Seite und griff ihn mit dem Dolch an.

Dustin parierte den Hieb mit dem Schaft seiner Keule, schob den linken Fuß vor und schwang die Waffe erneut. Er hoffte, dass Aaron stolperte, wenn er dem Schlag auswich. Stattdessen jedoch duckte sich der Junge erneut, trat mit seinem Bein Dustins Fuß hoch und bohrte ihm den Dolch in die Wade.

Dustin unterdrückte einen Schrei und schlug wieder mit seiner Keule zu. Ein Treffer, und er würde Aarons Hirn auf dem Boden verteilen. Nur leider war der Junge einfach zu schnell. Er wich aus und entging den Schlägen, wenn auch nur knapp. Dustin hatte keine Ahnung, wieso der Lärm noch keine Aufmerksamkeit erregt hatte. Als er ein viertes Mal zuschlug, wich

Aaron aus und schlug dann blitzschnell zurück. Sein Dolch hinterließ einen Schnitt auf Dustins Hand.

Jetzt kümmerte sich der ältere Dieb nicht mehr darum, ob man sie hörte oder nicht. Und er unterschätzte auch Aarons Fähigkeiten nicht mehr. Er trat zurück und verteidigte sich in der Hoffnung, dass Aaron einen Fehler machen würde. Stattdessen jedoch griff Aaron an. Die plötzliche Aggressivität des Jungen überraschte den älteren Mann. Wieder hackte er mit dem Messer gegen die Beine, die bereits vor Schmerz pochten.

»Dann erledige du sie«, meinte Dustin schließlich und wich langsam zu dem Fenster zurück, durch das er eingedrungen war. »Du kannst mit ihr machen, was du willst, aber bring sie hinterher gefälligst um, einverstanden?«

Das jedoch schien Aaron nur noch wütender zu machen. Dustin drehte sich um und lief weg. Er wusste, dass der Junge ihn niemals würde entkommen lassen. Also machte er zwei Schritte und wirbelte dann unvermittelt zu Aaron herum. Er rammte ihm das Knie in den Bauch, woraufhin dem Jungen die Luft ausging. Noch bevor er ausweichen konnte, versetzte Dustin ihm einen brutalen Schlag mit dem Ellbogen gegen die Seite seines Gesichts. Es befriedigte ihn zu sehen, wie Blut den Teppich bedeckte, das nicht ihm gehörte.

»Was hast du für ein Problem?«, fragte Dustin, als er sich neben Aaron kniete. Der lag auf dem Bauch, und sein Dolch lag außerhalb seiner Reichweite in der Küche. Er packte Aarons Bein und zog ihn näher zu sich heran, um ihm die Maske abzunehmen. Er vermutete zwar, dass der Junge Aaron wäre, aber er musste sich überzeugen. Denn wenn es Aaron war, würde er die Sache beenden und es Thren überlassen, seinen Sohn so zu bestrafen, wie er es angemessen fand. War es jedoch nicht Aaron, dann …

Er hob die Keule mit der anderen Hand.

»Sehen wir einfach nach, was?« Dustin drehte den Jungen auf den Rücken. Als Aaron sich herumrollte, riss er sein Bein hoch und erwischte Dustin mit dem Absatz am Kinn. Aaron nutzte den kurzen Moment der Verwirrung, rollte weiter und befreite sich aus Dustins Griff. Die Keule verfehlte ihr Ziel, krachte auf den Teppich und zertrümmerte die Holzdiele darunter. Der Junge stürzte sich auf seinen Dolch, hob ihn hoch und wirbelte herum.

Dustin riss entsetzt den Mund auf, als der Dolch durch die Luft zischte und sich in seine Brust grub. Noch bevor er reagieren konnte, hatte sich Aaron auf ihn gestürzt und hämmerte seinen Fuß gegen Dustins Kehle. Als der ältere Dieb zu Boden stürzte, versuchte er verzweifelt, Luft zu holen. Seine Keule krachte zweimal auf den Boden, ohne auch nur einmal zu treffen. Aaron setzte sich rittlings auf ihn und presste seine Knie auf die Ellbogen des älteren Diebes. Der fühlte, wie ihm der Dolch aus der Brust gerissen wurde und sich dann an seine Kehle presste.

»Du darfst sie nicht töten!«, erklärte Aaron.

»Dein Vater wird es herausfinden, Aaron.« Dustin hoffte, dass er richtig geraten hatte und es den Jungen erschütterte, wenn er ihn beim Namen nannte.

Stattdessen jedoch verdüsterte sich das Gesicht des Jungen, und seine Augen glühten Furcht einflößend. »Ich bin nicht Aaron«, erwiderte er. »Jedenfalls nicht, wenn ich eine Wahl habe.«

Er stieß mit dem Dolch zu, und Dustin konnte die glühenden Augen nicht mehr sehen.

Haern schob den Dolch in die Scheide und zog die Maske fester um sein Gesicht. Seine Nase blutete von dem Ellbogenstoß, den Dustin ihm verpasst hatte, und da es nirgendwohin konnte, sickerte es in die Maske und lief über seine Lippen. Außerdem war sein Magen völlig verkrampft von dem Tritt mit dem

Knie. Er atmete durch die Nase ein, stand auf und kämpfte gegen sein Zittern an.

Nachdem er Dustin nun tatsächlich umgebracht hatte, wusste er nicht, was er mit der Leiche anfangen sollte. Einen Moment lang spielte er mit dem Gedanken, sie einfach liegen zu lassen. Sollte die alte Frau sie doch wegschaffen! Sie kannte sicherlich irgendwelche Männer, die ihr helfen konnten, die Leiche zu einem richtigen Bestatter zu bringen.

Haern runzelte die Stirn. Wenn Thren herausfand, dass einer seiner Leute bei dieser Aufgabe ums Leben gekommen war, würde er einen anderen losschicken, damit er sie zu Ende führte. Er ließ nie etwas unerledigt. Also musste er Dustin verschwinden lassen. So konnte er behaupten, er selbst hätte das Mädchen ermordet und so tun, als wäre Dustin niemals aufgetaucht. Diebe verschwanden ständig, aus allen möglichen Gründen. Er konnte sich sicherlich etwas ausdenken, das irgendwie überzeugend klang.

Erneut verkrampfte sich sein Magen, und er sank auf die Knie. Als er sich übergab, sah er Blut und hoffte, dass es nichts Ernstes war. Das Herz schlug ihm bis zum Hals, und er blickte noch einmal zu der Leiche, als wollte er sich überzeugen, dass sie noch da war. Wegen seiner Schmerzen hörte er die leisen Schritte von nackten Fußsohlen erst unmittelbar, bevor irgendetwas Stumpfes gegen seinen Hinterkopf krachte. Punkte flimmerten vor seinen Augen, und sein Körper sackte zur Seite. Er drehte sich herum, als er stürzte und sah, wie sich etwas Großes, Schwarzes auf sein Gesicht zubewegte. Unmittelbar, bevor er bewusstlos geschlagen wurde, fragte er sich, wie lange es wohl dauern würde, bis sein Vater vergaß, dass er jemals existiert hatte.

»Bleib zurück, Delysia.« Die ältere Frau hielt eine schwere eiserne Bratpfanne in der Hand. »Dieser Abschaum ist auch gefährlich, wenn er noch jung ist.«

»Sei nicht albern, Großmutter«, erwiderte Delysia. »Du hast ihm ziemlich wehgetan.«

Großmutter stand über den beiden Gestalten und schwang die Pfanne mit beiden Händen, als wäre es irgendeine alte Waffe aus den Legenden. Dann stieß sie vorsichtig mit ihren nackten Zehen den Körper des jungen Mannes an, bevor sie wieder in die Küche zurückwich.

»Ist er tot?«, wollte Delysia wissen.

»Sieht nicht so aus«, erwiderte ihre Großmutter. »Wenn ich zwanzig Jahre jünger wäre, hätte ich ihm vielleicht das Gehirn aus dem Schädel geschlagen, aber so bekommt er wahrscheinlich einfach nur ziemlich heftige Kopfschmerzen.«

»Was machen wir jetzt?«, erkundigte sich Delysia. »Fesseln wir ihn?«

»Dafür haben wir kein geeignetes Seil. Komm, hilf mir, ihn in die Speisekammer zu ziehen. Wir werden ihn dort einfach eine Weile einsperren.«

Sie ging um den Jungen herum und packte dessen Füße. »Igitt«, sagte sie dabei. »Der ganze Teppich ist blutig.«

»Großmutter!«

Die ältere Frau sah ihre Enkelin an. »Was?«

Delysia war bleich und deutete mit kraftloser Hand auf Dustins leblosen Körper. Ihre Großmutter, die seit mindestens zehn Jahren nicht mehr bei ihrem richtigen Namen genannt wurde, drehte sich um und sah hin.

»Ich vergesse immer wieder, wie behütet du gewesen bist«, erklärte sie dann. »Wenigstens in diesem Punkt hat Delius seine Sache gut gemacht. Wenn er dich ab und zu auf den Markt hätte gehen lassen, hättest du noch weit schlimmer zugerichtete Kerle als den in der Gosse liegen sehen.«

Delysia traten die Tränen in die Augen, als der Name ihres Vaters fiel. Ihre Großmutter sah das und murmelte leise einen Fluch.

»Tut mir leid, Mädchen. Es war ein harter Tag, und diese hässliche Geschichte hast du wirklich nicht verdient. Dein Vater war ein guter Mann, und ich bin sicher, dass er getan hat, was er für das Beste hielt.«

Delysia nickte und wischte sich die Tränen ab. Sie versuchte tapfer zu sein, packte die Hände des Jungen und half ihrer Großmutter, ihn hochzuheben. Sie zogen ihn zur Tür der Speisekammer und ließen ihn dort auf den Boden sinken, damit die ältere Frau ihm den Dolch aus dem Gürtel ziehen konnte.

»Wahrscheinlich übergeben wir ihn den Stadtwachen«, erklärte die Frau, während sie den Dolch auf einen der Tische legte.

Die Speisekammer war so groß, dass drei Menschen dort nebeneinanderstehen konnten. Also passte ein bewusstloser junger Mann mit Leichtigkeit hinein. Die alte Frau ließ seine Beine achtlos auf den Boden fallen. Delysia dagegen ließ ihn etwas sanfter hinab, weil sie seinen Kopf nicht noch einmal verletzen wollte. Dann schlossen sie die Tür und ließen ihn auf dem Boden liegen.

»Halte die Kerze etwas höher, damit ich etwas sehen kann«, befahl die alte Frau. Delysia gehorchte sofort. Sie hatten zwei Kerzen entzündet, eine für jede von ihnen, als sie sich aus dem Schlafzimmer geschlichen hatten, um nachzusehen, was der Lärm zu bedeuten hatte. Delysia stellte eine auf den Tresen direkt neben der Speisekammer und ließ die andere auf dem Tisch neben dem Dolch stehen.

»Ich brauche ein Schloss«, erklärte die Großmutter, nachdem sie die Tür der Speisekammer untersucht hatte. »Gib mir diesen Stuhl. Nein, Liebes, den anderen, nicht den, der deinen Vater ein ganzes Vermögen an Kuhmilch gekostet hat.«

Die Speisekammer hatte einen Schlitz für ein Schloss, für den Fall, dass die Finger der Dienstboten zu klebrig wurden, wenn sie kochten oder sauber machten. Er befand sich ganz oben an der Tür, außerhalb der Reichweite der etwas gebeugten alten Frau.

»Halt den Stuhl gut fest«, sagte sie, nachdem sie den Dolch von dem Tisch genommen hatte.

»Ja, Oma.«

Die alte Frau stieg auf den Stuhl und stellte beide Füße auf die gepolsterte Sitzfläche.

»Willst du, dass ich mir den Schädel einschlage?«, fuhr die alte Frau das Mädchen an. »Halt gefälligst den verdammten Stuhl fest!«

Delysia packte den Stuhl fester, um zu verhindern, dass er wackelte. Sie fragte sich, was passieren würde, wenn der Dieb in dem kleinen Raum aufwachte und versuchte, die Tür zu öffnen. Großmutter würde zweifellos wie ein Fisch auf dem Trockenen auf dem Boden landen und sie vielleicht dabei ebenfalls umreißen. Das Mädchen betete darum, dass der Junge weiterhin bewusstlos blieb.

»Ich hoffe, das Ding passt«, sagte ihre Großmutter, als sie den Dolch in das Loch schob, der für den Riegel des Schlosses vorgesehen war. Die Klinge glitt fast ein Drittel ihrer Länge hinein, bevor sie festklemmte. Die alte Frau ächzte und versuchte, sie weiter hineinzuschieben, aber der Dolch bewegte sich keinen Millimeter.

»Hoffen wir, dass er hält«, erklärte die alte Frau. »Vorsicht, ich komme jetzt wieder runter.«

Sie trat von dem Stuhl und wirkte erleichtert, als ihre Füße wieder auf festem Boden landeten. Sie hielt sich mit ihren Händen an der Lehne des Stuhls fest, während sie wieder zu Atem kam.

»Es gab mal eine Zeit, da konnte ich ohne Schwierigkeiten von einem Baum zum anderen springen«, brummte sie. »Was würde ich dafür geben, noch einmal dieses verrückte Mädchen sein zu können.«

»Soll ich die Stadtwachen holen?«, erkundigte sich Delysia.

»Du?« Die alte Frau sah das junge Mädchen an, als hätte es sie gefragt, ob es einen Schnaps trinken und dann nackt durch die Kaufmannszeile laufen dürfte. »Sei nicht dumm. Hier sind eben zwei Männer eingebrochen, die vorhatten, uns zu berauben und dich zu töten. Ich lasse dich nirgendwo alleine hingehen.«

»Wir müssen aber jemanden holen«, meinte Delysia hartnäckig. »Wenn jetzt noch mehr von ihnen kommen? Ich will, dass die Stadtwachen kommen, Großmutter. Kannst du nicht die Wachen holen?«

Die alte Frau verzog gereizt das Gesicht. »Natürlich will ich, dass die Stadtwachen kommen. Irgendetwas muss wegen dieser Geschichte unternommen werden. Wir haben eine Leiche im Haus und einen jungen Mann eingesperrt. Aber bei Ashhurs Bart, ich lasse dich nicht mitten in der Nacht herumlaufen. Verdammt, ich hätte einen der Bediensteten über Nacht hierbehalten sollen. Ich dachte, es wäre besser, wenn du ein bisschen Ruhe hättest, um zu trauern, aber wie hätte ich das alles ahnen sollen?«

Delysia trat beklommen von einem Fuß auf den anderen, während ihre Großmutter sich murmelnd in der Küche umsah.

»Also gut«, sagte die alte Frau schließlich. »Es gefällt mir zwar nicht, aber wir werden Folgendes machen: Ich gehe rasch los und suche eine Stadtwache. Du bleibst, wo du bist. Wenn der Junge anfängt, gegen die Tür zu treten und sie aufdrücken will, beobachtest du den Riegel dort oben. Wenn dieser Dolch sich bewegt oder das Holz bricht, dann rennst du auf die Straße und zum nächsten Posten der Stadtwache, so schnell deine dürren Beine dich tragen. Hast du mich verstanden?«

Delysia verschränkte die Hände auf dem Rücken und senkte den Kopf. Das schien ihrer Großmutter immer am besten zu gefallen, wenn sie ihr einen Vortrag hielt. »Ja, Großmutter.«

Die alte Frau runzelte immer noch finster die Stirn, als sie in ihr Schlafzimmer eilte. Sie trug nur ihr Nachthemd und, Leiche hin oder her, sie würde nicht so unanständig bekleidet hinausgehen. Nachdem sie sich ein braunes Kleid angezogen und einen roten Schal übergeworfen hatte, ging sie in die Küche zurück und küsste ihre Enkelin auf die Stirn.

»Pass schön auf, und möge Ashhur dich beschützen«, sagte sie.

»Ich werde vorsichtig sein«, antwortete Delysia.

Der Blick ihrer Großmutter huschte zu der Speisekammer, als würde dort ein Monster lauern. »Das solltest du auch. Und denk daran, sobald das Holz nachgibt, rennst du weg wie der Wind.«

Als sie fort war, setzte sich Delysia auf den teuren Stuhl und zupfte an dem feinen Tuch des Kissens. Sie wusste nicht, wieso er sich wirklich von dem anderen Stuhl unterschied. Sie hatte ihn vor der Tür der Speisekammer stehen lassen, weil sie dachte, dass der Junge vielleicht darüber stolpern würde, falls er die Tür aufbrechen konnte. Wegen seiner Maske hatte sie nicht viel von seinem Gesicht erkennen können, nur sein blondes Haar, das unter der Kapuze hervorgelugt hatte.

Die Kerzen flackerten schwach, während sie herunterbrannten. Je länger ihre Großmutter verschwunden war, desto langsamer schienen die Sekunden zu kriechen. Delysia war bis jetzt nicht aufgefallen, wie still es in dem Haus geworden war. Seit sie sich erinnern konnte, hatten Katzen unter ihrem Haus gelebt und hatten sich durch Löcher herein- und herausgeschlichen, die sie nicht finden konnten. Sie hörte auch jetzt, wie sie durch das Haus schlichen, gegen Bretter und Balken stießen. Und jedes Mal, wenn sie eine hörte, überkam sie eine Gänsehaut. Früher hatte sie das nie gekümmert, aber jetzt stellte sie sich dabei Männer mit Dolchen vor statt Katzen mit jungen Kätzchen.

In dieser Stille hörte sie plötzlich gedämpfte Geräusche aus der Speisekammer.

Delysia spannte sich an und hielt sogar den Atem an. Sie lauschte nach weiteren Geräuschen. Wieder ertönte eins, diesmal von einem Fuß, der über den Boden schabte. Der junge Mann stand auf. Sie überlegte kurz, ob sie die Lehne des Stuhls gegen die Speisekammertür schieben sollte, aber sie wusste, dass das nichts nützen würde. Es gab nichts, worunter sie ihn hätte klemmen können. Sie musste dem Dolch vertrauen.

Plötzlich bog sich die Tür nach außen. Sie hörte, wie in der Speisekammer etwas klapperte und das Holz knarrte, als der Dolch in der Öse festklemmte. Unwillkürlich stieß Delysia einen schrillen Schrei aus.

Das schien die Person, die in der Speisekammer war, zu verwirren. Sie hörte, wie er etwas sagte. Seine Stimme war zwar gedämpft, aber noch verständlich.

»Du lebst?«

Delysia wusste nicht genau, wie sie reagieren sollte. »Natürlich lebe ich«, sagte sie dann. »Warum auch nicht?«

Sie hörte ein Rumpeln aus dem Inneren der Kammer. Offenbar hatte er sich hingesetzt und den Rücken an die Tür gelehnt.

»Dann habe ich nicht versagt.«

Sie wusste nicht, ob er mit sich selbst redete oder zu ihr. »Meine Großmutter holt die Stadtwachen«, sagte sie. Wenn sie ihn dazu brachte zu reden, würde er vielleicht nicht anfangen, gegen die Tür zu treten. Im selben Moment wurde ihr klar, wie dumm es war zuzugeben, dass die Stadtwachen kamen, wenn das der Plan war. Sie schlug sich gegen die Stirn und hoffte, dass sie es nicht völlig vermasselt hatte.

»Stadtwachen?«, fragte der Junge. »Gut, dann bist du in Sicherheit.«

Delysia starrte die Tür an und war sicher, dass sie sich verhört hatte. »Was hast du gesagt?«

»Ich sagte: Gut, dann bist du in Sicherheit.«

Sie blinzelte. Warum sollte jemand, der in ihr Haus eingebrochen war, sich Sorgen machen, ob sie in Sicherheit war, es sei denn …

»Was machst du hier?«

»Ich beschütze dich«, sagte der Junge.

»Vor wem?«

»Vor den Männern, die deinen Vater ermordet haben.«

Delysia überlief es eiskalt. Sie versuchte die Leiche zu vergessen, die im Flur lag, versuchte nicht an den schrecklichen Moment zu denken, als ihr Vater inmitten seiner Anhänger zusammengebrochen war. Warum wollten Menschen ihren Tod? Und warum hatten sie ihren Vater töten wollen?

»Wir haben nie jemandem etwas zuleide getan«, sagte sie, während ihr die Tränen in die Augen traten. »Warum haben sie das gemacht? Mein Vater war ein guter Mensch! Er war wirklich ein guter Mensch, besser, als ich jemals sein werde … Warum haben sie das … warum …?«

Delysia weinte. Der junge Mann in der Speisekammer hatte geschwiegen, während sie sprach. Aus irgendeinem Grund fand sie das ziemlich nett von ihm.

»Mein Name ist Haern«, sagte er dann, als ihr Weinen zu einem leisen Schniefen abgeebbt war.

»Hallo, Haern«, erwiderte sie. »Ich bin Delysia Eschaton.«

»Delysia …«

Sie hatte das Gefühl, als würde er bei ihrem Namen über seine Zunge stolpern, ihn mit irgendeiner unbekannten Erinnerung oder einem Bild vergleichen. Vielleicht versuchte er sich vorzustellen, wie sie aussah …?

»Du rührst dich nicht, einverstanden?«, sagte sie. »Wenn die Stadtwachen kommen, werde ich ihnen sagen, dass du dich gut benommen hast.«

»Das spielt keine Rolle, Delysia«, erwiderte Haern.

»Warum nicht?«, fragte sie.

»Weil sie mich töten werden.«

Delysia erschauerte und wünschte sich, sie hätte etwas anderes angezogen. Die Decken ihres Bettes waren zwar nicht weit weg, aber sie wollte die Speisekammer keine Sekunde aus den Augen lassen. Bis jetzt hatte Haern nicht versucht herauszukommen, aber vielleicht ließ er sich einfach nur Zeit.

»Das werden sie nicht tun«, sagte sie.

»Das werden sie. Du kannst hier auf Dauer nicht bleiben. Du musst die Stadt verlassen, Delysia. Wenn mein ... Wenn Thren erfährt, dass Dustin versagt hat, wird er einen anderen Mann zu dir schicken. Er wird keine Ruhe geben, bis du tot bist.«

Delysia hätte gern geglaubt, dass er log. Aber falls er log, machte er es wirklich sehr gut. »Wer ist Thren?«

Ein leises Lachen antwortete ihr.

»Das weißt du wirklich nicht? Thren Felhorn, der Meister der Spinnengilde. Er ist gefährlich. Er ist derjenige, der deinen Vater getötet hat. Du hättest ebenfalls sterben sollen, aber der andere Mörder ...«

Er verstummte. Delysias Hände zitterten wie kleine Vögelchen. Sie bildete sich ein, in jeder Ecke den Mann aus dem Flur zu sehen. Er hielt einen Prügel aus Metall in der Hand, und ein böses Grinsen lag auf seinem blassen Gesicht.

»Ich weiß nicht, wohin ich gehen soll. Mein Vater hat in seinem Testament all seine Bauernhöfe den Arbeitern vermacht. Wir haben Geld, aber Großmutter wird nicht auf mich hören. Sie hört nie auf mich. Können wir nicht einfach ein paar Leibwächter einstellen?«

Wieder lachte der Junge in der Speisekammer leise. »Leibwächter? Du hast wirklich keine Ahnung, hab ich Recht?«

Unvermittelt wurde sie wütend. »Immerhin bin nicht ich derjenige, der in einer Speisekammer festsitzt!«

Darauf schien er keine Antwort zu wissen. Es folgte eine Minute drückenden Schweigens. Und es war Haern, der es zuerst brach. Allein dadurch fühlte Delysia sich ein bisschen besser.

»Es tut mir leid«, sagte er. »Wie alt bist du, Delysia?«

Sie straffte ihre Schultern, obwohl er es nicht sehen konnte. »Ich bin zehn, fast elf.«

»Ich bin erst dreizehn«, antwortete Haern. »Ich glaube, keiner von uns beiden weiß besonders viel, oder?«

Fast hätte sie sich beleidigt gefühlt, dann jedoch ließ sie es auf sich beruhen. Wie sie da saß, verängstigt und alleine und mit dem einen Wunsch, dass ihre Großmutter endlich wieder zurückkam, fiel es ihr ein bisschen schwer zu widersprechen.

»Glaubst du wirklich, dass noch jemand kommen wird, um Großmutter und mich zu töten?«, fragte Delysia schließlich.

»Ja, das glaube ich.«

Delysia seufzte. Ihr war zum Weinen zumute, also tat sie es. Wieder wartete Haern geduldig, bis sie sich beruhigt hatte. Sie fragte sich, wie viel Zeit verstrichen war. Ganz sicher müsste ihre Großmutter doch schon längst wieder mit den Stadtwachen hier sein? »Warum bist du hier?«, fragte sie, nachdem sie sich das Gesicht mit dem Saum ihres Nachthemdes trocken gewischt hatte.

»Das sagte ich bereits. Um dich zu beschützen.«

»Aber das ist dumm«, gab sie zurück. »Du bist kaum älter als ich!«

»Der Mann im Flur ist tot, stimmt's?«

Bei seinen Worten überlief es sie erneut eiskalt. Delysia zog ihre Knie an die Brust und schlang ihre Arme darum. Sie starrte auf die Speisekammertür. Irgendwie war sie merkwürdigerweise neugierig darauf, wie Haerns Gesicht wohl unter seiner Maske aussah.

»Die Stadtwachen werden dich nicht töten, wenn sie herkommen, oder?«, erkundigte sie sich. »Du hast das nur gesagt, damit ich dich herauslasse.«

»Sie wissen, wer ich bin. Das alleine wird mich das Leben kosten.«

Wieder dachte sie an seine Maske. »Du weißt, wer hinter uns her ist«, sagte sie. »Das bedeutet, du kannst uns helfen. Kannst du das? Ich weiß, dass du jung bist, aber du hast diesen Mann aufgehalten. Kannst du das noch einmal tun?«

»Das weiß ich nicht«, erwiderte Haern. »Vielleicht solltest du mich lieber den Wachen ausliefern.«

Das schien ein Feuer in ihr anzufachen. »Wenn du mir helfen kannst, dann sag es! Ich will nicht, dass du hier stirbst, nur weil du bist, wer du bist. Mein Vater sagt … Mein Vater hat immer gesagt, man solle die Menschen danach beurteilen, was sie tun, nicht nach ihrem Namen oder nach dem, was sie sagen.«

»Manche Namen sind so blutig, dass sie verurteilt werden müssen«, antwortete Haern ruhig.

Delysia schüttelte den Kopf. Ihr Vater hatte in seinen Lektionen auf bestimmte Dinge sehr viel Wert gelegt, und das war eines davon. »Gnade ist stärker als Blut«, sagte sie.

Auf der anderen Seite des Hauses öffnete sich eine Tür. Delysias Herz schienen einen Schlag auszusetzen, aber dann hörte sie, wie ihre Großmutter rief.

»Del? Ich bin hier, meine Kleine! Ich bin's, Großmutter! Ich habe die Stadtwachen dabei!«

Delysia sah in den kurzen Flur und dann auf die Speisekammertür. Sie brachte es nicht fertig. Sie konnte ihn nicht dem Tod überlassen.

Obwohl sie noch jung war, war sie so groß wie ihre Großmutter. Das lag nicht daran, dass sie etwa besonders lang aufgeschossen gewesen wäre, sondern eher daran, dass ihre Großmutter ohnehin nicht sonderlich hochgewachsen war. Außerdem ging sie durch ihr Alter gebeugt. Delysia stieg auf den Stuhl und griff nach dem Dolch in der Öse. Bei ihrem zweiten

Versuch konnte sie ihn herausziehen. Ein paar Splitter regneten auf ihren Kopf.

»Sag etwas, Liebling, du machst mir Angst!«, schrie ihre Großmutter.

»Ich bin hier!«, erwiderte Delysia, ebenfalls schreiend. Sie zog den Stuhl zurück und riss die Tür auf. Haern stand da, wartend, die Maske fest um sein Gesicht gezogen. Das Blut hatte sie vollkommen durchtränkt. Einen Augenblick erwartete sie, dass er sie angriff, aber das tat er nicht. Er starrte sie nur an. Seine Augen hatten einen sonderbaren Ausdruck.

»Steh da nicht einfach herum«, flüsterte sie. »Versteck dich!«

Als Großmutter in die Küche kam, begleitet von zwei mürrischen Männern in dem braunen Lederharnisch der Stadtwache, saß Delysia auf dem Stuhl vor der Speisekammer. Sie hob den Kopf und lächelte ihre Großmutter an, aber in ihren weit aufgerissenen Augen lag ein furchtsamer Ausdruck.

»Geht es dir gut?«, fragte die alte Frau, als sie ihre Enkelin in die Arme nahm. Die Stadtwachen waren im Flur stehen geblieben, um die Leiche zu untersuchen. Als Delysia nicht antwortete, warf Großmutter einen Blick auf die Tür der Speisekammer und sah, dass sie einen Spalt offen stand.

»Hat er dir wehgetan?« Sie starrte ihre Enkelin besorgt an.

»Es geht mir gut«, erwiderte Delysia. »Er ist einfach entkommen, mehr nicht. Er war nicht gefährlich.«

»Er war nicht gefährlich? Er war nicht … Hast du gesehen, was er mit diesem Mann gemacht hat? Er hat ihm seine verdammte Kehle durchgeschnitten, du dummes Ding!«

In dem Moment trat einer der Wachsoldaten in die Küche und sah sich gleichgültig und müde um. »Wo soll der Junge sein?«

»Er … Er ist …«, stammelte die alte Frau.

»Er ist entkommen«, sagte Delysia. »Er hat die Tür aufgetreten und ist weggelaufen.«

Der Wachsoldat räusperte sich mürrisch. »Hast du gesehen, wie er aussah?«

»Er hat eine Maske getragen«, meinte die alte Frau, die sich endlich zusammengerissen hatte. »Ich glaube nicht, dass er sie abgenommen hat.«

»Dann kann ich nicht viel unternehmen. Was ist deiner Meinung nach mit diesem Dieb hier passiert? Diese Wunden sehen nicht so aus, als hätte ein Junge sie ihm zugefügt.«

»Ich habe dir erzählt, was ich weiß«, antwortete die alte Frau.

Die Wachsoldaten zuckten mit den Schultern und verließen die Küche. Sie untersuchten die Leiche noch ein paar Minuten, dann sahen sie sich flüchtig im Haus um, fanden jedoch nichts. Als ein dritter Wachsoldat mit einem Karren für die Leiche auftauchte, hoben sie den Toten hoch und schleppten ihn nach draußen.

»Ich glaube, ihr solltet ein paar Söldner anheuern«, meinte einer, bevor sie weggingen. »Euer Haus sieht aus, als könntet ihr euch eine Gedungene Klinge oder auch zwei leisten.«

Delysia war die ganze Zeit über sitzen geblieben und nicht einmal aufgestanden, um die Küche zu verlassen. Die alte Frau ging noch einmal durch das Haus, bevor sie die Wachsoldaten schließlich wegschickte. Als sie in die Küche zurückkehrte, war ihr Gesicht rot angelaufen.

»Na, das war ziemlich peinlich«, sagte sie. »Ich erzähle ihnen Geschichten von einem gefährlichen jungen Mann, den ich in meiner Speisekammer eingesperrt habe. Und dann kann ich ihnen nur Staubflocken und einen verfaulten Kohlkopf präsentieren!«

Sie sah, wie Delysias Blick sich auf etwas hinter ihrer Schulter richtete, und drehte sich um. Auf dem Küchentresen saß unter einer geöffneten Schranktür Haern. Delysia fuhr heftig zusammen, als ihre Großmutter zu schreien begann.

19. Kapitel

Der dritte Schlupfwinkel war der richtige. Veliana vergewisserte sich mit einem Blick, dass niemand sie beobachtete, dann schob sie einen Trickstein in der Stadtmauer zur Seite. Als sie das tat, klickte dahinter ein Riegel, unsichtbare Zahnräder arbeiteten, und der Staub unter ihren Füßen bewegte sich, als eine runde Metallscheibe sich hob. Veliana schob den Stein wieder zurück, kletterte eine kleine Leiter in das Loch hinab und zog den Eisendeckel wieder zurück. Er würde etwa einen Tag von oben zu erkennen sein, wenn man genauer hinsah, bis sich der Staub wieder daraufgelegt hatte und ein paar Menschen darübergegangen waren.

Was allerdings keine Rolle spielte. Falls Gileas Thren wirklich verraten hatte, wo sich dieser Schlupfwinkel befand, blieb ihnen höchstens noch eine Stunde, um ihn zu verlassen.

Nachdem Veliana die Platte wieder auf ihren Platz zurückgezogen hatte, musste sie in der darauf folgenden Dunkelheit um sich tasten, um sich zu orientieren. Es gab nur eine Richtung, die sie einschlagen konnte: in einen engen Tunnel, der zur Stadt zurückführte. Sie kroch auf dem Bauch weiter und hatte die Ellbogen fest an den Körper gelegt. Nach etwa sieben Metern stieg der Tunnel langsam nach oben an. Nach weiteren sieben Metern stieß sie mit dem Kopf gegen ein hartes Stück Holz.

»Scheiße!« Sie betastete ihre schmerzhaft pochende Stirn. Wenn man sich Falltüren unter Gebäuden näherte, fiel normalerweise Licht durch die Ritzen. Hier jedoch war nichts zu sehen. Sie tastete blind um sich, bis sie schließlich einen kleinen Hebel fand und zog. Ein metallisches Knirschen ertönte, dann knarrte es über ihr, als eine Bodendiele zur Seite geschoben wurde. Sie kletterte aus dem Loch heraus.

Es dauerte nicht lange, bis sie begriff, warum kein Licht sie vor dieser Falltür gewarnt hatte. Sie befand sich im Kellergeschoss eines ziemlich großen Anwesens. Sie hatte zwar von dem Eingang zu diesem Schlupfwinkel gehört, war aber selbst noch nie dort gewesen.

Kein Wunder, dass James hierhergeflüchtet ist, dachte sie. *Das Haus muss riesig sein.*

Der Keller war nicht beleuchtet, aber auf der rechten Seite fiel Licht über eine Treppe herein, und sie tastete sich langsam dorthin. Sie stieß einmal gegen eine Kiste und biss die Zähne zusammen, um einen Fluch zu unterdrücken. Danach ging sie vorsichtiger weiter. Am Fuß der Treppe sah sie hoch. Oben an der Tür lehnte ein Mann am Rahmen, der ihr den Rücken zukehrte.

»Lass sie noch mal rollen!«, rief der Mann. »Jek hat sie ein bisschen zu wild geschüttelt. Wahrscheinlich hat er zwei gezinkte Würfel in der Tasche.«

Er hatte gerade zu Ende gesprochen, als Veliana ihm die Spitze ihres Dolches an den Hals hielt. Sie war die ganze Treppe hinaufgestiegen, ohne dass er ihre Anwesenheit bemerkt hätte.

»Ein schlechter Wachposten ist ein toter Wachposten«, zischte sie, als er den Kopf herumriss, während er so steif wurde wie ein Brett.

»He, Vel«, sagte er und lächelte sie nervös an. »Schön, dass du wieder da bist. Und so gut gelaunt wie immer.«

Veliana kannte den Mann; es war Jorey, ein Neuer, der vermutlich deshalb zum Wachposten befördert worden war, weil die anderen Gilden die Aschegilde so zermürbten.

»Aus dem Weg!« Sie stieß ihn zur Seite. Etliche andere Männer in den grauen Kutten der Aschegilde sprangen von ihren Hockern rund um einen Tisch auf. Zwei von ihnen griffen nach ihren Dolchen, während die anderen sie nur anstarrten.

»Hab gehört, du wärst tot«, meinte der Mann, der die Würfel in der Hand hatte. Das war vermutlich Jek.

»Dann muss ich dich enttäuschen«, gab sie zurück. »Wo ist James?«

»Was zum Teufel ist mit deinem Gesicht passiert?«, erkundigte sich einer der anderen Diebe. Sie ignorierte den Mann und starrte stattdessen Jek böse an.

»Oben«, antwortete der.

»Gut. Zündet Fackeln an, und befestigt sie in den Halterungen im Keller. Zwei Leute sollen sie bewachen, und ich meine *bewachen,* nicht oben an der Treppe herumlungern und auf einen Armbrustbolzen warten. Was ist mit der Haustür zu diesem Gebäude? Wer bewacht sie?«

»Nur Garry«, erwiderte ein anderer Mann. »Es ist ruhig geworden. Die Gilden lassen uns in Ruhe, seit James Threns Plan zugestimmt hat.«

Veliana blieb wie angewurzelt stehen. »Er hat … zugestimmt?«, erkundigte sie sich. »Wann?«

»Heute Morgen«, antwortete Jorey. »Wo hast du gesteckt, Vel?«

Veliana schüttelte den Kopf, während sie versuchte, die Information zu verarbeiten. »Keine Zeit«, sagte sie dann. »Ich muss mit James reden. Ihr anderen geht zu den Türen, und wenigstens einer von euch bewacht die Fenster.«

»Warum dieser Aufstand?«, wollte ein fetter Mann in der Ecke wissen.

»Weil Thren weiß, wo wir sind«, sagte sie. »Er wird uns nicht in Ruhe lassen, nicht jetzt und nicht in Zukunft.«

»Aber wir haben allem zugestimmt, was er von uns wollte«, widersprach Jek. »Er wird ja wohl kaum …«

»Der Nächste, der mir widerspricht, bekommt ein Messer in den Hals!«, schrie Veliana.

Das hat ihnen zumindest das Maul gestopft, dachte sie, als sie durch das Haus stürmte und nach einer Treppe ins Obergeschoss suchte. Als sie die Wendeltreppe sah, hielt sie sich am Geländer fest und nahm zwei Stufen auf einmal. Im ersten Stock sah sie sich in dem Flur um. Sie entschied sich für eine Richtung und ging suchend weiter. Sie blieb erst stehen, als jemand ihren Namen rief.

»Veliana?«

Sie wirbelte herum und ging zwei Zimmer zurück. James saß auf dem Rand seines Bettes, nackt. Sie wurde weder rot, noch wandte sie ihren Blick ab, sondern verschränkte nur die Arme hinter ihrem Rücken. Eine junge blonde Frau lag ausgestreckt auf dem Bett neben ihm. Ihre schlanke Figur wurde von der dünnen Decke, in die sie sich gewickelt hatte, kaum verhüllt.

»Entschuldige den ungünstigen Moment«, sagte sie. »Ich hoffe, dass ich dich wenigstens am Ende störe, nicht am Anfang.«

James lachte leise. »Wir Berens glauben, dass es weder ein Ende noch einen Anfang gibt«, sagte er. »Sondern nur kurze Zwischenspiele zwischen beiden.«

Er stand auf und zog seine Hose an. Als er sich bewegte, rührte sich die Frau neben ihm. Sie zog die Decke dichter um sich und rollte sich auf die andere Seite.

»Wer ist das?«, erkundigte sich Veliana, nachdem James das Zimmer verlassen und die Tür hinter sich geschlossen hatte.

»Eins von Leon Conningtons Dienstmädchen. Warum?«

Veliana klappte der Kiefer herunter. »Bist du wahnsinnig geworden? Sie könnte ihm verraten, wo unser Schlupfwinkel ist!«

James lachte. »Du weißt doch, wie er seine Dienstboten behandelt. Er kann von Glück reden, wenn er seine Dienstmagd überhaupt zurückbekommt, ganz zu schweigen davon, dass sie ihm irgendwelche Informationen über uns geben würde.«

James' Belustigung erlosch schlagartig, als er ihr Gesicht zum ersten Mal richtig erkennen konnte. »Bei Ashhur, was ist mit dir passiert?« Er legte sanft die Finger auf ihre Wange. »Tut es noch weh?«

»Es schmerzt höllisch«, erwiderte sie. »Und es will auch nicht heilen. Also, was höre ich da? Du hast eine Abmachung mit Thren getroffen?«

James seufzte und ging in das Zimmer gegenüber von seinem Schlafgemach. Es war weder eingerichtet, noch hingen Bilder an den Wänden. Der einzige Schmuck war ein gelber Vorhang vor dem Fenster. Er zog ihn zurück, sodass er durch das rautenförmige Fenster auf die Stadt blicken konnte.

»Threns Plan mag selbstmörderisch sein, aber es besteht durchaus die Chance, dass er Erfolg hat. Hätten wir ihm länger Widerstand geleistet, hätten wir keine weitere Nacht überlebt. Sie haben uns unsere beiden letzten Schlupfwinkel über dem Kopf abgefackelt. Hast du sie gesehen?«

Sie nickte. James schüttelte den Kopf und krümmte die Hand, als wünschte er sich, es befände sich ein Glas darin. »Wir haben so viele Leute verloren. Unser Territorium existiert fast nicht mehr. Und selbst nach diesem Zugeständnis werden wir weiterhin die meisten unserer Mitglieder an andere Gilden verlieren, es sei denn, wir haben Glück und machen irgendwo einen guten Fang. Was hätte ich tun sollen, Vel? Hätte ich mich hinstellen und gegen ihn kämpfen, gegen die vereinte Macht aller Diebesgilden antreten sollen?«

»Die anderen Gilden müssen allmählich nervös werden«, erklärte Veliana. »Thren hat versucht, mich zu rekrutieren, um deinen Schlupfwinkel zu finden. Er fürchtete, dass andere Gildenführer ihn im Stich lassen würden, wenn er versuchte, irgendjemanden mit Gewalt auf seine Seite zu ziehen.«

James lachte. »Dabei hat er nichts dergleichen getan. Er hat den Leuten Ideen in den Kopf gesetzt und zugesehen, wie die anderen Gilden uns bei lebendigem Leib gefressen haben. Diejenigen, die der Spinnengilde am nächsten standen, haben das beste Territorium bekommen … und zwar *unser* bestes Territorium. Er wollte deine Hilfe, weil es einfacher gewesen wäre. Ein schneller Coup, ein paar Leichen, und dann hätte er eine weitere Marionette an der Spitze einer anderen Gilde gehabt. So musste er stattdessen etwas mehr Blut vergießen. So schwer war das nicht. Kennst du Kadish Vel? Seine Falken waren schon seit Monaten scharf auf das Territorium nördlich der Eisenstraße. Jetzt hat er es. Fünf Jahre lang haben wir den Krieg dieses Mistkerls gekämpft, fünf verfluchte Jahre, und weil wir jetzt nicht mehr mitspielen, wirft er uns den Hunden vor.«

»Und den Schatten, den Falken und den Schlangen«, meinte Veliana. »Wir haben keine Freunde. Wir hatten noch nie welche.«

James deutete wieder auf ihr Gesicht. »Wer hat das gemacht? Bist du deshalb hier hereingestürmt und hast nach mir gesucht?«

Veliana drehte sich um. Plötzlich schämte sie sich wegen ihrer Entstellung.

»Das … Nein, das war Gileas, aber er ist tot. Ich habe ihn … James, Gileas hat vor weniger als zwei Stunden einem von Threns Leuten Informationen verkauft. Er hat damit geprahlt, dass Felhorn jetzt wüsste, wo wir uns verstecken.«

»Das hat nichts zu bedeuten«, erklärte James.

»Aber er war sich so sicher«, gab Veliana zurück. »Er hat auch behauptet, dass er den Leuten des Königs Threns Pläne für Kensgold verraten hätte.«

Jetzt verfinsterte sich James' Miene. »Thren wird dir nicht glauben«, sagte er. »Wir sagen ihm, ein Toter hätte seinen Plan an den König verraten, und verlangen von ihm, dass er die ganze Sache abbläst? Er wird nur annehmen, dass wir versuchen, seinen neuen Plan zu sabotieren, ohne uns ihm direkt zu widersetzen. Schlimmer noch, er wird glauben, dass wir dem König den Plan selbst verraten hätten. Dieser miese kleine Wurm soll verflucht sein!«

Das hätte Veliana eigentlich amüsieren sollen, tat es aber nicht. »Wir können dabei nicht mitmachen«, sagte sie. »Wir können doch nicht einfach nur seinetwegen unser Leben wegwerfen.«

James schlang seinen Arm um sie und zog sie an sich. »Erzähle mir alles«, sagte er. »Alles, was passiert ist.«

Veliana berichtete ihm davon, wie sie gefangen genommen und Gileas ausgeliefert worden war. Dann berichtete sie von ihrer Begegnung mit den gesichtslosen Frauen. Sie verschwieg nichts, nicht einmal ihren Abstecher zu Karaks Tempel. Als sie fertig war, war James' Gesicht die ruhige, wütende und versteinerte Maske, die er meistens dann zeigte, wenn er Mord und Totschlag im Sinn hatte.

»Also hat Vick dich an die Spinnengilde ausgeliefert?«, fragte er. »Ich wusste, dass er verschwunden war, allerdings dachte ich, er wäre bei dem Hinterhalt gestorben, bei dem Walt und, wie ich dachte, auch du ums Leben gekommen waren. Er muss sich verkrochen haben. Wir werden ihn finden. Er soll die Rache der Aschegilde zu spüren bekommen.«

»Was machen wir jetzt?«, wollte Veliana wissen. »Gileas sollte dem Ratgeber des Königs sagen, wo Threns Gildenhaus ist, und ihn überzeugen, dass alle Gildenhäupter dort wären, um einen Plan zu ersinnen, den König zu ermorden. Dann hätte sich eine ganze Armee auf das Hauptquartier dieses Mistkerls Felhorn gestürzt. Stattdessen hat Gileas ihm die Wahrheit erzählt. Jetzt haben wir ein Versprechen gegeben, das wir halten müssen und das unseren Tod bedeutet. Wir können nicht einmal einfach davon zurücktreten, weil wir sonst auf eine andere Art umgebracht würden.«

James drückte ihre Schulter. »Wir werden mitspielen«, sagte er. »Ich habe vor zu überleben und außerdem unsere Rechnung mit Vick und Kadish zu begleichen. Und es werden nicht wir sein, die in der Nacht vom kommenden Kensgold sterben.«

»Was meinst du?«, erkundigte sich Veliana. »Du hast doch wohl nicht vor ...«

»Genau das habe ich vor«, sagte James. »In welcher Nacht wird Thren am verletzlichsten sein? In welcher Nacht steht sein gesamter Ruf auf dem Spiel? Kensgold ist der Schlüssel, Vel. Wir werden ihn vernichten und alles in Stücke schlagen, was er da aufgebaut hat. Wir werden unseren eigenen Frieden mit der Trifect aushandeln. Sollen die anderen gegen die Söldner kämpfen. Wir werden allein durch unsere Huren das Zehnfache verdienen.«

»Ich vertraue dir«, erwiderte Veliana und befreite sich aus seinem Arm. »Ich werde dir sogar helfen, nachdem ich zu den gesichtslosen Frauen zurückgekehrt bin. Aber zuerst musst du mir etwas versprechen.«

»Und das wäre?«

»Überlass seinen Sohn Aaron mir.«

Gerand Crold saß auf seinem Stuhl und fühlte sich sehr verletzlich, obwohl die dicken Mauern des Palastes ihn umgaben. Er wiederholte das Gespräch vom Morgen immer wieder in seinem Kopf.

»Thren möchte sich mit dir unterhalten«, hatte einer der Küchenjungen zu ihm gesagt. Ein Junge, den Gerand nicht kannte.

»Und warum sollte ich dem zustimmen?«, hatte Gerand erwidert. Er ersparte es sich zu fragen, warum ein so junger Bursche von alldem wissen sollte. Die Spinnen schienen ihre Netze überall dort zu weben, wo sie sie brauchten.

»Es ist wichtig. Es geht um Kensgold. Warte in deinem Zimmer, und zwar allein, sonst werden Menschen sterben.«

Dann war das Kind verschwunden, und Gerand stand immer noch wie erstarrt in dem Gang vor dem Thronsaal. Das Kensgold? Wusste Thren, dass Gerand von dem Wurm über seine Pläne an Kensgold informiert worden war?

Gerand hatte versucht, sich seine Nervosität tagsüber nicht anmerken zu lassen, aber es war eine Farce gewesen. Die ganze Sache hätte vollkommen lächerlich sein sollen. Sein Quartier im Palast war zwar klein, aber luxuriös, und vor allem war es extrem sicher. Er war von Königstreuen umgeben und wurde außerdem von den gewaltigen Steinmauern und den Patrouillen der Soldaten geschützt. Noch nie zuvor hatte er sich um sein Leben Sorgen gemacht, wenn er die Tür verschlossen und den Laden vor sein Fenster gezogen hatte.

Und doch hatte er jahrelang den wilden Geschichten von Thren Felhorns Taten gelauscht. Der Mann hatte eine gesamte königliche Familie ausgelöscht, sogar zwei, wenn die Gerüchte stimmten. Er hatte Connington den Familienschmuck unter der Nase geraubt, ohne dass der Mann es auch nur gemerkt hätte. Er hatte Ser Morak getötet, den besten Schwertkämpfer der Nation von Ker, obwohl immer noch diskutiert wurde, ob es bei dem Kampf mit rechten Dingen zugegangen war. Was also bedeuteten für einen Mann wie ihn schon ein paar Mauern oder eine Tür?

Gerand stellte sein Glas auf den Tisch und ging unruhig in seinem Zimmer auf und ab. Er wünschte sich, seine Frau wäre hier, aber er hatte sie selbst weggeschickt. Nicht auf ihren kleinen Besitz vor der Stadt. Ihm gehörte mitten im südlichen Bezirk ein bescheidener Juwelierladen, und er hatte ihr befohlen, sich dort die nächsten zwei Tage zu verstecken. Jetzt fragte er sich, ob das wohl sicher genug war. Gewiss, er hatte dort Söldner beschäftigt, genug Söldner, um jeden gewöhnlichen Dieb oder Halsabschneider abzuschrecken. Aber Thren?

»Verflucht!« Gerand schlug mit der Hand auf seine Kommode. »Er ist ein Mann, kein Geist! Mauern und Türen bedeuten für ihn dasselbe wie für jeden anderen Menschen.«

Es waren starke, wütende Worte, aber sie konnten ihn nicht beruhigen. Stattdessen ging er zu seinem Bett und nahm sein Rapier aus dem Gestell an der Wand. Als er den kühlen Griff in seiner Hand spürte, fühlte er sich etwas besser. Er war vielleicht nicht so gut wie Ser Morak, aber er war ein durchaus passabler Schwertkämpfer. Jedenfalls starb er so vielleicht im Kampf, statt qualvoll an vergiftetem Essen zu krepieren.

Die Stunden krochen langsam dahin, und schließlich war es tiefe Nacht. Gerand las, wenn er sich so weit zusammenreißen konnte, dass es ihm gelang, sich zu konzentrieren. Sein Rapier lag über seinen Beinen, während er die Seiten umblätterte. Dann wieder übte er mit der Waffe in der Hand ein paar Stellungen und versuchte sich an das letzte Mal zu erinnern, als er trainiert hatte. Es mussten ein oder zwei Jahre her sein, dachte er. Und das waren ein Jahr oder zwei zu viele. Er brauchte dringend einen neuen Partner, und zwar einen guten. Vielleicht genügte ja Antonil Copernus, der Hauptmann der Wache, für diesen …

Bei dem Klopfen an der Tür fuhr Gerand herum. Seine Klinge zischte pfeifend durch die Luft. Als er begriff, dass die Tür immer noch geschlossen war und kein Gespenst ihn holen wollte, kam er sich unglaublich dumm vor. Er schob das Rapier in seinen Gürtel und legte die Hand auf den Griff.

»Wer ist da?«

Die Tür flog nach innen auf und schlug gegen seine Hand. Die schwere Eiche krachte gegen seine Stirn. Noch im Fallen versuchte er die Klinge zu zücken, aber dann prallte er mit dem Rücken auf die kleine Kiste am Fußende seines Bettes.

Das Rapier fiel klappernd auf den Steinboden. Er griff danach, aber im selben Moment stellte sich ein schwerer Stiefel auf seine Finger.

»Hoch mit dir!«, befahl eine Stimme. Grobe Hände packten sein Wams am Rücken und rissen ihn hoch. Dann schleuderten sie ihn auf einen Stuhl. Gerand drückte seine verletzte Hand an die Brust und konnte zum ersten Mal einen Blick auf seine Angreifer werfen. Die eine war eine Frau mit rabenschwarzem Haar. Der andere war höchstwahrscheinlich Thren Felhorn. Gerand hatte den Mann zwar noch nie persönlich kennengelernt, aber er hatte viele Beschreibungen über ihn gehört und gelesen.

Die Frau zog eines von vielen Wurfmessern aus ihrem Gürtel und ließ es in ihren Fingern tanzen, während Thren die Tür schloss. Als Gerands Blick zu seinem Rapier glitt, schleuderte die Frau ihren Dolch. Er bohrte sich in den Stuhl so dicht neben ihn, dass die Klinge seine Robe durchbohrte. Die Frau schüttelte den Kopf, sagte aber nichts.

Thren schob die Frau sanft zur Seite und baute sich mit verschränkten Armen vor Gerand auf. Er betrachtete den Mann finster. Sein Blick war mörderisch.

»Weißt du, wer ich bin?«

»Das weiß ich«, erwiderte Gerand. Er versuchte, tapfer zu klingen. Wie oft hatte er Thren vor anderen Adeligen lächerlich gemacht, sogar vor dem König hatte er ihn kleingeredet. Jetzt nahm er jedes Wort zurück. Wo waren seine Leibwächter, verflucht?

»Weißt du, warum ich hier bin?«, fragte Thren.

Wieder nickte Gerand. »Ich glaube, das weiß ich.«

»Kayla, könntest du mir bitte sein Rapier geben?«

Die Frau hob das Schwert auf und reichte es mit dem Griff voran Thren.

»Danke.« Thren untersuchte die Waffe kurz. »Solide Arbeit, wenn auch ein bisschen eitel. Ein Mann könnte einen ganzen

Monat von dem leben, was allein der Verkauf dieses kleinen Rubins im Griff erbringen würde. Ich beobachte dich seit einiger Zeit, Crold. Deine Familie ist ebenso dekadent und überflüssig wie der Griff deines Rapiers. Ihr habt euch mit der Rolle von Speichelleckern und Arschkriechern zufriedengegeben, wolltet aber nie Anführer sein.«

Thren zog eines seiner Langmesser und hielt es Gerand vor die Nase. »Siehst du das?«, fragte er. »Eine einfache, aber gut gemachte Waffe. Nichts Überflüssiges. Du hast vergessen, dass du ein Werkzeug bist, Gerand Crold, und nicht mehr. Zu tun, als wärst du etwas anderes, kann zu … gefährlichen Situationen führen. Sag mir, mein teurer Ratgeber des Königs, wovon möchtest du lieber durchbohrt werden, von meinem Langmesser oder von deinem Rapier?«

Gerand blickte zwischen den beiden Klingen hin und her. »Von meinem Rapier«, sagte er.

»Eine gute Wahl.« Thren rammte Gerand das Rapier in die Brust. Aber er achtete darauf, dass er keine lebenswichtigen Organe traf, sondern nur das Fleisch dicht neben der Schulter verletzte. Gerand biss die Zähne zusammen, um seinen Schmerz zu beherrschen, während sein Blut die violette Robe durchtränkte.

»Die Menschen werden mich immer mehr fürchten als dich«, sagte Thren. »Deshalb bin ich mächtiger als du, mächtiger als die Trifect und sogar mächtiger als der König. Ich werde nicht zulassen, dass ihr euch in meine Angelegenheiten mischt. Ihr spielt Spiele, ich handle mit Blut, und mein Sohn ist keine von euren Spielfiguren!«

Sein Sohn!, dachte Gerand. *Er ist wegen seines Sohnes hier? Nicht wegen seines Planes für das Kensgold?*

Das Blut wich aus Gerands Gesicht. Es gab plötzlich zahlreiche Gründe, aus denen Thren ihn umbringen könnte. Er hoffte nur, dass er ihn nicht zu lange folterte.

»Er sieht aus, als würde er gleich ohnmächtig werden«, bemerkte Kayla.

Thren drehte das Rapier in der Wunde, und der Schmerz toste durch Gerands Körper.

»Ich sollte dich töten«, sagte Thren. »Aber das werde ich nicht tun. Du bist zu nützlich für mich, dort, wo du bist. Ich will die Trifect demütigen. Du bist in einer Position, in der du mir dabei helfen kannst, Gerand. Dein Wort ist in allen Staatsangelegenheiten das Wort des Königs. Verstehst du, was ich sage?«

Gerand nickte. »Ich verstehe«, antwortete er. »Ich schulde der Trifect keine Loyalität. Ich kann tun, was du von mir verlangst.«

Thren lachte leise. »Das kannst du ganz gewiss, aber wirst du es auch tun? Wie soll ich wissen, ob du dein Wort hältst, wenn ich erst wieder gegangen bin?«

»Geiseln wirken in einem solchen Fall Wunder«, sagte Kayla wie aufs Stichwort.

Sie warteten beide, um zu sehen, ob Gerand die Bedeutung ihrer Worte begriff. Der Ratgeber sah zwischen den beiden hin und her, während ihm der Mut sank. »Ihr habt Martha«, sagte er.

»Er kann also doch denken«, sagte Kayla.

»Ich habe sie noch nicht in meiner Gewalt«, sagte Thren, während er das Rapier aus Gerands Brust zog. Er tat so, als wollte er es in die Scheide stecken, dann jedoch legte er stattdessen die blutige Spitze an Gerands Kehle. »Aber ich weiß, wo du sie versteckst. Ich werde sie bis zum Ende des Kensgold scharf im Auge behalten. Wenn du versuchst, sie wegzuschaffen, oder weitere Wachen für sie aufstellst, wirst du leiden. Du tust, was ich sage, oder aber ich sorge dafür, dass jedes Mitglied meiner Gilde vorher seinen Spaß mit ihr hat. Es spielt keine Rolle, wie sehr du versuchst, sie zu verstecken oder zu beschützen. Sie wird uns irgendwann in die Hände fallen. Habe ich mich klar ausgedrückt?«

»Vollkommen klar.« Gerands Stimme klang plötzlich heiser und schwach.

»Die Befehle sind einfach«, sagte Kayla, als Thren zurücktrat und das Rapier auf das Bett warf. »Die Flut von Söldnern, die zum Kensgold kommen, müsste jeden Tag eintreffen, wenn sie nicht schon hier sind. Sie werden eine gewaltige Karawane mit Wein, Essen und Tänzern dabeihaben. Belege sie mit einer Steuer. Und zwar einer hohen Steuer.«

»Aber die Trifect wird …« Gerand unterbrach sich, als er begriff, wie dumm sein Einwand war.

Kayla bemerkte es und lachte. »Genau darum geht es«, sagte sie. »Alle, die sie engagiert haben, werden mehr verlangen, um diese Steuer auszugleichen. Danach wirst du ein Gesetz erlassen, das verbietet, dass sich mehr als fünfzig Söldner an einer Stelle versammeln.«

»Bezeichne es als einen Versuch, den Stadtfrieden zu wahren«, warf Thren ein.

»Und mach deutlich, dass du die Söldner selbst zur Kasse bitten wirst, wenn sie dagegen verstoßen«, sagte Kayla. »Sie sollen sich um ihre Geldbörsen Sorgen machen.«

»Ich werde tun, was ich kann«, erwiderte Gerand. »Aber es wird nicht einfach werden.«

»Drittens«, sagte Kayla, »und das ist das Wichtigste: Die Trifect hat Hunderte von Kaufleuten auf ihrer Lohnliste, die ihre Steuer nicht bezahlt haben. Das Geld geht stattdessen an die Söldner, und seit Jahren habt ihr in diesem Punkt ein Auge zugedrückt. Das hört auf.«

»Ich werde von ihnen so viel Geld eintreiben, wie ich kann«, versprach Gerand.

Thren schüttelte den Kopf. »Ich will nicht, dass sie Steuern bezahlen. Ich will, dass du sie verhaftest.«

»Verhaften? Weshalb denn?« Als Thren wieder nach dem Rapier griff, wurde Gerand blass. »Schon gut, einverstanden. Steuerhinterziehung ist ein ernstes Vergehen. Die meisten werden sich schuldig bekennen und innerhalb von ein bis zwei Tagen ihre Strafen bezahlen. Wird das genügen?«

»Das genügt«, antwortete Kayla. »Wenn das Kensgold zu Ende ist, lassen wir deine Frau in Ruhe.«

»Ich werde dir sogar mein Wort geben, dass ich dir nie wieder drohen werde, ihr etwas anzutun«, meinte Thren. »Aber nur, wenn du kooperierst. Ist das klar?«

Das war es.

Kayla öffnete vorsichtig die Tür des Raumes und warf einen Blick hinaus. Als sie keine Wachen sah, setzte sie ihre graue Kapuze auf und winkte Thren zu. Unmittelbar bevor der Gildemeister den Raum verließ, kniete er sich neben Gerand.

»Ich werde dich nicht töten«, flüsterte er ihm ins Ohr. »Ich werde dich stattdessen in einer Zelle an die Wand ketten und die Leiche deiner Frau vor dir auf den Boden legen. Nachdem ich dir deine Augenlider abgeschnitten habe, wirst du zusehen, wie sie verfault, bis sie nur noch ein Gerippe ist. Erlasse diese Gesetze und sorge dafür, dass sie auch durchgesetzt werden!«

Danach stürmte Kayla aus der Tür, und Thren folgte ihr.

20. Kapitel

Als sich Großmutter endlich beruhigt hatte, willigte sie ein, sich anzuhören, was der junge Dieb zu sagen hatte. Natürlich erst, nachdem sie vergeblich versucht hatte, ihn mit einer Pfanne zu erschlagen und er sie auf einen Stuhl gestoßen hatte.

»Bitte hör mir zu«, sagte er, als sie aufgehört hatte, um Hilfe zu rufen. Delysia stand neben ihr, streichelte ihre Hand und bemühte sich nach Kräften, sie zu beruhigen.

»Du bist in mein Haus eingebrochen, hast einen Mann ermordet, dich vor den Stadtwachen versteckt und erwartest jetzt, dass ich still dasitze und dir zuhöre?«, fragte die alte Frau. »Selbst für einen so blutjungen Burschen bist du schon ziemlich dumm.«

»Großmutter«, jammerte Delysia.

»Schon gut. Also, heraus damit, Junge.«

»Sein Name ist Haern«, mischte sich Delysia ein.

»Also gut, *Haern.«* Die alte Frau spie das Wort aus, als wäre es ein Fluch. »Was hast du zu sagen?«

»Delysia ist hier in der Stadt nicht sicher«, erklärte Haern. Er lehnte sich gegen die Tür der Speisekammer. Getrocknete Blätter hingen an seinem Umhang, wo er im Dunkeln an einer aufgehängten Tomatenpflanze entlanggestreift war. Er hielt eine der beiden Kerzen in der Hand, die Delysia angezündet hatte. Die alte Frau hatte die andere.

»Niemand ist in der Stadt noch sicher. Warum soll das bei Delysia anders sein?«

»Thren Felhorn von der Spinnengilde hatte den Tod ihres

Vaters angeordnet«, erwiderte Haern. Er sah die alte Frau starr an, als würde er sich schämen, das Mädchen anzublicken, wäre aber zu stolz, die Augen niederzuschlagen. »Ich war dabei, als es passiert ist.«

»Du meinst, du hast dabei mitgemacht«, erwiderte die alte Frau. »Ich bin nicht schwachsinnig. Sieh dir die Farben an, die du trägst: Es sind die Farben der Diebesgilde. Was warst du, ein Späher? Oder hast du Schmiere gestanden, solltest du auf die Stadtwachen achten? Oder musstest du den Leichnam ihres armen Vaters ausplündern, nachdem alle verschwunden waren?«

Haern schlug mit der Faust gegen die Tür der Speisekammer. Dabei fielen ein paar Blätter von seinem Ärmel, und Delysia verfolgte sie mit dem Blick, bis sie auf dem Boden landeten.

»Das spielt keine Rolle«, erklärte Haern. »Der Mann, den ich getötet habe, sollte die Aufgabe beenden. Da er jetzt tot ist, wird Thren einen anderen schicken, und noch einen anderen, bis die Arbeit getan ist. Er lässt nichts unerledigt. Delysia muss von hier verschwinden, so schnell und so heimlich wie möglich.«

»Ich glaube, er hat Recht, Großmutter«, mischte sich Delysia ein.

»Natürlich glaubst du das«, erwiderte die alte Frau verächtlich. »Du bist ein junges Mädchen, das jede Geschichte glaubt, die ein Junge dir erzählt. Woher wissen wir, dass Thren irgendetwas mit dem Tod seines Vaters zu tun hatte?«

»Du weißt verdammt gut, dass die Spinnengilde dafür verantwortlich ist«, erwiderte Haern.

»Hüte deine Zunge, wenn du mit mir redest, Junge, sonst wasche ich sie dir mit Lauge aus!«, fuhr die alte Frau ihn an.

Zur Überraschung der beiden Frauen trat Haern verlegen von einem Fuß auf den anderen und senkte den Kopf. »Entschuldigung.«

»Wenigstens hast du Manieren«, stellte die alte Frau fest. »Und außerdem fürchte ich, dass du tatsächlich Recht hast. Dieser schreckliche Mord auf der Straße war schon schlimm, aber dass ein Dieb bei uns ins Haus einbricht, ist genauso schlimm. Ich mag alt sein, aber ich bin nicht senil und weiß sehr wohl, dass das kein Zufall war.«

»Wohin sollen wir gehen?«, erkundigte sich Delysia. Sie schien den Tränen nahe zu sein. Angesichts der Schrecken, die sie heute bereits erlebt hatte, konnte die alte Frau es ihr auch nicht verübeln.

»Es geht hier nicht um *wir*, Kind«, antwortete die Großmutter. »Auch wenn es mich schmerzt, das zu sagen, wir müssen dich irgendwohin bringen, wo selbst der raffinierteste Dieb dich nicht erwischen kann. Dein Vater war unter den Priestern von Ashhur sehr angesehen. Ich bin sicher, dass sie dich in ihre Obhut nehmen. Sobald du innerhalb der weißen Mauern ihres Tempels bist, bist du für die Welt gestorben, jedenfalls solange du dich dort versteckst.«

Delysia schniefte. »Aber was ist mit Tarlak? Werde ich ihn jemals wiedersehen?«

Ihre Großmutter zog sie an sich und küsste sie auf die Wange. »Ganz bestimmt wirst du das. Dein Bruder ist bei seinem Zauberlehrer in Sicherheit. Jetzt müssen wir dafür sorgen, dass auch du sicher untergebracht wirst, sonst verwandelt er mich vielleicht in einen Schlammhüpfer, weil ich zugelassen habe, dass seiner lieben kleinen Schwester etwas zugestoßen ist.«

»Ich will dich aber nicht verlassen«, sagte sie.

Die alte Frau schüttelte liebevoll den Kopf. »Ich will auch nicht, dass du gehst, aber ich habe bereits meinen Sohn verloren. Ich könnte es nicht ertragen, wenn Dezrel dich ebenfalls verliert. Ich bin alt, und du hast keine Mutter, die auf dich aufpassen kann. Die Priester und die Priesterinnen werden dir ein gutes Heim bieten, das verspreche ich dir.«

Delysia erwiderte den Kuss und drehte sich um. Aber es war niemand da, nur die halb geschlossene Tür der Speisekammer. Haern war verschwunden.

»Ein seltsamer Junge«, erklärte die alte Frau. »Ich hoffe, dass er niemandem erzählt, wohin du gehst.«

»Ich vertraue ihm«, erklärte Delysia nachdrücklich.

»Du vertraust ihm? Ha!« Die Frau lachte, bis sie nach Luft rang und hustete. »Wahrscheinlich bist du auch noch in ihn verliebt. Ein gut aussehender, geheimnisvoller Junge mit einer Maske. Jedes Mädchen würde wollen, dass so einer durch sein Schlafzimmerfenster hereinkommt.«

Delysia verzog das Gesicht und stieß ihrer Großmutter den Zeigefinger in die Seite. Als die alte Frau sie ebenfalls spielerisch stupste, brachen sie beide in Gelächter aus.

»Es tut gut, dich lachen zu hören«, sagte die alte Frau. »Dieses Lachen werde ich bis ans Ende meiner Tage mit mir nehmen. Und jetzt geh und pack deine Sachen zusammen. Aber nimm nicht viel mit, nur das, was du tragen kannst. Ich will keine Zeit mehr verlieren; wir sollten uns gleich auf den Weg zum Tempel machen.«

Sie sah zu, wie das Mädchen in sein Schlafzimmer zurückeilte. Dann verzog die alte Frau sorgenvoll das Gesicht. Ihre Lippe zitterte, und ihr traten Tränen in die Augen. Als Delysia mit einem Armvoll Kleidung zurückkehrte, verbarg ihre Großmutter rasch ihre Tränen hinter einem Lächeln und führte die Enkelin zur Tür hinaus auf die Straße.

Pelarak war außer sich vor Wut. Zwei Tage lang hatte er darauf gewartet, dass Zusa und ihre Gesichtslosen mit Alyssa zurückkehrten, und seit zwei Tagen hatte er kein einziges Wort von ihnen gehört. Hastig leierte er seine Morgengebete herunter. Er versprach sich nicht oder zitierte etwas falsch, war jedoch mit den Gedanken woanders. Seine Gläubigen merkten es. Seine Stimme klang wütend, und sein Ruf nach Buße und Bekämpfung des Chaos war besonders bewegend. Anschließend kniete er vor der großen Statue von Karak und badete in dem violetten Licht.

»Irgendetwas macht dir Kummer«, sagte ein Mann, als er sich neben ihn kniete.

»Die Welt ist ein kummervoller Ort«, gab Pelarak zurück. Er öffnete die Augen und lächelte, als er sah, wer bei ihm war. »Ethric, wie schön, dich zu sehen!« Pelarak stand auf und umarmte den Neuankömmling. »Ich bin froh, dass du so schnell von der Zitadelle hierherkommen konntest!«

Ethric lächelte. Er war ein sehr großer Mann, und Pelarak konnte ihn nur deshalb umarmen, weil er noch kniete. Er trug noch seine schwarze Rüstung, weil er gerade erst angekommen war und noch keine Zeit gehabt hatte, sie abzulegen. In einer Scheide auf seinem Rücken steckte ein langes Zweihandschwert. Er war vollkommen glatt rasiert, und auf seinem kahlen Schädel waren zahlreiche Tätowierungen mit einer dunkelvioletten Tinte eingeätzt. Sie bildeten ein merkwürdiges Muster aus Schlingen und Kurven.

»Deine Priester kommen immer seltener nach Omn«, sagte Ethric. Seine Stimme klang voll und angenehm. »Carden hat mich angewiesen, rasch herauszufinden, wie die Dinge stehen. Die Streitigkeiten zwischen der Trifect und den Gilden dauern schon so lange an, dass wir selbst jenseits der Flüsse davon gehört haben.«

»Komm«, sagte Pelarak. »Bist du hungrig? Leiste mir bei einer Mahlzeit Gesellschaft.«

Tief im Tempel befand sich ein rechteckiger Raum ohne jeden Schmuck. In der Mitte stand ein langer Tisch, an dem hölzerne Hocker standen. Ein Blick von Pelarak, und die Bediensteten setzten sich in Bewegung. Es waren junge Priester, die immer noch in der Ausbildung für ihren Dienst an Karak waren.

»Es fällt mir schwer, mich daran zu erinnern, dass du einmal genauso warst wie diese Jungen«, erklärte Pelarak. »Ich habe so viele aufwachsen sehen und habe miterlebt, wie sie die Rüstung oder die Roben gewählt haben. Viele strebten nach Großem, aber nur so wenige haben es auch tatsächlich erreicht.«

»Ich frage mich, was ich sein werde«, gab Ethric zurück, als er sich ihm gegenüber an den Tisch setzte.

»Ein dunkler Paladin, den jeder Junge von Ashhur zu fürchten lernt, wenn Karak uns wohlgesonnen ist«, erklärte Pelarak.

Die jungen Novizen umringten sie, mit Schüsseln, Löffeln und einem großen Topf Suppe in den Händen. Nachdem man sie bedient hatte, neigten die beiden Männer die Köpfe und beteten nahezu eine Minute lang lautlos. Anschließend stürzte sich Ethric heißhungrig auf das Essen, während Pelarak nur gelegentlich einen Löffel zum Mund führte.

»Ich muss zugeben, dass ich aus Gründen hergekommen bin, die nichts mit deinen herzlichen Worten oder dem Essen zu tun haben«, meinte Ethric schließlich, als seine Schüssel halb leer war. »Obwohl Karak weiß, dass ich beides nötig hatte. Ich hatte seit meiner Abreise aus der Zitadelle keine warme Mahlzeit mehr, und nach der langen Reise kommt es mir vor, als hätte ich tausend Meilen zurückgelegt.«

»Hattest du unterwegs Schwierigkeiten?«

»Ein dummer Junge glaubte, er würde sich den Zutritt zur Zitadelle verdienen können, indem er mich abschlachtet.« Ethric lachte leise. »Allerdings würde ich das kaum als Ärger bezeichnen. Es war ein wenig lästig, nicht mehr. Ich war schon fast in Kinamn, wo der Weg sich durch diese felsigen Hügel schlängelt. Der Schwachkopf versteckte sich zwischen den Felsen und schoss mit Pfeilen auf mich, wenn er glaubte, ich würde ihn nicht sehen. Ich bin sicher, dass er sich bereits eine etwas heroischere Geschichte zurechtgelegt hatte, für den

Moment, wenn er meinen Kopf vor die Tür der Zitadelle legen konnte.«

»Immerhin hatte er mehr Mumm, als Ashhurs Paladine in letzter Zeit gezeigt haben«, erwiderte Pelarak und ließ den Löffel sinken. »Obwohl ich fürchte, dass wir in unseren eigenen Reihen hier in Veldaren schon mehr als genug Ärger haben.«

»Deshalb bin ich hier«, erklärte Ethric. »Du hast Carden gesagt, dass du dir Sorgen machst. Sag mir, worum es sich handelt, damit ich es ausräuchern und mit meiner Klinge zerhacken kann.«

»Kennst du die Gesichtslosen?«

Ethric runzelte die Stirn, während er nachdachte. »Nein«, sagte er dann. »Ich habe noch nie von ihnen gehört.«

»Komm mit.« Pelarak stand auf. »Ich zeige es dir.«

Er führte den Mann tief in den Tempel hinein, eine Treppe hinab und in einen großen, vollgestopften Lagerraum. Überall stapelten sich Kisten, drängten sich an den Wänden oder an den vielen Pfeilern, welche die Decke stützten. Pelarak hob die Hand. Violettes Feuer flackerte um seine Finger auf und erleuchtete den Raum.

»Vor etwa hundert Jahren gelang es den Priestern von Ashhur, viele unserer Brüder zu konvertieren. Damals wurde unsere Präsenz in Veldaren geschwächt, und unser Orden wurde aus der Stadt verbannt. Wir haben erbittert gegen sie gekämpft, wie du dir vorstellen kannst, und das mit schweren Herzen. Etliche Priester bereuten später, schlichen sich aus Ashhurs Tempel und warfen sich reumütig vor unsere Tempeltüren in Kinamn.«

Während Pelarak sprach, führte er sie durch das Labyrinth aus alten Rüstungen, Regalen mit Schwertern, Kisten mit Kleidung und endlos vielen Gläsern mit Lebensmitteln. Dann blieb er stehen und kratzte sich nachdenklich am Kinn. Anschließend drehte er sich zu einem Stapel von Gemälden herum, die aneinandergelehnt dastanden. Jedes von ihnen war rechteckig und hatte in etwa die Länge eines Mannes, der auf der Seite lag.

»Wir haben ihren Glauben geprüft«, meinte Pelarak, während er die Gemälde eines nach dem anderen betrachtete. Obwohl das violette Feuer an seiner Hand loderte, verbrannte es das Material nicht. »Diejenigen, die diese Prüfung überlebten, wurden in die Priesterschaft aufgenommen, wenn auch nicht ganz. Der Hohepriester in jener Zeit war ein brillanter Mann namens Theron Gemcroft.«

»Ich habe von ihm gehört«, sagte Ethric, der zusah, wie Pelarak die wundervollen Gemälde eines nach dem anderen musterte. Er sah hauptsächlich Porträts von ehemaligen Hohepriestern, obwohl auch Szenen aus dem Krieg zu sehen waren, Schlachten zwischen den Engeln von Karak und Ashhur, und sogar irgendwelche heiteren Landschaftsbilder. »Er hat auf sein Vermögen verzichtet, um sein Leben Karak zu widmen. Carden war besonders stolz auf seine Aussprüche und hat sie oft in seinen Predigten benutzt.«

»Wie geht es dem alten Bock denn so?«, erkundigte sich Pelarak.

»Er ist so hart wie ein Nagel und so brutal wie eine gepanzerte Faust«, erwiderte Ethric und lächelte knapp. »Wonach suchen wir, mein Priester?«

»Danach.« Pelarak zog eines der Gemälde heraus. Ethric packte eine Ecke, um zu helfen. Zusammen hoben sie das Bild hoch und starrten es an. Es zeigte sieben Männer und Frauen, deren Körper in schwarzes Tuch gehüllt waren. Nur ihre Augen waren durch die Schlitze in dem Tuch zu sehen. Sie hielten Dolche, Stäbe und Schwerter in Händen, die von Schatten verborgen waren; diese Dunkelheit schien von ihren Körpern auszugehen wie Rauch von einem Feuer. Zu ihren Füßen lagen über zwanzig tote Paladine Ashhurs.

»Gut gemalt, wenn auch ein bisschen sehr dramatisch«, bemerkte Ethric.

»Das sind die Gesichtslosen«, sagte Pelarak. Sein Blick schien in die Ferne zu schweifen. »Theron wusste, dass es uns schwächen könnte, wenn wir die Verräter wieder willkommen hießen, ohne sie zu bestrafen. Er wusste aber auch, dass ihre Hingabe für uns von großem Nutzen sein konnte, aber nur wenn diese verräterischen Priester auf ewig an ihr Versagen erinnert wurden. Also befahl er ihnen, sich zu verhüllen und niemals ihre bloße Haut zu zeigen, bis zum Ende ihrer Tage. Sie schliefen getrennt von den anderen, aßen alleine und hielten am Ende auch ihre eigenen Predigten.«

»Das ist faszinierend, Pelarak, aber ich könnte schwören, dass du eine ganz bestimmte Absicht hast, wenn du mir all das zeigst. Ich bin ja ein geduldiger Mensch, aber hier unten ist es verdammt kalt, und die Wärme deiner Suppe hält nicht lange vor.«

Pelarak lachte, doch sein Lachen klang kein bisschen fröhlich.

»Ich will darauf hinaus, dass wir nicht von uns aus neue Gesichtslose rekrutieren. Ihre Stellung im Orden ist eine Strafe, keine Ehre. Wir haben im Moment nur drei von ihnen, Frauen, die sich von ihrer Sexualität haben beherrschen lassen. Ihr Glaube an Karak jedoch ist sehr stark. Also haben wir sie von uns getrennt und lassen sie außerhalb des Tempels leben und arbeiten. Jahrelang waren sie gehorsam und haben ihre Aufgaben erledigt, um die Sache von Karak voranzutreiben. Jetzt jedoch …«

»Sie haben etwas verbrochen«, sagte Ethric, der sich denken konnte, in welche Richtung sich die Geschichte entwickelte. Er betrachtete die sieben Personen auf dem Gemälde, deren Körper in Blut und Dunkelheit gebadet zu sein schienen. »Sie sind außer Kontrolle geraten, habe ich Recht?«

»Sie haben unseren ganzen Tempel in Gefahr gebracht«, sagte Pelarak, während er das Gemälde mit seiner brennenden Hand umklammerte. »Dieser Streit zwischen der Trifect und den Dieben ist für keinen gut, und schon gar nicht für uns. Wir gewinnen nichts, wenn wir uns einer der beiden Seiten anschließen; wir würden damit nur riskieren, dass wir und unser Tun der Öffentlichkeit bekannt wird. Das darf auf keinen Fall geschehen. Und doch haben die Gesichtslosen eigenmächtig gehandelt, haben einen Lord der Trifect angegriffen und mir dabei die ganze Zeit Lügen und Halbwahrheiten erzählt. Und jetzt ist auch noch eine zu mir gekommen, um ihre Zahl zu vergrößern, als wäre es ein Privileg, eine Gesichtslose zu sein. Ich habe ihnen zu oft Befehle gegeben, die sie schlichtweg ignoriert haben.«

»Du willst, dass sie sterben«, erklärte Ethric. Es war keine Frage.

»Das will ich«, sagte Pelarak. Das Feuer an seiner Hand veränderte seine Farbe von Violett zu Rot. Das Gemälde begann zu brennen. »Ich will, dass ihre Leichen als Opfer vor die Statue von Karak gelegt werden. Ihr Orden ist eine Anhäufung von Schande und Ungehorsam, und jetzt sind sie zu weit gegangen, als dass sie uns noch länger nützlich sein könnten. Welchen Nutzen hat ein Diener, der nicht gehorcht? Diese drei gesichtslosen Schwestern haben eine Gefangene namens Alyssa Gemcroft. Sie sollten sie hierherbringen und sie unserer Obhut unterstellen, stattdessen jedoch haben Zusa und ihre Schwestern sie versteckt. Such die gesichtslosen Frauen und töte sie. Alyssa dagegen muss um jeden Preis am Leben bleiben. Ohne sie sind alle unsere Pläne hinfällig.«

Ethric sah zu, wie das Feuer das Gemälde verzehrte, ohne auf den Rauch zu achten, der ihm ins Gesicht stieg. Als die Flammen seine nackte Hand erreichten, beugte er den Arm. Schwarzes Feuer glitt über seine Finger. Der Rahmen zerbrach und zerbröselte in seinen Fingern zu Asche. In einem plötzlichen fauchenden Auflodern der Flammen wurde das Gemälde samt Rahmen verzehrt. Als die Asche zu Boden schwebte, zückte Ethric sein Schwert.

»Ich werde sie jagen bis zu meinem letzten Atemzug«, gelobte er flüsternd. »Kein Kind von Karak ist größer als sein Meister.«

21. Kapitel

Alyssa hatte nur selten Zeit für sich allein, aber trotz der mehr als ausreichenden Vorräte, über die sie verfügten, ging Yoren gerne auf die Jagd. Nur dann war sie alleine, und sie genoss diese Momente. Wie beinahe jeden Tag machte er sich auch an diesem Morgen mit seinem Bogen auf den Weg, um seine Geschicklichkeit als Jäger zu beweisen und mit einem weiteren erlegten Tier als Trophäe zurückzukommen. Diesmal jedoch flüchtete Alyssa zum entlegensten Rand des Lagers. Sie lief um den Fuß eines Hügels herum, sodass selbst ihre eigenen Wachen sie nicht sehen konnten.

Ein kleiner Bach wand sich um den Fuß des Hügels. Er war kaum knöcheltief und mündete in den nahe gelegenen Kinel. Alyssa starrte ins Wasser, froh darüber, dass sie ihr Spiegelbild in dem schlammigen Wasser nicht erkennen konnte. Denn dann hätte sie zweifellos die dunklen Ringe um ihre Augen und die rot geäderten Augäpfel gesehen.

»Vermisst du mich?«, flüsterte sie, während sie an Maynard dachte, der jetzt wahrscheinlich in seinem riesigen, leeren Anwesen hockte. »Vermisst du mich, Vater?«

Yoren hatte ihr eingeredet, dass ihr Vater sie nicht vermisste. Er behauptete, Maynard hätte sie zu John Gandrem geschickt, damit sie ihm nicht zur Last fiel, um dort wie ein wohlerzogenes Mädchen ihre Zeit zu verbringen, während die Männer ihren Geschäften nachgingen. Sie hatte es geglaubt. Sie fuhr mit den Händen durch das Wasser und zerstörte so jede Möglichkeit, ihr Spiegelbild zu sehen. Die Kälte biss an ihren Fingern, und sie fuhr mit den Händen über ihr Kleid, um sie zu trocknen. Dabei streifte sie den Dolch, den sie immer noch bei sich trug, und zum ersten Mal kam ihr der Gedanke, ihn gegen sich selbst zu nutzen, nicht um damit Yoren umzubringen.

»Es ist nicht klug, sich vor den wachsamen Augen von Theos Wächtern zu verbergen«, sagte plötzlich jemand hinter ihr. Alyssa zuckte unwillkürlich zusammen und packte den Griff ihres Dolches fester, dann jedoch entspannte sie sich, als sie die Stimme erkannte.

»Und warum nicht, Zusa?« Mittlerweile konnte sie die Stimmen der gesichtslosen Frauen unterscheiden. Hätte sie es nicht getan, hätte sie weiterhin wie eine Närrin immer wieder nach dem Namen der Gesichtslosen fragen müssen, mit der sie gerade sprach.

Als Alyssa sich umdrehte, stand Zusa mit verschränkten Armen da. Das vom weißen Tuch verhüllte Gesicht schien sie anzustarren. Jedenfalls glaubte sie, dass die Gesichtslose sie anblickte. Das helle Tageslicht reflektierte von dem dünnen weißen Tuch und machte es ihr unmöglich hindurchzusehen. Es verblüffte Alyssa ohnehin, dass Zusa irgendetwas sehen konnte.

»Dir könnte etwas zustoßen«, sagte Zusa. Sie zögerte einen Moment und setzte sich dann neben Alyssa an den Bach. »Ein Unglück.«

Alyssa deutete auf die Steppe um sie herum. »Ich würde jeden Banditen schon auf mehrere Meilen Entfernung wahrnehmen.«

»Du tust so, als würde ich von Gefahren sprechen, die nicht aus dem Lager der Kulls kommen. Es ist Yoren, der möglicherweise für ein Unglück sorgen könnte, falls er fürchtet, dass du zu fliehen versuchst.«

Alyssa schluckte und starrte in das Wasser. Sie hoffte, dass diese seltsame Frau so ihre Gedanken nicht lesen konnte. »Warum sollte er glauben, dass ich flüchte? Immerhin ist er mein Geliebter.«

Bei diesen Worten lachte Zusa laut auf. Es war so rau und plötzlich, dass Alyssa zusammenzuckte.

»Ja, sicher. Selbstverständlich. Deine große Liebe. Deshalb zuckst du auch zusammen, wenn er dich des Nachts berührt. Deshalb lächelst du, wenn er dich ansieht, aber nie vorher und niemals, nachdem er den Blick von dir abgewendet hat. Yoren mag leicht zu täuschen sein, Alyssa. Aber mach nicht den Fehler, dasselbe von mir und meinen Schwestern anzunehmen.«

Alyssa spürte, wie sie errötete. Gelang es ihr wirklich so schlecht, ihre Gefühle zu verbergen? Oder hatte die andere Frau einfach nur eine so gute Wahrnehmung? Sie riskierte einen Blick und betrachtete das maskierte Gesicht, nahm die Aura von Gefahr wahr, die sie ebenso selbstverständlich umgab wie der schwarze Umhang, den sie trug. Alyssa hoffte sehr, dass es die Menschenkenntnis von Zusa war. Dann überlegte sie, wie sie das Gespräch fortsetzen sollte, und ob das überhaupt ratsam war. Yoren und Theo waren schließlich die Auftraggeber der gesichtslosen Frauen. Und doch schien sie Yoren zu verachten …

»Dann vergib mir«, erwiderte Alyssa. »Manchmal müssen wir aus anderen Gründen als aus Liebe das Bett mit jemandem teilen.«

»Andere Gründe? Welche?«

»Macht. Schutz. Respekt.«

»Wenn du wirklich glaubst, dass Yoren dir auch nur einen Hauch davon gibt, bist du ein genauso großer Narr wie er. Komm wieder ins Lager zurück, Alyssa. Ich möchte nicht, dass du unnötig bestraft wirst.«

Zusa streckte die Hand aus und packte ihren Arm. Alyssa weigerte sich jedoch, zog ihren Arm weg und funkelte die Frau wütend an.

»Ich bin keine Närrin!«, stieß sie hervor. »Was sonst sollte ich wohl tun? Mein Vater hat mich verbannt, weil er mir die Schuld für den Mordversuch an ihm gibt, einen Mordversuch, den ihr unternommen habt! Ich war einst die Erbin einer der mächtigsten Familien in ganz Dezrel. Und was bin ich jetzt? Nur ein warmes Gefäß für den Schwanz des fetten, widerlichen Sohnes eines Steuereintreibers. Ich weiß, dass er mich benutzt, aber eines Tages wird er feststellen, dass das ein Fehler war.«

Zusa stand da und hielt immer noch ihren Arm fest. Alyssa erwiderte ihr unsichtbares Starren; es kümmerte sie nicht mehr. Sie war nicht mehr bereit, sich zu verstellen. Sie war allein, bei allen verdammten Göttern!, und dieser winzige Augenblick der Einsamkeit hätte eigentlich ihr gehören sollen.

Langsam lösten sich die behandschuhten Finger von ihrem Arm. »Alyssa …« Zusa hielt inne. »Was wäre, wenn wir … Wenn wir nun nicht in Diensten der Kulls stehen würden?«

Alyssa schluckte, blieb jedoch stumm.

»Was wäre«, fuhr Zusa fort und setzte sich mit verschränkten Beinen vor ihr auf den Boden. »Was wäre, wenn wir ihnen nur deshalb dienen, weil wir dafür Land für Karak bekommen sollten, Land, das zurzeit im Besitz der Gemcroft-Familie ist?«

»Land, das dir versprochen wurde, sobald mein Vater tot ist.« Es fiel Alyssa nicht schwer, die richtigen Schlussfolgerungen zu ziehen. »Land, das du bekommen solltest, sobald ich Yoren geheiratet hätte.«

»Land, das du uns genauso gut versprechen könntest.«

Alyssa schüttelte den Kopf. »Ich kann kein derartiges Versprechen geben, Zusa. Das muss dir klar sein. Selbst wenn ich meinen Vater irgendwie überzeugen könnte, mich wieder in den Schoß der Familie aufzunehmen und als Erbin zu akzeptieren, kann ich dir nicht garantieren, dass er Land für Karaks Tempel aufgeben würde. Und wir haben immerhin versucht, ihn zu töten. Maynard verzeiht nicht so leicht.«

»Und wenn dein Vater nun nicht mehr am Leben wäre?«

Alyssa grub die Finger in die weiche Erde neben sich. »Nein«, sagte sie. »Dann wärt ihr keinen Deut besser als Yoren und sein hinterhältiger Vater. Geh wieder ins Lager zurück, wenn das alles ist, was du mir anzubieten hast. Ich will alleine sein.«

Zusa stand auf, und ihr Umhang raschelte, als er sich um sie schmiegte und ihre schlanke Gestalt verhüllte. »Ich weiß, dass du einen Dolch in deinem Kleid verbirgst«, sagte sie, bevor sie sich entfernte. »Du wirst nur eine einzige Chance bekommen, ihn zu benutzen. Nur eine. Aber du musst wissen, dass es zwei Arten von Söldnern gibt. Es gibt Söldner, die nur für Gold arbeiten, und jene, die für sich selbst denken.«

»Und zu welcher Sorte gehört ihr?«

»Wir sind die Besten der Besten, Alyssa.«

Sie wartete, bis Zusa über den Hügelkamm gegangen war, dann rannte sie los. Sie hatte nackte Füße und kam im Schlamm des Flusses leicht voran. Sie hob ihren Rock so hoch, wie sie konnte, aber das schlammige Wasser bespritzte ihn trotzdem. *Ich werde nicht umkehren,* dachte sie, als sie zum anderen Ufer watete. Alle wollten den Tod ihres Vaters, wollten, dass sie ihre Macht in den Dienst von Leuten stellte, die es nicht verdient hatten, sich ihrer zu bedienen. Genug war genug. Sie würde lieber in die Wildnis laufen, würde eher zu ihrem Vater zurückkehren, sich ihm zu Füßen werfen und ihn um Gnade anflehen, trotz ihres schlammigen Kleides und allem, was geschehen war.

Schließlich warf Alyssa einen Blick zurück und stieß einen Fluch aus. Zusa beobachtete sie vom Hügelkamm.

Es schien plötzlich keine Rolle mehr zu spielen, wie weit sie vom Lager entfernt war. Sie rannte, so schnell sie konnte, über die grasbewachsene Ebene, aber sie hatte schon einmal versucht, ihnen zu entkommen. Die Gesichtslosen waren bizarre Kreaturen und unglaublich schnell. Ihre einzige Hoffnung bestand darin, sie abzuschütteln, aber wie sollte sie das machen? Um sie herum waren nur Steppe und sanft geschwungene Hügel. Es gab weder Bäume noch Gebäude noch irgendeine andere Möglichkeit, sich wirksam zu verstecken. Sie biss die Zähne zusammen und unterdrückte einen verzweifelten Schrei. Warum musste sie bleiben? Warum belauerte diese Frau sie, beobachtete sie und nahm ihr jede Hoffnung auf Flucht?

In der Ferne sah sie undeutlich den Kinel und überlegte, ob sie vielleicht den Fluss benutzen konnte, um sich davontreiben zu lassen. Das Wasser würde allerdings eiskalt sein, und sie fragte sich, ob sie diese Kälte lange Zeit ertragen konnte. Ihre Füße waren bereits von dem nassen, kalten Schlamm vollkommen überzogen und wurden allmählich taub. Der Atem brannte in ihren Lungen, und sie rannte und rannte, aber all das spielte keine Rolle. Hände berührten ihre Schultern, ein Fuß schob sich zwischen ihre Füße, sie stürzte und rollte über das Gras. Es war nass und weich, hier, so nah am Fluss. Zusa fiel ebenfalls und landete auf ihr, als sie in dem kalten Schlamm versank.

»Warum?« Sie schrie Zusa förmlich an. »Warum konntest du mich nicht einfach laufen lassen?«

Zusa packte ihre Schultern und drehte sie herum, zwang sie dazu, sie anzusehen, während sie Alyssa auf dem Boden festhielt. Während die junge Frau zusah, riss die Gesichtslose das weiße Tuch von ihrem Gesicht und zeigte ihr ihre durchdringenden grünen Augen.

»Weil ich will, dass du dich all dem stellst!«, erwiderte Zusa. »Du wirst nicht weglaufen. Wenn du wegläufst, bekommst du das Messer einfach nur in den Rücken. Die Tochter eines Lords stellt sich der Gefahr, mit dem Dolch in der Hand!«

»Und stirbt mit einem Dolch in der Brust.« Alyssa spürte, wie ihr die Tränen die Wangen hinabliefen.

»Niemals. Ganz gleich, was geschieht, ganz gleich, in wessen

Bett du schläfst oder wie dein Familienname irgendwann lauten wird, das werde ich niemals zulassen.«

Alyssa spürte einen Kloß im Hals und versuchte, ihn herunterzuschlucken. »Warum?«, erkundigte sie sich. »Warum solltest du das für mich tun?«

Zusa stand auf und hielt ihr die Hand hin. »Männer haben dich missbraucht, dich wie eine Spielfigur oder wie ein Spielzeug für das Bett behandelt. Ich verstehe das viel besser, als du es dir auch nur ausmalen kannst, Alyssa. Aber ich werde nicht tatenlos zusehen, wie es sich wiederholt, nicht diesmal. Nicht solange ich die Kraft habe, es zu verhindern.«

Es kostete Alyssa all ihre Willenskraft, aber schließlich akzeptierte sie die Hilfe der Frau, hob den Arm und nahm Zusas Hand. Als sie wieder stand, sah sie sich um. Sie fühlte sich verloren und verwirrt. Was hatte das zu bedeuten? Was änderte das?

»Komm.« Zusa hielt immer noch ihre Hand. »Zurück zum Lager, bevor sie deine Abwesenheit bemerken.«

Alyssa blieb stumm und ging das Risiko ein, einfach dieser seltsamen Frau zu vertrauen. Als sie das Lager erreichten, fiel einem ihrer Leibwächter zwar der Schlamm an ihrem Kleid auf, aber er sagte nichts. Normalerweise hätten die Männer zweifellos Fragen gestellt, aber Zusas Gegenwart hinderte sie daran. Sie gingen zu Yorens Zelt, und Zusa machte keine Anstalten, sie zu verlassen. Alyssa hoffte, sich umziehen zu können, bevor Yoren zurückkehrte, aber er war bereits da. Er saß vor einem großen Feuer mitten im Lager, und vor ihm lag ein Kaninchen. Sein Fell war bereits zum Teil abgezogen.

»Liebes?« Yoren blickte hoch und bemerkte den Schlamm und die Löcher in ihrem Kleid. Alyssa suchte noch nach einer Antwort, doch Zusa kam ihr zuvor.

»Sie ist am Fluss ausgerutscht«, erklärte sie. »Aber mach dir keine Sorgen, sie ist unversehrt.« Sie drehte sich zu Alyssa um und sah sie mit ihren grünen Augen an, die immer noch unverschleiert waren. »Hab ich Recht?«

»Ja«, sagte Alyssa. Sie hoffte sehr, dass es der Wahrheit entsprach, aber sie war nicht bereit, wirklich daran zu glauben. Während Yoren das Kaninchen zu Ende häutete, strich sie mit den Fingern über den Dolch, den sie in ihrem Kleid versteckt hatte.

Noch nicht.

22. Kapitel

Thren hatte sich schon seit einer Ewigkeit nicht mehr so gut gefühlt. Bis jetzt waren zwei Aufstände im südlichen Bezirk von Veldaren ausgebrochen. Der Ratgeber des Königs hatte seine Arbeit gut gemacht. Da die Soldaten Dutzende von prominenten Kaufleuten festnahmen, waren ihre Lagerhäuser und Warenlager ungeschützt, als die Steuern mit Gewalt eingetrieben wurden. Diejenigen, die wieder freigelassen worden waren, fanden ihre Buden und Lagerhäuser ausgeplündert vor. Thren hatte etliche davon persönlich niedergebrannt. Die Preise der übrig gebliebenen Güter und vor allem die der Lebensmittel hatten sich zunächst verdoppelt und schließlich sogar verdreifacht. Söldner, die in Erwartung des Kensgold in die Stadt strömten, mussten feststellen, dass ihre Arbeitgeber sie nicht bezahlen konnten. Einige verschwanden schleunigst wieder, während andere …

Thren lachte erneut auf. Die anderen hatten sich schleunigst seiner eigenen Gilde angeschlossen, um sicherzustellen, dass ihre Arbeit mit der Klinge angemessen entlohnt wurde. Diejenigen, die sich keiner Gilde angeschlossen hatten … Nun, sie starben wie die Fliegen. Angesichts des Hungers, der Frustration und der steigenden Kosten, welche die ärmeren Viertel von Veldaren in ihrem Würgegriff hielten, fiel es den Bürgern nur zu leicht, ihrer Wut freien Lauf zu lassen. Es würde nicht allzu lange dauern, bis der Hunger und die Armut auch ihren Weg nach Norden in die restlichen Bezirke der Stadt fanden. Wenn Threns Spione außerhalb der Mauern Recht hatten, würden Laurie Keenan und seine Familie irgendwann am Nachmittag ihre pompöse Rückkehr in die Stadt zelebrieren. Hungeraufstände, arbeitslose Söldner und übereifrige Stadtwachen, die Steuern verlangten, waren ein ausgezeichnetes Begrüßungskomitee.

Laurie würde die Botschaft sofort begreifen. Thren kontrollierte die Stadt, nicht er. Und wenn alles nach Plan verlief, würde das Gemetzel an Kensgold eine noch deutlichere Botschaft sein.

»Herr!« Kayla lief hinter ihm her. Er war unterwegs zum Zimmer seines Sohnes. Der Junge sollte ihn auf einem Routinegang begleiten, bei dem er Schutzgelder von den Händlern eintrieb, die trotz der Aufstände noch arbeiteten. Angesichts der Umstände war er sicher, dass sie so viel Schutz haben wollten, wie man ihnen nur bieten konnte.

»Ich bin kein *Herr*«, meinte Thren, während er sich umdrehte. »Ich bin weder ein Ritter noch ein Lord.«

»Entschuldigung.« Kayla ging langsamer. »Ich weiß nicht, wie ich dich sonst respektvoll ansprechen sollte.«

Thren sah sie aufrichtig verwirrt an. »Was könnte respektvoller sein als mein Name?«

»Klar«, sagte Kayla. »Jedenfalls haben wir immer noch keine Nachricht von Will.«

»Er ist schon viel zu lange unterwegs«, sagte Thren, während er weiter durch den Flur ging. »Gerands Frau zu ergreifen, sollte nicht schwierig sein für jemanden mit seiner Erfahrung. Ich bezweifle außerdem, dass ihn irgendwelche Söldner erwischen könnten, jedenfalls nicht lebendig. Falls Will sich versteckt hat, hat er einen Grund, und ich bin sicher, dass er …«

Er hatte die Tür zum Zimmer seines Sohnes geöffnet und war einen Schritt ins Innere getreten.

Aaron kniete vor seinem Bett, stützte die Ellbogen auf die Kante und hatte die Hände unter dem Kinn gefaltet. Er hatte die Augen geschlossen, aber als Thren unangekündigt hereinplatzte, riss er sie erschrocken auf.

Dem Gildemeister fiel fast der Kiefer herunter. An einer silbernen Kette, die Aaron um seine Finger geschlungen hatte, baumelte ein goldenes Amulett von Ashhur.

Bevor irgendjemand reagieren konnte, schmetterte Thren die Tür wieder zu, wirbelte herum und schlug Kayla die Faust gegen den Kopf. Noch während sie zu Boden stürzte, schrie er nach seinen Leuten. Das Haus war ziemlich groß, aber trotzdem stürmten schon nach wenigen Sekunden Männer in grauen Umhängen zu ihm.

»Wo ist Senke?«, schrie er, während seine Leute verwirrt und neugierig Kayla anstarrten, die auf dem Boden hockte und sich mit versteinerter Miene die Wange hielt.

»Hier«, sagte Senke, als er sich zwischen den Männern nach vorn drängte.

»Hol Cregon!«, befahl Thren. »Ich brauche seine Zaubersprüche. Und ihr beiden«, er deutete auf zwei Männer, »geht zu Robert Haern und schafft ihn in mein Zimmer. Kayla ebenfalls. Ich will, dass beide gefesselt werden.«

Dann öffnete Thren die Tür zu Aarons Zimmer. Der Junge saß auf dem Bett, das Amulett lag neben ihm. Als wüsste er, dass es sinnlos wäre, es zu verstecken. Thren betrat das Zimmer, nahm das Amulett vom Bett und bedeutete seinem Sohn mit einer Handbewegung, ihm zu folgen.

Aaron ging einen Schritt hinter seinem Vater durch den Flur. Das Herz schlug ihm fast bis zum Hals, und sein Magen brannte, als er sich die Strafe vorstellte, die ihn erwartete. Robert hatte ihm den Anhänger gegeben, und Kayla hatte ihn ermuntert zu rebellieren. Und dann war da noch die Angelegenheit mit Delysia und Dustin. Während er weggelaufen war, um Delysia zu beschützen, hatte Thren jemanden zu ihm geschickt, um ihn zu holen. Bis jetzt hatte sein Vater keine Erklärung für Aarons Verschwinden verlangt. Aber nun sah es so aus, als würde die ganze Sache über ihm zusammenbrechen.

»Du hältst den Mund, bis ich dir eine Frage stelle!«, befahl Thren, während sie durch den Flur gingen.

Wenn es etwas gab, was Aaron beherrschte, dann war es Schweigen. Er nickte.

Sie machten einen langen Umweg zu Threns Zimmer. Aaron begriff, dass sein Vater Zeit schinden wollte. Wahrscheinlich wollte er sichergehen, dass alles vorbereitet war, wenn er sein Zimmer betrat. Der Gedanke war alles andere als tröstlich. Aaron hatte das Gefühl, sich übergeben zu müssen. Er hatte einen Fehler begangen, und zwar einen ziemlich dummen. Er hatte nur zweimal zuvor zu Ashhur gebetet, und beide Male war er sich dabei albern und peinlich vorgekommen. Danach erinnerte er sich an die Art und Weise, wie Delysia gebetet hatte, als er sie unbemerkt beobachtete. Was auch immer er da tat, war nicht dasselbe, das fühlte er.

Also versuchte er es erneut, diesmal, weil er keinerlei Nachricht hatte, ob sie noch lebte oder nicht. Und jetzt hatte er möglicherweise ihr Leben noch weiter in Gefahr gebracht. Wenn Thren ihn folterte, würde er reden. In diesem Punkt machte er sich keine Illusionen. Sobald Thren wusste, wo sie war, würde sie sterben. Bei allen verfluchten Göttern, wie hatte er die ganze Sache nur so vermasseln können?

»Denk daran, dass ich das nur zu deinem Besten tue«, erklärte Thren, als sie schließlich sein Zimmer erreichten. Davor hielten zwei Männer Wache und verbeugten sich respektvoll, als sie zwischen ihnen hindurch den Raum betraten.

Senke hatte die Stühle vom Tisch weggezogen. Robert Haern kniete vor einem Ende des Tisches, Kayla vor dem anderen. Ein dunkler Bluterguss zeichnete sich auf ihrer geschwollenen Wange ab. Senke stand zwischen den beiden, die Hände auf den Griffen seiner Schwerter. Ein korpulenter Mann lehnte am Pfosten des prächtigen Bettes, die Arme verschränkt. Er schwitzte und wischte sich das Gesicht mit den Händen. Aaron hatte ihn zwar nur selten gesehen, aber einen so fetten Mann vergaß man nicht so schnell. Sein Name war Cregon. Er war ein Magus, der schon lange in Diensten seines Vaters stand.

»Stell dich dahin.« Thren deutete auf eine Stelle neben Senke. Als der Gildemeister zu Cregon trat und anfing zu reden, beugte Senke den Kopf.

»Was hast du angestellt, verdammt?«, flüsterte er.

»Ich habe gebetet«, erwiderte Aaron ebenfalls flüsternd.

»Scheiße!«, stieß Senke hervor und biss dann die Zähne zusammen. Thren kam mit dem Magus zurück.

»Bleibt still stehen«, sagte Cregon. Seine Stimme klang dünn und schrill. »Das gilt für euch alle. Wenn meine Konzentration gestört wird, kann ich erst morgen einen neuen Versuch starten.«

Aaron überlegte, ob er fluchen sollte, um den Magus zu irritieren, entschied sich jedoch dagegen. Stattdessen sah er zu, wie Cregon seinen Zauber wirkte. Der Mann war ein armseliger Magus, sowohl was seinen Wohlstand als auch was seine Fähigkeiten anging. Aus diesem Grund war er vor all den Jahren so leicht von der Spinnengilde zu rekrutieren gewesen. Er verbrachte die meiste Zeit getrennt von den anderen Männern der Gilde, las Bücher und tat, als würde er seine Fähigkeiten weiterentwickeln. In Wahrheit jedoch vertat er seine Zeit damit, sich zu betrinken.

Uralte Worte der Macht strömten über Cregons Lippen. Sie klangen unbeholfen und sonderbar. Aaron hatte nur wenig Erfahrung mit Bannwirkern, aber er war der Meinung, dass ihre Anrufungen fließender und natürlicher klingen sollten als das, was er hier hörte.

Cregon hörte unvermittelt auf und wischte sich die verschwitzte Stirn. Aaron spürte ein leises Kitzeln am Rücken, als würde jemand ihn mit Blütenblättern streicheln.

»Gut. Der Bann ist gewirkt«, erklärte der Magus.

»Ausgezeichnet«, gab Thren zurück. »Jetzt lass uns allein.«

Cregon schien nur zu gerne zu gehorchen. Nachdem er gegangen war, waren sie nur noch zu fünft. Thren ging vor ihnen auf und ab, und sein Gesicht verriet eine wachsende, eisige Wut.

»Kayla, Robert, ich habe euch wegen eines bestimmten Verhaltens meines Sohnes hierherbringen lassen. Meine anderen Männer kenne ich genau, ihr beide jedoch seid neu hier. Ich habe euch viel zu lange unbeobachtet gewähren lassen. Damit ist jetzt Schluss. Senke, zieh dein Schwert.«

Senke gehorchte.

»Ihr alle seid mit einem Bann belegt«, fuhr Thren fort. »Wenn ihr sprecht, wird dieser Zauber jede Lüge zum Verstummen bringen. Das heißt, ich werde nur die Wahrheit in dieser Angelegenheit zu hören bekommen.«

»Gilt das auch für mich?« Senke grinste spöttisch.

»Probier es aus«, forderte Thren ihn auf. Senke zuckte mit den Schultern und sagte etwas. Aaron konnte ein paar Worte von seinen Lippen ablesen, eines davon war Jungfrau. Aber er hörte kein einziges.

»Das heißt wohl Ja«, meinte Senke.

Thren ging vor den beiden Gefangenen auf und ab, während alle Anwesenden ihn beobachteten. »Wer hat Aaron das Amulett gegeben?« Einen Moment lang antwortete niemand.

Dann hob Robert den Kopf. »Ich.«

»Das dachte ich mir. Du bist ein Lehrer, und wie bei vielen Lehrern übertreibst du dein Verlangen, Wissen weiterzugeben.« Thren warf das Amulett, das er in der Hand gehalten hatte, zu Boden. »Wäre es nur das gewesen, hätte ich dich einfach nur verwarnt. Aber da ist noch diese Sache mit Delius und seiner Tochter.«

Als er das sagte, sank Aaron der Mut. Also würde die Wahrheit jetzt ans Licht kommen. Keiner von ihnen konnte eine Lüge aussprechen. Er hatte alles riskiert, aber es war vergeblich gewesen. Möglicherweise war sogar sein eigenes Leben verwirkt, weil er einen Angehörigen der Gilde getötet hatte. Thren sah ihn finster an, und Aaron schlug den Blick nieder.

»Du hättest sie töten sollen, als Kayla Delius umbrachte, stattdessen jedoch ist das Mädchen irgendwie entkommen. Ich erkenne jetzt ein Zögern, wo ich zuvor nur Unerfahrenheit gesehen habe. Ich nehme Mitleid wahr, wo ich zuvor ein Fehlurteil sah. Einer von euch hat meinem Sohn diese schrecklichen Vorstellungen in den Kopf gepflanzt. Ich will wissen, wer es war.«

Weder Kayla noch Robert sagten etwas.

»Dann schweigt.« Thren ging unaufhörlich auf und ab. »Das ist immer noch besser, als zu lügen. Ich habe Dustin losgeschickt, um Delysia zu töten, aber sowohl er als auch das Mädchen sind wie Friedhofsgeister im Nebel verschwunden. Nur sehr wenige hier wussten, wohin Dustin unterwegs war. Du warst eine dieser wenigen, Kayla. Was ist geschehen? Hat mein Sohn herumgeschnüffelt und sich bei dir ausgeheult, damit du ihm hilfst?«

Die drei Beschuldigten schwiegen.

»Antwortet!«, schrie Thren. »Wer von euch Dustin getötet hat, wird jetzt und hier sterben. Und ich will einen Namen von euch hören!«

Aarons Blick zuckte zwischen den beiden hin und her. Er konnte sie retten. Wenn er zugab, dass er Informationen über Dustin eingeholt hatte, es sogar verlangt hatte, konnte er vielleicht Kaylas Leben retten. Dasselbe galt für seinen Lehrer. Schließlich war es Aaron gewesen, der zu ihnen gegangen war, er hatte sich an sie gewendet. Das würde sein Vater doch gewiss verstehen? Er wollte antworten, aber Kayla kam ihm zuvor.

»Ich weiß, wer ihn getötet haben muss«, sagte sie. Dass Aaron sie hören konnte, bedeutete, dass sie die Wahrheit sagte. Er fühlte, wie ihm der Mut sank. Kayla warf Robert einen Blick zu, und Aaron hätte schwören können, dass der alte Lehrer unmerklich nickte.

»Wer?«, verlangte Thren zu wissen.

»Es war Haern.«

Schweigen senkte sich über den Raum. Aaron blickte zu seinem Lehrer, wollte es leugnen, wollte schreien, aber Roberts strenger Blick brachte ihn zum Schweigen. Jetzt erst begriff er, was hier vor sich ging. Der alte Mann würde sich opfern, um ihn zu retten. Heiße Wut strömte durch Aarons Adern.

Thren drehte sich zu Robert herum. Sein Blick war kalt wie Stahl. »Hast du Dustins Tod arrangiert?«, wollte er wissen.

Robert blieb stumm.

»Hast du meinem Sohn von Ashhur erzählt?«

Robert blieb stumm.

»Hast du sein Herz mit Worten des Mitgefühls und des Erbarmens aufgeweicht?«

Schweigen.

»Aaron«, Thren stieß Senke zur Seite und nahm sein Langmesser. Er hielt es seinem Sohn mit dem Griff voran hin. Aaron nahm die Klinge mit zitternden Fingern. Er spürte, wie kräftige Hände seine Schultern packten und ihn vor seinen Lehrer schoben. Robert kniete auf dem Boden, die Arme auf dem Rücken gefesselt. Er hatte Tränen in den Augen.

»Ich will das nicht tun«, sagte Aaron. Alle konnten es hören.

»Ich werde nicht dulden, dass mich irgendjemand hintergeht«, sagte Thren. »Töte ihn. Sein Blut soll deine Hände beflecken, damit du den Preis der Schwäche kennenlernst. Wer

Verrat begeht, riskiert den Tod. Und jetzt tu, was man dir sagt!«

Aaron sah seinen Lehrer an. Es schien unmöglich zu sein, aber der alte Mann lächelte.

»Ich verzeihe dir«, sagte Robert. »Und jetzt gehorche.«

Es war keine Lüge. Aaron konnte es kaum fassen. Ihm wurde verziehen, bevor die Sünde überhaupt begangen worden war, ungebeten und unverdient. Als der Junge das Langmesser fester packte, spürte er, wie Aaron starb. Wenn er seinen Lehrer wegen einer wahren Lüge tötete, die Kayla geäußert hatte, um sein Leben zu retten …

Er schwang die Klinge. Warmes Blut spritzte über seine Arme. Robert würgte zweimal kurz, als seine Luftröhre durchtrennt wurde, dann sackte er nach vorn und starb.

»Gut gemacht, Aaron«, sagte Thren.

»Haern«, erwiderte der Junge flüsternd. Thren begriff die Bedeutung dieses Wortes nicht, das sein Sohn immer noch unter dem Bann laut ausgesprochen hatte, aber Kayla verstand es.

»Ich kümmere mich um die Leiche«, bot Senke an.

»Nein«, widersprach Thren, während er das Langmesser aus Aarons Hand nahm. »Mein Sohn hat das Blut vergossen. Er soll es auch aufwischen.«

Senke band Kayla los und half ihr hoch. Sie rieb sich die Handgelenke, die von dem rauen Hanf des Seils aufgescheuert waren, während sie den Gildemeister aus den Augenwinkeln beobachtete. Thren streckte die Hand aus und legte seine Finger sanft auf die Prellung ihrer Wange.

»Verzeih mir den Schlag«, sagte er. »Ich habe vor Wut voreilig zugeschlagen. Die Zeit, die Robert mit ihm alleine verbracht hat, war eindeutig verschwendet.«

Kayla war klug genug, den Mund zu halten.

»Komm mit«, sagte Thren und ging neben Kayla her, als wäre nichts geschehen. »Ich möchte sicherstellen, dass Lauries

Ankunft in Veldaren ein wahrhaft erinnerungswürdiges Ereignis wird.«

Sie ließen Senke mit Aaron alleine. Der Junge stand immer noch vor dem Leichnam. Er fühlte sich verloren und war den Tränen nahe.

»Ich habe nichts, womit ich das Blut aufwischen kann.« Seine Stimme klang seltsam unbeteiligt. Senke versuchte zu lachen, aber es klang wie ein ersticktes Husten.

»In der Ecke ist ein Schrank mit Laken. Du kannst eins von ihnen nehmen.«

Aaron gehorchte. Er bewegte sich steif und methodisch. Senke beobachtete ihn, während er die ganze Zeit über die Hand an seiner Brust abwischte.

»Ich hatte einmal Sex mit einem Pferd«, sagte er, als Aaron zurückkam. Der Junge blieb stehen, aber Senke lachte erneut. Sein Gesicht lief rosa an.

»Ich habe nur ausprobiert, was mit dem Zauberspruch ist«, erklärte der Dieb. »Ganz offenbar hat seine Wirkung aufgehört.«

»Offenbar.«

Senke seufzte. Aaron kniete sich hin und machte sich daran, das Blut aufzuwischen. Er starrte auf den Boden vor sich, aus Angst, die Leiche anzusehen. Der Anblick wirkte so … falsch.

»Hör mir zu.« Senke kniete sich neben Aaron. »Das hier war ein ganz besonderer Mann, und dazu ein alter Mensch. Er war bereit, diese Welt zu verlassen, und ich glaube nicht, dass er dir wegen deiner Tat besonders böse gewesen ist, verstanden? Ich weiß, wie viel Druck Thren dir macht. Er will, dass du eines Tages an seine Stelle trittst und dass die ganze Welt deinen Namen fürchtet.«

»Ich will nicht, dass die Welt mich fürchtet«, flüsterte Aaron. »Ich will, dass sie Haern liebt.«

»Haern? Ich weiß nicht, ob ich dich richtig …«

Aaron blickte zu ihm hoch. Seine Augen waren hart und mörderisch. Senke klappte die Kinnlade herunter.

»Es ist merkwürdig, dass ein so alter Mann jemanden wie Dustin töten konnte«, sagte er dann zögernd. »Es muss ein jüngerer gewesen sein. Jemand, der aus dem Haus schlüpfen konnte, ohne dass irgendeiner von uns es bemerkte …«

Aaron schluckte und wischte weiter das Blut auf.

»Dafür kann ich mein Leben verlieren«, meinte Senke, während er aufstand. Er sah sich um, als suche er nach Spionen, die ihr Gespräch belauschten. »Fick mich doch wie eine keranische Hure! *Du* bist Haern! Du hast einen neuen Namen angenommen.«

Als Aaron ihn eisig ansah, lachte Senke nervös.

»Von oben, von unten und von hinten, wie unsere teure Kayla immer zu sagen pflegt. Ich kenne erwachsene Männer, die in deiner Situation zusammengebrochen wären und gestanden hätten, Junge. Wie alt bist du noch mal?«

Aaron ignorierte die Frage und konzentrierte sich stattdessen darauf, den Rest des Blutes zusammenzuwischen. Senke sah, dass das Laken bereits vollkommen mit Blut durchtränkt war, also holte er ein frisches. Er warf es auf Roberts Leiche und schüttelte den Kopf, während sein Grinsen erlosch.

»Wir haben alle unsere Geheimnisse, Aaron.« Senke wischte sich wieder über die Brust. »Einige erzählen wir weiter, und andere behalten wir für uns. Dein Geheimnis muss verborgen bleiben. Verstehst du das? Wenn jemand herausfindet, was du gemacht hast, wird er sofort zu Thren gehen. Die Wut deines Vaters möchte ich mir nicht einmal vorstellen. Er wird alle umbringen, die davon wussten, einschließlich Kayla und mir. Ich weiß nicht, wie es dir geht, aber ich lebe ganz gerne und hätte nichts dagegen, das auch noch ein oder zwei Jahrzehnte weiter zu tun.«

»Ich sehe keinen Ausweg«, meinte Aaron, während Senke

das Laken über die Leiche legte. »Und welchen Sinn hätte es auch? Ich habe gebetet, und es sind Menschen gestorben. Das hat nicht viel miteinander zu tun. Ashhur ist nicht einmal real. Er ist nur … Er ist ein verfickter Traum.«

Senke schnalzte missbilligend mit der Zunge. »Was für Ausdrücke!« Er kniete sich hin und sah zur Tür, als erwartete er, dass sie im nächsten Moment auffliegen könnte. Um sicherzugehen, lehnte er sich mit dem Rücken dagegen und tat so, als wäre er damit beschäftigt, die Leiche einzuwickeln. Während Aaron zusah, zog er ein kleines Medaillon des Goldenen Bergs unter seinem ledernen Harnisch hervor.

»Ich bin nicht besonders gläubig«, erklärte Senke, während Aaron vor Schreck die Augen aufriss. »Ich behandle es eher wie einen Glücksbringer. Was wir tun, macht es manchmal schwierig zu beten, weißt du? Aber was auch immer du sagen willst oder lernen willst, ich werde mein Bestes tun. Möglicherweise unterschreibe ich damit mein eigenes Todesurteil, aber falls du jemals Hilfe bei Mädchen, Liebe oder in Fragen des Glaubens brauchst, kannst du dich auf mich verlassen. Du bist ein guter Junge, Aaron. Ich bin nicht auf alles stolz, was ich tue, aber es ist weit besser als das, was ich getan habe, bevor ich in die Spinnengilde eingetreten bin.«

Aaron hörte auf den Boden zu schrubben, als er sah, dass er den Rest des Blutes trotz seiner armseligen Bemühungen nicht wegbekam. Er warf das nasse rote Laken auf Roberts Leiche. Er war froh, dass der Kopf des Toten bedeckt war. Er wollte nicht sehen, wie diese toten Augen ihn anstarrten.

»Jeder braucht Freunde«, fuhr Senke fort. »Selbst Menschen wie du und ich. Thren scheint fest entschlossen zu sein zu verhindern, dass du dir welche machst. Sag es niemandem, aber ich schmiede bereits seit einer Weile Pläne auszusteigen. Bis dahin kannst du mir vertrauen und mit mir über alles reden. Hast du das verstanden?«

Aaron nickte. »Und was fange ich jetzt mit der Leiche an?«

»Wir lassen sie hier liegen«, antwortete Senke. »Wir haben genug getan. Ich werde ein paar Handlanger beauftragen, die Leiche durch einen der Gänge hinauszuschmuggeln. Es wird Zeit, dass wir beide einen kräftigen Schluck trinken.«

Aaron lächelte. »Senke … Danke. Du weißt nicht, wie viel mir das bedeutet.«

Senke zwinkerte. »Gern geschehen, aber behalt es für dich, *Haern.*«

23. Kapitel

Die Karawane aus Fuhrwerken und Karren war über eine Meile lang. Einige Wagen waren mit Planen aus getrockneten Häuten und weißem Segeltuch bedeckt, andere waren offen und mit Kürbissen und Wintergetreide beladen. Auf einem der Karren saß eine ganze Truppe von Tänzern, die beim Anblick der Mauern von Veldaren sangen und lachten. Zwei weitere Wagen waren mit hartgesottenen Söldnern gefüllt, deren Gesichter und Hände vom Leben des gedungenen Schwertkämpfers gezeichnet waren. Rund um die Wagen drängten sich Lakaien, Köche, vornehme Zofen, gemeine Marketender und Mitläufer. Am Ende der Kolonne folgte eine kleine Herde Rinder und Schafe, die zur Schlachtung vorgesehen waren. Sobald das Kensgold begann, würden sie jede Menge frisches Blut und Fleisch für ihr Fest haben.

An der Spitze der Karawane ritt Laurie Keenan.

»Wir bringen doppelt so viel mit wie letztes Jahr«, sagte Torgar, der neben ihm ritt. »Ich hoffe, du weißt, was du tust.«

»Ich weiß mehr als die meisten«, erwiderte Laurie. Seine Stimme klang seltsam weich und sanft. »Zum Beispiel weiß ich, dass du deine Zunge besser hüten solltest, Torgar, damit ich sie dir nicht herausschneide und an die Raben verfüttere.«

Der Hauptmann der Gedungenen Schwerter lachte seinen Arbeitgeber an. Laurie war ein kluger Mann, aber er neigte zu beiläufigen Drohungen und rätselhaften Bemerkungen. Er hatte dunkle Augen und noch dunklere Haut. Neben seinem Hauptmann wirkte er dürr und schwach. Sein langes Haar hatte er zu einem Zopf geflochten, nach der Mode von Engelhavn, wo die Karawane ursprünglich herkam. Von dort war sie über die Hochstraße durch Ramere und weiter nördlich durch die Königsschneise gezogen.

»Ich verstehe immer noch nicht, warum wir uns die Mühe machen, hierher zurückzukehren.« Torgar ignorierte die Warnung seines Herrn, seine Zunge zu hüten. »Jedes Mal wenn wir diese Reise unternehmen, muss dich das ein Vermögen kosten. Warum zwingst du nicht Leon und Maynard, zu dir zu kommen? In Engelhavn ist es ohnehin sicherer als in Veldaren.«

»Wenn wir alle drei Veldaren verlassen, gibt es vielleicht bald keine Stadt mehr, in die wir irgendwann zurückkehren können«, antwortete Laurie. Er war glatt rasiert bis auf einen dünnen Bart in der Mitte des Kinns, der fast bis zu seiner Kehle reichte. Laurie wickelte den Bart um den Finger, als seine Karawane einen kleinen Hügel auf dem Weg zum westlichen Eingang der Stadt umrundete. Das Südtor war näher und hätte ihnen bestimmt zwanzig Minuten Reisezeit erspart, aber der König hatte den Händlern verboten, die Stadt durch dieses Tor zu betreten. Das war der eine Grund, und der andere war, dass es nicht gerade zu Lauries bevorzugtem Zeitvertreib gehörte, sich unter die Armen zu mischen. Im Süden der Stadt wimmelte es förmlich vor ärmlichen Schwachköpfen.

»Schade, dass du diesen Thren nicht einfach kaufen kannst, damit er für dich arbeitet«, meinte Torgar, nachdem er kurz an der Karawane entlang zurückgeblickt hatte, um sich zu überzeugen, ob alles in Ordnung war. »Stell dir nur vor, was ein Mann wie er als deine rechte Hand hätte für dich tun können.«

»Glaub mir, ich habe es versucht.« Laurie schien des Themas überdrüssig zu sein. »Es ist verdammt schwer, dieses Mannes auch nur habhaft zu werden. Die meisten meiner Boten haben den Versuch mit dem Leben bezahlt, jedenfalls diejenigen, die ihm diese Position angeboten haben. Ich glaube, er betrachtet das Angebot als eine persönliche Beleidigung.«

Torgar lachte schallend. »Nur ein Narr würde es ablehnen, für dich zu arbeiten, Mylord. Das Essen ist gut, die Frauen sind schön und sauber, und es gibt immer einen ganzen See voller Idioten, die als Futter für mein Schwert dienen.«

»Wo wir gerade von Idioten mit Schwertern reden.« Laurie deutete auf den westlichen Eingang. Die Torflügel waren weit geöffnet, aber davor hatte sich eine lange Schlange von Bauern, Kaufleuten und Söldnern gebildet. Der Grund war eine dichte Traube von Stadtwachen.

»Haben sie uns beim letzten Mal auch überprüft?«, wollte Torgar wissen.

»Das war erst vor zwei Jahren. Hast du mittlerweile so viele Schläge auf deinen Kopf bekommen, dass du dich nicht mehr daran erinnern kannst?«

Torgar hatte einen kahl rasieren Schädel, und jetzt klopfte er mit den Knöcheln darauf. Gleichzeitig machte er ein hohles, klopfendes Geräusch mit der Zunge. »Meine Mutter hat mir das Gehirn herausgenommen, als ich vier Jahre alt war. Sie hat nur genug übrig gelassen, dass ich ein Schwert schwingen, ein Pferd reiten und mit einer Frau schlafen kann.«

Laurie lachte. »Ich glaube, Letzteres nimmt den größten Teil deiner spärlichen Intelligenz in Anspruch«, sagte er. »Komm, finden wir heraus, was da los ist, bevor tausend Leute sich gegenseitig in den Dreck trampeln, um in die Stadt zu kommen.«

Torgar ritt voraus, und Laurie folgte ihm. Sie galoppierten an der Reihe der Wartenden vorbei und ignorierten die wütenden Rufe der gemeinen Kaufleute und Bauern. Als sie das Tor erreichten, hatte sich dort ein Halbkreis von Wartenden gebildet, sodass sie nur noch langsam vorankamen.

»Halte Ausschau nach einem einzelnen Wachposten«, meinte Torgar. »Ich versuche, ihn beiseitezunehmen. Normalerweise scheißen sie sich in die Hose, wenn sie unsere Karawane kommen sehen.«

Torgar sah sich um, konnte jedoch keinen einzelnen Wachposten finden. Er seufzte, stieg ab und bahnte sich rücksichtslos einen Weg durch die Menge. Als ein Mann ihn verfluchte und zum Schlag ausholte, packte Torgar den Griff seines Langschwerts und zog es so weit aus der Scheide, dass blanker Stahl aufblitzte.

»Wenn ich es zücke, werde ich es nicht zurückstecken, ohne dass Blut an der Klinge ist«, knurrte Torgar. Der Mann war ein hagerer Bauer mit einem Eselskarren voller Kürbisse. Er wurde blass und murmelte eine Entschuldigung. Einer der Wachposten hörte die Drohung und schob eine wütende Frau beiseite.

»Wenn du dein Schwert ziehst, kannst du heute Nacht draußen vor der Mauer schlafen!«, schrie der Wachposten Torgar zu. Der Söldner richtete sich zu seiner ganzen Größe auf, sodass der Wachsoldat den Kopf in den Nacken legen musste, um ihn anzusehen.

»Ich hoffe, du hast noch ein paar Freunde mitgebracht«, meinte Torgar, grinste dabei aber amüsiert.

»Lass gut sein, Torgar«, sagte Laurie, der ihm auf dem Fuß gefolgt war. Der Lord sah sich nervös um. Er mochte es nicht, wenn er so dicht von ungewaschenem Pöbel umringt wurde. »Bist du für das Tor hier verantwortlich?«

»Ich helfe nur aus«, sagte der Wachposten. »Hör zu, auch wenn ihr es eilig habt, müsst ihr warten wie alle anderen auch.«

»Ich bin nicht wie alle anderen, und ich werde auch nicht wie alle anderen warten«, erwiderte Laurie und drehte sich um. Er deutete auf die gewaltige Karawane aus Pferden, Wagen und Karren in der Ferne, von der eine Staubwolke bis in den Himmel aufstieg. »Das da sind meine.«

»Verdammt, ich kann noch nicht mal eine Lücke zwischen

den Karren erkennen«, murrte der Wachposten. »Also, welche genau sind deine?«

»Alle.«

Der Wachsoldat erbleichte und schien Laurie plötzlich mit anderen Augen zu betrachten. Einen Augenblick lang kaute er unschlüssig auf seiner Unterlippe, dann ging ihm ein Licht auf.

»Lord ... Keenan? Oh, so ein Scheiß, das tut mir leid, Mylord. Ich hatte heute schon ein halbes Dutzend Kaufleute, die alle behaupteten, ihnen gehöre Dezrel. Ich dachte, Ihr wärt auch einer ...«

»Schon gut«, unterbrach ihn Laurie. »Wie heißt du, Soldat?«

»Jess. Jess Brauen, Mylord.«

»Also, Jess, bevor ich meine Karawane durch das Tor führe, möchte ich gerne wissen, was hier los ist. Ich nehme an, es gibt eine Art Zehnt oder Zoll?«

»Allerdings.« Jess warf Torgar einen kurzen Seitenblick zu. »Obwohl es Euch nicht gefallen wird. König Vaelor, Ashhur segne seinen Namen, hat das Gesetz vor nicht ganz zwei Tagen erlassen. Es werden auch Gebühren wegen der Söldner erhoben, wovon Ihr noch früh genug erfahren werdet. Kurz und gut, es gibt einen Zoll auf alle Güter und Dienstleistenden, die die Stadt betreten wollen.«

»Auf alle Güter?« Laurie packte seinen langen grünen Umhang und zog ihn fester um seine Schultern, als würde seine Körperwärme aus ihm heraussickern. »Was für ein Schwachsinn. Nenn mir die Gebühren.«

Jess gehorchte. Als Laurie die Liste seiner Waren durchging, wurde sein Gesichtsausdruck immer finsterer. Torgar sah, dass er im Kopf Nahrungsmittel, Kleidung, Bedienstete und Tiere durchzählte. Als er fertig war, war Lauries Gesicht dunkelrot angelaufen. Selbst Torgar wusste, dass sich dieser Zehnt zu einem kleinen Vermögen aufsummieren würde.

»Und all das nur, um die Stadt betreten zu dürfen?«, fragte Laurie. Trotz seiner ruhigen Stimme war sein Ärger kaum zu überhören.

»Verzeiht mir, Mylord«, erwiderte Jess. »Gerand Crold hat nachdrücklich auf dem Vollzug dieses Gesetzes bestanden. Er hat angeordnet, jeden, der dabei erwischt wird, wie er ein Auge zudrückt oder sich bestechen lässt, an den Daumen von der Mauer zu hängen und den Raben zum Fraß zu überlassen.«

»Ich gebe dir keine Schuld für deine Befehle oder dafür, dass du sie durchsetzt, wenn eine solche schwerwiegende Drohung über deinem Kopf schwebt«, sagte Laurie. Er nahm eine einzelne silberne Münze aus der Tasche und reichte sie Torgar, der sie an den Soldaten weitergab.

»Danke, Mylord. Ihr seid sehr großzügig.«

»Ich danke dir für deine Zeit.« Laurie nickte Torgar zu, und die beiden drängten sich wieder durch die Menschenmenge zu ihren Pferden zurück. »Die Diebe müssen bis zum König gekommen sein«, meinte der Lord der Trifect, als er auf sein Pferd stieg. »Entweder zu ihm oder aber zu seinem Ratgeber Crold.«

»Ich vermute eher, dass sie den Ratgeber unter Druck gesetzt haben«, meinte Torgar. »Er ist schon eine Weile im Amt, wenn mich mein schlechtes Gedächtnis nicht trügt. Wie viele Könige hat er sterben sehen? Vielleicht betrachtet er sich selbst als einen. Möglicherweise sind die Diebe gar nicht daran beteiligt, sondern nur irgendwelche Gierhälse aus dem Palast, die wussten, dass du kommst.«

Sie ritten zu ihrer Karawane zurück, und Torgar sah seinen Herrn fragend an. »Also … auf wie viel insgesamt belief sich die Steuer eigentlich?«

»Zwanzigmal mehr als der normale Satz.« Laurie seufzte. »Ich weiß, dass du mit großen Zahlen nicht besonders gut bist, also drücke ich es einfach aus. Ich müsste fast ein ganzes Monatseinkommen zahlen, nur um durch dieses verfluchte Stadttor zu reiten.«

»Oh.« Torgar lenkte sein Pferd um eine riesige Wurzel auf der Straße. »Da vergeht dir wohl die Lust, die Stadt zu betreten, hab ich Recht?«

Laurie hielt sein Pferd an. Torgar zügelte seines ebenfalls und drehte es um, die Hand auf dem Schwertgriff. »Stimmt etwas nicht?«

»Nein«, antwortete Laurie. »Aber du hast da gerade etwas sehr Interessantes gesagt. Siehst du da hinten die beiden Hügel, um die wir gerade herumgeritten sind? Könnten wir unser Lager auf ihren Gipfeln aufschlagen?«

Torgar kratzte sich nachdenklich die Bartstoppeln. »Ich könnte dein Zelt und das von Madelyn auf dem großen Hügel aufschlagen und den Hang darunter mit den Wagen und Karren blockieren, sodass die Kuppe leichter zu verteidigen ist. Es wäre nicht schwer, unsere Männer in den Lücken zu postieren. Der kleinere Hügel könnte deine Bediensteten und Soldaten aufnehmen. Die Zelte würden wir auf den Hängen aufschlagen und dann auf der Spitze Lagerfeuer entzünden.«

»Könntest du das Lager genauso gut bewachen wie unseren Besitz?«, fragte Laurie.

»Genauso gut? Natürlich nicht«, erwiderte Torgar. »Dein Anwesen hat einen Zaun mit Spitzen und jede Menge Fallen, die nicht einmal ich alle kenne. Hier draußen haben wir nur Männer und Karren. Karren und Kutschen kann man erklettern, verbrennen und zertrümmern. Männer kann man kaufen, verwirren oder töten. Aber wenn du fragst, ob hier draußen irgendetwas passieren könnte, würde ich Nein sagen. Bei den vielen Männern, die das Lager bewachen, bist du hier sicherer als der König.«

»Dann komm«, sagte Laurie. »Sagen wir es meiner Frau und meinem Sohn.«

Da ihr Herr zu den Toren geritten war, fuhr der Rest der Karawane langsamer weiter, wofür Madelyn Keenan sehr dankbar war. Sie saß auf der Pritsche des größten der Planwagen, der von sechs grauen Ochsen gezogen wurde. Ihr Ehemann kehrte jedoch viel zu schnell wieder zurück, zusammen mit diesem vulgären Hauptmann der Gedungenen Schwerter.

»Wie ist es am Tor gelaufen?«, fragte Madelyn Keenan von ihrem gepolsterten Stuhl. Sie trug Kleidung, die sie als Reisegarderobe betrachtete: ein eng anliegendes Kleid, das vorne V-förmig geschnitten war. Dadurch wurden ihre schlanken Beine entblößt, die sie unter der Zeltplane hindurch ausgestreckt hatte, um sie ein bisschen zu bräunen, bevor der Winter kam mit seinem grauen Licht und den zahllosen Wolken. Ihr braunes Haar hatte sie zu einem Pferdeschwanz gebunden, der so lang war, dass sie ihn zweimal um ihre Taille schlingen konnte, bevor sie ihn in ihren mit Silber beschlagenen Gürtel steckte.

»Der König, Karak verfluche seinen Namen, hat eine vollkommen unverschämte Steuer auf alle Güter und Waren erhoben, die in die Stadt gebracht werden«, sagte Laurie, der ihre ausgestreckte Hand nahm und ihre Finger küsste. »Es sieht so aus, als müssten wir außerhalb der Mauern kampieren.«

»Müssen wir das?«, erwiderte Madelyn. »Du verweigerst uns ein Dach über dem Kopf wegen einer albernen Steuer? Bestich die Wachen, und bring uns in die Stadt. Ich habe schon genug Gezeter von den Zofen wegen dieser unbequemen Reise gehört. Ich will mir nicht einmal vorstellen, wie sie jammern werden, wenn sie das hören.«

»Die Wächter lassen sich nicht bestechen«, mischte sich Torgar ein. »Der König hat mit drakonischen Strafen dafür gesorgt. Und wenn du ein Dach über dem Kopf willst, Mylady, haben wir genug Zelte, um das zu bewerkstelligen. Wir werden dir einen schönen Pavillon bauen, ganz für dich allein.«

Madelyn verdrehte die Augen und konzentrierte sich wieder

auf ihren Ehemann. Sie hatte den stinkenden Söldner noch nie gemocht, vor allem nicht die Art, wie er sie ansah. Sie wusste, wie sie Männer mit ihrer Kleidung, ihrer Haltung und Worten in den Wahnsinn treiben und sie dadurch beherrschen konnte. Bei Torgar jedoch hatte sie diese Kontrolle niemals empfunden. Stattdessen hatte sie das Gefühl, dass er derjenige war, der sie beherrschte, trotz ihres Status und der Gefahr einer möglichen Bestrafung wegen seines unverschämten Verhaltens.

»Was ist mit Maynard und diesem fetten Connington?«, erkundigte sie sich. »Werden sie mit all ihrem Reichtum ebenfalls herauskommen und uns in der Wildnis Gesellschaft leisten?«

»Wir sind so nah an den Mauern, dass man hinspucken kann«, erklärte Torgar. »Das hier ist nicht die Wildnis, Weib.«

»Weißt du noch, was ich über deine Zunge und die Raben gesagt habe?«, erkundigte sich Laurie. »Denk eine Weile darüber nach, und lass mich mit meiner Gemahlin allein. Ah, und suche Taras. Vermutlich verbrüdert er sich gerade mit den Marketendern.«

»Wie du willst.« Torgar verbeugte sich übertrieben tief.

»Musst du ihn immer in deine Entscheidungen einbeziehen?«, beschwerte sich Madelyn, nachdem der Söldner verschwunden war.

»Seine Nützlichkeit macht all seine Fehler wett«, erwiderte Laurie. Der Wagen ruckelte und fuhr langsam weiter, deshalb wich Laurie ein Stück zurück. Er sah sich dabei um und stieß einen Fluch aus.

»Verzeih, aber ich muss gehen. Die Kutscher wissen noch nichts von unserem neuen Ziel.«

Madelyn sah ihm nach, als er um den Wagen herumritt und verschwand. Sie zog die Beine unter sich und machte sich klar, dass sie in den nächsten Tagen weit mehr von der untergehenden Sonne sehen würde, als ihr lieb war. Die Reise von Engelhavn nach Norden war alles andere als angenehm gewesen, trotz der Kissen und der Kammerzofen in dem riesigen Karren. Die Mädchen waren so aufgeregt gewesen, als sie endlich die Stadt erreichten, dass sie sie weggeschickt hatte, damit sie selbst einen Moment Ruhe hatte.

Sie betrachtete die vielen Hügel, auf denen das Gras fast hüfthoch wuchs. Madelyn hoffte, dass eine dichte Schicht von Gras die Felsen polsterte, die überall unter der Erde zu lauern schienen. Laurie und sie hatten sich während ihrer Reise einmal auf dem Gras geliebt, und ihr Rücken hatte noch tagelang wehgetan. Lieber hätte sie auf einem Nagelbrett mit ihm geschlafen. Wenigstens wäre dann der Schmerz über ihren ganzen Körper verteilt gewesen.

Ihr Unbehagen wuchs. Der Anblick der vielen Hügel, auf denen keine Mauern, Lampen oder Wachen zu sehen waren, schien eine alte Furcht in ihr geweckt zu haben. Es war eine Sache, ihren Leibwächtern zu trauen; es war eine ganz andere, wenn sie ihre Tür mit einem dicken Holzbalken verrammeln konnte. Hier hatte sie einen … Wie hatte Torgar es noch genannt? … »einen schönen Pavillon« ganz für sich allein? Einen Pavillon konnte sie nicht verschließen. Beim Schlund, er hatte nicht einmal Türen, die man zumachen konnte, sondern nur dicke Zeltklappen.

»Sie wissen Bescheid«, sagte Laurie, als er zurückkam. Er erschreckte sie. »Stimmt etwas nicht?«, fragte er, als er sah, wie sie zusammenzuckte.

»Nein, ich habe nur nachgedacht. »Bist du sicher, dass das klug ist? Da die Diebesgilden immer noch so hart um ihr Überleben kämpfen, wären wir da nicht auf unserem Besitz sicherer?«

Laurie zügelte sein Pferd, bis es so langsam ging, dass es mit dem Wagen Schritt hielt. »Ehrlich gesagt glaube ich, dass wir sehr vorsichtig sein müssen, ganz gleich, wo wir das Kensgold abhalten. Aber weißt du, was ich sehe, wenn ich auf diese Hügel blicke? Ich sehe keine Dächer, von denen sich Meuchelmörder herunterlassen können. Hier gibt es keine Schatten, in denen sie sich verstecken können. Auch keine dunklen Ecken, keine Keller, keine Geheimgänge und vergessenen Türen. Welche Fallen Thren und seine Lieblinge auch für mich geplant haben mögen, ich weiß sehr genau, dass sie beim Entwurf dieser Fallen nicht an ein offenes Gelände gedacht haben.«

»Ich wäre trotzdem lieber in meinem Zimmer, in unserem Zimmer, in unserem Haus, sicher hinter den Stadtmauern«, beharrte Madelyn.

»Liegt dir so viel an engen Räumen?« Er runzelte die Stirn.

Madelyn seufzte. »Ich weiß es nicht. Vielleicht ändere ich meine Meinung ja, wenn unser Lager fertig ist. Aber versprich mir, dass du mich gehen lässt, wenn ich in die Stadt zurückkehren will. Ich kann ein paar Söldner mitnehmen, und ich glaube kaum, dass ich Mühe haben werde, eine ganze Legion von Bediensteten und Dienstmägden zu finden, die mit mir in die Stadt gehen wollen.«

Bevor ihr Ehemann ihr das Versprechen geben konnte, wurden sie von diesem verdammten Barbaren unterbrochen. »Ich habe den Jungen gefunden!«, schrie Torgar, der aus südlicher Richtung herangaloppierte.

»Er ist kein Junge mehr.« Laurie drehte sich um, um sie zu begrüßen. Taras Keenan ritt neben Torgar. Er sah eher aus wie der Sohn eines Gedungenen Schwertes als der des dünnen Adeligen. Er stand kurz vor seinem siebzehnten Geburtstag und hatte jeden Tag auf ihrer langsamen Reise nach Veldaren mit den Söldnern geübt. Was Madelyn ärgerte, war, dass er offenbar einen Narren an Torgar gefressen hatte und ihn als seinen Lieblingslehrer und Übungspartner auserwählt hatte.

»Bis ich einen Mann in einem ehrlichen Kampf besiegt habe, bin ich noch ein Junge«, erwiderte Taras.

»Du klingst wie Torgar«, meinte Madelyn missbilligend.

»Das ist nur eine liebevolle Erinnerung für dich, dass ich noch eine kleine Weile dein kostbares Kind bleiben werde«, antwortete Taras lächelnd.

»Gut zu hören, dass du wenigstens die gewandte Zunge deiner Mutter geerbt hast, und nicht die vorlaute von Torgar«, mischte sich Laurie ein. »Aber jetzt habe ich eine wichtige Aufgabe für dich, Torgar. Reite zu den Anwesen von Connington und von Gemcroft, und lade sie beide auf unsere entzückenden Hügel ein. Gib dir Mühe, sie zu überzeugen. Und erinnere sie daran, dass ich dieses Jahr der Gastgeber bin und sie meine Einladung nicht ablehnen können, wenn ich Tische aufgestellt und Speisen vorbereitet habe.«

»Die Erwähnung von Essen würde Leon auf jeden Fall hierherlocken, selbst wenn der Tisch mitten in einem Schweinestall steht«, meinte Torgar lachend. »Ich habe gehört, er hat große Schwierigkeiten, sich seine Delikatessen zu beschaffen, weil alle Gilden Amok laufen. Soll ich den Jungen bei diesem Auftrag mitnehmen, Mylord?«

Madelyns finsterer Blick sagte eindeutig Nein, und mehr brauchte Laurie nicht für seine Entscheidung.

»Das solltest du«, sagte er. »Vergiss nicht, Taras, ich habe Torgar die Verantwortung für die Aufgabe übertragen, nicht dir. Also widersprich ihm nicht, es sei denn, es wäre absolut notwendig.«

Taras konnte seine Aufregung kaum verbergen. Er war seit seinem neunten Lebensjahr nicht mehr in Karaks steinerner Stadt gewesen, und er hatte auf der Reise allen Löchern in den Bauch gefragt, um mehr über den Ort zu erfahren.

»Komm schon!«, schrie er Torgar zu. »Die Stadt wartet auf uns!«

Damit galoppierte er los, und der Söldner folgte ihm. Madelyn runzelte die Stirn und sah zur Seite. Als Laurie es bemerkte, verfinsterte sich seine Miene, und diesmal versuchte er nicht, seinen Zorn zu verbergen.

»Er muss allmählich lernen, Verantwortung zu übernehmen«, sagte er. »Wenn er mit den anderen Angehörigen der Trifect verhandelt, wird ihm das helfen.«

»Es wird ihm den Tod bringen«, widersprach Madelyn. »Du schickst deinen eigenen Sohn mit nur einem einzigen Söldner als Leibwächter nach Veldaren? Wir werden sie in der Gosse finden, wo sie verfaulen, nur weil du lieber unter den Sternen lagerst und dir einen Affendreck deines kostbaren Goldes sparst.«

»Pass auf, was du sagst!«, warnte Laurie sie.

Eine Minute lang ritten sie schweigend weiter. Lauries Pferd trottete langsam hinter dem Wagen her, während Madelyn mit verschränkten Armen auf ihren Kissen saß. Als der Karren plötzlich anhielt, drehte Laurie ab. Sie hatten den ersten Hügel erreicht, und die Vorhut ritt durch das hohe Gras voraus. Sie bewegten sich nur langsam und wurden von Leuten zu Fuß begleitet, die sich vergewisserten, dass keine Löcher oder Gräben die Räder der Karren bedrohten.

»Wir sind da«, sagte Laurie. »Wir werden dir im Handumdrehen ein gemütliches Lager aufbauen.«

»Nein, das werdet ihr nicht«, widersprach Madelyn. »Ich will nach Hause. In mein richtiges Zuhause.«

Als Laurie sie finster ansah, erwiderte sie seinen Blick ebenso wütend. Dann fuhr sich der Mann mit der Zunge durch den Mund, als müsste er etwas Widerliches schlucken.

»Ich werde dich vermissen«, meinte er dann. »Aber meinetwegen geh in die Stadt, wenn du willst. Ich gebe dir eine Eskorte mit. Zwei bewaffnete Männer, die zusammen durch die Stadt reiten, werden dem Pöbel möglicherweise nicht weiter auffallen. Aber eine Schar von Dienstmädchen und eine vornehme Lady in ihrer Sänfte sind eine vollkommen andere Angelegenheit.«

Dann ritt er davon, weit übellauniger als nach seiner Rückkehr von den Stadttoren.

Thren ging voran, und der Rest seiner Gilde folgte ihm, bis auf Aaron und Senke, die immer noch damit beschäftigt waren, das Blut vom Boden zu wischen. Sie gingen durch die Kaufmannszeile und verzichteten diesmal darauf, in fremde Taschen zu greifen. Die Aufständischen würden bald dieses Viertel erreichen. Thren hatte persönlich zwei Feuer entzündet und seine Männer drei weitere Häuser in Brand gesetzt. Sie verbrannten jedoch keine Wohnhäuser. Sondern sie legten Feuer in Lagerhäusern, was Lebensmittel noch teurer machte. Ein Schlachter nach dem anderen zog sich in sein Geschäft zurück, entweder durch Gold oder durch die härtere Währung eines Dolchs überredet. Den Bäckern erging es nicht besser. Entweder löschten sie für einen Tag ihre Öfen, oder aber sie erloschen für immer.

»Die Händler werden mit dem Finger auf dich zeigen, wenn dieser Tag vorüber ist«, sagte Kayla, die neben ihm ging. Thren lachte nur.

»Wenn dieser Tag vorüber ist, kümmert mich das nicht mehr. Aber heute brauchen wir Hunger und Aufstände.«

Mit raschen Handbewegungen positionierte Thren seine Leute auf der ganzen Straße. In jeder Ecke, vor jeder Bude kontrollierte ein Mitglied der Spinnengilde die Kaufmannszeile. Thren stand an der Kreuzung Palaststraße und Hauptstraße, die von Norden nach Süden führte, von der Stadtmauer bis zum Palast. Einige seiner vertrauenswürdigsten Männer hatten ihre Umhänge abgelegt und sich unter die hungrigen, protestierenden Massen im Süden gemischt. Wenn sie ihre Arbeit gut erledigten, würden die Aufstände in einem Furcht einflößenden Tempo nach Norden übergreifen.

Sie warteten zwanzig Minuten. Thren hatte seine Kapuze

tief in die Stirn gezogen, und er lächelte all jene an, die ihn bemerkten. Er hatte keine Angst. Nur eine Legion Söldner hätte ihm Sorgen bereiten können. Neben ihm stand ein bescheidener Juwelier, der Perlen in Vorbereitung für das Kensgold verkaufte. Laurie Keenans Rückkehr nach Veldaren würde von einem ganzen Haufen von Marketendern begleitet werden, ganz zu schweigen von den vielen Dienstmädchen, den Tänzern und Sängern. All die billigen Schmuckstücke des Juweliers wurden mit dem Versprechen verkauft, dass sie diese Frauen unwiderstehlich anzögen.

»Mein Geschäft ist sicher?«, fragte ihn der kahlköpfige Juwelier irgendwann. Thren nickte.

»Du warst gut zu mir, Mafee«, erwiderte der Gildemeister. »Wenn ich meine Langmesser zücke, dann nimm deine Waren und verschwinde.«

Die Minuten verstrichen. Es gab nur einmal einen angespannten Moment, als eine kleine Abteilung Söldner vorbeimarschierte. Aber sie achteten nicht auf die Graumäntel, sondern hatten es eilig, zum Palast zu kommen. Thren kratzte sich am Kinn. Es war das Zeichen, die Männer in Ruhe zu lassen.

Dann ertönten Schreie aus dem Süden. Thren blickte die Palaststraße hinab, hocherfreut über den Anblick. Die erste Welle der Aufständischen bestand aus über vierhundert Menschen. Er erkannte ihren Schrei; es war eine Parole, die Senke sich ausgedacht hatte. »Brot oder Blut!«, schrien sie. Das eine oder das andere würden sie bekommen, und Thren wusste, welches von beiden ihm lieber war. Er zog ein Langmesser und ließ es an seiner rechten Seite herunterhängen. Auf der ganzen Kaufmannszeile folgten die Graumäntel seinem Beispiel. Mafee sah es, schob hastig seinen billigen Schmuck in einen kleinen Sack und verzog sich in sein Haus direkt hinter seiner Bretterbude.

»Brot oder Blut!«, schrie Thren, als der Mob ihn erreichte.

»Brot oder Blut!«, antwortete der Pöbel donnernd. Die lautesten waren die Provokateure der Spinnengilde. Die Aufständischen hatten eigentlich nach Norden zum Palast marschieren wollen, aber durch geschickte Manipulation waren sie stattdessen in die Kaufmannszeile eingebogen. Die Buden der Bäcker und der Fleischhacker waren leer und unbewacht, und als der Pöbel daran vorbeistürmte, zerstörten die Mitglieder der Graumäntel die Karren und Holzbuden. Als der Mob so einen Vorgeschmack von Gemetzel bekam, wollte er mehr.

Weitere Männer Threns tauchten auf. Sie hielten brennende Fackeln in den Händen und brüllten wütend. Immer mehr Buden wurden umgekippt. Die ersten Wagen brannten. Esel verbluteten, und ihr Geschrei vermischte sich auf unheimliche Weise mit dem tobenden Chaos. Die Menge wurde immer größer, als sich Plünderer, Schläger und kaltherzige Menschen, die die Macht des Pöbels spürten, unter sie mischten. Wie ein menschlicher Heuschreckenschwarm rissen sie die Kaufmannszeile in Stücke. Feuer breitete sich zwischen den Häusern aus, aber es kam niemand mit Wassereimern herbeigelaufen, um sie zu löschen.

Thren setzte Mafees Haus persönlich in Brand und verbarrikadierte die Tür. Dieser Tand war einfach erbärmlich und schlimmer noch, der Mann hatte einen lächerlichen Betrag für seinen Schutz bezahlt, im Vergleich zu dem Geld, das er den Verzweifelten und Ahnungslosen abgeknöpft hatte.

»Bleib du nur schön in Sicherheit«, sagte Thren. Das dämonische Grinsen auf seinem Gesicht flackerte im Licht der Fackel.

Dann stieß er einen langen, lauten Pfiff aus. Ihre Arbeit war getan. Stadtwachen näherten sich vom Norden und vertrieben die Plünderer und Aufständischen mit Schilden und Schwertern. Zuerst widersetzten sich einige, aber die Männer der Spinnengilde stießen vorgetäuschte Schreie der Furcht aus und flüchteten. Als das erste Blut auf die Pflastersteine floss, folgten ihnen die anderen. Es würde etliche Stunden dauern, um die Feuer zu löschen. Die Kaufmannszeile sah aus, als wäre eine feindliche Armee hindurchgezogen. Laurie Keenan bekam sein Willkommen, und wenn Thren Glück hatte, würden sie sogar seine Karren zerstören, seinen Söldnern zusetzen und gewaltige Mengen seiner Nahrungsmittel stehlen.

In dem Moment kam einer seiner Männer aus dem Westen angerannt. Thren erkannte ihn, es war Tweed, ein einfacher, aber brauchbarer Mann, den er als Wachposten aufgestellt hatte, um ihn über Keenans Kommen zu unterrichten.

»Probleme, wir haben eine Menge Probleme«, meinte Tweed. »Keenan kommt nicht in die Stadt.« Er lispelte stark. »Die andern gehen hinaus zu ihm.«

Thren zog ihn von der Straße herunter, überzeugt, dass er ihn wegen des schrecklichen Lärms missverstanden hatte. »Sag das noch mal!«, befahl Thren. »Und zwar laut und deutlich.«

»Ich habe sie gesehen, die Keenans. Sie stellen große Zelte auf und bilden eine Wagenburg«, erklärte Tweed. »Sieht so aus, als hätten die neuen Steuern sie davon abgehalten, die Stadt zu betreten. Sie werden die Aufstände nicht sehen, sondern nur von ihnen hören.«

Thren biss die Zähne zusammen. Er schob sein Langmesser in die Scheide und packte Tweeds Schulter. »Jetzt überlege deine Antwort genau«, sagte er. »Hast du jemanden von der Karawane in die Stadt kommen sehen? Irgendjemanden?«

»Ich habe ein paar gesehen, bevor ich von der Mauer gesprungen bin«, gab Tweed zu. Er wirkte ein bisschen nervös. »Nicht viele, ein Söldner und ein Junge. Eine große Gruppe bestand aus ein paar Frauen, die von ein paar Bewaffneten beschützt wurden. Ich glaube, das waren nur irgendwelche Söldner, die ihre Huren in die Stadt brachten und hier nach Betten und etwas zu trinken suchten.«

»Gut gemacht, Tweed.« Thren ließ seine Schulter los. »Lauf

zurück zum Tor, und halte Ausschau nach anderen großen Gruppen. Wenn du eine siehst, erstattest du mir umgehend Bericht.«

Dann sah Thren sich um und winkte einige Angehörige der Spinnengilde zu sich. Er wünschte sich in diesem Moment, dass Senke bei ihm wäre, und kam sich dumm vor, dass er diesen klugen Mann zurückgelassen hatte, nur um auf seinen Sohn aufzupassen, während hier so wichtige Dinge zu erledigen waren. Es bestand durchaus die Chance, dass diese Gruppe von Frauen und Söldnern nichts zu bedeuten hatte, aber sein Gefühl sagte ihm etwas anderes. Als er fünf Männer um sich geschart hatte, gab er ihnen seine Befehle. Er verließ sich darauf, dass sie sie in der ganzen Gilde verbreiteten.

»Unbedingt lebendig?«, fragte einer von ihnen, als Thren fertig war.

»Tod verursacht Wut und Trauer«, erwiderte Thren. »Eine Gefangennahme jedoch löst Entsetzen und Verzweiflung aus. Wenn du ihr auch nur ein Haar krümmst, werde ich dich skalpieren. Ich will Madelyn Keenan als Geisel. Als Kadaver nützt sie mir nichts.«

24. Kapitel

Sie waren noch keine Minute in der Stadt, als sie die ersten Anzeichen der Aufstände sahen.

»Sieh mal dort.« Susan deutete auf die Häuser rechts von ihnen. »Ist das da Rauch?«

»Sieht jedenfalls aus, als sollte jemand schleunigst die Löscheimer holen«, meinte Nigel, ein älterer Söldner, dem die Hälfte seiner Zähne fehlte. Er trug die Verantwortung dafür, Madelyn sicher zu ihrem Besitz zu eskortieren.

»Was meinst du, Susie? Solltest du nicht langsam loslaufen?« Er lachte die Zofe an und zeigte seine klaffenden Zahnlücken.

»Sollen die Häuser doch brennen, solange es nicht unsere sind«, erwiderte Susan hochmütig.

»Lass niemals ein Feuer einfach brennen, denn das nächste Haus, das es erfasst, könnte deines sein«, mahnte Madelyn. Ihr war schwindlig. Der Weg von ihrem Wagen in die Stadt war ziemlich lang und steil gewesen. Nachdem sie so lange auf dem Wagen und auf Pferden gereist war, war diese körperliche Anstrengung sehr ungewohnt. Ihre vornehme Kleidung klebte an ihrem verschwitzten Körper und fühlte sich kalt und unangenehm an. Sie hätte lieber eine Sänfte genommen, aber Laurie hatte darauf bestanden, dass diese zusätzliche Aufmerksamkeit nicht angeraten war angesichts der vielen Diebe und Schläger, die in der Stadt ihr Unwesen trieben.

Trotzdem, ihre Sänfte hatte Vorhänge und Wände, etwas, das sie hier mitten zwischen ihren Zofen und Leibwächtern schmerzlich vermisste. Sie legte eine Hand über die Augen und betrachtete den aufsteigenden Rauch.

»Es sind etliche Feuer«, stellte sie fest. »Entweder sie breiten sich sehr schnell aus, oder sie wurden absichtlich gelegt …«

»Es sieht Thren ähnlich, Euch ein solches Willkommen zu bereiten«, erwiderte Nigel.

»Das ist doch nicht unser Haus, oder?« Eines der anderen Dienstmädchen schien plötzlich besorgt zu sein.

Madelyn verdrehte die Augen. »Das ist der falsche Teil der Stadt. Dein Verstand ist so langsam wie Baumharz. Glaubst du wirklich, du wärst die Erste, die es bemerken würde, wenn unser Haus in Flammen steht?«

Das Mädchen errötete, trat von Madelyn zurück und reihte sich zwischen die anderen Diener ein, die sie umringten. »Verzeiht, Mylady«, murmelte sie.

»Lasst das Kind in Ruhe«, sagte Nigel. »Ich habe dasselbe gedacht. Nicht jeder von uns war schon auf Eurem Anwesen. Und es ist wie lange her, seit wir das letzte Mal hier waren? Zwei Jahre?«

»Vier«, erwiderte Madelyn müde. »Bei mir jedenfalls. Ich habe Laurie am letzten Kensgold alleine teilnehmen lassen. Dieser albernen Festivitäten bin ich schon lange überdrüssig.«

Die zwölf Söldner umringten die Frauen, als sie durch die Straßen gingen. Als sie den Anfang der Kaufmannszeile erreichten, zückten sie ihre Waffen.

»Was, bei Karak, ist hier passiert?«, fragte einer von ihnen.

Offenbar hatte der Wind gedreht, sodass ihnen der Rauch jetzt ins Gesicht wehte. Überall sahen sie zerschmetterte Buden, deren Schilder und Bretter zertrümmert waren, als hätte man sie mit Hämmern bearbeitet. Die Scheiben der Geschäfte waren allesamt zerstört. Auf der Nordseite hatte ein Feuer fünf Geschäfte vernichtet und drei weitere auf der Südseite. Palastwachen standen in den rauchenden Trümmern und versuchten, die Flammen zu ersticken, während Frauen und Männer mit Eimern eine Kette gebildet hatten und Wasser holten, das aus den Zisternen von Veldaren gepumpt wurde.

»Das ist nicht gut«, sagte Nigel. »Wir sind mitten in Veldaren und haben keine Ahnung, was hier los ist. Wir hätten warten sollen, verflucht! Wir hätten jemanden vorausschicken müssen, der sich überzeugt, ob sich die Lage beruhigt hat.«

»Dafür ist es jetzt zu spät«, antwortete Madelyn. Die Nervosität des Söldners griff auf sie über. »Der Besitz ist nicht weit, und überall sind Soldaten. Aber ihr könnt ja für alle Fälle eure Schwerter in der Hand halten. Lasst euch von niemandem überrumpeln. Es macht mir nichts aus, mit Blut auf meinem Kleid zu Hause anzukommen, solange es nicht mein Blut ist!«

Sie gingen weiter durch die Kaufmannszeile und näherten sich allmählich den wohlhabenden westlichen Bezirken. Je näher sie dem Zentrum der Stadt kamen, desto mehr Leute beobachteten sie. Madelyn fragte sich, wie viele davon wohl Spione der Diebesgilden waren. Die Hälfte? Gar keiner? Alle? Sie hielt »alle« für die wahrscheinlichste Möglichkeit.

»Es ist nicht mehr weit«, sagte sie laut in dem Versuch, die Zofen zu beruhigen. Die meisten Mädchen waren jünger als sie und fühlten sich trotz all der Söldner verletzlich. Sie waren es nicht gewohnt, dass so viele Menschen sie so lüstern anstarrten. Madelyn presste ihre Fäuste gegen die Taille. Sollten diese Bauern doch vor Neid platzen. Sie hatte sich ihren Wohlstand verdient, sowohl auf dem Rücken liegend als auch auf den Füßen stehend. Laurie hatte mit Zähnen und Klauen um seinen Reichtum gekämpft, so wie die ganze Sippe der Keenans das getan hatte. Sie empfand kein Mitleid mit dem Pöbel und hatte erst recht keine Schuldgefühle wegen der Position, die sie sich rechtmäßig verdient hatte.

»Das Haus liegt im östlichen Bezirk«, fuhr Madelyn fort. »Die Kaufmannszeile endet in einer Gabelung. Dort gehen die

Eisenstraße und der Kreuzweg weiter. Ein Stück den Kreuzweg hoch liegt unser Besitz. Dort sind wir in Sicherheit.«

Die Mädchen schienen sich ein bisschen zu beruhigen, aber Madelyns Gedanken überschlugen sich. Sie hatte gesehen, dass sie von mehreren Männern verfolgt wurden, und sie alle trugen graue Umhänge.

»Grau ist die Farbe der Spinnengilde?«, fragte sie flüsternd Nigel.

»Ich glaube ja«, erwiderte der Söldner, der sich ebenso hektisch umsah wie Madelyn. »Könnte auch die Aschegilde sein. Gut möglich, dass Euer Kleid das Blut abbekommt, das Ihr wolltet, Mylady.«

»Ich wollte es nicht«, verbesserte sie ihn. »Aber ich werde es ertragen, wenn es sein muss. Achte auch auf die Dächer. Spinnen hängen ebenso von Dachbalken herunter, wie sie sich unter Felsbrocken verstecken.«

Ein paar der versammelten Passanten, die sie beobachteten, schrien Beleidigungen.

»Huren!«

»Raffgierige Mistkerle!«

»Feiglinge!«

Die Söldner hoben ihre Schwerter und erwiderten die Flüche. Die ersten Passanten huschten davon, aber mehr und mehr sammelten sich und verfolgten sie. Madelyn fühlte, wie sich ihre Nackenhaare aufrichteten. Die Art und Weise, wie diese kleine Gruppe von Menschen sie verfolgte, hatte etwas Berechnendes. Die Leute warfen ihnen weiter Beschimpfungen an den Kopf, aber die Söldner achteten nicht darauf. Schon bald mussten sie anfangen, sich den Weg mit Körperkraft freizuräumen. Es war nichts Ernstes, nichts offen Absichtliches; mal war es ein Mann, der in der Mitte der Straße stand und einfach zu langsam zur Seite ging, oder eine Frau mit ihrer Wäsche, die sich weigerte, ihnen auszuweichen.

Zwei Männer würfelten in der Mitte der Straße. Beide trugen einen grauen Umhang. Sie blickten von ihrem Spiel hoch, schlugen ihre Umhänge zurück, ließen ihre Dolche aufblitzen und zogen die Umhänge dann wieder davor.

»Wollen wir uns zwischen ihnen hindurchdrängen?«, wollte Nigel wissen. Madelyn sah sich um. Sie hatte das Gefühl, als ginge sie durch einen Wald aus Zunder und als trüge jede Person, die sie begleitete, eine lodernde Fackel. Eine einzige falsche Bewegung konnte eine Feuersbrunst auslösen.

»Wir hungern!«, schrie ein junger Mann.

»Brot oder Blut!«, war die Antwort eines unsichtbaren Rufers aus der Menge.

»Geht um sie herum«, sagte Madelyn, nachdem sie ihre Entscheidung getroffen hatte. »Aber schnell. Ich kann unser Tor schon fast sehen.«

»Ich sehe die Augen des Sensenmanns«, sagte einer der beiden würfelnden Männer, als Madelyns Gruppe an ihnen vorbeiging. Sie warf einen Blick auf die Würfel. Beide zeigten eine Eins.

Mittlerweile hatten sie die Gabelung von Eisenstraße und Kreuzweg erreicht. Der südliche Teil der Eisenstraße schien verlassen und ruhig zu sein, aber auf dem Kreuzweg tummelte sich eine Gruppe von zwanzig Personen. Es sah aus, als wäre ein Kaufmann mit einer Ladung Brot überfallen worden. Sein Karren war umgekippt. Er lag bewusstlos auf der Erde, und sein Gesicht war grün und blau geschlagen. Immer mehr Leute strömten heran, schrien »Essen«, stießen die Söldner zur Seite und veranstalteten einen Höllenspektakel.

Als die Leute vorbeirannten, stieß einer einem Söldner ein Messer in die Seite. Der Mann brach zusammen. Sein Schmerzensschrei war die einzige Warnung, die sie bekamen. Im nächsten Moment sanken zwei weitere Söldner zu Boden. Das Blut sprudelte aus ihren durchtrennten Kehlen.

»Zurück!«, schrie Nigel. Er schlug mit seinem Schwert eine Frau zu Boden, die ihm zu nahe gekommen war. Ihr Blut spritzte auf seine Rüstung. »Ihr alle, zurück mit euch!«

Die restlichen Söldner hörten ihn und schlugen blindlings auf jeden ein, der ihnen zu nahe kam. Sie kamen kaum noch von der Stelle. Doch als einer der Ihrigen getötet wurde, verlagerte sich die Gier des Mobs vom Brot auf Blut.

»Mörder!«, schrie einer aus der Menge.

»Schlächter!«, schrie eine Frau mit kurz geschorenem rabenschwarzen Haar. Sie trug das Grau der Spinnengilde. Als sie bemerkte, dass Madelyn sie ansah, zwinkerte sie ihr zu und lächelte.

Keiner der Söldner trug einen Schild, also konnten sie sich nur ducken, als Steinbrocken auf sie herabprasselten. Susan brach zusammen, als ein schwerer Stein sie an der Schläfe traf. Zwei weitere Dienstmädchen stürzten kreischend zu Boden. Sie bluteten aus Mündern und Nasen. Als sie außerhalb des Schutzkreises der Söldner waren, griff der Pöbel sie an. Sie rissen ihnen die Kleidung vom Leib, schnitten ihnen die Haare ab und beschmierten sie mit Dreck.

»Nicht zurückblicken!«, befahl Madelyn den anderen. »Lauft rasch zum Tor und seht um Ashhurs willen nicht zurück!«

Die Schreie der beiden zurückgebliebenen Zofen spornten die anderen an. Sie flüchteten über den Kreuzweg nach Norden, vorbei an dem umgestürzten Brotkarren und hinein in den wohlhabenden östlichen Bezirk. Madelyn konnte den Blick nicht von dem Leichnam eines Kaufmanns losreißen, der neben den Resten seiner Waren lag.

Der Kreuzweg schien leer zu sein bis auf einen einzelnen Mann, der in der Mitte des Weges stand. Er setzte seine Kapuze auf, als sie sich ihm näherten. Er trug einen dicken grauen Umhang.

»Madelyn Keenan«, sagte der Mann und lächelte erfreut. »Wie schön, dich kennenzulernen.«

Die Schreie des Pöbels hinter ihnen schienen leiser geworden zu sein. Die Söldner scharten sich dichter zusammen und gingen noch langsamer weiter.

»Was hast du mit mir zu schaffen?«, fragte sie den Mann, während sie Nigel mit einem wütenden Blick vorwärtstrieb.

»Ich bin Thren Felhorn. Ich habe mit allem etwas zu schaffen, was in Veldaren vorgeht.«

Die Söldner blieben wie angewurzelt stehen.

»Was willst du?« Sie musste sich zusammenreißen, um die Fassung zu bewahren. »Ein Lösegeld? Oder vielleicht ein Waffenstillstandsangebot oder eine Kapitulation?«

Thren lachte. »Ich will, dass dein Ehemann sein Wams zerreißt und sich Asche aufs Haupt streut. Ich will, dass deine Familie verzweifelt um deine Rückkehr betet. Weißt du, zu wem sie beten werden, wenn sie das tun? Da ich derjenige bin, der über deinen Tod oder über deine Freilassung entscheidet, werden sie zu mir beten!«

Männer in grauen Umhängen traten aus Häusern, Gassen und sprangen sogar von den Dächern.

»Wir sind umzingelt«, flüsterte Nigel, während er die Feinde zählte. »Es sind mindestens zwanzig Graumäntel. Macht ihm ein Angebot, Mylady. Wir werden diesen Kampf nicht gewinnen.«

»Ich habe nichts anzubieten als mich selbst«, sagte Madelyn. »Du hast eine Rüstung und eine Klinge. Erfülle deine Pflicht.«

»Was auch immer sie dir zahlt, kann dein Leben nicht aufwiegen«, meinte Thren. Ein paar seiner Männer traten näher, während andere gespannte Armbrüste zückten und auf die Söldner zielten. Die Sehnen waren sehr dick und die Bolzen noch dicker. Nigel war davon überzeugt, dass sie sein Kettenhemd mit Leichtigkeit durchschlagen konnten.

»Vergiss es!«, sagte einer der Söldner und warf sein Schwert zu Boden. Doch noch bevor er einen Schritt zur Seite tun konnte, rammte Nigel ihm sein Schwert in den Rücken und trat dann seinen Leichnam in den Staub des Straßenrandes. Anschließend deutete er mit der blutigen Klinge auf Thren und salutierte. Der Gildemeister nickte, und der Rest der Spinnengilde akzeptierte diese Botschaft; der Hauptmann der Söldner war für ihren Gildemeister reserviert.

Als der erste Armbrustbolzen flog, griff Nigel an. Thren zückte seine Langmesser und schwang sie in einem grausamen Tanz, der wunderschön anzusehen war. Zwei weitere Söldner fielen. Armbrustbolzen hatten lebenswichtige Organe durchbohrt. Die Zofen kreischten. Madelyn riss einen Dolch aus ihrer Schärpe. Sie war fest entschlossen, ihm den ersten Mann in den Leib zu rammen, der sie berührte. Die restlichen Leibwächter wehrten sich, so gut sie konnten, und ihre schwere Rüstung konnte die Stiche der Dolche abwehren. Aber sie waren zahlenmäßig hoffnungslos unterlegen und dem Untergang geweiht. Das wussten beide Seiten.

Nigel schwang sein Schwert beidhändig, weil er den zusätzlichen Halt brauchte, als Thren die Waffe mit seinen Langmessern zur Seite schlug. Madelyn wusste, dass der Söldnerhauptmann ein erfahrener Kämpfer und erprobt in vielen Schlachten war. Er hatte sogar am Winterkrieg zwischen Ker und Mordan teilgenommen. Aber im Vergleich zu schwer gepanzerten Männern, die in einer dichten Phalanx marschierten, kämpfte Thren wie ein Geist. Jeder Schlag, den Nigel führte, zerteilte nur die Luft.

Blut spritzte über seine Rüstung. Sein Handgelenk war zerschnitten worden. Madelyn hatte keine Ahnung, wie das passiert war. Nigel trat zurück und stieß zu. Thren parierte den Stoß, schlug ihn mit der linken Hand zur Seite, trat vor und schlug dann mit der Klinge in seiner Rechten zu. Nigel drehte sich verzweifelt weg, sodass der Schlag nur seinen dünnen Schulterpanzer traf. Der Schmerz war schrecklich, aber ein blauer Fleck war weit besser als eine klaffende Schnittwunde im Hals.

Hinter ihm waren ein paar Dienstmägde weggelaufen. Armbrustbolzen bohrten sich in ihre Rücken. Eine weitere stürzte zu Boden, und ein Schläger schlitzte ihr mit seinem Dolch den Knöchel auf, bevor er den Gürtel seiner Hose öffnete. Sekunden später lag er auf ihr, ohne sich darum zu kümmern, dass etliche Söldner noch am Leben waren.

Madelyn kümmerte sich nicht mehr um ihre Sicherheit, sondern sprang aus der Gruppe vor. Ihr Dolch grub sich in den Hals des Mannes. Blut spritzte über seinen Lederharnisch, er fluchte leise, rollte sich auf die Seite und starb.

»Ihr Götter!«, schluchzte das junge Mädchen. Madelyn nahm ihr Gesicht zwischen ihre Hände und drückte ihre Stirn an die des Mädchens. Das Blut bedeckte sie beide, und sie konnte nur dieses süßlich klebrige Aroma wahrnehmen.

»Sei still!«, befahl Madelyn dem Mädchen. »Still. Wir werden es schaffen. Wir werden es alle schaffen.«

In der Zwischenzeit überzog Nigel Thren mit einem Schwall aus Flüchen, in der Hoffnung ihn abzulenken. Er hatte sich etliche Schritte zurückgezogen, seine Schulter schmerzte, und er war nur wegen seines dicken Kettenhemdes zweimal dem Tod entgangen. Das Atmen fiel ihm schwer. Thren dagegen lächelte immer noch. Er hatte nicht einen einzigen Blutstropfen auf seiner Kleidung.

»Bist du bereit?« Thren sprang zurück und ließ seinen Umhang nach vorne fallen, um seine Waffen zu verbergen.

»Wofür?«, wollte Nigel wissen.

»Bei drei werde ich dich töten.«

»Überheblicher Arsch!«

Madelyn sah zu und hoffte verzweifelt, dass der Söldnerhauptmann einen überraschenden Trick aus dem Ärmel ziehen würde. Thren verlagerte sein Gewicht von einem Fuß auf den anderen, als würde er warten. Nigel griff an, mit der Absicht, den Dieb mit der größeren Reichweite seines Schwertes zu überraschen. Thren jedoch wehrte den Schlag mit einer eleganten Bewegung ab.

»Eins.« Er schob den linken Fuß vor.

Nigel schwang sein Schwert über seinem Kopf und schlug nach Threns Hals. Der Dieb trat einen weiteren Schritt vor und blockierte den Schlag mit seinem Langmesser.

»Zwei.«

Er hakte seinen Fuß um Nigels Bein. Dann sprang er vor und rammte seinem Widersacher den Ellbogen ins Gesicht. Der alte Söldnerhauptmann stürzte zu Boden. Ein Kurzschwert bohrte sich durch den Spalt seines Kettenpanzers unterhalb seiner Achsel und drang bis in seine Brust.

»Drei.«

»Noch bin ich nicht tot.« Nigels Stimme blubberte.

Thren lachte. »Eine tapfere Haltung«, sagte er, als er Nigel das Schwert aus der Hand trat. »Willst du für mich arbeiten oder sterben wie der Rest deiner Leute?«

Nigel lachte, während ihm blutiger Schaum vor den Mund trat. »Schlag mir endlich den verdammten Kopf von den Schultern!«, forderte er Thren auf. »Ich werde nicht als Verräter in die Ewigkeit gehen.«

Der Gildemeister zuckte die Schultern, als wäre es ihm gleichgültig, wie sich der Söldner entschied. Er zog sein Schwert heraus, hob die Spitze und machte Anstalten, es in Nigels Hals zu rammen.

Bevor Madelyn diese Exekution jedoch miterleben musste, erfolgte eine Explosion. Der weiße Blitz war so grell, dass ihre Augen schmerzten. Sie wandte den Kopf ab, weil sie nicht mehr hinsehen konnte. Um sie herum hörte sie laute Schreie und panische Stimmen. Dann ertönte Gesang. Als sie wieder etwas erkennen konnte, war Thren verschwunden. Die Zofen um sie herum schluchzten, ebenso das versteinerte Mädchen, das sie immer noch in ihren Armen hielt.

Ein Mann trat zu ihr und sah ihr in die Augen. Er hatte einen runden, kahlen Kopf und große Ohren. Seine Lippen waren zusammengepresst und seine Miene finster.

»Geht es euch beiden gut?«, wollte er wissen.

»Ja.« Madelyns Stimme zitterte. Überall sah sie Männer in ähnlicher Kleidung, in weißen Roben mit goldenen Ketten. »Ja, es geht uns gut.«

»Gut.« Dann drehte er sich von ihr weg und ging zu Nigel. »Halt still«, sagte er zu dem Söldner. Er schob seine Hände unter die Rüstung und legte sie auf die Wunde auf der Brust. Nigel hustete.

»Madelyn?«

»Die Adelige?«, erkundigte sich der Fremde.

Nigel nickte schwach.

»Ich bin hier.« Madelyn hielt immer noch das Dienstmädchen in den Armen. »Es geht mir gut.«

»Und sie ist auch mutig, wenn man bedenkt, was sie tun musste. Und jetzt ruhig. Ich darf bei meinen Gebeten nicht unterbrochen werden.«

Der Mann schloss die Augen und flüsterte Worte, die Madelyn nicht verstand. Weißes Licht glühte auf, als wäre seine Haut durchscheinend. Die Blutung auf Nigels Brust hörte auf. Als der Söldner erneut hustete, klang es trocken und gesund.

»Wer bist du?«, fragte Madelyn, als Nigel unvermittelt in einen friedlichen Schlaf fiel.

»Ich bin Calan, Hohepriester von Ashhur«, erwiderte er, drehte sich um und hielt ihr die Hand hin. »Und ab sofort stehen du und deine Bediensteten unter meinem Schutz.«

25. Kapitel

Ethric hatte bei vielen Rebellionen mitgemacht, aber er hatte noch nie eine erlebt, die so spontan mit so wenigen Mitteln erzeugt worden war. Er ging in der Mitte der Straße, und das Chaos machte ihn fast euphorisch. Karak, der vor seiner Verbannung durch Celestia der Gott der Ordnung gewesen war, hätte solche Aktivitäten zweifellos mit Missfallen betrachtet, aber Ethrics Laune hob sich, als er es sah. Das Einzige, was schlimmer war als Chaos, war eine falsche Ordnung, die Ordnung, die von ungläubigen Königen und den Anhängern von Ashhur errichtet wurde. Sollte das Chaos doch diese Falschheit verbrennen wie das Feuer ein baufälliges Haus. Aus der Asche würden er und seinesgleichen etwas Neues erschaffen.

Am Westtor kam er an einem schmutzigen Bettler vorbei, der neben der Straße hockte. Der Mann war blind, und vor ihm stand ein Tonkrug. Ethric sah zu, wie ein dicker Kaufmann, der rotviolette Seidengewänder über seinem Wams trug, eine Handvoll Münzen in den Krug warf. Bevor der Mann weitergehen konnte, war der Paladin bei ihm und hielt ihn am Arm fest, während er mit seinem Schwert in den Topf stach.

»Lass mich los!«, schrie der Kaufmann und versuchte seinen Arm loszureißen. Aber Ethrics Griff war so fest wie ein Schraubstock. Als er sein Schwert aus dem Topf nahm, hatte die scharfe Spitze der Waffe eine Münze durchbohrt, die darauf stecken geblieben war.

»Was ist das für eine Mildtätigkeit?«, erkundigte sich Ethric, während schwarze Flammen die Klinge umspielten.

»Es ist Hilfe für die weniger vom Schicksal Begünstigten«, gab der dicke Kaufmann zurück, während er sich hilfesuchend umsah. Aber es kam niemand. Die Leute erkannten Ethrics schwarze Rüstung, die schwarzen Flammen auf seinem Schwert und den weißen Löwenschädel, der auf seinen Brustpanzer gemalt war. Wie den Priestern von Karak war es auch ihren Paladinen verboten, Veldaren zu betreten. Aber wenn sie erst einmal in der Stadt waren, tat jeder so, als würde er sie nicht sehen. Es war besser, die Dunkelheit zu ignorieren, als auf sie zu zeigen und Gefahr zu laufen, getötet zu werden.

»Soll ich dir vielleicht den Weg in die Ewigkeit erkaufen?«, wollte Ethric wissen. Die Münze schmolz langsam. Ihr Kupfer tropfte an dem Schwert herab und warf dabei Blasen. »Wenn ein Kupferstück für einen Blinden deine Seele retten kann, dann stell dir vor, wie reich du belohnt wirst, wenn du einem wirklich heiligen Mann Gold vor die Füße wirfst.«

»Du bist böse«, beschuldigte der Kaufmann Ethric. Der war von dem Mut des Mannes beeindruckt.

»Böse?« Er riss dem Kaufmann die Seide vom Gewand und hielt sie hoch. »Du stolzierst an einem blinden Mann vorbei, mit all deinem Reichtum, der ihn auf Jahre hinaus ernähren könnte, und wirfst ihm dann einen Brosamen zu, den du nicht einmal vermissen wirst. Das ist kein Mitgefühl oder Frömmigkeit, das ist einfach nur geschmacklos.«

Er drehte sich um und stopfte die Seide in den Krug des Blinden. Der Kaufmann stand mit zitternden Händen daneben und blickte ständig zwischen dem dunklen Paladin und der Seide hin und her.

»Streitet euch nicht, habt Erbarmen. Eine Freundlichkeit ist eine Freundlichkeit, ganz gleich, wie groß oder klein sie sein mag«, sagte der Blinde, der versuchte, die Situation zu entschärfen. Ethric lächelte nur und deutete auf den Krug. Auf seinem Schwert loderte immer noch das Feuer.

»Was ist wichtiger für dich?«, fragte er den Reichen. »Dein Wohlstand oder deine angebliche Bestechung des Schicksals?«

Als der Mann nach der Seide griff, schlug Ethric ihn zu Boden. Mit zwei mächtigen Hieben trennte er ihm den Kopf ab und ließ ihn ebenfalls in den Krug fallen. Das Blut befleckte die Seide und überzog auch die wenigen Münzen im Krug.

»Geschenke werden immer mit Blut zurückgezahlt«, sagte Ethric zu dem Blinden. »Erbarmen ist eine Täuschung. Und Barmherzigkeit ist Schwäche, die sich mit Lügen maskiert.«

Mittlerweile hatte sich eine Menschenmenge um ihn geschart. Die Leute schrien wütend und zeigten auf ihn. Der dunkle Paladin lächelte nur. Als er sein Schwert wieder hob, bildeten die Menschen eine Gasse für ihn. Da die Straßen so belebt waren, brauchte die Stadtwache eine Weile, um herzukommen. Er hörte sie hinter sich nahen, hatte jedoch keine Sorge, dass sie ihn verfolgen würden. Die Umstehenden würden den Wachen seine Beschreibung geben, sodass sie wussten, wer er war. Das alleine würde eine gründliche Suche verhindern. Kein Angehöriger der Stadtwache war so dumm, einen Paladin von Karak herauszufordern, jedenfalls nicht wenn nicht eine ganze Armee hinter ihm stand.

Trotz der Verzögerung hatte Ethric gute Laune. Er hatte zwar wenig Anhaltspunkte für seine Suche nach den gesichtslosen Frauen, aber Pelarak hatte ihm wenigstens eine konkrete Spur geben können. Der Hohepriester hatte ihm verraten, dass sich innerhalb der Stadt, etwa eine halbe Meile nördlich des Westtors, eine Spalte in der Mauer befand. Es war eine breite Spalte, die schräg über die Steine verlief wie ein einzelner Blitzstrahl. Wenn der Hohepriester die Gesichtslosen dringend erreichen musste, dann schickte er einen Novizen aus, der eine Nachricht in der Spalte hinterließ, wenn die Sterne am Himmel standen. Am Morgen war die Nachricht verschwunden.

Ethric fand die Spalte. Sie sah genauso aus, wie der Hohepriester sie beschrieben hatte. Es war eine ruhige Straße mit bescheidenen Häusern, die auf beiden Seiten von gewaltigen Zäunen begrenzt war. Die Zäune schienen neu zu sein und waren wahrscheinlich errichtet worden, nachdem Thren seinen kleinen Krieg vom Zaun gebrochen hatte. Ethric zog den Handschuh aus und legte seine Hand in die tiefste Stelle der Spalte.

Er lächelte. Seine Ausbildung hatte ihn gelehrt, seinen Körper auf alle magischen Dinge einzustimmen, egal ob es sich um Religion oder Hexerei handelte. Tief in der Mauerlücke hatte jemand einen einfachen Alarmbann gewirkt; derjenige, der ihn dort platziert hatte, wurde sofort informiert, wenn der Zauber berührt wurde. Die gesichtslosen Frauen mussten nicht dauernd nachsehen, sondern wussten immer, wann eine Nachricht dort hinterlassen worden war. Dann konnten sie sie in aller Ruhe vor Tagesanbruch holen. Ethric sah die Schönheit in diesem einfachen Prinzip und beschloss, seine Feinde mit größerem Respekt zu behandeln.

Gleichzeitig entschloss er sich, diese Einfachheit mit Einfachheit zu erwidern, und schob einen großen Stein in die Spalte, mit dem er den Zauber auslöste. Jetzt war nur noch die Frage, wie lange es dauerte, bis eine der Frauen auftauchte. Da er die »Botschaft« am helllichten Tag hinterlegt hatte, wussten sie zweifellos, dass irgendetwas nicht stimmte.

»Geduld dient den Weisen«, sagte Ethric und suchte sich einen Platz neben einem Zaun. Er lehnte den Rücken gegen die Gitterstäbe. Von der Straße aus konnte man ihn nicht sehen, und er bezweifelte, dass der Besitzer des Hauses so dumm sein würde, ihn vertreiben zu wollen. Jetzt musste er nur noch warten.

Irgendwann schien er eingeschlafen zu sein. Ethric erinnerte sich nie daran, ob er geträumt hatte, aber als er die Augen öffnete, war er einen Augenblick lang desorientiert, weil das Tageslicht verschwunden war. Die Sonne war hinter den Wolken tief über der Westmauer der Stadt kaum zu erkennen.

Ethrics scharfe Instinkte sagten ihm, dass man ihn geweckt hatte. Zuerst sah er niemanden und konnte auch keine Schritte hören. Aber er war ein geschickter Jäger, und auch wenn er nichts sah oder hörte, hatte das nichts zu bedeuten. Er warf einen Blick auf die Spalte. Der Stein, den er hineingelegt hatte, war verschwunden.

»Ich dachte, ihr würdet bis zum Einbruch der Dunkelheit warten«, sagte er, während er aufstand. Er griff nach seinem Schwert. Ein Dolch glitt durch eine Lücke in seiner Rüstung neben seinen Schulterblättern, und die Spitze drückte gegen sein ungeschütztes Fleisch, bevor er seine Waffe ziehen konnte.

»Wie es scheint, sind die Priester verzweifelt«, sagte jemand hinter ihm. »Ein dunkler Paladin alleine in Veldaren, und das am helllichten Tag? Werden sie ihre Existenz nun also doch enthüllen, oder hoffen sie einfach nur, dass dich der Pöbel töten wird?«

»Dafür braucht es weit mehr als Pöbel«, meinte Ethric. »Nimm deinen Dolch weg, Frau. Ich weiß, was du bist.«

Sie zögerte einen Moment, dann wurde der Dolch zurückgezogen. Ethric drehte sich um, die Arme vor der Brust verschränkt.

»Mit wem spreche ich?«

»Ich bin Eliora«, sagte die Gesichtslose. »Welche Nachricht bringst du mir vom Tempel?«

»Dass Alyssa sofort dorthin zurückkehren muss«, erwiderte Ethric. »Bring mich augenblicklich zu ihr!«

Eliora schlug klickend ihre beiden Klingen aneinander, während sie sich sachte vor und zurück wiegte. »Diese Angelegenheit ist nicht so einfach, wie Pelarak glaubt«, sagte sie. »Alyssa ist von Wachen umgeben und wird von einem wohlhabenden Steuereintreiber beschützt.«

»Was eine Gesichtslose nicht weiter kümmern sollte.«

Ethric sah durch den dünnen weißen Schleier einen schwachen Umriss von Elioras Gesicht. Er hätte schwören können, dass sie ihm zublinzelte.

»Nur wenn wir ihren Tod wollten, Paladin. Aber sie lebend dort wegzuschaffen ist eine ganz andere Angelegenheit. Ich bin sicher, Pelarak hat dir gesagt, dass sie wertlos wird, wenn sie zu Schaden kommt.«

»Wo wird sie festgehalten?«, erkundigte sich Ethric. »Sag es mir, dann darfst du gehen.«

Eliora bewegte sich langsamer, bis sie ganz zur Ruhe kam. »Wem dienen die dunklen Paladine, Karak oder seinen Priestern?«, erkundigte sie sich.

»Das ist ein und dasselbe«, gab Ethric zurück. »Die Priester verkünden die Worte Karaks.«

Eliora trat einen Schritt zurück. »Dann werde ich dich nicht zu ihr bringen. Karak hat uns unseren Glauben gegeben und dazu einen Verstand, mit dem wir ihn benutzen können. Wir sind nicht Pelaraks Sklaven, nicht mehr. Wir werden den Willen unseres Gottes erfüllen. Unseres gemeinsamen Gottes. Willst du weiterhin blind für Pelaraks Manipulationen und Herrschsucht bleiben?«

»Du wirst mich zu ihr bringen, oder du wirst sterben.«

Eliora legte den Kopf schräg und schien direkt in Ethrics Herz zu blicken. »Du würdest mich ohnehin töten. Pelarak hat seine Entscheidung getroffen. So sei es.«

Ethric zog sein Schwert und schlug zu. Es war eine einzige, geschmeidige Bewegung, und die Klinge der Waffe war in schwarzes Feuer getaucht. Die gesichtslose Frau wich zurück, bog den Rücken und spreizte die Knie nach außen. Nachdem das Schwert über sie hinweggezischt war, ohne Schaden anzurichten, kam sie wieder hoch und stach mit ihren Dolchen zu. Einer fuhr kratzend über seinen Schuppenpanzer und verhakte sich in einem Spalt, während der andere die Haut unter seinem Kinn durchbohrte.

Aber bevor sie ihn töten konnte, rammte ihr Ethric die Handfläche gegen die Brust. Die Kraft Karaks war in ihm, und die Frau wurde zurückgeschleudert. Bei ihrem Kontakt erfolgte eine Stoßwelle aus Feuer und Schall. Eliora rollte sich weg. Schatten glitten ihren Körper hinab und sammelten sich wie tiefe Pfützen auf dem Boden. Als ihre Füße den Boden berührten, wirbelte sie herum, verschränkte die Arme und verschwand in einer Rauchwolke.

Ein langer Schatten erstreckte sich von der Westmauer aus durch die untergehende Sonne, und aus diesem Schatten griff Eliora an. Sie rammte ihre Füße in Ethrics Rücken. Er schrie vor Schmerz auf, als er vorwärtstaumelte und blindlings mit seinem Schwert hinter sich schlug. Sein Feuer versengte einige Tuchbahnen, verletzte sie jedoch nicht. Ein Dolch zog eine dünne, blutige Wunde über Ethrics Hinterkopf.

Der Paladin warf sich nach vorn und entging so dem Stoß, der auf die Stelle zwischen Schlüsselbein und Hals gezielt hatte und ihn zweifellos getötet hätte.

Der Dolch prallte gegen seine Rüstung. Die Magie in beiden kollidierte, eine Kraft gegen die andere. Funken stoben auf und regneten in einem Schauer zu Boden. Der Dolch wurde stumpf. Als Eliora herumwirbelte und zustieß, drehte sich Ethric um, sodass sie seine dicke Brustplatte traf. Der Dolch wurde in zahllose Stücke gesprengt, die ihre Hände verletzten. Blut durchtränkte ihre Tuchbahnen.

»Gib auf, und ich werde Gnade walten lassen«, sagte Ethric, als er jetzt seinerseits angriff. Eliora duckte sich, verlagerte das Gewicht und sprang zurück wie eine Tänzerin. Aber jeder Hieb kam ihr so nahe, dass er immer mehr von ihren Tuchbahnen verbrannte. Als Ethric schließlich zustieß, hätte die Spitze seines Schwertes ihr Herz durchbohren müssen. Stattdessen aber traf er nur Rauch.

Er ahnte ihren nächsten Zug voraus, wirbelte herum und schlug in die Luft zwischen sich und dem Schatten der Mauer. Eliora war zwar dort und hatte schon den Fuß gehoben, um zuzutreten, aber erneut traf sein Schwert nur Rauch. Er hustete und spuckte ihn aus, während er sich über ihn legte, in seiner Lunge brannte und er den widerlichen Geschmack auf seiner Zunge spürte. In dem Rauch hörte er Gelächter. Und in dem Lachen Wut.

Etwas Scharfes durchbohrte seine Seite unmittelbar über dem Gürtel. Warmes Blut strömte seinen Schenkel hinunter. Er spürte, wie etwas gedreht wurde, und der Schmerz verdoppelte sich. Ethric schlug zu, aber er fühlte sich blind und taub. Sein Schwert traf immer nur Luft und Rauch, nichts anderes.

»Ich lasse mich nicht länger zum Narren halten!«, schrie er. Er schlug mit der Klinge auf den Boden und hatte den Griff dabei mit beiden Händen gepackt, um dem Schlag Kraft zu verleihen. Die Macht der Magie verbreitete sich durch den Hieb und vertrieb den Rauch. Saubere Luft strömte in Ethrics Lungen. Doch bevor er einen klaren Kopf bekam, sah er, wie Eliora ihn angriff. Sie zielte mit dem Dolch auf sein Auge.

Er reagierte jedoch schneller. Er ließ das Schwert fallen, riss die linke Hand hoch und blockierte den Stoß mit seiner Armschiene. Dann erwischte er mit der Rechten Elioras Hals und zerquetschte ihr die Kehle. Noch bevor sie sich in seinen Händen in Rauch verwandeln konnte, schrie er den Namen seines Gottes und beschwor seine Macht.

Elioras Körper wurde steif. Die Tuchbahnen um ihr Gesicht flogen davon und enthüllten ihr wunderschönes Gesicht, das schmerzverzerrt war. Asche wehte aus ihren Nasenlöchern und ihrem offenen Mund. Sie hing mit ihrem ganzen Gewicht in dem wütenden Griff seiner Hand.

»Das Chaos muss ein Ende haben!«, schrie Ethric. Er hämmerte sie mit dem Kopf auf die Erde. Als sie würgte und versuchte, Luft durch ihre verbrannte Kehle zu atmen, hob der dunkle Paladin sein Schwert.

»Karak wird dich verlassen«, sagte sie heiser und schwach.

»Siehst du das nicht?« Ethric zeigte ihr die dunkle Flamme auf seiner Klinge. »Mein Glaube ist stark, und seine Präsenz in mir ist noch stärker. Du bist diejenige, die verlassen wird, Ketzerin.«

Mit einem gewaltigen Hieb trennte er ihr den Kopf vom Körper. Die Flamme auf seinem Schwert war so heiß, dass die Wunde nicht blutete, sondern das Fleisch und die Adern von der Hitze kauterisiert wurden.

»Bleiben noch zwei«, sagte Ethric, der die Leiche einfach liegen ließ, auf dass sie verfaulte. »Nimm ihre Seele, Karak. Und bestrafe sie so, wie es dir gefällt.«

Eliora hatte ihm genug gesagt. Bevor er den Tempel verlassen hatte, hatte Pelarak Ethric über die Angelegenheit Alyssa Gemcroft informiert, ihm von den Diebesgilden erzählt und von Theo Kull. Dem Steuereintreiber Theo Kull. Zuerst hatte Ethric gedacht, dass Alyssa irgendwo bei den anderen Gesichtslosen versteckt wäre. Wenn sie aber bei Theo Kull war, bedeutete das Bedienstete, eine Unterkunft und Söldner. Pelarak hatte nicht gesagt, dass sie in der Stadt wären, was nur eines bedeuten konnte: Sie versteckten sich außerhalb der Mauern. Und eine so große Gruppe von Menschen konnte sich nicht vor ihm verbergen.

Ethric ging nach Süden, zum dortigen Stadttor, fest entschlossen, seinen Auftrag noch vor Einbruch der Nacht zu erledigen.

26. Kapitel

Madelyn Keenan befand sich in einem kleinen Raum, neben dem ihr Planwagen wie ein Schloss wirkte. Sie hockte auf einem einfachen Stuhl ohne Polster, vor ihr befanden sich ein kahler Tisch und ein Bett, dessen Matratze mit Stroh gestopft war, nicht mit Federn. Sie trug ein sauberes weißes Kleid, das man ihr gegeben hatte, nachdem sie gebadet hatte. Aber noch immer hing der Geruch des Blutes in ihrer Nase, das ihre Hände und ihr Gesicht bedeckt hatte.

Den ganzen Tag über waren junge Mädchen gekommen und gegangen und hatten sich um ihre Bedürfnisse gekümmert. Niemand hatte ihr befohlen zu bleiben, aber der unausgesprochene Wunsch ihrer Gastgeber war mehr als offensichtlich. Madelyn lag auf dem ungemütlichen Bett, ließ sich Kissen bringen, warmen Tee mit Honig, und gelegentlich kam ein Mädchen herein und fragte sie, ob sie noch etwas brauchte.

Calan hatte versprochen, ihren Ehemann darüber zu informieren, dass sie in Sicherheit war. Madelyn hatte den Hohepriester jedoch nicht mehr gesehen, seit sie in dem Tempel angekommen waren. Er hatte erklärt, dass er sich auch um andere kümmern müsse, dass es noch mehr Patrouillen gäbe, und war dann gegangen. Sie wünschte sich, sie hätte ihn begleitet.

Die Wände bestanden aus nacktem Holz. Der Boden war dunkelbraun und fleckig. Es gab nichts zu lesen und nichts zu tun. Sie fühlte sich mehr als jemals zuvor in ihrem Leben wie eine Gefangene, und das an einem Ort, an den sie zu ihrer eigenen Sicherheit gebracht worden war.

Als sie glaubte, es nicht länger ertragen zu können, öffnete sich die Tür, und Calan trat ein.

»Verzeih mir mein Eindringen«, meinte er, während er die Tür schloss. »Es ist bereits spät, und ich hatte viel zu tun. Vieles davon hätte ich schon längst tun sollen, ehrlich gesagt.«

»Und was wäre das?« Es interessierte Madelyn nicht wirklich, aber sie wollte nicht, dass sie auf ihre Person zu sprechen kamen. Sie brauchte Zeit, um sich zu sammeln.

»Die Stadt zu beschützen«, erwiderte Calan in einem Ton, als wäre das offensichtlich. »Du musst von vielem erfahren, Lady Keenan. Die Dinge ändern sich, jetzt in diesem Moment. Wirst du zuhören?«

»Ich habe wohl kaum eine andere Wahl.« Madelyn schlug ihre Beine übereinander und versuchte trotz des einfachen Kleides wie eine Lady zu wirken.

»Du kannst gehen, wohin und wann du willst«, erwiderte Calan. »Allerdings dürfte es dir schwerfallen, deine übrig gebliebenen Söldner dazu zu bringen, dich zu begleiten. Es gefällt ihnen hier sehr. Und die meisten scheinen seit etlichen Nächten zum ersten Mal gut zu schlafen.«

»Es ist das erste Mal, dass sie nachts nicht Wache halten müssen«, sagte Madelyn. »Natürlich sind sie scharf darauf zu faulenzen, während sie von mir bezahlt werden.«

Calan zuckte mit den Schultern, als wäre ihr Einwand bedeutungslos. »Ich bin erst seit einem Tag Hohepriester, Lady Keenan, also verzeih mir, wenn ich Dinge sage, die du bereits weißt. Mein Vorgänger war ein Mann namens Calvin. Er war brillant, wenn es darum ging, die Schriften zu interpretieren. Aber er war ein Zauderer, wenn es um die Trifect und die Diebesgilden ging. Er bestand darauf, dass wir uns aus dem Krieg heraushielten. Also haben wir zugesehen, wie jede Seite Hunderte Unschuldiger tötete, und haben dann unser Bestes getan, den Schaden zu beseitigen.«

»Wir haben nichts Falsches getan.« Madelyn zupfte an dem Stoff über ihrem Knie. »Die Gilden bestehen aus Gesetzlosen, sind unmoralisch und saugen diese Stadt aus.«

»Und selbstverständlich haben die Trifect ganz gewiss nichts Ungesetzliches oder Unmoralisches in den letzten fünf Jahren getan«, meinte Calan, dessen Miene sich verdüsterte. »Aber ich habe nicht vor, Schuld zuzuweisen, Lady Keenan; ich will nur reden.«

Madelyn forderte den Priester mit einer müden Handbewegung auf weiterzusprechen.

»Verzeih mir, Mylady. Wir alle durchleben im Moment harte Zeiten. Wir sind solche Zwistigkeiten in unserem Tempel nicht gewohnt, aber mir ist klar, dass dich das nicht sonderlich interessiert. Hör trotzdem noch ein bisschen zu, denn du wirst das alles begreifen, wenn ich fertig bin. Vor ein paar Tagen wurde ein Priester unseres Ordens, ein Mann namens Delius Eschaton, kaltblütig am helllichten Tag ermordet. Wir haben so gut wie keine Zweifel daran, dass Thren und seine Gilde dafür verantwortlich sind, aber sie entziehen sich der königlichen Gerichtsbarkeit. Wir waren überzeugt, dass Calvin jetzt handeln musste, aber Delius hat durch seine Predigten gegen die Befehle unseres Ordens gehandelt. Zu unserer Schande muss ich gestehen, dass Politik und Regeln von Blut und Verlusten besiegt wurden. In dieser Nacht haben wir seine Tochter heimlich aufgenommen, denn die Gilde hatte einen Meuchelmörder geschickt, der sie töten sollte. Nach allem, was wir gehört haben, hätte er fast Erfolg gehabt.«

Der alte Mann verstummte einen Augenblick. Madelyn rieb sich die Hände. Das warme Bad, das sie genommen hatte, hatte wahre Wunder gewirkt, aber sie sah immer noch schwache Blutspuren in ihren Hautfalten.

»Ich warte immer noch darauf, wann diese Geschichte in irgendeiner Weise für mich interessant wird«, meinte sie schließlich, als sie merkte, dass Calan es nicht eilig hatte fortzufahren. Sie vermutete, er wartete auf eine Reaktion von ihr. Der Name Eschaton kam ihr irgendwie bekannt vor, aber sie wusste nicht von woher.

»Welche Oberflächlichkeit!«, gab Calan zurück. »Aber ich hätte nichts anderes erwarten sollen. Dieses kleine Mädchen, das weinend dem einzigen Heim, das es je gekannt hatte, Lebewohl sagen musste, war schließlich der letzte Auslöser. Als Calvin sich immer noch weigerte zu reagieren, haben wir eine Abstimmung erzwungen und ihn als Hohepriester abgesetzt. Ich habe seine Position eingenommen, und dessen solltest du dir sehr bewusst sein, Lady Keenan.«

Madelyn versuchte ein bisschen vornehme Verachtung zusammenzukratzen, ungeachtet ihres bescheidenen Kleides und ihres ungepflegten Haares. »Die Machenschaften alter Männer in steinernen Tempeln gehen mich nichts an.« Sie stand auf und verschränkte die Arme. »Ich gratuliere dir, dass du jetzt die Kontrolle übernommen hast, aber es wird Zeit, dass ich gehe. Ich will in mein Heim zurückkehren, wo ich in Sicherheit bin und mich ausruhen kann.«

»Calvins Ablösung und meine Ernennung sind der einzige Grund, aus dem du überhaupt noch lebst, Madelyn«, erwiderte Calan. Seine Stimme war ruhiger geworden, und obwohl seine Worte barsch waren, klang seine Stimme nicht so. Er klang eher wie jemand, der mit einem dummen Kind redet. »Die Aufstände und die Plünderungen haben lange genug angedauert. Wir sind hinausgegangen, um die Ordnung wiederherzustellen, und haben dich gefunden, umringt von den Männern der Spinnengilde. Sag mir, wäre dir Threns Gesellschaft lieber als meine?«

»Ein Gefängnis ist ein Gefängnis.« Aber Madelyn klang nicht mehr ganz so überzeugt wie zuvor. Der alte Mann hatte sie gerettet, und sie zeterte und versuchte ihn zu beleidigen. Was war los mit ihr?

»Du bist nicht meine Gefangene«, widersprach Calan. »Ich will nur verhindern, dass du vom Rand einer Klippe springst. Ich habe bereits einen Läufer zu deinem Ehemann geschickt, um ihn über deinen Aufenthaltsort zu informieren. Willst du darauf warten, dass er dir eine Eskorte schickt, oder möchtest du lieber alleine nachts durch die Straßen gehen?«

»Aber meine Leibwache …«

»Es sind nur noch drei Söldner übrig«, fiel Calan ihr ins Wort. »Und wie viele Frauen willst du mitnehmen? Sei nicht dumm!«

Der Hohepriester legte seine Hand auf ihre Wange, und aus irgendeinem unbegreiflichen Grund schlug sie sie nicht weg.

»Heute Nacht werden wir das Blutvergießen beenden«, erklärte Calan. »Wir werden uns Löcher in unsere Sandalen laufen, während wir über die Straßen patrouillieren. Wir werden in jede dunkle Ecke leuchten. Wir werden ein Lied der Freude singen, um die restlichen Rufe des Hasses zu übertönen. Unsere Augen sind offen, Lady Keenan. Schlaf gut in deinem Bett, in der Gewissheit, dass du in Sicherheit bist. Denk über das nach, was ich dir gesagt habe. Wenn du zu deinem Ehemann zurückkehrst, erzähle ihm, was du gehört hast. Verlange ich damit wirklich zu viel von dir?«

»Ich habe schon vor langer Zeit Gerüchte gehört, dass die Diebesgilden die Priester von Ashhur bestochen hätten«, erwiderte Madelyn. »Ihr hättet uns gegen die Gilden helfen sollen, aber ihr habt jahrelang gar nichts getan. Und jetzt soll ich mich in deinem Haus sicher fühlen? Ich werde nicht schlafen, alter Mann. Ich habe immer noch meinen Dolch, und ich werde auf meinen Ehemann warten, mit dem Rücken an der Wand, und dabei die Tür im Auge behalten.«

Calan lächelte traurig. »Welcher Mut«, sagte er. »Schade, dass er nicht aus Liebe, sondern aus Misstrauen und Verzweiflung geboren ist.«

Er drehte sich um und verließ das Zimmer. Madelyn hielt Wort, schloss die Tür, setzte sich auf das Bett und starrte auf das Holz.

Sicher oder nicht sicher, verzweifelt oder nicht, sie würde ihrem Ehemann berichten, was sich ereignet hatte. Jede verschleierte Drohung, ganz gleich, wie freundlich sie auch erteilt worden war, würde seinen Zorn zur Folge haben.

Tagsüber war es überraschend angenehm; es waren die Nächte, die Alyssa mit bangem Blick auf die untergehende Sonne heraufziehen sah. Tagsüber verbrachte sie Zeit mit einem charmanten Yoren und seinen Lieblingssöldnern. Sie lachte, wenn sie kämpften, sich derbe Witze erzählten und sich abwechselnd wegen ihrer Geschicklichkeit mit dem Schwert, dem Bogen und im Bett verspotteten. Die Mahlzeiten mit Theo Kull reichten zwar von der Qualität nicht an die Speisen im Haus ihres Vaters heran, aber es gab mehr als reichlich zu essen.

Doch jede Nacht kam Yoren in ihr Bett. Mit zusammengebissenen Zähnen ertrug sie sein Grunzen, wenn er auf ihr lag, seine langsamen, sorgfältigen Bewegungen. Sie wusste, dass er stolz auf sich war. Jedes Mal, wenn sie stöhnte oder sich unter ihm aufbäumte, tat er, als wäre er der größte Liebhaber, den Dezrel jemals gesehen hätte. Aber sie spielte ihre Hingabe. Sie musste diese Rolle durchhalten, sosehr es sie auch anwiderte. Das Schlimmste war immer der Moment, wenn er seine Hände um ihren Hals legte. Es war ein Spiel gewesen, ein faszinierendes Spiel für eine Hochgeborenene wie sie, mitten im Liebesspiel den bedrohlichen Griff eines Mannes zu spüren. Jetzt jedoch betrieb er dieses Spiel so eifrig, dass es ihr Angst machte und sie viel zu sehr an das erinnerte, was er mit ihr machen würde, sobald er das Vermögen der Gemcrofts in Händen hatte.

»Stimmt etwas nicht?«, fragte Yoren. Er saß neben ihr.

»Ich denke an zu Hause.« Sie hoffte, dass die Bemerkung unschuldig genug war, um keine weiteren Fragen nach sich zu ziehen. Sie saßen vor einem gewaltigen Lagerfeuer und hatten die Arme untergehakt. Alyssa empfand diese Berührung wie eine perverse Lüge. Mit ihrer freien Hand betastete sie heimlich den Dolch, den sie an ihrem Rücken versteckt hatte. Sie hatte schon mehrfach mit dem Gedanken gespielt, ihn zu benutzen. Einmal hatte sie sogar nach ihrem Kleid auf dem Boden und dem Dolch darin gegriffen, als Yoren seinen Höhepunkt erlebte und seine Hände ihren Hals mit fast unmenschlicher Stärke zu umklammern schienen. Als ihre Finger schon den Griff berührten, hatte er sie schließlich losgelassen, und sie hatte ebenfalls ihre Hand zurückgezogen.

Einer der Söldner warf einen großen Holzscheit ins Feuer und riss sie mit seinem Schrei aus ihren Gedanken.

»Wo ist die Musik, die man uns versprochen hat? Ich würde ja ein Lied singen, aber nicht ohne Musik!«

Alyssa zwang sich zu einem Lächeln. Es war kalt, sobald es dunkel wurde, und der Winter machte sich bemerkbar. Die Söldner hatten mit Erfolg darum gebeten, einen großen Scheiterhaufen zu errichten, um die Kälte zu vertreiben. Der größte Teil des Lagers bis auf einige Bedienstete und die Männer, die Patrouille gingen, saßen um das Feuer herum. Veldarens Mauern waren weit entfernt, aber Alyssa war sicher, dass jeder, der über ihre Zinnen ging, das Feuer mit Leichtigkeit ausmachen konnte.

»Hier hast du deine Musik!«, schrie einer der Söldner und rülpste laut.

»Wenn ich noch mehr von Gunters Fraß herunterschlingen muss, dann werde ich dir auch ein schönes Liedchen blasen!«, schrie ein anderer. Gunters Kochkünste waren berühmt, aber die Männer verachteten ihn wegen seiner Eitelkeit. Jetzt hob der Koch einen Finger und drohte den Söldnern. Die ließen diese Beleidigung nicht auf sich sitzen, zeigten ihm allerdings nicht ihren Zeigefinger. Sie brüllten vor Lachen, und schon bald schallte ein ganzer Chor von Verdauungsgeräuschen in Gunters Richtung.

»Ich glaube, der König sollte solch geschickte Musikanten ebenfalls erleben«, meinte Alyssa, die trotz ihrer schlechten Laune lachen musste. Das brachte ihr ringsum fröhliche Zustimmung ein.

»Das Zeichen eines guten Anführers«, sagte Theo, der auf der anderen Seite neben Yoren saß. »Du weckst Zuneigung in den Männern, Alyssa. Ich bin sicher, dass deine Herrschaft über den Gemcroft-Besitz nur Gutes hervorbringen wird.«

»Eine Herrschaft, die ich vielleicht niemals antreten werde«, meinte Alyssa, deren Lächeln etwas missmutiger wurde, als der Name ihrer Familie fiel. »Aber da die Sonne gerade untergeht und der Mond aufsteigt, sollten wir von sicheren und fröhlicheren Dingen sprechen, zum Beispiel davon, noch eine Kiste mit Apfelmost zu öffnen!«

Die Söldner brüllten begeistert, und als Theo zustimmend nickte, jubelten sie.

»Sie wären nicht so fröhlich, wenn sie wüssten, was ich für morgen geplant habe«, meinte Theo. Er hatte die Stimme gesenkt, damit nur Yoren und Alyssa ihn hören konnten.

»Doch, das wären sie«, widersprach Yoren, »aber nur nach einer weiteren Runde Apfelwein. Da ist es billiger, sie im Dunkeln tappen zu lassen.«

Theo lachte, und Alyssa stimmte in das Lachen ein, während sich ihre Gedanken überschlugen. Bis jetzt wusste sie nur wenig über das, was die beiden Männer planten. Als einer ihrer Dienstboten mit der Nachricht aus der Stadt zurückgekommen war, dass Laurie Keenan das Kensgold außerhalb der Stadtmauern abhalten würde, war keiner von ihnen aufgeregt gewesen. Stattdessen hatten sie sich fast übermäßig gefreut.

Eine junge Dienstmagd drängte sich zwischen den Männern hindurch und versuchte, die Bemerkungen und die aufdringlichen Hände zu ignorieren, die nach ihrem Körper griffen.

»Mylord.« Sie verbeugte sich vor Theo. »Die beiden Frauen sind da.«

Theo seufzte. »Schick sie her.«

Die Frau verbeugte sich und entfernte sich hastig. Eine Minute später traten die beiden Gesichtslosen in das Licht des großen Scheiterhaufens. Keine von ihnen verbeugte sich vor Theo Kull.

»Willkommen in meinem Lager«, begrüßte Theo sie. »Meldet euch nächstes Mal bitte bei meinen Wachen, nicht bei den Dienstmägden. Schattentänzer oder nicht, es wäre mir lieber, wenn ihr wie alle anderen normalen Menschen das Protokoll befolgen würdet.«

»Deine Frauen sind weniger aufsässig«, sagte die Linke der beiden. Alyssa erkannte ihre scharfe Stimme, es war Zusa. »Außerdem sind sie verschwiegener. Das ist für alle Beteiligten sicherer.«

»Das war kein Vorschlag.« Theos Stimme wurde härter, aber keine der beiden Gesichtslosen reagierte darauf.

»Warum seid ihr hier?« Alyssa wollte das Gespräch vorantreiben. Sie mochte es, wenn die Frauen in der Nähe waren. Obwohl sie von den Kulls bezahlt wurden, hatte sie nicht das Gefühl, als wären sie ein Teil von ihnen. Vielleicht genoss sie einfach die Gesellschaft von jemandem, den Yoren und sein Vater nicht besaßen.

»Wir fürchten um Alyssas Sicherheit«, erwiderte Nava. »Wir müssen sie verstecken. Pelarak will, dass sie im Tempel eingesperrt wird.«

»Wir haben euch angemessen entlohnt«, entgegnete Theo. »Alyssa bleibt hier bei uns, ganz gleich, was dein kleiner Priester sagt.«

»Es ist nicht klug, Pelarak herauszufordern«, erklärte Zusa. »Man gleicht dann einer Maus, die vor einem Löwen tanzt.«

»Nur vor dem Schädel eines Löwen«, verbesserte Yoren sie. »Und tote Dinge tanzen nicht.«

Zusa lachte. »Pelarak wird euch tanzen lassen«, meinte sie. »Und er wird mit euren Knochen spielen. Er wird euer Blut saufen. Es heißt entweder fliehen oder verstecken. Hier ist es nicht sicher. Übergebt uns Alyssa.«

Alyssa gab sich einen Moment lang der Hoffnung hin, dass sie mit den Frauen gehen könnte. Sie würde ihr ganzes Vermögen opfern, wenn sie nur eine Nacht vor Yoren und seinen Händen Ruhe hätte. Wie sie sich danach sehnte, schlafen zu dürfen ohne die Furcht davor, dass er mitten in der Nacht aufwachte und sich gierig das nahm, was nur sie ihm bieten konnte. Bei den Gesichtslosen hätte sie davor Ruhe.

»Das steht nicht zur Diskussion«, unterbrach Theo ihre Gedanken. Alyssa fühlte, wie all ihre Hoffnungen sich in Luft auflösten. »Ich werde auf keinen Fall dieses Mädchen …«

Ein Hornsignal ertönte aus nördlicher Richtung, gefolgt von lauten Schreien. Es bedeutete, dass bewaffnete Eindringlinge am Rand des Lagers waren. Alyssa sah in Richtung des Lärms. Als sie sich wieder umdrehte, waren die gesichtslosen Frauen verschwunden.

Yoren war aufgesprungen und hatte die Hand auf den Schwertgriff gelegt. Theo packte das Handgelenk seines Sohnes, um ihn aufzuhalten. Um sie herum legten die Söldner ihre Becher weg und zückten ihre Waffen.

Einen Augenblick später kam ein Mann aus der Richtung der Hornsignale gelaufen. Er trug eine Lederrüstung und hatte sein Schwert in der Hand.

»Mylord!«, schrie der Söldner. »Er hat sich geweigert zu warten oder uns auch nur seinen Namen zu nennen. Er hat Geoffrey getötet, und er trägt auf seiner Rüstung das Symbol von …« Er unterbrach sich, als er merkte, dass der Fremde bereits da war.

Die anderen Söldner bildeten einen Ring um den Eindringling. Zwischen ihm und Theo loderte der Scheiterhaufen.

»Sei gegrüßt, Steuereintreiber«, sagte der Eindringling. Alyssa hätte ihn gut aussehend finden können, wären da nicht diese kalten Augen und die verschlungenen Tätowierungen auf seinem glatt rasierten Gesicht und dem kahlen Schädel gewesen. Allein vom Hinsehen wurde ihr schon schlecht. Er trug einen dunklen Schuppenpanzer, auf dessen Brustplatte der weiße Schädel eines Löwen aufgemalt war. Sein Körper war von frischen Wunden gezeichnet, aber keine von ihnen sah auch nur annähernd lebensbedrohlich aus.

»Sei gegrüßt«, erwiderte Theo. »Obwohl ich es vorziehen würde, wenn du mich bei meinem Namen nennst. Halten die Paladine von Karak nichts von Respekt?«

»Nicht weniger als die Männer von Stromtal«, erwiderte der Paladin. »Ich bin Ethric, und du bist Theo Kull. Und damit genug der Förmlichkeiten.« Er deutete mit seinem großen Schwert auf Alyssa. »Ich bin wegen Lady Gemcroft hier. Ist sie das?«

Yoren zog sein Schwert und trat vor sie. Vor ihrer Rückkehr nach Veldaren hätte sich Alyssa wegen seiner Ritterlichkeit beschämt gefühlt. Jetzt jedoch fühlte sie sich wie ein wertvoller Edelstein, um den zwei Männer auf dem Markt feilschten. Wieder sehnte sie sich nach den Gesichtslosen. Ihr Angebot, sie in Sicherheit zu bringen und zu verstecken, kam ihr jetzt noch erstrebenswerter vor.

»Du wirst sie nicht anfassen«, sagte Yoren. »Alyssa steht unter unserem Schutz. Karak hat kein Anrecht auf sie.«

»Und du schon?«, wollte Ethric wissen. »Nur ein Narr würde glauben, dass er über den Wünschen eines Gottes steht.«

»Sie ist meine Verlobte«, gab Yoren zurück.

Ethric sah nach links und dann nach rechts und tat die Männer, die Yoren zu Hilfe kommen könnten, mit einem verächtlichen Blick ab. »Steck dein Eisen weg, Junge, sonst tränke ich es mit deinem Blut«, sagte Ethric.

»Verschwinde aus meinem Lager!«, befahl Theo. »Ich will, dass du gehst. Du bist hier nicht willkommen.«

Ethric lachte. »Ich bin nie willkommen. Das ist deine letzte Chance. Gib sie heraus.«

»Scheiß auf dich und deinen Löwengott!«, fauchte Yoren. »Tötet ihn!«

Alyssa stieß einen lauten Schrei aus, als plötzlich Blut floss. Die beiden Söldner unmittelbar neben dem Paladin stürzten zu Boden. Sie hatten klaffende Wunden in der Brust. Die Rüstungen hatten die Klinge nicht aufhalten können. Ethric wirbelte auf dem Absatz herum und schlug einen anderen Mann nieder. Sein wunderbar geschmiedetes und von einem Gott gesegnetes Schwert zertrümmerte die billigen eisernen Schwerter der Söldner mühelos. Zwei weitere starben bei dem Versuch, ihn anzugreifen. Ihre Klingen prallten wirkungslos von Ethrics Schuppenpanzer ab oder flogen durch die Luft, als der Paladin ihre Schläge unglaublich schnell parierte.

»Hört auf damit!«, schrie eine weibliche Stimme. Sie war so laut und bestimmt, dass beide Seiten gehorchten. Nava trat ins Licht des Feuers. Sie hatte ihre Dolche gezückt, von denen Schatten zu tropfen schienen.

»Ich habe mich schon gefragt, ob du wohl auftauchen würdest«, meinte er gelassen, als er einen Schritt vortrat und sein Schwert vor sich hielt. »Pelarak hat die Auflösung deiner kleinen Sekte befohlen. Du musst augenblicklich zum Tempel zurückkehren.«

»Alyssa steht unter unserem Schutz«, entgegnete Nava. »Verschwinde und richte Pelarak aus, dass wir seinem Befehl nicht mehr länger folgen, sondern nur dem von Karak.«

Eine Hand packte Alyssas Handgelenk. Erschrocken fuhr sie herum und wollte schreien, aber im nächsten Moment legten sich behandschuhte Finger über ihren Mund.

»Leise«, flüsterte Zusa. »Still wie ein Mäuschen! Und jetzt folge mir.«

Nava kreuzte ihre Dolche vor der Brust, als Ethric noch einen Schritt näher auf sie zutrat.

»Ich habe gehofft, dass du Nein sagen würdest«, meinte er. »Ich genieße die Ehre, eine weitere Ketzerin töten zu dürfen. Eliora ist bereits tot, du Hure. Deine ganze Brut wird heute Nacht ausgerottet.«

Nava war nicht anzumerken, ob sie diese Nachricht traf. Sie wiegte sich sachte von einer Seite zur anderen. Während Ethric zusah, schnitt sie sich mit dem Dolch unmittelbar über ihrem Ellbogen in den Oberarm und ließ das Blut auf die Tuchbahnen sickern. Wie ein Tropfen Farbe in klarem Wasser schien sich das Rot über das ganze schwarze Tuch auszubreiten.

»Blut für Blut«, meinte Nava. »Ich werde dich in meinem Umhang begraben.«

Damit sprang sie über den Scheiterhaufen. Ihr Umhang peitschte hinter ihr her wie ein Schlot und war plötzlich doppelt so lang wie ihr Körper. Als Ethric zuschlug, prallte sein Schwert davon ab, als hätte er auf einen Stein geschlagen.

Nava trat zu und traf seinen Kopf. Er gab dem Schlag nach, rollte sich über den Boden und landete auf den Knien. Gleichzeitig schlug er mit dem Schwert hinter sich, aber Nava sprang über die Klinge und stach mit ihren Dolchen nach seinem Hals. Ethric wirbelte gerade noch rechtzeitig herum. Eine Klinge traf seine Brustplatte, die andere zerfetzte seine Wange. Er rammte die Faust in Navas Unterleib und grinste zufrieden, als sie vor Schmerz aufkeuchte.

Die Gesichtslose schlug einen Salto rückwärts, während ihr

Umhang vor ihm durch die Luft wehte. Er versuchte ihn zur Seite zu schieben, aber genauso gut hätte er versuchen können, einen Baum mit bloßen Händen zu bewegen. Blut lief ihm übers Gesicht, und ein Rinnsal sammelte sich in seinem Mundwinkel. Er leckte es ab und spuckte es aus.

»Kämpf gegen mich!«, schrie er, während der Umhang langsam zu Boden sank. Er schlug mit seinem Schwert nach rechts und links und nahm rasch unterschiedliche Kampfhaltungen ein. Dann war sie da und duckte sich unter der Spitze seines Schwertes weg, wirbelte zurück. Normalerweise wäre er sehr zuversichtlich gewesen, weil er eine viel größere Reichweite als die Dolche seiner Widersacherin hatte. Aber die Länge seiner Klinge bedeutete nichts, wenn sie so geschickt um sie herumtanzen konnte.

Sie beschrieb einen ganzen Kreis um ihn, während ihr Umhang immer länger wurde. Dann lachte Nava, sprang in die Luft, und ihr Umhang knallte laut hinter ihr. Ethric begriff, dass er umzingelt war und jeden Moment zerquetscht werden würde. Er legte all seine Macht in einen Überkopfschlag. Ein grauenvolles Kreischen gellte durch die Luft, als seine Klinge den Umhang traf. Das blutrote Tuch erzitterte, krachte und brach wie zerborstener Stahl. Um ihn herum fiel das rote Material in den Staub.

Einer von Theos Söldnern witterte eine Chance und schlug mit dem Schwert nach Ethrics Rücken. Der Paladin hörte, wie sich der Mann näherte, und wirbelte herum. Seine Augen brannten vor Wut. Er wehrte den Schlag ab, schwang sein Schwert dann unter der Waffe seines Widersachers hindurch und nach oben. Der Söldner brach zusammen, während ihm die Eingeweide aus dem Bauch quollen.

Füße landeten in Ethrics Rücken. Der Rest des Umhangs wickelte sich um seinen Kopf. Der Aufprall schleuderte ihn nach vorne, aber sein Kopf konnte sich nicht bewegen. Er empfand furchtbaren Schmerz, als sein Hals mit Gewalt zurückgebogen wurde. Er wusste, dass ihre Dolche ihn gleich treffen würden, also wurde er ganz schlaff und schwang sein Schwert über seine Schulter nach hinten. Der Umhang verschwand, als Nava zurückwich.

Ethric wirbelte auf seinen Knien herum und stützte sein Gewicht auf eine Hand, während er nach Luft rang. Der Kampf mit Eliora hatte ihn bereits erschöpft, und Nava war ebenfalls keine leichte Gegnerin.

»Eine Schande«, sagte er in der Hoffnung, sich Zeit zu erkaufen. »Mit deinen Fähigkeiten könntest du Großes für Karak leisten.«

Nava wiegte sich hin und her, und ihr zerfetzter Umhang hing ihr bis zur Taille. »Karak will unseren Tod«, meinte sie. »Zu wem also sollen wir jetzt beten?«

Ethric stand auf und packte sein Schwert fester. Die schwarze Flamme loderte höher, und sein Glaube war auch durch die Heftigkeit dieses Kampfes unerschüttert. Er würde die Ketzerin töten. Daran hegte er nicht den geringsten Zweifel.

»Frag Karak selbst, wenn du ihn siehst«, sagte Ethric. Er trat zu dem Scheiterhaufen und hielt seine freie Hand in die Flammen. Er wurde nicht verbrannt. Das Feuer veränderte seine Farbe von Gelb zu Violett, und sein Rauch verwandelte sich von einem dunklen Grau in ein durchsichtiges Weiß.

»Kannst du die Hitze des Schlundes ertragen?«, fragte er, während er zurücktrat. Sein linker Arm wurde vollkommen von violetten Flammen umhüllt. Nava griff an, vertraute auf ihre Geschwindigkeit. Ethric parierte ihre beiden ersten Hiebe und konterte nach dem dritten. Als sie herumwirbelte, um dichter an ihn heranzukommen, öffnete er die brennende Hand. Feuer fegte aus seiner Handfläche wie aus dem Maul eines Drachens. Es überzog Navas Umhang und setzte ihn in Brand.

Die Gesichtslose verschwendete keine Zeit, sprang zurück und löste ihren Umhang von den Schultern. Aber Ethric verfolgte sie nicht, wie sie es erwartet hatte. Stattdessen hielt er sein Schwert in die Flammen, drehte es einmal und schwang es in ihre Richtung. Ein gewaltiger Bogen aus Feuer strömte aus der Spitze und traf sie in die Brust. Überall im Lager fingen Karren und Wagen Feuer, und Männer starben, als die Flammen sie mit Furcht einflößender Geschwindigkeit verzehrten.

Nava ging es nur wenig besser, und sie ließ sich zu Boden fallen und rollte sich durch den Dreck. Aber Staub und Sand konnten die Flammen kaum stoppen. Ethric folgte ihr, und als sie sich unter einen Karren rollte, schlug er mit der Faust auf das Holz. Das Feuer strömte flackernd von seinem Arm und setzte die Plane in Brand. Er riss sein Schwert hoch und verteilte den Rest in zwei Hälften. Nava lag auf dem Boden, rang nach Luft und umklammerte mit beiden Armen ihre schrecklich verbrannte Brust. Die Tücher waren verschwunden, und Ethric sah ihre von den Flammen geschwärzte Haut, auf der sich Blasen bildeten.

»Du hättest … mich nicht … verbrennen sollen!«, stieß sie angestrengt keuchend hervor.

»Karak hat dich verlassen, weil du eine Ketzerin bist«, erklärte er. Er hielt sein Schwert mit beiden Händen und setzte die Spitze auf ihre Brust.

Nava lachte, obwohl ihr das eindeutig Schmerzen zu bereiten schien. »Alyssa ist entkommen, du Narr!«, stieß sie hervor. »Zusa hat sie weggeschafft. Du wirst sie nie wiedersehen.«

Ethric rammte sein Schwert in ihren Leib und drehte es in der Wunde. Nachdem er es wieder herausgerissen hatte, spuckte er auf ihren Leichnam. Dann schob er die Waffe in die Scheide auf seinem Rücken und kehrte zum Scheiterhaufen zurück. Im Lager versuchten die Männer verzweifelt Sand und Dreck auf die Flammen zu schaufeln, um zu retten, was zu retten war. Der Rest der Söldner scharte sich um Theo und Yoren, die beide mit gezückten Schwertern dastanden.

»Wo ist sie?«, erkundigte sich Ethric, als er sich der Gruppe näherte. »Wo ist Alyssa Gemcroft?«

»Die Gesichtslose hat sie weggeschafft«, antwortete Yoren. »Was jetzt, Paladin? Wirst du sie jagen?«

Ethric warf ihnen einen finsteren Blick zu und drehte sich dann zu den Hügeln jenseits des Lagers um. Die letzte gesichtslose Frau musste mit Alyssa geflohen sein, während er gekämpft hatte. Er wusste, dass er die Gesichtslose niemals hätte einholen können, aber bei diesem adligen Mädchen war das etwas ganz anderes. Wenn er sich beeilte, konnte er sie vielleicht noch erwischen …

»Ich hole mir das Mädchen«, sagte er. »Wenn ihr sie wiederhaben wollt, geht zu Pelarak und den Priestern des Karak.«

»Sie nützt uns nur lebendig etwas«, erklärte Theo. »Wirst du ihr etwas antun?«

Ethric lachte über ihre Dummheit. »Wir wollen, dass sie in Sicherheit ist, ihr verfluchten Kretins!«, zischte er. »Sie ist unser einziger Schutz gegen Maynard Gemcroft. Wir haben einen gemeinsamen Feind, und doch duckt ihr euch und kämpft mit euren schwächlichen Mitteln gegen mich. Betet, dass ich euch niemals wiedersehe.«

Er verließ ihr Lager und ging einmal im Kreis um Theos Leibwächter herum. Überall war der Boden aufgewühlt, aber dann sah er zwei Fußspuren, die geradewegs vom Lager weg nach Süden führten. Ethric machte sich an die Verfolgung. Zwei der gesichtslosen Frauen waren tot, und die dritte flüchtete mit seiner Beute. Seine Aufgabe war beinahe beendet, und die Nacht war noch jung. Ethric sprach ein kurzes Dankgebet an Karak und rannte los.

27. Kapitel

Sobald er sicher war, dass alle anderen schliefen oder beschäftigt waren, warf Aaron sich einen hellgrauen Umhang über und verließ hastig sein Zimmer. Etwas brannte ihm auf der Seele, und er kannte nur eine Person, die ihm eine Antwort geben konnte. Das Problem war nur, dass diese Person zurzeit im Tempel von Ashhur versteckt wurde. Er bezweifelte, dass die Priester ihn zu Delysia lassen würden, und er glaubte auch nicht, dass sie dem Mädchen erlauben würden, den Tempel zu verlassen.

Aaron hatte gelernt, sich zu verstecken, zu töten und zu stehlen, aber man hatte ihm nie gezeigt, wie man irgendwo einbrach, nur mit dem Ziel zu reden. Diese Nacht versprach sehr interessant zu werden.

Der Flur war verlassen. Er lief los und huschte in ein Zimmer, das nicht weit von seinem entfernt lag. Eine der Bodendielen war locker und hob sich leicht, als Aaron daran zog. Darunter befand sich der Eingang zu einem Tunnel, der mit anderen verbunden war, die sich wie die Gänge eines Ameisenhügels unter dem Besitz erstreckten. Aaron vergewisserte sich, dass sein Dolch fest im Gürtel steckte, kletterte hinunter und schob das Brett über seinem Kopf an seinen Platz zurück.

Es war eng und dunkel. Einen Augenblick lang hörte Aaron Geräusche, und er fürchtete schon, dass jemand aus der anderen Richtung des Gangs auf ihn zukommen würde. Er hatte weder einen Vorwand noch einen Grund, mit dem er erklären konnte, wieso er das Anwesen verlassen wollte. Thren würde außer sich sein vor Wut. Er hörte wieder ein Geräusch, das wie das klang, mit dem er gerade das Brett zurückgeschoben hatte. Dann kehrte Stille ein. Nach fünf langen Minuten war Aaron überzeugt, dass ihm niemand folgte, und er kroch weiter.

Als er den Gang verließ, befand er sich unter einem riesigen Stapel leerer Kisten, die weder gebraucht noch jemals aus der Gasse entfernt wurden. Er zog einen breiten Tuchstreifen aus der Tasche und band ihn sich vor das Gesicht. Er rückte ihn zurecht, bis die Augenlöcher perfekt passten.

Jetzt war er nicht mehr Aaron.

Haern lief die Straße entlang, und sein heller Umhang wehte flatternd hinter ihm her. Einen Moment später tauchte eine weitere Person unter den Kisten auf und machte sich an seine Verfolgung.

Madelyn fielen immer wieder die Augen zu, aber sie weigerte sich, der Verlockung des Schlafs nachzugeben. Es spielte keine Rolle, dass sie glaubte, hier könnte ihr nichts passieren. Sie wollte, dass ihre Augen blutunterlaufen waren und sie sich langsam und unsicher bewegte, wenn sie ihrem Ehemann gegenübertrat. Wenn er sie so sah, würde sein Ärger nur größer werden.

Licht aus dem Gang fiel unter der Tür hindurch. Madelyn blieb fast das Herz stehen, und sie packte den Dolch fester. Vielleicht irrte sie sich ja auch. Vielleicht versuchten sie doch, sie umzubringen.

Die Tür ging auf. Madelyn zuckte zusammen, als das Licht sie blendete, und hielt eine Hand vor die Augen. Dann sah sie eine kleine Gestalt, viel zu klein, als dass es ein gedungener Mörder hätte sein können.

»Oh.« Die Gestalt hatte die Stimme eines Mädchens. »Ich wusste nicht …«

Die Adelige ließ die Hand sinken, als das Mädchen glücklicherweise die Tür ein wenig schloss und das Licht dämpfte.

Jetzt konnte sie etwas erkennen. Das Kind stand da und hatte die Hände hinter dem Rücken verschränkt. Es trug ein einfaches weißes Kleid, das ihm bis zu den Knöcheln reichte. Offenes, wundervoll rot leuchtendes Haar umrahmte das Gesicht. Madelyn vermutete, dass das Mädchen höchstens zehn Jahre alt war.

»Ich war wach«, sagte Madelyn. Dann bemerkte sie, dass sie noch immer den Dolch umklammerte, und legte ihn aufs Bett. Das schien das Mädchen ein wenig zu beruhigen.

»Ich wurde geschickt, um …« Es errötete und deutete auf den Nachttopf in der Ecke.

Madelyn verdrehte die Augen. »Lass ihn einfach stehen«, sagte sie. »Und hol ihn morgen früh.«

Das Mädchen zögerte, während es überlegte, welchen Anweisungen es Folge leisten sollte. Madelyn blickte ihm ins Gesicht. Irgendwie kam ihr das Kind seltsam bekannt vor. Als sich das Mädchen zum Gehen wandte, sagte Madelyn einen Namen.

»Eschaton?«

Das Mädchen fuhr zusammen, als hätte es sich erschreckt. »Woher weißt du meinen Namen?« Es drehte sich zu ihr herum.

»Ich kenne nur deinen Familiennamen, Mädchen. Deinen Vornamen musst du mir nennen.«

Das Mädchen errötete. »Delysia Eschaton. Ich freue mich, dich kennenzulernen, Mylady.« Es machte einen vollendeten Knicks, der jedoch in dem schlichten, langen Kleid absurd wirkte.

»Ich kannte deinen Vater«, erwiderte Madelyn. »Vor vielen Jahren, als er noch ein Lord war. Du hast sein Haar und seine Augen. Wir standen uns zwar nicht nahe, aber wir haben gelegentlich miteinander geredet. Dann hat er zugelassen, dass sein Glaube über seine Vernunft siegt, und ist in den klösterlichen Hallen verschwunden.«

Delysia schien nicht genau zu wissen, wie sie auf diese Worte reagieren sollte. »Ich hoffe, dass deine Erinnerungen an meinen Vater angenehm sind«, sagte sie schließlich. »Obwohl es schmerzt, davon zu reden. Ich sollte gehen.«

»Bleib.« Madelyn kam plötzlich eine Idee. »Ich bin seit vielen Stunden hier allein eingesperrt, und es ist schön, mit jemandem reden zu können.«

Delysia wollte schon protestieren, entschied sich dann jedoch dagegen. Madelyn klopfte auf die Matratze neben sich, und Delysia setzte sich zögernd dorthin.

»Verlangt man hier von dir, dein Haar so schmucklos zu tragen?« Madelyn fuhr mit den Fingern durch die rote Mähne des Kindes.

»Nein, ich habe einfach nur keine Zeit gehabt, mich darum zu kümmern. Ich bin noch ganz neu hier.«

Das Kind verkrampfte sich ein wenig, als Madelyn begann, das Haar zu einem Zopf zu flechten. Allmählich jedoch entspannte es sich. Madelyn hatte ihr ganzes Leben an Höfen, bei Festmahlen und extravaganten Feiern verbracht und schon vor langer Zeit gelernt, wie man andere Menschen durchschaute und manipulierte. Delysia war verloren, allein und verängstigt. Vor allem jedoch schien sie sich nach einem Mutterersatz zu sehnen, so schnell wie sie sich entspannte, nachdem Madelyn angefangen hatte, ihr Zöpfe zu flechten.

Madelyn zermarterte sich derweil das Gehirn. Delius Eschaton … Er war verheiratet gewesen, das wusste sie, aber was war mit seiner Frau passiert?

»Es tut mir so leid wegen deiner Mutter«, sagte sie schließlich und blieb absichtlich vage. Kein Kind, das so jung war wie Delysia, war bereit, so etwas in aller Ausführlichkeit zu besprechen. Weit wichtiger war der Trost, den Madelyn in ihre Stimme zu legen vermochte, zärtliche Aufrichtigkeit und Mitgefühl.

»Vater … hat sich gut um uns gekümmert«, sagte Delysia.

Ihr ganzer Körper schien zu zittern. »Ich vermisse ihn. Und ich vermisse meinen Bruder. Genauso wie meine Mutter und meine Großmutter. Ich will nicht hier sein, ich will zu Hause sein, ich will …«

Sie brach in Tränen aus. Madelyn war überrascht, wie schnell ihre Manipulation Früchte trug. Das Mädchen musste schon den ganzen Tag am Rand eines Nervenzusammenbruchs gewesen sein und schien nur darauf gewartet zu haben, dass irgendetwas ihn auslöste. Madelyn musste jetzt genau den richtigen Moment abpassen und ließ Delysia lange genug weinen, bevor sie einen Arm um die Schultern des Mädchens legte und es an sich zog.

»Schon gut«, sagte sie. »Weine nur, wenn dir das guttut. Ich weiß, wie du dich fühlen musst. Ich vermisse meinen Ehemann auch. Und ich mache mir Sorgen um ihn. Er glaubt wahrscheinlich, dass ich in einem von Threns Verstecken kopfüber an Ketten von der Decke hänge. Ich wünschte, ich könnte ihn wieder in die Arme schließen.«

»Ich habe gehört, was die anderen gesagt haben«, meinte Delysia. »Sie sagten, sie hätten jemanden zu ihm geschickt, damit er es erfährt.«

»Aber bist du auch sicher, dass sie es getan haben?« Sie sorgte dafür, dass sich ihre Miene ein bisschen verhärtete. Nach einem Moment schüttelte Delysia den Kopf.

»Nein«, gab das Kind zu. »Das bin ich nicht.«

Madelyn ließ das Schweigen andauern. Sie hatte zwei dünne Zöpfe geflochten und begann jetzt, sie auf Delysias Scheitel zusammenzubinden. Da sie kein anderes Material hatte, riss sie einen Stofffetzen von ihrem Kleid ab und band damit die Zöpfe fest.

»Dein Bruder ist also alles, was du noch hast«, sagte sie und ließ Neugier und Sorge in gleichem Maße in ihre Stimme einfließen. »Weißt du denn, wo er jetzt ist?«

»Er ist der Lehrling irgendeines Zauberers«, erwiderte Delysia. »Ich konnte mir seinen Namen noch nie richtig merken. Malderad? Maldrad? Er klang jedenfalls so ähnlich.«

»Ja, Hexer haben oft sonderbare Namen«, erwiderte Madelyn. »Sie glauben, sie verleihen ihnen eine geheimnisvolle Ausstrahlung, aber in Wirklichkeit klingen sie einfach nur lächerlich.«

Delysia kicherte.

Madelyn zog in diesem Moment ihre Hände zurück und legte sie in ihren Schoß. Als sie plötzlich aufhörte, die Zöpfe zu binden, drehte sich Delysia fragend zu ihr herum.

»Ich könnte dich zu ihm bringen«, meinte Madelyn. »Die Bediensteten haben doch sicherlich auch darüber getuschelt, wer ich bin, Delysia. Ich bin Lady Madelyn Keenan und reicher als der König. Ich finde es grausam, dich hier zu verstecken, wo dein Bruder da draußen alleine ist und in Gefahr schwebt. Wenn er jetzt schon nach Veldaren zurückkehrt? Oder wenn die Diebesgilden es auch auf ihn abgesehen haben?«

Delysia verschränkte die Finger und packte ihre Ellbogen. Dann zitterte sie, als wäre ihr kalt. Madelyn wartete einen Moment, dann äußerte sie ihr stärkstes Argument.

»Delysia, weiß er denn überhaupt, dass euer Vater tot ist?«

Das Mädchen riss die Augen auf und schüttelte den Kopf.

»Jemand muss es ihm sagen«, erklärte Madelyn entschlossen. »Und ich glaube, dieser Jemand solltest du sein. Komm mit mir.«

»Dann bekomme ich Ärger«, antwortete Delysia, die plötzlich ängstlich klang. »Meine Großmutter hat mich hierher gebracht, weil ich hier in Sicherheit bin. Bei wem soll ich bleiben, und was passiert, wenn Maldrad mich nicht aufnehmen will? Ich kann das nicht tun.«

Das war er, das war der entscheidende Moment. Madelyn stand auf und verschränkte die Arme. Sie benahm sich wie eine erzürnte Mutter. »Du kannst es, und du willst es, Delysia. Ich muss zu meinem Ehemann zurückkehren und du zu deinem Bruder. Ist es nicht das, was du willst? Vergiss, was die anderen von dir erwarten. Sie entscheiden nicht über dein Leben. Dazu haben sie kein Recht. Ich werde dafür sorgen, dass alles gut für dich ausgeht, weil du mir in dieser dunklen Stunde eine Freundin warst. Hilf mir, Delysia, bitte. Ich bitte dich.«

Unter der Wucht dieser Worte brach Delysia ein. Sie nickte langsam. »Versprichst du mir, dich um mich zu kümmern?«, fragte sie.

Madelyn setzte ihr süßestes Lächeln auf. »Das verspreche ich.«

»Gut. Bis auf mich schlafen alle. Bertram sollte mir bei meinen Pflichten helfen, aber er ist so fett, dass er in seinem Stuhl eingeschlafen ist. Ich weiß aber nicht, ob das Hauptportal verschlossen ist.«

»Es gibt nur eine Möglichkeit, das herauszufinden.« Madelyn nahm Delysia an der Hand. »Führ mich hin.«

Haern kratzte sich unter der Maske und wünschte sich, er hätte einen glatteren Stoff dafür gefunden. Dann zog er den Umhang fester um sich. Bis auf sein blondes Haar war er einfach nur eine graue Masse, die im Schatten lauerte. Vor ihm auf der anderen Straßenseite lag der Tempel. Haern hatte sich neben einem Geschäft versteckt, das an die Besucher des Tempels Kekse und Süßigkeiten verkaufte. Sie wurden nach jedem Gottesdienst verzehrt.

Als Haern jetzt den Tempel betrachtete, fragte er sich, wie beim Schlund er hineinkommen sollte. Es gab keine Fenster, sondern nur endlose Reihen von Säulen. Die Säulen selbst waren zu glatt und zu dick, als dass man sie hätte erklimmen können. Die riesigen Vordertüren waren fest verschlossen. Sie waren zwar nicht bewacht, aber sehr wahrscheinlich von innen abgesperrt und verriegelt. Das Dach war dreieckig, sehr spitz in der Mitte und zum Rand hin flach abfallend. Diesen Effekt hatte man durch geschickt angebrachte zusätzliche Ziegel erreicht. Neben der kurzen weißen Treppe, die zum Eingang hinaufführte, standen zwei Statuen. Bei der Linken handelte es sich um einen Adeligen in einer Rüstung, der eine Waage in der Hand hielt. Die rechte Statue zeigte eine junge Frau, die ihre Arme zum Himmel erhob, als würde sie ein Loblied singen.

»Du solltest nichts als unmöglich abtun, was du noch nie ausprobiert hast«, flüsterte er. Einer seiner ersten Schwertmeister hatte dieses Sprichwort sehr gern bemüht. Es gab nur einen einzigen Ort, den Haern noch überprüfen konnte, und das war das Dach. Also musste er hinauf.

Er hatte nichts mitgenommen außer seinem Umhang und seinem Messer, also behalf sich Haern mit dem, was er hatte. Er lief, so schnell er konnte, beschrieb einen Bogen und sprang hoch. Er stieß sich mit den Beinen von der Statue der Frau ab und schlug einen Salto, durch den er auf der anderen Statue landete. Er wurde langsamer und sprang wieder hoch, während er sich streckte, um den Rand des Daches zu packen, dort, wo es flacher wurde.

Seine Finger kratzten daran vorbei, er rutschte ab und stürzte.

An der Vorderseite des Tempels befanden sich große Reliefs, die Berge, Getreidefelder und eine aufgehende Sonne zeigten. Unter diesen Reliefs befand sich ein zweiter Sims, der ein Stück aus der Wand herausragte, unmittelbar bevor die Pfeiler anfingen. Haern schlug mit dem Ellbogen gegen diesen Sims, wirbelte um seine eigene Achse und konnte sich mit der anderen Hand festhalten. Das einzige Geräusch, das er von sich gab, war ein scharfes Keuchen, als er Luft holte.

Dann schwang er einen Fuß auf den schmalen Vorsprung. Diesmal war er froh, dass er noch so jung und zierlich war. Wenn er die Füße zur Seite drehte, hatte er etwa zwei Fingerbreit Platz, auf denen er stehen konnte. Mehr als genug für ihn. Er stand auf dem Vorsprung, den Rücken an die Reliefs gelehnt, und blickte auf die Straße hinab. Niemand war zu sehen. Offenbar fanden die nächtlichen Aktivitäten in der Stadt nicht in der Nähe des Tempels statt.

Er wollte sich gerade umdrehen und auf das Dach springen, als er ein lautes Knarren von dem Portal unter sich hörte.

»Schnell.« Die Frauenstimme war kaum lauter als ein Flüstern.

»Ich mach ja schon«, erwiderte ein jüngeres Mädchen ebenfalls flüsternd. Haerns Herz machte einen Satz. Er erkannte die Stimme. Dann gingen die beiden unter ihm entlang, Hand in Hand. Haern sah das rote Haar des Mädchens. Delysia.

»Mist!«, zischte er. Er hatte sich so viel Mühe gegeben, auf das Dach zu gelangen, und Delysia war einfach aus dem Tempel gekommen. Und jetzt gab es keinen einfachen Weg nach unten.

Haern ließ sich an der Wand heruntergleiten, bis er sich nur noch mit den Fingern am Sims festhielt, holte tief Luft und versuchte, sich nach vorne fallen zu lassen, statt einfach nur gerade herunter. Je höher er auf den Stufen landete, desto besser für ihn. Er hatte Glück, denn er landete auf der obersten Stufe, wodurch er genug Platz hatte, um sich abzurollen. Seine Knie taten weh, und der Sturz war alles andere als lautlos gewesen, aber trotzdem war es immer noch besser als eine erheblich schmerzhaftere Landung auf den scharfen Kanten der Stufen.

Er wusste, dass ihm nur wenig Zeit blieb. Er rannte die Treppe hinab und verfolgte die beiden Frauen, die den Tempel in nördlicher Richtung verlassen hatten. Sie schlichen geduckt im Schatten der Geschäfte entlang, als wären sie auf der Flucht. Haerns Herz schlug schmerzhaft gegen seine Rippen. So wie die ältere Frau vorangegangen war, hatte es den Eindruck gemacht, als hätte sie Delysia hinter sich hergezogen. Irgendetwas stimmte hier nicht. Er lief schneller und hatte bereits den Dolch gezückt.

»Warum gehen wir hier entlang?«, fragte Delysia, als sie in eine Gasse liefen.

»Ich glaube ich habe gehört, dass uns jemand verfolgt«, meinte Madelyn und warf einen Blick zurück zur Straße. »Wir müssen vorsichtig sein. Komm dichter zu mir.«

Delysia sah, dass die Frau ihren Dolch in der Hand hielt. Warum hatte sie ihn herausgeholt? Und wenn sie Angst hatte, dass ihnen jemand folgte, warum kehrte sie dann der Straße den Rücken zu, als sie weitergingen?

»Ich will zurück«, sagte Delysia und trat tiefer in die Gasse. »Ich will nicht weitergehen.«

»Ich darf nicht zulassen, dass irgendjemand gewarnt wird«, erklärte Madelyn. Jegliches Mitgefühl war aus ihrem Blick und ihrer Stimme gewichen. »Ashhurs Priester waren schon immer in der Hand der Diebesgilden, ganz gleich, wie sehr Calan auch das Gegenteil behaupten mag. Und dein Vater war schon immer ein Narr, Delysia. Die Güte hat ihn blind gemacht, und du bist nicht anders.«

Delysia drehte sich um, um weiterzulaufen, aber die Gasse endete an einer dicken hölzernen Wand, die zwei Geschäfte verband. Sie wirbelte herum und lehnte sich mit dem Rücken an die Wand. Madelyn stand mitten in der Gasse, den Dolch immer noch in der Hand. Delysia kam nicht an ihr vorbei, und es gab keinen anderen Fluchtweg.

»Ich werde es niemandem erzählen«, sagte sie. Tränen traten ihr in die Augen.

»Nein«, erwiderte Madelyn. »Das wirst du allerdings nicht.«

Irgendetwas trat ihr den Dolch aus der Hand. Madelyn riss vor Überraschung den Mund auf, doch im selben Moment traf ein schmutziger Stiefel die Seite ihres Gesichtes. Delysia stieß einen leisen Schrei aus, als Madelyn zu Boden stürzte und die Hände ausstreckte, um ihren Fall abzufangen. Sie rollte sich ab, als sie landete, aber Haern war bereits bei ihr. Er hob ihren Dolch auf und trat ihr in den Bauch.

»Wie kannst du es wagen, ihr wehzutun!«, fauchte Haern. Sein ganzer Körper zitterte vor Wut. Er hielt einen Dolch in jeder Hand und schien bereit zu sein, die Waffen auch zu benutzen. Madelyn hockte auf den Knien vor ihm und starrte ihn böse an.

»Nicht!«, rief Delysia. »Bitte, lass sie laufen.«

Haern sah zu ihr hin, und Madelyn nutzte den Moment, um zu flüchten. Haern sah ihr nach und schien mit sich selbst zu ringen.

»Bitte bleib«, bat Delysia ihn. Das genügte.

»Was machst du hier?«, wollte er wissen, während er die Dolche in seinen Gürtel steckte.

»Ich habe … Ich habe etwas Dummes gemacht. Es tut mir leid. Ich sollte zurückgehen.«

»Warte«, sagte Haern und hielt sie am Handgelenk fest. Delysia verkrampfte sich, aber seine Berührung war ganz sanft. Er hielt sie einfach fest, und keiner von beiden bewegte sich. Nur ihre Augen loderten, als sie sich anstarrten.

»Bitte bleib«, sagte er.

»Man wird uns erwischen«, meinte Delysia. Sie hörte, wie der Junge lachte.

»Nein, wird man nicht.« Er ließ seine Finger von ihrem Handgelenk zu ihrer Hand gleiten. Dann liefen sie, und Delysias Herz hämmerte wild. Plötzlich kletterte sie die Seite eines Hauses hinauf auf das Dach.

»Hier oben sind wir in Sicherheit«, erklärte Haern, als sie das Dach erreicht hatten. Sie setzten sich mit verschränkten Beinen voreinander hin, während sich die Stadt um sie herum erstreckte und am Rand von der Großen Mauer eingeschlossen wurde. Er deutete nach rechts, wo die Straße lag, die sie von hier oben aus jedoch nicht einsehen konnten. »Von unten kann uns keiner entdecken«, erklärte er.

Delysia nickte. Sie rieb sich die Arme. Ihr war kalt, und sie hatte Angst. Die letzten Tage waren ein Chaos aus Schmerz und Verwirrung gewesen, und sie wollte sich nur irgendwo, wo es warm war, verkriechen und schlafen. Aber Haern sah sie mit seinen blauen Augen an, die in ihrer Verzweiflung so intensiv wirkten. Er wollte etwas von ihr, nur wusste sie nicht was.

»Warum bist du zu mir gekommen?« Sie hoffte, dass sie ihm sein Anliegen rasch entlocken konnte, damit sie wieder zurück zum Tempel gehen konnte.

»Weil ich ... Es geht um deinen Vater.«

Delysia zuckte zusammen. »Was ist mit ihm, Haern?«

Der Junge seufzte und sah zur Seite. Seine Maske half ihm, seine Gefühle zu verbergen, aber sie konnte sie natürlich nicht gänzlich unterdrücken. Er zögerte und fühlte sich verlegen. Delysia merkte, wie sich ihr Magen vor Furcht zu einem harten Klumpen zusammenzog. Was auch immer Haern zu sagen hatte, es würde ihr nicht gefallen, das spürte sie.

»Ich habe geholfen, deinen Vater zu ermorden!«, platzte Haern plötzlich heraus.

Delysia rührte sich nicht. Sie dachte wieder an diesen Tag zurück, aber sie konnte sich an keinen Jungen erinnern. Ihr fielen vielmehr ihre Tränen ein, die überraschten Schreie der Zuschauer, und wie sie weggelaufen war, so weit sie konnte, damit sie alleine weinen konnte. Aber Haerns Schmerz war zu real, als dass er eine Lüge hätte sein können.

»Warum?«, wollte sie wissen. »Warum hast du dabei geholfen?«

»Weil mein Vater es von mir verlangt hat. Aber das ist nicht alles, Delysia. Ich hatte auch einen bestimmten Auftrag, einen, bei dem ich versagt habe. Du warst mein Ziel. Ich sollte dich ermorden.«

Delysia war plötzlich wie gelähmt vor Angst. Sie dachte wieder an das Gespräch mit ihm in der Speisekammer zurück. War sie vielleicht eine Närrin gewesen, dass sie ihn befreit hatte? Er war vorbeigekommen, um seine Arbeit zu Ende zu bringen, und jetzt war sie hier, saß hilflos auf einem Dach, von dem es keinen anderen Ausweg gab als einen langen Sturz.

»Was willst du von mir?« Sie betete zu Ashhur, dass der Junge nicht als Antwort seine Dolche zückte.

»Ich bin dir an diesem Tag gefolgt«, erwiderte Haern. »Du hast mich nicht gesehen, aber ich bin hinter dir hergegangen. Ich habe dein Gebet gehört. Das hat mir das Herz gebrochen. Verstehst du das? Als ich hörte, wie du weintest, wie du so hilflos deinen Gott angefleht hast, da konnte ich einfach nicht ...« Er stand auf und wandte sich ab. »Ich konnte nicht zulassen, dass ich solch ein Monster werde. Ich war kurz davor, eines zu werden. Aber ich werde es nicht sein.«

Delysia stand auf. Der Kampf, den er innerlich ausfocht, war so stark, und ihre innere Natur gewann die Oberhand. Sie streckte die Hand aus und legte sie ihm auf die Schulter. Dann drehte sie ihn behutsam zu sich herum. Er hatte Tränen in den Augen. Sie benetzten das Tuch, das er fest um seinen Kopf gebunden hatte.

»Ich möchte lernen, so zu beten, wie du es getan hast«, sagte er. »Ich möchte auch einen so starken Glauben haben. Dein Vater war tot, und doch hast du geglaubt. Ich habe es versucht, aber es sind Menschen gestorben. Ich fühle mich hohl und irgendwie falsch. Was ist es, das du weißt? Was tust du? Bitte sag es mir, Delysia. Ich brauche das. Ich brauche etwas, woran ich mich klammern kann, sonst bin ich für immer verloren. Sonst werde ich das, was mein Vater aus mir machen möchte.«

Delysia errötete. Sie fühlte sich so jung und dumm, und doch kam er zu ihr und bat um ihre Hilfe? Sie versuchte sich an die Lektionen ihres Vaters zu erinnern. Aber die Erinnerung an seine freundlichen Worte und sein herzliches Lächeln schmerzten sie nur umso mehr.

»Gib mir deine Hände«, sagte sie. Es gab etwas, woran sie sich erinnerte, einen Moment, den nichts zerstören konnte. Es waren die Abendgebete, die ihr Vater mit ihr zusammen gesprochen hatte, wenn sie sich verängstigt oder alleine fühlte. Mit Tränen in den Augen kniete sie sich hin, ohne Haerns Hand loszulassen. Der Junge kniete sich neben sie.

»Neige den Kopf«, sagte sie zu ihm.

»Was machen wir jetzt?«, fragte er.

»Schließ deine Augen.«

Er gehorchte und wartete.

»Denk an alles, was du liebst«, sagte sie. »Und bete darum, dass es geschützt wird. Denke nicht darüber nach, zu wem du betest, und mach dir auch keine Gedanken darum, ob die Gebete erhört werden. Bete einfach.«

Haern öffnete die Augen und sah sie an. »Und wenn ich niemanden habe, den ich lieben kann?«

Die Frage drang wie ein Dolch in Delysias Herz. Sie hatte nach einem heftigen Streit mit ihrem Vater einmal dieselbe Frage gestellt. Und sie gab Haern jetzt dieselbe Antwort, die er ihr damals gegeben hatte. Noch nie in ihrem Leben hatte sie ihren Vater so sehr vermisst.

»Dann kannst du mich lieben«, sagte sie.

Im selben Moment wurde ihr Körper nach vorn geschleudert. Sie riss vor Schreck den Mund auf, und dann erst spürte sie den Schmerz. Blut sickerte auf die Vorderseite ihres Kleides, als sie auf das Dach stürzte, und der gefiederte Schaft eines kleinen Bolzens ragte aus ihrem Rücken.

28. Kapitel

»Nein!«, schrie Aaron und fing Delysia auf. Kayla beobachtete ihn und biss bei dem Anblick die Zähne zusammen. Um den Jungen herum sprangen Mitglieder der Spinnengilde auf das Dach. Zwei Häuser weiter ließ Thren seine Armbrust sinken und setzte sich in Bewegung.

»Lasst mich in Ruhe!«, kreischte Aaron, der Delysia in dem einen Arm hielt und mit der anderen Hand seinen Dolch gezogen hatte. Die Männer umringten ihn, die Waffen gesenkt. Niemand näherte sich ihm. Sie alle warteten auf ihren Meister. Kayla ging langsam näher, und so aufgeregt, wie der Junge war, bemerkte er nicht, wie sie auf ihn zukam.

Thren sprang über den letzten Spalt zwischen den Häusern und landete auf dem Dach. Er hielt seine Armbrust immer noch in der Hand.

»Du hast das letzte Mal meine Befehle missachtet!«, erklärte der Gildemeister. Seine Stimme klang erstickt vor Wut. »Gebete auf Dächern? Du versteckst dich bei einer Priesterin? Was ist los mit dir?«

»Bleib zurück!«, schrie Aaron erneut. Tränen strömten über sein Gesicht. Thren achtete nicht auf ihn. Er trat zu seinem Sohn und riss ihm die Maske vom Gesicht. Der Dolch, den Aaron in der Hand hielt, kümmerte ihn nicht.

»Du enttäuschst mich«, erklärte Thren.

Das war es. Kayla sah, dass Aaron jeden Moment angreifen würde, und sie fürchtete die Konsequenzen, die ihm drohten. Sie nahm einen Totschläger, einen mit Leder umwickelten

Stein mit einem kurzen Holzgriff, und schlug ihm damit auf den Kopf. Der Junge schrie erstickt auf und brach dann auf dem Körper des sterbenden Mädchens zusammen.

»Packt ihn!«, befahl Thren seinen Männern. »Das Mädchen könnt ihr liegen lassen.«

Zwei von ihnen packten den Jungen an den Beinen und unter den Achseln und gingen langsam zum Rand des Hauses. Auf der Straße warteten drei weitere Mitglieder der Spinnengilde, die Aaron in Empfang nahmen, als die beiden ihn vom Dach herunterließen.

»Wohin bringen wir ihn?«, wagte Kayla zu fragen.

»Er muss von diesen albernen Ideen kuriert werden«, erklärte Thren, während er sich die Armbrust über den Rücken schlang. »Ashhur hat wie eine Seuche Besitz von meinem Sohn ergriffen, und wie es scheint, kann ich sie nicht alleine vertreiben.«

Kayla folgte seiner Logik bis zu ihrem entsetzlichen Ende. »Du übergibst ihn den Priestern von Karak«, stellte sie fest.

Thren sah sie finster an. »Mir gefällt das auch nicht, aber einen anderen Weg gibt es nicht«, sagte er. »Sie werden seinen Glauben an Ashhur vernichten, ihn ausbrennen. Und ich bekomme meinen Nachfolger zurück.«

»Thren!« Einer der Männer kletterte auf das Dach zurück. »Wir haben sie gefunden! Wir haben Madelyn gefunden!«

»Hervorragend«, antwortete Thren. »Fesselt sie. Wenn ich zurückkehre, werde ich einen sicheren Ort für unsere teure, edle Geisel finden.«

Kayla konnte kaum glauben, wie schnell Threns Enttäuschung verpuffte, als er von Madelyns Ergreifung hörte. War seine Sorge um Aaron tatsächlich so oberflächlich? Kayla warf einen Blick auf das Mädchen mit den roten Haaren zurück, als Thren vom Dach sprang und sich zu seinen Männern gesellte.

»Verdammt, Aaron!«, flüsterte sie. »Ich habe das nicht gewusst!«

Thren hatte ihr befohlen, Aaron zu folgen. Als er den Tempel erreicht hatte, hatte sie eine Nachricht geschickt. Und als dann das Mädchen mit Madelyn Keenan aus dem Tempel geflüchtet war, hatte Kayla ihren Augen kaum trauen mögen. Sie hatte gehofft, dass Thren sie in Ruhe ließ, aber das hatte er nicht getan. Und als Thren zurückkam, rannte Madelyn allein durch Straßen, die sie nicht kannte. Sie war eine leichte Beute. Aber Haern war immer noch mit der Tochter dieses idiotischen Priesters zusammen, den Kayla getötet hatte. Allein seine Gegenwart verdammte sie zum Untergang.

Eine Gegenwart, von der sein Vater durch Kayla überhaupt benachrichtigt worden war. Das Blut, das auf dem Dach floss, war ihretwegen vergossen worden.

Sie kniete sich hin und legte die Hand an den Hals des Mädchens. Überrascht fühlte sie einen schwachen Puls. Das Kind lebte noch.

»Dafür schuldest du mir was, Aaron«, flüsterte Kayla, als sie Delysia vorsichtig über ihre Schulter hob. Sie war dumm. Sie wusste, wie dumm sie war. Ihre Überlebensinstinkte schrien ihr förmlich zu, ihre Hände in Unschuld zu waschen und das Mädchen sterben zu lassen. Aber das konnte sie nicht tun. Sie konnte sich den Ausdruck von Trauer und Enttäuschung über den Verrat in Aarons Augen nicht einmal ausmalen, mit dem er sie ansehen würde, sobald er herausfand, dass sie ihm gefolgt war. Er hatte ihr vertraut, und so zahlte sie es ihm zurück?

»Halt durch«, flüsterte sie dem Mädchen zu. »Wenn dein Gott wirklich existiert, dann ist ihm hoffentlich klar, wie dringend ich alle Hilfe brauche, die ich kriegen kann.«

Vorsichtig kletterte sie mit Delysia auf den Schultern vom Dach zur Straße herunter. Die ganze Zeit bemühte sie sich dabei nicht darüber nachzudenken, welche Torturen Aaron im Tempel des dunklen Gottes erwarteten.

Thren war einer der wenigen Menschen, die wussten, wo Karaks Tempel lag. Sobald sie in die Nähe kamen, nahm er Aaron in die Arme und befahl dem Rest seiner Männer, nach Hause zurückzukehren. Der kommende Tag und die folgende Nacht würden der Höhepunkt der Ereignisse der letzten fünf Jahre werden. Seine Männer mussten ausgeruht sein, und er strapazierte sie bereits genug. Und das alles nur wegen seines Sohnes. Alles wegen Ashhur.

»Ich erkenne in Euch die Wahrheit, die Ihr seid«, sagte Thren, als er vor den dicken Eisentoren stand, die ein – wie es schien – luxuriöses, aber leeres Herrenhaus schützte. Das Bild waberte, und das Tor öffnete sich von allein. Thren trat hindurch und ging über den glatten schwarzen Pfad aus Marmor, der zu einem gewaltigen, mit Säulen verzierten Gebäude aus dunkelstem Schwarz führte. Der Schädel eines Löwen hing über der Tür. Seine Zähne waren mit Blut befleckt.

Die Doppeltüren schwangen auf, und ein junger Mann trat heraus. Er hatte sein Haar hinter dem Kopf zu einem langen Pferdeschwanz zusammengebunden.

»Ich muss dich bitten, draußen zu bleiben«, sagte er. »Pelarak weiß um dein Eintreffen.«

Der Priester schloss die Tür, ohne auf eine Antwort zu warten. Thren lehnte Aarons bewusstlose Gestalt an einen Pfeiler und wartete. Es war schon lange her, seit er jemanden um Hilfe gebeten hatte, und er wusste nicht mehr genau, wie man das am besten machte. Er hatte nicht vor, sich vor den Priestern zu verbeugen, und ebenso wenig würde er sie anflehen wie ein einfacher Mann. Ein Handel, das war es! Vielleicht konnte er ihnen einen Handel vorschlagen.

Die Türen schwangen auf. Thren richtete sich auf, und unwillkürlich packte er die Griffe seiner Langmesser. Diese Gewohnheit war zu tief in ihm verwurzelt, als dass er sie einfach hätte ablegen können.

»Eine seltsame Nacht, in der ein Besucher wie du an meine Tür klopft«, begrüßte ihn Pelarak, als er hinaustrat und das Portal des Tempels hinter sich schloss. Der Hohepriester streifte Aarons Gestalt mit einem Blick, er sprach jedoch weiter, als hätte er nichts gesehen. »Du bist doch Thren Felhorn, hab ich Recht? Der Meister der Spinnengilde, der Strippenzieher hinter dieser Diebesgilde? Welchem Umstand verdanke ich diese Ehre?«

»Mein Sohn bedarf der Heilung«, erwiderte Thren.

»Wir sind in den Heilkünsten nicht so bewandert wie unsere Rivalen«, gab Pelarak zurück. »Allerdings bezweifle ich sehr, dass sie dir helfen würden. Wie ich hörte, haben sie ihren ehemaligen Hohepriester abgesetzt, nachdem du einen der ihren ermordet hast.«

Thren runzelte die Stirn. Das war mehr als bedauerlich. Er hatte viele Monate darin investiert, Calvin auf seine Seite zu ziehen. Er hatte ihn mit allen nur erdenklichen Lastern zu bestechen versucht, während er nach den Schwachpunkten des Mannes gesucht hatte. Nachdem er erst einmal die Vorliebe des Hohepriesters für Rotblatt entdeckt hatte, hatte sich die ganze Prozedur erheblich einfacher gestaltet. Musste jetzt alles so kurz vor Kensgold zusammenbrechen?

»Du missverstehst die Art der Heilung, die ich wünsche«, antwortete Thren, der sich lieber wieder auf das vordergründige Problem konzentrierte. »Mein Sohn hat sich Flausen in den Kopf setzen lassen, die ich ausgemerzt sehen möchte.«

Pelarak kratzte sich das Kinn. »Er ist dem verlockenden Reiz von Ashhur verfallen?«

Thren nickte.

»Das braucht Zeit«, verkündete Pelarak. »Und vor allem wird es mich möglicherweise ruinieren. Maynard Gemcroft hat mit der Auslöschung unseres Ordens gedroht, wenn ich mich nicht mit ihm gegen dich stelle, Thren. Sag mir, was würdest du an meiner Stelle tun?«

»Ich würde jene zerstören, die mich bedrohen«, erwiderte Thren. »Man darf niemals zulassen, dass ein Mann einem das Schwert an den Hals hält.«

»Schöne Worte, nach denen wir leider nicht handeln können«, erwiderte Pelarak. »Ashhur ist in dieser Stadt zu tief verwurzelt. Maynard könnte uns den Pöbel auf den Hals hetzen. Die Straßen würden im Blut schwimmen. Und selbst dein kleiner Krieg mit der Trifect wäre nicht mit dem Gemetzel zu vergleichen, das wir heraufbeschwören würden. Vor allem würde es unsere Arbeit hier beenden, was mich zutiefst betrüben würde. Also bleiben mir nur wenig Alternativen.«

Thren zückte seine Langmesser. »An deiner Stelle wäre ich vorsichtig«, meinte der Gildemeister.

Pelarak lachte. »Steck die Waffen wieder ein. Trotz deiner beeindruckenden Fähigkeiten hättest du meiner Macht nichts entgegenzusetzen. Ich bin Karaks gläubigster Diener, abgesehen von seinem Propheten. Wenn ich deinen Tod wollte, würde ich mich weder mit dir unterhalten, noch würde ich mich dir erklären.«

Thren senkte die Langmesser, schob sie jedoch nicht in die Scheiden zurück. »Wie sehen deine Alternativen aus?«

»Ich kann dich abweisen, wodurch ich dich wahrscheinlich zu meinem Feind mache. Außerdem bleibe ich dabei weiterhin eine Marionette der Trifect. Aber selbst diese Möglichkeit ist mir versagt. Maynard Gemcrofts Tochter ist verschwunden. Sie sollte eigentlich in meiner Obhut sein, ist es jedoch nicht. Allein schon deshalb würde Maynard uns vernichten wollen.«

»Es gibt da einen Ausweg«, meinte Thren, der begriff, worauf Pelarak hinauswollte. »Meinen Weg. Nimm meinen Sohn und heile ihn. Brenne alle Spuren von Ashhur aus seinem Körper heraus, auf dass er wieder rein ist.«

»Kannst du Maynard Gemcroft töten?«, wollte Pelarak wissen. »Meine Zeit ist bereits abgelaufen. Am Ende von Kensgold wird er seine Drohung gegen uns wahr machen.«

Thren hob salutierend seine Langmesser. »Morgen Abend wird Maynard tot sein«, gelobte er. »Kannst du meinen Sohn retten?«

»Wir werden ihn aufnehmen.« Pelarak schlug zweimal gegen die Tür hinter sich. Zwei andere Priester traten heraus. Pelarak deutete auf Aaron, und sie nahmen den Jungen hoch und trugen ihn in den Tempel. Währenddessen beschrieb Thren kurz die Ereignisse, angefangen von Aarons Gebeten, der Kette mit dem Anhänger des Goldenen Berges bis hin zu seinem heimlichen Treffen mit Delysia.

»Wie lange wird es dauern?«, schloss Thren.

»Einen Tag oder höchstens zwei, es sei denn allerdings, er könnte unseren Methoden widerstehen«, antwortete der Priester.

»Wäre ihm das möglich?« Thren beobachtete, wie sich das zweiflügelige Portal unter dem Ächzen von Holz und Metall langsam schloss.

Pelarak lachte leise. »Selbstverständlich nicht. Er ist nur ein Junge.«

Thren verbeugte sich. »Möge unser Unterfangen für uns beide von Nutzen sein.«

»Geh mit dem Segen des Wahren Gottes«, erwiderte Pelarak, bevor er durch das sich schließende Portal zurück in den Tempel trat.

Thren fühlte sich erheblich erleichtert, als er über den schmiedeeisernen Zaun sprang und über die Straße lief. Er machte einen Umweg zurück zu seinem Schlupfwinkel. Jetzt lag die Angelegenheit nicht mehr in seinen Händen. Die Priester würden seinen Sohn bekehren. Jeder Einfluss, den Ashhur auf ihn gehabt hatte, wäre dann ausgelöscht. Thren würde seinen Mörder retten, seinen perfekten Nachfolger, den Hüter seines Vermächtnisses.

Vorausgesetzt natürlich, seine Pläne für das Kensgold würden sich ohne Pannen verwirklichen. Aber nachdem sich Madelyn ihm praktisch selbst ausgeliefert hatte, hatte er einen weiteren großen Schritt auf dieses Ziel hin getan. Jetzt konnte Thren nur noch hoffen, dass sein Sohn gerettet wurde, um den Sieg mitzuerleben, der die Herrschaft der Felhorns auf Jahrhunderte festschreiben würde.

Aaron schwankte zwischen Ohnmacht und Wachen. Jedes Mal wenn er das Bewusstsein wiedererlangte, spürte er den Schmerz. Er brannte in seinen Handgelenken, und er wurde erneut ohnmächtig. Wasser spritzte über seine Zunge. Dumpfe Gesänge erschütterten den Rhythmus seiner Träume und durchfluteten sie mit einer Farbe, die mit den Geräuschen zu vibrieren schien. Er sah Rot und Violett. Die Farben erzeugten ein starkes Unbehagen in seinem Geist. Dann spürte er wieder Schmerz, diesmal an seinen Knöcheln. Wasser tröpfelte von seinen Lippen. Das war nicht logisch. Wieso träufelte es nach oben?

Er schlug die Augen auf in der Erwartung, kopfüber zu hängen, sah jedoch überrascht einen Mann vor sich stehen. Der Mann war fast kahl, hatte scharfe Augen und das Gesicht zu einer bitteren, finsteren Miene verzogen. Er trug eine dunkle Kutte. Um seinen Hals hing ein Amulett in Form eines Löwenschädels.

»Wo bin ich?«, wollte Aaron wissen.

»In einem Raum des Glaubens«, antwortete der Priester. »Mein Name ist Pelarak, und du befindest dich an dem heiligsten Ort in diesem Tempel. Hier ist Karak der Herr, nicht die Göttin der Elfen, nicht Ashhur, nicht der Mond, die Sterne oder die Sonne. Nur und ausschließlich Karak.«

Er hob die Hand, in der er einen Wasserschlauch hielt, und als er ihn drückte, spritzte das Wasser nach oben, statt zu Boden zu strömen. Es spritzte bis an die Decke. Der Anblick war so seltsam, dass Aaron einen Moment schwindlig wurde. Er drehte den Kopf zur Seite, erbrach sich und sah entsetzt zu, wie sein Erbrochenes an die Decke klatschte und einen schmutzig roten Fleck hinterließ.

»Das war zu erwarten«, meinte der Priester. »Hier sind viele Dinge höchst seltsam, und du wirst nur einige wenige Gesegnete zu sehen bekommen. Karak ist überall Gott, aber diesen Raum haben wir mit Blut und Gebeten besonders geweiht.«

Aaron versuchte sich zu bewegen, doch es war unmöglich. Er warf einen Blick auf seine Handgelenke, an denen er kalte Fesseln spürte, aber er sah nichts. Dasselbe galt für seine Knöchel. Während er kämpfte, sah er, wie sich seine Haut unter dem Druck der Fesseln verformte, aber es war keine sichtbare Quelle dafür zu erkennen.

»Ketten sind eine höchst trügerische Angelegenheit«, erklärte Pelarak. »Wer macht sie? Was verleiht ihnen ihre Stärke? Es wäre oberflächlich, sie aus Eisen geschmiedet und unzerbrechlich zu nennen, aber es wäre auch dumm zu behaupten, dass man selbst seine Fesseln erzeugt. Du hast Fesseln um deine Gelenke. Zerbrich sie.«

Pelarak machte eine Handbewegung, als er diesen Befehl aussprach. Aaron verspürte plötzlich einen unwiderstehlichen Drang. Er konnte nur noch an Flucht denken. Jede Fluchtreaktion, die er in sich spürte, wurde von diesem Befehl ausgelöst. Alle Muskeln spannten sich an und kämpften gegen die unsichtbaren Ketten. Er fühlte, wie seine Haut sich aufscheuerte. Knie und Schultern pochten vor Schmerz. Blut tropfte in einem perversen Regen an die Decke. Schließlich warf er seinen ganzen Körper nach vorn, kämpfte so hart gegen die Fesseln, dass seine Halsmuskeln hervortraten und der Schweiß von seiner Stirn in sein Haar stieg, bevor er in dicken Tropfen ebenfalls an die Decke schwebte.

Doch sosehr er sich auch bemühte, er konnte weder die Ketten zerbrechen noch das Verlangen unterdrücken, es zu tun.

»So ist das Leben.« Pelarak beobachtete ihn unbeweglich. »Wir kämpfen gegen unsere Beschränkungen und können sie nicht brechen, aber nur weil wir dumm sind. Du hast dir diese Ketten selbst angelegt, Aaron. Also zerbrich sie.«

Er wollte sie zerbrechen, und wie sehr er es wollte. Er hatte das Gefühl, sein Herz müsste platzen. Jeder Schlag fühlte sich an, als würde ein Hammer gegen seine Brust krachen. Noch mehr Blut tropfte von seinen Handgelenken an die Decke. Sein Geist suchte nach der Lösung. Robert Haern hatte immer behauptet, er, Aaron, wüsste die Antwort auf jede Frage, wenn sie ihm gestellt würde, aber gewährte dieser Priester ihm dieselbe Fairness? Was meinte er mit den Worten, dass diese Fesseln seine eigene Schöpfung wären?

»Ich verstehe es nicht.« Seine Stimme klang brüchig, und seine Zunge fühlte sich an, als wäre sie aus Baumwolle gemacht.

»Dann versuche es stärker«, erwiderte Pelarak. »Unwissenheit ist keine Entschuldigung; es ist eine Blindheit, die von dieser Welt gepflegt wird. Dein Körper wird zerbrechen, und du wirst sterben, und das alles nur wegen deiner Unwissenheit.«

Der Mann war eindeutig ein Priester von Karak. Aaron fiel nur eine einzige Möglichkeit ein, die diese Ketten erklären konnte, und warum er sie für seine eigene Schöpfung halten sollte: Ashhur.

»Ich habe zu Ashhur gebetet!«, schrie Aaron. Er spürte, wie dieser grauenvolle Drang, gegen die Fesseln zu kämpfen, nachließ. Er atmete bebend aus, während er schwach in den unsichtbaren Ketten hing.

»Sehr gut«, meinte Pelarak. »Du machst Fortschritte. Sieh auf deine Hände und Füße.«

Aaron gehorchte. Die Ketten waren nicht mehr unsichtbar. Obwohl sie sich wie Eisen anfühlten, schienen sie aus weißem Marmor zu bestehen. Goldene Berge schmückten die Schlüssellöcher. Der Raum verdunkelte sich allmählich, aber die Ketten blieben hell, schienen fast zu glühen.

»Symbole«, flüsterte Aaron. »Sie lügen ebenso leicht wie Menschen.«

Pelaraks Miene schien sich bei diesen Worten zu verdüstern. »Lass deine Augen auf«, befahl er. »Ich habe etwas, das du sicher sehen möchtest.«

Er trat zurück. Der Raum wurde vollkommen pechschwarz, obwohl sowohl die Ketten als auch Pelarak deutlich zu erkennen waren. Ein Feuer flammte in der Mitte des Raumes auf. Inmitten der Flammen sah er einen Herzschlag lang ein Auge. Das Feuer loderte und wurde größer. Die Flammen fauchten bis zur Decke hinauf, gewaltig, aber ohne Hitze auszustrahlen. Es loderte nur kurz, und als es erstarb, stand ein junges Mädchen vor ihm. Ihr leuchtend rotes Haar war zerzaust und ungepflegt.

»Aaron?«, fragte Delysia. Aaron erzitterte, als er ihre Stimme erkannte.

Es ist nur eine Lüge, dachte er. *Eine weitere Lüge.*

Aber es fiel ihm schwer, sich weiter an seine Überzeugung zu klammern, als sie seine Wange berührte. Ihre Hand war kalt, aber die Berührung war echt. Tränen traten ihm in die Augen und schwebten zur Decke hinauf. Ihr Kleid war versengt, wie von einem Feuer.

»Sie lügen«, sagte das Mädchen. »Die Unterwelt ist kalt. Das Feuer im Schlund spendet keine Wärme. Ashhur wollte mich nicht, deshalb bin ich jetzt hier. Aber ich habe Karak keine Liebe geschenkt, deshalb liebt er mich auch nicht.«

»Du bist nicht real«, sagte er. Es klang fast wie ein Flehen. »Du bist bei Ashhur. Du bist zu einem besseren Ort gegangen. Du warst gut. Du warst unschuldig.«

Pelarak lachte, und Delysia weinte. Ihr Körper schien von einem unsichtbaren Wind verweht zu werden.

»Niemand ist unschuldig«, meinte Delysia schluchzend. »Aber ich habe etwas Falsches angebetet. Es spielte keine Rolle, wie inbrünstig ich gebetet habe. Ich habe zu tauben Ohren gebetet.«

Aaron warf sich gegen seine Ketten, weil er sie unbedingt berühren wollte. Sie verblasste wie ein Gespenst. Die Dunkelheit ergriff Besitz von ihr, fraß sich in ihr Fleisch, das allmählich durchscheinend wurde. Pelarak fuhr mit der Hand durch ihren Körper und zerstörte ihr Bildnis, das sich wie Rauch auflöste.

»Du bist zu ihr gegangen«, sagte der Priester. »Ich habe mit deinem Vater gesprochen. Ich weiß, was du getan hast. Begreifst du nicht, wie dumm du bist? Ein Mädchen! Ein junges, dummes Ding, und doch glaubtest du, es besäße Weisheit?«

Aaron sackte zusammen und starrte auf einen nicht existenten Boden. »Ihre Gebete waren so real«, sagte er. »Sie hat sie wirklich ernst gemeint. Sie hat sie empfunden. Und das habe ich auch gewollt.«

Pelarak packte Aarons Haar und riss seinen Kopf hoch, um ihm in die Augen zu blicken. »Wahnsinnige leben in dem Glauben, dass Dämonen in ihnen hausen und ihre Stimmen sie täglich quälen. Und glauben sie nicht ebenso inbrünstig wie dieses kleine Mädchen? Warum also wendest du dich nicht an sie, um dir Rat zu holen?«

Darauf wusste Aaron keine Antwort. Pelarak schon.

»Weil sie einen Traum gehabt hat, den auch du träumen wolltest.« Der Priester ließ Aarons Haar los. »Es hat dir gefallen, was sie glaubte. Es klang süß. Aber das Einzige, das zählt, ist die Wahrheit. Würdest du freiwillig eine Lüge leben, nur weil sie dir gefällt? Sollte ich dir sagen, dass dein kleines Mädchen wohlbehalten ist, dass die Welt ein wunderschöner Ort ist und dir niemand jemals etwas antun wird? Ich würde nur zu gerne in einer solchen Welt leben, aber mein Wunsch alleine macht sie noch lange nicht real. Was ist real, Aaron? Was gibt es, von dem du weißt, dass es wirklich real ist?«

Er dachte an Robert Haern, der durch die Hände seines eigenen Schülers getötet wurde. Seine, Aarons, Hände. »Ich weiß, dass ich die getötet habe, die ich liebe«, antwortete er.

»Ach ja, und warum?«, wollte Pelarak wissen. »Was hat zu dem Mord an ihnen geführt?«

Aarons Augen blitzten. Er wusste es. Er sah seine Liebe und seine Hingabe, sah, an wen er sie gerichtet hatte. Seine Schuld und seine Scham verschmolzen zu einem gehärteten Pfeil, der nicht mehr auf ihn selbst zielte. Es gab eine Person, die die Schuld an allem trug. Die Person, die seine Seele erstickt und seine Wünsche pervertiert hatte. Die Person, die seine Liebe dazu benutzt hatte, Mord und Vernichtung zu bewirken. Sein eigener Vater.

»Ich habe zu Ashhur gebetet«, antwortete Aaron. »Und deswegen sind Menschen gestorben.« Das zumindest war keine Lüge.

»Ganz genau.« Pelarak stürzte sich auf die Antwort. »Ist das Ashhurs Macht? Hingabe, die zum Tode führt? Karak ist die Macht, Junge. Er ist der Löwe. Er ist der König von allem, und alles wird vor seinem Gebrüll erzittern und sich beugen, um seine Krallen zu küssen.«

Plötzlich war Pelarak verschwunden. Die Ketten zerbrachen. Aaron sank auf den Boden und zitterte in der Dunkelheit. Ihm war kalt, und seine Zähne klapperten.

Dann kam der Löwe. Er kam von weither, aus einer viel zu großen Entfernung, als dass er innerhalb dieses kleinen Raumes hätte sein können. Sein Fell bestand aus loderndem Feuer und brannte auf einer Haut, die aus geschmolzenem Fels zu sein schien. Augen, in denen Rauch waberte, richteten sich auf Aarons zitternde Gestalt. Als die Kreatur ihr Maul aufriss, schimmerte frisches Blut an dolchgroßen Zähnen.

Sieh den Löwen!, schrie eine Stimme. Sie war unglaublich tief und laut und dröhnte aus jeder Ecke des Raumes. *Sieh die Macht seiner Majestät!*

Der Löwe brüllte. Und tief in seinem Schlund sah Aaron tausend weinende Seelen. Sie streckten die Arme aus und jammerten, und ihre Schreie vermischten sich mit dem mächtigen Brüllen eines Gottes. Aaron fühlte, wie seine Seele erzitterte. Er presste sein Gesicht auf den kalten dunklen Stein. Tränen strömten aus seinen Augen, und er konnte nicht denken, konnte nur staunen und zittern.

Stellst du meine Autorität infrage?, wollte der Löwe wissen. *Was bist du neben mir, Sterblicher? Wenn dein Leben endet, bin ich die Wahrheit, die dich erwartet. Wo willst du in meiner Ewigkeit stehen? Willst du mich anbeten und neben mir sein, oder werde ich dich durch Feuer verzehren und deine Knochen zwischen meinen Zähnen zermalmen?*

Aaron schluchzte hemmungslos. Er hatte sich noch nie so sehr gefürchtet. Da lag er, nackt vor einem Gott, erbärmlich und hilflos, und schlug mit den Fäusten auf den Boden. Schweiß lag wie ein kaltes Laken auf seiner Haut. Der Löwe brüllte erneut, und sein Odem schien aus Feuer und Stahl zu bestehen. Aarons Kleider wurden zerfetzt und seine Haut zerrissen. Blut spritzte heraus, flog in allen möglichen Richtungen davon, als hätten die physikalischen Gesetze der Welt keine Macht in Karaks heiligem Raum.

Wirst du mir dein Leben weihen?, fragte der Löwe.

Etwas tief in Aaron wollte sich ihm unterwerfen. Er wollte, dass dieser Schrecken ein Ende fand. Die Dunkelheit würde ihn verzehren, und es schien klüger zu sein, sich zu ergeben. Neben dem Löwen zu stehen war erheblich besser, als in das Gejammer der Seelen in seinem Schlund einzustimmen. Unendlich viel besser.

Aaron dachte an das, was Robert gesagt hatte. Ashhur stand für alles Gute der Menschheit. Mit Tränen in den Augen sah er zu dem Löwen hoch, suchte nach derselben Güte. Aber er sah nichts davon in dem Feuer. Tod, Vernichtung, Wut und Verdammung starrten ihm entgegen, loderten in dieser physischen Gestalt. Nichts von der Liebe, die Delysias Gebete erfüllt hatte, konnte in diesem entsetzlichen Biest leben. Er spürte, wie sich sein Geist spaltete, als würden sich zwei Wege vor ihm eröffnen. Eine Hälfte von ihm wollte den einen gehen und die andere den anderen einschlagen.

Schwöre es!, brüllte der Löwe. *Auf die Knie, weihe mir dein Leben. Ich werde nichts anderes dulden. Der Tod ist dein Schicksal, Kind. Ich sehe das klarer, als du die Sonne und den Mond erkennst. Du wirst durch die Hand eines Freundes sterben, wenn du dich meiner Gnade widersetzt. Neben mir wirst du Neldar als Halbgott regieren, und dein Sohn wird König sein.*

Zwei Wege. Zwei Wesen. Zwei Geister. Sein Vater verlangte nach dem ersten Pfad, dem einfachen Weg, dem Weg von Blutvergießen und Mord. Aber der Weg, den Robert Haern aufgetan hatte, dieser Weg, den Kayla beschützt und Delysia genährt hatte, führte in das tödliche Licht. Jeder der beiden Wege erfüllte ihn mit Furcht. Aber in seinem Innersten wusste er, welches der richtige Pfad war. Er wusste, welche Entscheidung er treffen sollte. Aber er hatte Angst.

Wähle!, brüllte der Löwe. *Wähle jetzt, oder aber ich werde alles verbrennen, was dich ausmacht, und den Priestern nur eine leere Hülle hinterlassen!*

Er konnte sich nicht entscheiden. Das Entsetzen überwältigte ihn. Sterne wirbelten in der Dunkelheit um den Löwen herum, als würde selbst der Himmel die Verkörperung des Karak umkreisen. Rauch strömte aus seinen Nüstern. Seine Augen glühten vor Ungeduld. Der Löwe öffnete den Mund und knurrte. Die Zeit war verstrichen, der Moment vorüber.

Aaron spürte, wie das Brüllen über ihn hinwegspülte, stärker als je zuvor. Es fühlte sich an, als würde die Welt unter seiner Kraft zerbersten. Als würde er nie wieder etwas hören können. In seinen Augen brannten Tränen. Der Atem stockte in seiner Lunge, und sein Herz hämmerte wild. In seinem Geist toste ein Feuer, das alles zu verzehren schien. Die Entscheidung. Es gab nur eine. Aaron wusste es. Das Feuer war ein Altar, und er musste sein Opfer bringen.

Alles, was Aaron sein sollte, was der Sohn von Thren Felhorn sein sollte, der ohne Schuldgefühle mordete und sein ganzes Wesen dem Blutvergießen und dem Gemetzel widmete, all das legte er auf diesen Altar. Er ergab sich dem Gebrüll, das jetzt einem reinigenden Fegefeuer glich. Er ließ es seine Furcht verzehren. Er ließ es seinen Mangel an Bedauern vernichten. Es riss seine Mauern nieder. Und mitten in diesem Gebrüll lachte er.

»Soll Aaron sterben!«, sagte er. »Haern lebt.«

Weitere Phantomschnitte verletzten seine Arme und seine Brust. Jetzt floss das Blut in die richtige Richtung. Rauch strömte in seine Lunge. Ihm verschwamm alles vor den Augen, und er fühlte sich schwindlig und frei. Er senkte den Kopf und schloss die Augen. Er lachte immer noch, als er sich der Ohnmacht überließ und der Löwe brüllte.

»Kommt«, sagte Pelarak, als er die Tür öffnete. Zwei weitere Priester traten in den kleinen, viereckigen Raum. Die Wände waren grau und kahl, und der Boden bestand aus kaltem Stein.

»Hattest du Erfolg?«, fragte einer der Priester.

»Er hat den Löwen gesehen«, antwortete Pelarak. »Nur die Gläubigen überleben das. Wenn er aufwacht, wird sein Herz Karak gehören. Dessen bin ich mir sicher.«

»Er sei gelobt«, sagte der andere.

Sie trugen den jungen Mann aus dem Raum. Pelarak sah ihnen nachdenklich nach. Irgendetwas fühlte sich falsch an, aber er wusste nicht, was es war. Er hatte die Worte des Löwen nicht gehört und auch die Vision nicht erblickt, aber er hatte seine Ehrfurcht einflößende Macht gespürt, als er Aaron auf den Knien schluchzen und weinen sah. Nur war es sehr beunruhigend gewesen, wie Aaron am Ende gelacht hatte.

Pelarak war fest entschlossen, Aaron deshalb zu befragen, sobald der Junge wach geworden war, und verließ den heiligsten der Räume. Er verbrachte eine Stunde mit Gebeten und legte sich dann zum Schlafen nieder, was er dringend nötig hatte.

Vielleicht sah ja morgen früh alles besser aus.

29. Kapitel

»Du darfst nicht stehen bleiben«, drängte Zusa, als die beiden Frauen durch den Wald rannten. »Der Paladin wird uns folgen. Er wird nicht aufgeben.«

Alyssa nickte. Sie atmete keuchend und stoßweise, und ihre linke Seite schmerzte, als säße ein Dolch in ihrem Fleisch. Sie waren nach Westen gelaufen, weg von dem Lager und von den Mauern Veldarens. Ein paarmal hatten sie die Richtung geändert, aber nur, um die Hügel zu umgehen, die es hier in der Gegend reichlich gab.

»Wohin ...?« Alyssa wurde schwindelig, und sie konnte den Rest ihrer Frage nicht äußern.

»Der Fluss ist schon nah«, erwiderte Zusa. »Wir werden ihn benutzen, wenn es sein muss.«

Alyssa versuchte ihr Bestes, um Schritt zu halten, aber sie waren seit fast einer Stunde ununterbrochen gerannt, nachdem sie aus dem Lager der Kulls geflohen waren. Sie hatte sich zwar immer für ausdauernd gehalten, aber diese Anstrengung überstieg ihre Kräfte. Sie begann zu stolpern und lief nur deshalb weiter, weil Zusa sie am Handgelenk weiterzog.

»Es ist nicht mehr weit«, erklärte Zusa. »Beeil dich. Es ist überhaupt nicht mehr weit.«

Der Kinel floss aus den Bergen nach Süden und führte an der westlichen Flanke des Kronforsts vorbei. Dann beschrieb er etwa eine Viertelmeile vor Veldaren eine Schleife, bevor er nach Süden abbog und den westlichen Rand der Königsschneise markierte. Trotz des Seitenstechens, ihrer schwachen

Beine und ihrer Atemnot schaffte Alyssa die letzten Minuten bis zum Ufer des Flusses.

»Wir müssen auf die andere Seite«, meinte Zusa. »Der Fluss ist zwar breit, aber nicht tief. Der Paladin wird ihn ebenfalls überqueren, aber nur langsam. Sein Schuppenpanzer wird ihn behindern.«

»Bitte«, keuchte Alyssa. »Lass mich einen Moment ausruhen.«

»Du kannst dich auf der anderen Seite ausruhen«, erwiderte Zusa. »Er kann jeden Moment hier sein. Leben oder Tod, Mädchen. Entscheide dich.«

Alyssa rappelte sich auf und hielt sich an Zusas Schulter fest. »Leben.«

Das Wasser reichte ihnen bis zum Hals, und es war erschreckend kalt. Alyssas Lippen liefen blau an, und ihre Zähne klapperten. Zusa zog sie mit, obwohl Alyssa die Hand nicht mehr spürte, die ihr Handgelenk umklammerte. Sie fürchtete den Moment, in dem sie das Wasser verließ und an die Luft kam, aber irgendwie klammerte sie sich an den Glauben, dass die Luft immer noch wärmer wäre als das Wasser.

»Wenn wir ein Feuer machen, führt ihn das direkt zu uns«, meinte Zusa. Selbst ihre ernste Stimme vibrierte ein wenig. »Aber wir haben keine Wahl. Gegen den Paladin kann ich kämpfen. Aber nicht gegen die Kälte.«

Eine Minute später verließen sie den Fluss auf der anderen Seite. Alyssa ging ein paar Schritte, bevor sie auf die Knie sank und dann mit verschränkten Armen zu Boden fiel. Sie versuchte zu sprechen, aber sie zitterte so stark, dass sie kein Wort über die Lippen brachte.

Zusa kniete sich vor Alyssa auf den Boden. Schatten schlängelten sich von ihrem Körper weg. Sie bewegten sich langsam, als wären auch sie von der Kälte beeinträchtigt. Zusa legte die Hände auf das Gras und grub ihre Finger in die Erde.

»*Nuruta*«, zischte Zusa. Violette Flammen loderten zwischen ihren Fingern empor. Das Feuer brannte hell, dann verblasste es und wurde kleiner, bis es etwa die Größe eines Kopfes hatte.

»Bleib dicht an den Flammen«, meinte Zusa. »Es wärmt zwar nicht besonders stark, aber es wird dich zumindest am Leben halten.«

Zusa blickte zum Fluss zurück, und Alyssa folgte ihrem Blick. Im gedämpften Licht der Sterne konnte sie nichts erkennen, aber offenbar hatte die gesichtslose Frau weit bessere Augen, die in der Dunkelheit sehr gut sehen konnten.

»Der Paladin kommt näher«, sagte sie. »Er ist vielleicht noch eine halbe Meile entfernt, vielleicht auch ein Stück näher. Wir haben Zeit, um uns ein bisschen aufzuwärmen.«

Die beiden kauerten sich um das Feuer und genossen die Hitze, die langsam die Nässe aus ihren Kleidern vertrieb.

»Karak hat mich verlassen«, sagte Zusa, während das Feuer knisterte. »Meine Seele ist bereits dem Schlund geweiht. Was spielt es da für eine Rolle, wenn ich noch ein Gesetz übertrete?«

Alyssa sah zu, wie die Frau die nassen Tücher von ihrem Kopf abwickelte. Ihre Augen waren leuchtend grün, ihre Lippen blass und voll. Ihre Wangen waren glatt und rund, als wäre Zusa nach dem Bildnis einer Göttin aus Stein gemeißelt worden. Ihr kurzes schwarzes Haar klebte an den Seiten ihres Gesichts, aber sie zog es zu einem Pferdeschwanz zurück und band es mit einem ihrer Tuchstreifen zusammen.

»Wenn Karak eine solche Schönheit vor der Welt verbirgt, ist er ein dummer, eifersüchtiger Gott«, erklärte Alyssa und blickte dann zum Fluss. »Kannst du seinen Paladin töten?«

»Wir werden sehen.« Zusa blickte auf ihre Tücher, die immer noch nass waren. Sie zuckte mit den Schultern, entledigte sich des nassen Tuchs und legte es neben das Feuer, zusammen mit ihrem nassen Hemd. Sie sah aus wie eine nackte Waldnymphe. Zusa küsste ihren Dolch und trat an den Uferrand. Alyssa wollte ihr folgen, beschloss dann jedoch zu warten. Wenn Zusa starb, war ihr Schicksal ebenfalls besiegelt. Aber wenigstens wollte sie nicht nackt sterben.

»Du bist fest entschlossen, Diener des Karak!«, schrie Zusa über den Fluss. Alyssa saß mit dem Rücken zum Feuer und beobachtete sie. Ihre Augen hatten sich so weit an die Dämmerung gewöhnt, dass sie jetzt den Mann auf der anderen Seite des Flusses stehen sah. Seine Rüstung war noch dunkler als die Nacht. Er zückte sein Schwert, und schwarze Flammen loderten um die Klinge.

»Mein Name ist Ethric, und mein Glaube ist unbeugsam!«, schrie der Paladin zurück. »Aber du hast deine Kleidung abgelegt und den Befehl unseres Gottes missachtet. Willst du mich wie eine nackte Hure bekämpfen oder hoffst du, mich ablenken zu können, damit du mein Fleisch mit deinem Dolch ritzen kannst?«

»Wenn du tot bist, werde ich deine Leiche in den Fluss werfen!«, schrie Zusa zurück. »Die Fische werden an deinen Augen knabbern, und die Würmer werden deine Eingeweide fressen. Willst du den Fluss immer noch überqueren?«

Ethric lachte. »Ob ich es will? Mein Wille bedeutet nichts. Karak hat deinen Tod und die Rückkehr von Alyssa Gemcroft befohlen. Ich werde den Fluss überqueren, und ich werde deinen Kopf verbrennen und deine Leiche den Wölfen überlassen.«

Er machte einen Schritt ins Wasser. Zusa duckte sich und hielt ihren Dolch vor die Augen. Auf Alyssa wirkte sie wie eine merkwürdige Wilde … gefährlich, ruhig und wahnsinnig. Sie rückte ein Stück dichter ans Feuer und empfand zum ersten Mal in ihrem Leben das Bedürfnis zu beten. Welches Schicksal auch immer vor ihr lag, der dunkle Paladin sollte auf keinen Fall eine Rolle dabei spielen. Aber zu wem hätte sie in ihrem

Bedürfnis, ihm den Tod zu wünschen, beten sollen außer zu Karak? Und der Gott würde ganz gewiss keine Gebete akzeptieren, die auf die Vernichtung seines eigenen Paladins zielten.

»Noch einen Schritt«, sagte Zusa, »einen Schritt weiter, und ich werde dich töten. Das Wasser ist dein Tod, Paladin.«

Ethric watete in den Fluss. Zuerst reichte ihm das Wasser bis zur Taille, dann stieg es, bis es über seine Brust und zu seinem Hals reichte. Er hielt sein Schwert hoch erhoben, und die dunklen Flammen absorbierten das Licht der Sterne. Es sah aus, als würde ein tiefer Spalt über seinem Kopf schweben. Zusa blieb ruhig hocken, den Körper angespannt gekrümmt. Sie flüsterte leise. Die Schatten um sie herum wurden stärker und verbargen ihre Nacktheit.

Beschütze sie, betete Alyssa, obwohl sie nicht wusste, an welchen Gott sie dieses Gebet richtete. *Sie mag es vielleicht nicht verdienen, ebenso wenig wie ich, aber beschütze sie trotzdem.*

Als Ethric in der Mitte des Flusses war, griff Zusa an. Es schien, als wären die Ketten der Welt von ihr abgefallen, denn sie sprang hoch in die Luft. Ein Umhang aus Schatten folgte ihr, obwohl es Nacht war. Einen Moment schien sie zu schweben, als hätte sie Flügel, dann bog sich ihr Körper nach unten, stürzte herab wie ein Raubvogel. Ethric schwang sein Schwert, aber das tiefe Wasser behinderte ihn.

Die Kollision war brutal. Alyssa keuchte, als Schatten mit Schatten zusammenstießen. Das Wasser sprühte hoch, als hätte der Boden es emporgeschleudert und den Fluss verschoben. Ein metallischer Knall drang ihr in die Ohren. Als sich der Fluss wieder beruhigt hatte und sie etwas erkennen konnte, sah sie keinen der beiden Kämpfer mehr. Furcht durchströmte sie, und sie überlegte, ob sie flüchten sollte. Zu Tode zu frieren schien ihr immer noch besser zu sein, als das Schicksal zu erleiden, welches der dunkle Paladin ihr zweifelsohne zugedacht hatte.

Dann kräuselte sich das Wasser, und Zusa tauchte auf. Sie trat ans Ufer, während das Wasser von ihrem schlanken Körper abperlte.

»Ich habe ihn gewarnt«, sagte sie, und dann lächelte sie. »Er ist ertrunken. Mach Platz für mich am Feuer.«

Zusa setzte sich neben ihre Tuchbahnen, verschränkte die Beine und beugte sich zu der violetten Flamme vor. Alyssa konnte es kaum glauben. Sie zog ihre eigene nasse Kleidung aus und kauerte sich ebenfalls dichter heran. Alyssa lachte. Sie waren beide nackt, nass und froren, und sie stellte sich vor, was für einen Anblick sie bieten mussten.

»Ich glaube, viele Männer würden liebend gerne heute Nacht über unser Lager stolpern«, sagte sie.

»Einer hat es gefunden«, meinte Zusa mit einem Blick auf den Fluss. »Ich bete für ihn, dass er unseren Anblick genossen hat.«

Dann kauerten sie sich zusammen, um sich an dem Feuer zu wärmen, das niemals erlosch.

Alyssa träumte, dass Yoren sich ihrem Lager näherte, dass er wie ein Geist über den Fluss schritt. Als er bei ihr war, packte er eine ihrer Brustwarzen und drückte sie so fest, dass es wehtat.

»Ich habe dich vermisst«, sagte er und lächelte. Seine Zähne bestanden nicht mehr aus Gold, sondern waren Asche, die in sich zusammenfiel. Sie schrie. Er küsste sie, und seine Zunge bohrte sich in ihren Hals, als wäre sie eine Schlange. Plötzlich war es eine Schlange, die in ihren Bauch kroch und sich dort zusammenrollte. Sie glaubte, dass sie sich übergeben müsste, aber als sie würgte, legte er ihr seine Hand über den Mund und zwang sie, es wieder hinunterzuschlucken.

Als der Morgen graute, stöhnte Alyssa und griff nach ihrer Kleidung. Das Feuer war erloschen, und sie hatte eine Gänsehaut am ganzen Körper. Zusa lag neben ihr, wach, aber immer noch unbekleidet.

»Du hattest schlechte Träume«, erklärte die Gesichtslose.

»Allerdings«, erwiderte Alyssa und zog ihr Kleid an. Es war trocken, bis auf die klamme Feuchtigkeit vom Tau. »Ich hoffe, sie sind kein böses Omen für das, was uns bevorsteht.«

»Ich habe auch geträumt«, meinte Zusa. »Karak hat mir eine Warnung geschickt, um mich vom Weg abzubringen. Ich bin auf einer Straße aus Flammen gelaufen, und bei jedem Schritt verbrannten die Sohlen meiner Füße. Schließlich musste ich kriechen, und als ich nicht mehr kriechen konnte, bin ich zusammengebrochen. Aber das Feuer hat mich nicht verzehrt. Es hat mir nur Schmerzen bereitet. Was hast du geträumt?«

Alyssa schilderte ihr den Traum. Als Zusa sie ansah, wirkte ihr Blick sehr traurig. »Du bist schwanger von Yoren«, erklärte sie. »Die Anzeichen sind offensichtlich. Er wird durch dein Kind deinen Besitz übernehmen.«

Alyssa wollte etwas erwidern, schloss dann jedoch den Mund wieder. Ein Kind? Sie hatte nie an Kinder gedacht, sondern sah sie nur als Dinge, die sie vielleicht später besitzen würde, nach ein paar Jahren Ehe. Sie wusste weder, was sie denken noch, was sie tun sollte. Die Vorstellung, dass das Kind von Yoren war, entsetzte sie am meisten.

»Sie werden mich zu seiner Sklavin machen, oder noch Schlimmeres«, erklärte Alyssa. »Das ertrage ich nicht. Wir müssen fliehen.«

»Sie werden auch ohne dich ihren Plan umsetzen«, entgegnete Zusa. »Sie wollen Lord Gemcroft töten, um ihre Probleme zu lösen. Außerdem, was habe ich dir über das Weglaufen erzählt?«

»Was soll ich dann tun?«

»Etwa eine Meile südlich gibt es eine Fähre«, erklärte Zusa, während sie sich wieder die Tuchbahnen um den Körper wickelte. Als sie ihren Hals erreicht hatte, hielt sie inne und lächelte plötzlich belustigt. Sie warf den Rest zur Seite und ließ ihr Gesicht und das Haar offen.

»Wir werden uns unterwegs darüber unterhalten«, erklärte die Gesichtslose. »Wir wandern auf einem gefährlichen Grat, und du wirst weder von den Kulls noch von den Gemcrofts Hilfe bekommen. Du steckst in der Klemme zwischen einem Vipernnest und einer Schlangengrube.« Ihre Augen funkelten. »Dennoch, selbst Vipern können einen Zweck erfüllen.«

30. Kapitel

Haern erwachte auf einem einfachen Bett, auf dem eine mit Stroh gefüllte Matratze lag. Er lag unter einer Decke. Seine Schnittwunden waren verbunden, und jede einzelne schmerzte wie eine frische Verletzung. Es war ein dunkler Raum ohne Fenster, aber durch den Spalt in der Tür fiel Licht aus dem Flur herein, und er konnte etwas sehen.

Ihm traten Tränen in die Augen, während er den Drang zu lachen unterdrückte. Er hatte überlebt. Er war dem Löwen gegenübergetreten und hatte es überlebt. Sein Vater würde wütend sein … falls er es jemals herausfand. Aber Haern hatte nicht vor, es ihm zu verraten. Seine Tage als Nachfolger von Thren waren vorüber. Er würde sich von dieser Rolle befreien oder sterben. Ganz gleich, wie sein Schicksal aussah, er würde dafür sorgen, dass Delysias Tod nicht umsonst gewesen war.

»Bitte«, betete er. »Ich bin in der Höhle des Löwen. Beschütze mich.«

Er glitt aus dem Bett. Seine graue Kleidung war zerfetzt, aber die Schnitte waren recht dünn, und der größte Teil des Gewebes war unversehrt. Aber er wünschte sich, dass er seine Maske noch hätte. Ohne die Maske hatte er das Gesicht von Aaron. Dann lächelte er, als ihm bewusst wurde, dass er das Gesicht eines Toten hatte. Wie viele wussten wohl, dass dies so war?

Sein Kissen steckte in einem Bezug, den er rasch abzog. Dann sah er sich suchend in dem Zimmer um. Er ging lautlos umher, und seine Finger strichen sanft wie Federn über die Gegenstände. In der Schublade fand er keine Waffe, ebenso wenig unter dem Bett oder neben der Tür. Enttäuscht band er sich den Kissenbezug einfach über den Mund, als wäre er ein ordinärer Strauchdieb. Aber für den Moment musste das genügen.

Dann schlich Haern zur Tür und legte sich flach davor auf den Boden. Soweit er durch den Schlitz erkennen konnte, war der Gang dahinter leer. Eine einsame Fackel brannte an der gegenüberliegenden Wand. Sie spendete das Licht, das er sah. Jetzt kam der richtige Test. Er stand auf und drückte vorsichtig die Klinke herunter. Die Tür war nicht verschlossen.

»Danke«, flüsterte er. »Und jetzt mach weiter so, einverstanden?«

Er hörte weder Schritte noch das Schlurfen eines gelangweilten Wachpostens oder die leisen Atemzüge eines Schlafenden. Haern holte tief Luft, öffnete die Tür einen Spalt und trat dann in den Flur.

Er war leer. Haern schloss die Tür hinter sich, vorsichtig und nur für alle Fälle. Der Teppich im Gang war dick und weich. Besser hätte es nicht kommen können. Alle sieben Meter hing eine kleine Fackel in einem eisernen Ring an der Wand. In der Mitte der Fackeln loderten violette Flammen. Sie verursachten keinen Rauch.

Haern kam an eine Abzweigung und blickte erst nach links, dann nach rechts. In beiden Richtungen endete der Gang in einer scharfen Kurve. Er hatte nicht die geringste Ahnung, wo innerhalb dieses Tempelkomplexes er sich befand. Der eine Weg führte möglicherweise hinaus, der andere weiter hinein. Er beschloss, erst nach rechts zu gehen. Wenn diese Richtung sich als nicht vielversprechend erwies, konnte er immer noch umkehren.

Wie sich herausstellte, hatte er den richtigen Weg gewählt, aber er war dennoch alles andere als vielversprechend. Vor ihm gähnte die gewaltige, offene Kammer der Anbetung. Die Statue von Karak erhob sich vor ihm. Selbst im Profil war sie einschüchternd. Violette Feuer brannten vor den Füßen der Statue. Sie waren die einzige Lichtquelle. Schatten spielten über die Bänke. Zwei Männer knieten betend vor dem Altar. Ein dritter ging in einem Kreis langsam durch den Saal und sang leise. Das Lied hätte mehr zu einer Beerdigung gepasst als zu einer Lobeshymne. Er hatte die Hände zur Decke erhoben und die Augen halb geschlossen.

An den beiden Betenden hätte sich Haern vielleicht vorbeischleichen können, nicht aber an dem Priester, der in dem Saal herumlief. Haern trat in den Gang zurück. Ihm war klar, dass die Zeit sein größter Feind war. Er durfte sich nicht von drei Männern aufhalten lassen. Er war der ehemalige Sohn von Thren Felhorn. Er würde sich nicht einmal von dreitausend Männern aufhalten lassen.

»Geh weiter«, flüsterte Haern. Als der Priester sich auf der gegenüberliegenden Seite des Saals befand, lief Haern los, so schnell er konnte, den Oberkörper zusammengekrümmt. Bei der Haltung brannten ihm die Beine, und sein Rücken schmerzte, aber er rezitierte eine mentale Litanei gegen Schmerzen, die einer seiner Lehrer ihm beigebracht hatte. Als er die Hälfte des Weges zur ersten Bankreihe erreicht hatte, lehnte sich einer der Betenden zurück und schrie; es war ein Schrei aus Schmerz und Triumph.

Haerns Instinkte wollten, dass er erstarrte und regungslos verharrte, aber er gehorchte ihnen nicht. Das war noch etwas, was er schon vor langer Zeit gelernt hatte zu ignorieren. Er rollte sich hinter die erste Bankreihe, drehte dann den Kopf und blickte zurück. Einer der Priester stand vor der Statue, ein Messer in der Hand. Blut tropfte von seinem anderen Arm zu Boden, und seine abgetrennte Hand lag auf dem schwarzen Altar aus glattem Stein. Haern blickte auf das Messer. Es war reich verziert und zweifellos für Opferungen gedacht, nicht für den Kampf. Aber es musste genügen. Haern versuchte, nicht weiter daran zu denken, wie entsetzlich es war, mit anzusehen, wie ein Mann sich im Namen seines Gottes selbst verstümmelte.

Der andere Priester war ebenfalls aufgestanden und hatte die Arme um den blutenden Mann geschlungen. Der dritte ging weiter im Kreis und sang, als wäre nichts Ungewöhnliches geschehen.

»Kämpfe nicht gegen den Schmerz an«, sagte der unverletzte Priester. »Wir bluten in der Dunkelheit, um zu verhindern, dass sich die Dunkelheit über andere legt. Wir müssen alles geben, um das Chaos dieser Welt zu besiegen. Dein Schmerz ist nichts im Vergleich zu dem Leiden von Tausenden.«

Haern kroch an der rechten Seite der Bankreihen entlang. Die Zeit wurde knapp. Der Mittelgang zwischen den Bankreihen sah eindeutig aus wie ein Ausweg, aber wenn er ihn nicht erreichte, bevor der Priester, der im Kreis durch den Saal ging, hinter ihm war, würde er entdeckt werden.

»Karak sei gepriesen!«, schrie der erste Priester. Haern fühlte, wie sich sein Magen zusammenkrampfte, als er einen weiteren Schmerzensschrei hörte. Er wagte nicht hinzusehen, aber es klang so, als würde einer von ihnen schluchzen. Der dritte Priester setzte die düstere, fast manische Hymne unaufhörlich fort.

Schließlich hatte Haern die letzte Reihe erreicht. Er ließ sich zu Boden sinken und hielt Ausschau nach den Füßen des herumwandernden Priesters. Sobald er wieder auf der gegenüberliegenden Seite war, lief Haern in den Mittelgang.

Er flüchtete sofort, als er sah, was ihn dort erwartete: zwei Priester, die an der Tür lehnten, die Köpfe gesenkt und die Arme verschränkt. Er konnte ihre Augen nicht sehen, weil er sich sofort wieder zu Boden warf und auf die gegenüberliegende Seite der Bänke rollte. Die Männer hatten ihre Kapuzen tief in die Stirn gezogen. Es könnte sein, dass sie schliefen … oder aber sie hatten ihn möglicherweise gesehen.

Doch keiner der beiden an der Tür schrie eine Warnung. Man hatte ihn nicht bemerkt.

»Danke, Ashhur«, flüsterte er fast lautlos. Er würde unmöglich an den beiden vorbeikommen, und ebenso wenig konnte er sie mit bloßen Händen bezwingen. Also blieb ihm nur noch eine Möglichkeit. Er schlich vorsichtig wieder zu den ersten Bankreihen. Der blutende Priester hatte aufgehört zu schluchzen und atmete stattdessen tief und zischend durch zusammengebissene Zähne. Der andere hatte angefangen, aus Schriften zu zitieren, bei denen Haern fast das Blut in den Adern gefror.

»Nur im Tod wird das Leben wiedergeboren. Nur im Blut wird der Sünde entsagt. Nur in der Finsternis wird die Welt gerettet. Nur in der absoluten Leere herrscht Ordnung. Gelobt sei Karak.«

»Er sei gelobt«, stammelte der andere Priester.

Der dritte Priester, der im Kreis umherging, stimmte eine andere Hymne an. Seine Stimme wurde tiefer, und die Worte kamen langsamer. Haern konnte zwar den Text nicht verstehen, aber der Gesang selbst verursachte ihm eine Gänsehaut. Die beiden Priester an der Tür waren auch nicht gerade hilfreich. Der Stimme nach zu urteilen war der dritte Mann dicht an der Pforte. Die Zeit war knapp.

Haern warf einen Blick an der Bank vorbei zur Statue. Der erste Priester hatte den Dolch auf den Altar gelegt. Der Griff und die Klinge waren blutverschmiert. Daneben lag die abgetrennte Hand. Der andere umklammerte den Verletzten, während er weiterhin aus den Schriften zitierte und das Blut den Verband um den Stumpf durchtränkte.

»Vergib mir meinen Diebstahl«, murmelte der verletzte Priester. Er war bleich und verdrehte die Augen. Seine Worte vermischten sich mit der Lesung aus den Schriften, fügten sich in perfekter Harmonie in den Rhythmus ein. »Vergib mir meinen Diebstahl, Herr. Ich werde verletzt in dein Reich eingehen, aber ich werde dort eingehen.«

»Nur durch Blut wird der Sünde entsagt.«

»Vergib mir meinen Diebstahl, Herr. Ganz habe ich gesündigt, aber verletzt werde ich in dein Reich eingehen.«

»Nur in der Finsternis wird diese Welt gerettet.«

»Vergib mir meinen Diebstahl, Herr. Ich entsage dem Chaos.«

»Nur in der absoluten Leere herrscht Ordnung«, sagten beide Priester gleichzeitig.

In diesem Moment schlug Haern zu. Er trat dem ersten Priester in die Kniekehle, der zu Boden stürzte und sich dabei den Hinterkopf am Altar anschlug. Dann stemmte Haern seine Füße fest auf den Boden und rammte den anderen Priester. Er schlug mit dem Ellbogen gegen dessen blutigen Armstumpf. Der Mann schrie auf und taumelte hilflos zurück.

Haern ließ ihnen keine Zeit, sich zu sammeln. Er riss den Dolch vom Altar, wirbelte herum und durchtrennte dem ersten Priester die Kehle. Als der krampfhaft zuckend zu Boden sank, wirbelte Haern herum und griff den zweiten an. Er rammte den Dolch in die Brust des Mannes.

»Nur mit Blut«, flüsterte der Priester, während er starb.

Ein Bolzen aus Schatten traf Haern in der Seite. Er schrie auf, wie betäubt von dem entsetzlichen Schmerz. Es fühlte sich an, als würden alle Nerven in diesem Bereich Schmerzen ausstrahlen. Haern rollte sich zur Seite, um dem nächsten Angriff auszuweichen, und umklammerte dabei den Dolch mit beiden Händen. Der Griff war glitschig vom Blut, und wenn er nicht aufpasste, würde er die Waffe möglicherweise verlieren.

»Ermordet während der Anbetung!«, schrie der dritte Priester. Seine tiefe Stimme hallte laut durch die Große Kammer. »Für diese Blasphemie wirst du leiden!«

Zwei weitere Schattenbolzen flogen aus den Händen des Priesters und zertrümmerten Holz und Stein. Haern rannte zwischen den Bänken hindurch und benutzte sie als Deckung. Der Priester hatte bereits die Hälfte des Mittelgangs erreicht. Das war dicht genug. Haern trat auf eine Bank und stieß sich mit aller Kraft ab. Er streckte seinen Körper, machte sich lang und stieß den Dolch nach vorne. Der Priester wurde von diesem plötzlichen Angriff überrascht und versuchte, sich mit einem Zauberspruch zu schützen. Aber die Worte erstarben auf seinen Lippen, als der Dolch durch sein Gesicht fuhr.

Dann prallten sie zusammen. Haern schrie, als seine Schulter gegen die Brust des Priesters krachte. Sein ganzer Körper wurde brutal durchgeschüttelt. Er wirbelte herum und landete ungeschickt auf einer Bank. Seine Füße ragten in die Luft, und sein Bauch presste sich auf den Sitz. Der Priester war besser gelandet und saß auf der Bank.

»Leide!«, schrie der Priester. Das Wort vibrierte vor Macht. Haern rollte sich über den Boden; der Schmerz war so groß, dass alles um ihn herum weiß zu werden schien. Die Wunden, die der Löwe ihm zugefügt hatte, schienen vor Wut zu brennen. Blut durchtränkte seine Kleidung. Einiges davon war sein eigenes Blut, anderes nicht. Er spürte, wie der Dolch aus seiner schlaffen Hand glitt.

»Du kannst Karaks Macht nicht widerstehen!«, rief der Priester und bückte sich, um den Dolch an sich zu nehmen. »Wie ein so einfacher Junge zwei seiner …«

Haern zog ein Bein an und trat zu. Sein Fuß grub sich in den Bauch des Priesters, noch bevor der Mann seine Finger um den Griff des Dolches schließen konnte. Der Priester schlug mit den Armen um sich, als er nach einem Halt suchte. Haern packte den Dolch, stieß zu, einmal, zweimal, dann drehte er die Klinge herum und riss sie heraus. Blut spritzte über sein Hemd.

»Karak bedeutet mir nichts!« Haern empfand eine perverse

Freude daran, den dunklen Gott des Mannes zu verleugnen, noch während dieser starb.

Aber er hatte nicht mehr viel Zeit. Die beiden Priester von der Pforte rannten durch den langen Mittelgang. Im Gegensatz zu den drei anderen waren sie nicht überrumpelt worden. Dunkle Magie knisterte um ihre Fingerspitzen, als sie die Macht ihres Gottes beschworen.

Haern duckte sich unter die Bank und säuberte den Dolchgriff an der Kutte des toten Priesters. Dann holte er tief Luft. Die anderen Priester waren durch den Kampflärm sicher alarmiert worden und würden schon bald eingreifen. Er hatte nur eine Chance zur Flucht, und das erforderte einen Frontalangriff gegen diese beiden wütenden Priester.

»Beschütze mich, oder sorge dafür, dass ich sterbe«, betete Haern, während er den Dolch anstarrte. Jedenfalls hatte er so oder so nicht vor hierzubleiben. Er nahm den Dolch in seine rechte Hand und lief los.

Schattenbolzen trafen die Bänke und verwandelten das Holz in Splitter. Aber sie schlugen neben ihm ein, denn Haern hatte sich vom Sitz abgestoßen und war über die erste Bankreihe gesprungen. Er wirbelte durch die Luft und landete geschickt auf der letzten Reihe. Weitere Schattenbolzen flogen hinter ihm her, aber er sprang erneut durch die Luft, und der Dolch blitzte auf, als sich die Feuer vor dem Altar in der Klinge spiegelten.

Als er landete, griff er die beiden Priester nicht an, sondern rannte stattdessen zwischen ihnen hindurch. Gleichzeitig schlug er mit dem Dolch zu. Der Priester rechts von ihm schrie auf, als die Waffe die Sehnen unter seinem Arm zerfetzte. Blut strömte über die Seite seines Körpers. Haern wollte den anderen angreifen, aber der Priester klatschte in die Hände. Eine Welle aus Macht breitete sich aus und schleuderte den Jungen zur Seite, als wäre er ein Insekt in einem Sturm.

»Geh zurück«, sagte der Priester zu seinem verletzten Gefährten. Der gehorchte zögernd. Haern lief zwei Schritte in Richtung Tür, als wollte er flüchten, dann ließ er sich flach auf den Boden fallen. Ein roter Blitz fegte über seinen Kopf hinweg und zertrümmerte den gewaltigen Balken, der die Tür versperrte. Haern rollte sich auf die Knie und trat zu. Statt den Priester direkt anzugreifen, sprang er zur Seite und prallte mit der Schulter gegen die Wand. Ein weiterer Schattenbolzen schlug krachend in den Boden ein und verfehlte ihn nur um Zentimeter.

Beide Priester beschworen einen neuen Bann, aber jetzt war Haern schon zu dicht bei ihnen. Ihre Hände bewegten sich wie in einem Traum, als wären ihre Körper von Sirup umhüllt. Haern trat von der Wand weg, wirbelte einmal um seine Achse und rammte dem Priester neben ihm den Dolch in die Brust. Ohne dabei langsamer zu werden, wirbelte er um den Körper herum, stach erneut zu und stürzte sich auf den anderen Priester. Er hämmerte ihm den Fuß in die Luftröhre, und sein Dolch durchbohrte die Lunge des Mannes.

Die Priester fielen zu Boden. Haern warf den Opferdolch zur Seite.

»Karak kann ihn behalten«, sagte er zu den Leichen. Da der Riegel zertrümmert war, konnte er die Portale mit Leichtigkeit aufstoßen. Aber er vermied es, über die schwarzen Stufen zu laufen. Es gefiel ihm nicht, wie sie in dem schwächer werdenden Mondlicht schimmerten. Das Gras fühlte sich wundervoll unter seinen Füßen an, ebenso wie die frische Luft. Nur der Zaun stand ihm noch im Weg. Haern lachte. Nachdem er fünf Priester ausgeschaltet hatte, war ein Zaun das reinste Kinderspiel.

Er packte die Stäbe und schwang sich daran hoch, dann flog er über die scharfen Spitzen. Er landete mit einem Ruck, und erneut zuckte Schmerz durch seinen Körper, aber er war draußen. Er war frei. Haern warf einen Blick auf den Tempel und sah zu, wie er sich langsam wieder in ein bürgerliches Anwesen verwandelte. Seine Säulen verblassten zu Schatten und Illusionen.

Irgendwie wirkte dieser Platz angemessen als ewiges Grab für die Sünden von Aaron Felhorn. Endlich frei, lief Haern weiter. Er wusste, dass er noch einiges zu tun hatte, wenn er tatsächlich die Pläne seines Vaters für Kensgold vereiteln wollte.

Kurz nach Tagesanbruch verließen die ersten von vielen Karren das Westtor von Veldaren. Ihnen folgten weitere. Es waren Conningtons Wagen, die mit Wein- und Bierfässern beladen waren. Sie wurden von Söldnern bewacht. Leon wollte sicherstellen, dass sich das Pfirsichpisse-Fiasko nicht wiederholte. Ein paar Frauen begleiteten die Karren. Sie waren die ersten einer Armee von Marketendern.

Die Wagen umkreisten die Hügel. Keenans Leute hinderten sie daran, bis zu den Gipfeln zu fahren. Jeder freie Fleck auf den Hügeln war von Zelten besetzt. Prostituierte schlenderten zwischen den Söldnern umher und stürzten sich auf alle, die gut aussahen oder Geld zu haben schienen. Weitere Wagen kamen an. Sie waren mit Holz und Gegenständen beladen, mit denen man Feuer entzünden und die gewaltigen Mengen an Speisen kochen konnte. Alte Tische in allen Farben und Formen wurden überall im Lager aufgebaut.

Am frühen Nachmittag war der Lärm so laut geworden, dass man ihn selbst in Veldaren hören konnte. Kaufleute, die nicht direkt mit der Trifect zusammenarbeiteten, packten ihre Waren ein und machten sich nach Westen auf. Sie schlugen ihre Buden neben den Toren oder an dem klobigen Weg auf, der zu den Lagern führte. Die Geschäfte liefen prächtig. Lord Maynard Gemcrofts Karren tauchten als Nächste auf. Sie waren mit Seide, Ketten, Juwelen und Ohrringen beladen und wurden von einer ganzen Armee von Söldnern mit gezückten Schwertern bewacht. Die Marketender schmückten sich weit prachtvoller, als ihr gesellschaftlicher Rang es erlaubte, weil sie wussten, dass das Kensgold ihre beste Nacht seit Jahren sein würde. Das Gold floss an Kensgold in Strömen, wie sie immer sagten.

Sehr zum Zorn von Leon Conningtons Köchen tauchten die Fleischwagen von den südlichen Bauernhöfen erst spät am Tag auf. Leon hatte sich selbst zum Meister des Festessens ernannt, aber diese Mahlzeit konnte nicht wirklich anfangen, bevor die ersten Kühe bei den Fleischhauern eintrafen. Sie hoben einen Graben auf der Südseite des Hügels aus, durch den das Blut abfloss. Fliegen summten trotz der Kühle des bevorstehenden Winters darum herum. Während die Köche das Fleisch schnitten und hackten, loderten überall auf dem Hügel kleine Feuer auf. Sie waren von Steinen umringt und mit Bratspießen und Kesseln versehen. Bis das Fleisch fertig war, stopften die Frauen und Männer sich mit Kuchen, Honig und gewürzten Brötchen voll.

Vieles davon war kostenlos, aber der größere Teil der Waren musste bezahlt werden. Doch das schien keine Rolle zu spielen. Das Gelage wurde immer größer. Auf dem größeren der beiden Hügel war ein gewaltiges Zelt errichtet worden, in dem die hochrangigen Mitglieder der Trifect speisten. Leon war den Hügel hinaufgeklettert, fett, schwitzend und in Seide gewandet, und hatte Laurie ausgelassen die Hand geschüttelt.

»Ich sage dir, es ist schon viele Jahre her, seit ich unter freiem Himmel gefeiert habe!« Er schrie fast. »Und diese Steuern? Einfach lächerlich! Den Göttern sei Dank, dass du auf die Idee mit diesen Hügeln gekommen bist. Du hast mir ein Vermögen allein für das Vieh erspart!«

Leons Familie bestand aus entfernten Verwandten, da er keine eigenen Kinder hatte. Zahlreiche Tanten, Onkel, Cousins und Cousinen begleiteten ihn. Ihre Kleidung war dekadent, und sie waren ausgesprochen aufdringlich. Laurie trieb sie alle rasch in den großen Pavillon und versprach ihnen Wärme, Speisen und

Getränke … das meiste davon gehörte zwar Connington, aber er bot es ihnen trotzdem an.

Maynard Gemcroft war der Letzte der drei, der auf den Hügeln eintraf. Er reiste in einer Karawane von mehr als zweihundert Söldnern, begleitet von hundert Dienern, Vorkostern, Sängern, Jongleuren und anderen Gauklern. Leon hatte sich zum Mundschenk erklärt, und Maynard übernahm die Verantwortung für die Unterhaltung.

Gleichzeitig kam ein ständiger Strom von Freunden und Familien der Söldner auf dem Hügel an, Angehörige der Köche, der Bediensteten, Reiche und Arme, zusammen mit vielen Angehörigen der Diebesgilden. Ihre Dolche waren vergiftet und ihre Augen weit aufgerissen angesichts dieser Zurschaustellung von Gold und Silber.

Eine Stunde vor Einbruch der Dunkelheit war der offizielle Beginn von Kensgold.

31. Kapitel

Während das Kensgold langsam in Schwung kam, versammelten sich die Häupter der Diebesgilden an einem für sie höchst ungewöhnlichen Ort: am helllichten Tag unter freiem Himmel. Sie standen vor dem großen Brunnen im Zentrum von Veldaren. Jede Versammlung von so vielen Anführern musste an einem neutralen Ort stattfinden, der viele Ausgänge hatte, sonst würde niemand kommen. Angesichts des vollkommenen Chaos durch das Kensgold außerhalb der Stadtmauern herrschte in Veldaren selbst so gut wie kein Verkehr. Als wäre die ganze Stadt von einer schrecklichen Seuche befallen, waren alle Bewohner hinausgegangen und überfluteten die umliegenden Hügel mit Fackeln, Lagerfeuern, Zelten und ihren Liedern.

Thren traf als Erster ein. Jede Verspätung von seiner Seite würde die anderen verunsichern. Kadish Vel von der Falkengilde war der Nächste. Er wirkte mit seinen roten Zähnen und der zu großen Augenklappe so hässlich wie immer. Dann kam Norris Vel, Kadishs Bruder und frisch ernannter Meister der Schlangengilde. Thren hatte Galren, ihren alten Anführer, getötet. Die Schattengilde hatte ebenfalls einen neuen Anführer, einen korpulenten Mann namens Gart.

»Einfach nur Gart«, stellte sich der Mann Thren vor. Er hatte fleischige Hände und redete langsam. »Mein Nachname ist zu schwierig.«

»Was ist mit Yorshank passiert?«, erkundigte sich Thren.

»Ich bin langsam«, erwiderte Gart und krümmte die Hände. »Er war noch langsamer.«

James Beren von der Aschegilde traf als Letzter ein. Alle Anführer hatten einen Vertrauten mitbringen dürfen, und Veliana war James' Vertraute. Sie warf Kadish finstere Blicke zu, hütete sich aber, etwas zu sagen.

»Wo ist der Wolf?«, erkundigte sich Kadish, als sie sich um den Brunnen scharten. Sie wirkten wie eine Gruppe von Freunden, die sich versammelten, um gemeinsam auf ein Fest zu gehen. Der einzige wichtige Gildemeister der Unterwelt, der noch nicht eingetroffen war, war Cynric, der Meister der Wolfsgilde.

»Seine Männer und er haben sich bereits unter das Volk des Kensgold gemischt«, erklärte Thren den anderen. Er stand mit dem Rücken zum Brunnen und hatte alle Gildenhäupter vor sich. »Ich werde zu ihnen gehen und ihnen den richtigen Plan unterbreiten, sobald ich ihn mit euch diskutiert habe.«

»Den richtigen Plan?«, fragte Kadish. »Was meinst du mit dem richtigen Plan?«

Thren zuckte mit den Schultern. »Glaubst du wirklich, ich würde einen so primitiven Plan vorschlagen oder darauf vertrauen, dass ihr ihn nicht an die Trifect verratet?«

James trat vor. Er konnte seinen Ärger nicht verbergen. »Du hast mir deine Schoßhunde auf den Hals gehetzt, damit ich einem falschen Plan zustimme, einem selbstmörderischen Angriff auf ihr Lager mitten am Kensgold, der scheitern musste, wie wir alle hier wissen? Obwohl du wusstest, wie dumm dieser Plan war, mussten wir deshalb leiden?«

Die anderen Gildenhäupter knurrten gereizt. Keiner von ihnen war besonders glücklich darüber, dass man sie zum Narren gehalten hatte. Thren brachte sie zum Schweigen, indem er einfach nur die Hand auf den Griff seines Langmessers legte.

»Das reicht jetzt«, sagte er. »Was geschehen ist, ist geschehen. Mir war klar, dass dieser Plan an die Trifect verraten wird, ganz gleich wie sehr ich auch versuchen würde, das zu verhindern.

Und genau das war der Sinn der Sache. Wir werden selbstverständlich die Trifect nicht an Kensgold angreifen, schon gar nicht, wenn sie sich außerhalb der Stadt befinden. Ohne unsere Mauern, unsere Schatten und unser Gift sind wir nur eine Armee aus Kindern, die zahlenmäßig auch noch hoffnungslos unterlegen ist.«

»Deine Spinnen mögen Kinder sein, aber meine Falken vergießen Blut wie echte Männer«, erwiderte Kadish.

»Und wie sieht der richtige Plan aus?«, erkundigte sich Gart. »Kann ich trotzdem noch ein paar Hälse umdrehen?«

»Ihre Häuser sind verlassen«, meinte Thren, während sich allmählich ein Lächeln auf seinem Gesicht breitmachte. »Sie haben den größten Teil ihrer Söldner und Bediensteten mit hinausgenommen. Jetzt schlagen wir zu. Wir werden uns aufteilen. Die eine Hälfte greift den Besitz von Connington an, die andere den von Gemcroft. Wir töten alle, die sich dort befinden, und damit meine ich wirklich ausnahmslos alle. Dann stellen wir ihnen eine Falle. Wenn die Trifect zurückkehren, greifen wir sie von den Dächern und aus den Fenstern ihrer eigenen Häuser an. Wir werden ihre Familien und ihre Freunde töten. Und wenn es so weit ist, werden wir ihre Anwesen bis auf die Grundmauern niederbrennen. Sie werden heute Nacht leiden, und zwar schrecklich. Wenn wir Glück haben, können wir vielleicht sogar während des Kampfes Leon oder Maynard töten.«

Thren sah jedem der anderen Gildenhäupter direkt in die Augen und schätzte ab, wie ergeben sie ihm waren. Trotz ihrer Wut darüber, dass er sie getäuscht hatte, schien der einfache, aber brutale Plan ihre Blutgier anzustacheln. Fünf Jahre waren eine lange Zeit. Plötzlich schien ein Ende des Krieges in Sicht.

»Wer geht wohin?«, wollte Kadish schließlich wissen.

»Die Falken und die Asche radieren den Besitz der Gemcrofts aus. Die Schlangen und die Schatten werden sich des Besitzes von Connington annehmen.«

»Und um wen wirst du dich kümmern?«, wollte James wissen.

»Meine Männer werden sich zwischen euch aufteilen«, erwiderte Thren. »Auf diese Weise bevorzuge ich niemanden und riskiere damit auch keinen Verrat. Und mit wem von euch beiden ich gehe … Das geht verdammt noch mal nur mich etwas an.«

»Du kannst uns nicht zwingen, mit den Falken zusammen zu kämpfen«, zischte Veliana wütend. Ihr Ausbruch brachte ihr einen finsteren Blick von James und Kadish ein.

»Komm schon, deine entzückende Gegenwart wird die ganze Sache noch viel reizvoller machen«, meinte Kadish.

»Kein Streit«, erklärte Thren. »Keine Zwistigkeiten und keine Betrügereien. Wir machen dieser Sache heute Nacht ein für alle Mal ein Ende. Einverstanden?«

Alle stimmten ihm zögernd zu.

»Also darf ich das Blut der Conningtons vergießen«, erklärte Gart. Er schien ausgesprochen glücklich zu sein.

»Wartet, bis die Sonne hinter den Stadtmauern untergegangen ist«, befahl Thren. »Dann rückt gemeinsam vor, und seid leise. Sobald die Falle gestellt ist, heißt es warten. Tötet jeden, der möglicherweise früher zurückkommt, aber wartet auf den Großteil der Leute, bevor ihr wirklich angreift. Und was auch immer passiert, sorgt dafür, dass die Häuser brennen.«

Danach verstreuten sich die Gildemeister und ihre Helfer in alle möglichen Himmelsrichtungen. James und Veliana waren als Letzte gekommen und blieben auch bis zum Schluss.

»Seine Männer haben sich aufgeteilt, und er macht ein Geheimnis daraus, wohin er selbst gehen will«, sagte Veliana zu ihrem Gildemeister.

»Es gibt keine Möglichkeit, ihn zu betrügen, ohne auch die anderen Gilden zu verraten. Also müssen wir mitspielen oder uns sämtliche Bewohner von Veldaren zu Feinden machen.«

»Niemand hat je behauptet, er wäre ein Narr«, gab James zurück. »Und du hast Recht. Wir haben außerhalb der Stadt einen Hinterhalt vorbereitet. Wir haben für diese Situation jetzt nichts geplant, und wenn er nicht verrät, wohin er geht, können wir auch nichts vorbereiten. Wie es scheint, hat man uns zum Narren gehalten, obwohl das eigentlich nicht hätte passieren dürfen. Ich wusste, dass dieser Plan für jemanden wie Thren zu einfach und zu dumm war.«

»Dann sollten wir unser Vertrauen in den neuen Plan setzen«, sagte Veliana und legte ihm eine Hand auf die Schulter. »Heute ist Threns großer Tag. Hoffen wir, dass wir am Ende noch leben.«

Alyssa ging vor Zusa her, als sie in das Lager der Kulls zurückkehrten. Sie wusste, dass das für die andere Frau die Sache vereinfachen würde. Die meisten Wachposten starrten Zusa ins Gesicht, als sie vorüberging. Sie hatten Angst vor ihrer Kampfkunst, aber ihre Schönheit zog sie an.

»Alyssa!«, schrie Yoren, als er sie sah. Er stolperte über einen Kessel, stieß einen anderen Mann zur Seite und hob sie dann in die Arme. Er drückte sie fest und bedeckte ihr Gesicht mit Küssen. Alyssa entspannte sich in seinen Armen und erwiderte die Küsse. Nach einem Augenblick lehnte er sich zurück und ließ sie wieder auf den Boden zurücksinken. Jetzt erst bemerkte er Zusas Gesicht.

»Bei Karak, Mädchen, wo sind deine Tücher?«, erkundigte er sich.

Zusa trat einen Schritt zurück und verschränkte ihre Arme, als wäre sie verlegen. »Verschwunden«, erwiderte sie. »Wieso kümmert dich das?«

Darauf schien Yoren keine Antwort zu wissen. Er zuckte mit den Schultern und nahm Alyssas Hand.

»Komm mit«, sagte er. »Vater wird froh sein, dich zu sehen.

Was ist mit dem dunklen Paladin passiert? Konntet ihr ihm in der Dunkelheit der Nacht entkommen?«

»Zusa hat ihn getötet«, gab Alyssa zurück, als sie zwischen den Zelten hindurch zum großen Pavillon gingen.

»Tatsächlich?« Er warf einen Blick zurück auf Zusa. »Ich habe mich manchmal gefragt, ob es eine gute Idee war, dich zu engagieren. Wie es aussieht, wart ihr drei jede Münze wert.«

»Jetzt existiert nur noch eine«, erwiderte Zusa. Alyssa registrierte die Trauer in ihrer Stimme, aber Yoren plapperte einfach weiter, ohne es zu bemerken.

»Wir wussten nicht, was wir tun sollten. Theo hatte überlegt, ob er einen Suchtrupp losschicken sollte, um nach ... na ja, nach euren Leichen zu suchen. Ich wollte schon nach Veldaren reiten und nachsehen, ob die Priester von Karak euch erwischt hätten. Ich dachte mir, es wäre besser, wenn ihr lebtet und gefangen wäret, als tot auf irgendeinem Feld zu liegen. Aber jetzt seid ihr da! Das ist mehr, als ich zu hoffen gewagt habe.«

Alyssa warf einen Blick auf Zusa, die unmerklich nickte. Diese Reaktion gab der jungen Frau den Mut weiterzumachen. »Bitte, bring mich rasch zu deinem Vater«, sagte sie. »Ich muss ihm etwas sagen, das er unbedingt wissen muss.«

»In welcher Angelegenheit?«, erkundigte sich Yoren.

»Das geht nur ihn etwas an«, sagte sie. »Wenn ich anstelle meines Vaters herrschen soll, gibt es ein paar Einzelheiten, die ich lieber zuerst mit Theo besprechen möchte. Er ist der Herr von Stromtal, jedenfalls in Wirklichkeit, wenn auch nicht nominell.«

Yoren schien von ihrer Bitte nicht sonderlich begeistert zu sein, aber er widersprach nicht. Alyssa hoffte, dass man ihr ihre Nervosität nicht anmerkte, und folgte ihm zu Theos Pavillon. Der ältere Mann saß auf einem Stuhl, und vor ihm auf einem kleinen Tisch standen die Reste eines Frühmahls.

»Bei den Göttern, Alyssa Gemcroft, gesund und munter!« Theo schob seinen Stuhl zurück und stützte sich darauf ab, als er aufstand. »Ich habe schon gedacht, meine Wachen hätten Unsinn geredet. Oder aber irgendeine hübsche Hure vom Kensgold hätte sich hierher verirrt und wäre aus Versehen mit dir verwechselt worden.«

»Ich fühle mich von dem Vergleich geschmeichelt«, erwiderte Alyssa.

»Das solltest du auch, Mädchen, so wie du aussiehst. Meine Hunde haben schon weniger zerfetzte Kreaturen angeschleppt als dich. Das ist jetzt das zweite Mal, dass du in Lumpen vor mich trittst. Das Geschlecht der Gemcrofts muss sich in ihren Gräbern umdrehen.«

Alyssa ärgerte sich und war gleichzeitig auch verunsichert. Er hatte Recht; nachdem sie durch den Fluss gewatet waren, war ihr Kleid voller Schlamm gewesen, und sie hatte die feste Seide während ihrer heftigen Flucht zerrissen. Als sie es am Feuer getrocknet hatte, war der Stoff erheblich eingeschrumpft, und sie hatte ihn noch mehr zerrissen, als sie das Kleid wieder angezogen hatte. Ihr Haar war vollkommen zerzaust, und sie hätte alles für ein heißes Bad gegeben. Trotzdem war sie Alyssa Gemcroft, die Erbin der nördlichen Goldminen, und sie würde eine derartige Beleidigung nicht unwidersprochen hinnehmen.

»Wenn du nach dem Antritt meines Erbes weiterhin mein Wohlwollen genießen willst, dann solltest du dir entweder auf die Zunge beißen oder dich besser für diese Bemerkung entschuldigen«, sagte Alyssa. »Erst vergleichst du mich mit einer Hure und dann mit irgendeinem Mist, den deine Hunde anschleppen?«

Yoren lief bei ihrem plötzlichen Ausbruch rot an, aber Theo lachte nur, als er das Feuer bemerkte, das plötzlich in ihrer Stimme brannte.

»Ganz richtig, und ich entschuldige mich wirklich, Lady Gemcroft. Komm, ich rufe meine Dienstmägde, damit sie dich baden und so kleiden, wie es deinem Rang geziemt.«

»Nein«, sagte sie. »Ich habe etwas Geschäftliches mit dir zu besprechen, und zwar Angelegenheiten, die meine zukünftigen Besitztümer betreffen.«

»Das kann doch sicher warten …«, mischte sich Yoren ein, aber Alyssa unterbrach ihn.

»Jetzt!« Sie starrte Theo an. »Du wirst doch wohl deinen Gast nicht beleidigen, indem du ihm verbietest, mit dir zu verhandeln? Oder sollte an den Gerüchten, die ich über die Kulls hörte, doch mehr Wahres sein, als ich dachte?«

Ruhe kehrte im Zelt ein. Theos Lächeln erlosch, und das Leuchten in seinen Augen erstarb. »Also gut«, sagte er. »Begegnen wir uns als Geschäftspartner. Worüber willst du mit mir verhandeln?«

»Noch nicht«, sagte sie und warf Yoren einen finsteren Blick zu. »Wir reden unter vier Augen.«

Yoren brummelte, aber Theo hatte keine Lust, darauf Rücksicht zu nehmen. »Lasst uns allein!«, sagte er zu seinem Sohn und zu seinen Leibwächtern. Dann deutete er mit einem Finger auf Zusa. »Aber sie verschwindet auch.«

Zusa verbeugte sich. Die Leute verließen den Pavillon, bis Theo alleine auf seinem Stuhl saß. Er strich mit den Fingern über seinen silbernen Dolch.

»Du kannst dich setzen, wenn du möchtest«, bot er Alyssa an. Sie lehnte ab.

»Ich habe eine Frage an dich«, begann sie. »Mein Vater hat dich immer wieder verärgert. Weißt du warum? Weil du nur ein einfacher Steuereintreiber in einer entlegenen Stadt bist, der intrigiert hat und darum kämpfte, einen Bruchteil des Eigentums meines Vaters zu übernehmen.«

»Wie lautet deine Frage, Mädchen?«, wollte Theo wissen. Er

umklammerte das breite Tafelmesser so fest, dass seine Knöchel weiß wurden.

»Ich kann dir weit mehr geben als irgendein elendes Stück Land in Stromtal«, sagte Alyssa. »Was ist dir wichtiger, dein Wohlstand oder dein Sohn?«

»Was soll dieser Unsinn?«, brüllte Theo. Alyssa griff in ihren Rock und zog den Dolch aus der versteckten Tasche. Nach zwei raschen Schritten war sie nur noch eine Armeslänge von Theos Hals entfernt. Der massige Mann hielt inne und umklammerte das Tafelmesser, während er den Kopf zur Seite neigte.

»Verzeih mir«, sagte er. »Ich warte immer noch auf eine richtige Frage und auf ein Angebot, was unseren Handel angeht. Aber du bist eine Frau und in solchen Dingen unerfahren. Also werde ich geduldig sein und dir noch eine Chance geben.«

»Ich werde Yoren nicht heiraten«, sagte sie. »Du wirst nicht in das Geschlecht der Gemcrofts einheiraten und erben. Aber wenn ich erst die anerkannte Herrin des Besitzes bin, werde ich dich reich belohnen. Mein Vater besitzt etliche Minen im Nordosten, nicht weit von deiner kleinen Stadt entfernt. Deine Steuern und deine ständigen Angriffe haben sie nahezu unwirtschaftlich für uns gemacht. Ich werde sie dir geben, wie auch das Land, das du in Stromtal haben willst. Du bekommst all dies dafür, dass du einer möglichen Hochzeit zwischen deinem Sohn und mir abschwörst.«

Theo rieb sich das Kinn. »Du scheinst etwas zu vergessen«, sagte er. »Durch eure Heirat wird all das ohnehin irgendwann mir gehören, oder zumindest meinem Sohn. Warum sollte ich darauf verzichten, etwas zu gewinnen, das mir bereits sicher ist? Und sag nicht, weil du mich bedrohst, denn ich habe keine Angst vor deinem kleinen Spielzeug.«

Alyssa lächelte. Sie hatte es satt, eine Marionette zu sein. Es fühlte sich gut an, endlich die Angelegenheiten selbst in die

Hand zu nehmen. Von draußen hörte sie einige vereinzelte Schreie von den Leibwächtern.

»Ich wusste, dass du das sagen würdest«, gab sie zurück. »Ich hätte es auch nicht geglaubt, selbst wenn du es mir versprochen hättest. Wann immer du den Mund aufmachst, lügst du, wie alle Kulls es tun, und ich war so dumm, dass ich deine Lügen so lange geglaubt habe. Aber gib mir meine Erbschaft, Theo, dann verspreche ich dir, mein Wort zu halten.«

»Tatsächlich?«, erkundigte sich Theo. »Denn nur weil du …«

Im nächsten Moment griff er an. Er holte mit dem Arm aus, um ihren Dolch beiseitezuschlagen. Alyssa parierte den Schlag, trat näher und rammte ihm ihren Ellbogen in die Kehle. Theo stürzte auf seinem Stuhl zurück und rang nach Luft. Sein Messer fiel auf den Lehmboden.

»Meine Ausbildung war immerhin gut genug, um mit jemandem fertig zu werden, der so langsam ist wie du«, erklärte sie. Hörst du zu, Theo? Und siehst du hin? Ich hoffe ja.«

Wieder schrien irgendwelche Soldaten, diesmal jedoch schienen ihre Stimmen näher zu sein. Dann flog die Zeltklappe auf. Zusa trat herein. Ihre Tücher waren blutgetränkt, und in der Hand hielt sie, ausgestreckt wie ein Geschenk, den Kopf von Yoren Kull.

»Gut gemacht«, sagte Alyssa lächelnd. In dem Moment erschienen die Leibwächter am Eingang des Zeltes. Alyssa drückte die Spitze ihres Dolches gegen Theos Kehle und wandte sich zu den Männern um.

»Wenn ihr hereinkommt, stirbt er«, sagte sie zu ihnen. Theo nickte kurz, und sie gehorchten. Trotz ihres zerlumpten Aussehens, ihres zerzausten Haares und ihres schmutzigen Gesichtes fühlte sich Alyssa endlich wieder wie sie selbst. Nur stärker und klüger als zu dem Zeitpunkt, an dem ihr Vater sie in die kalten Zellen unter ihrem Anwesen geworfen hatte.

»Wie lauten deine Befehle, Lady Gemcroft?«, sagte Zusa.

Alyssa sah Theo an, und ihr Lächeln wurde breiter.

»Es sind Söldner«, sagte sie. »Sie arbeiten nur für Geld.«

Damit stieß sie zu. Da die beiden, die sie zuvor bezahlt hatten, entweder erstochen oder geköpft waren, wechselten die Söldner mit geschmeidiger Leichtigkeit die Seiten, als Zusa ihnen verriet, wie reich das Geschlecht der Gemcrofts war.

»Da hast du deine Armee«, meinte Zusa, als sie kurz darauf zu Alyssa trat.

»Nur deinetwegen«, erwiderte Alyssa, nahm Zusas Hand und küsste sie, während sie respektvoll vor der Gesichtslosen knickste.

Zusa, deren wunderschönes Gesicht nicht mehr hinter Schleier und Tuchbahnen verborgen war, lächelte und erwiderte den Knicks.

32. Kapitel

Am äußeren Rand des Kensgold drängten sich die Gedungenen Schwerter und die Armen. Essen und Getränke fanden ihren Weg von den vielen Tafeln und Fässern nach draußen. Thren hatte überlegt, ob er sich stärker verkleiden sollte oder ob er sich mit der tiefgezogenen Kapuze, seinem mit Kohle geschwärzten Gesicht und einem leichten Humpeln begnügen sollte, und hatte sich für Letzteres entschieden. Auf den Hügeln schwärmten mehr als tausend Leute herum, sodass er nur einen Bruchteil seiner Fertigkeiten benötigte, um nicht bemerkt zu werden. Bei Karak, er hätte sich nackt ausziehen und um Aufmerksamkeit betteln können, angesichts der Laster, die er um sich herum sah. Zweifellos würden die Huren wochenlang wund sein, aber selbst die Hässlichste unter ihnen hielt noch Silbermünzen in ihren Fingern.

Am Fuß der beiden Hügel bildeten die Pferdekutschen und Karren einen Kreis, und ihre Lücken wurden von Söldnern bewacht. Thren versuchte gar nicht erst, den Ring zu durchbrechen, sondern mischte sich stattdessen unter die Menge, die davor wartete, in der Hoffnung, etwas von den privateren und privilegierteren Festlichkeiten mitzubekommen. Er stand neben einer hastig errichteten eisernen Plattform, die von zwei Soldaten Leons freigehalten wurde. Thren wusste nicht, wofür sie diente, nahm jedoch an, dass irgendein Sänger oder eine schamlos erotische Tanztruppe darauf eine Darbietung zum Besten geben würde. Es interessierte ihn jedoch nicht sonderlich. Er stand am südlichsten Ende des größeren

Hügels, genau an dem Treffpunkt, den er mit der Wolfsgilde abgemacht hatte.

Er begann bereits ungeduldig zu werden, als endlich ein Mann in einem braunen Umhang und einem grauen Hemd zu ihm trat.

»Für jemanden, der humpelt, kannst du ganz gut stehen«, begrüßte ihn der Mann.

»Mein Knie schätzt es nicht, sich zu beugen«, erwiderte Thren. Er sprach mit einem omnischen Akzent. »Welches Recht hast du, danach zu fragen?«

»Das Recht des Wolfs«, sagte der Mann und grinste ihn an. Er hatte viel Schminke aufgetragen, aber Thren erkannte die spitz zugefeilten Reißzähne.

»Deine Verkleidung übertrifft meine bei Weitem«, erklärte er.

»Ich musste auch länger hier ausharren als du«, erwiderte Cynric, der Gildemeister der Wölfe. Eine stinkende braune Farbe bedeckte sein graues Haar, der Schmutz auf seinem Gesicht verbarg die blasse Haut und seine rituellen Narben. Einen Augenblick lang schwiegen sie und starrten auf die Spitze des Hügels, wo die Elite der Trifect feierte. Keiner von ihnen bemerkte neugierige Blicke oder aufmerksame Ohren, also sprachen sie weiter.

»Ich habe dreißig Männer in der Menge verteilt«, erklärte Cynric. »Sie warten auf mein Heulen. Ich habe die Wachen gezählt und die im äußeren Ring ignoriert. Den Haupthügel schützen mehr als vierhundert Männer und weitere zweihundert den kleineren. Unsere Krallen sind zwar scharf, aber gegen Kettenhemden und Stahlpanzer können sie nichts ausrichten. Ich hoffe, du hast einen besseren Plan.«

Thren nickte. Was er hörte, hatte er erwartet.

»Der Plan ist bereits angelaufen, Wolf. Wir werden sie nicht hier angreifen. Deine Männer sind nur eine Ablenkung, nicht mehr.«

Cynric lachte. »Das habe ich mir schon gedacht. Alle Mitglieder der Diebesgilden hier für einen direkten Schlag zu versammeln, passte nicht so ganz … es entsprach nicht unseren Stärken. Also, wirst du mir den echten Plan mitteilen? Ich will nicht, dass meine Wölfe das Blutvergießen verpassen.«

»Sobald sich das Kensgold dem Ende nähert, wirst du zu mir stoßen und das Anwesen der Gemcrofts angreifen. Unsere Leute werden bis dahin bereits den Besitz übernommen und überall Fallen aufgestellt haben. Wir werden den einzigen Ausgang verriegeln, sobald sie bemerken, dass die Falle zugeschnappt ist und sie zu flüchten versuchen.«

»Sie werden rennen wie ein angeschossener Hirsch«, meinte Cynric.

»Du und deine Jagdvergleiche«, meinte Thren und lachte unwillkürlich.

In dem Moment ertönten Trompeten von der Spitze des Hügels. Eine unablässige Prozession von Gedungenen Schwertern bewegte sich direkt auf sie zu, Leon Connington im Schlepptau. Im Westen hoben Söldner einen riesigen Käfig auf Pfeilern von einem Wagen und schleppten ihn zu der Bühne.

»Was ist los?« Thren spannte sich an. Wegen der Trompeten war die Menge in ihre Richtung geschwappt, und die Menschen drängten sich so dicht zusammen, dass er große Mühe haben würde, sich hindurchzudrängen. Und wegen ihrer Position hatten Cynric und er einen Platz in der ersten Reihe, um diese Narrheit zu verfolgen, die gleich beginnen sollte.

»Leon hat damit geprahlt, dass er das Kensgold mit einem besonderen Ereignis beginnen wollte«, erklärte Cynric. Er machte sich nicht die Mühe, seine Stimme zu senken. Das Chaos um sie herum würde ohnehin alles übertönen, was sie sagten. »Worum es dabei geht, weiß ich nicht. Meine Männer und meine Frauen konnten weder durch Geld noch durch Einsatz ihrer Körper herausfinden, worum es sich handelt.«

Thren nickte unbehaglich. Er mochte keine Überraschungen, und noch mehr hasste er es, wenn er keinen schnellen Fluchtweg hatte. Hunderte Leiber beiseitezuschieben war nicht so einfach.

»Kommt heran, heran«, hörte er Leon Connington schreien, der seinen Leibwächtern folgte. Maynard und Laurie begleiteten ihn, und bei dem Anblick schlug Thren das Herz bis zum Hals. Alle drei Anführer der Trifect direkt vor ihm, ohne Deckung. Wenn sie starben, wäre der ganze Plan überflüssig. Dann hätte er seinen Krieg gegen die Trifect gewonnen.

»Ich nehme an, du hast nicht zufällig eine Armbrust dabei?«, fragte er Cynric. Der Mann schüttelte traurig den Kopf.

»Verdammt!«

Die Familien der Trifect blieben kurz vor der Bühne auf dem Hang des Hügels stehen und hielten einen gebührenden Abstand zwischen sich und der Menge. Söldner umringten sie. Sie wirkten in ihren zusammengewürfelten Rüstungen ernst und etwas steif. Die Gruppe von Gedungenen Schwertern, die den Käfig trugen, stöhnte unter dem Gewicht, als sie den mit einer Plane bedeckten Käfig in der Mitte der Bühne abstellten. Die Menge murmelte aufgeregt und fragte sich, was für eine exotische Kreatur wohl darin gefangen gehalten wurde.

Ein alter Mann näherte sich der Bühne und hob Schweigen gebietend die Hand. Thren erkannte ihn, es war Leons Ratgeber Potts.

»An diesem heutigen Tag übergibt mein Lord Connington nicht nur der Trifect, sondern auch euch, den wundervollen Einwohnern von Veldaren, ein Geschenk!«, schrie der alte Mann. Wer bis jetzt noch nicht geschwiegen hatte, verstummte. Der Lärm sank zu einem leisen Murmeln herab.

»Lange haben sie euch bestohlen«, fuhr Potts fort. »Sie haben lange dafür gesorgt, dass ihr euch duckt und aus Angst vor Gift und Klinge versteckt. Wir haben für euch gegen sie gekämpft, für euch geblutet und sind für euch gestorben.«

Ein paar Zuschauer pfiffen, aber es waren nicht viele. Angesichts der ungeheuren Menge von kostenlosem Essen und Wein wäre es undankbar gewesen, dem zu widersprechen.

»Was geht hier vor?«, fragte Thren Cynric zischend.

»Ich sagte doch schon, ich weiß es nicht«, erwiderte der Wolf.

Potts drehte sich zum Hügel herum und streckte die Hand aus. Eine Prozession aus fünf Männern trat aus dem Pavillon und ging den Hang hinunter. Sie trugen einfache braune Roben, waren glatt rasiert und kahlköpfig. Dünne Tätowierungen zogen sich ringartig um ihre Hälse und ihre Handgelenke und schlängelten sich dann wie Adern zu den Augen hinauf. Die beiden Gildemeister wussten sofort, wer das war. Es waren die »Zarten Greifer«, Leon Conningtons erfahrene Folterknechte.

Thren hatte plötzlich das Gefühl, sein Magen wäre aus Blei. Dann auf einmal war ihm klar, wer in diesem Käfig saß.

»Verflucht sollen sie sein«, flüsterte er. »Die Götter mögen sie verfluchen!«

Die fünf Folterer umringten den Käfig und hoben die Hände. Mit einer dramatischen Armbewegung befahl Potts, den Käfig zu öffnen. Die Folterknechte rissen die Bolzen aus den Seiten. Der Käfig brach zusammen, als die Wände wie ein Kinderspielzeug auseinanderfielen. Will stand an einen Pfahl gefesselt da, vollkommen regungslos. Die Zarten Greifer traten vor, packten den Pfahl und rammten ihn in ein Loch auf der Bühne. Dann befestigten sie ihn. Will wirkte erschöpft, schien aber ansonsten unversehrt. Man hatte ihn bis auf einen einfachen Lendenschurz nackt ausgezogen. Seine kräftigen Muskeln spannten sich an, als er an den Seilen zerrte, die seine Hände und Füße fesselten.

»Will der Blutige!«, schrie Potts. »Die rechte Hand von Thren Felhorn, dem Schlächter der Spinnen! Wir übergeben ihn euch, Einwohner von Veldaren. Wir übergeben ihn euch und den Zarten Greifern.«

»Genießt das Spektakel!«, schrie Leon vom Hügel. »Lasst das Blut fließen!«

Einer der Zarten Greifer stellte einen kleinen Tisch auf die Bühne, den er aus einem Karren geholt hatte. Ein anderer rollte eine Leinwandtasche auf, in der Instrumente steckten. Sie fingen mit den kleinen Nadeln an. Zwei konzentrierten sich auf je eine Hand und schoben die Nadeln langsam unter Wills Fingernägel. Zwei andere machten dasselbe bei seinen Zehen. Der Fünfte behielt dabei die ganze Zeit die Seile im Auge, straffte sie, wenn es nötig war, und hielt Will fest, wenn der die Finger krümmte oder versuchte, die Knie zu beugen.

Sobald sie genügend Nadeln festgesteckt hatten, teilten sie ihre Pflichten. Einer nahm eine kleine Zange und zog einen Fingernagel ab. Ein anderer nahm eine dünne Nadel und rammte ihn in das blanke Nagelbett. Ein anderer der Zarten Greifer nahm einen Hammer und ein Stück Holz und hämmerte damit auf die Zehen mit den Nadeln. Bei jedem Schlag warf sich Will mit dem ganzen Körper gegen die Seile.

»Wie eine Kunst«, sagte Cynric, ohne den Blick abzuwenden. »Wie eine Scheißkunst.«

Threns Hände zitterten, während er zusah. Er weigerte sich wegzusehen. Irgendwie war Will gefangen genommen worden, und er, Thren, hatte wie ein verdammter Narr nicht nach ihm gesucht. Er hätte seinem besten Vollstrecker diese schreckliche Tragödie ersparen können. Besser noch, er hätte ihm auch dieses Spektakel ersparen können. Hunderte Menschen johlten und jubelten bei jedem Stöhnen und Schmerzensschrei. Zwei Zarte Greifer packten Wills kleine Zehen gleichzeitig mit Zangen und bogen sie zurück, bis sie so ausgerenkt waren, dass sie rechtwinklig vom Fuß abstanden. Thren sah zu, wie Will, der Blutige, das stärkste und wildeste Mitglied seiner Gilde, wie ein Kind weinte.

Und dabei hatten sie ihn noch nicht einmal mit Messern

bearbeitet. Nur ein bisschen Blut tropfte von seinen Fingern auf die hölzerne Bühne. Die Folterknechte rissen Wills Lendenschurz herunter und machten sich mit Nadeln und Zangen über seine Lenden her.

»Eine Planänderung«, sagte Thren. Sein Gesicht war eine eisige Maske, und seine Verkleidung konnte kaum seine Wut kaschieren. Er deutete auf Leon, ohne sich darum zu kümmern, ob irgendjemand es sah.

»Er gehört mir«, sagte er. Seine Stimme klang so kalt, dass es Cynric fröstelte. »Ganz gleich, was geschieht, dieser fette Bastard gehört mir. Ich werde ihn töten. Den Hinterhalt auf das Anwesen der Gemcrofts überlasse ich dir.«

Cynric drehte sich um und drängte sich durch die Menschenmenge, weil er keine Lust mehr hatte, weiter zuzusehen. Thren ballte die Hände zu Fäusten und weigerte sich, schwach zu werden. Kein solches Spektakel würde ihn besiegen. Er starrte in Wills Augen, hoffte, dass sich ihre Blicke wenigstens für einen kurzen Moment begegnen würden. Er wollte, dass Will Leons Tod in seinem Blick sah, die Wut erkannte und wusste, dass kein Mann, auch kein Angehöriger der Trifect, ihr entkommen konnte.

Nach zwanzig Minuten schließlich holten die Zarten Greifer ihre Messer heraus. Zehn Minuten später war Will tot. Die Menge jubelte, berauscht von dem Spektakel. Und ihr Jubelgeschrei schwoll an, als Wills Kopf von der Bühne rollte. Ein paar Männer traten ihn umher und lachten, als wäre es ein Spiel. Ein anderer hob ihn hoch in die Luft wie eine Trophäe. Kurz bevor Thren sich aus der Traube löste, rammte er ihm ein Messer in den Rücken und verschwand, bevor auch nur irgendjemand bemerkte, dass der Trunkenbold tot war.

Da so viele Wagenkolonnen mit Nahrung nach Westen fuhren, war es ein Leichtes für Haern, sich etwas zu essen zu beschaffen. Er ließ die Maske auf seinem Gesicht, weil er sich nur wohlfühlte, wenn er sie aufhatte. Anschließend ging er zum Hauptversteck der Spinnengilde und suchte sich dort ein geschütztes Plätzchen. Da die ganze Gilde schon bald ausrücken würde, brauchte er nur einem zu folgen, um die anderen zu finden. Eines der Häuser in der Nähe war durch einen Tunnel mit dem Versteck verbunden, also kroch Haern durch ein Fenster des elegant eingerichteten Hauses, das ihm gegenüberlag.

Glücklicherweise waren die Bewohner schon lange verschwunden, genossen wahrscheinlich das Fest. Haern nahm ein paar Kissen vom Bett und streckte sich auf dem Boden aus.

Sein Bauch war voll, und ihm tat jeder Knochen im Leib weh, deshalb war er froh, dass er schlafen konnte. Er betete einmal kurz, bevor er die Augen schloss, ein Gebet, dass er von Träumen verschont werden möge. Das Gebet wurde nicht erhört. Haern träumte von dem Löwen, der ihn wütend anknurrte. Als er aufwachte, war er am ganzen Körper in kalten Schweiß gebadet. Die Wunden, die er nach seiner Begegnung mit dem Löwen davongetragen hatte, waren wieder aufgebrochen und bluteten. Haern verband sie mit Streifen des billigsten Hemdes, das er finden konnte. Er hatte ein schlechtes Gewissen dabei. Wem auch immer dieses Haus gehören mochte, er würde ihn ganz gewiss für einen der seltsamsten Einbrecher überhaupt halten.

Als er einen Blick nach draußen warf, sah er, dass die Sonne gleich untergehen würde. Haern erwartete, dass nach Einbruch der Dunkelheit die Aktivitäten erst richtig losgehen würden. Er richtete sich auf, dehnte seine Muskeln und beobachtete. Eine Stunde verstrich, ruhig und langweilig. Gerade als er überlegte, ob er seinen Beobachtungspunkt verändern sollte, sah Haern, wie drei Männer im Grau der Spinnengilde aus der Haustür traten. Sie eilten nach Norden, und ihre Umhänge flatterten im Wind hinter ihnen her.

Haern machte sich nicht die Mühe, nach unten zu gehen. Er öffnete das Fenster, glitt hinaus und lief über die Dächer weiter. Die Gebäude standen so dicht zusammen, dass er den Männern auf der Straße schnell folgen konnte, ohne Angst haben zu müssen, gesehen zu werden. Einen Moment lang wünschte er sich, dass er den Dolch hätte, den er bei den Priestern von Karak gelassen hatte. Wann auch immer er handeln musste, ihm missfiel die Idee, unbewaffnet zu sein. Er musste eine Möglichkeit finden, sich eine Waffe zu beschaffen, und zwar schleunigst.

Die drei Männer hielten sich hauptsächlich in Gassen und im Schatten und vermieden so weit wie möglich die Hauptstraßen. Haern lächelte. Wenn er ihnen am Boden gefolgt wäre, hätte er vielleicht Probleme bekommen. Aber er konnte über den Dächern einen geraden Weg nehmen, wenn sie um Ecken biegen mussten. Er brauchte nicht lange zu spekulieren, wohin sie wohl gehen würden. Sie waren eindeutig zum Anwesen der Gemcrofts unterwegs.

Da die Straßen leer waren, fing Haern gelegentlich einen Fetzen ihrer Unterhaltung auf. Irgendwie war er wütend, wie ungehemmt sie miteinander redeten. Dann wurde ihm fast übel, als er daran dachte, wie Thren sie bestrafen würde, wenn er das gewusst hätte. Kaum vorzustellen, dass er einen solchen Mann einmal geliebt hatte. Haern schüttelte den Kopf. Dass er ihn immer noch liebte. Es hatte keinen Sinn, sich in diesem Punkt zu belügen. Thren mochte ein Monster sein, aber er war auch sein Vater. Wenn er seinen Gefühlen gegenüber blind war, würde ihn das nur in Gefahr bringen.

»… von einem Feuer«, hörte Haern einen der drei sagen.

»Ich kann es kaum erwarten«, sagte ein anderer.

»Was ist mit James?«

»Warte nur, bis alle verrückt spielen. Kadish wird …«

Dann waren sie zu weit weg. Haern kletterte um einen

Schornstein herum, sprang über eine schmale Gasse und blieb auf seinem neuen Aussichtspunkt hocken. Das großzügige Anwesen der Gemcrofts erstreckte sich auf der anderen Straßenseite vor ihm. Unter ihm hatten sich die drei Männer der Spinnengilde versammelt und warteten. Haern wusste nicht, worauf.

Sie redeten schon wieder miteinander. Haern schlich vorsichtig über das Dach und überprüfte vor jedem Schritt, ob es ihn halten würde, ohne Geräusche zu machen. Sobald er sich den Männern näherte, legte er sich flach auf den Bauch und schob ein Ohr an den Rand des Daches. Hätten die Männer geflüstert, hätte er nichts gehört, aber in ihrer Erregung schienen sie jede Disziplin vergessen zu haben.

»… beim Schlund bleiben diese verfluchten Falken?«, fragte der ganz links.

»Wir sind zu früh«, erwiderte der ganz rechts.

»Die Aschegilde ist auch noch nicht da«, meinte der Mittlere und reinigte sich mit dem Dolch die Fingernägel. »Ich frage mich, ob diese feigen Weibsbilder überhaupt kommen werden.«

»Thren war bei James«, sagte der Linke. »Die Aschejungs werden schon auftauchen.«

»Würde mich nicht weiter stören, wenn die Falken über Nacht geröstet würden«, sagte der rechts. »Diese Mistkerle würden dich lieber umbringen, als dich auszurauben. Sie haben einen einfachen Terrainkrieg in ein Blutbad verwandelt. Diese Leute besitzen einfach keinen Anstand, nicht im Geringsten.«

»Die Leute haben das von ihrem Anführer«, meinte der in der Mitte. »Daran trägt Kadish die Schuld. Der Kerl frisst Fleisch, Menschenfleisch. Das wissen alle.«

Haern hatte nur Verachtung für sie übrig. Diese drei Idioten unter ihm kamen jedenfalls nicht nach ihrem Anführer. Etwas in ihm hoffte, dass Thren auftauchen würde, während sie noch lauter redeten, nur damit er hören konnte, wie sie bestraft wurden. Aber ein weit größerer Teil von ihm wünschte sich sehr, dass er seinen Vater nie wiedersehen musste.

»Sieh mal, da«, meinte der Rechte und deutete ein Stück die Straße hinunter. Eine Gruppe von acht Männern in der Kleidung der Falkengilde marschierte mitten über die Straße. Sie trugen Krummschwerter in ihren Gürteln.

»Haben sie den Verstand verloren?«, fragte der Linke.

»Wir haben offiziell den Krieg erklärt«, sagte der in der Mitte. »Sieht so aus, als wollte Kadish, dass alle es sehen.«

Haern drehte den Kopf, sodass er sie beobachten konnte. Kadish ging voran und lächelte, dass seine roten Zähne schimmerten. Die Augenklappe saß locker auf seinem Gesicht. Die Falken zückten ihre Dolche, als sie näher kamen.

»Wo ist der Rest von euren Leuten?« Der Mittlere trat näher. Er deutete auf das Anwesen der Gemcrofts, von dem aus sie deutlich zu sehen waren. »Und wie wär's mit ein bisschen mehr Vorsicht? Die Wachen in dem Haus haben sicherlich kein Problem damit, wenn zwei Graumäntel sich hier umsehen, aber ihr benehmt euch, als wärt ihr eine verfluchte Armee.«

»Wer sagt denn, dass wir das nicht sind?«, erwiderte Kadish. »Meine Männer kommen. Die Frage ist, wo ist die Aschegilde? Und was ist mit dem Rest der kleinen Krabbelspinnen?«

Ein Bolzen schlug in den Boden zu ihren Füßen ein und explodierte in einer dicken grauen Rauchwolke. Die beiden drehten sich herum und sahen, wie sich ein einzelner Mann ihnen näherte. Er trug die Kleidung der Aschegilde.

»Das wurde aber auch Zeit«, sagte Kadish. »Wo sind deine Meister?«

Der Mann lud die kleine Armbrust neu, hielt sie jedoch auf den Boden gerichtet. »Sie warten auf mein Zeichen«, erklärte der Kundschafter der Aschegilde. »Allerdings habe ich nicht erwartet, dass sich so viele von uns direkt vor den Toren unseres Ziels versammeln.«

»Gib schon dein Signal«, sagte der Linke. »Die Sonne ist fast an der Mauer. Die wenigen Wächter im Haus haben sich bestimmt schon auf uns vorbereitet.«

»Ich werde kein Zeichen geben, bis ich jemanden von der Spinnengilde sehe, der Befehlsgewalt hat.«

Kadish verdrehte sein Auge und fluchte.

»Ich habe Befehlsgewalt. Und jetzt ruf sie«, sagte der Mittlere und deutete mit dem Daumen auf seine Brust.

»Echte Autorität«, erklärte der Kundschafter.

Die Graumäntel der Spinnengilde seufzten. »Das dauert noch einen Moment«, sagte der in der Mitte. »Sie kommen. Die Spinnen kriechen überall herum.«

Im selben Moment begriff Haern, wie exponiert er war. *Was für ein Idiot ich bin!*, dachte er. Wenn er auf die Idee gekommen war, sie vom Dach aus zu beobachten, hatten andere diese Idee vielleicht auch. Er glitt vom Rand zurück, wollte sich wegrollen und spürte im nächsten Moment, wie sich eine Hand über seinen Mund legte. Die Spitze eines Dolches drückte gegen seine Flanke.

»Nicht schreien!«, flüsterte ihm eine weibliche Stimme ins Ohr. Haern hob den Kopf und sah, wie Kayla ihn anlächelte.

»Kayla«, flüsterte Haern.

»Welche Dummheit hat dich denn hierhergeführt?«, wollte sie wissen. Sie hatten sich in der Mitte des Daches getroffen, sodass die streitenden Männer auf der Straße sie nicht hören konnten.

»Ich … ich musste einfach etwas tun«, sagte er und spürte, wie er errötete. »Ich wollte sie aufhalten. Ich wollte Threns Pläne vereiteln.«

Kayla biss sich auf die Lippe und starrte ihn an. Trotz seiner Maske fühlte Haern sich nackt unter ihrem prüfenden Blick. Er verschränkte die Arme und sah weg.

»Ich muss diese Truppe gegen die Gemcrofts führen«, sagte sie. »Senke leitet den Angriff gegen das Anwesen der Conningtons. Auf beiden Seiten stehen Hunderte von Männern, Aaron. Du kannst das nicht aufhalten.«

Der Junge schüttelte den Kopf. »Nicht Aaron«, erwiderte er. »Jetzt nicht und nie wieder. Aaron ist tot. Ich bin Haern.«

Kayla zuckte mit den Schultern. »Ganz wie du willst, Haern. Wenn du aus diesem Leben rauswillst, dann tu es. Du bist stark, und du bist klug. Du kannst ein Leben in Kinamn führen, oder sogar in Mordeina, wenn du Lust hast, über all die Flüsse auf die andere Seite der Welt zu reisen. Aber das hier ist Threns Stadt. Die Stadt deines Vaters. Verlass sie, bitte. Du wirst nur dein Leben verlieren, wenn du versuchst, dich einzumischen.«

Haern schüttelte den Kopf. »Ich bin kein Feigling«, sagte er. »Und du irrst dich. Diese Stadt gehört niemandem. Mein … Thren hat nur die Leute eingeschüchtert, damit sie das denken. Ich kann sie aufhalten. Ich kann all dem ein Ende bereiten.«

Kayla richtete sich zu ihrer ganzen Größe auf und schüttelte den Kopf. »Wir werden diesen albernen Krieg beenden. Die Trifect stirbt heute Nacht. Stirb nicht mit ihr, Haern.«

Sie wandte sich ab, hielt dann jedoch inne und drehte sich noch einmal um. Eines ihrer Wurfmesser wirbelte durch die Luft und grub sich neben Haerns Fuß in das Holzdach.

»Falls du es brauchst«, sagte sie. Er sah sie an. Seine Augen waren blutunterlaufen. Kayla erwiderte den Blick, verschränkte die Arme und sah dann zur Seite.

»Wenn ich dir etwas verrate«, meinte sie, »etwas Gutes, vielleicht Hoffnungsvolles, wirst du mich dann in Ruhe meine Operation durchführen lassen?«

Haern schob den Dolch in seinen Gürtel. Er wog weniger, als ein Dolch wiegen sollte, und er war stärker gebogen, als es ihm gefiel, aber auf jeden Fall war es besser, als keine Waffe zu haben. »Das verspreche ich«, antwortete er, obwohl er nicht genau wusste, ob er log.

»Delysia lebt«, erklärte Kayla. Ihre Worte trafen ihn wie ein Hammerschlag. »Ich habe sie zu den Priestern von Ashhur gebracht. Sie haben sie gerettet. Welche Blutrache du auch immer im Sinn hast, welche Schuldgefühle auch immer du mit dir herumträgst, lass sie einfach los. Schaffe dir irgendwo anders ein neues Leben, Haern.«

Sie warf ihm einen Handkuss zu und sprang vom Dach. Sie bremste ihren Sturz, indem sie sich einen Moment an der Dachkante festhielt. Haern trat nicht an den Rand, um zuzusehen, wie sie ihren Angriff führte, blickte nicht auf die Straße, wo jetzt plötzlich Angehörige der drei Gilden wie aus dem Nichts zusammenzuströmen schienen. Er konnte nur daran denken, wie Delysia in seinen Armen gelegen und geblutet hatte, wie der Bolzen ihren Rücken durchbohrt hatte.

Haern erinnerte sich an das Phantombildnis des Mädchens, das ihn im Tempel von Karak verfolgt hatte, an ihr Flehen, an das kalte Feuer und ihre hartnäckigen Behauptungen, dass sie zu tauben Ohren gebetet hatte. Es waren alles Lügen. Die Lügen des Löwen. Er spürte, wie sein Ärger wuchs.

»Kayla«, sagte er. »Ich danke dir so sehr.«

Dann drehte er sich um und sprang von Dach zu Dach, während er spürte, wie diese Nachricht seinen Lebensmut erneuerte. Delysia lebte. Er konnte es nicht glauben. Delysia war am Leben. Ashhur sei Dank, sie lebte.

Trotz seiner Freude war ihm jedoch klar, dass er seine Verantwortung nicht so einfach abschütteln konnte. Er würde sein Versprechen halten. Kayla hatte gesagt, dass Senke den anderen Angriff anführte. Haern hoffte, dass er noch etwas Zeit hatte, sprang auf den Boden und rannte zu Leon Conningtons Besitz.

Auf Kaylas Befehl hin teilten sich die drei Gilden und umzingelten den Besitz der Gemcrofts. James und seine Aschegilde griffen die östliche Seite an, Kadish und seine Falken den Westen. Weder versteckten sie sich, noch gingen sie besonders vorsichtig vor. Heute Nacht war die Nacht der offenen Macht, eine Zurschaustellung, die die ganze Stadt sehen sollte. Die Unterwelt hatte sich erhoben, die Zähne gefletscht, und während der Mond über die Stadtmauer kroch, würden sie Blut schmecken.

»Seht ihr sie?«, fragte Veliana, die darauf bestanden hatte, bei der Spinnengilde zu bleiben, statt ihren Gildemeister zu begleiten. Sie deutete auf eines der Fenster im Erdgeschoss. Die Vorhänge bewegten sich.

»Wachen«, erklärte Kayla. »Es sollten nicht viele sein.«

»Und wenn doch?«, wollte Veliana wissen.

Kayla zuckte mit den Schultern. »Dann müssen wir eben mehr töten«, erwiderte sie und hob die Hand. Kundschafter beider Gilden sahen ihre Bewegung und nahmen das Zeichen auf. Nachdem sie bis fünf gezählt hatte, senkte sie ihren Arm. Mit dem leisen Rascheln von Umhängen und den Schritten weicher Stiefel begann der Angriff.

Kayla führte ihn, kletterte an Tauen hinauf, die ihre Leute über die Dornen an der Spitze des Zauns geworfen hatten. Sie sprang hinüber, begleitet von Veliana, die mit Leichtigkeit Schritt hielt. Vierzig Mitglieder der Spinnengilde landeten auf dem Gras des Rasens. Nachdem sie sich gesammelt hatten, stürmte Kayla weiter. Der Umhang flatterte hinter ihr her, und in den Händen hielt sie zwei Wurfmesser. Als sie ihre Pläne gemacht hatten, hatten sie eine Sache nicht mit Sicherheit einkalkulieren können, und das waren Maynards tödliche Fallen. Kaylas Herz schlug ihr bis zum Hals, als sie über den Rasen zur Eingangstür rannte und betete, dass sie nicht eine der Unglücklichen war, die in eine der Fallen tappte.

Eine Explosion hinter ihr schleuderte sie zu Boden. Gesteinsbrocken und Dreck regneten auf sie herab, während etliche Männer vor Schmerz schrien. Ihre eigenen Leute waren sofort bei ihr, zogen sie vom Boden hoch und schleppten sie weiter.

»Nicht stehen bleiben!«, schrie Veliana, während sie weiterrannten. Immer mehr Explosionen rissen den Rasen auf und verwandelten die makellos geschnittenen Hänge und sanften Bögen in ein Schlachtfeld aus Feuer und Steinen. Kayla hatte keine Ahnung, welche Magie dahinterstecken mochte. Etliche ihrer Gildenkameraden stürmten vor ihr über den Rasen, und sie sah zu, wie einer brüllte, als eine Flamme aus einem plötzlich aufklaffenden Spalt im Boden aufloderte und die Gewalt des Feuers ihn bis zum Tor zurückschleuderte. Sein Kopf krachte mit voller Wucht gegen die Gitter. Kayla zwang sich, nicht hinzusehen. Sie hörte ähnliche Explosionen aus anderen Abschnitten des Anwesens. Offenbar war das gesamte Gebäude von diesen teuflischen Fallen umgeben.

Als sie fast schon den halben Weg zur Haustür geschafft hatten, flogen die Fenster in allen Stockwerken auf. Wachposten mit Bögen und Armbrüsten beugten sich heraus und feuerten eine tödliche Salve ab. Die Diebe rollten sich über den Rasen, duckten sich, und einige lösten dabei unabsichtlich weitere Explosionen aus. Der Rauch stieg zum Himmel empor. Kayla schleuderte einen Dolch und verwundete einen der Söldner an der Schulter. Den Rest ihrer Wurfmesser sparte sie sich auf, denn die Entfernung war einfach zu groß.

Ein steinerner Vorbau am Haupteingang schützte sie vor weiteren Pfeilen. Kayla trat zur Seite, als Graumäntel sich davorknieten und ihr Einbruchswerkzeug auspackten.

»Sie haben die Tür sicherlich verbarrikadiert!«, schrie Veliana.

»Eins nach dem andern!«, erwiderte Kayla, ebenfalls schreiend.

Der Rest der Spinnengilde versammelte sich unter der steinernen Deckung. Ein paar traten immer wieder seitlich heraus, schleuderten Dolche oder feuerten mit ihren Armbrüsten. Veliana sah einen Moment zu, dann packte sie Kaylas Arm.

»Weg hier, sofort!«, schrie sie. »Wir gehen durch die Fenster!«

»Was?«, fragte Kayla verblüfft.

»Die Schlösser. Wenn sie auch an den Schlössern Sprengfallen angebracht haben …!«

Es war zu spät. Die Türen explodierten und flogen nach außen, und der Druckwelle folgte eine Feuerwalze. Kayla rollte sich über den Boden. Sie hatte das Glück gehabt, weit genug seitlich zu stehen. Auf dem Bauch liegend, blickte sie durch den Rauch und die Trümmer hinauf und sah einen Haufen Leichen auf den Stufen, die zu der Haustür führten. Kameraden ihrer Gilde lagen zerfetzt und verbrannt am Boden. Bei einigen ragten die Knochen aus der Haut, andere lebten noch und schluchzten vor Schmerz.

Von ihren ursprünglich vierzig Leuten lebten nur noch fünfzehn, die kämpfen konnten.

»Scheiße!«, sagte Veliana neben ihr. Sie hockte auf Händen und Knien. »Ich hoffe, dass es den anderen besser ergeht.«

Kayla ließ sich von Veliana hochhelfen. Dann rannten sie zu den Türen, die jetzt sperrangelweit offen standen. Söldner mit Spießen hatten sich davor aufgebaut. Aber im Vergleich zu den tödlichen Fallen waren sie eine willkommene Abwechslung. Kayla schleuderte ihre Dolche, während zwei andere Graumäntel ihre Armbrüste abfeuerten. Der Rest der Spinnengilde sprang zwischen den Speeren hindurch und schlug mit ihren Klingen um sich. Nur sechs Söldner waren herbeigeeilt, um die Haustür zu bewachen. Das waren viel zu wenig, um die Diebesgilden abzuwehren. Sobald die Männer niedergemacht waren, strömte der Rest der Gildenmitglieder ins Innere. Kayla blieb im Foyer stehen, lehnte sich an eine Wand und schloss einen Moment die Augen.

»Gemcroft wird das sehen, wenn er zurückkehrt, und wissen, was geschehen ist. Wir können das nicht vor ihm verheimlichen«, meinte Veliana, die bei ihr geblieben war.

»Wir folgen unseren Befehlen«, sagte Kayla, die die Augen immer noch geschlossen hatte.

»Vergiss deine Befehle. Maynard wird auf diese Falle nicht hereinfallen. Sein Garten ist vollkommen zerstört, seine Türen zertrümmert. Mist, es würde mich nicht einmal überraschen, wenn sie den Rauch bis zum Kensgold sehen könnten.«

»Wir müssen herausfinden, wie es den anderen ergangen ist.« Kayla stieß sich von der Wand ab. »Und was auch immer wir tun, wir müssen alles vorbereiten, um dieses Haus niederzubrennen.«

Schreie drangen durch die Gänge und Hallen, als die Spinnen tiefer in das Haus vordrangen. Auf den anderen Seiten kamen die Falken und die Angehörigen der Aschegilde ebenfalls näher. Die beiden Frauen erkundeten den Besitz. Vereinzelt stießen sie auf Leichen von Söldnern, aber häufiger waren die Opfer junge Mädchen oder Jungen in schlichten Kleidern. Es waren einfache Bedienstete. Kayla versuchte sich gegen das zu wappnen, was sie sehen würde. Sie hatte gewusst, dass das passieren würde, sie hatte sich selbst oft genug davor gewarnt, aber trotzdem war der Anblick dieses Gemetzels grauenvoll.

Sie kamen in ein Schlafzimmer, wo zwei Angehörige der Falken neben einem jungen Mädchen standen, das nicht älter als zwölf Jahre alt sein konnte. Seine Kleider waren zerrissen und sein Gesicht von Schlägen geschwollen. Veliana holte scharf Luft.

»Vick?«, zischte sie. Aber keiner der Männer hörte sie. Der andere zog seine Hose herunter, und Kayla schleuderte ihm einen Dolch in den Rücken.

»Was zum Teufel soll das?«, schrie Vick. Kayla wirbelte ein

weiteres Wurfmesser in ihrer Hand durch die Luft. Sie starrte den Mann wütend an.

»Schnell und sauber«, sagte sie. »Das habe ich am Anfang klar und deutlich gesagt.«

»Das ist es, was du willst?«, sagte der Falke. »Also schön, dann sieh her, Miststück!«

Er packte das Mädchen, presste es auf die Knie und schnitt ihm mit einer raschen Bewegung die Kehle durch. Das Mädchen schrie und würgte, als das Blut über sein Kleid quoll. Vick ließ sein Haar los und lachte, als es tot auf den Teppich fiel.

»Ich hoffe, du bist jetzt glücklich«, sagte er. »Sie hätte vielleicht noch ein paar Minuten Spaß gehabt, bevor wir sie erledigen.«

Kayla hörte auf, den Dolch zwischen den Fingern zu wirbeln. Die beiden starrten sich an. Veliana beobachtete sie, und langsam breitete sich ein Grinsen auf ihrem Gesicht aus.

»Wage es ja nicht …«, begann Vick, als Veliana zu ihm trat. Sie zückte ihren eigenen Dolch und rammte ihm die Waffe in die Brust. Die Augen traten ihm aus den Höhlen. Veliana packte sein Haar und hielt seinen Kopf fest, als sie die Waffe wieder herausriss.

»Du hast mich verraten«, erklärte sie. »Du hast mich verraten, und dann hast du deine Gilde verraten, als du zu den Falken übergelaufen bist. Es ist nur schade, dass ich nicht die Zeit habe, dich dafür leiden zu lassen.«

Er starb, als Veliana ihren Dolch tief in seine Kehle rammte. Kayla starrte schockiert all das Blut an, und ihr wurde innerlich ganz kalt. Der Tod des kleinen Mädchens setzte ihr zu. Was war nur in sie gefahren? Sie verkaufte Informationen. Sie spionierte Männern und Frauen in Gassen hinterher. Wie war sie auf die Idee gekommen zu glauben, dass sie ein solches Leben führen könnte? Wie hatte sie glauben können, sie wäre eine Art von General, jemand, der neben Thren Felhorn stand und zu ihm gehörte?

Das Blut strömte über den Boden. *Macht*, dachte sie. *Aber ist das die Macht, die ich haben wollte?*

»Es ist brutal, aber das ist das Leben, für das wir uns entschieden haben.« Veliana legte ihr eine Hand auf die Schulter.

Kayla dachte an all die Opfer, die sie bereits gebracht hatte, um sich selbst in diese Position zu manövrieren. Nach heute Nacht würde sie ganz oben in Threns Gunst stehen. Sie würde fast so viel Macht haben wie eine Königin. Aber als sie Veliana ansah und das aufrichtige Mitgefühl in den Augen der anderen Frau bemerkte, brach ihre Entschlossenheit in sich zusammen. Die Frau hatte an ihrer Seite gekämpft, hatte sie gerettet, als sie eigentlich durch die Explosion an der Haustür hätte sterben sollen. Und dafür …

»Thren will, dass wir euch umbringen«, flüsterte Kayla.

Velianas Miene verdüsterte sich. »Was?«

»Sobald wir das Haus erobert haben, sollen wir den Falken helfen, euch alle zu töten«, erklärte Kayla. »Bitte, ihr müsst von hier verschwinden, sofort.«

»Aber wir haben doch nachgegeben«, erwiderte Veliana. »Wir haben ihm gegeben, was er haben wollte.«

»Das spielt keine Rolle«, sagte Kayla. »James hat sich einmal widersetzt. Er könnte es vielleicht wieder tun. Diese Nacht ist die Nacht von Threns Sieg, verstehst du das nicht? Nicht nur sein Sieg über die Trifect, sondern über alle. Er hat sogar vor, den König zu ermorden. Nach heute Nacht wird die Stadt ihm gehören.«

Veliana warf die Tür zum Schlafzimmer zu und wirbelte zu Kayla herum. »Dann haben wir nur wenig Zeit«, stellte sie fest. »Sollen deine Männer auf ein Signal warten?«

Kayla schüttelte den Kopf. »Nein, die Falken fangen einfach an. Wir sollen uns nur raushalten und ihnen helfen, falls es nötig wird.«

»Mist!«, stieß Veliana hervor. »Ich muss James warnen. Wir müssen ihn hier rausschaffen, und zwar sofort!«

»Es ist schon zu spät«, widersprach Kayla. »Hörst du es nicht? Es hat schon angefangen.«

Veliana lauschte, dann wich alle Farbe aus ihrem Gesicht. Es waren tatsächlich immer noch Schreie zu hören. Sie hatte zuerst geglaubt, es wären Gemcrofts Leute oder vielleicht die letzten seiner Bediensteten. Aber es waren viel zu viele Schreie, und sie waren auch zu weit im Haus verstreut, wenn man die Zeit bedachte, die bereits verstrichen war. Die Falken hatten sich auf die Angehörigen der Aschegilde gestürzt, ohne Warnung und ohne Gnade.

»Du hast uns in diese verfluchte Falle laufen lassen!«, sagte Veliana und trat dicht vor Kayla. »Und alles nur wegen Thren, wegen dieses blöden, egoistischen Scheißkerls! Dafür wird er zahlen. Ich werde … sein Sohn. Wo ist sein Sohn?«

»Aaron?« Kayla trat einen kleinen Schritt zurück und legte die Hand auf den Gürtel mit ihren Wurfmessern. Veliana zog ihren eigenen Dolch und deutete mit der Klinge auf Kaylas Hals.

»Du kennst seine Pläne«, meinte Veliana. »Ich bin vielleicht nicht gut genug, um Thren zu töten, aber ich kann seinen Sohn umbringen. Zumindest kann ich seinem verhärteten Herzen ein gewisses Maß an Schmerzen zufügen. Also, sag mir, wo ist Aaron?«

Kayla zögerte, und das genügte für jemanden, der so schnell war wie Veliana. Sie sprang zur Seite, als Kayla ihren Dolch warf, und trat der Frau dann gegen den Kopf. Als Kayla zusammenbrach, stürzte sich Veliana auf sie. Sie setzte ihre Knie auf Kaylas Handgelenke und hielt ihr den Dolch an die Kehle.

»Meine Gilde wird ausgelöscht, während wir hier reden!«, zischte Veliana, außer sich vor Wut. Ihr Gesicht war nur Zentimeter von dem Kaylas entfernt. »Ich habe nichts zu verlieren, gar nichts, also glaube nicht, dass ich dich jetzt anlügen werde. Sag es mir, oder ich tue dir dasselbe an, was man mir angetan hat.«

Ihr verletztes Auge war hässlich und gerötet, und Kayla starrte entsetzt auf die milchige Pupille, als Veliana mit dem Dolch langsam von ihrem Hals über ihre Wange zu ihrem linken Auge fuhr.

»Ich habe ihn weggeschickt«, sagte sie. »Er hat uns beobachtet, deshalb habe ich ihm das Versprechen abgenommen, uns in Ruhe zu lassen. Er hat sich gegen seinen Vater gewendet. Er will, dass dies alles aufhört, aber er ist nur ein Junge. Nur ein dummer Junge.«

Veliana nahm den Dolch nicht von Kaylas Gesicht, während sie nachdachte. »Er hat dich belogen«, flüsterte sie. »Er ist genau wie sein Vater, er verspricht das eine und tut das andere. Er ist auf Leon Conningtons Besitz. Eine andere Möglichkeit gibt es nicht.«

Sie stand auf und ging langsam zurück, während sie Kayla im Auge behielt und auf die geringste Bewegung der anderen Frau lauerte. »Du hast mich gewarnt«, meinte Veliana. »Dafür lasse ich dich leben.«

»Aaron hat nichts Falsches getan«, sagte Kayla. »Er hasst die Spinnengilde, und das zu Recht, aber er ist nicht wie sein Vater. Er hat nichts Falsches getan.«

»Die da auch nicht«, gab Veliana zurück und deutete auf die Leiche des Dienstmädchens. Dann legte sie ihr Ohr an die Tür und lauschte. Als alles still war, trat sie die Tür auf und rannte los. Kayla zog sich auf die Knie und rieb sich die Kehle und die Wange unter dem Auge, wo Veliana ihren Dolch hineingepresst hatte. Dann starrte sie die Leichen um sich herum an und fragte sich, wie sie so tief hatte sinken können. Sie hatte nichts weiter gewollt, als etwas Geld zu verdienen, aber Thren hatte ihr einen Geschmack von Macht gegeben. Er hatte angedeutet, dass noch etwas weit Größeres auf sie warten würde. Und jetzt ergoss sich ein Ozean aus Blut über den Boden des Hauses, und das war ebenso ihre Schuld wie die von allen anderen. Vor allem aber war es die von Thren.

Als hätten ihre Gedanken ihn gerufen, trat Thren Felhorn in den Raum und sah sich um. Kayla überlegte kurz, wie viel Zeit verstrichen war.

»Die Aschegilde existiert nicht mehr«, sagte er. Er klang gleichgültig. Dann ging er durch den Raum und sah die toten Falken und das junge Mädchen. »Was war hier los, Kayla? Und steh endlich auf. Du bist doch keine billige Hure, die auf den Knien herumrutscht.«

»Wir haben zu viele Leute verloren«, sagte Kayla. Innerlich war sie ganz kalt. Ihre Haut kribbelte, und sie war sicher, dass sie jeden Moment sterben würde. »Wir haben dich enttäuscht. Wir können hier keine Falle stellen.«

Thren legte den Kopf schief. Dann nahm er ihr Kinn in die Hand und zwang sie, ihm in die Augen zu sehen.

»Ich habe alles geplant«, sagte er. »Selbst das hier. Und du hast meine Frage nicht beantwortet.«

Sie warf einen Blick auf die beiden toten Falken. »Sie haben meinen Befehlen nicht gehorcht«, erwiderte sie. »Dafür habe ich sie zahlen lassen.«

Thren lächelte sie an. »Tod als Strafe für Ungehorsam«, sagte er. »Eine Frau nach meinem Herzen.« Er küsste sie auf die Stirn. »Komm mit mir zum Kensgold. Wir haben viel zu tun. Wir haben einen Schlag gegen die Conningtons und die Gemcrofts geführt, aber die Keenans sind bisher ungeschoren davongekommen. Das wird sich jetzt ändern.«

Thren verließ das Schlafzimmer und ging weiter durch das Haus.

Kayla folgte ihm, als wäre sie in einem Albtraum gefangen.

33. Kapitel

Der König war noch schlechter gelaunt als gewöhnlich. Aus dem Fenster eines Palastturms hatte er die Prozession der Massen gesehen, die Veldaren in westlicher Richtung verließen, und danach den Beginn des Festgelages und der Feierlichkeiten beobachtet. Gerand wartete im Thronsaal auf seine Rückkehr. Sechzehn Wachen umringten Seine Majestät, als er hereinkam.

»Es sieht aus, als würde sich eine Armee auf unserer Schwelle versammeln«, meinte König Vaelor, während er sich auf den Thron setzte. »Und wo sind meine Untertanen? Sollte ich nicht irgendwelche erbärmlichen Streitigkeiten schlichten?«

»Die meisten haben beschlossen, an den Festlichkeiten teilzunehmen, die alle vier Jahre abgehalten werden, statt in einer langen Schlange auf ein Dekret zu warten, das sie an jedem anderen Tag auch bekommen können«, erklärte Gerand.

»Aber alle?«, wunderte sich Vaelor. »Es muss doch irgendwo ein paar besonnene Männer geben.«

»Es gab ein paar.« Gerand räusperte sich. »Ich habe sie weggeschickt. Unseren Informationen nach könnte der heutige Tag recht … interessant werden, und ich hielt es für besser, Euch zu beschützen.«

König Vaelor verdrehte die Augen. Als wollte er zeigen, wie mutig er war, schickte er die Hälfte seiner Leibwache weg und behielt nur noch lächerliche acht Männer bei sich. Gerand musste sich zusammenreißen, damit er nicht selbst die Augen verdrehte. Allein wegen der riesigen Menge von Söldnern, die sich vor den Mauern der Stadt versammelt hatten, hatte der

Ratgeber es für das Beste erachtet, die Pflichten Seiner Majestät am heutigen Tag eher langweilig zu gestalten. Da alle nur Augen für das Kensgold hatten, bestand außerdem das Risiko, dass ein lautloser Dolch zustoßen würde.

»Beschützen«, murmelte der König. »Du hast schon oft versprochen, mich zu beschützen, und was ist das Ergebnis all deiner Versprechungen? Was ist aus deinen tröstenden Worten geworden? Mir wurde der Kopf von Thren Felhorn auf einem Tablett versprochen, aber wo ist er?«

Gerand hustete und warf einen vielsagenden Blick auf die Wachen. König Vaelor begriff, dass sein Ratgeber auch die restlichen acht Soldaten loswerden wollte.

»Komm nur nicht auf komische Ideen«, sagte der König, als sie sich auf die gegenüberliegende Seite des Thronsaals zurückgezogen hatten. Er schlug seine Robe zurück und zeigte den Griff seines goldenen Schwertes, das an seinem Gürtel hing. Gerand war alles andere als beeindruckt, wagte aber nicht, sich das anmerken zu lassen.

»Ihr müsst verstehen«, begann der Ratgeber, »dass es nicht leicht ist, Threns Ermordung zu arrangieren. Man will ihn schon seit zehn Jahren töten, aber er ist so mächtig wie immer.«

»Ich will seinen Kopf«, sagte der König. »Und keine weiteren Ausflüchte.«

»Ich gebe Euch keines von beidem«, erwiderte Gerand. »Sondern nur Nachrichten über das, was uns bevorsteht. Meine Männer haben sich in der ganzen Stadt umgesehen und viel Geld ausgegeben. Wir haben dafür sehr wenig herausbekommen, aber es braucht nicht mehr als eine geflüsterte Nachricht, einen Verräter, und das ganze Vermögen ist gut angelegt. Und genau das habe ich auch gefunden: einen Verräter.«

König Vaelor setzte sich stocksteif auf. »Du hast ein Mitglied seiner Gilde, das sich gegen ihn stellt?« Er konnte seine Erregung kaum verbergen.

»Das kann ich nicht sagen«, gab Gerand zurück. »Das versteht Ihr sicherlich. Ich werde nicht sagen, wer er oder sie ist, nur dass sein Preis absurd hoch gewesen ist. Ich will nicht riskieren, dass auch nur ein einziges Wort zu Thren durchsickert. Seine Pläne für Kensgold, die wir kennen, waren nur eine Täuschung. Mein kleines Vögelchen hat mich über seinen wirklichen Plan informiert. Wenn alles gut geht, dann werde ich Euch seinen Kopf morgen früh auf einem silbernen Tablett servieren.«

»Hervorragend.« Der König schlug sich klatschend auf den Schenkel. »Was soll ich nur anfangen, wenn du einmal weg bist, Gerand?«

Der Ratgeber lächelte. Er beabsichtigte, noch lange im Amt zu sein, nachdem König Vaelor längst abserviert war, nicht andersherum. »Ein König mit Eurer Würde und Euren Fähigkeiten wird immer einen Weg finden zu regieren«, erwiderte er.

König Vaelor lachte. »Das ist wohl wahr. Aber was soll ich tun? Es gibt keine Streitigkeiten, keine königlichen Besucher, und es sind keine Festlichkeiten geplant. Mir ist langweilig, und ich brauche dringend Unterhaltung.«

»Dafür habe ich eine Lösung gefunden.« Gerand klatschte zweimal in die Hände, und einer der acht Posten am Eingang des Thronsaals riss die große Doppeltür auf. Zehn Mädchen in Seidengewändern, die nichts verbargen, kamen herein. An ihren Knöcheln und Handgelenken bimmelten Glöckchen.

»Tänzerinnen«, erklärte Gerand. »Sie kommen aus Ker. Man nennt sie die Nackten Glocken, und ich habe sehr viel königliches Gold investiert, damit sie hier auftreten.«

Langsam begannen die Frauen ihren Tanz.

»Nackte Glocken?« König Vaelor leckte sich die Lippen. »Und doch sehe ich so viel Seide.«

»Gewährt uns ein wenig Zeit, um uns unseren Namen zu

verdienen«, erwiderte eine der Frauen. Ihre heisere Stimme klang fremdländisch.

Die Nackten Glocken ließen sich fast eine halbe Stunde Zeit, bis sie sich ihres Namens gänzlich würdig erwiesen. Gerand beobachtete die Tänzerinnen mit mehr als nur beiläufigem Interesse. Seit Thren seine Frau gefangen genommen hatte, war er fast krank vor Sorge, aber er hatte sich auch überlegen müssen, wie er seine fleischlichen Begierden befriedigen konnte. Die exotischen Frauen bewegten sich mit professioneller Geschicklichkeit. Jede Bewegung betonte eine bestimmte Kurve ihres Körpers, die Länge ihrer Beine oder zog die Aufmerksamkeit auf ihre Lippen, ihre Brüste oder ihre Taille.

Und jede Minute legte eine von ihnen ein Stück ihrer Seide ab. Der König verfolgte die ganze Prozedur vollkommen verzückt. Zweifellos würde er zwei oder drei der Frauen auffordern, ihn in seine Schlafgemächer zu begleiten. Der König war nicht verheiratet, was viele am Hofe recht unglücklich stimmte. Aber er war immer noch so jung, dass es Gerand gelungen war, die meisten Kritiker zum Schweigen zu bringen. Außerdem, so überlegte er, wenn es zum Schlimmsten kam, gab es zweifellos eine Handvoll unehelicher Kinder, unter denen ein Nachfolger ausgewählt werden konnte. Er beobachtete den Tanz der nackten Frauen, während die Glöckchen an ihren Handgelenken und Knöcheln bimmelten, und fragte sich, ob eine von ihnen wohl Mutter eines zukünftigen Königs werden würde.

Eine Frau hatte es Gerand besonders angetan. Sie hatte dunkelrotes Haar, genau so, wie er es mochte. Ihre Brüste waren kleiner als die der anderen, aber das fand er ebenfalls sehr anziehend. Vor allem jedoch gefiel sie ihm, weil sie die Letzte war, die sich vollkommen entkleidet hatte. Oder lag es daran, dass der König sie am längsten anstarrte? Gerand tröstete sich damit, dass sie schließlich engagiert worden waren, um den König zu erfreuen, also sollten sie das auch tun.

Nein, dachte er dann. *Sie gehört mir, König oder nicht. Ich habe vielleicht ein paar graue Strähnen, aber ich bin weit mehr ein Mann als dieser Rotzbengel.*

Der Tanz der Nackten Glocken wurde intensiver. Das Gebimmel der unterschiedlichen Glocken schwoll zu einem wunderschönen, chaotischen Geläute an. Die Rothaarige tanzte vor König Vaelor, fast innerhalb seiner Reichweite. Sie war die Einzige von allen, die die Glocken an ihren Handgelenken in der Hand hielt, damit sie nicht klingelten. Gerand beobachtete sie, neugierig auf den Grund. Während alle anderen ihren Lärm zu einem letzten großen Finale steigerten, warum wollte da ausgerechnet sie …

Dann sah er, wie sie an der Glocke drehte und etwas herausnahm.

»Tötet sie!«, schrie Gerand und zeigte auf die Frau. In einer Ecke stand ein Soldat, der auf seinen Befehl hin die Armbrust anlegte und feuerte. Der Bolzen traf die Rothaarige im Hals. Ihr Blut spritzte auf das Gesicht des Königs. Als ihr Schädel auf den kalten Stein prallte, durchzuckte es Gerand. Eine lange, dünne Nadel rollte aus ihren Fingern. Zweifellos war die Spitze vergiftet. Der Rest der Nackten Glocken trat zurück. Einige weinten, andere starrten, unbewegt von dem Verlust einer der ihren, nur vor sich hin.

»Was geht hier vor sich?«, schrie der König. Gerand hob die Nadel auf und hielt sie hoch, damit der König sie sehen konnte.

»Jemand hat sie bezahlt, um Euch zu töten.«

König Vaelors Gesicht lief dunkelrot an. »Thren!«, schrie er. »Es ist dieser Mistkerl Felhorn! Ich will seinen Tod, hast du mich verstanden?«

»Meine Pläne werden bereits in die Tat umgesetzt, Euer Hoheit.«

»Weißt du, wo er ist?« Der König schrie immer noch.

»Ich weiß, wo er sich aufhalten soll, ja«, gab Gerand zu. »Aber bis jetzt haben wir noch nicht das Signal …«

»Schick meine Soldaten los!«, befahl der König. »Alle, jeden Mann, der ein Schwert halten kann. Er wird heute Nacht sterben, hast du mich verstanden? Gib den Befehl, sofort!«

»Ja, Euer Majestät!« Gerand verbeugte sich tief.

König Vaelor stampfte durch den Thronsaal, aufgebracht und frustriert. Schließlich deutete er auf zwei der Mädchen und schnippte mit den Fingern.

»Nehmt ihnen die Glocken ab«, sagte er. »Untersucht sie gründlich. Ich werde mir auf keinen Fall von diesem Miststück den Spaß verderben lassen, aber ich lasse mich auch nicht in meinem eigenen Schlafgemach erstechen.«

Soldaten der Leibwache traten heran und lösten die Lederriemen mit den Glocken von den Handgelenken und Knöcheln der Frauen. Die beiden Auserwählten folgten dem König zögernd in sein Schlafzimmer, begleitet von Soldaten mit gezückten Schwertern. Nachdem sich die Tür geschlossen hatte, seufzte Gerand und drehte sich zu den anderen Mädchen um.

»Es tut mir leid«, sagte er. Dann sah er den Hauptmann der Leibwache an und nickte. Anschließend verließ er den Thronsaal. Er wollte nicht zusehen, wie die restlichen Leibwächter die Mädchen abschlachteten und den Boden des Thronsaals mit ihren wunderschönen Leichen bedeckten.

Senke ging durch die Flure des Connington-Anwesens und war ein bisschen enttäuscht. Die Türen und Fenster des Hauses waren zwar sehr dick, aber im Rasen um das Haus herum hatten sich nur wenige Fallen befunden, und selbst diese Fallen sollten nur alarmieren, nicht töten. Das Innere des Hauses war noch verlassener. Seinen Berechnungen nach waren nur zehn Soldaten als Wachen zurückgelassen worden. Sie waren schnell und ohne lange Qualen gestorben. Ansonsten war das ganze Anwesen leer.

Gart ging neben Senke, und seine Laune war noch schlechter. »Hier gibt es keine reichen Leute, die man platt hauen kann«, knurrte er. »Das ist doch albern. Ich wette, Gemcroft hat jede Menge Männer zurückgelassen. Ich hätte dort hingehen sollen. Warum hat Thren mich gezwungen hierherzukommen? Ich wollte Köpfe einschlagen!«

»Halt den Mund, Gart«, erwiderte Senke. »Du bekommst deine Chance noch, schon vergessen?«

Gart zuckte mit den Schultern. »Wo ist Norris?«

»Das weiß ich nicht«, gab Senke zurück. »Er und seine Schlangen sollten mittlerweile das Öl für die Feuer vorbereiten.«

Die beiden Anführer hatten die Fenster erreicht, von denen aus man auf den Vorgarten hinausblicken konnte.

»Die Fenster öffnen sich nicht, also konzentrieren wir uns darauf, die Türen zu besetzen«, meinte Gart. Er deutete auf die Häuser außerhalb der Tore, auf der anderen Seite der Straße. »Wir haben dort Bogenschützen postiert. Sobald Leon auftaucht, werden wir ihn in die Zange nehmen.«

»Ein einfacher Plan«, meinte Senke. »Aber er sollte funktionieren. Das Haus hat nicht einmal einen Kratzer abbekommen, also gibt es keinen Grund, warum er misstrauisch werden sollte.«

»Oh, er wird alarmiert sein«, widersprach Gart und deutete nach Osten. »Sieh dahinten, Rauch.«

Senke neigte den Kopf ein wenig und warf einen Blick aus dem Fenster. Eine dichte Rauchwolke stieg über dem östlichen Bezirk auf.

»Das ist Gemcrofts Haus, richtig«, erklärte Senke. »Glaubst du, sie haben es schon angezündet?«

»Sehe ich aus wie ein Wahrsager?«, gab Gart übellaunig zurück. »Lauf hin und frag selbst, wenn du eine Antwort willst. Ich habe nur meine Fäuste.«

»Das könnte Threns Verspätung erklären«, murmelte Senke.

»Was meinst du?«, fragte Gart.

»Nichts, schon gut. Ich überprüfe kurz meine Männer. Bleib hier und halte Ausschau, falls jemand zu früh wiederkommt. Aber greift sie erst an, wenn sie im Haus sind. Es würde mich nicht überraschen, wenn Leon jemanden vorausschickt, um sein Haus zu kontrollieren, sobald er den Rauch dahinten sieht. Wenn möglich, lass ihn laufen.«

»Ich bin kein Idiot«, knurrte Gart.

»Beweise es«, gab Senke zurück, als er davoneilte. Er warf einen Blick auf die untergehende Sonne, als er an einer anderen Reihe von Fenstern vorbeikam. Wo blieb Thren? Wieso kam er so spät?

Da sich in dem Haus so viele Schätze befanden, die nur darauf warteten, geplündert zu werden, achtete niemand auf Senke. Er hatte sich bereits einen Fluchtweg gesucht, für den Moment, wenn das Chaos losbrach. Es war eine schmale Tür, die zu einem Dachboden führte. Er hatte sie überprüft, und im hinteren Teil des Raumes befand sich ein rundes, staubiges Fenster. Von dort aus konnte er das Dach erreichen, und sobald er auf dem Dach war, konnte er sich seinen Fluchtweg aussuchen. Aber der Plan war wertlos, solange Thren nicht auftauchte. Ohne Thren würde er gar nichts bewerkstelligen können.

Als er sich dem hinteren Teil des Hauses näherte, hörte er ein Scharren. Neugierig öffnete Senke eine Tür, die in ein kleines, aber gut erleuchtetes Esszimmer führte. Ein Mitglied der Schlangengilde lag tot auf dem Boden, und ein anderer Mann blutete aus vielen Schnittwunden, während er sich gegen einen jungen Mann in einem schmutzig grauen Umhang und einer zerfetzten Maske über dem Gesicht wehrte. Senke klappte bei dem Anblick der Unterkiefer herunter.

»Unmöglich.«

Seine Stimme lenkte die Schlange einen winzigen Moment ab, und mehr brauchte der junge Mann nicht. Er trat rasch näher und rammte seinem Widersacher den Dolch in den Brustkorb. Dann riss er ihn zur Seite. Als sein Gegner tot war, drehte sich der Junge herum und nahm eine Kampfhaltung ein, die Senke sehr gut kannte. Immerhin hatte er sie ihn gelehrt.

»Was machst du hier, Aaron?« Senke ließ sich von der Maske nicht täuschen.

»Nicht Aaron«, erwiderte der Junge. »Ich bin Haern. Aaron ist tot.«

Senke schüttelte fassungslos den Kopf. »Wie viele hast du getötet?« Er schloss die Tür, während er das sagte.

»Fünf.«

»Fünf?« Senke lachte. »Du hast den Verstand verloren, Aaron. Entschuldige, ich wollte sagen Haern. Ich dachte, du wärst bei den Priestern?«

»Ich bin ihnen entkommen.« Haern ließ die kleinen Messer fallen und nahm zwei größere Langmesser von den Leichen. Dann riss er den Umhang des Mannes ab und wickelte ihn sich um die Schultern. Er wischte das Blut von den Langmessern am Umhang ab, schob sie in seinen Gürtel und befestigte die Maske über seinem Gesicht. »Ich bin gekommen, um dem endlich ein Ende zu machen, Senke. Wirst du mir helfen? Oder muss ich dich ebenfalls töten?«

Senke schüttelte den Kopf. Er war hin- und hergerissen zwischen Entsetzen und einer fast schon hysterischen Begeisterung über die Kühnheit des Jungen. »Ich werde dir nicht helfen«, erwiderte er. »Aber ich werde dich auch nicht aufhalten. Ich steige aus, Haern. Heute Nacht.«

»Du steigst aus?«, fragte der Junge. »Wie?«

Senke ließ sich auf den Hintern fallen. »Ich hatte so ein Gefühl, dass Threns Plan eine Lüge war, deshalb war ich nicht sonderlich überrascht, als er mir seinen neuen Plan erzählte. Also habe ich ihn für sehr viel Gold dem König verraten. In etwa einer Stunde werden Hunderte von Soldaten den Besitz umstellen. Wenn es einen Gott gibt, wird Thren hier sein, wenn sie ankommen. Und ich werde nur eine von vielen Leichen sein, die vom Feuer verschlungen werden.«

Es war Haern deutlich anzumerken, dass er einen solchen Verrat von einem so engen Freund wie Senke nicht erwartet hatte. »Warum hast du dich gegen ihn gewendet?«

Senke lachte leise. »Als ich in die Spinnengilde eingetreten bin, ging es mir schlecht. Mein Sohn war gestorben, und zwar nur weil ich mir die Priester nicht leisten konnte, die ihn hätten heilen können. Meine Frau hat mir die Schuld daran gegeben, und das auch aus gutem Grund. Ich war faul. Unzuverlässig. Ich habe getrunken, in Gassen geschlafen, und als ich ganz unten war, hatte Thren mich gefunden. Etwas an ihm, so wie er sich gibt, ist sowohl Angst einflößend als auch inspirierend. Es hat ein Feuer in mir entzündet, das niemals erloschen ist. Ich bin rasch aufgestiegen, aber nicht weil ich besser gewesen wäre, sondern weil ich härter gearbeitet habe als alle anderen. Ich habe der Gilde alles geopfert, und das hat Thren gesehen und mich entsprechend belohnt. Er sieht so etwas, Haern, das weißt du. Und zwar weil er genauso ist. Nichts spielt eine Rolle außer der Sache, auf die er sich gerade konzentriert, auf das Ziel direkt vor seinen Augen. Und in letzter Zeit habe ich beobachten müssen, was sein neuestes Ziel war. Nämlich dich zu etwas Schrecklichem zu formen. Während ich gesehen habe, was Thren dir antat, wie er alles Gute in seinem eigenen Sohn langsam und methodisch tötete …«

Er schüttelte den Kopf. »Ich habe immer gedacht, all diese Attentate und die Diebereien wären nur ein Spiel gewesen. Wir alle waren Gauner, wertloser Abschaum. Wen kümmert es denn wirklich, ob wir uns gegenseitig umbringen, während wir versuchen, reiche Männer auszurauben, die lieber sterben, als nur ein einziges Kupferstück zu verlieren? Ich glaubte, dein Vater wäre der Beste in diesem Spiel, ein Mann, der in allem, was er sich vornahm, zu einem Gott hätte werden können. Nur hatte er sich entschlossen, ein Imperium des Verbrechens zu seinem Vermächtnis zu machen. Er wollte niemandem dienen, sich keinem System, keinem Gesetz beugen. Manchmal hat es sehr viel Spaß gemacht, und ich habe viel Geld verdient, und die Frauen waren willig … Aber es ist zu lange so gegangen. Welchen Zauber Thren auch immer gehabt haben mag, er ist im Laufe dieser fünf Jahre langsam verflogen. Und als ich jetzt zusehen musste, wie er dir deine Kindheit nahm, Freunde, ein eigenes Leben …«

Senke stand auf und warf einen Blick zur Tür.

»Niemand darf so etwas seinem eigenen Sohn antun. Nur ein Ungeheuer würde so etwas machen, und ich wollte nicht mehr in seiner Höhle sein. Nach dieser Sache hier bin ich fertig. Ich erwarte nicht viel von der Ewigkeit, aber vielleicht könnte Ashhur mir vergeben, wenn ich aussteige, solange noch Zeit dafür ist. Und wie es aussieht, war ich nicht der Einzige, der auf diese Idee gekommen ist.«

Das Tuch über Haerns Wangen bewegte sich, und Senke merkte, dass der Junge lächelte.

»Ich habe die Priester überlebt«, sagte er stolz. »Sie können mich nicht besiegen. Niemand kann das.«

»Werde nicht überheblich; ich könnte dich immer noch mit einer Hand …«

Er verstummte. Ein Dutzend Männer stand am Haupteingang des Hauses und schrie. Er erkannte Garts Stimme darunter.

»Bleib hier«, befahl Senke Haern. »Und schließ die Tür ab. Ich sehe nach, was da los ist.«

Senke ging hinaus und schloss die Tür hinter sich. Er wartete, bis er hörte, wie Haern sie abschloss, dann eilte er zum Eingang. Er sah ein paar Diebe, die um eine Ecke lugten. Aber sie waren zu weit entfernt, als dass er ihnen eine Frage hätte stellen können. Die einzigen Schreie, die er verstand, waren die von Gart, und als er sie hörte, schien sein Magen plötzlich aus Blei zu sein.

»Stadtwachen, Stadtwachen!«, schrie Gart. »Wir können Soldaten verprügeln!«

Senke rannte durch einen Speisesaal, bog nach links in einen Gang ein und lief dann zum Haupteingang. Über einhundert Diebe standen an den Fenstern zur Vorderseite des Hauses. Garts hünenhafte Gestalt war deutlich unter ihnen zu erkennen. Er starrte nach draußen und zeigte auf etwas.

»Was ist hier los?«, schrie Senke.

»Soldaten!«, schrie Gart und fuhr zu Senke herum, um ihn zu begrüßen. »Und sogar Soldaten des Königs! Sie sind aufgetaucht und haben angefangen, das Haus zu umzingeln. Ich habe mindestens fünfhundert von ihnen gezählt. Jetzt können wir endlich Köpfe einschlagen, Jungs, und zwar reichlich!«

Gart war vielleicht begeistert, aber Senke wurde blass. Die Soldaten waren zu früh eingetroffen. Thren war noch nicht einmal hier. Was war los? Warum hatte Gerand nicht auf sein Zeichen gewartet?

»Wir müssen sie aufhalten«, erklärte Senke. »Wir halten die Türen, so gut wir können.«

»Sie tragen Rüstungen«, murrte ein Dieb neben ihm. »Und Schuppenpanzer, verflucht! Helme, Schilde, Schwerter … wir haben Dolche und Lederharnische. Was beim Schlund glaubst du, können wir dagegen ausrichten?«

»Ich glaube nicht, sondern ich erwarte, dass du sie tötest!«, schrie Senke, der zu seiner alten Härte zurückfand. »Oder glaubst du wirklich, dass sie dich am Leben lassen, wenn du mit erhobenen Händen und eingeklemmtem Schwanz hinausläufst?«

Gart zog Senke zur Seite und senkte seine Stimme. »Wir haben einen Verräter unter uns«, erklärte der Meister der Schattengilde. »Wie sonst hätten die Soldaten so schnell hier sein können? Wer kann das sein?«

»Ich habe keine Ahnung«, log Senke. »Wir müssen das Haus halten. Vielleicht können wir in dem Chaos entkommen, sobald wir das Feuer gelegt haben.«

»Oder aber wir werden geröstet wie Kakerlaken.«

Die beiden Anführer starrten sich an.

»Ich sehe keinen anderen Weg«, erklärte Senke.

»Dann kämpfen wir«, knurrte Gart. »Wir können nur hoffen, dass Thren rechtzeitig mit genug Männern eintrifft, um uns den Arsch zu retten.«

»Sie kommen!«, schrien etliche Diebe gleichzeitig.

Die Soldaten strömten durch die Tore und schwärmten wie Ameisen aus Metall aus. Sie umzingelten das Gebäude, diesmal innerhalb des Zauns statt von draußen. Die meisten schwangen lange Schwerter und waren mit Schilden geschützt, obwohl einige auch Hellebarden hatten, Speere und riesige Streitkolben. Vier schleppten einen Baumstamm mit sich, in den Handgriffe aus Metall eingelassen waren.

Die Männer mit dem Stamm näherten sich der Tür. Eine Abteilung von zehn Soldaten beschützte sie.

»Haltet die Tür!«, befahl Senke, während er einen Schritt zurücktrat. »Ich bewache die Rückseite.«

»Beeil dich lieber«, erwiderte Gart. »Und du solltest hoffen, dass Norris nicht Angst bekommen hat und weggelaufen ist!«

Senke war kaum verschwunden, als die Soldaten, die das Haus umstellt hatten, die Fenster des Erdgeschosses mit ihren Streitkolben einschlugen. Dann strömten die Stadtwachen und Königstreuen ins Haus, und zwar durch weit mehr Fenster, als es Diebe gab, die sie hätten bewachen können. Senke zückte sein Schwert und schlug den ersten Mann nieder, der sich ihm näherte. Ein zweiter Soldat wollte seinen Schlag mit dem Schild abwehren, aber Senke sprang hoch, rollte über den Schild und den Kopf des Soldaten und rammte ihm dann sein Schwert durch das Schulterblatt. Kampflärm dröhnte durch das Haus.

Als er das kleine Esszimmer erreichte, stand die Tür offen. Haern war verschwunden.

34. Kapitel

Als die erste Scheibe zerbarst, stieß Haern die Tür auf, um den Grund für den Lärm zu erkunden. Gepanzerte Soldaten standen vor den Fenstern und schwangen gewaltige Streitkolben, die die Scheiben mit Leichtigkeit einschlugen. Die Teppiche waren von Splittern übersät. Dann strömten die Soldaten durch die offenen Fenster in das Haus. Haern schwankte zwischen Erleichterung und Sorge. Erleichterung deshalb, weil das Eingreifen des Königs zweifellos verhindern würde, dass die Pläne seines Vaters aufgingen. Und Sorgen machte er sich, weil die Soldaten ihn genauso unbekümmert töten würden wie jedes andere Mitglied der Diebesgilden.

Na ja, ganz so leicht nicht, dachte er und lächelte spöttisch. Mit gezückten Langmessern wandte er sich nach rechts und rannte tiefer in das Haus. Wenn er entkommen wollte, dann fand sich zweifellos eine Fluchtmöglichkeit im hinteren Teil des Gebäudes. Wenn er Glück hatte, fand er vielleicht sogar ein unbewachtes Fenster, durch das er entkommen konnte, wie damals aus dem Haus von Robert Haern.

Haern war zu schnell, als dass die erste Welle der Soldaten ihn hätte einholen können, aber als er durch die Tür am Ende des Gangs stürmte, fand er sich in einer Waffenkammer wieder. Drei Soldaten mit vorgehaltenen Schilden marschierten auf ihn zu. Haern rollte sich ab und schlug mit seinem Langmesser unter den Schild nach den Knöcheln des Soldaten neben ihm. Seine Klinge prallte auf eine gepanzerte Beinschiene und richtete keinerlei Schaden an. Als er zur Ruhe kam, stieß er sich vom Boden ab und sprang mitten zwischen die drei. Sie drehten sich zu ihm herum, aber ihre Schilde waren groß, und der Raum war sehr klein. Haern wirbelte wie ein Tänzer durch die Luft, und seine Dolche bohrten sich durch Schlitze in der Rüstung. Er sprang hoch, schwang sich mit dem Fuß von einem Schild ab und rammte mit den Knien die Brust eines anderen Soldaten. Als sie sich über den Boden rollten, bohrte Haern seinen Dolch einmal, zweimal, dreimal in den Nacken des Mannes. Blut spritzte über seine Maske.

Die beiden anderen Soldaten, deren Arme und Beine aus tiefen Schnittwunden bluteten, versuchten Haern zu erstechen, als er am Boden lag. Aber ihre Klingen zischten nur wirkungslos durch die Luft. Haern rollte sich zur Seite, ging auf die Knie und trat nach hinten aus. Er glitt zwischen den beiden übrig gebliebenen Soldaten hindurch, und diesmal fand sein Dolch die ungeschützten Stellen unmittelbar über ihren Beinschienen. Um sicherzugehen, dass sie liegen blieben, drehte er die Dolche in den Wunden, als er sie herauszog. Haern lief aus der Waffenkammer heraus in den Gang und ließ einen toten und zwei kampfunfähige Soldaten zurück.

Ein Mann in den Gewändern der Schlangengilde wäre fast mit ihm zusammengestoßen. Das Blut tropfte von seinen gebogenen Klingen.

»Wer zum Teufel bist du?«, konnte der Mann gerade noch fragen, als Haern ihn schon angriff. Die Schlange war erheblich geschickter, als der Junge erwartet hatte. Mit seiner geschwungenen Klinge parierte er den ersten Angriff und hielt die andere tiefer, sodass Haern sich aufspießte, wenn er gegen den Mann prallte. Haern verdrehte sich jedoch in der Luft und zog die Knie an, sodass er sich abstoßen konnte, als sie zusammenprallten, und zwar bevor die Klinge Schaden anrichten konnte. Als er neben der Tür der Waffenkammer landete, wusste er, gegen wen er da kämpfte.

»Du bist Norris«, sagte er.

Der neue Gildemeister der Schlangen spie aus. »Du musst Threns Junge sein. Ich habe gehört, du wärst ein Weichling. Hat er dich auf mich gehetzt, oder ist das dein eigener alberner Plan?«

»Meiner.« Haern nahm Kampfposition ein. Norris sah das und verzog das Gesicht.

»Und du glaubst, du hast meinem Schattentanz etwas entgegenzusetzen, Junge?« Er begann, von einem Fuß auf den anderen zu wechseln, und verbarg seine Waffen gut. »Dann komm und versuche es.«

Norris wirbelte herum, und seine Umhänge flatterten durch die Luft. Haern sah fasziniert zu. Der Gildemeister drehte sich immer schneller um seine Achse, bis sein Umhang nur noch ein Schemen zu sein schien und seine Hände verborgene Schatten des Todes. Haern wartete und kam sich vor wie ein Beobachter, der vom Tanz der Kobra gefesselt wurde. Obwohl ein Teil seiner Faszination auch beruflicher Respekt war. Diesen Tanz musste er lernen, diese Fähigkeiten musste er meistern. Er trat vor und wich sofort wieder zurück, als ein Krummdolch unmittelbar über seinem Kopf durch die Luft fuhr.

Sie wussten beide, dass die Zeit gegen sie arbeitete. Haern duckte sich und sprang nach links. Er prallte gegen die Wand, stieß sich von ihr ab und schlug einen Salto mit ausgestreckten Beinen. Seine Langmesser fuhren nach unten in den Wirbel der Umhänge, aber Norris ließ sich nicht täuschen. Er schlug beide Klingen beiseite, beendete seinen Tanz und stieß mit den Dolchen zu der Stelle, wo Haern landen musste.

Nur landete er nicht dort. Der Gang war so schmal, dass Haern sich mit beiden Füßen an den gegenüberliegenden Wänden abstützen konnte. Er bog die Knie durch, um den Schwung auszugleichen, und trat sich dann ab. Er erwischte Norris mit der Schulter im Magen. Ein Langmesser grub er dem Mann in die Brust, das andere in seine Lenden. Norris brach zusammen, und das Blut tränkte seine grüne Hose.

»Ich habe mich immer gefragt, ob ich Thren wohl besiegen könnte«, keuchte er. »Aber scheinbar kann ich nicht einmal sein verdammtes Kind töten.«

Haern trat zu ihm und schlug einen Dolch aus Norris' Hand. Dann sprang er auf die andere Seite des Mannes und machte dort dasselbe.

»Mein Messer oder ein Schwert der Wachen?«, fragte er.

»Das ist eine Sache unter Dieben«, erwiderte Norris und hustete Blut.

Haern salutierte, drehte den Dolch in der Hand herum und stieß zu. Senke tauchte im Flur auf, als er gerade die Klinge am Umhang des Toten säuberte.

»Da bist du ja!«, schrie er. »Wie es aussieht, ist die ganze verfluchte Armee hier!« Er blieb stehen, als er die Leiche sah und erkannte, um wen es sich handelte.

»Du hast Norris getötet? Verflucht! So langsam glaube ich, dass du dich während unserer Übungskämpfe verstellt hast.«

Es war in dieser Situation zwar verrückt, aber Haern war plötzlich irgendwie verlegen.

»Das hier ist etwas anderes«, sagte er und wünschte sich, er könnte es besser erklären. »Übung ist Übung. Aber das hier … das hier ist wichtig. Es ist real. Also, wie kommen wir hier weg?«

»Folge mir«, sagte Senke. »Aber es wird nicht leicht. Das Haus hat einen großen Dachboden, von dem aus wir auf das Dach kommen können.« Er schlug Haern auf die Schulter. »Was auch passiert, ich bin stolz auf dich.«

Die beiden liefen zum Ende des Korridors und traten die Tür auf. Sie befanden sich in einem weiteren Speisesaal, obwohl der hier kleiner und vermutlich für Söldner und die Bediensteten gedacht war. Am anderen Ende drang Rauch durch den Türspalt in den Raum. Senke sah es und fluchte.

»Sie haben schon Feuer gelegt?«, fragte er laut. »Diese dummen Feiglinge sollen verflucht sein! Einige der Schlangen müssen in Panik geraten sein. Wir müssen raus hier, und zwar sofort!«

Er hielt sich den Kragen seines Umhangs vor den Mund, deutete auf die Maske des Jungen und zwinkerte Haern zu. »Fast, als wärst du darauf vorbereitet gewesen.« Er lachte.

Zwei Schlangen stürmten aus der Tür, als sie näher kamen. Haern stach einen nieder, und Senke erledigte den anderen. Durch die offene Tür quoll Rauch in das Speisezimmer, und sie sahen, wie sich das Feuer in dem Gang rasch ausbreitete.

»Das schaffen wir nicht!«, schrie Haern.

Senke kniete sich hin und deutete in den Gang, auf die Stelle unter dem Rauch.

»Siehst du, wo der Gang abbiegt?«, fragte er. »Direkt links von dir ist eine Tür. Sie führt hinauf zum Dachboden, und von dort aus finden wir schon einen Fluchtweg.«

Er wischte sich den Schweiß von der Stirn und betrachtete die Flammen. »Hoffe ich jedenfalls«, setzte er hinzu.

»Lass mich zuerst gehen«, schlug Haern vor. »Ich bin schneller. Wenn die Tür von Flammen blockiert ist, laufe ich schnell zu dir zurück.«

Senke wollte widersprechen, aber Haern rannte bereits durch den Gang.

Der Rauch sammelte sich in dichten Schwaden an der Decke. Hinter jeder Tür, an der er vorbeikam, fauchten die Flammen. Sie leckten an den Ritzen der Türen und wirkten wie Zungen, die begierig darauf waren, mehr von dem Haus zu kosten. Ihm brannten die Augen, und im Gang war es unglaublich heiß. Er hielt sich den Umhang vor den Mund, denn seine Maske konnte die heiße Luft nicht zurückhalten. Er hustete unablässig, und schon bald verschwamm ihm alles vor den Augen, als sie anfingen zu tränen.

Die Hitze war unerträglich. Es schien nicht einmal eine Rolle zu spielen, dass seine Haut nicht brannte. Der Boden erhitzte seine Füße. Die Luft schien sämtliche Feuchtigkeit aus seiner Haut zu saugen, und er fühlte sich wie ein Stück Teig, das in einem Ofen buk. Er erinnerte sich an seine Ausbildung, klammerte sich mit seinem Geist daran fest und zwang sich weiterzulaufen. Luft war nicht wichtig. Die Hitze spielte keine Rolle. Es ging nur darum, einen Fuß nach dem anderen zu setzen.

Seine ausgestreckte Hand stieß gegen eine Wand. Hoffnung durchströmte ihn, er drehte sich zur Seite und ließ seine Hand in der Nähe der Wand, streifte sie gelegentlich mit seinen Fingerspitzen. Als er endlich eine Tür fühlte, hätte er vor Freude am liebsten geschrien. Er ertastete den Türknauf, und wieder wollte er jubeln. Der Knauf war zwar nicht kalt, aber er brannte auch nicht in seiner Hand. Er drehte ihn, stieß die Tür auf und rannte die Treppe hoch. Er wünschte sich, er hätte Senke irgendwie benachrichtigen können, dass er ihm folgen sollte. Rauch quoll mit ihm auf den Dachboden, und obwohl er sich wünschte, dass er eine andere Möglichkeit hätte, schlug er die Tür hinter sich zu.

Es war dunkel auf dem Dachboden, aber durch die wenigen Dachfenster fiel gerade so viel Licht, dass er sich einigermaßen orientieren konnte. Am Ende des Raumes sah er einen riesigen, runden Kreis aus Glas, der sehr einladend wirkte. Haern konnte sich fast vorstellen, wie die kühle Luft hereinströmte, und wäre am liebsten hineingesprungen wie in ein mit Wasser gefülltes Becken. Der Dachboden war mit alten Rüstungen vollgestopft, Relikte aus lange vergangenen Familiengenerationen. Haern suchte sich einen Weg um sie herum und fragte sich dabei die ganze Zeit, wann Senke endlich auftauchen würde.

Er hatte die halbe Strecke bis zum Fenster zurückgelegt, als es plötzlich zerbarst. Eine schlanke Frau flog durch die Scherben und rollte sich bei der Landung auf dem Boden ab. Haern starrte sie an. Irgendwie kam sie ihm bekannt vor. Sie trug die Farben der Aschegilde, aber er konnte sie nicht genau einordnen. Sie sah sich um, während sich ihre Augen allmählich an die Dunkelheit gewöhnten. Er wollte sich schon vor ihr verstecken, doch dann sah er ihr Gesicht, sah das verstümmelte Auge und wusste, wer sie war.

»Veliana?« Er erinnerte sich daran, wie er neben seinem Vater gestanden hatte, als sie sie zwingen wollten, ihren Gildemeister zu verraten und die Kontrolle über ihre Gilde zu übernehmen.

Als sie ihren Namen hörte, fuhr die Frau herum, den Dolch bereits gezückt. »Deine Stimme ist zu jung, um einer der Diebe zu sein«, erklärte Veliana. »Wie heißt du?«

»Haern«, gab er zurück. Er trat einen Schritt auf sie zu, während er überlegte, ob sie gefährlich war oder nicht. In Anbetracht der Tatsache, dass alle versuchten, aus dem brennenden Haus zu fliehen, kam es ihm sonderbar vor, dass jemand versuchte, hier einzubrechen.

Veliana wirkte ein wenig enttäuscht, aber dann sah sie ihn neben einer großen Kiste mit Tuchbahnen stehen. Sie spannte sich an und verzog verächtlich den Mund. »Lügner«, sagte sie. »Du bist Threns Sohn. Glaubst du wirklich, ich hätte dich auch nur eine einzige Sekunde vergessen?«

Haern schüttelte den Kopf. »Aaron ist tot. Lass mich in Ruhe. Seine Sünden sind nicht mehr meine.«

Veliana lachte. »So funktioniert die Welt aber nicht. Du kannst deinen Namen ändern oder dein Gesicht, aber deine Sünden bleiben die deinen. Dein Vater hat alle getötet, an denen mir jemals etwas gelegen hat. Also, geh zurück und stirb im Feuer, oder zück deine Messer und kämpf gegen mich.«

Haern warf einen Blick zurück auf die Treppe. Der Rauch

quoll bereits durch die Ritzen. Die Hitze sickerte schon durch den Holzboden. Von Senke war immer noch nichts zu sehen, und Haern versuchte nicht daran zu denken, was möglicherweise mit ihm passiert war.

»Mach das nicht«, flüsterte Haern. Aber das Fauchen der Flammen übertönte seine Worte. Veliana griff an. Sie zielte mit ihrem Dolch direkt auf seinen Hals. Haern schlug die Waffe mit der Handfläche zur Seite und trat mit seinem rechten Fuß zu. Sie sprang über sein Bein und rammte ihr Knie nach vorne. Sein Kopf flog zurück, als das Knie in seinem Gesicht landete. Blut tränkte die Innenseite seiner Maske.

Haern taumelte, ihm schwindelte immer noch von dem Rauch und der Hitze, und er ging in Verteidigungsposition. Velianas Dolch zischte durch die Luft und traf ihn, aber obwohl Haern Lücken in ihrer Verteidigung sah, weigerte er sich, sie anzugreifen. Er parierte und wich ihren Schlägen aus, wobei er langsam um die Haufen mit Schrott herumging. Der Rauch waberte in der Luft und trübte sie. Der größte Teil des Rauchs zog jedoch durch das zerbrochene Fenster ab.

»Lass mich in Ruhe!«, schrie er, als er seine Langmesser kreuzte und einen brutalen Schlag von Veliana abwehrte. Seine Ellenbogen erzitterten unter dem Aufprall, und als er einen Augenblick abgelenkt war, weil sie so dicht vor ihm stand und er ihr schrecklich entstelltes Auge sah, gelang es Veliana, ihm ein Bein zu stellen und ihn zu Fall zu bringen. Als er stürzte, rollte er sich zur Seite, um ihrem nächsten Schlag auszuweichen. Dann drehte er sich um und rannte durch den Dachboden, versuchte verzweifelt, das Fenster zu erreichen.

Veliana verfolgte ihn, offenbar immer noch in der Absicht, ihn zu töten. Sie erreichte zwar das Fenster zuerst, aber sie hatte nicht mehr genug Zeit, um sich richtig vorzubereiten. Haern sprang los und rammte sie mit der Schulter. Als sie zurückflog, schlug er mit seinem Langmesser nach ihr und traf sie. Blut lief über ihre Lippen, über ihr Wams und die Hose. Veliana schrie vor Schmerz und wirbelte herum. Als Haern sich unter ihrem hohen Tritt wegduckte, wartete bereits unten ein Dolch auf ihn. Er drehte sich zur Seite, war aber nicht schnell genug. Der Dolch traf seine Schulter und hinterließ einen großen Riss in seinem Hemd. Blut strömte über seinen Arm, und der Schmerz war schrecklich, aber Haern ließ sich davon nicht aufhalten. Seine Widersacherin hatte gerade erst ihren ersten richtigen Treffer gelandet. In diesem Moment war sie am verletzlichsten, weil ihre Zuversicht durch diesen kleinen Sieg anschwoll.

Er trat zu und riss gleichzeitig mit seinem linken Arm den Umhang hoch, um seine Bewegung zu verbergen. Veliana verlor das Gleichgewicht, als er sie traf, und sank auf ein Knie. Bei der harten Landung stieß sie einen leisen Schrei aus. Haerns Umhang klatschte ihr ins Gesicht, und als sie ihn zurückschlug, um sehen zu können, war Haern bereits da. Er schlug zu und schmetterte seine Faust mit aller Kraft gegen ihren Hals.

Sie rang nach Luft und sackte zurück, während sie ihren Dolch schwach vor sich ausstreckte, um sich zu verteidigen. Haern zog ihr seine Klinge über die Knöchel, um ihren Griff zu schwächen, und schlug dann den Dolch zur Seite. Veliana sah ihn mit ihrem gesunden Auge böse an, während sie immer noch hustend nach Luft rang.

»Aaron ist tot«, sagte er schwer atmend zu ihr. Die Dolche zitterten in seinen Händen, und eine Spitze lag an ihrer Kehle. »Warum kannst du das nicht verstehen?«

»Du bist er«, gab Veliana krächzend zurück. »Du kannst dich nicht verstecken. Du bist ein Feigling, nichts weiter.«

Haern schüttelte traurig den Kopf. »Es tut mir leid«, sagte er. »Aber da irrst du dich.«

Er schlug ihr den Knauf seines Dolches über den Schädel, und sie verlor das Bewusstsein. Als sie zu Boden fiel, steckte

Haern seinen Kopf durch das Fenster und sah sich um. Um das Anwesen herum hatte sich eine große Menschenmenge angesammelt. Es war eine Mischung aus Stadtwachen, Zuschauern und verzweifelten Nachbarn, die Ketten mit Löscheimern gebildet hatten, um dafür zu sorgen, dass das Feuer sich nicht ausbreitete. In diesem Chaos konnte er ganz bestimmt entkommen.

Er hörte, wie Veliana hinter ihm leise stöhnte. Haern seufzte. An der Seite seines Vaters hatte er sie dem Tod überlassen. Das konnte er nicht noch einmal tun, jedenfalls nicht, wenn er gleichzeitig behauptete, er wäre ein besserer Mensch geworden. Das Feuer kroch bereits die Treppe hinauf, und der Rauch wurde stärker. Er hatte noch zwei Minuten, vielleicht drei.

Er wusste, dass der Umhang und die Farben, die sie trug, sie zum Tode verurteilen würden. Also zog Haern sie bis auf ihre Unterwäsche aus. Dann suchte er in den Kisten nach Kleidung, wobei er sich den Umhang vor den Mund hielt, um sich vor dem Rauch zu schützen. Als er eine Decke fand, die lang genug war, zog er sie über Veliana und band eine Ecke um ihre Handgelenke. Die andere Hälfte wickelte er um seinen Arm und betete, dass es genügte. Falls Veliana Glück hatte, würde sie den Sturz überleben, und wer sie fand, würde sie vermutlich für eine panische Bedienstete halten, die versucht hatte, vor dem Feuer zu flüchten, nachdem sie sich auf dem Dachboden versteckt hatte. Wenn nicht …

Fast hätte er sie dem ruhigen, leisen Tod durch den Rauch überlassen. Fast.

»Jetzt sind wir quitt«, flüsterte er, als er ihren Körper aus dem Fenster wuchtete. Er stemmte seine Füße gegen die Wand und hielt mit aller Kraft fest. Der Stoff der Decke straffte sich, und er ließ ein bisschen davon abrollen, bevor er wieder festhielt. Beinahe wäre er mit ihr aus dem Fenster geflogen, so sehr hatte er das Gewicht des Zugs unterschätzt. Sie baumelte auf halbem Weg in der Luft, und Haern hoffte, dass das nahe genug am Boden war. Er ließ die Decke los und zählte bis drei, bevor er den Kopf aus dem Fenster steckte.

Zwei Zuschauer standen neben ihr. Offenbar hatte einer von ihnen sie aufgefangen. Bei dem Lärm konnte er ihre Stimmen nicht hören, aber er sah, wie sie auf ihr Gesicht deuteten. Einer der Männer neben ihr schüttelte den Kopf. Sein Gesicht zeigte eine Mischung aus Wut und Mitleid. Haern seufzte. Die Wunden, das Blut auf ihren Handgelenken und die zerfetzte Kleidung erzählte den Männern eine Geschichte, die sie bei einer solchen Katastrophe erwarteten. Jetzt musste er sich um seine eigene Rettung kümmern. Haern trat die letzten Glasscherben aus dem Fenster, stellte sich auf den Rand und zog sich auf das Dach hinauf.

Er lief an den Rand, sprang von dort in einen Baum neben dem Haus und tauchte dann in der Menge der Zuschauer unter.

35. Kapitel

Die gesamte Veranstaltung langweilte Torgar schrecklich. Das Ausmaß und die Hemmungslosigkeit der Feier um ihn herum verschlimmerte die Tortur noch. Tausend Gallonen Alkohol strömten durch die Kehlen der Feiernden. Der Jubel, das Ächzen und Stöhnen der Kopulierenden und die Kampfgeräusche waren meilenweit zu hören. Und doch fühlte er sich vollkommen isoliert.

»Setz dich gerade hin«, flüsterte Taras neben ihm. »Du lümmelst herum.«

Torgar richtete sich auf und dehnte knackend seinen Rücken. Manchmal fragte er sich, ob Langeweile nicht gefährlicher war als richtige Kämpfe. Jedenfalls kam sie ihm so tödlich vor wie ein Widersacher. Er saß an dem unglaublich langen Tisch in dem Pavillon auf dem größeren der beiden Hügel, die man für das Kensgold ausgewählt hatte. Mitglieder aller drei Familien der Trifect saßen auf Hunderten von Stühlen. Er sah hässliche Cousinen, entfernte Verwandte, Soldaten und Händler aller Couleur. Sie wetteiferten und spotteten und hofften, ein höheres Ansehen zu erringen, indem sie sich an geistreichen Bemerkungen überboten oder einfach nur wegen des Reichtums, für den ihr gemeinsamer Name stand.

Das war natürlich Blödsinn. Torgar wusste, dass er sie alle bis auf den letzten Mann töten könnte, und doch behandelten sie ihn von oben herab, als schwebten sie so hoch über ihm, dass sie ihn kaum erkennen konnten. Am Kopfende der Tafel saßen Laurie, Leon und Maynard. Sie redeten miteinander, manchmal ganz offen und ungeniert, manchmal auch leise und mit zusammengesteckten Köpfen. Taras saß neben seinem Vater und lauschte, wenn es angebracht erschien. Das musste Torgar dem Jungen lassen; er schien eine Menge zu begreifen, und er hatte sogar ein- oder zweimal seine Meinung eingeworfen, ohne Hohn oder Spott von einem der drei dafür zu ernten. Leon und Maynard schienen sich zu amüsieren, aber Laurie war eindeutig aufgeregt. Der leere Stuhl neben ihm war der Grund dafür.

Dieses dumme Miststück, dachte Torgar. *Natürlich musste sie sich auch unbedingt in ihr kostbares Heim verkriechen. Säuglinge sind schwerer zu erschrecken als diese Braut.*

Er hätte es vielleicht auch laut ausgesprochen, aber man hatte ihm nicht so viel Alkohol gegeben, wie er gerne getrunken hätte. Immerhin wollte sein Meister ihn an Taras' Seite wissen, sowohl als Schutz für den Jüngling als auch für den Vater. Dem überheblichen Geplapper um ihn herum nach zu urteilen, glaubte Torgar allerdings, dass die einzige Gefahr von einem fliegenden Teller mit warmem Essen ausgehen könnte, jedenfalls so, wie er es einschätzte.

»Worüber reden sie denn jetzt?«, fragte Torgar Taras. Er versuchte zu flüstern, aber seine tiefe Stimme war nicht gerade dafür gemacht.

»Sie haben ihre Handelsverträge zu Ende besprochen«, meinte Taras und warf dem Söldner einen Blick zu. »Und jetzt reden sie über die Diebesgilden.«

»Da gibt es nicht viel zu reden«, erwiderte Torgar. »Wir haben die Patrouillen verdoppelt und mehr Söldner engagiert, aber es ist so, als würdest du versuchen, die Fliegen vom Arsch eines Pferdes zu vertreiben.« Er bemerkte, dass eine elegant gekleidete, etwa dreißigjährige Frau, die ihm gegenüber am Tisch saß, ihn strafend anblickte. Er zwinkerte ihr zu.

»Verzeiht mir den schillernden Ausdruck«, sagte er. »Mein

Gehirn besteht aus Schlamm, und meine Zunge ist blau angelaufen. Ich bin nur wegen meines Herrn hier.«

Sie sog verächtlich die Luft durch die Nase und drehte sich zu einer Frau zu ihrer Linken um. Dann begannen die beiden miteinander zu flüstern, und es war offensichtlich, dass sie nicht sonderlich glücklich über seine Gegenwart waren. Torgar seufzte. Bei den Göttern, er hasste es, hier zu sein.

»Sie überlegen, ob sie zum König gehen und sich beschweren sollen«, meinte Taras.

»Na, viel Glück, kann ich da nur sagen«, erwiderte Torgar. »Sie hätten eine bessere Chance …« Er unterdrückte einen weiteren derben Kommentar, als ein Priester von Ashhur den Pavillon betrat. »Wer bei allen Feuern des Schlundes hat den denn vorgelassen?«

Taras hörte ihn nicht, weil er zu sehr damit beschäftigt war zuzuhören, wie sein Vater über Bestechungsgelder sprach. Der Hauptmann der Söldner stand auf und trat dem Priester in den Weg. Der fromme Mann schien in diesem Meer aus Menschen verloren zu sein.

»Willkommen bei unserer kleinen Feier.« Torgar packte die Hand des Priesters und schüttelte sie. Der Geistliche war ein junger Mann mit sorgfältig gestutztem Haar und einem Hauch von Bartwuchs auf seinen Wangen. Er wirkte erleichtert.

»Ich muss zugeben, dass ich ein bisschen hilflos bin«, gestand er. »Ich muss mit Laurie Keenan sprechen, aber ich kann ihn in diesem Meer von Gesichtern nicht finden.«

»Ich bin Hauptmann der Söldner Lord Keenans«, erwiderte Torgar. »Er ist gerade damit beschäftigt, Pläne zu schmieden. Also sag mir einfach, was du ihm erzählen willst, und ich überlege, ob es sich lohnt, ihn zu stören.«

Der Priester fragte weder nach einem Beweis für seinen Rang oder seine Stellung noch nach irgendetwas anderem. Torgar war froh, dass er den Priester abgefangen hatte, bevor dieser die Nachricht vor einem engen Verwandten der Gemcrofts oder einem Gedungenen Schwert Conningtons ausgeplaudert hatte.

»Es geht um seine Frau Madelyn«, begann der junge Priester.

»Moment«, sagte Torgar und hielt dem Jüngling seinen großen Zeigefinger vor die Nase. »Kein Wort mehr. Gehen wir irgendwohin, wo es weniger Ohren gibt, einverstanden?«

Der Priester nickte. Torgar führte ihn zu einem Seiteneingang des großen Pavillonzeltes und nickte den Söldnern zu, die dort Wache hielten. »Wie ist dein Name?«, wollte Torgar wissen, während sie hinausgingen.

»Derek«, sagte der Priester. »Du kannst mich Derek nennen.«

»Also gut, Derek!« Torgar lachte, um den Mann zu beruhigen. Dass sie das Zelt verließen, schien den Geistlichen aber keineswegs so zu entspannen, wie Torgar gehofft hatte. Als er sich umsah und das Ausmaß an Dekadenz erfasste, das sie umgab, begriff er auch, warum. Er fragte sich, wie viele Säulen von Ashhurs Glauben in diesem Augenblick gebrochen wurden.

»Achte nicht auf dieses Schauspiel«, sagte Torgar und packte die Schultern des Priesters. »Also, was ist das für eine Nachricht?«

»Mistress Keenan wurde auf dem Weg zu ihrem Haus angegriffen«, begann Derek. »Wir konnten sie retten, bevor ihr etwas zustieß. Wir hatten gehofft, dass sie die Nacht in unserem sicheren Tempel verbringen würde. Viele ihrer Leibwächter haben das jedenfalls getan. Aber heute Morgen mussten wir bedauerlicherweise feststellen, dass sie wohl weggelaufen ist.«

Torgar spürte, wie Wut in ihm aufstieg. Während er Taras zu seiner Einladung für das Kensgold eskortiert hatte, war ein anderes seiner Mündel auf offener Straße angegriffen worden. Da er keine anderslautende Nachricht erhalten hatte, war er davon ausgegangen, dass Madelyn es sicher nach Hause geschafft hatte. Aber hatte sie es wirklich geschafft?

»Warum hat es so lange gedauert, bis ihr uns benachrichtigt habt?«, wollte Torgar wissen.

»Wir haben einen Priester zu deinem Herrn geschickt, der ihn über den Aufenthalt seiner Frau in unseren Tempel informieren sollte.« Derek sah sich um, und sein Gesicht zuckte nervös. »Die Nachricht hat es wohl nicht bis zu eurem Lager geschafft. Wir haben erst kürzlich herausgefunden, dass der Priester ermordet wurde. Calan, unser Hohepriester, hat Angehörige unseres Ordens zu eurem Besitz geschickt, um zu überprüfen, ob Mistress Keenan da ist. Sie ist nicht dort. Ist sie nicht hierhergekommen?«

Torgars Blick war Antwort genug.

»Dann musst du es deinem Herrn erzählen«, erklärte Derek nachdrücklich. »Seine Frau ist verschwunden, und wir fürchten, dass eine der Diebesgilden sie entführt hat.«

»Wenn dem so ist, dann lebt sie vielleicht schon nicht mehr.« Torgar seufzte. »Wir haben keine Lösegeldforderungen erhalten.«

»Eigentlich«, Derek streckte zitternd die Hand aus, »glaube ich doch, dass ihr das habt.«

Er hielt in seinen zitternden Fingern eine mit Wachs versiegelte Schriftrolle. Das Wachs war glatt und zeigte keinerlei Siegelabdruck. Torgar nahm sie entgegen und hob dabei fragend eine Braue.

»Ein Mann in einem grauen Umhang hat mich auf dem Weg hierher aufgehalten«, erklärte Derek. »Er hat mir die Schriftrolle gegeben und mir aufgetragen, sie der Person auszuhändigen, der ich auch meine Nachricht übermitteln sollte. Er schwor, ich würde sterben, wenn ich sie öffnete oder sie auch nur beschädigte.«

Er trat einen Schritt zurück, als könnte die Schriftrolle explodieren und sie alle töten. Torgar brach das Siegel und rollte sie auf. Die Nachricht war kurz und bündig.

Laurie Keenan

Beende das Kensgold und verlass Veldaren heute Nacht. Tust du es nicht, stirbt Madelyn. Dann Taras. Und dann du.

Eine Spinne.

Torgar rollte die Schriftrolle wieder zusammen und hielt sie so fest, dass das Papier zerknitterte und das Wachs zerbrach und in winzigen Stücken zu Boden fiel.

»Hör mir genau zu, Derek«, sagte er. »Du bleibst hier beim Kensgold. Sie werden dich auf dem Rückweg zum Tempel töten, ist dir das klar?«

»Ich habe keine Angst vor dem Tod«, erwiderte Derek, aber er sah trotz seiner Worte ziemlich ängstlich aus.

»Ob du Angst hast oder nicht, spielt keine Rolle. Es ist sinnlos, ihnen freiwillig in die Falle zu gehen«, erklärte der Söldnerhauptmann nachdrücklich. »Aber von mir aus geh und stirb. Ich habe Wichtigeres zu tun.«

Er trat hastig in den Pavillon zurück, und es kümmerte ihn wirklich nicht, ob der Priester blieb oder nicht. Laurie lachte gerade laut, als Torgar näher trat. Der Söldner ignorierte Taras' fragenden Blick.

»Mylord.« Torgar kniete sich neben den Stuhl von Laurie, sodass sein Kopf in der Höhe von Lauries Ohr war. »Wir müssen reden.«

»Einen kleinen Augenblick«, meinte Laurie und klopfte dem Söldner auf die Schulter. »Leon erzählt gerade eine wunderbare Geschichte über …«

»Sofort«, erklärte Torgar. Die Stimmung schlug sofort um. Leon warf ihm einen gereizten Blick zu, der ganz klar zum Ausdruck brachte, dass Torgar Will als Spielzeug für die Zarten Greifer Gesellschaft leisten würde, wenn er Leons Söldner wäre. Laurie betrachtete Torgar kurz, bemerkte den eindringlichen Blick des Söldnerhauptmanns und wandte sich zu den anderen um.

»Entschuldigt mich einen Augenblick«, meinte er und stand auf. Taras folgte den beiden Männern unaufgefordert.

»Was ist so verdammt wichtig, dass ich den Eindruck erwecken muss, ich würde vor meinem eigenen Söldnerhauptmann kuschen?«, sagte Laurie scharf, als sie sich außerhalb des Zeltes befanden. Torgar gab ihm als Antwort die Schriftrolle. Laurie las sie, fluchte, warf sie zu Boden und stampfte mit dem Absatz darauf herum. »Wo ist Madelyn?«

»Sie hat es nicht nach Hause geschafft«, erklärte Torgar. Er schilderte kurz, was der Priester von Ashhur ihm erzählt hatte. Als er fertig war, trat er zurück und verschränkte die Arme. Er wartete, was sein Herr tun würde.

»Wir wissen nicht, ob sie tot oder lebendig ist«, erklärte Laurie, dessen Gesicht vor Wut rot angelaufen war. »Selbst wenn ich tue, was sie sagen, gibt es keine Garantie, dass die Entführer sie am Leben lassen.«

»Und die Drohung gegen dein Leben und das deines Sohnes?«

Laurie warf einen Blick auf Taras, der bis jetzt nichts gesagt hatte. »Ich habe in den letzten fünf Jahren Hunderte solcher Drohungen erhalten, und zwar jedes Jahr«, meinte er. »Warum sollte ich auf diese Drohung anders reagieren?«

Torgar zuckte mit den Schultern. »Wie dringend willst du sie wiederhaben?«

»Darum geht es nicht«, sagte Laurie.

»Und ob es darum geht. Es ist der einzig entscheidende Punkt. Wenn du in den Augen der Trifect mächtig erscheinen willst, dann bleibe. Wenn du dein eigenes Ego nicht ankratzen willst, dann bleibe. Aber wenn du sie wiederhaben willst, dann tu, was sie verlangen. Ruf unsere Diener zusammen, nimm unser Essen, unser Bier, und wir gehen. Welche Rolle spielt das schon? Wir haben unser Fest gehabt. Du hast deine Pläne geschmiedet und alle Abmachungen getroffen, die nötig sind.«

Laurie sah aus, als hätte er am liebsten jemanden getötet. Unwillkürlich griff er zu dem juwelenbesetzten Dolch an seinem Gürtel. Torgar weigerte sich zu reagieren. Er hatte kein Recht gehabt, so etwas zu sagen, aber es gab noch etwas, das er zu sagen hatte. Eine letzte Bemerkung.

»Gib mir Zeit«, fuhr er fort. »Ich kann sie alleine finden. Ich werde diese Feiglinge ausbluten lassen, und ich werde sie finden, ganz gleich, wo sie gefangen gehalten wird. Und ich werde sie sicher wieder zurückbringen. Gib ihnen, was sie wollen. Was sie verlangen, ist erbärmlich. Möglicherweise töten sie sie trotzdem, aber auch nur ein paar Stunden Verzögerung könnten darüber entscheiden, ob ich eine Gefangene vorfinde oder eine Leiche.«

Laurie zückte den Dolch. Er hielt die Spitze an Torgars Kehle. Seine Hand zitterte.

»Er hat Recht«, sagte Taras. »Sie werden sie so oder so umbringen. Aber so haben wir zumindest eine Chance.«

Der Dolch sank herab.

»Knie nieder!«, befahl Laurie. Torgar gehorchte. Er zuckte nicht einmal zusammen, als sein Herr ihn am Hals packte und mit dem Dolch eine dünne, blutige Furche über seine Stirn zog. »Schwöre es bei deinem Blut«, sagte Laurie. Seine Stimme war leise und zitterte vor Intensität.

Torgar legte seine Hände auf die Stirn und spürte die flüssige Wärme auf seinen Handflächen. Nachdem er bis zehn gezählt hatte, nahm er die Hände von der Stirn und hob sie zum Himmel.

»Ich schwöre bei meinem Blut, dass ich sie zurückbringen werde.«

Laurie wischte den Dolch mit einem Tuch sauber und steckte

ihn wieder in die Scheide. »Fast richtig«, sagte er. »Aber nicht ganz. Du wirst sie *lebendig* wieder zurückbringen, Torgar. Wenn nicht, werde ich deine Ehre Falschheit nennen. Ich werde deine Weisheit Narretei schimpfen, und mein Rückzug wird Hohn und Spott auf meinen Namen häufen. Solltest du sie tot vorfinden, dann kannst du dich gleich in dein Schwert stürzen, weil dieser Tod weit gnädiger sein wird als der, den ich dir bereiten werde.«

Er stürmte wieder in den Pavillon zurück und schrie Befehle. Laute Schreie der Enttäuschung brandeten auf. Kensgold war vorüber.

»Lass mich mitkommen«, sagte Taras, nachdem sein Vater verschwunden war.

»Nein«, erwiderte Torgar. »Ich habe schon genug an den Hacken. Ich will nicht, dass du unter meinen Augen stirbst, während ich deine Mutter suche.«

»Ich kann kämpfen«, erwiderte Taras hartnäckig.

»Wenn du mir aus dem Lager folgst, bringe ich dich eigenhändig um«, drohte ihm Torgar. Das schien den Jüngling doch ein wenig einzuschüchtern. Zögernd drehte er sich um und ging zu seinem Vater in den Pavillon. Torgar schüttelte den Kopf. In Wirklichkeit hätte er Taras nur zu gerne bei sich gehabt, aber das Risiko war auch so schon viel zu groß. Er würde alleine arbeiten, und er würde schnell und blutig vorgehen.

Er marschierte zu seinen Söldnern, ernannte einen Stellvertreter und informierte seine Männer darüber, dass das Kensgold aufgelöst wurde. Danach nahm er sich ein Pferd aus den Stallungen und ritt wie ein Dämon zu den Mauern von Veldaren. Auf dem Weg dorthin kam er an einem Leichnam vorbei, der im Gras lag. Seine weißen Roben waren blutgetränkt.

Er hatte erwartet, dass es schwer sein würde, ein Mitglied der Spinnengilde aufzutreiben, aber wie sich herausstellte, war es fast beleidigend einfach. Torgar sah den Graumantel, als er nach Osten durch die Stadt ritt. Der Mann hatte es eindeutig eilig, und zwar so eilig, dass er nicht im Geringsten darauf achtete, ob er vielleicht verfolgt wurde. Torgar lachte, als er ihm zu Pferd in eine schmale Gasse folgte. Die Spinne drehte sich beim Klang der Hufschläge um, aber da war es längst zu spät. Torgar sprang vom Pferd und hämmerte ihm seine Fäuste auf den Schädel. Der Dieb brach wie eine Vogelscheuche zusammen, die man vom Stock gehoben hatte.

Torgar zog ihn von der Hauptstraße weg und lehnte ihn dann gegen eine Mauer. Er hockte sich neben den Mann, hielt ihm die Nase zu und schlug ihm ein paarmal ins Gesicht, bis er mit einem Ruck aufwachte.

»Schön leise«, sagte der Söldner, legte dem Dieb eine Hand über den Mund und stieß ihn hart gegen die Mauer. »Ich will nicht jetzt schon anfangen müssen, dir irgendwelche Körperteile abzuschneiden.«

Der Mann wurde blass und nickte. Torgar lachte leise.

»Gut.« Er zog sein Schwert und legte es sich quer über die Knie. »Vergiss nicht, dass ich das hier habe, dann läuft die ganze Sache für alle Beteiligten glimpflich ab.«

»Was willst du von mir?«, erkundigte sich der Mann, als Torgar die Hand von seinem Mund nahm.

»Erst einmal deinen Namen«, sagte Torgar.

»Tobias.«

»Also, Tobias«, meinte Torgar. »Da ich jetzt deinen Namen kenne, wie wäre es da, wenn ich noch ein paar Dinge mehr erfahre. Für den Anfang zum Beispiel, wohin wolltest du so eilig?«

Tobias klappte den Mund zu und wandte den Blick ab. Torgar verdrehte die Augen. Er schlug ihm die Faust ins Gesicht, packte einen Arm und rammte ihm sein Schwert durch die Handfläche. Als Tobias schrie, schlug Torgar ihm erneut die

Hand über den Mund und schmetterte seinen Kopf gegen die Mauer.

»Hör genau zu, Dummkopf«, befahl Torgar. »Hast du jemals von den Blutreitern gehört? Sie sind außerhalb von Ker stationiert und genießen im Westen einen ziemlich üblen Ruf.«

Tobias riss bei der Erwähnung dieses Namens die Augen weit auf.

»Ah, gut, du hast also von ihnen gehört«, sagte Torgar. »Weißt du, was ihre Lieblingsfoltermethode ist? Sie nehmen vier Pferde, je eines für jeden Arm und jedes Bein, und dann binden sie je ein Seil von jedem Sattel an seine Handgelenke und seine Knöchel. Du solltest sehen, wie viel Blut durch die Luft spritzen kann, wenn diese Seile straff gezogen werden.«

Torgar senkte den Kopf und fixierte Tobias scharf. Dann grinste er. »Ich war einmal ein Blutreiter, du Ziegenficker. Siehst du meinen Gaul da drüben? Ich habe vielleicht nur ein Pferd, aber du wärst überrascht, was ich mit einem Pferd und einem Stück Seil so alles anstellen kann.«

Tobias brach am ganzen Körper der kalte Schweiß aus. Torgar drehte das Schwert ein bisschen in der Wunde, sodass sich die Knochen verschoben, und zog es heraus. Dann nahm er die Hand vom Mund des Mannes und wiederholte seine Frage. Diesmal bekam er eine Antwort.

»Am Haus von Connington haben uns Soldaten angegriffen«, stammelte Tobias. »Ich war draußen vor dem Gebäude, als sie kamen. Ich wollte Thren suchen, um ihn zu warnen.«

Torgar blickte nach Osten, wo eine riesige Rauchsäule in den Nachthimmel emporstieg. »Ich glaube, er weiß es schon. Versuchen wir mal etwas, das ich nicht selbst innerhalb der nächsten fünf Minuten herausfinden kann. Dein Gildemeister hat jemand ganz Besonderen entführt, jemand sehr Besonderen. Weißt du, von wem ich rede?«

Tobias' Blick verriet, dass er es sehr genau wusste. »Bitte frag mich nicht«, sagte die Spinne. »Bitte frag nicht. Thren wird mich umbringen, wenn ich es sage.«

»Ich werde dich auch umbringen, aber es wird doppelt so schlimm«, knurrte Torgar.

Tobias lachte tatsächlich. »Du glaubst, du bist furchteinflößender als Thren?«, fragte er. »Mach schon, benutz dein verfluchtes Pferd. Ich werde nichts sagen.«

Torgar seufzte. Einen Augenblick lang hatte er gehofft, dass er vielleicht auf Folter verzichten könnte. Na, was machte es schon? Wenigstens war er gut darin.

Er brauchte zehn Minuten. Als er ging, hielt Tobias seine Eingeweide in den Händen.

»Du hast Recht, Thren wird dich vielleicht töten«, sagte Torgar, als er wieder auf sein Pferd stieg. »Aber du hättest trotzdem reden sollen.«

Er ritt wieder auf die Hauptstraße und dann nach Osten. Der Hufschlag seines Pferdes trommelte einen beruhigenden Rhythmus auf den festen Lehm der Straße. Die Richtung war leicht zu merken, der Schlupfwinkel war schlicht und nur schlecht bewacht. Nach dem, was Tobias ihm gesagt hatte, konnte Thren in dieser glorreichen Nacht keine Männer erübrigen. Torgar schnaubte. Nun, er würde dafür sorgen, dass der Ruhm dieses alten Mistkerls ein wenig befleckt wurde. Bis jetzt schien sich der Rauch nur auf das Haus von Connington zu beschränken. Er hoffte, dass das Anwesen seines eigenen Herrn noch unversehrt war.

Das kleine Haus sah genauso aus wie jedes andere auch. Es hatte eine kleine Tür auf der Vorderseite, keine Fenster und ein schräges Dach aus Holz und Lehm. Torgar ritt ein paar Häuser weiter, um den Überraschungseffekt auszunutzen. Dann stieg er ab und band die Zügel seines Pferdes an den Griff einer Haustür. Der Söldnerhauptmann zog sein Schwert, küsste die Klinge und rannte los. Er rammte die Tür des Schlupfwinkels mit der Schulter, ohne dabei langsamer zu werden. Das Holz brach und splitterte.

»Scheiße!«, schrie ein Mann im Haus.

Torgar wusste, dass er nur sehr wenig Zeit hatte. Er warf sich erneut mit dem ganzen Gewicht gegen die Tür. Sie flog auf, und er sah zwei Männer der Spinnengilde, die mit gezückten Dolchen vor ihm standen. Madelyn lag zusammengesunken in der Ecke, ohne sich zu rühren. Torgar hoffte inständig, dass sie nicht tot war. Er hatte nicht vor, sich in sein Schwert zu stürzen, aber er wollte bei allen Göttern auch nicht den Rest seines Lebens damit verbringen, vor Laurie Keenan zu fliehen.

»Na los, kommt schon!«, brüllte Torgar und schwang sein Schwert in einem übertriebenen Bogen. »Kämpfen wir ein bisschen.«

Einer der Diebe fiel auf den Trick herein. Er griff an und stürzte sich in die Lücke, wo Torgar eigentlich angreifbar hätte sein sollen. Aber der hatte diesen Angriff erwartet und schlug dem Mann seine riesige Faust ins Gesicht. Als der Dieb zusammenbrach, bohrte Torgar ihm sein Langschwert in die Schulter und riss es seitlich heraus. Der Knochen wurde zerfetzt, und Blut spritzte auf den Boden. Der andere Mann warf einen Blick auf Madelyn. Ganz offenbar hatte er vor, sie als Geisel zu benutzen. Torgar ließ ihm keine Zeit dafür. Er stürzte sich auf den Mann, ohne Angst vor dessen kleinem Dolch. Sein Schwert war länger, er war ein besserer Kämpfer, und er hatte einfach erheblich mehr Kraft.

Er nahm einen Stich in die Schulter hin und erwiderte den Hieb. Sein Schwert bohrte sich in die Brust des Mannes, drang aus dem Rücken heraus und nagelte ihn an die Wand. Dann packte der Söldnerhauptmann den Kopf des Mannes mit beiden Händen, hämmerte ihm die Stirn ins Gesicht und drehte den Kopf mit einem Ruck herum. Knochen knackten. Als er sein Schwert aus der Brust des Mannes riss, stürzte der tot zu Boden.

Mit einem angewiderten Stöhnen riss Torgar den Dolch aus seiner Schulter und untersuchte ihn. Eine Seite der Klinge war gezackt, und das spürte er auch. »Du mieser kleiner Scheißkerl«, sagte er und warf den Dolch auf die Leiche. Dann holte er tief Luft, drehte sich um und hob Madelyn vom Boden hoch.

Sie atmete noch.

»Das muss meine Glücksnacht sein«, sagte Torgar. Er küsste Madelyn ausgiebig und verließ dann das Haus. Er löste den Zügel von der Tür, warf sich Madelyn über die Schulter und bestieg sein Pferd. Dann legte er sich Madelyn wie ein Kind in seinen Schoß und ritt los, hinter Keenans Wagen her. Er hoffte, dass er sie einholte, bevor sie zu weit von Veldarens Mauern entfernt waren.

»Ein schönes, verfluchtes Kensgold, Thren«, sagte Torgar, als er durch das Stadttor und in die Nacht hineinritt. »Ich hoffe, du hattest heute Nacht genauso viel Spaß wie ich.«

36. Kapitel

Thren hatte den Rauch gesehen, als er mit Kayla zurückkam. Er hatte sich zunächst vergewissern wollen, dass das Kensgold tatsächlich aufgelöst wurde. Als sie die Stadt wieder erreichten, gab es keinen Zweifel mehr daran, was da brannte. Es war das Anwesen von Leon Connington.

»Wieso haben diese verdammten Narren so früh damit angefangen?«, fragte Thren. Seine Stimme klang hart. »Leon ist noch nicht einmal in der Nähe der Stadt!«

»Vielleicht sind sie auf stärkeren Widerstand gestoßen als wir bei Maynard«, gab Kayla zurück.

Thren schüttelte den Kopf. »Ganz gleich, welchen Grund es hat, wir müssen zum Gemcroft-Haus. Wenn Leons Anwesen bereits brennt, können wir dort nur wenig ausrichten. Verflucht! Ich hatte so wundervolle Pläne, wie er für Wills Tod hätte zahlen sollen. Das Mindeste ist jetzt, dass Maynard heute Nacht stirbt!«

Natürlich sagte er ihr nicht warum. Er würde niemals zugeben, wie groß die Gefahr war, in der er schwebte, weil die Priester von Karak seinem Sohn halfen.

Sie liefen nebeneinander durch die Straßen und keuchten vor Anstrengung. Als er das Haus erreichte, sah er ein paar Männer der Wolfsgilde, die die Straße im Auge behielten. Cynric stand an einem Fenster eines der nahe gelegenen Häuser. Er legte die Hände an den Mund und heulte.

»Dem Mann gehört der Kopf fester an den Hals genagelt«, murmelte Thren. Sie stürmten durch die Tür. Der Gildemeister erwartete sie bereits.

»Wir haben den Rauch gesehen«, meinte Cynric. »Weißt du, was los ist? Wir hatten gehofft, dass irgendein Läufer kommt und uns Nachrichten bringt, aber bis jetzt ist keiner aufgetaucht.«

»Wir wissen genauso wenig wie ihr«, erwiderte Thren. »Verflucht! Wenigstens ist das Haus zerstört. Habt ihr hier irgendetwas Auffälliges gesehen?«

»Die Beute lässt sich nicht blicken«, meinte Cynric. »Die ganze Sache ist ziemlich langweilig. Wir haben schon überlegt, ob wir uns an dem Fest bei Connington beteiligen sollen. Ich hoffe, du denkst an uns, wenn das richtige Schlachtfest losgeht. Wir haben uns unseren Anteil verdient.«

Thren verließ das Haus mit Kayla im Gefolge. Er ging durch das offene Tor zum Anwesen der Gemcrofts. Kadish wartete dort auf sie.

»Ich habe mich schon gefragt, wann du zurückkommen würdest«, sagte der Mann. »Ich wollte eine klare Anweisung, was ich mit ihm anfangen soll.«

Er deutete auf James Beren, der an Armen und Beinen gefesselt an der Wand lag. Er hatte die Augen geöffnet, aber er war geknebelt. Thren legte den Kopf zur Seite und dachte nach.

»Ist die Aschegilde zerschlagen?«

»Wir haben bis auf einige wenige alle erwischt und getötet«, meinte Kadish. »Wir jagen sie, soweit möglich, aber die meisten werden einfach nur in andere Gilden eintreten, einschließlich meiner eigenen. Sie sind erledigt.«

»Gut.« Thren wandte sich zu James um und zog sein Langmesser. Dann kniete er sich hin und nahm ihm den Knebel aus dem Mund. Er lächelte. »Siehst du jetzt, was passiert, wenn man sich mir widersetzt?«

James nickte. Sein Gesicht war schwarz und blau geschlagen.

Thren stand auf und sah die Angehörigen der Spinnengilde und der Falkengilde an, die in dem Raum herumstanden. »Seht ihr alle, was passiert, wenn ihr euch mir widersetzt?«

Sie nickten. Thren wandte sich um und rammte sein Langschwert in James' Auge. Mit wutverzerrtem Gesicht drehte er die Klinge in der Wunde und riss sie dann heraus. Blut und Hirnmasse spritzten auf den Boden.

»Habt ihr es begriffen?«, fragte er die Leute. Er reinigte die Klinge, schob das Langmesser in die Scheide und drehte sich zu Kadish herum. »Jetzt macht euch bereit«, sagte er. »Die Wolfsgilde wird das Haus umstellen und jeden Fluchtweg abschneiden, sobald sie innerhalb des äußeren Zauns sind. Wir werden die Verteidiger in die Zange nehmen und zermalmen. Wir werden den Krieg heute Nacht beenden!«

Kayla folgte ihm nach draußen, während er zum Tor ging. »Wohin willst du jetzt?«

»Ich hole meinen Sohn«, erwiderte er. »Die Priester sollten mittlerweile mit ihm fertig sein. Ich will, dass er unseren Sieg miterlebt.«

»Aber Maynard könnte schon auf dem Weg hierher sein«, wandte Kayla ein. »Du hast keine Zeit, lange nach ihm zu suchen.«

Thren blieb wie angewurzelt stehen und drehte sich zu ihr um. Etwas an ihren Worten, an der Art, wie sie versuchte, Zeit zu schinden …

»Warum sollte ich nach ihm suchen?«, erkundigte er sich. »Oder fällt dir ein Grund ein, warum er das Gelände des Tempels hätte verlassen sollen?«

Die Art, wie Kayla dastand, ihr leicht geöffneter Mund, sagte ihm alles, was er wissen musste. Jede Lüge erstarb auf ihren Lippen, weil sie seinen finsteren Blick nicht ertragen konnte. Als sie in seine Gilde eingetreten war, hatte er sie sehr vielversprechend gefunden. Er hatte in ihr jemanden gesehen, der bereit war, sehr viel für die Sicherheit seines Sohnes zu ertragen. Er hatte sie für einen Menschen gehalten, der bereit war, zu töten und zu bluten, nur um seiner Gilde anzugehören. Jetzt jedoch sah er ihre Schwäche. Er sah ein Herz, das nicht für die Nacht gemacht war.

»Aaron ist ausgebrochen«, gab sie schließlich zu. »Er hat sich dem Versuch widersetzt, ihn zu bekehren, und sich mit mir auf den Dächern getroffen.«

Thren trat dichter zu ihr. Fast unmerklich glitt seine Hand zu dem Langmesser an seiner Hüfte. »Und warum hast du mir das nicht erzählt?«

»Du bist für ihn erledigt«, sagte sie. »Das hat er mir gesagt. Du wirst ihn niemals wiedersehen.«

»Warum hast du mir das nicht gesagt?« Er schrie, ohne sich darum zu kümmern, dass die Mitglieder der Gilden zusahen.

»Weil er etwas Besseres verdient hat«, flüsterte sie. »Etwas Besseres als das, was du aus ihm machen wolltest.«

»Besser?«, zischte Thren. »Jede Frau und jeder Mann hätte schon bald aus Angst vor seinem Namen gezittert. Er wäre ein noch größerer Mörder geworden als ich. Er war so dicht davor, perfekt zu werden, so nah, aber jetzt ist er verschwunden. Hier ist kein Platz für dich, Kayla. Es war niemals der richtige Platz für dich.«

Sie fiel auf ein Knie, als er mit dem Langmesser zuschlug, und zog gleichzeitig die Dolche aus ihrem Gürtel. Es waren schlanke, leicht gekrümmte Dolche, die als Wurfmesser dienten und nicht für einen Nahkampf geeignet waren. Das wusste Thren, und er blieb dicht an ihr, schlug mit seinem Langmesser zu, sodass sie sich ständig drehen und seine Schläge parieren musste, statt selbst einen Wurf versuchen zu können. Trotz ihrer unbestreitbaren Fähigkeiten war sie ihm nicht gewachsen. Nicht ihm. Sie war nur ein Mädchen, das mit Messern warf.

Eines dieser Messer wirbelte durch die Luft. Es war ein verzweifelter Versuch von Kayla. Das Messer verfehlte Threns Wange nur um Haaresbreite. Dann war er bei ihr und rammte ihr beide Klingen in den Leib. Sie keuchte, und ihre Hände verkrampften sich. Ihr Dolchgürtel wurde zerfetzt, und ihre Messer fielen klirrend zu Boden. Dann gaben ihre Knie nach, und sie sank zu Boden.

»Es spielt keine Rolle«, keuchte sie, während Blut über ihre Lippen quoll. »Er ist frei von dir, Thren. Frei …«

Thren stand über ihr. Seine Schultern waren heruntergesunken, und sein Kiefer zitterte, während er ihr beim Sterben zusah. Alles brach zusammen. Das Feuer im Haus von Leon Connington. Der Verrat seines Sohnes. Bis jetzt hatte er allerdings noch keine Nachrichten aus dem Palast, was den Mordversuch der Nackten Glocken am König anging. Und er hatte immer noch die Möglichkeit, Maynard Gemcroft zu töten. Die Nacht war kein völliges Fiasko, noch nicht.

Er kehrte wieder in das Haus zurück und wartete. Es war sinnlos, nach Aaron zu suchen, jedenfalls jetzt. Wenn der Aufruhr sich beruhigt hatte, würde er die Stadt auf den Kopf stellen, unter jedem Stein nachsehen und in jedem Loch, wenn nötig. Aber jetzt noch nicht.

»Was in Karaks Namen hat sie angestellt?«, fragte Kadish, als Thren zu ihm trat.

»Sie hat wichtige Dinge vor mir verheimlicht«, gab Thren zurück. »Und jetzt kümmere dich um deine Leute. Das Kensgold ist vor noch nicht allzu langer Zeit zu Ende gegangen. Sie sollten innerhalb von einer Stunde hier auftauchen.«

Kadish zuckte mit den Schultern. »Also gut. Trotzdem schade um das Weibsbild. Sie war süß.«

Thren erinnerte sich daran, wie dieses süße Weibsbild geholfen hatte, seinen Sohn zu verderben, und knurrte. Er hämmerte mit der Faust gegen die Wand.

»Schön, vielleicht war sie es auch nicht«, sagte Kadish, bevor er zu seinen Leuten ging und einen nach dem anderen darauf einstimmte, sich für den Hinterhalt fertig zu machen.

Maynard Gemcroft war klar, dass irgendetwas nicht in Ordnung war, als Laurie das Kensgold so früh auflöste, aber er wusste nichts Genaues. Madelyns Abwesenheit war zwar verdächtig, aber auch den Grund dafür kannte er nicht. Leon dagegen machte keinen Hehl aus seiner schlechten Laune und beschwerte sich lauthals. Er beschimpfte Laurie nach allen Regeln der Kunst, weil er ein schlechter Gastgeber wäre, und erfand dabei sogar einige neue Schimpfworte.

Dann sahen sie das Feuer und begriffen, dass die Diebesgilden genau diese Nacht auserwählt hatten, um zuzuschlagen. Aufgrund der Position der Rauchsäule vermutete Maynard, dass es sich um Leons Haus handeln musste. Der fette Mann stand vor dem riesigen Pavillon und fluchte wie ein betrunkener Kutscher, als er den Rauch sah.

»Sie haben mein Haus angezündet?« Er musste sich erst sammeln, bevor er überhaupt reden konnte. »Diese … diese Schwachsinnigen haben mein Haus abgefackelt? Ich werde sie alle ausweiden! Ich werde auf ihre Köpfe pissen, ich werde sie in die Ohren ficken, ich werde ihre Schwänze an meine Schweine verfüttern, und dann hetze ich meine verdammten Keiler auf sie, damit sie sie vergewaltigen.«

»Geh zurück zu deinem Haus, und nimm genug Söldner mit«, riet ihm Maynard. »Die Straßen sind nicht sicher für uns, ganz gleich, wie viele Soldaten wir dabeihaben.«

Obwohl Maynard von mehr als sechshundert Bewaffneten begleitet wurde, fühlte er sich auf dem Marsch nach Hause trotzdem nicht sicher. Hinter den sechshundert Söldnern marschierte eine Kolonne von mehreren Hundert Menschen: Bedienstete, Tänzer und Sänger, die bezahlt werden wollten oder aber ein Bett brauchten, um sich auszuruhen. Maynard wusste, dass in der Nacht noch viele weitere Wagen ankommen würden. Sie transportierten die Reste seiner Waren und eine recht große Menge Gold. Er hatte zweihundert Söldner zurückgelassen, damit sie die Wagenkolonne bewachten, aber er machte sich keine Sorgen wegen irgendwelcher Diebstähle. Es war das Feuer, das ihm Kopfzerbrechen bereitete.

Als sie das Haus erreichten, sank Maynard der Mut. Das äußere Tor stand offen. Und überall im Vorgarten war der Rasen von riesigen Löchern übersät, von den Zauberfallen, die er von einem Trio aus Magiern hatte wirken lassen. Aber es lagen keine Leichen herum, obwohl er aufgrund des Schadens, den er sah, sicher war, dass hier viele gestorben sein mussten.

»Wie lauten Eure Befehle?«, fragte Maynards Söldnerhauptmann.

»Sie müssen das Haus geplündert haben, als wir weg waren«, erklärte Maynard. »Dasselbe ist wahrscheinlich mit Leons Anwesen passiert. Aber warum haben sie mein Haus nicht auch niedergebrannt, so wie seines?«

»Eine Falle«, sagte der Söldner. »Das ist die einzig logische Erklärung.«

Maynard warf einen Blick auf den Rest seiner Söldner. Er hatte eine kleine Armee bei sich. Was würden sie sagen, wenn er flüchtete, und das aus Angst vor ein paar Dieben, die sich in seinem Haus verschanzt hatten? Sein Ruf hatte durch den Krieg mit den Diebesgilden bereits stark gelitten. Was auch immer sie geplant hatten, er würde nicht zurückweichen.

»Nimm dir vierhundert Leute, und säubere mein Haus von diesem Gesindel!«, befahl Maynard. »Lass den Rest der Männer hier, damit sie mich und meine Diener beschützen.«

»Wie Ihr wünscht.« Der Söldnerhauptmann wandte sich um und gab den Befehl mit lauter Stimme weiter. Maynard blieb bei den restlichen zweihundert Söldnern am Eingang zu seinem Grundstück stehen. Er würde vielleicht nicht vor einer Falle davonlaufen, aber er hatte auch nicht die Absicht, sehenden Auges hineinzutappen.

Die Söldner hatten gerade die Tür erreicht, als die ersten

Männer in den Fenstern auftauchten. Ein Pfeilhagel regnete auf sie herunter, abgefeuert von Mitgliedern der Falken- und Spinnengilde. Maynard fluchte, als er es sah. Seine Söldner rannten hastig zur Tür, weil sie im Haus vor den gefährlichen Bogenschützen am besten geschützt waren. Aber irgendetwas hinderte sie daran, das Haus zu betreten, obwohl Maynard aus der Entfernung nicht erkennen konnte, was es war. Er hörte Schreie und andere bedrohliche Kampfgeräusche. Seine Söldner wurden an der Tür zurückgeschlagen, drehten sich um und rannten wieder zum Tor zurück.

»Hinter euch!«, schrien etliche. Maynard fuhr herum und wurde plötzlich auf die Knie gedrückt. Söldner bauten sich vor, neben und hinter ihm auf und hoben die Schilde, als Pfeile auf sie herunterregneten. Die Furcht schnürte Maynard die Kehle zusammen. Schwerter klirrten, als Männer sie von hinten angriffen. Hände in Kettenpanzern packten seine Schultern, und unter dem Schutz der Schilde wurde Maynard in dem Ring von Leibwächtern langsam hin und her geschoben.

»Man hat uns in die Zange genommen!«, rief einer.

»Sie strömen in Scharen aus dem Haus!«, schrie ein anderer.

Maynard versuchte, einen Blick auf die Geschehnisse zu erhaschen, aber er war von einem Ring aus Körpern und Rüstungen umgeben. Er roch den Schweiß und das Blut.

Pfeile zischten unaufhörlich durch die Luft, gefolgt von dumpfen Schlägen, wenn sie auf Schilde trafen, oder von Schreien, wenn sie sich in etwas Weicheres gruben.

Wie dumm, dachte Maynard. *Obwohl ich es geahnt habe, bin ich direkt in ihre Falle marschiert.*

Da sie von beiden Seiten angegriffen wurden und die Bogenschützen aus den Fenstern der umliegenden Häuser feuerten, war ihm klar, wie gering ihre Chancen waren, den Hinterhalt zu überleben. Er schob einen Söldner beiseite, weil er wissen wollte, wie schlecht es wirklich um sie stand. Als hätte er damit die Götter herausgefordert, zischte in dem Moment ein Pfeil durch den Spalt, den er selbst geschaffen hatte, und grub sich in seine Brust. Maynard brach zusammen, sank auf die Knie und umklammerte den Schaft des Pfeiles, während warmes Blut über seine Hände rann. Die Söldner um ihn herum fluchten und drängten sich dichter zusammen.

»Wie dumm!«, kicherte er rasselnd. »Oh, Alyssa, wenn du deinen Vater jetzt sehen könntest!«

Thren führte die erste Attacke. Er hatte das Gefühl, dass sein Hunger nach Blut nicht einmal gestillt würde, wenn er hundert Söldner tötete. Er griff mit seinen Männern Maynards Leute an, als die versuchten, durch die Tür ins Haus zu kommen. Sie mussten sich durch das Nadelöhr quetschen und konnten so ihre überlegene Zahl nicht zu ihrem Vorteil einsetzen. Die Soldaten, die verzweifelt den tödlichen Pfeilen entgehen wollten, waren auf die Wut seines Angriffs nicht vorbereitet. Er schlug die Schwerter beiseite, tanzte vor den Hieben weg und durchtrennte dabei eine Kehle nach der anderen. Ein Leichenberg türmte sich vor der Tür auf, und obwohl Kadish und seine Falken sich bereithielten, um ihm zu helfen, benötigte Thren ihre Unterstützung nicht. Nach den ersten Minuten mussten die Söldner bereits über die Leichen ihrer Kameraden klettern, um auch nur die Tür zu erreichen. Und dieser kurzfristige Verlust von festem Stand war alles, was ein meisterhafter Schwertkämpfer wie Thren Felhorn benötigte.

Als sich Maynards Söldner schließlich zurückzogen, gab Thren das Zeichen zum Angriff. Über hundert Männer in Umhängen stürzten sich aus den Fenstern und griffen mit Dolchen und Schwertern die Söldner an. Thren sprang geschickt über die Leichen, rammte einem Söldner sein Langmesser in den Rücken und schrie dann seinen Leuten einen Befehl zu.

»Lauft, lauft! Tötet sie alle und Maynard mit ihnen!«

Er sah zu, wie die Wolfsgilde, die in den Häusern ringsum Posten bezogen hatte, einen Pfeilhagel auf die Söldner heruntergehen ließ. Maynards Männer hatten zwar viele Schilde, mit denen sie die Wirkung der Bogenschützen ein wenig dämpfen konnten, aber das war kein Problem. Obwohl auf beiden Seiten etwa gleich viele Kämpfer waren, hatten Thren und seine Gilden die Söldner in der Zange. Außerdem gab es keinen Kämpfer, der es an Geschicklichkeit mit ihm hätte aufnehmen können.

Thren stürzte sich in das Meer aus Metall, wirbelte um seine Achse, schlug zu und durchtrennte Kehlen mit einer Wut, die ihn mit purer Freude erfüllte. Genau dafür war er geschaffen. Er gehörte auf ein Schlachtfeld. Sobald die Stadt unter seiner Kontrolle war, würde er vielleicht sein ganzes Potenzial ausnutzen können und der Kriegergeneral eines gewaltigen Verbrecherimperiums werden.

Thren schlug sich durch die Söldner und kam Maynard immer näher, als er die Hornsignale hörte.

Alyssa Gemcroft stand in der Mitte ihrer Truppen, Zusa an ihrer Seite. Sie war wie eine Feldherrin, die von einem siegreichen Feldzug zurückkehrte, durch die Stadt marschiert und wusste, dass ihr Vater bereits vor ihr nach Hause gegangen war. Sie wollte ihren Streit begraben. Ihr Plan sah vor, dass sie sich vor Maynard niederkniete und ihn um Verzeihung bat, weil sie auf die Dummheit der Kulls hereingefallen war. Dann würde sie ihn für ihre eigene Dummheit mit den Köpfen von Theo und Yoren Kull um Vergebung bitten. Stattdessen jedoch erwartete sie vor den Toren ihres Besitzes eine gewaltige Schlacht.

»Schnell«, befahl sie den Söldnern. »Tötet die Graumäntel! Rettet meinen Vater, dann werde ich euch fürstlich belohnen!«

Ein Söldnerhauptmann neben ihr hob ein Horn an die Lippen und stieß hinein. Der scharfe Ton hallte durch die ganze

Stadt. Mit lautem Gebrüll stürmten ihre Soldaten zu den Toren. Ein paar rannten in die Häuser, in denen die Bogenschützen saßen. Kurz darauf hörten die Pfeilsalven auf. Jetzt saß die Wolfsgilde in der Zange und zog sich zurück. Sie rannten mit eingekniffenen Schwänzen davon, wie es ihrem Namen entsprach.

»Kann ich ebenfalls kämpfen?«, erkundigte sich Zusa, als die Söldner sich um die anderen Graumäntel innerhalb des Zaunes kümmerten.

»Geh nur«, erwiderte Alyssa. Zusa warf sich das Haar über die Schulter und stürzte sich ins Getümmel. Alyssa trat näher, immer noch von zehn Söldnern flankiert. Es wurden zwar keine Pfeile mehr abgefeuert, aber sie fühlte sich trotzdem mit ihnen sicherer. Und mitten auf der Zufahrt fand sie ihren Vater. Er lag auf der Seite, einen Pfeil in der Brust.

»Alyssa?«, sagte er, als er sie sah. Seine Stimme war schwach.

Unwillkürlich verhärtete sich ihr Herz bei seinem Anblick. Er hatte sie in diese eisige Zelle geworfen. Er hatte sie gedemütigt, sie verstoßen …

Nein, dachte sie. *All das habe ich selbst getan. Durch meine Dummheit. Meinen Stolz.*

»Vater.« Sie kniete sich neben ihn und schlang ihre Arme um seinen Hals. Tränen traten ihr in die Augen, als sie seine Stirn küsste und ihn an sich drückte.

»Tochter«, sagte er, während er seine blutigen Lippen zu einem Lächeln verzog. »Du hattest Recht.«

Er hustete, und wieder quoll Blut über seine Lippen. Der Pfeil steckte ganz offensichtlich in seiner Lunge.

»Nein«, sagte sie. »Bitte verzeih mir. Ich bin nach Hause gekommen. Ich bin deinetwegen nach Hause gekommen, Vater, um mich mit dir zu …«

»Still, Mädchen«, keuchte Maynard. Er entspannte sich in ihren Armen. »Meine Tochter. Meine Erbin.«

Seine Stimme versagte ihm den Dienst. Sein Blick wurde starr, und er starb in ihren Armen. Sie schloss ihm die Augen, und ihre Tränen fielen auf seine Stirn. Um sie herum standen Maynards Söldner, mächtige Männer, die über viel Einfluss im Haus Gemcroft verfügten.

»Wir haben seine Worte gehört«, sagte einer von ihnen. »Wir warten auf Eure Befehle, Lady Gemcroft.«

Alyssa hob den Kopf und sah ihn an, als wäre das selbstverständlich. »Schlachtet alle ab, die euern Herrn getötet haben. Bis auf den letzten Mann!«

Alles zerrann ihm zwischen den Fingern. Thren kämpfte bis an die Grenzen seiner Kraft. Die Männer fielen wie Weizen unter einer Sense, und doch genügte es nicht. Er sah, wie die Wolfsgilde flüchtete, und er konnte es ihnen nicht einmal verübeln. In ihrer Lage hätte er dasselbe getan.

»Zurückziehen!«, schrie Thren schließlich. Wenn er noch länger kämpfte, würde er damit nur überflüssigerweise die letzten guten Männer opfern, über die er verfügte. Die Soldaten hatten sich gesammelt, und ihre schlachterprobten Formationen waren Dieben, die es gewöhnt waren, aus dem Schatten anzugreifen, weit überlegen. Noch schlimmer war die seltsame Frau in den dunklen Tüchern, die zwischen seinen Männern umhertanzte und sie abschlachtete, als wären sie Spielzeug.

Sie hatten Seile auf der Rückseite des Anwesens befestigt, nur für den Fall, dass sie sich rasch zurückziehen mussten. Jetzt machten die letzten der Falken und Spinnen kehrt und flüchteten. In seiner glühenden Wut begriff Thren plötzlich, dass er niemanden hineingeschickt hatte, um die Feuer zu entzünden. Das Haus würde unversehrt stehen bleiben. Dieser Fehler brannte ihm in den Eingeweiden. Er war so überzeugt von seinem Sieg gewesen, dass er sich nicht auf eine mögliche

Niederlage vorbereitet hatte. Das sah ihm so wenig ähnlich. Es war so dumm.

Die Söldner verfolgten sie, aber sie trugen schwere Rüstungen und Schilde. Sie konnten zwar etwa ein Dutzend Männer töten, die noch an den Seilen standen, aber der Rest rannte bereits zu den Toren und in die Nacht hinaus. Thren führte sie an und sehnte sich verzweifelt nach der Chance, diese Nacht noch einmal wiederholen zu können.

»Nehmt ihn auf«, befahl Alyssa, nachdem die Gilden geflüchtet waren und Zusa zu ihr zurückgekehrt war. Überall lagen Leichen herum, und der ganze Hof stank nach dem Blut der Schlacht. Zwei Söldner hoben Maynards Leiche in ihre Arme. Alyssa fiel auf, dass die beiden ihn gut gekannt haben mussten, denn sie wirkten tatsächlich traurig darüber, dass er gefallen war. Sie schüttelte den Kopf und wünschte sich sehr, sie wäre allein, damit sie weinen konnte. Aber jetzt war sie Lady Gemcroft, ein führendes Mitglied der Trifect. Es gab zu viel zu erledigen, als dass sie Zeit für Tränen gehabt hätte.

Während die Eskorte ihren Vater trug, näherte sie sich dem Anwesen und fühlte sich wie die verlorene Tochter, die nach Hause kam.

Nach Hause. Ganz gleich wie traurig dieser Augenblick auch war, das Wort fühlte sich in ihrem Herzen immer noch unbeschreiblich gut an.

Epilog

Verborgen in seinem Schlupfwinkel, sprach Thren mit zwei Männern, die er zu seinen neuen Ratgebern ernannt hatte. Keiner der beiden hatte die Kraft von Will, war so listig wie Kayla oder so geschickt wie Senke. Es waren kurz gesagt Speichellecker, aber genau die brauchte er jetzt.

Die Lage war ernst. Der Mordversuch am König war trotz der horrenden Summe, die er einer der Nackten Glocken bezahlt hatte, fehlgeschlagen. Die Männer, die er zu Leon Conningtons Haus geschickt hatte, hatten schreckliche Verluste erlitten. Wenigstens hatten sie das Haus angesteckt, bevor sie geflüchtet waren. Irgendwie war Madelyn Keenan gefunden und gerettet worden. Sein eigener Sohn war verschwunden, und irgendeine einäugige Frau verbreitete Gerüchte, sie hätte Aaron getötet und ihn in dem Feuer im Connington-Haus zurückgelassen. Am schlimmsten jedoch war seine Niederlage auf dem Gemcroft-Anwesen.

»Die Priester von Karak haben geschworen, dass sie wegen der Handlungen deines Sohnes gegen sie keinen Groll hegen«, sagte einer der Speichellecker. »Wenigstens ist Maynard tot; du hast ihnen gegenüber dein Wort gehalten.«

Thren schüttelte den Kopf. »Verschwindet.«

Die Männer gehorchten. In der folgenden Stille versank Thren in Grübeleien. Sein Mysterium, sein Prestige, all die Jahre, in denen er sich Respekt aufgebaut hatte, all das war in einer einzigen Nacht verschwunden. Sein Plan war in allen Punkten gescheitert. Und jede Gilde in der Stadt hatte schwere Verluste davongetragen. Jegliches Vertrauen, das er sich verdient hatte, hatte er auf einen Schlag verloren. Die anderen Gilden würden anfangen, ihm sein Territorium streitig zu machen. Die Trifect setzte ihm bereits schwer zu, und ihre Söldner überschwemmten die Straßen. Priester von Ashhur streiften ebenfalls durch die Gassen und behinderten viele seiner Geschäfte.

Thren zückte ein Langmesser und ritzte mit der Schneide seine Handfläche. Dann hob er die geballte Faust zur Decke und fletschte die Zähne. »Es ist noch nicht vorbei«, gelobte er. »Nicht jetzt und nicht in Zukunft. Nicht bis alle Mitglieder der Trifect in ihren Gräbern liegen und verfaulen.«

Er küsste seine Faust und schmeckte das Blut auf seinen Lippen. Er hatte keinen Sohn, keinen Erben. Der Tod würde sein Vermächtnis sein.

Der Mann ging nervös vor den Trümmern auf und ab. Trotz des gewaltigen Berges aus Asche und Trümmern war er überzeugt, dass sich noch irgendwelche Kostbarkeiten in den Resten des Connington-Anwesens verbargen. Die Palastwachen patrouillierten hier zwar häufig, aber sie hatten schon bald ihre Schichtwechsel, dann bekam er eine Chance.

Er trat ein bisschen von dem Tor weg und zog sich tiefer in die Schatten zurück. Plötzlich spürte er, wie sich etwas Scharfes in seinen Rücken bohrte.

»Spinne?« Es war die Stimme eines Jungen.

»Schlange«, erwiderte der Mann, während seine Hand langsam zu seinem Dolch wanderte.

»Letztendlich seid ihr alle gleich.«

Der Mann wirbelte herum, aber er war nicht schnell genug. Der Dolch flog aus seiner Hand, als sich etwas Scharfes in seinen Bauch grub. Er krümmte sich vor Schmerz zusammen, und im selben Moment fuhr eine Klinge durch sein Gesicht. Durch das Blut in seinen Augen sah er verschwommen einen jungen Mann, der vor ihm stand. Sein Gesicht war von einem dünnen grauen Tuch verhüllt. Still und regungslos beobachtete der Jüngling, wie der Mann starb, und verschwand dann in der Nacht.

Anmerkungen des Autors

Wo soll ich anfangen? Vor etwa zwei Jahren habe ich »Der Tänzer der Schatten (engl.: A Dance of Cloaks)« im Eigenverlag veröffentlicht. Mit allen Ecken, Kanten und Gloria. Es war eine ziemlich deutliche Abkehr von meinen früheren Werken, sowohl was den Ton als auch was den Schreibstil betrifft. Ich darf wohl sagen, dass ich einen großen Sprung gemacht habe, was die Qualität angeht. Jedenfalls hat dieses Buch sein Publikum gefunden und danach auch einen Verleger. Ich meine einen richtigen Verleger. Ihr könnt mir glauben, wenn ich euch sage, dass ich keins von beidem erwartet habe. Ich habe gehört, dass Autoren es hassen, sich alte Werke wieder vornehmen zu müssen. Wenn meine Erinnerung mich nicht trügt, hat Stephen King erklärt, es wäre, als würde man ein eine Woche altes Sandwich verspeisen. Aber ich hatte das ohnehin schon länger tun wollen. Denn dieses erste Buch hatte, um es freundlich auszudrücken, seine Kinderkrankheiten. Ich habe es unglaublich schnell geschrieben, und zwar mit der Haltung »Alles ist möglich«. Wenn ich nicht wusste, warum ein Charakter tat, was er tat … Scheiß drauf, das würde ich später schon noch erklären. Wären Handlungsstränge Jonglierbälle, könnte man sagen, dass ich etliche in die Luft geworfen hatte, nur um herauszufinden, ob ich mit allen jonglieren könnte. Und wenn es funktionierte, habe ich noch einen mehr genommen, nur so aus Spaß.

Nun, ich bin jetzt etwas beherrschter, was meine wundervolle Lektorin Devi bestätigen kann. Ich hätte ihr wahrscheinlich sogar weismachen können, dass das zweite Buch der Serie von einem anderen Schriftsteller stammte, so sehr hatte ich mich verbessert. Aber trotzdem wollte ich einen zweiten Versuch machen für dieses Buch, das viele meiner Leser als ihr Lieblingsbuch bezeichneten. Ich wollte all diese Handlungsstränge glätten, den zeitlichen Ablauf in den Griff bekommen und alle losen Fäden verknüpfen, die ich hatte ausfransen lassen, statt sie fein säuberlich in den Haupthandlungsstrang einzubinden. Mit dieser Veröffentlichung bei Orbit sollten die Kinderkrankheiten ausgestanden sein. Die Bälle sollten jetzt hoch oben in der Luft bleiben, während ich mit ihnen jonglierte.

Habe ich Erfolg gehabt? Ich glaube schon. Dieses Buch ist besser, daran zweifle ich nicht. Wenn ihr anderer Meinung seid und das Gefühl habt, ich hätte irgendwie das ursprüngliche, irrwitzige Meisterstück ruiniert ... dann hoffe ich, dass ihr mir zumindest den Versuch nicht übel nehmt, okay?

Selbstverständlich spielt das für euch neue Leser, die ihr bis jetzt meinen ausschweifenden Ausführungen gefolgt seid, keine Rolle. Also gehe ich noch einen Schritt zurück. Bevor ich »Der Tänzer der Schatten« geschrieben habe, war ich mit meiner Halb-Ork-Serie beschäftigt. Im zweiten Buch dieser Serie habe ich »Haern, den Wächter« eingeführt, den beliebtesten neuen Charakter in diesem Buch. Mein Vater, der Stunden seiner Zeit diesem Buch geopfert hat in dem hoffnungslosen Versuch, alle Rechtschreibfehler und die gröbsten Dummheiten auszumerzen, meinte irgendwann, dass von all meinen Figuren der »Wächter« förmlich um einen eigenen Roman bettelte. Mein erster Gedanke war: Oha, ich habe keine Ahnung, wie sein Hintergrund aussieht. Haern sollte einfach nur mysteriös, tödlich und im Grunde mein Trumpf im Ärmel sein, falls ich meine Charaktere jemals in eine Situation brachte, die ihnen über den Kopf wuchs. Meine Hermine, wenn ihr so wollt. Nur eben männlich. Und Schwerter schwingend. Und Leute tötend. Also so gar nicht wie Hermine, aber ihr habt verstanden, worauf ich hinauswollte (Hoffentlich).

Also, welchen Lebenslauf hatte er? Nun, er war der Sohn von Thren Felhorn, der nicht wusste, dass sein Sohn noch lebte … oder zumindest so tat, als wüsste er es nicht. Aus diesem Anfang begann ich eine Geschichte zu bauen und fügte einen Baustein nach dem anderen hinzu. Ich holte mir viel Inspiration von Brent Weeks »Schatten«-Trilogie und las auch »Das Lied von Eis und Feuer« von George R.R. Martin, was mich sehr demütig werden ließ. Die Welt, die ich schuf, war so … so leer im Vergleich zu ihren. Ich hatte keine wichtigen Familien, keine echten Adeligen, keine tödlichen Kreuzungen zwischen Familien. »Der Tänzer der Schatten« war meine Chance, das zu ändern. Es war meine Chance, langsam und zögernd zu lernen, wie man eine Welt entwirft, während ich gleichzeitig einer Lieblingsfigur eine Vergangenheit gab. Ob ich dabei Wachstumsschmerzen verspürte? Ganz sicher. Ob ich Fehler gemacht habe, wer während dieses verdammten Kensgold in welchem Haus war? Klar hab ich das. Aber ich glaubte, dass ich trotz all der Fehler immer noch eine verdammt beeindruckende Geschichte erzählte, die die Leute lesen wollten.

Gott sei Dank wollten sie das auch.

So, kommen wir zu den obligatorischen Danksagungen. Danke, Dad, für diesen ersten Funken. Danke, Michael, weil du der beeindruckendste Agent bist, den zu finden ein Bursche wie ich jemals hoffen konnte. Danke, Devi, weil du als Lektorin ebenso beeindruckend bist wie Michael als Agent. Danke, Mrs. Patterson, Mrs. Brushaski und Dr. Joey Brown, weil ich mich kein einziges Mal geschämt habe, wenn ich Horror- und Fantasy-Geschichten in euren Kreatives-Schreiben-Klassen erzählt habe. Danke, Sam, weil du so eine großartige Ehefrau bist und für meine albernen Ideen immer ein offenes Ohr hast. Und einen heimlichen Dank den Leuten von meinem kleinen, super-geheimen Facebook-Club, die mir während meiner Karriere als Schriftsteller so sehr geholfen haben.

Und natürlich auch Dank an euch, liebe Leser. Trotz allem, trotz des Guten und des Schlechten, mache ich das alles für euch. Dafür erlaubt ihr mir, einen Traum zu leben und die Geschichten erzählen zu können, die ich schon erzählen wollte, als ich noch ein kleines Kind war.

Nicht in meinen wildesten Träumen hätte ich erwartet, dass ich jemals ein so großes Glück haben würde.

David Dalglish, 19. März 2013

Leseprobe zur Fortsetzung

DER TÄNZER DER KLINGEN
von
David Dalglish
ISBN 978-3-442-38377-1
Erscheinungstermin: April 2015

Haern beobachtete, wie die Seile über die Mauer flogen. An ihren Enden waren schwere Gewichte befestigt, die gegen den Stein klackten und dann auf die Straße fielen. Die Seile sahen im fahlen Mondlicht aus wie Schlangen, was durchaus passend war, denn schließlich hatten Mitglieder der Schlangengilde sie geworfen.

Einige Minuten lang passierte gar nichts. Haern lockerte die Schultern unter seinem verschlissenen Umhang. Die Hand mit der Flasche, die daraus hervorragte, zitterte in der Kälte. Er hatte die Kapuze tief in die Stirn gezogen und nickte leicht mit dem Kopf, als schliefe er. Als die erste Schlange von der Straße aus in die Gasse getreten war, hatte Haern den Mann sofort bemerkt. Er wirkte noch recht jung für ein solches Unternehmen, aber unmittelbar nach ihm tauchten zwei ältere Männer auf. Die Narben auf ihren Händen und Gesichtern kündeten von dem brutalen Leben, das sie führten. Mit wehenden dunkelgrünen Umhängen liefen sie an den Häusern vorbei zu der Mauer, an der die Seile wie Kletterpflanzen herabhingen. Sie zogen zweimal an einem Seil, das vereinbarte

Signal. Dann packten die Älteren jeder ein Seil, während der jüngere Mann die beiden mit Gewichten behängten Enden zusammenband und sie um einen gemeißelten Vorsprung an der Mauer wickelte.

»Schnell und leise«, flüsterte einer der beiden dem Jüngeren zu. »Die Kiste darf keine Geräusche machen, wenn sie landet, und die Götter mögen dir beistehen, wenn du sie fallen lässt.«

Haern senkte den Kopf tiefer. Die drei befanden sich rechts von ihm, kaum mehr als sieben Meter entfernt. Ihre Talente waren offenbar lachhaft, denn sie hatten seine Gegenwart immer noch nicht bemerkt. Mit dem rechten Auge spähte er unter der Kapuze hervor und verdrehte dabei ein wenig den Hals, damit er besser sehen konnte. Ein anderes Mitglied der Schlangengilde tauchte von der anderen Seite der Mauer auf. Der Mann stand auf dem Wall und gab denen unten am Boden ein Handzeichen. Die Muskeln ihrer Arme traten hervor, als die beiden Älteren anfingen, an den Seilen zu ziehen. Der Jüngere holte mit gleichmäßigen Handbewegungen das schlaffe Seil ein, damit es sich nicht verhedderte.

Haern hustete, als die Kiste auf der Mauer landete. Diesmal hörte der Jüngere ihn und spannte sich an, als erwartete er gleich, von einem Pfeil getroffen zu werden.

»Wir haben Zuschauer«, flüsterte er den anderen zu.

Haern lehnte sich zurück. Seine Kapuze verbarg sein Grinsen. Das wurde auch langsam Zeit. Er ließ die Flasche aus seiner Hand rollen, und das Glas klirrte in der stillen Gasse laut auf dem Stein.

»Das ist nur ein Säufer«, sagte einer der anderen. »Geh und verjag ihn.«

Haern hörte das leise Zischen, als eine Klinge aus einer ledernen Scheide gezogen wurde. Wahrscheinlich war das der Jüngling, der seine Waffe zückte.

»Verschwinde!«, befahl die Schlange.

Haern schnarchte laut. Ein Lederstiefel traf seine Seite, aber es war nur ein schwacher, zögernder Tritt. Haern schüttelte sich, als wäre er aus einem Traum erwacht.

»Warum … Warum trittst du mich?« Die Kapuze verbarg immer noch sein Gesicht. Er musste für seine Reaktion genau den Moment abpassen, an dem die Kiste auf dem Boden landete.

»Verschwinde!«, zischte der junge Dieb. »Sofort, sonst ramme ich dir mein Messer in den Bauch!«

Haern hob den Blick und starrte der Schlange in die Augen. Dabei verzog er spöttisch die Lippen. Er wusste, dass sein Gesicht im Dunkeln lag. Aber der Mann konnte ganz offenbar seine Augen erkennen. Der Dolch in seiner Hand zitterte, und er trat einen Schritt zurück. Haerns Augen waren nicht die eines Betrunkenen. Weder Hoffnungslosigkeit noch das Gefühl von Erniedrigung oder Scham war darin zu erkennen. Nur Tod. Als er hörte, wie die Kiste weich auf dem Boden landete, stand er auf. Sein zerfetzter grauer Umhang öffnete sich und gab den Blick auf die beiden Langmesser an seiner Hüfte frei.

»Scheiße, es ist … er ist es!«, schrie der Dieb, fuhr herum und wollte wegrennen.

Was für eine erbärmliche Ausbildung, dachte Haern verächtlich … Nahmen die Gilden denn mittlerweile jeden X-Beliebigen auf? Er setzte den Jüngling mit einem Hieb außer Gefecht, achtete aber darauf, dass er ihn nicht tötete. Er musste noch eine Botschaft überbringen.

»Wer ist was?«, fragte einer der anderen Männer und drehte sich bei dem Ruf des jungen Diebes um.

Haern schnitt ihm die Kehle durch, bevor der Mann seine Waffe zücken konnte. Der andere schrie erstickt auf und trat hastig zurück. Er parierte den ersten Hieb von Haern mit seinem Dolch, aber er wusste nicht, wie man sich richtig hinter seine Waffe stellte. Haern schlug den Dolch zweimal nach rechts weg, rammte dem Mann dann sein linkes Schwert in den Bauch und drehte es herum. Während der Dieb verblutete, warf Haern einen Blick auf die Schlange, die auf der Mauer stand.

»Und? Lust mitzumachen?«, fragte er. Er riss die Klinge aus dem Bauch des Mannes und ließ das Blut auf die Straße tropfen. »Mir sind meine Mitspieler ausgegangen.«

Zwei Dolche sausten auf ihn zu. Er wich dem ersten mit einem kurzen Schritt aus und schlug den zweiten zur Seite. Um den Dieb zu provozieren, trat Haern gegen die Kiste. Da die Schlange keine weiteren Möglichkeiten hatte, drehte sie sich um und sprang auf der anderen Seite von der Mauer herab. Haern schob enttäuscht eines der Langmesser in die Scheide zurück und brach mit der Klinge des anderen die Kiste auf. Mit einem lauten Krachen hob sich der Deckel. Im Inneren lagen drei Jutebeutel. Er griff in einen hinein und holte eine Handvoll Goldmünzen heraus. Auf jeder prangte unübersehbar das Siegel der Gemcroft-Familie.

Interessant.

»Bitte«, flehte der junge Dieb. Er blutete aus Schnitten an Armen und Beinen. Sie waren zwar schmerzhaft, aber keineswegs lebensbedrohlich. Haern hatte ihm nur die Sehnen an den Knöcheln durchtrennt, damit er nicht weglief. »Bitte, bring mich nicht um. Ich kann nicht … ich kann …«

Haern schlang sich die drei Beutel über die Schulter. Dann drückte er mit der freien Hand die Spitze seines Langmessers gegen die Kehle des Diebes.

»Sie werden wissen wollen, wieso du den Überfall überlebt hast«, erklärte er.

Darauf wusste der Mann keine Antwort, sondern schniefte nur kläglich. Haern schüttelte den Kopf. Wie tief die Schlangengilde gesunken war … andererseits waren alle Gilden seit dieser blutigen Nacht vor über fünf Jahren ziemlich heruntergekommen. Thren Felhorn, die Legende, war mit seinem Coup gescheitert und hatte die Unterwelt in die Katastrophe geführt. Thren … sein Vater …

»Sag ihnen, dass du eine Botschaft überbringen solltest«, meinte Haern. »Sag ihnen, dass ich sie beobachte.«

»Wer bist du?«

Zur Antwort tauchte Haern sein Langmesser in das Blut des Mannes. »Sie wissen, wer ich bin«, sagte er, bevor er verschwand. Er hatte als Botschaft ein Auge in den Staub gezeichnet, mit Blut als Tinte und seinem Langmesser als Federkiel.

Er ging nicht weit. Er musste die Beutel mit Gold einen nach dem anderen auf die Dächer schaffen, aber sobald er oben war, ließ er es langsamer angehen. Auf den Dächern war er zu Hause, schon seit Jahren. Er folgte der Hauptstraße nach Westen, erreichte die Märkte in der Innenstadt, die immer noch still und leer waren. Dann ließ er die Beutel fallen, legte sich hin, schloss die Augen und wartete.

Als die ersten Händler auf dem Markt eintrafen, wachte er auf. Er hatte Hunger, aber er ignorierte das Gefühl. Der Hunger war wie die Einsamkeit und der Schmerz ein ständiger Begleiter geworden. Allerdings würde er ihn nicht gerade einen Freund nennen.

»Vielleicht kommt ihr ja jetzt in bessere Hände«, sagte Haern, bevor er den ersten Beutel mit Gold an der Seite aufschlitzte. Die Münzen fielen heraus, und er ließ sie auf die belebten Straßen herabregnen. Ohne eine Pause zu machen, schnitt er den zweiten und dann den dritten auf und warf die Münzen in die Menge. Die Leute wurden raffgierig, fielen auf Hände und Knie und kämpften um die Goldmünzen, die über das Pflaster rollten, von Körpern abprallten und in etliche Buden fielen. Nur ein paar Menschen machten sich die Mühe, den Blick zu heben. Meistens jene, die lahm und alt waren und es nicht wagten, mit den anderen um das Gold zu kämpfen.

»Der Wächter!«, schrie jemand. »Der Wächter ist da!«

Bei dem Schrei stahl sich ein Lächeln auf Haerns Gesicht, während er nach Süden flüchtete. Er hatte nicht eine einzige Münze behalten.

Es hatte fünf Jahre gedauert, aber jetzt endlich begriff Alyssa Gemcroft die Paranoia ihres toten Vaters. Die Mahlzeit vor ihr roch köstlich. Es war gewürztes Schweinefleisch mit gebackenen Äpfeln. Aber sie hatte keinen Appetit.

»Wenn du willst, lasse ich das Essen von einem deiner Bediensteten vorkosten«, sagte ihr engster Berater, ein Mann namens Bertram, der schon ihrem Vater treu gedient hatte. »Ich kann es auch selbst probieren.«

»Nein«, sagte sie und strich sich ihre roten Haarsträhnen hinter ihr linkes Ohr. »Das ist nicht nötig. Ich kann schon eine Mahlzeit aussetzen.«

Bertram runzelte die Stirn. Es gefiel ihr nicht, dass er sie wie ein liebevoller Großvater oder ein besorgter Lehrer ansah. Am Abend zuvor waren zwei Diener gestorben, als sie ihre täglichen Rationen aßen. Obwohl daraufhin der größte Teil der Lebensmittel ausgetauscht worden war und jene, die man für den Anschlag verantwortlich hielt, hingerichtet worden waren, konnte Alyssa die Erinnerung daran nicht abschütteln. Wie die beiden gewürgt hatten, wie ihre Gesichter rot angelaufen waren …

Sie schnippte mit den Fingern, und die Lakaien räumten hastig die Platten weg. Trotz ihres knurrenden Magens fühlte sie sich besser, als das Essen verschwunden war. Wenigstens konnte sie jetzt denken, ohne Angst haben zu müssen, an irgendeinem unbekannten Gift elend zu verrecken. Bertram trat an einen Stuhl neben ihr, und sie erlaubte ihm mit einer Handbewegung, sich zu setzen.

»Ich weiß, dass wir keine besonders friedlichen Zeiten haben«, sagte er, »aber wir dürfen nicht zulassen, dass die Angst unser Leben kontrolliert. Denn das ist ein Sieg, den sich die Diebesgilden wünschen, wie du weißt.«

»Wir nähern uns dem fünften Jahrestag des Blutigen Kensgold«, erwiderte Alyssa. Sie spielte auf eine Versammlung der Trifect an, der drei wohlhabendsten Familien von Kaufleuten, Adeligen und Machthabern in ganz Dezrel. In jener Nacht hatte Thren Felhorn einen Aufstand der Diebesgilden gegen die Trifect angeführt. Er hatte eines ihrer Anwesen niedergebrannt und versucht, alle Anführer zu töten. Er war jedoch letztlich gescheitert, und seine Gilde war auf einen Bruchteil ihrer früheren Größe geschrumpft. In jener Nacht hatte Alyssa nach dem Tod ihres Vaters den Vorsitz ihrer Familie übernommen. Maynard war durch einen Pfeil getötet worden, als er darum gekämpft hatte, ihr Haus zu beschützen.

»Ich weiß«, sagte Bertram. »Lenkt dich das so ab? Leon und Laurie haben zugestimmt, ein weiteres Kensgold zu verschieben, bis diese gefährliche Angelegenheit vorbei ist.«

»Und wann wird das sein?«, fragte sie, als ein Bediensteter mit einem silbernen Becher voll Wein hereinkam. »Ich verstecke mich hier in meinem Haus, habe Angst vor meinem Essen und schrecke vor jedem Schatten in meinem Schlafzimmer zusammen. Wir können die Gilden nicht besiegen, Bertram. Wir haben sie zerbrochen, sie in viele Teile zerschlagen, aber es ist, als würdest du versuchen, eine Pfütze mit einem Prügel zu zertrümmern. Sie kommen immer wieder zusammen, unter neuem Namen und mit neuen Anführern.«

»Das Ende ist nahe«, erwiderte Bertram. »Es ist Threns Krieg, und er führt ihn mit seiner letzten Kraft. Aber er ist nicht mehr so stark und auch nicht jung. Seine Spinnengilde hat längst nicht mehr die Macht, die sie einmal hatte. Schon bald werden die anderen Gilden Vernunft annehmen und sich gegen ihn stellen. Bis dahin können wir nur eines tun, nämlich durchhalten.«

Alyssa schloss die Augen und atmete den Duft des Weines ein. Einen Moment lang fragte sie sich, ob er vielleicht vergiftet wäre, aber sie unterdrückte die Paranoia. Sie würde sich dieses einfache Vergnügen nicht versagen. Diese Genugtuung wollte sie den Dieben nicht geben. Aber sie trank trotzdem nur in kleinen Schlucken.

»Dasselbe hast du mir schon unmittelbar nach dem Blutigen Kensgold gesagt.« Sie stellte den Becher ab. »Und seitdem jedes Jahr, seit fünf Jahren. Die Söldner haben uns ausgeblutet. Unsere Minen im Norden produzieren schon längst nicht mehr die Mengen, für die sie einst berühmt waren. Der König hat zu viel Angst, um uns zu helfen. Wie lange noch, bis wir in Lumpen an der Tafel sitzen, kein Geld für Bedienstete oder Holz für ein Feuer haben?«

»Wir sind in die Defensive gedrängt worden«, gab Bertram zu und ließ sich einen Becher Wein geben. »Das ist das Los, wenn man ein so lohnendes Ziel bietet. Aber das Blutvergießen ist weniger geworden, das weißt du genauso gut wie ich. Sei geduldig. Wir werden sie ausbluten, wie sie uns bluten lassen. Wir wollen auf gar keinen Fall ihre Leidenschaft wecken, während wir noch schwach und ohne Führung scheinen.«

Die Wut stieg in Alyssa hoch, nicht nur wegen der Beleidigung, sondern auch wegen der Häufigkeit, mit der Bertram sie vorbrachte.

»Ohne Führung?«, fragte sie. »Ich habe den Namen Gemcroft während dieses fünfjährigen Schattenkriegs beschützt. Ich habe Handelsabkommen geschlossen, habe Söldner organisiert, Adelige bestochen und alles genauso gut erledigt, wie mein Vater es gemacht hat. Und doch sind wir führungslos? Warum, Bertram?«

Bertram ließ ihre Wut über sich ergehen, ohne auch nur mit der Wimper zu zucken. Was Alyssa nur noch zorniger machte. Wieder fühlte sie sich wie ein Schulkind vor ihrem Lehrer, und insgeheim fragte sie sich, ob ihr Ratgeber sie nicht auch genauso sah.

»Ich sage das nur, weil der Rest von Dezrel es glaubt«, sagte er, als sie fertig war. »Du hast keinen Ehemann, und der einzige Erbe des Namen Gemcroft ist ein Balg von ungewisser Herkunft.«

»Sprich nicht so über Nathaniel.« Ihre Stimme wurde eisig. »Wage es nicht, schlecht über meinen Sohn zu reden!«

Bertram hob die Hände. »Ich wollte niemanden beleidigen, Mylady. Nathaniel ist ein guter Junge und sehr klug. Aber eine Lady von deinem Rang sollte einen ebenso einflussreichen Partner an ihrer Seite haben. Du hattest viele Verehrer; einer von ihnen muss dir doch gefallen haben?«

Alyssa trank noch einen Schluck Wein, und dann glitt ihr Blick in eine dunkle Ecke des Speisesaals. »Lasst mich allein!«, befahl sie. »Ihr alle. Wir reden ein andermal weiter darüber.«

Bertram stand auf, verbeugte sich und folgte den Bediensteten hinaus.

»Komm runter, Zusa«, sagte Alyssa und blickte zur Decke. »Du weißt, dass du immer an meinem Tisch willkommen bist. Du musst nicht heimlich hier herumschleichen.«

Zusa klammerte sich wie eine Spinne an die Wand und lächelte ihr zu. Sie ließ sich los und stürzte mit dem Kopf voran hinab. Sie zog die Knie an, umschlang sie mit den Armen, machte eine Rolle und landete geschickt auf den Füßen. Ihr Umhang bauschte sich hinter ihr auf. Sie trug keine gewöhnliche Kleidung, sondern hatte Tuchbahnen um ihren Körper gehüllt, die jeden Zentimeter ihrer Haut bis auf ihren Kopf verbargen, wie Alyssa mit Freude bemerkte. Zusa hatte einmal dem strengen Orden von Karak, dem Dunklen Gott, angehört. Nach ihrem freiwilligen Austritt hatte Zusa das Tuch von ihrem Gesicht entfernt. Jetzt sah man ihr wunderschönes Gesicht und ihr herrliches schwarzes

Haar, das ihr bis zum Nacken reichte. Zwei scharfe Dolche hingen an ihrem Gürtel.

»Lass mich die Frau im Schatten sein«, meinte Zusa lächelnd. »Dann bist du in Sicherheit, denn neben mir kann sich kein Meuchelmörder verbergen.«

Alyssa bedeutete ihr mit einer Handbewegung, sich zu setzen, aber Zusa lehnte ab. Alyssa störte das nicht. Es war nur eine der vielen Marotten dieser ausgesprochen geschickten Lady. Die Gesichtslose hatte sie vor vielen Jahren vor einem Mordversuch durch einen ehemaligen Liebhaber gerettet, der ihren Namen und ihr Vermögen übernehmen wollte. Dann hatte sie geholfen, ihren Besitz vor Threns Plänen zu beschützen. Sie verdankte Zusa ihr Leben, wenn die Frau also lieber stand, als sich zu setzen, hatte Alyssa nicht das Geringste dagegen einzuwenden.

»Hast du alles gehört?«, fragte Alyssa.

»Alles Wichtige jedenfalls. Der alte Mann hat Angst. Er versucht, den Fels im Sturm zu spielen, und durch Nichtstun zu überleben, bis der Sturm vorbeigezogen ist.«

»Das ist manchmal eine sehr kluge Strategie.«

Zusa verzog das Gesicht. »Dieser Sturm wird nicht vorüberziehen, nicht ohne dass du handelst. Und schon gar nicht durch *sein* feiges Handeln. Du weißt, was Bertram will. Er will, dass du dich in die Hand und das Bett eines anderen Mannes begibst. Dann kann man deine weiblichen Leidenschaften beruhigt ignorieren, und er kann durch deinen Ehemann regieren.«

»Bertram strebt nicht nach Macht.«

Zusa hob eine Braue. »Weißt du das sicher? Er ist alt, aber nicht tot.«

Alyssa seufzte und leerte ihren Becher. »Was soll ich tun?«, fragte sie. Sie war müde und fühlte sich verloren. Außerdem vermisste sie ihren Sohn. Sie hatte Nathaniel nach Norden geschickt, nach Schloss Felholz, wo er bei Lord John Gandrem lebte. John war ein guter Mann und ein wahrer Freund der Familie. Wichtiger noch war, dass er weit weg von Veldaren und den Diebesgilden der Stadt lebte. Wenigstens war Nathaniel dort sicher, und die Ausbildung, die er dort genoss, würde ihm später nützlich sein.

»Was Bertrams Frage angeht … gibt es zurzeit einen Mann, an dem du interessiert bist?«, erkundigte sich Zusa.

Alyssa zuckte mit den Schultern. »Mark Tullen war ganz attraktiv, aber seine gesellschaftliche Stellung ist vermutlich niedriger, als es Bertram lieb ist. Wenigstens war er bereit, mit mir zu reden, statt nur auf meine Bluse zu starren. Und dieser Adelige, der unsere Minen beaufsichtigt, dieser Arthur sowieso …«

»Hadfild.«

»Richtig. Er ist ganz angenehm und nicht hässlich … wenn auch ein bisschen distanziert. Vermutlich kommt das mit dem Alter.«

»Je älter ein Mann ist, desto unwahrscheinlicher wird es, dass er mit anderen Frauen herumhurt.«

»Von mir aus kann er das gerne tun.« Alyssa stand auf und wandte sich ab. Sie versuchte, eine innere Angst zu äußern, die sie schon seit Jahren umtrieb, eine Furcht, die ihre Beziehungen erstickt hatte und verantwortlich dafür war, dass sie immer noch keinen Ehemann genommen hatte. »Aber sollten wir ein Kind bekommen … wäre dieses Kind der rechtmäßige Erbe der Gemcroft-Familie. Man wird Nathaniel einfach beiseiteschieben, ihn für ungeeignet oder unwürdig erachten. Das kann ich ihm nicht antun, Zusa. Ich kann ihm sein Geburtsrecht nicht einfach nehmen. Er ist mein Erstgeborener.«

Sie spürte, wie Zusa ihre Arme um sie schlang. Überrascht von dieser ungewöhnlichen Zurschaustellung von Zuneigung akzeptierte Alyssa die Umarmung.

»Wenn dein Sohn stark ist, wird er das beanspruchen, was

ihm gehört, ganz gleich, was die Welt dagegen unternimmt«, sagte die Gesichtslose. »Hab keine Angst.«

»Danke.« Alyssa trat einen Schritt zurück und lächelte. »Was würde ich nur ohne dich tun?«

»Hoffen wir, dass wir das niemals herausfinden müssen«, meinte Zusa und verbeugte sich.

Alyssa entließ sie mit einer Handbewegung und zog sich dann in ihre privaten Gemächer zurück. Sie starrte durch die dicke Glasscheibe ihres Fensters über die hohen Mauern ihres Besitzes hinweg auf Veldaren. Sie hasste die Stadt, hasste ihre dunklen Ecken und Nischen. Sie schienen sich immer gegen sie zu verschwören, mit Gift und Dolch nur darauf zu warten …

Nein! Sie musste aufhören so zu denken. Sie durfte nicht zulassen, dass die Diebesgilden jeden Aspekt ihres Lebens durch ihre Brutalität und durch die Angst, die sie erzeugten, kontrollierten. Sie setzte sich an ihren Schreibtisch, zog ein Tintenfass und ein Blatt Pergament heran und hielt kurz inne. Sie hatte Nathaniel weggeschickt, um ihn zu beschützen, damit er bei einer guten Familie aufwuchs. Noch vor gar nicht allzu langer Zeit hatte ihr Vater dasselbe mit ihr gemacht. Sie erinnerte sich an ihre Wut, an ihre Einsamkeit und an das Gefühl, verraten worden zu sein. Bei den Göttern, sie hatte Nathaniel sogar zu derselben Person geschickt, zu der Maynard sie hatte bringen lassen! Erneut verstand sie ihren Vater auf eine Art und Weise, wie sie es zuvor nie getan hatte. Er hatte sie versteckt, weil er sie liebte, nicht, um sich nicht um sie kümmern zu müssen, wie sie einst gedacht hatte.

Dennoch, wie wütend sie gewesen war, als sie zurückkehrte und …

Sie fasste einen Entschluss und tauchte den Gänsekiel in die Tinte. Dann begann sie zu schreiben.

Mein lieber Lord Tullen, begann sie. *Ich habe eine Bitte an Euch, meinen Sohn Nathaniel betreffend …*